The History
of Oriental Literature

简明东方文学史

(修订版)

孟昭毅 黎跃进 ◎编著

图书在版编目(CIP)数据

简明东方文学史/孟昭毅,黎跃进编著. —2版(修订本). —北京: 北京大学出版社,2012.8
(21世纪外国文学系列教材)
ISBN 978-7-301-20990-5

Ⅰ.简… Ⅱ.①孟…②黎… Ⅲ.文学史—东方国家—高等学校—教材 Ⅳ.I109

中国版本图书馆 CIP 数据核字(2012)第 163125 号

书　　名:	简明东方文学史(修订版)
著作责任者:	孟昭毅　黎跃进　编著
责任编辑:	张　冰
标准书号:	ISBN 978-7-301-20990-5/I·2497
出版发行:	北京大学出版社
地　　址:	北京市海淀区成府路 205 号　100871
网　　址:	http://www.pup.cn　新浪官方微博:@北京大学出版社
电子邮箱:	编辑部 pupwaiwen@pup.cn　总编室 zpup@pup.cn
电　　话:	邮购部 62752015　发行部 62750672　编辑部 62754149 出版部 62754962
印刷者:	北京虎彩文化传播有限公司
经销者:	新华书店
	650 毫米×980 毫米　16 开本　17.5 印张　340 千字 2005 年 7 月第 1 版 2012 年 8 月第 2 版　2024 年 6 月第 7 次印刷(总第 10 次)
定　　价:	48.00 元

未经许可,不得以任何方式复制或抄袭本书之部分或全部内容。
版权所有,侵权必究　举报电话:010—62752024
电子邮箱:fd@pup.cn

目 录

绪论　东方文化与东方文学 …………………………………………… 1
　一　东方·东方学·东方文学 ………………………………………… 1
　二　东方文学的文化潜质 ……………………………………………… 4
　三　东方文学的基本特征 ……………………………………………… 6

第一章　上古东方文学 …………………………………………… 10
　第一节　上古东方社会文化特点与文学概况 ……………………… 10
　第二节　美索不达米亚史诗与《吉尔伽美什》……………………… 18
　第三节　《亡灵书》…………………………………………………… 25
　第四节　《旧约》文学 ………………………………………………… 30
　第五节　印度史诗与《罗摩衍那》…………………………………… 34
　第六节　《阿维斯塔》………………………………………………… 41
　第七节　上古东方文学交流 ………………………………………… 47

第二章　中古东方文学 …………………………………………… 53
　第一节　中古东方社会文化特点与文学概况 ……………………… 53
　第二节　迦梨陀娑与《沙恭达罗》…………………………………… 63
　第三节　紫式部与《源氏物语》……………………………………… 68
　第四节　杜勒西达斯与《罗摩功行之湖》…………………………… 72
　第五节　菲尔多西与《列王纪》……………………………………… 79
　第六节　萨迪与《蔷薇园》…………………………………………… 84
　第七节　《一千零一夜》……………………………………………… 88
　第八节　中古东方文学交流 ………………………………………… 92

第三章　近代东方文学 …………………………………………… 104
　第一节　近代东方社会文化特点与文学概况 ……………………… 104
　第二节　夏目漱石与《我是猫》……………………………………… 111
　第三节　泰戈尔与《吉檀迦利》、《戈拉》 …………………………… 116
　第四节　伊克巴尔与《自我的秘密》………………………………… 122
　第五节　黎萨尔与《社会毒瘤》、《起义者》 ………………………… 128
　第六节　纪伯伦与《先知》…………………………………………… 134
　第七节　近代东方文学交流 ………………………………………… 139

第四章　现代东方文学 ····················· 145
第一节　现代东方社会文化特点与文学概况 ········· 145
第二节　川端康成与《雪国》 ················ 152
第三节　普列姆昌德与《戈丹》 ··············· 158
第四节　陶菲格·哈基姆与《灵魂归来》 ·········· 166
第五节　赫达雅特与《哈吉老爷》 ·············· 172
第六节　阿格农与《婚礼华盖》 ··············· 177
第七节　"黑人性"运动与桑戈尔 ·············· 183
第八节　现代东方文学交流 ·················· 188

第五章　当代东方文学 ····················· 194
第一节　当代东方社会文化特点与文学概况 ········· 194
第二节　大江健三郎与《万延元年的足球队》 ········ 207
第三节　耶谢巴尔与《虚假的事实》 ············· 213
第四节　奈保尔与《印度三部曲》 ·············· 219
第五节　普拉姆迪亚与《人世间》 ·············· 224
第六节　艾特玛托夫与《断头台》 ·············· 228
第七节　帕慕克与《我的名字叫红》 ············· 234
第八节　马哈福兹与"三部曲" ················ 240
第九节　索因卡与《路》 ···················· 245
第十节　戈迪默与《七月的人民》 ·············· 251
第十一节　库切与《耻》 ···················· 256
第十二节　当代东方文学交流 ················· 262

后　记 ································ 273
修订版后记 ···························· 274

绪论

东方文化与东方文学

文化是文学的母胎,什么样的文化孕育什么样的文学。文学又是文化的"缩影",素有"小文化"之称。东方文学蕴含着东方精神,东方智慧和东方情操,更是东方审美体系的符号。

一 东方·东方学·东方文学

"东方"是一个有着多种内涵,具有几分模糊又广泛使用的概念。它至少有下列几种含义:

第一,方位概念。讲方位就有一个立足点的问题。以中国为立足点,中国的东面称为东方,中国的西面称为西方。因而长时期把印度当做西方。唐代高僧玄奘从凉州出玉门关赴天竺,称为"西天取经",以此为题材创作的小说名之《西游记》。

第二,地理学概念。按照国际的地理疆域规定,以西经20°和东经120°的经线圈,把地球分为东、西两个半球。这样,亚洲和非洲的大部分都属于东方范围。非洲的阿尔及利亚、尼日利亚不在东方圈内,又把欧洲的原苏联、东欧部分国家包括进来,大洋洲也属东方。

第三,政治学概念。20世纪国际政治关系演变,"东方"、"西方"又具有政治的内容。二战后长时期形成两大阵营的冷战对峙,发达资本主义国家属于西方,曾沦为殖民地半殖民地的国家属东方;而地处亚洲的日本却是"西方七国首脑会议"的成员。

第四,历史文化概念。古代西亚两河流域的亚述人把太阳升起的地方称为"亚细"(意为日出之地),古代希腊罗马人把地中海东岸地区称为"亚细亚",还分为近东、中东、远东。历史文化概念的东方指除了古希腊罗马之外的几大古代文明发源地,因而包括亚洲和非洲北部地区。

我们这里讲的"东方",是指亚洲和非洲。它综合上述的历史文化概念和地理学概念的"东方",外延有所拓展。

"东方学"作为一门学科,是研究亚洲和非洲地区的历史、哲学、宗教、经济、文学、艺术、语言及其他物质和精神文化的综合性学科。其研究范围非常广泛,包括研究东方各国各民族的各种文化形态:传统的、现代的、精神的、物质的以及各种文化形态之间的关系及东方社会进程的规律等。东方学实际上是一个学科群体。从学科领域看,有东方历史、东方语言、东方文学、东方艺术、东方宗教、东方哲学、东方经济等分支学科;从区域研究看,有中国学(汉学)、敦煌学、西夏学、埃及学、赫梯学、亚述学、突厥学、日本学、伊朗学、阿拉伯学、印度学、朝鲜学、中东学等分支学科。

  东方学产生于近代西方,萌芽于 16 世纪,确立于 19 世纪。其源头可以追溯到古代希腊,希罗多德的《历史》中不乏对埃及、巴比伦和古波斯的描述。13 世纪马可波罗的东方游记把东方描写成仙境福地,激起西方航海家探寻东方的热情。之后随着西方向东方的扩张,一些传教士和商人来到东方,他们编写了关于东方文化习俗的著作。16 世纪末的巴黎大学、17 世纪的牛津大学开设了近东语言讲座。牛津大学首任阿拉伯语教授爱德华·波考克(1604—1691)所著《阿拉伯史纲》(1650)开创了阿拉伯研究的先河。17 世纪末,欧洲的东方学家收集了大量东方典籍、文稿,出版了一批根据东方资料编写的系统性著作。如戴倍罗等人编订的《东方文库》(1697)等。18 世纪东方语言研究获得发展,东方经典的准确译本出版。中国的《易经》、阿拉伯的《古兰经》、波斯的古经《阿维斯塔》、印度古老的《摩奴法典》等都陆续译出。英国学者威廉·琼斯(1746—1794)开始进行东方语言的比较研究。一些西方国家创办了专门的东方语言学校。

  19 世纪东方学在众多方面获得突破和发展。首先是系列考古发现和东方古代铭文解读成功。格罗特芬德破译波斯楔形文字,罗林逊对亚述巴比伦古文字的解读,商波利翁发现埃及象形文字。多次对埃及、美索不达米亚、波斯、小亚细亚、印度、中国的考古取得成果。其次,东方语言学发展成熟。大型东方语言工具书,自成系统的语法著作出版。如《英华字典》(6 卷,马礼逊著,1828)、《梵文字典》(7 卷,波特林格等著,1863—1894)、《中俄大辞典》(帕雷底阿斯编,1888)、《梵文文法》(基尔荷恩,1888)、《汉文典》(甲柏连,1881)等。再次,东方历史研究成绩卓著。在汇集资料的基础上编写出东方通史。还有建立东方学研究组织,召开国际性的东方学学术讨论会。1873 年东方学家齐集巴黎举行第一届国际东方学会议,以后每隔 3—4 年举行一次。这些都标志着东方学的确立。

  20 世纪东方学有了进一步的发展。东方国家的一批学者加入东方学研究行列,以不同于西方学者的民族文化视野研究东方学,因其材料充实的东方学研究成果而异军突起。西方的东方学也更加深入,趋向客观,各名牌大学几乎都设有东方学系或东方学研究机构,出版专门的东方学研究期刊。一些研究领域非常繁荣,敦煌学研究不到一百年,却成为国际显学,汉学、日本学、中东学也因 20 世纪的政治、经济形势发展而成为显赫之学。一批经典性的东方学论著出版。东方学家的国际性合作研究也取得成功经验,如《伊斯兰百科全书》汇集了世界阿拉伯研究的成果。

  1993 年在香港举行第 34 届东方学国际会议。一千多名来自各国的东方学者与会,就"中国踏进 21 世纪的门槛"、"珠江三角洲:潜力与机会"、"亚洲科技史"、"自由主义与民族主义"、"敦煌研究"、"丝绸之路研究"、"佛教与佛学研究"等专题进行了深入探讨。最近的一次是 2007 年在土耳其首都安卡拉举行的第

38届(会议名称改为："亚洲学北非学国际学术研讨")，会议的中心主题是"和谐家园，和平世界"，研讨的领域包括历史、哲学、政治、宗教、语言、文化、科学、教育等方面。大会分成13个专题组，安排大会发言、座谈、小组讨论和圆桌会议，还以多种形式分领域就相关问题进行更深入的探讨。共有来自中国、美国、俄罗斯、乌克兰、哈萨克斯坦、乌兹别克斯坦、吉尔吉斯斯坦、日本、韩国、匈牙利、蒙古和土耳其等69个国家和地区的各国学者2250人出席了大会。

东方学的发展虽有400余年的历史，但其局限也很明显，最突出的有两点：

第一，缺少统摄各分支学科的宏观理论，作为一门学科，其理论体系有待进一步完善。

第二，西方中心的立场。东方学产生于近代西方，这时候的西方在工业革命后迅猛发展，把东方当做他们扩张的对象和倾销商品的市场。东方国家大都沦为西方的殖民地或半殖民地。这种背景注定了东方学是西方人居高临下看东方的产物，带有西方中心论的立场和色彩。阿拉伯后裔的美国学者萨义德1978年出版《东方主义》一书，对西方东方学的"西方中心"立场作了清理，认为西方对东方的描述，无论是学术著作还是文艺作品，都存在严重的扭曲，西方人把东方当做异己的"非我"，构造出处处不如西方的东方形象。中国也有学者指出："由于习来已久的对东方的偏见，因而在西方人眼中，东方一方面有着'懒惰''愚昧'的习性，另一方面，东方本身又不无某种令人神往的'神秘'色彩。说到底，'东方主义'在本质上是西方试图制约东方而制造的一种政治教义，它作为西方人对东方的一种根深蒂固的认识体系，始终充当欧美殖民主义的意识形态支柱。"①不仅东方学者有这样具有民族情绪的看法，西方具有人类良知的学者也有同感。沃勒斯坦认为西方的东方学是"一种由来自不同文化的人所作的社会构造。现在正是这种构造的有效性受到抨击，抨击在三个方面：(1)这些概念不符合经验事实；(2)它们过于抽象，因此消除了经验世界的多样性；(3)它们是带有欧洲人偏见的产物。"他还说："东方主义确立了欧洲占支配地位的权利的合法性，它在为欧洲帝国主义在现代世界体系内的作用进行的意识形态辩护中，确实起着一种主要的作用。"②

目前更为严重的问题是：当东方的学者加盟东方学研究的时候，东方学已经形成一套话语体系，即使来自东方文化系统内的东方学者，也难以摆脱已有话语体系的束缚。

当然，对东方学已有的成果不能一概否定，几百年里几代学者的努力，并非都心怀偏见，有的出于超功利的个人爱好，有的出于对真理的执著，他们对东方进行客观、公允的研究与评价。但不管怎样，包括东方文学在内的东方学研究，还需要更为切实、深入的工作，尤其是东方学者，更是任重道远。

"东方文学"作为东方学的分支学科，研究亚洲、非洲的文学现象及其规律。

---

① 王宁：《东方主义·后殖民主义和文化霸权主义批判》，《北京大学学报》(哲学社会科学版)1995年第2期。

② 沃勒斯坦：《进退两难的社会科学》，《读书》1997年第2期。

东方文学作为独立学科,诞生于20世纪初期。之前的18、19世纪主要发掘整理材料和解读东方古文字。20世纪初葛鲁贝的《中国文学史》(1902)、温德尼兹的《印度文学史》(1909—1920)、汉密尔顿·吉布的《阿拉伯文学史》(1926)和俄国学者图拉耶夫的《东方文学论文集》等东方文学专著出版,标志东方文学已经发展为独立学科。

中国的东方文学研究始于20世纪20、30年代,周作人、谢六逸对日本文学的研究,许地山对印度文学的研究成绩显著,郑振铎的《文学大纲》对东方文学作了较多篇幅的论述。但这还只是停留于国别文学的研究。作为独立学科,中国的东方文学研究始于20世纪50年代。在亚非作家会议召开的背景下,中国把对东方文学作为整体加以把握和研究提到学界的日程,为数不多的几所高校开设了东方文学课程,一批开拓者进行资料搜集整理工作,20世纪60年代初开始东方文学体系的建构。但刚刚起步却因"文革"而中断,直到80年代初才重整旗鼓。东方文学列入高校教学大纲,协作编著了几种著作和教材,举办全国性的东方文学师资培训班。90年代中国东方文学研究有较大进展,出版了多种颇有分量的专著。如王向远的《东方文学史通论》(1994,上海文艺出版社);高慧勤、栾文华主编的《东方现代文学史》(1994,海峡文艺出版社);季羡林、刘安武主编的《东方文学史》(1995,吉林教育出版社)等。

中国文学当然是东方文学的重要组成部分。但在中国研究东方文学,中国文学一般不列入具体的研究对象。可是在对东方文学作总体论述和评估时,必须把中国文学成就纳入视野之内。

二 东方文学的文化潜质

东方包括众多民族和国家,各自都有灿烂的历史文明,东方文化是否具有内在一致性?东方几大文明古国都属于河流文明,古代社会经历了大致相似的社会历程;近代以来又大都沦为殖民地、半殖民地,在走向现代化的过程中又有大体一致的历史遭遇。因而对东方社会作总体抽象描述,能发现一些共性。

对东方古代社会的理解,我们借用马克思的东方社会理论。马克思认为,在古代东方漫长的历史时代里,长期实行的是"亚细亚生产方式"。学界对马克思的"亚细亚生产方式"理论的理解,存在不少论争。有论者认为受时代和资料的限制,19世纪50年代马克思提出的"亚细亚生产方式"的概念带有明显的东方社会长期停滞论和为研究欧洲资本主义经济关系服务的色彩。但目前还没有一种新的东方社会理论比"亚细亚生产方式"更能说明东方古代社会的实质。

亚细亚生产方式是马克思在对东、西方社会历史现实进行广泛的考察和比较研究的基础上提出的概念,是对东方古代经济基础一般特征的概括。亚细亚生产方式既不同于古希腊罗马的奴隶制,也不同于拉丁日耳曼封建制,其主要特点是:

第一,共同占有为基础的土地公有制。自然形成的共同体(家庭和通过家庭组成的部落或部落联盟)集体占有土地,每个人只是作为这个共同体的成员,才能把自己看成是土地的占有者。"在亚细亚的(至少是占优势的)形式中,不存在个人所有,只有个人占有;公社是真正的实际所有者;所以,财产只是作为公共的土地财产而存在。"①

第二,建立在亚细亚土地公有制基础上的农村公社自然经济。每个自然共同体(农村公社)的生产范围限于自给自足,农业和简单的手工业结合,公社成员生产的目的不在创造价值以换取他人的产品,主要是为满足个人及整个共同体生存的需要及为生存再生产的需要。这种农业和手工业相结合,自给自足的自然经济一方面使得农村公社完全能够独立存在,从而每个公社是一个独立封闭的实体;另一方面,这种经济形式只是满足于生存的不断重复生产,没有发展生产的紧迫需要和强大动力。

第三,以自然经济为基础的宗法血缘关系。在亚细亚生产方式中,每个人都离不开共同体,"就像单个蜜蜂离不开蜂房一样"。每个人只有作为共同体的成员,才能拥有他生存的一切。他和他的家庭,独立地在分配给他的土地上劳作。劳作过程的共同性,共同占有、利用土地的生产方式、农业与手工业相结合的自给自足自然经济形式,都决定了个人不能独立于基于血缘的共同体。他成为共同体锁链上的一环。同时,这种生产方式与宗法血缘关系互为因果:生产方式需要血缘关系,血缘关系又强化了这一生产方式。

与这种经济基础相适应的是东方古代社会的专制政治。马克思说:"在大多数亚细亚的基本形式中,凌驾于所有这一切小的共同体之上的总合的统一体表现为更高的所有者或唯一的所有者,实际的公社却只不过表现为世袭的占有者。"②这个"更高的所有者"就是专制君主,他才是真正的土地所有者。这成为专制主义的基础,灌溉性农业和战争需要也成为专制主义的重要条件。

在这样的经济、政治背景下,古代东方文化表现出一些明显的特征:

首先,天人合一的宇宙观。古代东方民族认为个体与本体,小宇宙与大宇宙是统一的,人要设法获得这种统一,将个体与大自然融为一。"天人合一"是中国古代哲学的表述,印度则为"梵我合一",阿拉伯则是"亲近真主"。

封闭的农业社会是"天人合一"宇宙观的土壤,天人合一的宇宙观又是东方文化的基础。它是人合于天,而非天合于人。这种宇宙观表现在人的实践层次上又成为东方的人生观。它要求"顺天以和自然",追求与自然的和谐关系,因而舍弃自我,超越有限的个体和有限的现实,追求永恒和无限本体,实现内在世界的宁静与和谐,成为东方最高的人生境界。

其次,思维方式的内倾化与直觉化。由于简单重复的生产,闭塞的社会环境和专制政治下的等级身份束缚,个人在外部世界发展的机会很少,对外在客观世界相对淡漠,收回目光转向内心,内省人的存在本质,形成东方思维的内倾化。这种内倾又以直觉、开悟的方式表现。东方民族不像西方民族那样以科学理性来认识和思考对象,而是强调直观、内省和神秘的个人体验。东方的这种

---

① 《马克思恩格斯全集》第46卷(上),人民出版社,1979年,第481页。
② 同上书,第473页。

直觉化思维往往与宗教结合在一起,佛教的"悟"、伊斯兰教苏菲派的"神智"、老庄的"静观玄览",都是直觉思维方式的不同表述。

再次,人际关系的伦理化、等级化。将"天人合一"的人与自然的关系推及社会,人与人的关系也追求"和谐"。为达到社会的和谐,以维持共同体的长期延续,因而有各种各样基于宗法血缘关系的伦理规范,按各人的位置和身份规定其等级,个人在伦理化的等级范围内生存活动。当个体与群体矛盾时,要求牺牲个体以维护群体。

最后,生活方式的克俭无争。前述的宇宙观、人生观,思维方式和人际关系落实到具体的生活方式上就是克俭无争。讲求个人的自我修养,要求个人内省以明心见性,克制过分的欲念,顺乎天理,达到心物合一、空灵无我的境界。东方民族少自我中心、极端的个人主义倾向和过分的物质享受追求。

上述四个方面可以用"东方精神"加以概括。这是东方古代社会基于"亚细亚生产方式"而形成的文化一致性。这种文化的一致性成为东方文学统一性的文化心理基础,即东方文学的文化潜质。

"东方精神"作为传统,也深深烙印在东方的近现代文学之中。近现代的东方大都沦为殖民地半殖民地,在文化上民族传统文化与西方文化有对抗也有交融。从总体趋势看,西方文化对传统东方文化有力的撞击和多方面的渗透,促使东方传统文化转型变革。但东方传统始终是东方文化的内核。

三 东方文学的基本特征

东方文学上下几千年,遗产丰富。各个国家民族的文学都有自己特定的传统和演变规律。不同时期的东方文学也有不同面貌。但东方文学作为一个整体,在更高的层次上将其与西方文学比较而言,也可以把握其多元中状态的共性。

第一,多元发展,相互交流。

西方文学都以古希腊文学和基督教文化为源头,一脉相承地发展,近代多次产生遍及全欧的文学思潮。东方文学却具有多源性。上古东方四大文明古国的文学各自独立发展,经过漫长时间的演变,到中古形成相对独立的三大文化圈的文学,各自具有独特风貌,形成东方文学的多元格局。

但东方文学在其发展过程中,并非各自处于封闭状态,而是在交流中发展。上古时代的西亚两河流域有多种古代文明融合,希伯来民族文学就是古代巴比伦、苏美尔、埃及多种文明的结晶。中古三大文化圈之间的文学交流也很频繁,印度佛教对东亚文化圈的文学产生影响,梵文影响到中国音韵研究,从而促进唐诗发展。中国文化和文学通过丝绸之路传播到阿拉伯世界,随着伊斯兰教的发展,阿拉伯伊斯兰文化和文学也渗入印度。特别值得注意的是东南亚诸国成为三个文化圈汇集的区域,印度文学与文化、中国文学与文化、伊斯兰文学与文化在这里交错渗透。东方文学与西方文学的交流也不是始于近代。古希腊文化就有地中海东岸的西亚文化的因素。这从古希腊神话中可以找到痕迹。欧罗巴在希腊神话中是来自亚细亚的少女,宙斯化为牛把她带到欧洲,宙斯与欧罗巴的结合象征东方古老文化与希腊原始文化的结合。再如阿都尼斯本是巴比伦的植物神,表现原始初民对四季枯荣的思索。传到希腊后阿都尼斯变成了美神与死神争夺的美少年,宙斯只好裁定他一年中一半在冥府,一半在人世。他曾遭到情敌阿瑞斯的暗算,莎士比亚后来以此为题材写了一篇情焰升腾的长诗《维纳斯与阿都尼斯》。

公元前12世纪古希腊与波斯早有接触。希伯来的《圣经·旧约》成为西方文化的源头之一。阿拉伯阿拔斯王朝时期的"百年翻译运动",不仅翻译了大量波斯、印度典籍,还翻译了一批古希腊的哲学、科学和文学论著。中国文化与文学对欧洲启蒙时期的文化与文学也产生深刻影响。近现代东方文学受到西方文学的影响和启发更是无须赘言的事实。

第二,偏重于表现,追求主体内在的主观真实。

东、西文学都追求真实,但对真实的理解不一样,西方古典文学注重外在的客观真实,东方古典文学注重的是内在的主观真实。西方美学家托马斯·芒罗将两者进行比较:"我们西方的趋势是要客观化和外化的内心生活,并给予外部对象和对它们的思考以越来越多的重视。与此相反,东方主观主义是要将注意力转向内心,而脱离感观现象世界。"[①]因而中国有"诗言志"之说,印度的《韵光》(欢增著)提出"诗的灵魂是韵",这里的"韵"是指诗作字面含义背后的"暗示意义",即诗人的主观真实。

东方传统抒情文学发达,几乎所有文学大国都以诗歌为文坛正宗。这是重主观真实的反映。就是叙事性文体,也是表现性的。东方传统戏剧,大都不是客观写实,而是写意性、象征性地表达主体理解的真实,表演中注重的不是情节,而是渲染一种气氛,极力表现融凝于气氛中的心境(如《沙恭达罗》林中送别一场,日本能乐《熊野》)。即使是一些看似客观写实的作品,理解时也要透过表层看作家的主体意识。《源氏物语》固然不乏对平安时期贵族生活的现实描写,但描叙这些不是紫式部的目的,她表达的是她本人对生活的悲苦体验以及由此升华的"物哀精神"。

第三,载道教化,惩恶劝善的文学观念。

东方传统文学有内倾避世的倾向,又有介入俗世、载道教化的倾向。这两个方面统一于东方伦理化、追求稳定和谐的文化心理。维护群体利益成为"善"的标准,诗人作家通过创作加以引导和教化。中国有"文以载道"的提法,《毛诗序》开宗明义,提出诗的作用是"经夫妇、成孝敬、厚人伦、美教化、移风俗"。印度最早的系统文论著作《舞论》中提出:"戏剧(泛指文学)将在各种味、各种情、一切行为和行动的表现中产生有益教训。……戏剧将导向正法,导向荣誉,导致长寿,有益于人,增长智慧,教训世人。"[②]阿拉伯诗论强调诗歌的技艺、修辞,但也重视诗作内容的善:"仅有优美的辞藻,而没有好的内容,那是有缺陷的,有

[①] 托马斯·芒罗:《东方美学》,中国人民大学出版社,1990年,第52页。
[②] 曹顺庆主编:《东方文论选》,四川人民出版社,1996年,第82页。

如一首令人着迷的歌曲,应当是内容好、又辞藻优美、再配以动听悦耳的曲调。"①

从文学创作实际看,东方古典的训诫文学、智慧文学、先知文学都是以一定的善恶道德观念评说对象、教导世人。《五卷书》、《伐致诃利三百咏》、萨迪的创作和阿拉伯的"劝世诗"都是这类作品。印度史诗《摩诃婆罗多》、《罗摩衍那》宣扬的正法思想,中国《水浒传》、《三国演义》宣扬的忠义观念,只要将它们与《荷马史诗》和司各特、大仲马的历史小说一比较,就能清楚地看到东方作品的道德化色彩。至于宗教性作品,无论经典的"天启体",还是后人解释性的"圣训",其载道说教的特征更无须多言。

第四,民间文学的突出地位。

东方上古文学的主要部分来自民间创作,文人创作占极少部分,从现存的材料看,只有印度、中国、希伯来较早出现文人创作。现在传世的上古东方作品,大多是经后人搜集整理、编订加工的民间创作。体裁大多是神话传说、民歌民谣、史诗箴言、说唱故事等;结构形式上的故事套故事、诗文夹杂是民间说唱文学的痕迹;表现上常用朴素的比喻、突出夸张、传奇幻想等手法,也是民间口头讲述吟唱、突出效果、吸引听众的结果。上古东方文学的民间文学特色,深深影响了整个东方文学。

中古时期,东方的后起民族崛起,各自民族的民间文学丰富充实了东方中古文学,又一次强化了上古已经开始的民间文学特色的传统。日本的《万叶集》中的大量和歌、军纪物语《平家物语》,朝鲜的"乡歌"、三大古典小说,印尼的《班基的故事》,泰国的《昆昌与昆平》,马来的《杭·杜亚传》,阿拉伯的《一千零一夜》、《安塔拉传奇》,波斯的《义士萨玛克》,土耳其的《乌古斯史诗》和非洲的史诗《松迪亚塔》等都是中古重要的民间文学作品。

由于近现代东方民族的觉醒,民族意识高涨,东方近现代作家在民族意识作用下,极力弘扬民族传统,同时向民间创作学习,挖掘民间文学精华。

东方民间文学的突出地位还表现在文人创作中。首先,不少具有民族特色的文学形式,是学习、借鉴民间创作,经过加工完善而形成的。如朝鲜的"时调",阿拉伯的"玛卡梅体",日本的"能乐"、"净琉璃",中国唐代的"传奇"、宋代的"话本"等。其次,一些文人创作取材于民间文学,在民间文学的基础上加以提炼,创作成名著。"蕾莉与马杰农"是流传于西亚和南亚民间的动人恋爱故事,不少诗人运用这一题材写下了杰作,波斯的尼扎米、土耳其的富祖里、印度的霍斯陆都以此为题材创作了著名长诗。

第五,和谐、温雅、恬静的整体艺术风格。

东方文学的艺术风格不同于西方文学的大起大落,大喜大悲,缺少西方文学中灵与肉的剧烈冲突所带来的高度紧张和无法解脱的痛苦,而是平静、优雅、中和、肃穆。和谐美是东方审美理想的核心。在文学领域,要求情感表达温柔

---

① 曹顺庆主编:《东方文论选》,四川人民出版社,1996年,第494页。

敦厚,"乐而不淫,哀而不伤",含蓄隐晦,切忌直露。善有善报,恶有恶报成为东方叙事文学的基本情节,也成为叙事文学的结构框架,往往是大团圆结局。人物形象也多属平和、中庸一类,难以听到怪异极端的"不和谐音"。

  东方文学的艺术风格,也表现在对大自然的偏爱与描写。大自然在东方作家笔下,不是人类的敌对力量,甚至不是探索的对象,而是赋予自然以灵性,在平等对话与灵魂的沟通中展示大自然的美与力。泰戈尔曾比较东、西方艺术:"西方艺术或许相信人的灵魂,但是它并不相信宇宙万物有一个灵魂,而东方艺术相信这一点,……于是在东方,我们不必追求细节,不必看重细节,因为最重要的东西就是这普遍的灵魂。东方圣人为寻求这一灵魂而静坐沉思,东方艺术则通过艺术与圣人一起实现这一灵魂。"[①]东方艺术追求"普遍的灵魂"是在更高层次上追求"和谐",即宇宙万物的和谐。东方从古至今的大量山水诗、咏物诗,本质上体现的就是对"普遍灵魂"的信仰与和谐美的审美理想的追求。

  东方文学是多元的文学。上述特征的概括是从宏观角度就总体情况而言。从纵线看,上述特征更切合东方古典文学。近现代东方文学受到西方文学的深刻影响,虽然东方作家努力复兴民族传统,但近现代东方文学的主流趋势是日渐步入世界文学进程,是一种与古代东方文学不同的新文学。当然,传统影响的痕迹仍然深深烙印在新文学中。

[①] 泰戈尔:《一个艺术家的宗教观》,《泰戈尔文集》(四),安徽文艺出版社,1996年,第34页。

第一章

上古东方文学

第一节 上古东方社会文化特点与文学概况

人类最早的文学出现在古老的东方。一般把大约公元前5000年到公元5世纪期间广大亚非地区人们创作的口头文学和书面文学称为上古东方文学。它主要表现了亚非古国的奴隶制时期的社会现实,也有些国家和地区的文学反映了原始社会及原始社会向奴隶社会过渡时期的社会生活,也有少数亚非国家、民族的上古文学涉及封建社会初期的现实。

一 上古东方社会文化的特点

东方四大文明古国,即古代埃及、巴比伦、印度和中国,都发源于河岸流域。肥沃的土地、良好的气候和比较集中的人口,成为在当时条件下,从狩猎捕鱼时代向畜牧农耕时代发展过渡的优厚条件,生产发展较快。经过"游牧部落从其余野蛮人群中分离出来"的第一次大分工和手工业从农业畜牧业中分离出来的第二次大分工,很快出现产品过剩现象,产生了私有制,由原始社会过渡到奴隶社会。在金石并用的公元前5000年的时候,东方出现了世界最早的第一批奴隶制国家。这些文明古国经过漫长历史时期的演变,在公元前后几百年之间先后进入封建社会。

东方古国的上古文明千差万别,但从总体上考察上古东方的社会和文化,可以看到几个突出特点:

第一,区域文明独立发展,多元共生。在西亚幼发拉底河和底格里斯河流域和北非尼罗河流域出现最早的人类文明,两河流域从公元前4800年到公元前500年期间,经历了苏美尔、阿卡德、古巴比伦、亚述、新巴比伦的传承发展系列。尼罗河流域的埃及古代文明也历经了三千多年的法老王朝,形成以"农业文明、法老政治和亡灵崇拜"为核心的文化体系。紧随其后的是南亚印度河、恒河流域的印度文明和东亚黄河、长江流域的中国文明,小亚细亚中部和东南部的赫梯文明,地中海东岸北部的腓尼基文明,地中海和约旦河之间的希伯来文明以及伊朗高原的米底和波斯等文明。这些古代文明都是在各自相对独立的区域单元中产生发展,虽然邻近区域也有交流,但都有自身独自的发展传统和运行轨迹,应该说是一种多元共生的整体局面。

第二,原始氏族社会与奴隶制混融。古代东方的奴隶制带有浓郁的原始色彩,原始氏族社会没有经过充分的发展,很快进入奴隶社会,是一个"早产的畸形儿"。

　　这种畸形突出表现在奴隶占有长时期内没有摆脱氏族社会的农村公社制，保留了氏族社会的因素。虽然有了私有财产，但土地、森林、河流等是村社所有，奴隶制没有得到充分发展。"古代东方各国的特点是：国家机构的产生并未同时破坏村社及其自治机关。古代东方国家是在奴隶占有和原始公社两种制度相结合的基础上，在奴隶占有制逐渐加强直到取得统治地位的情况下，发展起来的。在古代东方国家，专制国家和君主行政当局的严格集中同依然存在的村社自治机关并存。"[1]另一方面东方古国的奴隶主由原始部落首领直接转化而来。在他们与奴隶的冲突中，形成用来镇压奴隶的国家，实行极端中央集权，设有许多官吏机构的君主专制统治。专制君主具有无上的权力，他们以军队和地方官府作支柱，以土地国有、税收和战时掠夺的战利品作为经济实力，用绝对服从的法律治理臣民，统治严酷。巴比伦古老的《汉谟拉比法典》和印度的《摩奴法典》对君王的专制特权作了严格的规定。在古老东方的土地上，没有出现过希腊雅典城邦那样的奴隶主民主制气息。这样的历史发展在一定的程度上阻碍奴隶社会的迅速发展，表现出社会发展的缓慢性。

　　第三，基于农业生产的文化形态。古代东方文明大都以河谷灌溉农业为生产方式，农业成为民众生存的根本基础，自然形成一切文化现象都与农业密切相关。神话传说中大量与农业生产相关的神祇受到膜拜，太阳神、风神、水神、植物神、雨神等备受尊崇；与农业有关的天文历法、测量计算等科学技术发达；政治、法律也随农事活动展开，国家性的节日庆典、祈求丰年的祭祀仪式都体现以农为本；"文学艺术中以表现田园农作生活为主，擅长自然之美的发现与表现，对四季变换比较敏感"[2]，大量的农业生产题材和意象出现在文学世界。

　　第四，定居农耕文明形成的特定文化心理。东方古国以定居农耕为生存方式，长期固守在特定地域，缺乏向外发展的动力。马克思认为"在很古的时候起，在印度便产生了一种特殊的社会制度，即所谓村社制度，这种制度使每个这样的小单位都成为独立的组织，过着闭关自守的生活。"[3]这种制度不只是存在于印度，印度不过是"像所有东方各国人民一样"。东方文明古国都在这种制度下过着"闭关自守"、"靠天吃饭"的生活，以安居乐业的社会安定为太平盛世，以此作为最高的社会理想。没有古希腊、罗马奴隶社会时期那种由民族迁徙、向外扩张中形成的阔大眼光。这种生存方式表现在文化心理上，就是在小国寡民的自然经济条件下，人们的眼光不是投注于横向的广大空间，而是在纵线上追溯，保存氏族社会的记忆。在思维方式上，还具有原始人思维简单朴素的特点，体现出直观性、经验性的特征；在人与人的关系上，还不能完全把人和自然清楚地分开，强调人和自然的同一；在个人与集体的关系上，更是强调集体，强调人伦规范，用来束缚个性，甚至压抑个性。在当时生产力条件下和人类意识发展

---

[1] 康·格·费多罗夫：《外国国家和法律制度史》，中国人民大学出版社，1985年，第2页。
[2] 侯传文：《东方文化通论》，山东教育出版社，2002年，第67页。
[3] 马克思：《不列颠在印度的统治》，《马克思恩格斯选集》第二卷，人民出版社，1995年，第66页。

的阶段里,这样的文化心理有利于社会的相对稳定,为古代东方文化的发展奠定基础。

东方古老的社会文化,深深地影响着古代东方的文学。

二　上古东方文学成就

尽管上古东方的社会历史表现出发展的缓慢性,但古代东方人民并没有放弃对自然、社会和人生的探索,在探索中留下了人类最早的第一批文学遗产,对东方"巨人"艰难的历史步伐作了艺术的记录。

最早的文学产生于西亚两河流域的苏美尔、阿卡德,在公元前4000年已经获得很大发展。之后在巴比伦、古埃及、希伯来、叙利亚、古波斯、印度和中国出现上古文学的繁荣。产生了丰富的神话传说、各类诗歌、散文故事和文人创作的戏剧。其中尤以巴比伦、埃及、希伯来和印度成果卓著。

(一)神话传说

神话传说是东方各族人民最初的口头文学,也是上古东方文学的重要组成部分。它以幻想的形式表现了亚非地区各民族由原始社会向奴隶社会过渡的社会现实,反映了古代东方人民认识自然、探索自然的意识和能力。与其他民族一样,东方民族神话传说中最多的是关于开天辟地、解释自然现象的神话和为本民族利益作出巨大贡献的英雄传说。

对天地万物的来源、人类的产生,古代人都有朴素的解释。埃及有拉神开天辟地的神话,希伯来有耶和华六日创世的神话,古波斯人认为是神主马兹达在与恶魔阿赫里曼的斗争中创造了天国和尘世万物,印度有水生金蛋、蛋成羊、羊成生主、生主以口创众神、身变万物的神话,中国则有盘古开天地、女娲抟土造人的神话。在东方的创世神话中,以巴比伦叙事诗《咏世界创造》中的神话最为生动。远古时候,既无天也无地,只有原始天父阿普苏海洋和地母娣阿玛特深渊,他们的水混合,成为太初的混沌,后生出众神。众神不满地母深渊的统治,预谋造反篡权,娣阿玛特大怒,众神惶恐,只有马尔都克挺身而出,力战地母,经一番苦斗,终于获胜。他将地母撕作两半,一半为天,一半作地,继而创造出星辰万物,又以黏土和神的血调和,创造了人类。创世竣工之日,众神在天庭兴建神庙和巴比伦塔,拥戴赞颂马尔都克。

古代东方有不少解释四季变换、自然万物的神话。苏美尔神话《杜姆兹和印南娜》说:丰产之神杜姆兹和储备女神印南娜秋天结婚,后因丈夫被冥王劫去,整个大地凋零枯萎。印南娜闯地府与冥王协商,每年让杜姆兹定期返回大地,大地又充满生机。这个解释季节变换的神话在巴比伦衍化为《伊什塔尔下地府》的神话。后经叙利亚辗转传到希腊,成为著名的美神阿佛洛狄忒与俊少年阿都尼斯的恋爱故事。在说明季候变化的神话中,埃及奥西里斯的神话曲折而富于东方特色。奥西里斯是自然之神,在他担任埃及法老的时候,教人民耕种、给人民带来了幸福,受到民众爱戴,也引起了兄弟塞特的忌恨。塞特将他诱入一金柜,抛入尼罗河漂流至地中海。奥西里斯之妻埃西丝将丈夫尸体找回,恳请神让他复活。但塞特又将其尸切成14块,分撒各地。埃西丝历经艰辛又找回尸体的各部分,再次求神使其复活。但因奥西里斯已为冥王,无法再复活。埃西丝悲伤恸哭夫时受孕,生下荷拉斯。荷拉斯长大后为父复仇,经多次战争打败塞特,加冕为王。这一神话以人世社会活动来解释四季枯荣的变化过程。

在东方各民族早期神话中都有关于洪水浩劫的神话。虽然各族的洪水神话有各自不同的特点,但对洪水汹涌泛滥,吞噬一切的情形都有具体生动的描述,保留了原始东方人对洪涝灾祸的恐怖记忆。印度神话中说:洪水猛涨,大地不见了,在茫茫混沌之中,仅存下一条鱼和人类始祖摩奴。苏美尔神话讲到洪水淹没世界7天7夜,整个人类变成了一片淤泥,一切生命都被毁灭,只有虔诚的赛苏罗陀秉承神意建造方舟躲过了洪水。苏美尔的这一神话在巴比伦史诗《吉尔伽美什》中再现,并深深影响了希伯来神话,流传下"挪亚方舟"的著名传说。古代波斯的洪水神话带上伊朗高原的特点,先是一场铺天盖地的暴风雪,然后是奔腾咆哮的山洪,地面的一切都被淹没。受命神主的贤明君主贾姆希德为避免灾害修建了坚固的城堡。对于方舟或城堡的建造,神话中表现非常细致,艺术地反映了初民与洪水抗争的艰难与勇气。

在上古东方各民族发展的漫长历史过程中,有某些祖先以其智慧或勇武,为民族的生存和进步作出了巨大贡献。他们的事迹和精神受到人们的赞美,在民间传诵不衰。在流传过程中赋予某些神话色彩,成为神话的重要一支,即英雄传说。苏美尔神话中的尼努尔塔、吉尔伽美什,印度神话中的友邻王、黑天,波斯神话中的神箭手阿拉什、民族英雄扎里尔,希伯来的亚伯拉罕、摩西等都是传说中的英雄。他们都有不平凡的身世、超凡的本领和高尚的情操,他们或者在征服自然的斗争中显示身手,或者代表正义与邪恶作艰苦的较量,有的甚至献出了生命。《薄伽梵往世书》中的黑天,传说中是大神毗湿奴的化身。他父母结婚时天上传来声音:他们的儿子将杀死当时在位的残暴国王。国王将其父母囚禁。但黑天出生后被调换寄养在牧民家中。少年时期黑天与前来牧村捣乱的各种妖魔战斗,杀死化作牛犊、巨鹤和大蟒的阿修罗,消灭了危害人类的阿修罗部落。他曾吞下突然爆发的森林野火,保护牧童和牛群的安全。当猛烈的暴风雪和冰雹袭来时,他单手托举一座大山,庇护牧民和畜群躲过灭顶之灾。长大后他和异母哥哥大力罗摩一起杀死暴君,救出父母,击退邻国的多次进犯。在婆罗多族大战中,他支持正义的般度族,为战争的胜利起了决定性作用。除去黑天身上的神话色彩,他是一位降妖伏魔、除暴安良、保家卫国的英雄。神箭手阿拉什是古代波斯的一名勇士,以善射著称。当年波斯与突朗交战,波斯军队失利。后双方媾和,协议重新划分国界,由波斯军中挑出一名战士发射一箭,箭落之地为国界。阿拉什担此重任,他健步登上达马万德山顶,举弓搭箭,倾尽平生之力将箭射出,旋即倒地身亡,为国捐躯。这些英雄传说,既体现了上古东方人民对英雄祖先的怀念,也寄寓着他们的社会伦理观念和人生理想。

在上古东方,以印度的神话传说成就最高。印度的《吠陀》和"吠陀文献",大史诗《摩诃婆罗多》、十八部《往世书》中保存大量优美的神话传说。虽然不像古希腊神话传说那样具有严密完整的系统,但印度神话传说中的神也具有人的性格、特征和欲望。关于因陀罗、大梵天、毗湿奴和湿婆的众多神话,想象丰富优美,曲折动人,而且成为后来印度一千多年文学题材的重要来源,可以说是印度文学的"艺术母胎"。

与古希腊罗马神话传说比较,东方上古神话表现出自己的特点:首先,反映农事方面活动的神话居多。这与亚非地区较早进入农业定居阶段的社会现实有关。早在苏美尔时代,就有一则《埃美什和恩腾》的传说,畜牧业创始人埃美什和农业创始人恩腾争夺"众神的农夫"的称号,相持不下,结果由苏美尔和尼普尔的大地之神与最高神作出裁决:荣耀属于恩腾。其次,神话传说中的英雄是集体的英雄,为民而生、为众而死,看不到个人的动机。巴比伦的吉尔伽美什,希伯来的摩西,中国的尧舜神农氏都是这类英雄。再次,想象庄重严肃,以人世社会活动为想象的出发点,以解释自然现象,把人神化。即使成就较高的印度神话,也把神想象成不同凡人的形貌,或三头六臂、或面目狰狞。东方神话不同于希腊神话把神人化,缺乏"童年时期的天真"。

(二)诗歌创作

诗歌是上古东方文学最突出的成就。它品种繁多,艺术上比较成熟,有原始劳动歌谣、情歌恋诗、宗教祈祷诗、赞美诗、咏物诗、哲理箴言诗和史诗等。

巴比伦史诗《吉尔伽美什》是迄今为止发现的世界文学史上最早的一部完整史诗,据考证形成于公元前2000年,但包含了公元前3000年就已流行的苏美尔神话传说。全诗三千余行,刻写在十二块泥板上。史诗描写乌鲁克国王吉尔伽美什与野性未泯的恩启都由交战到结交为好友,协力战胜杉妖芬巴巴、杀死天神派遣危害人间的天牛。他们的行为触怒了天神,恩启都受惩病逝,吉尔伽美什由好友的死而远走异乡探寻长生之秘,却失望而归。这部人类文明之初的史诗,对于认识当时人类的思维和文化心理有着丰富的内涵,从中可以看到当时人们对于人与自然关系的理解、人的主体意识初步觉醒;吉尔伽美什和恩启都的关系形象地反映了古代两河流域苏美尔城邦奴隶制文化和闪族游牧原始文化的冲突与融合;同时,史诗中也表现了古代巴比伦人对生命奥秘和自然规律的探讨与认识。《吉尔伽美什》对后世文学产生深远影响,被不断改写成不同版本流行于西亚,并对古代希腊神话和荷马史诗都产生了影响。

印度史诗《摩诃婆罗多》和《罗摩衍那》规模宏大、内容丰富。仅《摩诃婆罗多》就是古希腊荷马两部史诗总和的8倍,是上古民族史诗篇幅之最;《罗摩衍那》也有七篇近五万行。两部史诗反映了上古印度奴隶社会时期的现实,表达了古代印度人的伦理观念和人生理想。《摩诃婆罗多》的中心情节是叙述婆罗多后代的两支,即般度族和俱卢族之间的一场大战,交织穿插了许多独立完整的插话,表现了正法与非法的伦理冲突,也象征性地表现了印度人寻求人与宇宙和谐相处、人在内在世界中最高自我与经验自我相统一的哲学观念与生活理想。《罗摩衍那》以罗摩救妻降魔为基本情节,处理的中心主题还是正法与非法的伦理斗争,表达善必然战胜恶的坚定信念。从两部史诗表现的文明进化程度看,《罗摩衍那》晚于《摩诃婆罗多》。艺术表现上,《罗摩衍那》更为成熟,描绘精细、叙述生动、情景交融。在印度,《摩诃婆罗多》被称作"历史传说",《罗摩衍那》才被称为"最初的诗"。但两部史诗都体现了以瑜伽①哲学为中心的印度精神,成为婆罗门教和印度教的经典,史诗中的许多人物成为印度人至今膜拜的"神"。两大史诗也成为印度后世文学的"源泉",对两部史诗的改编、扩写、演绎成为以后千余年印度文学的重要内容,从史诗中选取题材、汲取灵感的作家诗人不计其数。印度两大史诗早就越出国界,对南亚、东南亚地区和我国西部、西南部地区少数民族文学都有难以估量的影响。

上古东方不仅拥有世界文学史上最早和最长的史诗,还有如埃及的《亡灵书》、印度的《吠陀》、希伯来的《旧约·诗篇》和中国的《诗经》等大型抒情诗集。这些诗集虽然是经过祭司或王室文人出于宗教的或政治的目的加以收集编订的,但诗集中有古朴淳厚的颂神诗、多姿多彩的咏物诗、清新婉约的恋情诗、深刻辩证的哲理诗、悲愤激昂的悼亡诗等,其中不乏表现当时人民思想情感、反映古代东方民族文化心理的优秀之作。甚至可以说,比之史诗,这些抒情短章更具有东方特色。

东方民族对滋养他们的河流予以满怀深情的赞美。《梨俱吠陀》中有诗赞颂印度河的磅礴气势:

  闪光的印度河施展无穷的威力,
  他的咆哮声从地上直达天国;
  犹如雷鸣中倾泻的滂沱大雨,
  他奔腾向前似怒吼的公牛。(10.75.3)

《尼罗河颂》约形成于公元前13世纪,抒写了古代埃及人对尼罗河的感激之情:

  万岁,尼罗河!
  你在这大地上出现,
  平安地到来,给埃及以生命:
  ……
  给一切动物以生命;
  不歇地灌溉着大地;
  从天空降下的行程;
  食物的爱惜者、五谷的赐予者,
  普塔神啊,你给家家户户带来了光明。(第一节)

上古东方抒情诗往往与人类早期万物有灵的神话意识、宗教观念相关,艺术表现上往往借助于日常生活物象表达内在激情,叙事抒情交织渗透,情感炽

---

① 瑜伽是梵文 yoga 的音译,原意为以轭连接来驯牛驭马,后引申为连接、统一、归化等意。印度瑜伽派哲学给"瑜伽"的定义是"对心作用的控制",其哲学的基本内容是要求人们以理性、情感和行动去领悟自我与宇宙的和谐统一,实现"个别自我"与"最高自我"的统一。瑜伽也指一种修神养身的法术,称为"瑜伽术"。

烈、意象清晰、语言朴素。除上述大型抒情诗集外,还有像巴比伦、埃及流传的民间创作的劳动歌谣,也有像印度的迦梨陀娑、希伯来的耶利米、中国的屈原等著名抒情诗人的文人诗歌。

(三)散文故事

以散文文体写作的故事也是上古东方文学的重要样式,包括历史故事、生活故事和寓言故事三大类。

历史故事包括历史人物传记和历史事件史传。前者如埃及古王国时期的《梅腾传》,它被认为是文学史上最早的传记文学;希伯来《旧约》中大卫、扫罗、所罗门三王的故事是传记文学的代表作,后者如《旧约》中的《以斯拉记》、《尼希米记》等。《尼希米记》记叙耶路撒冷圣殿和城墙的重建,叙述生动翔实。

生活故事以埃及最为繁荣,《能说会道的农夫的故事》、《赛努西的故事》、《厄运被注定的王子》、《昂普·瓦塔兄弟》都具有生动曲折的特点,表现了古代埃及人对命运的怀疑和对是非的探索。《昂普·瓦塔兄弟》叙述:昂普和妻子把弟弟瓦塔带大,共同生活。嫂子喜欢年轻力壮的瓦塔,调戏未成,却在丈夫面前反咬一口。瓦塔被迫离开兄嫂,居于胶树谷的胶树花朵中,神仙造一女子陪伴他。这女子后来成为王妃,指使法老砍倒胶树。瓦塔变成一头牛,王妃又要国王宰牛献祭;他又变成一棵树,王妃又要国王砍树锯成木板。砍伐时一块木片飞入围观的王妃口中,王妃咽下而孕生了新国王,即瓦塔投胎再世。他澄清了以前的冤情,把哥哥接来封为一方之王。瓦塔在位30年,国泰民安。故事想象丰富,具有浓郁的神话色彩,表达了对正义的赞颂与邪恶的憎恨。印度的《鹦鹉故事》以一只鹦鹉为独居的商人妻子排除寂寞讲述故事为框架,叙述了一些男女偷情,巧妙地掩人耳目以及其他凭借智慧达到目的的生活故事。希伯来《旧约·路德记》以更加朴实的现实笔调,描述了宗法社会的古老生活,有对寡妇再嫁、异族通婚、婆媳相处等生活场景的描绘,可以称之为"原始小说"。

寓言故事在古代印度创作丰富。《佛本生故事》和《五卷书》都是著名的寓言故事集。《佛本生故事》是部规模庞大的佛教寓言集,计有547个故事,用巴利文写成。它以讲述佛祖释迦牟尼前生故事的方式出现,实则是将流行于民间的寓言故事加以编订。佛祖经历过无数次转生,转生成各种动物,这样把佛教意义附会于动物寓言。这些寓言故事以弘扬佛旨,褒贬善恶为基本主题,通俗易懂,质朴幽默。《佛本生故事》在信仰小乘佛教的东南亚地区国家广为流传,备受欢迎。《佛本生故事》的影响是地区性的,《五卷书》的影响却是国际性的。《五卷书》以婆罗门老师教诲王子为大框架,通过生动有趣的动物故事,在飞禽走兽世界的描绘中,宣传婆罗门教的"修身处世统治论",包括治国方略、处世经验、实用知识和道德规范等。形式上采用故事套故事的叙事结构,韵文、散文杂糅。《五卷书》以阿拉伯文译本《卡里来和笛木乃》(约8世纪)为中介,随着中古东、西文化交流而传遍世界主要国家,其内容和形式都对后世文学产生深远影响。

（四）戏剧创作

早在埃及古王国的米耶王朝（公元前3200—前2980）就产生了人类最早的戏剧，《金字塔铭文》保存有哀悼奥西里斯和欢呼其复活的宗教剧片断。但戏剧是上古东方发展最慢的文学形式。上古东方民族戏剧，大多停留在原始歌舞和宗教祝祷阶段。戏剧的发展，与演出联在一起，古代东方不具备希腊雅典城邦那样的社会基础和民主条件，因而发展缓慢。希伯来《旧约·约伯记》通篇由对话构成，有人物之间的冲突，从中可以看到早期戏剧的雏形。东方上古戏剧，在公元前后的印度获得发展。

印度古代戏剧在《吠陀》对话诗的基础上发展。在公元前2世纪的《大疏》中提到戏剧表演，在迎神赛会上演员戴着面具表演黑天故事。大约在公元前后出现的《舞论》（相传为婆罗多仙人著）是对早期梵语戏剧实践经验的总结。这是东方上古文学史上绝无仅有的戏剧美学著作，以戏剧表演为中心，涉及戏剧的各个方面，尤其是对印度古典美学中的"味"作了全面系统的阐述，从观众接受的角度对戏剧的审美情感和审美效应作了自成体系的深入探讨。《舞论》的理论成就表明公元前印度戏剧已经有了相当程度的发展和积累。但早期梵语剧作流传下来的很少。现在知道最早的梵语剧作是在我国新疆发现的佛教诗人、剧作家马鸣（约公元1—2世纪）的《舍利弗》残卷。而代表早期梵语戏剧成就的剧作家是跋娑（约公元2—3世纪）、首陀罗迦（约公元3世纪）和迦梨陀娑（约公元4—5世纪）。

跋娑是后世称道的古典梵语戏剧大师，但他的剧作到1909年才在南印度发现，共有13部。他的剧作大多取材于两大史诗，戏剧性强，人物性格鲜明，场景描写生动。《惊梦记》是跋娑的代表作，剧作的主要笔墨是描写优填王和王后仙赐的爱情，而爱情背后却是拯救国难的政治背景，成功地塑造了仙赐这一救国图存而富于自我牺牲精神的艺术形象。剧作结构严谨完整，采用明暗人物和旁白手法，有效地刻划人物性格。

《小泥车》是首陀罗迦的代表作。这是上古东方文学中最富于社会意义的现实主义作品，剧情描写奴隶起义、推翻暴君统治，在古代文学史上具有特殊意义。剧作情节曲折、跌宕起伏，充满戏剧冲突和紧张气氛，同时又洋溢着幽默情趣和对生活的乐观理解，不乏诗情画意的戏剧场景。

迦梨陀娑是古典梵语的伟大诗人和剧作家，他的创作是东方上古文学最高成就之一。

三 上古东方文学的基本特征

上古东方各民族的社会历史的类型相似，使得上古东方文学表现出一些具有共同性的突出特征。

第一，口头创作丰富、民间文学特点突出。上古东方文学的主要部分来自民间创作的口头文学，文人创作只占极小部分。从现在已有的材料看，只有印度、希伯来和我国较早地出现个人创作。现在看到的上古东方作品，大都是经过后来搜集、整理、加工、编定的书面文学，但口头文学的特点非常明显。文学体裁大都是神话传说、民歌民谣、史诗箴言、说唱故事等；结构形式上的故事套故事、诗文夹杂是民间说唱文学的痕迹；表现上常用朴素的比喻、突出的夸张、传奇性幻想等手法，也是民间口头讲述吟诵、突出效果、吸引听众的结果。

第二，文学与历史、哲学、宗教、政治、法律、道德伦理的著作没有严格的分别，既是民族、国家的文献汇编，也是文学创作集子。印度的《吠陀》、《摩诃婆罗多》，埃及的《亡灵书》，希伯来的《旧约》，古波斯的《阿维斯塔》都是这样的"百科全书"。东方一些古老民族，把神话传说中的故事，当作民族的真正历史；用经验性的感受，表达朴素的哲理；神话演绎成威严的教义等这样的情况非常普遍。

第三，突出集体力量，强调道德规范的主题占有重要地位。古代东方长期的专制统治和"小国寡民"的自然经济条件，生产力低下，往往依靠集体力量才能抵抗外来灾害。东方民族的观念体系中，"自我"意识淡漠，只有在集体、社会中才能意识"自我"。这种观念表现在上古文学创作中，很少描写个人奋斗的英雄业绩或聪明才智。吉尔伽美什虽然文武双全，也有一位随时陪伴在侧的恩启都。即使抒写个人情感，也离不开忧民济世，印度的迦梨陀娑、我国的屈原、希伯来的耶利米都是例证。这种集体观，使得有关个人与集体、人与人之间的关系的伦理道德问题非常突出。道德教谕是上古东方文学非常突出的主题，箴言诗、劝世寓言自不必说，叙事作品也往往用某一道德标准去约束作品中的人物；以道德的善恶，对人物进行褒贬，《摩诃婆罗多》从正法观念出发，歌颂般度五子的美德，谴责俱卢族的无道。

第四，偏重于庄重肃穆、敦厚恬静的艺术风格。东方上古社会发展"畸形"，文学也是"少年老成"的文学，虽是童年时期，却见老者的庄重。东方神话最能说明这一点。上古东方文学的警世训诫面目，总是非常严肃。无论吉尔伽美什面对死亡的伤感，还是马尔都克创世成功后天庭的赞颂，或是约伯与朋友对"罪与罚"的讨论，都透射出一种严峻肃穆的气息。上古东方民族在大自然庇护下生存，人们崇敬大自然，不是希冀征服、改造大自然，而是渴求与之同一。这种自然观体现在文学中，就是中庸、恬静和温婉的艺术风格。上古东方文学多用象征、比兴，较少纵横千里的陈述；人物形象也多属平和、中庸一类，难以听到怪异极端的"不和谐音"。沙恭达罗宫中被拒，转身投向地母怀抱；古希腊的美狄亚报复喜新厌旧的丈夫，血刃亲生的儿子。同是上古戏剧的东、西两位女性，分别代表了东、西方的艺术风格和审美具象。

上古东方文学无论是作品的流传途径，还是根本的思想特征，抑或总体艺术风格，都可以从东方古代社会、历史和文化中探寻到根源。

第二节　美索不达米亚史诗与《吉尔伽美什》

"美索不达米亚"是古代希腊人对西亚幼发拉底河和底格里斯河两河流域的称呼，意为"两河之间的土地"，这是人类文明的发源地之一。古代美索不达米亚地区产生了人类最古老的文学，有一批原始史诗，以古巴比伦的《吉尔加美什》成就最高，它是迄今发现的人类第一部完整的史诗。

一　古代美索不达米亚文化简述

美索不达米亚包括今伊拉克的大部分地区。在古代,这一地区还进一步区分为几个区域单元。大体上以两河距离最近的地方(今巴格达)为中心,北部称亚述,得名于亚述城,南部称为巴比伦尼亚,得名于巴比伦城。巴比伦尼亚又以尼普尔(今努法尔)为界,分为南北两部分,南部称苏美尔,得名于最早文明的创立者苏美尔人;北部称阿卡德,得名于阿卡德城及其创建者阿卡德人。

早在公元前5000年代,美索不达米亚最南部已有欧贝德人创建的农业文明。约在公元前3500年左右,苏美尔人来到两河流域南部,征服了欧贝德人,创建了定居的农业城邦文明。他们发展农业,建设城市,在艺术、建筑、社会组织、文化教育、宗教思想等方面取得惊人的成就。苏美尔文明成为古代美索不达米亚文明的基础。随后,阿卡德人、古提人、阿摩利人、加喜特人、亚述人、迦勒底人先后在这一地区建立起阿卡德王国(公元前2371—前2230)、乌尔第三王朝(公元前2113—前2006)、古巴比伦王国(公元前1894—前1595)、加喜特王朝(公元前1595—前1157)、亚述帝国(公元前1114—前612)、新巴比伦王国(公元前626—前539)等政权。这些外来的游牧部落在军事上征服了当地定居居民,成为政治上的统治者,但在文化上却被文明程度高的原土著定居农业文明所同化。因而,在古代两河流域形成一种既有民族色彩的丰富性、又有共同统一性的古代美索不达米亚文化。

古代美索不达米亚文化具有下列特点:

第一,以苏美尔文化为基础的多民族文化的融合。两河流域的历史是一连串游牧民族征服当地居民,自己成为定居居民有威信的游牧民族政府的历史。这样的历史发展过程,自然就存在新来民族文化与原有民族文化之间的冲突与融合。这些新来民族都带来各自民族的原有文化。但起点很高的苏美尔文化往往将新来的游牧文化同化,加上苏美尔平原没有阻碍通讯、交通的自然屏障,因而即使不同民族带来了新的文化,两河流域还是存在一个显著的文化共同体:统一的建筑模式、统一的政治宗教制度、统一的楔形文字。

当然,不同民族的文化在同一中也有各自的独特之处。如苏美尔人勤勉踏实,擅长农业和手工业;巴比伦人机巧灵活,商业发达;亚述人蛮勇彪悍,长于军事征伐。

第二,楔形文字与泥板文书。公元前4000年代末叶,苏美尔人就已发明了世界上古老的图画文字,随后由图画文字符号演变成楔形文字。造成这种变化的决定因素是书写材料的改变。最初的图画文字符号是刻写在石头上,但两河流域狭长的平原石材稀少。随着文字应用范围的不断扩大,必须采用来源丰富易得的新材料进行文字书写。于是,苏美尔人使用取之不尽、用之不竭的黏土作为书写材料。他们用和水的黏土制成泥板,形状有方有圆,大则几十寸,小的才几寸,这种湿软的泥板就是他们的所谓的"纸",他们所谓的"笔"是削成楔子形的芦苇秆。他们在湿软的泥板表面压刻文字,笔划为楔形,文字由横、竖、斜划的楔子形符号构成。泥板表面写满文字后,晒干焙烧,成为坚固的板块,得以长期保存。这种写有楔形文字的泥板可以一块构成一篇独立的文献,也可以几块或几十块相连贯而组成一部书。这就是泥板文书。苏美尔人发明了楔形文字后,阿卡德人、古巴比伦人、亚述人都采用这种文字体系。大约从公元前2000年代开始,楔形文字便向西亚地区广泛传播,赫梯人、腓尼基人、埃兰人、波斯人都接受了这种楔形的书写方式。故此,楔形文字被誉为古代东方的拉丁语。

第三,多神信仰与自然崇拜。原始宗教中的自然崇拜残余始终保留在两河流域的宗教观念中。美索不达米亚先民崇拜宇宙间的重要自然现象,如天、风、水、日、月亮等,作为定居农业文明,这些自然现象与人们的生产、生活密切相关,他们被神格化为几位主神安(安努)、恩里尔、恩基(埃阿)、乌图(舍马什)、南纳(辛)受到膜拜。

随着王权的加强,源自自然崇拜的神转化为王权(城邦)保护之神。各城邦有各城邦的保护神,各地有各地的保护神。古代两河流域崇拜的神灵众多,有善神也有恶魔。

第四,实用科学技术发达。古代两河流域的文明是基于河流灌溉的农业文明,围绕这一基础的实用科技非常发达。出于组织浩大排灌工程的需要,行政管理系统和法律发达,乌尔第三王朝的《乌尔纳木法典》是迄今所知的人类最早的成文法典;巴比伦的《汉谟拉比法典》是世上最早的完整、详备的法典。用于测量河堤、田界的数学、几何测量学也取得突出成就。宫殿、神庙的建筑工程学也是古代两河流域人的骄傲。

二 美索不达米亚史诗概况

古代美索不达米亚文学有丰富的神话传说、宫廷铭文、智慧文学、情诗哀歌、颂歌祷文等不同形式的作品。史诗创作也取得很高成就。

美索不达米亚史诗都比较原始,与早期神话结合,刻画英雄形象,以神话思维和古朴的艺术手法表现人类文明初期的生活、理想与愿望。

目前已经确知的苏美尔史诗有9部。9部史诗以乌鲁克第一王朝的三位国王为主人公,叙述他们征伐四方、远游历险、为民除害的卓著功勋。其中关于乌鲁克第一王朝的第二位国王恩美尔卡的有两部,关于乌鲁克第一王朝的第三位国王卢伽尔班达的也有两部(其中之一也涉及恩美尔卡),关于乌鲁克第一王朝的第五位国王吉尔伽美什的则有五部。这些史诗的篇幅短的也有100多行,长的有600多行,诗作具有浓厚的传奇色彩,但也在一定程度上反映了某些真实的历史面貌,从中可以看到初民们的生产生活情景、争夺霸业的城邦战争、祭祀神灵的古老风情、战胜自然灾害的种种努力。

关于恩美尔卡的两篇史诗,主要描述乌鲁克与远在东方波斯境内的名城阿拉塔之间的斗争。阿拉塔是座富庶的城市,盛产金属和各种矿石,而这些正是美索不达米亚所缺少的。因此苏美尔的英雄、乌鲁克的统治者恩美尔卡对阿拉塔城及其财富觊觎已久,决定迫使其臣服于自己,并最终达到了目的。史诗称恩美尔卡是太阳神乌图之子,他为了使阿拉塔臣服,请求苏美尔的爱神和战争女神、太阳神乌图的妹妹伊南娜保证他实现愿望:

让阿拉塔臣服乌鲁克,/让其人民从他们的高原带来山石,/为我修建大神庙,为我修建大神殿,/为我建立供奉众神的大神殿,/为我在库拉波贯彻神圣法律,/为我创造像神圣高原一样的阿布祖神庙川,/为我把埃利都净化得像山一样……/愿人民表示赞赏和支持,/愿乌图以愉悦的目光注视着我。

在伊南娜的支持下,使者几次往返乌鲁克和阿拉塔,通过种种外交斡旋,时而许以利益,时而以武力相威胁,还有祭司斗法的场面。最终恩美尔卡战胜了阿拉塔王恩苏库什希拉那。恩苏库什希拉那致函恩美尔卡表示臣服:

你是伊南娜的宠爱者,你独享尊崇,/伊南娜真正地选择你作为她神圣的拍档,/从低(地)到高(地),你是他们的主人,/我要次于你,/从一开始,我就不是你的对手,你是"大兄长",/我永远也无法与你相提并论。

关于卢伽尔班达的两部史诗是《卢伽尔班达和恩美尔卡》、《卢伽尔班达与胡鲁姆山》。两部史诗都有 400 多行,主要内容写卢伽尔班达的几次长途跋涉、历经艰难的冒险。前者叙述卢伽尔班达身在遥远的异地扎布,渴望回到家园,在一只神鸟伊姆杜古德的帮助下,经过一番波折,如愿回到乌鲁克。但当时乌鲁克受到塞姆族的马尔图的侵扰和围困。卢伽尔班达自告奋勇,孤身一人翻越了七座山脉,来到了阿拉塔寻求援助。后者描述卢伽尔班达再次前往遥远的阿拉塔旅途中,在胡鲁姆山突然病倒了,同行的伙伴认为他将很快死去,决定扔下他继续前行。卢伽尔班达在太阳神乌图的救治下恢复健康。他靠狩猎和采集野果生活,还为安、恩利尔、恩基和宁胡尔萨格苏美尔四大神敬奉食物和酒,赞美月神南纳、太阳神乌图和金星女神伊南娜以各自的光辉遍照寰宇。

关于吉尔伽美什的五部史诗是《吉尔伽美什与阿伽》、《吉尔伽美什和生物之国》、《吉尔伽美什和天牛》、《吉尔伽美什的死亡》、《吉尔伽美什、恩启都和地下世界》。这些史诗在古巴比伦时期,经过古巴比伦艺人的整合、加工和再创造,形成了美索不达米亚史诗最高成就的《吉尔伽美什》。

在古巴比伦之后,美索不达米亚还出现一些以历史事件为主题的史诗。"比如,有一首反映迦喜特王朝晚期情况的史诗,从巴布伦人的角度描述和哀悼了埃兰人所承受的灾难。公元前 13 世纪,亚述人则以长达八百至九百句的诗歌反复渲染了图库勒提尼奴尔塔对巴比伦尼亚的胜利。晚期的史诗都有一定的现实意义和政治色彩,在一定程度上能反映一些历史事实。"[①]

三 古巴比伦史诗《吉尔伽美什》

古巴比伦史诗《吉尔伽美什》主要取材于苏美尔-阿卡德的神话传说、历史故事。史诗的主人公吉尔伽美什是洪水后乌鲁克城邦的第一王朝的第五位国王,他执政的时间大致是在公元前 2700 年至公元前 2600 年之间。他曾经修造过乌鲁克的城垣,与邻近城邦打过仗。这本来是一个人间英雄,由于远古初民

---

① 刘文鹏主编:《古代西亚北非文明》,中国社会科学出版社,1999 年,第 351 页。

对当时不平凡的英雄业绩具有原始神秘色彩的理解，以及人们对民族英雄顶礼膜拜的心理，古代人们往往赋予英雄史诗以神奇浪漫的色彩，故此吉尔伽美什在人们长期口头传颂的过程中有了"神"的色彩。就在公元前3000年代的苏美尔时期，关于吉尔伽美什的英雄传说便开始在苏美尔人中间流传。

苏美尔时期关于吉尔伽美什的5部史诗作品，已经具有了后来的《吉尔伽美什》的主要情节。《吉尔伽美什与阿伽》记述吉尔加美什与基什国王之间的一次冲突；《吉尔伽美什和生物之国》描述了吉尔伽美什与恩启都诛杀杉妖芬巴巴的情节；《吉尔伽美什和天牛》叙述了吉尔伽美什拒绝女神伊什塔尔的求爱以及杀死女神派来作恶的天牛的情节；《吉尔伽美什的死亡》中有吉尔伽美什对死亡思考的内容；《吉尔伽美什、恩启都和地下世界》中有英雄主角与亡灵对话的情节。这些关于吉尔伽美什的苏美尔史诗，除《吉尔伽美什与阿伽》的内容没有整合进《吉尔伽美什》外，其他史诗的内容构成《吉尔外美什》的主干情节。因而有论者认为："一般习惯称《吉尔伽美什》为巴比伦史诗，实际上它是苏美尔人和巴比伦人的共同创造。更确切地说，它是公元前2千年代的巴比伦人对公元前3千年代苏美尔人的文学遗产进行加工改造的结果。"①

《吉尔伽美什》在苏美尔口头文学的基础上逐渐发展和充实，最早的写定本大概出现在巴比伦第一王朝时期（公元前19—前16世纪）。公元前7世纪时，亚述帝国国王阿树尔巴尼帕尔命人将《吉尔伽美什》等珍贵文献写定，藏于都城尼尼微（今伊拉克摩苏尔的附近）的宫廷图书馆里。这是目前所知的最完备的编辑本。公元前612年，尼尼微城被攻陷落，宫廷泥板书库里珍藏的楔形文字泥板文书便随同这个城市的毁灭而被埋于地下。直到1845年，一位英国考古学家在古代尼尼微遗址进行考古发掘，奇迹般地发现了阿树尔巴尼帕尔所居住的宫殿和图书馆及馆藏的2万多块泥板文献。随后考古学者们在尼尼微城等地的古代文化遗址中陆续发掘出了许多泥板文书及其残片。

1872年，英国人史密斯从大英博物馆珍藏的亚述语泥板文书残片中，偶然译读出一个洪水方舟故事的轮廓，发现该故事的情节与《圣经·旧约》创世记中洪水方舟的神话故事非常相似。之后，史密斯为了找到更多的证据，先后两次对古代名城尼尼微的遗址进行了实地考察，收集到了数千块泥板文献的残片，从中发现了由12块泥板组成的古巴比伦史诗《吉尔伽美什》。后来的学者们逐渐弄清了每一块泥板文书的内容，从而掌握了这部史诗的全貌。19世纪90年代，亚述学学者浩普特将当时已知的《吉尔伽美什》的亚述文泥板全部出版，这是这部出土泥板史诗的最早编纂本。1917年兰古顿公开发表了古巴比伦语的泥板史诗。1913年秦美伦发表了苏美尔语板的史诗的残片。至20世纪的20年代，沉睡了3000多年的古巴比伦史诗才基本完整地呈现在人们眼前。

《吉尔伽美什》约3500行。从结构上看，史诗可分为前言和正文两大部分，正文的情节包括七部分。

---

① 叶舒宪：《英雄与太阳——〈吉尔伽美什〉的原型结构与象征思维》，《民间文学论坛》1986年第1期。

前言主要描述吉尔伽美什其人其事。他是一个万事通;他是个周游过世界的国王;他很聪慧,洞悉一切神秘和秘密之事,在洪水到来之前,他事先获得了消息。他进行了长途旅行,历经艰辛,回来后把所经历之事刻在一块岩石上。当众神创造吉尔伽美什之时,它们赋予他完美的身躯,太阳神沙玛什赋予他美貌,暴风雨神阿达德赋予他勇敢,众大神使他的美貌更完美,超过所有其他人,其威武宛若一头巨大的野公牛。它们把他塑造成三分之二像神,三分之一像人。他在乌鲁克修建城墙和堡垒,为天神安努和爱之女神伊什塔尔修建了埃安纳神庙,使其金碧辉煌,无与伦比。

史诗正文的第一部分描述吉尔伽美什在乌鲁克的残酷统治激起人民的怨愤,天神创造了野人式的恩启都,恩启都身体粗犷,留着女人式的长发,经常与野兽生活在一起。恩启都来到了乌鲁克与吉尔伽美什展开了猛烈的厮杀却不分胜负,两人相互钦佩对方的勇敢和武艺,结成了形影不离的莫逆之交。第二部分的吉尔伽美什由一位罪大恶极的暴君转而成为为民造福的英雄。他与恩启都一道消灭了大漠中危害人间的雄狮,又以坚毅的勇气征服了身材高大、异常凶狠、口吐火焰和毒气的杉林之妖芬巴巴。第三部分写吉尔伽美什拒绝女神伊什塔尔的求爱,愤怒的伊什塔尔遣天牛进行报复。吉尔伽美什、恩启都与天牛展开了生死搏斗,杀死天牛。第四部分挚友恩启都的亡故对吉尔伽美什的打击实在太大,他感到死亡乃人类最大的悲剧。他对自己的命运感到惶恐不安,因此决心探寻获得永生的奥秘。他历经艰难险阻,找到了被列入神籍的人类始祖乌特那皮什提牟。第五部分是乌特那皮什提牟向吉尔伽美什讲述的"洪水故事"。人类的发展令众神不安,安努和恩利尔等众神召开会议,决定毁灭人类。智慧之神埃阿给乌特那皮什提牟以预示,让他建造方舟,把他的家人及所有有生命之物安排在船中。六天六夜,洪水咆哮,狂风大作。至第七天,洪水退去,风平浪静。乌特那皮什提牟为人类及万物保留了生命之种。他被列入神籍,并获得了永生。第六部分写乌特那皮什提牟向吉尔伽美什揭示了如何获得返老还童仙草的秘密。吉尔伽美什按照他的指点,潜入海底,获得使人长生不老的仙草。但在归途中,仙草被蛇叼跑。吉尔伽美什沮丧地回到乌鲁克。第七部分叙述吉尔伽美什与友人恩启都幽灵的对话。恩启都为吉尔伽美什找回掉入阴间的鼓槌而被羁留阴间,吉尔伽美什在智慧之神埃阿的帮助下,让恩启都的灵魂返回了人间,恩启都的灵魂向他讲述了阴曹地府的情景。

一些学者认为:从叙述角度看,《吉尔伽美什》内容的矛盾性有三点是比较突出的:首先,是艺术表现方面的粗糙,包括语言的讹脱与繁冗,情节的脱节与讹谬。譬如,史诗的第 7 块泥板说恩启都患致命的疾病后的第 12 天去世了。可是,在第 12 块泥板里面,恩启都却又还活着,而且,恩启都口口声声称吉尔伽美什为"我的主人",他俩已经变成主人与仆人的关系。其次,史诗中心人物吉尔伽美什的形象与性格缺乏一致性,他由暴君一变而为英雄的转化,令人感到十分突兀。再次,关于第 12 块泥板阴司冥府的故事问题最多,并且充满着暗淡悲观的宿命色彩,与英雄史诗的主体内涵相悖。甚至有些学者主张,第 12 块泥板不宜收入这部史诗中,而应另作处理。① 其实,这些看似矛盾的地方,正体现了巴比伦作者改编整理苏美尔史诗的用意。

从史诗的叙述层面看,《吉尔伽美什》是古代巴比伦社会现实的反映。

第一,吉尔伽美什与恩启都为民除害的故事,表现了古代两河流域居民的生活与理想。

史诗以大量的篇幅描绘了两位英雄化敌为友后的一系列除害祛恶的功勋。对他俩英勇壮烈的搏斗、感人至深的情谊、轰轰烈烈的业绩,以及吉尔伽美什拒绝轻薄的女神、痛悼亡友、探求死生的奥秘等描绘,构成了这部悲壮史诗最动人心弦的基本场面。这两位远古英雄不惧冒犯权威、不畏艰险、努力探索、积极进取的精神,集中地反映了远古东方两河流域居民的愿望和意志。

第二,洪水浩劫和方舟救渡的故事,反映了古代两河流域居民与自然灾害所进行的生存斗争。从史诗中洪水大浩劫的故事可以清楚看到,人类始祖乌特那皮什提牟眼中的悲惨场景和心中的哀痛之情,反映的是古代两河流域危害人类生存的特大洪水灾难,表现的是劫后丧失亲人的幸存者哀伤欲绝的木然心态。水是生命以及文明之母。人类择水而居,既得其利,又受其害。世界上许多民族都留下了与大洪水斗争的记载。《吉尔伽美什》中的大洪水故事反映了当时洪水灾难的危害和初民求生的艰难。

第三,生命之草得而复失和幽冥地府的故事,浓缩古代两河流域居民对自然法则、生命奥秘的朴素的想象、探求与理解。人类原始的愿望便是想驾驭自然,祈求长生不老。人类原始的恐惧便是自身的死亡。史诗真实地反映了人类童年时期的这种原始愿望与恐惧。幽冥地府的故事不仅与永生仙草的故事紧密相连,同样是古代两河流域居民探求人生奥秘的反映。

《吉尔伽美什》还有深层的象征结构。首先,史诗以太阳运行的深层结构决定了吉尔伽美什历险的表层叙述结构。吉尔伽美什成为古代农业文明中的"太阳英雄"。史诗英雄与天空太阳、人生宿命与宇宙节律之间存在着极巧妙的对应关系。这种富于象征意味的对应关系使整部史诗在内涵上浑然一体,揭示了史诗和谐精美的内在深层结构。其次,吉尔伽美什同恩启都化敌为友的经过,象征地反映了古代美索不达米亚地区历史上游牧文化与农耕文化的冲突与融合。在历史上,不发达的阿卡德人、巴比伦人曾先后取代了苏美尔人,在两河流域建立了霸权地位。但是在文化上却被先进的美索不达米亚文明所征服,并且被之同化。

《吉尔伽美什》作为人类文明初期的史诗,具有独特的艺术风格。史诗以人间现实为基础,又与充满想象的神话世界紧密相结合,天上、地府、人间,任意驰骋,想象力异常丰富;人性、神性相互交织,具有浪漫神奇的色彩;全诗语句通俗,适当地运用了联想、象征、夸张、梦幻、排比、反复、对话等修辞手段和表现手法,以加强艺术效果。

---

① 参看梁潮等著:《新东方文学史》,广西师范大学出版社,1992年。

第三节 《亡灵书》

《亡灵书》是古埃及文学的集大成制作,形成于新王国时期(约公元前1567—前1085年),上承古王国时期的金字塔文和中王国时期的棺文,汇集了大量的咒文、祷文和颂歌,体现了古代埃及崇拜亡灵、向往永生的观念、生与死的哲学思考和审美理想。

一 《亡灵书》的形成与版本

古埃及有成熟的灵魂观和"亡灵崇拜"思想。希罗多德在《历史》中说,古埃及人相信人有5个灵魂:有一种眼睛看不见的"卡"(Ka),它是生命的精气与人一同生存并为人的生存服务,人死之后,它依然单独生存,住在坟墓的周围,所以,在坟墓中要备上水和食物,供养"卡";还有一种人首鸟体的"巴"(Ba),是尸体的守护者;第三个灵魂叫做"库"(Khu),人活着时住在人体内,有时在人睡觉时离体外出,这就成了梦,做梦是灵魂出游;第四个灵魂是人的影像;第五个灵魂是人的名字。古代埃及人相信,人死之后,其亡灵将进入冥界,在神的指引下通过一条条幽暗的小路,战胜一个个恐怖的恶魔,而亡灵也在这历练中不断成长,逐渐恢复生前的能力,并获得神灵的神通。然而冥界之旅中最为关键的不在于这些驱魔战斗,而在于奥西里斯神殿中的审判。在那里,亡灵的心脏将被取出,放在天平之上,由代表真理的玛阿特羽毛来衡量其生前的善恶。生前亵渎神灵、说谎作恶者将被天平旁边的怪兽吞食,只有生前敬畏神灵、诚实为善者才能通过审判。冥王奥西里斯将赐给通过审判的诚实亡灵以神名和冥界天堂,所谓"芦苇之野"的富饶土地,此后,亡灵将永远在那五谷长得比人还高,不断有凉风吹拂的富饶之地耕种收获,过上富足、安详、静穆的永久幸福生活。因而古代埃及人死后制成木乃伊,用麻布包好放在墓棺里,还要放进供死者阅读的书,作为死者去冥国的旅行指南,保护亡灵在冥国中度过险阻,避免各种困厄,顺利应付奥西里斯的审判。

这种亡灵冥界指南的文字最早在古王国时期被刻写在法老的金字塔内,称为"金字塔铭文";中王国时期又被贵族、富人刻画在自己的石棺上,这就是"石棺铭文";新王国时期,面对平民的永生需求,称作《亡灵书》的纸草卷应运而生。因此,《亡灵书》虽然产生于新王国时期,实际上汇集了古埃及数千年间大量的赞歌、祷文和咒语,是人类最早的文学作品之一。

相传《亡灵书》的作者是古埃及的智慧神托特。在埃及神话中,包括太阳神拉在内的诸多神灵都曾从托特那里学得咒语,他们依靠这些咒语战胜恶魔。所以亡灵们也祈求托特,以获得咒语的保护,因而托特创作《亡灵书》以保护亡灵。事实上,《亡灵书》是历代不知名的祭司在神话的启发下写下的祭文、祷词和咒语,在历代的传承中又不断增删删改。

目前已经发现了众多不同的《亡灵书》纸草卷,其长度不一,但主要的章节内容大同小异。这些纸草文书是抄写员早已制作好的,只有主人翁的名字还空缺着,他们出售这些文书,等死者亲属前来购买时再将主人翁的名字补上。在所有目前发现的纸草中,保存最为完好、内容最完整的《亡灵书》版本是 1880 年发现于埃及卢克索西岸的《阿尼的纸草》。这本纸草是《亡灵书》最长、最全面的纸草卷,由 6 种不同长度的纸张构成,每张纸草有 3 层,质地非常结实,往往几张拼接在一起构成一大张,边缘裁剪修补得十分完美。《阿尼的纸草》包括插图、诗作以及描述性的说明,学者研究认为,《阿尼的纸草》大约成书于公元前 1450—前 1400 年间。

二 《亡灵书》的思想内容

《亡灵书》是古埃及一部具有宗教色彩的庞大诗歌总集,集中体现了古埃及人的亡灵崇拜思想。全书汇编了大量的神话诗、颂神诗、歌谣、悔罪诗、申诉诗、祈祷诗、咒语诗等,内容驳杂,种类繁多。中心内容是指导亡灵如何应付冥王在公平殿上的审判,另一重要内容是对太阳神拉和冥王奥西里斯的礼赞,此外就是大量的劝诫之作。

《亡灵书》的中心思想是让死者复生,顺利进入到下一个世界的幻想,表现了古埃及人对生命永恒的渴望与追求,对生命问题的大胆探索和哲理思考,体现了古埃及人多神崇拜的宗教信仰和灵魂不灭、生命永恒的生死观。古埃及人都将生与死作为同等重要的事情来赞颂。他们认为人死后灵魂是不灭的,他们不相信人会真正地死去,人是从死亡状态中复活而再生的。他们认为,代表生命的是人的灵魂,灵魂是不死的,躯体只不过是人暂时栖居的地方。人的灵魂离开躯体之后,不管去了多远、多久,经历了什么,最终还会回来,再次投生到本来的躯体里面。《亡灵书》表现了这种生死观,它是古埃及人在心灵中对抗死亡恐惧的方式。

对神的赞美与祈祷是《亡灵书》的重要内容。为了通过冥途的道道难关,亡灵必须不断地赞美大神并向他们祈求,通过念诵赞美诗来取悦大神,从而获得他们庇佑。书中对太阳神拉、冥王奥西里斯、大神普塔、阿努、托特和 9 联神、42 诺姆神都有不少赞美诗。《阿尼的纸草》开篇就是献给拉神的赞美诗,对初升的太阳进行虔诚的礼赞:

> 啊!尊敬的太阳神拉,
> 你来到天堂,你是众神之主,
> 坐上天堂的宝座;
> 你的驾临照亮了纳特圣母,
> 她伸出热情之手欢迎你,
> 玛努和玛特也与你热情相拥,
> 愿你带来繁荣、荣耀与神圣。
> …… ……
> 太阳神拉登上了宝座,
> 你的笑脸照亮了世界,
> 众神为之欢呼,为之雀跃,
> 你踏上了行程,一直走到玛努,

您的降临让大地每天都充满光明。

《亡灵书》中献给太阳神拉的赞美诗最多,其主旨主要包括:(1)称颂太阳神拉的伟大力量和荣耀历史,以及他在早晨至傍晚乘舟划过天空时,给天堂和大地众神带来的欢乐;(2)讲述大地上的生灵和天堂众神对太阳神拉的崇敬;(3)称颂太阳神拉在天空升起之后驱赶了一切恶魔,为阳世带来了和平的环境;(4)称颂太阳神拉的豪放性情和他创造万物的功绩。《亡灵书》第15章中,亡灵首先赞美了拉神的伟大功绩:他创造了众神,众神对他尊敬有加,为他安排好每日的行程;他每天从东方升起,滋养着世间万物,也为冥界众生带来食物、阳光和水。亡灵向拉神祈求,祈求自己的灵魂能够到达他所向往的地方(天堂),祈求能成为奥西里斯的侍从,祈求能登上拉之舟,祈求成为被人祭祀的神灵等等:

啊!太阳神拉,我愿得到你的保佑。
请让我看看这美景,让我环游天堂!
让我击败厄运之神,让我除掉蛇魔,
让我在安特之舟上捕捉阿伯努鱼神,
让我来牵引色克特之舟和玛特之舟的绳索,
让我看看日神,看看月神,
让我的灵魂自由地出游,
愿我的英名与接受祭品的神灵刻在一处,
将奥西里斯的祭品也分些给我,
正如对待荷露斯那般。
拉之舟启航时,请给我预留一个座位。
让我跟随奥西里斯,前往冥界的神圣境域。

在献给奥西里斯的赞美诗中,亡灵表达了自己对奥西里斯的虔诚。他首先歌颂奥西里斯从出生直到成为冥王的非凡经历,随后又赞美奥西里斯无比尊崇的地位:"你拥有无上的权力。/你名为乌沙,威震四方,/你的生命是无穷的存在,那便是'安勒夫'。/尊崇的,你是君王中的君王,/主宰中的主宰,王子中的王子。/你统辖上下埃及两地,/你还统辖阿科特的土地。/你的身躯由白银铸就,/你的头颅用宝石制成,/你的皇冠用珍贵的土耳其宝石镶嵌,光彩照人,永不磨灭!"如此虔诚的赞美定能得到奥西里斯的关注,随后亡灵不失时机地向奥西里斯表达自己的愿望:

愿你能让我在天堂中享受永远的幸福生活。
我在冥界定讲真话,请容我乘舟顺流而下到达图阿特。
我愿化作一只伯努鸟溯江而上,飞到美丽的阿比多斯。
愿我能毫无阻隔地来到阿比多斯,在那里自由地出入。
愿我能进入图阿特众神之门。
愿我能在再生之殿获得面包和蛋糕。
愿我能在阿努得到足够的祭品——蛋糕和麦酒。

愿我能在舍科荷特—阿努找到一处固定的住所。

这些愿望也是每一位进入冥界的亡灵的愿望,在接下来的旅程中,亡灵将为这些愿望的实现付出艰苦的努力。

《亡灵书》描述了当时的社会生活,特别是对一些宗教礼仪、丧葬习俗的描述特别细致,木乃伊的制作、祭品的存放、祷词的念诵等都有记述,也有对冥界生活的种种生动的想象。从《亡灵书》中可以看到古埃及人热爱生活的心情和对生命不朽的渴望。有些诗作以描写冥界情景的方式,表现现实生活的场面,如在《另一个世界》这首诗中写道:"你不再在你的/选中的小径中颠踬,/一切的邪恶与黑暗全从你的心灵中落下。/在这里的河旁,/喝水和洗你的手脚罢,/或者撒下你的网,/它一定就充满了鱼。"

亡灵在奥西里斯审判时,会对自己生前的行为作出辩白:"最伟大的神,真理之神啊!/向你(奥西里斯)致敬!神啊!/我恭顺地来到您面前,/景仰您!神啊!/我是一身清白而毫无谬误地来到您身边的。/我没有欺负过别人,/没有误入过歧途,/没有言而无信,没有心怀邪念去窥视亲人的妻子,/也没有伸手偷过别人的钱财,/我没有撒过谎、骗过人,/没有违背过神的旨意,/没有诬陷过他人的奴隶。/神啊!我没有忍心让别人啼饥号寒,/我没有杀过人,/没有暗算过人,/也没有怂恿别人去杀人,/我没有从寺庙中偷过祭品,/没有侵占过不义之财,/没有对亡灵亵渎不敬,/我没有荒淫放荡过,/没有玷污过任何神圣的东西,/我没有高价卖过小麦,/也没有在粜粮时做过手脚……我是纯洁的,我是纯洁的,/我是纯洁的……/我既然清白无辜,/神啊!请高抬贵手放过我吧!"这里一连串的"没有……"是用否定的句式,表现古埃及人的行为方式和伦理准则,他们重视的道德信条是诚实、本分、正义、清白等。

三 《亡灵书》的艺术成就与影响

《亡灵书》虽然是一部内容驳杂的大型宗教诗歌集,反映了古埃及人的宗教信仰和价值观,但从文学表现的角度看,《亡灵书》也是一部体现古埃及人的生命意识与自我意识觉醒和审美理想的诗集。

诗句写得庄严典雅,气象宏阔,表现出古埃及人对太阳神拉和奥西里斯等古老神灵的无限崇拜。他们不仅能把生命和欢乐带给生者,也将把生命和欢乐带给死者,人们生前礼赞他们,死后也礼赞他们。这股神灵世界既是古埃及人的宗教,也是他们的理想。

《亡灵书》全书结构比较松散,诗与诗之间不存在有机的联系。但大体上可以把握到亡灵死后进入冥界到复活永生的曲折而离奇的经历:亡灵来到冥界,在引导神的指引下通过一条条幽暗的小路,战胜一个个恐怖的恶魔,亡灵在历练中逐渐恢复生前的能力,并获得神灵的神通;在玛阿特神殿经受心灵审判,冥王奥西里斯赐给诚实亡灵以神名和冥界天堂的富饶土地,亡灵在那五谷长得比人还高,不断有凉风吹拂的富饶之地耕种收获,过着幸福、怡乐、富足、静穆的永生生活。这种人类早期与神话传说融合,神游下界、天堂的神奇描写,驰骋着丰富的想象,是世界文学史上描写此类题材的先河,具有永恒的艺术魅力。

在意象的运用上，《亡灵书》以人类早期的混融性思维，借助自然物像来表现主体观念。书中有一首《他好像莲花》：

　　我是那纯洁的莲花，
　　在光辉中诞生，
　　被拉的呼吸所饲养。

　　升起，进入于日光，
　　从污秽与黑暗中，
　　我在田野中开放。

这是亡灵在复活永生的路途上，通过念诵这首咒语诗使自己成为一朵神圣的莲花。莲花是古埃及人最神圣的植物之一，古埃及的创世神话中说，最早从原初之水中诞生的就是一朵睡莲，花瓣中孕育着伟大的太阳神拉。清晨，睡莲的花瓣依次张开，拉的光芒照遍天地，白昼就开始了；到了夜晚，睡莲闭合，夜幕就此降临。睡莲的特性使其成为重生的象征，古埃及人希望自己的一生能像睡莲花夜闭朝开一样在来日复生。普通的莲花意象也同样具有复活再生的意义。莲花每年凋谢之后，残叶断梗都荡然无存，只有莲藕留在黑暗的地下，就像亡灵进入冥界一样，但来年春天，莲荷重新从污泥中萌生新芽，绽放纯洁的莲花。这与太阳神每晚沉入下界，次日早晨又从地下升起一样，拉神早上初现的就是端坐莲花之上的形象，他乘坐莲花从黑暗的混沌中冉冉升起。"莲花"就成了亡灵再生的美好意象。

埃及有句谚语："世界怕时间，时间怕金字塔。"尽管古埃及消失了，金字塔巍然耸立着，向人们提示着当时的古埃及人及其文化的存在。《亡灵书》在古代埃及的影响可谓深刻，是古埃及文化的表征。现代西方学者认为："……虔诚的埃及人，无论是国王还是农夫，无论是皇后还是女佣，都是在这本书前长大的。他们在学校里阅读，在死亡时参阅，他们相信幸福和永生来自于那些赞歌、祷文和咒语。对他们来说，这本书并不是教材，而是通向奥西里斯王国最美好的向导。读之愈勤，惑之愈解，一切看似枯燥无味的，都会变得有趣。"①《亡灵书》对生命的探索在其后的文化中依稀传出回响。

《亡灵书》对古希腊人的影响是深刻的。《亡灵书》屡屡被放进帝王贵胄的坟墓中，可见统治者对其极为珍视。《亡灵书》对生命和灵魂的探求，对法老造雕像、造神庙、造陵墓的颂扬，对于古埃及雕塑艺术、庙宇建造艺术的发展，均产生了很大影响。古埃及的雕塑艺术和建筑艺术，深远地影响了日后古希腊的雕塑和建筑艺术，只是古希腊雕塑家去掉了古埃及人物雕塑的那块背板，雕塑的就不再是死去的人，而是站起来的活生生的人物形象。虽然古希腊雕塑获得了创造性的发展，使没有生命的石头变出极富生命的形象，但是古埃及人对永生的追求，对灵魂不死的追求启示了古希腊的艺术家和哲学家。古埃及颂歌开创

---

① ［美］华理士·布奇：《埃及亡灵书》，罗尘译，京华出版社，2001年，第6—7页。

了人类通过讴歌,表达心灵向往光明的诉求方式,颂歌的语言充满激情,诗情画意都相当优美。这些最早的文学表达,无疑极其珍贵,并为日后的文学艺术所吸收。《亡灵书》对生命和灵魂那么强烈的追问和探求,孕育了古希腊人更为深邃的哲学思索。

第四节 《旧约》文学

希伯来民族是个饱尝苦难的民族,又是一个充满智慧的民族。要是没有这个民族人类会是另一番景象。《旧约》作为希伯来民族文学的总集,艺术地再现了希伯来人的历程、情感和愿望。

一 希伯来民族文化与《圣经》

希伯来民族的祖先是闪米特族的一支,最早游牧于阿拉伯半岛的西南地带。公元前3000年,他们第一次向北移民,定居美索不达米亚,融合了古巴比伦文化。公元前2000年初,他们又沿幼发拉底河北上。逐水草游牧至哈兰,后向西经叙利亚而南移,进入迦南(即巴勒斯坦地区)。迦南土著称他们为"希伯来人"(即河那边的人)。公元前17世纪,希伯来人因饥荒而流徙埃及,受到埃及法老的压迫和歧视。公元前13世纪中叶由坚毅睿智的族长摩西率领逃出埃及,历经艰难返回迦南,经200余年的奋斗,逐渐定居迦南。期间在具有军事和组织才能的民族部落英雄(即"士师")领导下,与来自地中海的非利士人展开争夺迦南的争战。

公元前11世纪下半叶,为了联合抗敌,始建立民族统一国家,各部落推选扫罗为首任国王(公元前1028—前1013),后经大卫和所罗门父子80年的治理,王国迅速发展,达于鼎盛。之后分裂成北朝以色列(公元前933—前722)和南朝犹太(公元前933—前586)。两朝敌对矛盾,外强乘虚而入。公元前722年亚述灭以色列,掳去国王臣民近3万人;公元前586年,新巴比伦灭犹太,掳去的"巴比伦之囚"达5万多人,独立自主的以色列犹太王国彻底沦亡。公元前538年,波斯打败新巴比伦,成为西亚霸主,希伯来人得以返回耶路撒冷,重建城墙与圣殿。但尔后又先后沦为马其顿和罗马的行省,圣殿和城墙屡遭毁损,民族文化受到排斥。期间不少有识之士不愿忍受异族压迫,率众起义,也曾一度建立神权政体"马卡比"王朝,但都遭到残酷镇压。尤其是公元135年罗马彻底镇压希伯来人的武装起义,扫荡犹太全境,古代希伯来民族的历史全部结束,遗民及其后裔流落世界各地。

古代希伯来民族在几次大移民和生存发展过程中创建了辉煌的民族文化。这种文化有三个明显特点:首先,它产生发展过程中广泛受到西亚古代文明影响,古代巴比伦、苏美尔、埃及、亚述、波斯的文化都在希伯来文化中得以融合。换言之,古代希伯来文化中保存了上述古老民族文化的因素。其次,希伯来民族是个多灾多难的民族,历史上被迫经历了多次民族大迁徙、大流散,长期被放逐和被残酷迫害。灭族之灾,亡国之痛,是希伯来民族的集体情感体验。在追求、抗争、挫败、挣扎的漫长岁月中形成了希伯来民族文化中渴求和平与安宁的思想,也赋予这种文化以民族聚合力。最后,一神教的宗教信仰。和其他古老民族一样,宗教是希伯来民族的精神支柱。但古代希伯来的犹太教只信仰创世的上帝耶和华(又译为亚卫),并自视为上帝的"特选子民"而高出其他民族,其宗教道德具有明显的贵族倾向。

古代希伯来的历史和文化,集中地表现在大型文献汇集《圣经》之中。《圣经》包括《旧约》和《新约》两大部分,前者是犹太教的经典,后者是后来的基督教的经典,合起来也称《新旧约全书》。

《旧约》是基督教的《新约》确立后对犹太教经典的称法。其原书的希伯来文名称是《托拉、纳毕姆、纪土宾姆》,意为《律法书、先知书、圣文集》,形成于公元前1世纪。后世学者研究后认为"先知书"包括"历史书"和"先知书"两类,因而39卷的《旧约》文献包括四大类:(一)律法书。即"摩西五经":《创世记》、《出埃及记》、《利未记》、《民数记》、《申命记》等5卷,相传为摩西所作。这部分大约在公元前12世纪已开始流传。它包括上帝创世、地上乐园、洪水方舟等神话和希伯来民族祖先亚伯拉罕、雅各、摩西等的传说,记叙了3000多年希伯来民族史和犹太教的教规教义、民事律法、伦理规范等。(二)历史书。即《约书亚记》、《士师记》、《撒母尔记》(上、下)、《历王记》(上、下)、《以斯拉记》、《尼希米记》等10卷。这部分记述了以色列犹太王国建立、兴盛、衰亡的历史。(三)先知书。包括《阿司摩书》、《以赛亚书》等先知作品,计有14卷,成书于公元前8世纪至3世纪,是有识之士在"巴比伦之囚"前后多事之秋的几百年里,对现实问题的抒情性政论。(四)诗文集。系历代文学作品的汇集,包括诗作和一些原始小说。

《新约》是在公元2世纪编定,以宣扬基督教教义为目的文献汇编。全书27卷,由福音书、使徒行传、书信和启示录四部分组成,主要是记述基督教创始人耶稣的救世言行及其门徒的事迹。基督教是从犹太教中分裂出来的,与犹太教有直接继承的关系,因而《圣经》编者把犹太教经典《旧约》和基督教经典《新约》合二为一,一起作为基督教的"圣经"。但从文化的角度看,《新约》的作者虽然与希伯来民族有关系,基督教也是对犹太教的继承和发展,但基督教是希伯来文化与古希腊文化融合的结果,《新约》用希腊文写成,而且成书时古代希伯来民族的历史已经结束。因而《新约》与希伯来文化有关,但不是严格意义上的古代希伯来民族的文化成果。

二 希伯来古代文学总集《旧约》

《旧约》是犹太教的经典,也是古代希伯来的文献集,其中包括大量的文学作品,有的是经编者搜集整理的民间文学,有的是文人的创作。从文学角度看,《旧约》是一部希伯来古代文学总集。

神话传说是《旧约》中最古老的文学作品,汇编在《创世记》中。主要有上帝创世、伊甸乐园、挪亚方舟、巴别伦塔、诸神众子等神话和希伯来早期几代族长亚伯拉罕、以撒、雅各、约瑟和摩西的神奇传说。由于希伯来民族的游牧迁徙,《旧约》神话将两河流域的远古神话和迦南本地的原始神话都糅合在一起,加以希伯来人的创造,反映了古代希伯来人对自然、社会和人生现象的朴素而天真的理解,表现了原始初民探索宇宙生成、人生苦乐成因的意识活动,艺术而概括地描述了人类由采果渔猎、漂泊游牧到定居农耕的社会演进过程,也形象地展示了洪荒时代洪水对初民的危害和战胜洪水的强烈愿望。关于几代族长的传说,有一定的史实所本,是希伯来人对开创民族历史,为民族发展作出卓越贡献的祖先的追忆与缅怀,但更多的内容是虚构和想象,具有一定的神话色彩。希伯来传说中的民族英雄,不同于古希腊传说中赫拉克勒斯半人半神式的英雄,他们不具任何神性,只是普通凡人。但作为普通凡人的人物个性非常鲜明:亚伯拉罕勇敢公正、以撒淳朴厚道、雅各精明谨慎、约瑟志高才宏、摩西坚毅睿智。《旧约》神话传说简约朴素,具体生动,充满戏剧性情节,对后世文学产生巨大影响。

《旧约》中的史传文学独具风格。它以希伯来民族的历史作素材,交织穿插民间传说,真实史料和艺术想象并重,既真实地再现了征服迦南、建立联合王国、反击异族入侵、维护民族信仰的历史事件;又艺术地刻划了这一历史过程中的民族英雄。约书亚、波拉底、参孙、扫罗、大卫、所罗门等都是这类民族英雄。其中以参孙和大卫的刻划最为生动。与传说中的早期族长相比,史传文学中的民族英雄更具有真实性,在他们身上既具有贡献于民族的英雄本色,但又并非十全十美,甚至有令人发指的罪行。参孙是位勇力无比、令敌丧胆的英雄,但他过于贪恋女色是他悲剧的重要因素。大卫既仁慈宽厚,又阴险狡诈;既是勇敢无畏的英豪,又是卑劣荒淫的昏君。

诗歌在《旧约》中不仅数量大,占总篇幅的四分之一,而且文学成就也最高。《旧约》诗歌种类繁多,有劳动歌谣、英雄战歌、祝祷词、赞美诗、格言诗、寓言诗、诗剧、哀歌、情诗等,大致分为抒情诗和哲理诗两大类。前者的主要诗集有《诗篇》、《耶利米哀歌》和《雅歌》,后者的主要诗集有《箴言》、《传道书》和《约伯记》。

《诗篇》是《旧约》中最大的诗集,收录了公元前11世纪至公元前2世纪近千年间的抒情短诗150首,大多表现古代希伯来人的宗教生活和情感,也有些篇章抒写人生的体验。《耶利米哀歌》5首,相传为大先知耶利米所作,以强烈的激情抒发"新巴比伦之囚"的亡国之痛与忧民之情,情真意切,悲痛欲绝。加以艺术表现上采用"气纳体",即每行五个强音,前三后二,中间停顿,若断若续,形成如诉如泣的表达效果,有效地强化了哀歌的主题。《雅歌》是《旧约》中争论最多的诗集,对其主题和文体都有不同理解,但公认它是"歌中之歌",是"抒情诗中的奇葩"。实际上,《雅歌》是一部洋溢着生命的内在要求,极力渲染青年男女的性爱,但格调高雅、风格清新的民间情歌集。集中描写了不同场景、不同场合下的男女欢爱,有初恋衷情之爱、有婚宴热闹之喜、有洞房花烛之欢、有离别相思之情、有幻梦眷恋之思,有信誓旦旦之约,全都表现得炽烈奔放、酣畅淋漓而又不失优雅。艺术上叙事、描写、抒情有机融合,运用男女应答对唱的表达方式;采用大量的意象和象征性隐喻,以唤起读者情感和感官的反应;以田园风光烘托爱情的纯真炽烈,具有很强的艺术感染力。

《箴言》汇集数百首格言警句式的短诗,依据当时流行的善恶观念,对人们的日常生活、言行举止、人伦关系加以哲理的、精炼的概括。《传道书》对人生和生命的意义作形而上的思考,提出在"虚空"的人世追求切实享受的观点,明显是产生于希腊化时代,受到伊壁鸠鲁快乐主义哲学的影响。诗剧《约伯记》通过正直善良、品德高尚的义人约伯偏偏家破人亡、全身长满毒疮,受尽痛苦的遭遇,探讨"好人为什么遭罪"的宗教哲理问题,其结论是宗教性的:好人受难是上帝的考验,不能狭隘、世俗地看待"罪与罚"的问题,坚信上帝自能坦然面对苦难。但从中可以看到历经灾难的希伯来人在灾难中对其保护神上帝的怀疑。诗剧结构宏大、气势磅礴,围绕"罪与罚"展开诗的大辩论,慷慨激昂;简洁的叙述、插曲性抒情、哲理化独白、戏剧式突转,四者交织融汇,形成深沉凝重的风格。诗剧的主体是诗行的论辩性对话,很少动作和表演因素,只具备了戏剧的雏形。

《旧约》诗歌在体式上具有鲜明的民族特色。首先是《旧约》诗作篇幅较短。古代希伯来民族以诗抒情言志,叙事则由史传文学承担,因而篇幅较大的叙事诗未能获得发展。其次是希伯来语只有声母,没有韵母,因而《旧约》诗歌不是押尾韵,而是用头韵,即所谓"贯顶体":全诗22节,用希伯来的22个字母,依次作为每一节诗的第一个字母。《旧约》诗歌中用"贯顶体"创作的诗为数不少。

先知文学是《旧约》的重要文学类型,其内容和艺术表现都具有独特的民族风格。所谓"先知"是最先领受上帝旨意的人,是上帝选派到民众中的使者,以晓谕上帝意旨和警诫世人为任。他们出现在公元前8世纪至公元前4世纪之间。实际上他们是在希伯来鼎盛期过后几百年的"多事之秋"出现的一批感受敏锐、不畏强权、富于才智、追求真理的爱国志士。先知文学就是他们针对当时的社会现实而创作的作品,在作品中他们揭露黑暗、抨击丑恶、呼吁变革、预言未来,行文当中富于激情和幻想,充满鼓动性和感召力。《以赛亚书》和《耶利米书》是先知文学的代表作。

原始小说是《旧约》中出现最晚的文学样式,约在公元前300年间产生并有所发展。其中重要的原始小说有田园小说《路德记》、寓言小说《约拿记》、历史小说《以斯帖记》。《路德记》叙述摩押族女子路德在丈夫亡故后随婆婆生活在犹太族,后改嫁犹太族近亲,生活非常幸福,成为大卫王的祖母。小说在田园诗般的气氛中反映古代希伯来的风习,赞美异族女子的贤淑勤劳,也表达了反对"禁止异族通婚"的狭隘民族主义的政治主题。《约拿记》以鲜明的形象寓示深刻的道理。当约拿为外邦城市尼尼微完好无损而埋怨上帝时,上帝为他上了公正的一课:炎夏中一株浓荫遮凉的葫芦,短时间内枯死焦萎,约拿为之惋惜。对一株植物尚且如此,何况一个12万人的大城?小说寓言式地表现了以人道主义代替褊狭民族主义的思想。《以斯帖记》借托波斯统治希伯来民族的历史背景,虚构了犹太裔的波斯王后以斯帖这一形象。她以自己的美貌、柔情和智慧,严惩歧视、意欲屠戮犹太人的波斯大臣,挽救民族于危亡之时,表现出强烈的爱国主义精神。这些作品简洁明净,情节紧凑,讲究结构艺术,以虚构故事表达明确的主题,具备了近代"小说"的基本因素。但作品注重的是外在故事,人物的心理刻划不多,场景描写简略,故事的内在价值挖掘不深,因而这些人类最早的"小说"只能称之为"原始小说"。

综观《旧约》文学,它以希伯来民族的历史文化为背景,深刻地溶凝着希伯来民族精神,显示其独特的个性价值。首先是《旧约》文学的综合性和多样性。《旧约》是一部民族文学总集,由众多作者创作,包括了希伯来民族原始社会和奴隶社会时期1000多年的民间创作和文人创作,自然表现出综合性、多样性的特点。这一特点既表现为形式和文体的多样性,也表现为题材的丰富性。可以说上古人类经验的每个侧面都在《旧约》文学中得到表现,表现得尤其充分的是人类经验中基本的永恒的内容:信仰、自然、爱、死亡、社会关系、邪恶、灵魂、拯救、家庭生活等。正是由于题材的多样,它将人类经验的错综和复杂性作了充分展示。其次,爱国主义和民族主义热情。从总体上说,《旧约》文学反映了古代希伯来千余年的社会现实和精神面貌。这个历史上多灾多难的民族的文学,贯穿其中的突出主题是爱国主义和民族热情。自从远祖亚伯拉罕毁偶像确立一神教信仰,上帝把希伯来人作"特选子民",一种民族激情贯注其中。传说中几代族长、史传文学中的民族英雄,都是作为民族精神的象征被加以歌颂。王国兴衰的艺术表现,更渗透着爱国意识和民族主义精神。参孙的复仇雪恨体现的是希伯来民族反抗异族压迫的斗志。《耶利米哀歌》是亡国之恨的记录,表达了爱国主义的强烈激情。再次,宗教意识和神秘色彩。古代希伯来的知识分子大都属于祭司阶层,《旧约》的编集出于宗教目的,宗教意识贯注其间。书中到处弥漫着上帝的圣旨,人类经验被宗教意识观念化。《旧约》文学不仅仅为满足审美或提供一种娱乐而创作,作者的创作冲动总与人与上帝关系的传教意图相联系。宗教意识的表现赋予作品以神秘色彩,人世经验导源于另一超验世界,而超验的神的世界不能以经验验证,表现出来显得神秘,读之感到玄妙神奇,艺术表现手法则大量运用梦幻、象征、寓意的手法。最后,纯朴的艺术风格。剔除编纂时祭司增添的内容,《旧约》文学绝大部分是民间通俗文学,古代口口相传,需要一种纯朴的、而不是复杂的文学感受力。这样在口头文学基础上形成书面文学,风格质朴简洁。具体表现为深沉真挚的情感流露、鲜明生动的形象塑造、叙述笔调明快、结构模式化、浓郁的生活气息、大量运用口语和烘托强化表达效果等。

第五节 印度史诗与《罗摩衍那》

印度史诗是用印度古代梵语写成的一种长卷的文学样式。是以书面形式记载保存下来的原始史诗即口头史诗。它虽属于叙事诗的范畴,但却对印度古代文化史有着非常重要的意义。因为它在漫长岁月的传承过程中融入了大量的神话、传说、故事、歌谣和谚语等,因此,印度史诗实质上就是一座民间文学收藏颇丰的宝库,是认识古代印度人民生活与斗争,欢乐与痛苦的百科全书。

一 印度史诗概况

印度史诗在用文字记录下来并作为文学雏形出现以前,曾经有过源远流长的口头文学历史。印度学者威迪耶(P. L. Vaidya)将印度史诗称作"伶工文学"(Barclic Literature)。其主要特点首先是这些作品都包含着许多短的叙事诗和叫做赞颂诗(Gaiha Narasamsi)的赞歌,都是由到处游行的伶工歌唱而代代口耳相传的。这些歌诗逐渐发展为能够传唱的史诗。其次是史诗内容主要指诗中的人物和事件,虽然具有一定的传说性,但是诗中提供的社会和文化背景都并非完全虚构,并充分表现了当时人们的宗教哲学思想和社会理想。

印度史诗的雏形表现出比较随意的特征。最初措辞并不是固定不变的,而是可以根据演歌者当时的体会随意增删的,这表明当时史诗的重点在内容上,而不是在具体辞藻上。只要吟唱起来容易记,聆听起来容易懂,歌词则可长可短,取决于当时听众的反应。发展到一定程度,即这些诗被视为是"善书"的时候,它们就开始被用文字记载下来。但是地区不同,所使用的记载手段、字母等也不同,长短和内容也逐渐有所不同,于是,不同地区的伶工家族写成的定本也自成体系了,形成许多流行的传统本。季羡林曾经指出:"这就是几乎所有这一类作品传到今天的本子所以千差万别的根本原因。"[1]

印度史诗指的是《摩诃婆罗多》和《罗摩衍那》两部大史诗,它们都成书于公元前后几个世纪。《摩诃婆罗多》开始创作比《罗摩衍那》要早,但最后成书比《罗摩衍那》要晚。

《摩诃婆罗多》传说是广博仙人所作,《罗摩衍那》传说是蚁垤仙人所作。《摩诃婆罗多》共分18篇,各种传统写本号称有十万颂之多(每颂是对句双行诗,译成汉语可译为4行)。其实有较大区别,有的有95000多颂,有的多达106700颂,还有一些本子的数目介于这两者之间,20世纪所整理出的精校本只有84639颂,即使加上《诃利世系》的12000颂,也只有96639颂,所以真正意义上的10万颂的《摩诃婆罗多》传统本是不存在的。《罗摩衍那》共分7篇,各种传统本大约有24000颂,20世纪整理出的精校本再删掉重复的部分以后有18755颂。和《摩诃婆罗多》一样,《罗摩衍那》精校本也是综合了许多流行的传统本后订正而成的。

印度古代的学者对两大史诗《摩诃婆罗多》和《罗摩衍那》的文化定位有所不同,他们将前者称为"历史传说",而将后者称为"最初的诗"。《摩诃婆罗多》是一部以英雄史诗为核心的长诗,内容庞杂,《罗摩衍那》虽然也有插入成分,但人物和故事相对而言比较集中。《摩诃婆罗多》和《罗摩衍那》这两大史诗中英雄的品质都有一个共同点,即都具有强烈的宗教伦理色彩,以"正法"为规范。两大史诗的主要内容重在通过颂扬传说中的民族英雄的业绩,宣扬当时那些有识之士的生活理想。他们确认"正法、利益、爱欲和解脱"是人生的四大目的,肯定人类对利益和爱欲的追求,但认为这种追求应该符合正法,而人生的最终目的就是追求解脱,两大史诗凝聚着沉重的历史经验,凸显出印度古代有识之士对人类各种困惑的深刻洞察。

"摩诃婆罗多"意即"伟大的婆罗多族的传说故事"。全诗共18篇,讲述印度北方一个婆罗多族王国王族内部堂兄弟关系的般度族5个王子和俱卢族100

---

[1] 季羡林:《罗摩衍那初探》,外国文学出版社,1979年,第7页。

个王子之间,因继承王位而展开的 18 天的鏖战。这一战争前前后后耗时多年,牵连到整个印度,最后,俱卢族百子全部阵亡,军队除 3 人外,也全军覆没。般度族全军虽然胜利了,但除了 5 个王子幸存外,也仅有 7 人得以存活。这部史诗描绘出印度古代一幅极其生动残酷的战争图画,深刻反映了当时社会各方面的生活场景,鲜明地表达出人们对强暴、奸诈的厌恶,以及对公正善良的同情。《摩诃婆罗多》中包含了印度古代的历史、宗教、政治、律法、哲学、人伦、风俗等多方面的情况,全面反映了当时人们的生活价值标准和审美观,几乎概括了当时印度人民全部的文化意识。

著名印度学学者黄宝生在"《摩诃婆罗多》译后记"中还曾这样写道:"我在翻译过程中,还深切地体悟到《摩诃婆罗多》隐含着一种悲天悯人的精神。与史诗通常的特征相一致,《摩诃婆罗多》中的人物和故事也与神话传说交织在一起。这完全符合史诗时代人类的思维方式。但是,这部史诗并没有耽于神话幻想,而富有直面现实的精神。"[1]《摩诃婆罗多》充分展现了人类自身矛盾造成的社会苦难和生存困境,竭力表现作者为如何解除这些社会苦难,摆脱这些生存困境所做的种种努力,并在繁多的历史人物和复杂的故事线索中表达出作者救世济民的种种具有理想主义的思想。从实质上分析,大史诗《摩诃婆罗多》就是形象地体现了正法观,即刘安武先生所说:"大史诗要表明天道、大道、天理在人世间的推行。"[2]因为人间的正法受到破坏时,大神就要下凡来重建正法,从而使人世间能够恢复正常的理想的社会秩序,让大地上所有的生灵都能够健康、和谐地成长、发展,让世界充满勃勃生机。

《摩诃婆罗多》的中心故事至多占全诗篇幅的一半,另一半篇幅是各种插话和其他形式的插叙。其中有关于古代国王和武士的英雄传说,如《沙恭达罗传》、《那罗传》、《罗摩传》、《莎维德丽传》。也有掺杂着理性说教成分的哲理性对话,如第六篇《毗湿奴篇》中的《薄伽梵歌》。它共有 18 篇、700 颂,是崇拜薄伽梵(黑天的尊称)的最早哲学说明。其中心内容是黑天向阿周那阐明达到人生最高理想——解脱的三条道路:业(行动)瑜伽、智(知识)瑜伽和信(虔诚)瑜伽,这三种瑜伽相辅相成。正是《薄伽梵歌》中宣扬的这种崇拜黑天的倾向,开创了后来中世纪印度教的虔信运动,以致它后来成了印度教的重要圣典。《摩诃婆罗多》中的不少内容成为后人创作戏剧和诗歌的重要来源。其中的许多章句都被印度最古、最有系统的法典——《摩奴法典》所引用。

目前,以黄宝生先生为首的一批梵文学者,以"前赴后继"、"十年磨一剑"的精神完成了《摩诃婆罗多》汉译的工作。填补了中国翻译界、学术界研究的空白。《摩诃婆罗多》和《罗摩衍那》两大史诗的翻译成功,标志着中国关于印度两大史诗的翻译与研究已走在了世界的前列,并为中国的印度学研究,东方文学与文化研究,以及史诗理论研究提供了重要的条件,奠定了坚实的基础。

印度两大史诗是古代印度文学、文化、历史、民俗等诸多知识的集大成者,

---

[1] 黄宝生:《〈摩诃婆罗多〉译后记》,《外国文学评论》2003 年第 3 期。
[2] 刘安武:《印度两大史诗研究》,北京大学出版社,2001 年,第 135 页。

是印度人民乃至亚洲各国人民取之不尽,用之不竭的创作源泉。两大史诗早已不仅限于文学作品的范畴,同时它已成为印度人民的宗教圣典和伦理教科书,成为影响印度人民思想和行动的百科全书。从古代到现代,从寺庙里、净修林中到城市里、乡村中,从民曲山歌到书籍学堂,从平民百姓到王宫贵族,都不难发现两大史诗的影响。正如印度现代圣哲泰戈尔曾经指出的:"印度诗人为了建立人的最高理想,创作史诗。"因此,"《罗摩衍那》和《摩诃婆罗多》则是全印度的永恒的历史"。①

二 《罗摩衍那》

《罗摩衍那》意即罗摩的故事。整部史诗分为《童年篇》、《阿逾陀篇》、《森林篇》、《猴国篇》、《美妙篇》、《战斗篇》、《后篇》,共7篇,其中,《战斗篇》最长,主要叙述罗摩所率的猴兵与罗波那所率的罗刹艰苦的厮杀过程。全诗主要以阿逾陀城净修林、猴国和楞伽岛为背景,描写了英雄罗摩和妻子悉多悲欢离合这一骨干故事。

阿逾陀城国王十车王无子,请鹿角仙人主持求子祭典,分享祭品的众神请大神毗湿奴下凡除掉欺压他们的罗刹王罗波那。毗湿奴化身为十车王的4个儿子:罗摩、婆罗多、罗什曼那、设睹卢祇那。成人后,罗摩和罗什曼那在众友仙人的指导下降妖除怪,受到遮那竭国王的欢迎。罗摩在拉断国王的神弓后,娶了她的女儿悉多。

十车王觉得自己已经年迈,决定传位给长子罗摩。小王后吉迦伊受驼背宫女挑唆,向十车王提出两个要求:将罗摩流放森林14年,让自己的儿子婆罗多继位。当年十车王因吉迦伊有救命之恩,曾应允她可以任意提两个要求,并必须遵行。罗摩为了父王心甘情愿流放山林,妻子悉多和弟弟罗什曼那决心随他前往。罗摩走后,十车王抑郁而死。得知真相的婆罗多为十车王举行葬礼后,亲自追进野林中请罗摩回城即位,罗摩坚辞不去,只将一双鞋交给他。婆罗多归来后将罗摩的鞋供奉起来,代为执政等候罗摩归来。

罗摩三人进入森林,修道仙人都来求他保护,请他除掉虐杀、残害他们的罗刹。楞伽城十首罗刹王罗波那的妹妹向罗摩求爱,罗摩说自己已经结婚,于是她又向罗什曼那求爱,罗什曼那愤怒之下割掉她的鼻子和耳朵。女罗刹求助于哥哥十首王罗波那,并讲述悉多的美貌,十首王指派一罗刹化作金鹿引诱罗摩。兄弟二人受骗后,十首王罗波那将悉多抱进神车冲天而去。罗摩兄弟到处寻找悉多,直至遇到被罗波那打伤的金翅鸟王,才知悉多被劫往楞伽城。后来罗摩兄弟听到遇救的无头怪告诉他们,去找猴国国王须羯哩婆求助,才能救出悉多。

罗摩兄弟遇见神猴哈努曼,找到猴国国王,双方结盟互助。罗摩帮助猴国国王射杀他的哥哥波林,恢复了王位。可是猴王须羯哩婆却因迷恋王后而忘记了雨季过后帮助罗摩寻找悉多的诺言。在罗摩兄弟的一再催促之下,才派神猴哈努曼等众猴兵将多方寻觅,还是在遇到金翅鸟王的兄弟之后,才得知是十首

---

① 倪培耕编:《泰戈尔论文学》,上海译文出版社,1988年,第144、145页。

王将悉多劫往海岛上的楞伽城。哈努曼被认为是跳得最远的猴,他站在岸边的高山上,准备跳到海岛上去。

哈努曼使出自己的神通和智慧,跳过大海,来到楞伽城。他将自己变成猫,以便四处寻找悉多,最后终于在花园里发现了她。哈努曼目睹悉多在十首王淫威利诱之下坚贞不屈、忠于罗摩的情景后,现出原形。在出示了罗摩的信物戒指之后,悉多才相信他的身份,并让他带回自己头上戴的宝石给罗摩。在回去复命前,哈奴曼因大闹十首王的园林而被捉,最后尾巴被点着火的哈奴曼逃脱后满城逃窜,全城一片火海。他在海中熄灭火后返回岸上。

罗摩得知悉多的详情后,率众猴兵准备渡海打仗。消息传到楞伽城,十首王罗波那主战,其弟维毗沙那主和。在遭到罗波那的痛骂之后,维毗沙那投向罗摩一方。罗摩听取维毗沙那的意见,在海上造桥,大军得以过海,兵临楞伽城。在激烈的战斗中,罗摩身负重伤。哈奴曼用法力托来北方神山,并用山上仙草为他治好箭伤。大战继续进行,两军死伤惨重。最终罗摩兄弟与所率猴兵杀死十首王及其弟、其子而大获全胜。罗摩给维毗沙那灌顶,立他为楞伽城的新王。罗摩见到悉多,怀疑她不贞洁,悉多投火自明,火神将她从火里完好托出,证明了她的贞洁。罗摩夫妻团圆。罗摩回国后继位,立婆罗多为王位继承人。

罗摩统治天下,人民安居乐业。悉多怀孕后,再次受到罗摩怀疑,罗摩派罗什曼那将悉多丢在恒河对岸。悲伤的悉多被林中仙人蚁垤收留,产下俱舍和罗婆二子,他们被蚁垤收为养子。蚁垤作《罗摩衍那》,并教悉多二子学唱。罗摩举行马祭时听到悉多二子演唱《罗摩衍那》,父子相认。罗摩为取信于民再次让悉多证明自己的贞洁,悉多说自己如果贞洁大地母亲应收留她,大地裂开,悉多投入地母怀抱。最后,罗摩四兄弟升天归位。

《罗摩衍那》主要叙述英雄罗摩的一生和光辉业绩,尤其是他为寻回爱妻悉多而远征楞伽国(锡兰,现今的斯里兰卡)的故事。《罗摩衍那》既是一部史诗,也是印度文化、文明和思维方法取之不尽、用之不竭的知识宝库。作为这样一部影响巨大而意义深远的史诗,它虽然存在着许多有待进一步研究或弄清的问题,但是当将它作为阅读鉴赏对象时,首先应该将它视为一部完整的艺术作品,在保持现存作品完整性的基础上,以文本细读的方法进行其他问题的探讨与审美分析。

《罗摩衍那》的核心内容是罗摩的故事。围绕这一核心故事敷衍和铺陈的许多细节,各个人物的背景、前生或经历都有神话传说性质。史诗自始至终都渗透着浓厚的宗教色彩。季羡林也曾指出:"整个《罗摩衍那》浸透了印度教的精神,它着重宣扬的是一套合乎印度教精神的封建道德,佛教的那一套同这些有点格格不入,所以很少提到佛教。"[①]《罗摩衍那》将罗摩作为毗湿奴的化身而加以崇拜,对印度教的发展起了很大的作用。

---

① 季羡林:《罗摩衍那初探》,外国文学出版社,1979年,第35页。

《罗摩衍那》美化了理想中的君王罗摩,歌颂了罗摩和悉多的爱情婚姻,使他们二人成为印度一夫一妻制的典范,表现了作者合乎时代发展潮流的进步的婚姻观。罗摩的父亲十车王有好几个妻子,可是蚁垤笔下的罗摩确是一夫一妻制的维护者。罗摩作为英雄王子,妻子只有悉多一人。流放期间,罗刹女向他表示爱情,被他拒绝。悉多被十首王所劫,他百般寻觅,决心踏遍三界也要救回妻子。两军对垒的生死决战中,他心中仍未将爱妻忘掉。救回悉多登基为王时,也只有妻子悉多一人。罗摩对爱情忠诚,对妻子挚爱,更多地体现了普通人向往一夫一妻制幸福生活的美好理想。

《罗摩衍那》异常看重女性的贞操,表现出更多的封建伦理观念,悉多被刻画成具有卓越东方女性美德的形象。悉多听凭"父母之命"、神的旨意和命运安排,心甘情愿地嫁给了拉断神弓的罗摩。在罗摩流放森林14年时,主动要求跟随丈夫同去,这种大胆放弃优裕的富足生活、勇敢地到清贫净修林中去的勇气,是难能可贵的。悉多在净修林中被十首王暴力胁迫到楞伽城,在威逼利诱面前,她都守身如玉,不改初衷。神猴哈努曼提出将悉多背走逃出楞伽城,悉多因不愿丈夫以外的男子接触其躯体而拒绝。悉多被救后,在其丈夫和诗人都怀疑其贞操的情况下,蹈火自明贞洁,与寡妇自焚表忠贞的习俗相类似。在生子后仍无法取信于人,只好求助地母收留。悉多在表现对丈夫忠贞顺从的同时,又在争取一夫一妻制的家庭幸福中不断挣扎努力,但终究未能摆脱表明自己贞洁的局限。正如季羡林曾经指出的:"整个《罗摩衍那》,如果说有一个主题思想的话,那就是悉多对罗摩的无限的爱情、顺从与忠诚。"①

《罗摩衍那》除成功地塑造了罗摩和悉多等人物形象以外,在艺术风格方面也达到了独具特色的水平。首先,《罗摩衍那》描绘自然的敏感性与独特性。在《罗摩衍那》中,到处都可以找到描绘季节、大自然、夜色、花草树木、鸟语兽鸣的华美辞藻,表现了古代印度人民对自然万物敏锐的感受力,对大自然景色的高超的审美水平。不仅如此,《罗摩衍那》中景物的描写还注意到与人物心理状态的关系,这在当时是很独特的。景物描写为抒情服务,人物触景生情、情因景生,抒情时情景交融,借景达意,周围和自然景物都成为衬托主人公心理变化与情绪流露的一种重要手段,让人感到在优美的自然环境里抒情自然,达意清楚,使人阅读时赏心悦目,有一种审美愉悦感。

其次,开创了新的艺术风格。许多著名的梵文学者都认为,《罗摩衍那》在印度文学史的风格方面有所创新,有承前启后的意义。印度人民将《罗摩衍那》称为"最初的诗",而将《摩诃婆罗多》称为"历史传说",主要原因在于艺术形式上的变化。《罗摩衍那》虽然和《摩诃婆罗多》一样,在诗律上采用的都是通俗简易的"输洛迦"体诗,但是,《罗摩衍那》的语言在总体上要比《摩诃婆罗多》精致一些,虽然大多数的"输洛迦"体诗与《摩诃婆罗多》一样也表现出简明朴素的风格,可是在一些诗篇中开始出现讲究藻饰和精心雕镂的倾向。这些诗篇语言雕

---

① 季羡林:《罗摩衍那初探》,外国文学出版社,1979年,第61页。

琢,意义隐晦,辞藻繁缛,风格华丽。这样的新形式有时会使人感到意境清新,给人耳目一新之感,有时又使人感到冗长单调,产生厌恶。总之,《罗摩衍那》以朴素之语为主,藻饰之语渐多,正处于从史诗《摩诃婆罗多》向古典梵文学过渡阶段,因为这种艺术创新,将其称为"最初的诗"再恰当不过。

《罗摩衍那》在印度人民中经久不衰地流传,寓意常新,享有极高的声誉。它不仅影响了印度传统的诗歌、戏剧和艺术,还包括舞蹈、音乐、雕刻、绘画等的形式与发展,而且对贴近人民的传统思想道德和宗教信仰的建立,也有长达两千余年的影响。此外,在很早以前,《罗摩衍那》的故事传入中国的西藏、云南地区,许多少数民族文学文化中都有罗摩故事在流传,其传播之广远甚至到达新疆和蒙古地区。《罗摩衍那》传入南亚和东南亚各国的时间也很早。古爪哇文、马来语、泰语、缅语中都有相关的词句,民间也有相关的故事和艺术品出现。从近代开始,《罗摩衍那》又被译成多种西方语言,如意大利文、法文、英文等。《罗摩衍那》不仅是印度的而且也是世界的。

《摩诃婆罗多》和《罗摩衍那》两大史诗是印度梵语文学在长达近2000余年的发展过程中最突出的作品,它具有以下几个显著特点:

作家、作品历史背景的不确定性。古代印度在宗教、哲学、语言学、文学艺术、科学技术等方面,均留给人类以丰富的遗产,并在世界上产生深远的影响。但在历史学方面的研究却有所不同,或许是由于他们的历史文献保存在贝叶(树叶、树皮)上而不易流传,或许是由于他们出世的宗教思想根深蒂固。总之,两大史诗的历史背景很模糊,对作家的生平和作品的年代,都缺乏确切可靠的文字材料记载。因此,很难准确地对作家作出十分恰当而无争议的价值判断。

印度文学作品的宗教性。印度素有宗教博物馆的美誉,两大史诗形成和盛行的时期,更是几种主要宗教大行其道的时期。如印度教、婆罗门教、佛教等,对两大史诗都或多或少地产生了影响,尤其是《罗摩衍那》浸透了印度教的精神,而很少提及佛教。两大史诗中许多珍贵的文学遗产都是借助于宗教的内核或寄寓于宗教的故事而流传后世。

作品情节的非现实性。古代印度人民生活于气候多变化的南亚次大陆,高山蓝天、海洋平原为他们驰骋自己的想象提供了基础。在两大史诗中难免有神秘主义色彩和唯心主义倾向。《摩诃婆罗多》在古代印度被称为"历史传说",即使是被称为"最初的诗"的《罗摩衍那》,其中也有不少神话、传说、寓言故事等非现实成分。至于两大史诗中的诸多插话则绝大多数也取材于古代的神话传说,缺乏反映社会现实生活的内容。因此插话通常以"大团圆"收场,故事内容多属于喜剧和悲喜剧,悲剧性结局则很少,缺乏现实生活作依托。

作品的爱情主义和浓烈的抒情性。爱情是人类文学中的永恒主题,两大史诗中,表现得尤为突出。两大史诗中的恋爱场面很多,相恋男女的感情纠葛也不少,这种爱情在戏剧中被描摹得尤其淋漓尽致,即使是表现两情相悦的场面也毫不隐讳。围绕爱情这一中心主题,史诗的描写又表现出浓郁的抒情性。无论是触景生情、情景交融,还是叙述中有抒情,都抒发了诗人强烈的情感体验,十分动人,增加了两大史诗的艺术感染力。

第六节 《阿维斯塔》

《阿维斯塔》是古代波斯琐罗亚斯德教的圣典,也是波斯最古老的诗文集。文集中包含丰富的原始神话、帝王传说、民间故事、历史纪实和宗教祭仪等,既表现了古代波斯人民的宗教意识,也体现了他们的审美追求,具有重要的历史价值和美学意义。

一 《阿维斯塔》的成书、流传与基本内容

《阿维斯塔》(Avesta),意为知识、谕令或经典,通称《波斯古经》。其中最古老的部分产生于公元前 11 世纪,最早的完整成书在阿契美尼德王朝时期(公元前 550—前 331 年)。史书记载:当时的《阿维斯塔》卷帙浩繁,有 21 卷 815 章,古人曾用金字把它抄写了两部,分别写在 12000 张牛皮上,一部珍藏于波斯波利斯的王宫图书馆里,一部存于一个著名的神庙图书馆。公元前 4 世纪亚历山大东征波斯时占领了波斯波利斯,为了报复波斯人当年对雅典卫城的掠夺,在疯狂劫掠后,无情地将整个城市付之一炬,使之成为一座真正的废都。珍贵的《阿维斯塔》也焚于战火。存于神庙的《阿维斯塔》被亚历山大搬运到希腊,译成希腊文后将原版销毁。

安息王朝(公元前 247—224 年)国王巴拉什一世曾下令搜集整理散失于民间的《阿维斯塔》残篇,也记录祭司口传的经文,但最终未能成书。

萨珊王朝(226—650 年)的开国君主阿尔达希尔(公元 226—240 年在位)笃信琐罗亚斯德教,他支持扶植琐罗亚斯德教势力,和他之后的几位君王在广泛收集资料和认真整理的基础上,由祭司编订出 21 卷 348 章的帕拉维语《阿维斯塔》(亦称《赞德·阿维斯塔》),全书共有 345700 字。它在内容上虽与古本《阿维斯塔》有出入,但基本上保持了原著的风貌。公元 7 世纪中叶以后,伊朗处于信奉伊斯兰教的阿拉伯人的统治之下,袄教遭到禁止。教徒或被迫改宗,或逃往异国,宗教经典大多被毁。有些教徒为逃避宗教迫害移居印度,被当地人称为波斯教徒。他们保存了部分《阿维斯塔》。琐罗亚斯德教日趋没落,《阿维斯塔》也被《古兰经》取而代之。随着岁月的流逝,又屡遭兵燹之患,帕拉维语《阿维斯塔》大部分散佚,流传至今仅存 14 万字。

根据学者的研究,现存《阿维斯塔》残卷分为 6 个部分[①]:

(一)《伽萨》。《伽萨》在阿维斯塔语中意为"颂歌",相传为教主琐罗亚斯德本人吟咏的诗歌,故又称为"琐罗亚斯德之歌",是《阿维斯塔》中最古老的部分,这部分大约在公元前 11 世纪形成,共 5 篇 17 章 238 节,各篇章有不同的音数和节奏的要求。公认为是《阿维斯塔》的核心部分。其主要内容是解释善恶二元的宇宙观,对于世界本源、形成和结局的看法,以及由二元论发展而来的"抑恶扬善"为主旨的宗教观、道德观、世界观和人生观,热情地讴歌了造物主阿胡

---

① 对现存《阿维斯塔》各部分的介绍,主要参考元文琪的论文《波斯古经〈阿维斯塔〉》,《外国文学研究》1986 年第 1 期。

拉·马兹达及其六大助神,无情地揭露和批判了恶本原阿赫里曼及其众妖魔,具体地描述了当时社会的宗教斗争。

(二)《亚斯纳》。《亚斯纳》是祭祀书,即祭司向神供献祭品时所唱的赞歌,原文意思是"值得颂赞"之意。在古代雅利安人眼中,凡是有益、纯善、永恒,都是值得颂赞的,由于自然界诸神都具有优良道德品格,所以能够作为人类信仰崇拜的对象。《亚斯纳》共有72章(包括《伽萨》17章),主要内容是对神主马兹达和众神祇,以及世上一切美好事物的赞美和颂扬。其中包含众多的神话传说故事,包括太阳神密斯拉、雨神泰斯特里亚、安娜希塔女神等。

(三)《亚什特》。《亚什特》是《阿维斯塔》中篇幅最长,写得也最生动有趣的部分,共有21篇,均以神祇的名字作标题。大多数篇章文辞隽永,风格古雅,堪称古代颂诗的杰作。如第五篇《阿邦·亚什特》(河神颂)、第八篇《泰什塔尔·亚什特》(雨神颂)、第十篇《梅赫尔·亚什特》(光明与誓约之颂)、第十三篇《弗拉瓦希·亚什特》(灵体颂)、第十四篇《巴赫拉姆·亚什特》(战神颂)和第十九篇《扎姆亚德·亚什特》(地神颂)等,其中含有大量的原始神话、英雄帝王传说和民间故事,具有重要的历史价值和美学意义。

(四)《万迪达德》。《万迪达德》意为"驱鬼法"。这里的"鬼"是指教主琐罗亚斯德降生以前伊朗雅利安人奉祀的各种各样的神祇,包括22章,主要讲教徒在日常生活中应该遵循的仪规和戒律,以及对违反教规者实行的各种惩罚。如,怎样处置骨骸,怎样避开不洁之物,怎样治病和怎样赎罪等。具有琐罗亚斯德教法典的性质。但《万迪达德》的文字并不干瘪枯燥,而是通俗流畅,生动具体的记述,包含有神话传说的内容。如在第一章记述神主马兹达创造了16个国家,和恶魔阿赫里曼给这些国家带来的灾难;第十八章说公鸡啼鸣报晓,是代表传令天使索鲁什唤醒沉睡的人们,摆脱睡魔布沙斯伯的纠缠,开始一天的工作;第十九章提及亡灵的归宿及恶魔阿赫里曼对琐罗亚斯德的欺骗和诱惑等。

(五)《维斯佩拉德》。《维斯佩拉德》意为"出类拔萃者"。这部分诗歌是对神主马兹达所创造的各种美好事物(尤其是品德高尚的行善者)的赞颂。从中可以读到宗教节日里演唱的颂歌,对每天五个时辰的赞美,对祭礼用品,如胡摩汁、巴尔萨姆枝、神香和供品"马亚兹德"等的称赞。《维斯佩拉德》,可以称为琐罗亚斯德教的祭仪书。

(六)《胡尔达·阿维斯塔》。《胡尔达·阿维斯塔》意为"小阿维斯塔"。它是萨珊王朝沙普尔二世时期(公元4世纪),大祭司长阿扎尔帕德·梅赫拉斯潘丹为方便教徒的日常使用,选编的《阿维斯塔》简明本。这样的编撰目的,自然使这一部分与《阿维斯塔》的其他部分有重复,但《胡尔达·阿维斯塔》里面有些内容是现存《阿维斯塔》其他部分所没有的。如《大西鲁译》和《小西鲁译》两篇中,有对每年十二个月和每月三十天的各位保护神的赞颂;《阿法林甘》篇里讲述了教徒丧葬时所作的祈祷,和在每年最后五天举行的"巴希希扎克"祭礼的盛况等,对了解将琐罗亚斯德教奉为国教的古波斯人的生活习俗有所裨益。

总之,《阿维斯塔》的诗歌尽管带有浓厚的宗教色彩,但却不乏给人以艺术享受的名篇佳作。

二 《阿维斯塔》的文学成就与审美价值

《阿维斯塔》虽然不像希伯来的《塔纳赫》那样保存完整,只是原书的部分残卷,但作为伊朗古代幸存的文学遗产,依然可以看到古代伊朗人的思想情感和审美取向。

从文学层面看,《阿维斯塔》有几类文学作品比较突出:即神话故事、帝王英雄传说、赞美诗和智慧文学。

《阿维斯塔》的神话主要在《伽萨》和《亚什特》的篇章里,而且有完整的神话体系,其体系源于琐罗亚斯德教的"善恶二元论"。"善恶二元论"是波斯原始居民对世界和社会的一种朦胧看法,是严峻的高原环境和残酷的部落斗争在人们思想上的歪曲反映。原初的居民认为,自然界有着光明与黑暗两种力量,在社会斗争中也有两种不同的集团或部落:一种是在波斯广阔的沙漠地带中,以游牧为生的、经常进行掠夺和袭击的野蛮部落或集团,他们以死亡和破坏威胁着和平的居民,因之被认为是恶的或黑暗的力量;另一种是以农耕为主,过着安居乐业生活的农业部落,他们被认为是善的力量。前者崇拜各种恶灵,后者崇拜阿胡拉·马兹达为首的众善神。"[①]

按照《阿维斯塔》的记述,未有世界之初,就存在着相互对立的善与恶两大本原,就存在着以阿胡拉·马兹达为最高代表的光明势力与以阿赫里曼为元凶的黑暗势力的矛盾和斗争。这场关系到人类命运和世界前途的广泛斗争要持续若干千年,最后必将以善神的完全胜利和恶魔的彻底失败而告终。到那时,天地间将焕然一新,恢复光明世界的原来模样。《阿维斯塔》中的天神地祇和妖魔鬼怪、为民除害的英雄豪杰和残害百姓的暴君奸宄、笃信正教的善男信女和崇祀恶魔的叛逆之徒,乃至大自然给人类带来的恩典和灾害等等,无不是善恶二宗对立、矛盾和斗争的具体表现。《阿维斯塔》中主要的神话有七位一体神[②]的神话、教主琐罗亚斯德的神话、遁隐先知降世除恶的神话、争夺灵光的神话、雨神战旱魃的神话等。其中"雨神战旱魃"的神话生动地描述了雨神泰什塔尔几次与旱魔阿普什较量并取得胜利,反映了古代人战胜自然灾害的决心,也充分体现了琐罗亚斯德教善恶二元论的宗教思想。"争夺灵光的神话"中的"灵光"是神主马兹达的意志和力量的象征,谁要获得神主的灵光,谁就强大无比。因而众神祇及波斯诸王看重、尽力保护灵光,恶神阿赫里曼和妖魔之首阿库曼、怪物阿日达哈克等也极力想得到灵先。善、恶双方多次拼死争夺灵光,人间君

---

① 黄心川主编:《世界十大宗教》,社会科学文献出版社,2007年,第26页。
② 所谓七位一体神,即指善神阿胡拉·马兹达和他所创造的六大助神,他们共同来对抗恶神阿赫里曼。六大助神依次为:(1)巴赫曼,在天国代表马兹达的智慧和善良,在尘世为动物神;(2)奥尔迪贝赫什特,在天国代表马兹达的至诚和纯洁,在尘世为火神;(3)沙赫里瓦尔,在天国代表马兹达的威严和统治,在尘世为金属神;(4)斯潘达尔马兹,在天国代表马兹达的谦虚和仁爱,在尘世为土地神;(5)霍尔达德,在天国代表马兹达的完美和长寿,在尘世为水神;(6)莫尔达德,在天国代表马兹达的永恒与不朽,在尘世为植物神。这六大天神被统称为阿姆沙斯潘丹。这六位天神都是阿胡拉·马兹达用来和黑暗之神阿赫里曼作战的宇宙保护者,他们每一位都代表着阿胡拉·马兹达的一种优良品质。

王、英雄也凭灵光战胜妖魔,巩固统治。这类神话反映了古波斯人对神主的崇拜和敬仰,也用神的灵光来寄托对美好事物、对英明君主的希望。《阿维斯塔》神话与琐罗亚斯德教信仰密切相关,有关自然界诸神的神话很少,主要是旨在阐明宗教哲理,具有浓郁的道德色彩。

《阿维斯塔》的帝王英雄传说表现了古代伊朗人对民族祖先丰功伟绩的缅怀,是对早期部族领袖功勋业绩的遥远记忆与口口相传,在流传过程中又与神话联系,赋予某种神话色彩。帝王英雄传说主要在《亚什特》和《万迪达德》的篇章中,重要的有人类始祖凯尤马尔斯、人间始皇贾姆希德、降妖伏魔英雄法里东、神箭手阿拉什和凯扬王朝英雄君主凯．霍斯鲁等传说。其中对贾姆希德和法里东着笔最多。

贾希姆德作为尘世的第一位统治者,是受命于神主马兹达的始皇,他得到神主所赐的金戒指和手杖作为王权的象征。贾姆希德统治世界九百年,他不断地开拓疆土,扩大人类和牲畜的活动范围和谋生地盘;他遵从神意,修筑城堡,战胜严寒和暴风雪,确保人类和牲畜得以生存下来,繁衍增殖。就是这样一位功绩赫赫、了不起的君王。在《亚斯纳》第九章中以胡摩酒神的口吻写道:

> 世上的维万格罕,首次用我做成饮料,作为对其行为的酬报,我使他得福,生了个男孩,名叫贾姆希德——他拥有成群的良畜,成为世民百姓中最显赫的人物。他有太阳一般的明眸。当政时期,他使动物和人类长生不老,使江河奔流不息,草木永不枯槁,使食物丰盛呀,用之不竭。(9·4)

> 在英勇的贾姆统治期间,既没有严寒和酷暑,也没有衰老和死亡,更没有魔鬼制造的忌妒。父亲和子女一样,看上去年龄都不过十五。(9·5)①

贾姆希德是印伊人传说中尘世的第一位统治者。诗中把他治理下的世界描写得尽善尽美,这一方面表达出古代伊朗雅利安人对功绩卓著的祖先的怀念和崇敬,另一方面也反映了他们对"理想之国"的向往和憧憬。

法里东是古代伊朗雅利安人游牧部落声名显赫的英雄。他斩妖除害,为民立功,因而生前受到族人的敬仰和爱戴,死后成为人们缅怀和颂扬的对象。在《亚斯纳》第九章中写道:

> 法里东——他出身名门望族,正是他击败和杀死了三张嘴巴、三个脑袋和六只眼睛的阿日哈达克——那有上千种形体变化、异常强大而虚伪的妖魔,是世界蒙受灾难,是阿赫里曼为损害尘世和扼杀真诚,而特意制造出来的最凶残狡诈的恶魔。(9·8)②

法里东身上体现了伊朗雅利安人与妖魔鬼怪为代表的邪恶势力进行英勇斗争的伟大气魄,和他们那种不畏强暴,敢于斗争,赢取胜利的英雄品质。

---

① ［伊朗］贾利尔·杜斯特哈赫:《阿维斯塔:所罗亚斯德教圣书》,元文琪译,商务印书馆,2005年,第85页。

② 同上书,第86页。

作为一部宗教经典,赞美诗是《阿维斯塔》的重要组成部分。赞美神主马兹达及其助神,赞美先知琐罗亚斯德,赞美善、火与光的诗作遍布全书。最古老的《伽萨》就是颂神诗,如第一篇《阿胡纳瓦德·伽萨》中的两节:

  阿,马兹达·阿胡拉!
  通过奥尔迪贝赫什特对纯洁、善良者的佑助,
  请将尘世和天国的幸福恩赐于我——
  向你顶礼膜拜的虔诚信徒。(2)

  阿,奥尔迪贝赫什特!
  我以信教的礼仪赞美你,
  赞美巴赫曼、马兹达·阿胡拉和塞潘达尔马兹——
  她为纯洁、虔诚的信徒安排好永恒的天国。
  当此祈求神佑之际,请助我一臂之力。(3)①

这样的赞美诗往往将歌颂神与对神的祈祷结合在一起,充满了宗教的虔诚,也体现了当时人们的道德诉求和现实生活。

《亚什特》每篇集中赞美一位神祇,对神灵及其相关的事物从不同角度加以赞美,富于情趣。其中的《阿邦·亚什特》就是对江河之神阿娜希塔的赞美,第30章中有几节:

  阿娜希塔像往常一样,
  宛如苗条俊美的女郎,
  细腰儿紧束亭亭玉立,
  身穿华丽带褶的衣裙,
  雍容大雅纯洁而善良。(30·126)

  阿娜希塔像往常一样,
  手持巴尔萨姆枝条②,
  四角形金耳环吊在耳旁,
  银项圈套在秀美的脖颈上,
  她紧束细腰乳房高耸,
  显得分外娇娆令人神往。(30·127)

  阿娜希塔头戴八角形金冠,
  一个精制的圆环突出在顶端,

---

① [伊朗]贾利尔·杜斯特哈赫:《阿维斯塔——所罗亚斯德教圣书》,元文琪译,商务印书馆,2005年,第5页。
② 琐罗亚斯德教教徒祈祷时手持的柽柳或石榴的嫩枝。根据祈祷的内容不同,手持的枝条数目也不等。

>好似车轮上面系着条条彩带,
>镶有百颗明珠银光闪闪。(30·128)

>阿娜希塔的衣饰华美,
>缝制用了三百张海狸皮,
>海狸的毛皮世上最珍贵,
>触摸时如金银闪耀光辉。(30·129)①

诗节中描写阿娜希塔的形象,写她的衣饰、仪态、身姿,优美动人,仿佛母权制氏族社会的一位雍容华贵的部落首领。

伊朗民族理性意识较早发展,往往用理性的智慧审视世界、阐释现象、评判事物。在《阿维斯塔》中,智慧文学也是重要的文学类型。《阿维斯塔》的智慧文学包括简洁凝练、高度概括的箴言,如圣典中反复咏叹的"真诚乃是幸福的最佳食粮和源泉,幸福属于品行端正和渴求至诚之人"②;"世上最宝贵的东西,是虔诚者的说教——智慧和领悟的结晶"③;"行医者的手段各不相同,有的用手术刀,有的用草药,有的用神圣的语言,后者才是医中翘楚,因为他们能治愈虔诚教徒的心病"④等。这类箴言既有宗教信仰的说教,也往往是生活经验和人生哲理的浓缩。

《阿维斯塔》的智慧文学还有一类智者斗智的小故事。这类作品的代表是本于《阿邦·亚什特》的《尤伊什特·法里扬的故事》。这则故事通过青年智者尤伊什特·法里扬与巫师阿赫特·贾杜加尔以猜谜语的方式展开的激烈角逐,宣扬了正视现实,积极入世的思想。文中除一般的教谕外,还提出与日常密切相关的若干数字谜语,如"能赋予尘世以生活和力量的什么东西有10条腿,3个脑袋,6只眼睛,6只耳朵,两条尾巴,3个雄性躯体,两只手,3个鼻子,4个角和3个脊背"?乍听谜语似乎很玄妙,其实答案很简单,就是"一个正在耕地的男子汉和两头拴在犁上的公牛。"

《阿维斯塔》的文体是音节体诗,是古波斯人致祭行礼时吟咏的诗作,分行、押韵,便于歌唱、传诵和记忆。为达到渲染气氛的目的,词句常有重复,虽不要求严格的押韵,但音乐性强,节奏鲜明,读来朗朗上口,富有民歌特色。《阿维斯塔》的诗歌表现形式非常丰富,有的直抒胸臆,感情沛然;有的富于哲理,言简意赅、隽永深邃;有的采取问答方式,或自问自答,或问而不答,发人深省;有的运用比喻和夸张手法,增强了艺术感染力;有的类似戏剧性的对白,显得生动活泼,饶有趣味。总之,《阿维斯塔》诗歌尽管带有浓厚的宗教色彩,但却不乏给人以艺术享受的佳作。

---

① 引自元文琪:《波斯古经〈阿维斯塔〉》,《外国文学研究》1986年第1期。
② [伊朗]贾利尔·杜斯特哈赫:《阿维斯塔——所罗亚斯德教圣书》,元文琪译,商务印书馆,2005年,第336页。在《胡尔达·阿维斯塔》中反复出现。
③ 同上书,第25页。
④ 同上书,第298页。

《阿维斯塔》不仅作为琐罗亚斯德教的圣典,在古代伊朗产生巨大的影响,也作为古代伊朗文学的汇集,对伊朗后世文学产生深刻影响。中古伊朗诗歌巨匠哈菲莫兹和莫拉维等人在作品中表述的某些思想,往往能溯源到《阿维斯塔》。《阿维斯塔》包含的大量原始神话、英雄帝王传说和民间故事,为伊斯兰时期各种故事诗和史诗的创作,提供了宝贵的素材。伟大的爱国诗人菲尔杜西,正是从《阿维斯塔》的神话传说中汲取题材和形象,经过数十年的不懈努力,创作出光耀古今的不朽之作《王书》。不言而喻,《阿维斯塔》在伊朗文学史,乃至世界文学史上都具有不可忽视的地位。

第七节　上古东方文学交流

东方是世界最古老的文明地区,东方文化文学在童年时代即人类的上古时期就表现出顽强的生命力,它有开放性和融合性的明显特点。它既将自己的文化文学播扬出去,又将众多的异域异族的文化文学因素吸收进来,这种旺盛的自生力和再生性,使东方文化文学至今仍保持着自己的特色,并在世界文化史和文学史上永远放射着诱人的光芒。

中国和外国的文化文学交流,最早始于中国和周边国家的朝鲜、日本、越南、印度、波斯和阿拉伯地区等。

"朝鲜"这个名称传入中国,约在公元前7世纪。它同春秋战国时期的齐国有海上贸易往来,朝鲜的"文皮"(虎皮)在当时很受重视。《汉书·地理志》"燕地"条记载:"玄菟、乐浪,汉帝时置,皆朝鲜、涉貊、句骊蛮夷。殷道衰,箕子去之朝鲜,教其民以礼义,田蚕织作。"这段记载透露了在汉代以前,中朝之间就有交通往来的信息。《尚书大传》、《史记》和朝鲜《三国遗事》、《东国通鉴》等中朝文献中,均有箕子到朝鲜一说。箕子①为东夷人。古代东夷包括黄海、渤海沿岸一带,此地流传着一种共有的氏族始祖为"卵生"的神话,朝鲜半岛自不例外。这说明东夷地区在文化上确实存在着联系。箕子作为东夷人,在殷商灭亡之后,出走该地区的朝鲜是完全有可能的,继后,他被周武王封为朝鲜侯。

汉代,中国文化与朝鲜文化关系密切。西汉著名文学家扬雄(公元前53—公元18)在叙述西汉各地方言的专书《方言》卷五中,曾将"北燕、朝鲜洌水(今大同江)之间"的地区,列为汉语方言区域。流传至今的汉乐府诗《箜篌引》是被人用汉字记录下来的高句丽时期的朝鲜民谣。现存于中国西晋崔豹所著的《古今注》中。它仅有短短的4句,共16个字,却为中朝文学交流谱写了一曲不朽的篇章:

　　公无渡河,公竟渡河。
　　堕河而死,将奈公何。

据《古今注》载,这首歌谣为"朝鲜津卒"霍里子高的妻子丽玉有感而作。

---

① 箕子:纣王之叔,一说是庶兄,商末任太师。纣王昏庸,箕子进谏,被囚。周武王灭商,释放箕子。

"朝鲜津"的地理位置大致是在今平壤市大同江南岸乐浪区土城附近。"箜篌"是印度古代梨俱吠陀时期弦乐器的代表。汉武帝征服南越后,摹仿印度乐器最先制成,音译箜篌(坎侯),此乐器传入中原后颇为风行。东汉作曲家于是创作了《箜篌引》的乐曲。歌中被淹狂夫之妻"控箜篌而歌此曲",津卒之妻"引箜篌而写其声",足以表明此种乐器在当时的朝鲜已相当流行。这是中朝两国文学、音乐之间相互交流的最早的信而有征的记载之一。

朝鲜现存最早的一首汉文诗为《黄鸟歌》,其内容也与中国不无关系。这首四言诗为高句丽琉璃王类利(公元前19年至公元18年在位)于公元前17年所作,共16个字:

翩翩黄鸟,雌雄相依。①
念我之独,谁其与归?

琉璃王类利是高句丽第二代王,是始祖东明王朱蒙的长子。《三国史记》卷十三《高句丽本纪》中载有关于琉璃王写此诗的原因。他有王妃二人,一为高句丽人禾姬,一为汉人雉姬。二妃常有矛盾。一次,受禾姬责骂的雉姬忍无可忍,愤愧出走。国王骑马追寻,雉姬再不愿回去。国王在树下歇息,见黄鸟飞聚树上,触景生情而作此诗。这首国王为怀念出走的汉人爱妃而写的抒情诗,内容简洁、语言古朴、形式为四言,风格类似中国汉代诗风。可见当时高句丽的文化与中国文化的发展,几乎是同步的。

中国传统的汉文化在秦汉之际(公元前221—公元220)正式形成。当时日本列岛正处于金石并用的弥生文化时期(公元前300—公元300)之初,汉文化强大的辐射力和渗透力,使日本列岛文化形成由西向东渐进发展的走向。中国古代文化东传日本列岛,是以文献典籍为载体的。在不同的历史时期,其传播采取了不同的流通渠道和不同的吸纳方式。

日本现存最早的书面文献《古事记》(712)中,应神天皇一五一条记载:"天皇又命令百济国说:'如有贤人,则贡上。'按照命令贡上来的人,名叫和迩吉师(《书纪》写作王仁,吉师为新罗官吏的等级名称。所谓献《千字文》云云有误,因《千字文》是百余年后才写成),随同这个人一起贡上《论语》十卷、《千字文》一卷,共十一卷。和迩吉师是文首等的祖先。又贡上两个有技术专长的人,名叫卓素的韩锻,以及名叫西素的吴服。此外还有秦造的祖先、汉直的祖先,以及善于酿酒,名叫仁番,又名须须许理的一些人,也都渡来了。"②这是文献典籍记载中国移民进入日本列岛最早的记录。这位百济人和迩吉师即是《日本书纪》(720)中提及的"百济博士王仁"。从其姓名与文化教养上可以推知,他极有可能是生活于朝鲜半岛的汉族移民,或是一位华裔。引文中的"韩锻"为朝鲜半岛渡来的铁匠。而"吴服"则是指从中国江南移往日本的从事纺织和裁缝工作的人。"秦造"和"汉直"也都是从朝鲜半岛渡来的移民,前者自称是秦始皇的后

---

① 在朝鲜学者金台俊(1905—1949)所著《朝鲜汉文学史》中,此句为"各有所依"。
② 太安万侣:《古事记》,吕元明译,人民文学出版社,1979年,第128页。

裔,因此以秦为姓氏;后者自称汉灵帝之后,所以又称汉直。秦、汉二氏及其后继者,将"乐浪文化"("乐浪"为朝鲜半岛的郡名,在秦亡及汉末时,因战乱而避居朝鲜的中国移民居此地)带到日本,其根源则属于中国传统的汉文化范畴。

汉字传入日本,结束了日本列岛无文字的状况,但汉字传入的确切时间尚无定论。早在3世纪上半叶,中国曹魏时期就与当时日本列岛上的邪马台国有多次使节往来。据《三国志·魏志·倭人传》载,正始元年(240)邪马台国女王卑弥呼曾"上表,答谢恩诏",接受魏的诏书和"檄",这说明汉字已传入日本列岛。可惜史籍中未载"上表"的原文。但《宋书·倭国传》中却载有宋顺帝升明二年(478)倭王武遣使上表的大部分原文,其为骈体文,对仗工整,有中国六朝风格。关于日本国内书写的文字,迄今最早的是1996年1月在三重县嬉野町的片部遗址发现的公元4世纪前半叶毛笔墨迹"田"字。

《日本书纪》应神天皇十五年(284)八月条,十六年(285)六月条,载有王仁博士从百济来献《论语》和《千字文》一事,此为汉字传入之始。虽然日本史学界认为此载未必可靠,但至少透露了伴随着汉字的输入,儒学的儒家思想传入日本列岛的信息。继后,随着日本与百济关系的日益密切,百济不断向大和朝廷派遣五经博士段杨尔等,宣讲各种经典。大和贵族和知识界开始接受儒家思想。尤其是6世纪末7世纪初,推古天皇时代(593—628)圣德太子任摄政(593—621)的飞鸟时期,对外,他指派小野妹子为遣隋使,推进和开展日中邦交,还积极派遣留学生、僧人去中国学习,吸取中国文化。对内,他不仅虚心地向传授儒学而来日本的博士觉哿学习,而且还按照儒家的德、仁、礼、信、义、智的顺序,制定了"冠位十二阶"(603),对世袭官职进行了一定的改革。并以儒家"尊崇君权"及"以和为贵"等为核心思想,颁布了"宪法十七条",其中许多文字内容取自《周易》、《论语》、《诗经》、《礼记》、《孝经》等儒家文献典籍。这表明这一时期,日本已从中国输入了大量的文物典章和书籍。

越南汉语文学与中国文学的联系源远流长。秦始皇于公元前221年统一六国之后,又于前214年平定了五岭以南直至今天越南中部地区,设置了南海、桂林、象郡。秦末,南海郡尉赵佗(?—前137)乘天下大乱之际,击并桂林、象郡,自立为王,但不久又归属于汉,成为汉朝属下的一个诸侯王。公元前112年,汉武帝平定这一地区的叛乱,改设九郡。其中交趾、九真、日南三郡在今天越南的北部和中部地区。汉朝开发这一地区首当其冲的任务就是大力推行汉字,把汉字作为官方的交际工具,这大大促进了这一地区的经济文化与中原地区的交流。《后汉书》卷八六,《南蛮传》载,东汉光武帝刘秀中兴时,"锡光为交趾,任延守九真,于是教其耕稼;制为冠履,初设媒娉,始知姻娶;建立学校,导之礼义"。锡光(生卒不详)和任延(?—67)二人是最早把中国文化传入越南的人。据《越史通鉴纲目》载,汉时交州人李进为交州刺史,曾申请允许交州循中国例向朝廷贡士,而后"交州士子阮琴即以文辞入仕中国"[①]。可见在汉代,越南

[①] 芦蔚秋编:《东方比较文学论文集》,湖南文艺出版社,1987年,第257页。

就已有精通汉文的读书人了。

汉魏六朝时期,东汉和吴国的交趾太守士燮(137—226)"乃初开学,教取中夏经传,翻译音义,教本国人,始知习学之业"①。他还带去钟、鼓、磬、喇叭等乐器。越南史学家吴士连在《大越史记全书》中说"我国通诗、习礼乐,为文献之邦,自士(燮)王始。"士燮一直被尊为南邦学祖。这一时期中原战乱不休,而交州较为稳定,许多士大夫和名士纷纷到这里避祸全身,促使汉学之风日盛一日。一时间交州文人荟萃,成为南方重要的文化中心。

印度最古老的史诗《摩诃婆罗多》中,曾将中国称为"支那"(Cina)这一古老的中国名称。史诗中所载《印度诸天搅乳海》的神话,据有些学者考证,在屈原的《天问》中即有反映。"搅乳海"神话写天神和阿修罗(恶神、邪神)在长期争战之后协议共同搅乳海,以取得长生不老的甘露。当被他们搅动的海水化成乳,最后出现甘露时,毗湿奴大神施计不让阿修罗饮到甘露。可是名叫罗侯的阿修罗还是偷饮到一口。其身体虽被毗湿奴拦腰砍成两截,但因刚饮到甘露而上身得以不死。为报仇,他经常部分地噬食或全部地吞下太阳或月亮,形成日食和月食。《天问》中所写:"白蜺婴茀,胡为此堂?安得夫良药,不能固臧?天式从横,阳离爰死,大鸟何鸣,夫焉丧厥体?"台湾学者苏雪林认为此段文字即概括了《摩诃婆罗多》中"搅乳海"的故事②。

中国文学大规模接受印度文学影响始于公元前 3 世纪秦始皇当政的年代。据朱士行《经录》和《白马寺记》提到公元前 242 年,有西域沙门室利防等 18 人携带梵本经籍到咸阳③。这是印度佛教文学传入中国的开始。到汉朝,带有浓厚文学色彩的《佛本生经》、《百喻经》、佛教诗总集《法句经》等相继被译成汉文。印度譬喻文学的风格开始被中国诗人所吸纳。以三曹为代表的建安文风,就融合有这种风格。曹操的《短歌行》中:"对酒当歌,人生几何?譬如朝露,去日苦多。"和《六度集经》(康僧会译)第 88 的"犹如朝露,滴在草上,日出则消,暂有不久,如是人命如朝露"。其词和含义十分相近。曹植的《七步诗》:"煮豆持作羹,漉豉以为汁。萁在釜下燃,豆在釜中泣,本是同根生,相煎何太急。"更似佛偈。在史书中的帝王形态,就有似佛相。如《三国志·蜀志》卷二说:先主"垂手下膝,顾自肩齐耳"是如来佛的模仿。当然,这种印度文学风格,融入中国的魏晋文学后,已成为中国文学的有机组成部分了。印度佛教文学主要是出世文学,宿命论甚重,而中国的魏晋文学主要风格特征还是中国古代知识分子的悲歌慷慨,愤世嫉俗的入世心理状态与艺术意念。

《百喻经》为南朝萧齐(479—502)时从印度来华的僧人求耶毗地所译。其中"画水求盂"的故事与《吕氏春秋·慎大览第三》中第八篇《察今》所譬喻说理的故事"刻舟求剑"大同小异。除《百喻经》以外,《法句譬喻经》、《旧杂譬喻经》、《阿育王譬喻经》等以譬喻为名的佛经,都收有不少令中国文人手动心痒的寓言

---

① 《殊域周咨录》卷六,《安南》。
② 郁龙余编:《中印文学关系源流》,湖南文艺出版社,1987 年,第 69 至 74 页。
③ 沈福伟:《中西文化交流史》,上海人民出版社,1985 年,第 78 页。

故事。如《旧杂譬喻经》二三中"鹦鹉求欢"的故事,被北朝宋刘义庆写进宣扬佛教灵验的《宣验记》中,内容大部雷同。北魏吉迦夜和昙曜以《杂宝藏经》卷《弃老因缘》中有一个称象故事,它从口头传入中国后,经过文人学士的改造,变成了"曹冲称象"的故事。

此外,中国汉语语音的特点,是分为平、上、去、入四声。这四声当然是固有的存在,但是意识到他们的存在并且明确地把它们定为四声,则是印度声明论的影响,具体地说是受了外国沙门转读之法的影响。

东晋末年法显(约342—约423)是得法高僧。他为求戒律而去印度,归国后于东晋义熙十二年(416)写成自己游历30余国的著作《法显传》,或称《佛国记》、《佛游天竺记》等。书中所记地域有中国、南亚、东南亚等,内容包括宗教、文化、风俗等,是研究5世纪初亚洲历史文化和中西文化交流的重要资料。

汉代中伊两国就开始了有文字记载的文学关系。著名史学家司马迁在《史记·大宛列传》中,不仅以睿智卓识记下张骞通西域的创举,而且指出:"安西在大月氏西可数千里。……其属大小数百城,地方数千里,最为大国",其民善于经商,"民商贾用车及船,行旁国或数千里"。这种记载为中伊两国各方面的交流作了文字上的铺垫。书中还载有中伊两国间文学现象的联系。"条枝(西亚伊拉克一带古国名)在安息西数千里,临西海……安息长老传闻条枝有弱水、西王母,而未尝见。"寥寥数语即将安息长老的传说与中国上古神话联系起来。西域一带有关西王母的传说早有记载。晋人从战国魏襄王墓中发现的先秦古书《汲冢书》之一的《穆天子传》中,就找到了周穆王从洛阳出发,沿着晋、陕、甘、青进入新疆以远,达西王母之邦的记载,该邦女首领即西王母。由此观之,"安息长老传闻"并非无稽之谈,只是一时难辨真伪而已。

众所周知,汉代开始的佛经翻译对中国文学的发展极有影响,而翻译佛经在中国信而有征的第一人却是安息人。安息国王科斯老之子安清,字世高,博学多识,笃信佛教,曾放弃继承王位的机会而离家事佛,云游西域各地。东汉恒帝建和二年(148年)他抵洛阳。据《高僧传》载,"至止未久,即通华言"。他自桓帝元嘉元年(151年)译出《明度五十校计经》始,凡20余年,先后译出佛经数百万言,多达95部,115卷,现存54部。其中《鳖喻经》(出《六度集经》)、《五阴譬喻经》(出《杂阿含》第十卷)、《道地经》、《长者了制经》等佛经中的许多譬喻,如:牦母喻、雷雨喻、盲人坠火喻、持斧入山取直木喻等,都以其想象丰富的传说故事和新鲜生动的譬喻等文学形式,丰富了中国文学的表现内容。其后,另一位佛经翻译家安玄也是祖籍安息的学者。他于汉灵帝光和四年(181年)来洛阳经商,因功封为"骑都尉",学会汉文后与临淮人严佛调合译过佛经两部,其一《杂譬喻经》也以其精当的譬喻广为传播。安清、安玄在翻译佛经的过程中,或多或少地将波斯的语言因素及表现方法融于其中,这样的译文必然会对当时的中国语言文学产生影响。

从东晋、十六国到隋、唐各朝均有波斯人从海路到中国的记录。公元4世纪到7世纪初,中国的史籍习惯把非洲东海岸、阿拉伯、印度、锡兰、交趾半岛的物品统称"波斯货",这无疑表明是波斯的船舶将其运往中国的。据《大唐西域求法高僧传》载,中国义净法师于671年去苏门答腊就是从广州乘波斯船出发的。在《贞元新订释教目录》中,金刚智约在公元717年从锡兰(今斯里兰卡)出发,有35只波斯船从行,驶向苏门答腊,然后前往中国。

中国和阿拉伯地区的文化接触,比见于史书的记载要早得多。因为阿拉伯地处欧、亚、非三大洲的陆路交接地,是中国古代商人、史官、学者等西行的必经之地。早在公元前139年,史载汉朝张骞向西域凿空时,就得知有条支,并遣使该地。条支的地理位置虽不能确指,但它位于美索不达米亚以西一带的阿拉伯地区,有塞姆语系的古代阿拉伯人居住,当无疑义。公元97年,东汉西域都护班超(32—102)遣使甘英(生卒年不详)出使大秦(包括埃及、叙利亚在内的罗马帝国东方领土),亲抵条支。此二人西行,加强了中国与西亚、阿拉伯地区的经济、文化交往。

汉代大批丝绸西运,转贩丝绸的驼队所经行的道路,被后人赋予"丝路"之称。此名称最初由德国学者里希霍芬在1877年出版的《中国》一书中提出,后因赫尔曼1910年所著《中国和叙利亚的古代丝路》一书而得到确立。阿拉伯历史学家也认为,叙利亚是"丝路"的西方中心,中国丝绸正是通过叙利亚再转贩到小亚细亚、埃及和地中海沿岸。中外学者不仅发现在叙利亚东部的绿洲之国帕尔米拉,曾有沿丝路西传至该地的汉字纹绵,而且注意到沿"丝路"东传到中国的玻璃制品等。据阿拉伯著名历史学家马斯欧迪(? —956)在其名著《黄金草原》中记载,公元6世纪,中国的商船就经常抵达波斯湾,并进入幼发拉底河,与当地阿拉伯人进行贸易,不少阿拉伯海员随商船到中国。这表明古代中国和阿拉伯地区已有频繁往来。

许多中外学者都指出中阿文化交流的实质。前苏联学者O. B. 特拉赫坦贝尔指出:"阿拉伯文明独特地综合了印度、中国、古代世界(特别是希腊文明的衰落时期)拜占庭和伊朗的古代文化并加以发展。"[①]国内学者戴康生认为,阿拉伯文化"是吸收、融合印度、中国、希腊、拜占庭和波斯古代文明,并结合阿拉伯当时的社会条件而独立发展起来的"[②]。

---

① 特拉赫坦贝尔:《西欧中世纪哲学史纲》,上海人民出版社,1960年,第49页。
② 戴康生:《开展阿拉伯哲学研究的意义》,《哲学研究》1982年6期。

第二章
中古东方文学

第一节 中古东方社会文化特点与文学概况

中古东方文学指亚非地区封建社会时期的文学。亚非各国封建社会的起始时间并非统一,有的在公元前几百年已进入封建社会,有的是公元几百年后的事情,但为了理解、研究这一时期东方文学的方便,我们把5世纪中叶至19世纪中叶这1400余年的亚非文学称为中古东方文学。

一 中古东方社会文化的特点

亚非各国封建社会的发展极不平衡,各自不同的历史传统和生存环境使得各国的封建社会有各自的发展路径。但由于亚非各国共同的亚细亚生产方式的作用,使封建社会得以长期延续,并使具有千差万别的亚非广大地区具有一种内在的统一性。亚细亚生产方式是马克思对前资本主义的东方社会经济基础一般特征的概括。基本内涵指土地公有制和农村公社的普遍存在,小农业和家庭手工业的紧密结合,以及氏族血缘为基础的共同体的长期延续。共同的生产方式制约下,东方各国的封建社会和文化表现出一些共同的特质。

第一,封建社会发展缓慢而不平衡。西方封建社会以公元476年西罗马帝国灭亡为开始,经过不到一千年的发展,14世纪初期开始文艺复兴运动,资本主义作为新的生产关系出现并获得发展,至17世纪中叶英国资产阶级革命标志封建社会的终结。东方国家的中国,早在公元前5世纪就进入封建社会,印度在公元前后进入封建化过程,而东亚、西亚、中亚、北非主要国家在公元2至8世纪后才出现封建王朝,非洲的大部分地区仍处于奴隶社会。直到19世纪前后,随着强大的西方资本主义殖民势力入侵,东方各国才被迫从封建社会的睡眼朦胧中"醒"过来。

导致东方封建社会的漫长历史过程,其内在的本质原因是不利于资本主义因素增长的亚细亚生产方式和东方社会极强的自我整合的超稳定社会结构与力量。另外还有两个重要原因。其一是连年战争征伐和军事大帝国的建立。西方封建社会也有国王与领主、领主与领主之间的战争,但这些只是局部战争,而且具有促进社会发展的一面。东方中古的战争往往是一个落后的民族崛起,征伐各国,建立起横跨亚、非、欧的军事大帝国。帝国没有共同的经济、文化基础,加上军事独裁统治,一段时期后覆灭。战争的创伤尚未恢复,另一个相类似的大帝国又兴起。这样屡遭破坏,社会和文化的发展受到严重阻碍。这样的大帝国重要的有阿拉伯帝国(631—1258)、蒙古帝国(1206—1368)和奥斯曼土耳其帝国(15世纪后期—17世纪)。三个大帝国把除东亚、南亚少数国家外的广大亚非地区全部卷入其中。在文化建设上,只有阿拉伯帝国对征服地的先进文明和周边先进文化加以学习和融合,创建了独具特色的阿拉伯—伊斯兰文化;蒙古帝国、奥斯曼土耳其帝国、突厥人对印度的统治,都对征服地的文化采取排斥的态度,其破坏作用大于促进作用。其二是封建社会后期西方资本主义殖民入侵。自葡萄牙人在公元1415年渡过直布罗陀海峡,占领摩洛哥的休达地区,建立起在东方的第一个殖民据点开始,西班牙、荷兰、英国、法国等殖民主义者先后侵入东方,他们依仗"炮坚船利",在沿海或河口一带进行海盗式袭击,从事掠夺性贸易,以搜刮财富为直接目的,而建立在残暴武力基础上的洗劫国库,强化封建剥削是其主要手法。这样的掠夺和侵略,虽然客观上"唤醒"了沉睡的东方,但东方民族付出了惨重的代价:社会经济退化,刚萌芽的资本主义因素被扼杀。

第二,东方封建社会和文化,大体上以13世纪为界,分为前、后两个阶段,前一阶段的文化成果居世界领先地位。这一阶段大约相当于中国的南北朝至宋朝;南亚戒日王朝至德里苏丹时期,西亚阿拉伯兴起到阿拔斯王朝时期,当时的西方正处于文艺复兴前的黑暗时期,一切文化都在教会统治下受到抑制。而这时期东方无论人文科学还是自然科学都取得辉煌的成就,在封建社会的上升阶段,也是文化的繁荣和鼎盛阶段。当时的中国、印度、阿拉伯、波斯不仅版图辽阔,也是文化大国。中国的"大唐"盛世,日本"大化革新"后文化上的飞跃,印度"古典时期"的势头仍旺,佛教大规模外传,阿拉伯伊斯兰教兴起,大规模吸收先进民族文化,8—9世纪有"百年翻译运动"。可以说公元10世纪左右东方各国在民族文化深厚的基础上普遍繁荣,涌现众多哲学派别,产生大量经典著作,形成了诸如中国的程朱理学、印度商羯罗的吠檀多哲学、西亚的阿维森哲学等内涵丰厚的思想理论体系。这些东方文化成果通过丝绸之路、阿拉伯帝国、东征的十字军、文字翻译、旅游取经等传播途径扩散西方、影响欧洲社会和文化的发展。

第三,三大文化圈的形成和广泛的文化交流。中古初期,在东方几大古老文明的基础上,经过各民族文化的融合演变,形成三大各具特色又极富生命力的文化圈:东亚文化圈,南亚、东南亚文化圈和西亚、北非文化圈。东亚文化圈是中国文化向周围的日本、朝鲜、越南辐射,以汉字、儒学、佛教、律令和册封为表现形式。南亚、东南亚文化圈是印度文化向周围的南亚、东南亚各国扩散而形成,以佛教、印度教的信仰为标志。西亚、北非文化圈是随着伊斯兰教的兴起,在融汇西亚、北非几种古老文明的基础上,形成以阿拉伯语和伊斯兰信仰为标志的文化圈。三大文化圈的核心和标志都是宗教。但各个文化圈都有各自的历史渊源和文化结构,具有各自的文化品貌和价值取向。如在人生目的上,东亚文化强调入世,南亚、东南亚文化注重出世,西亚、北非文化向往来世;在终极价值方面,东亚文化注重忠孝节义等人伦关系和人伦道德,南亚、东南亚文化注重人与自然秩序的关系和自然道德,西亚、北非文化注重人与最高存在的关系和宗教道德。

然而,中古东方三大文化圈并非在孤立封闭中发展,而是相互交流、互相影响,形成你中有我、我中有你、融合渗透、多姿多彩的文化景观。如印度佛教对东亚文化的影响,中国文化、印度文化对阿拉伯文化的影响,伊斯兰教对印度和中国部分地区的渗透等。中古东方不仅三大文化圈相互交流,还有更大范围的东、西方文化的交流。十字军东征的骑士和早期西方传教士给西方带去了东方文化;通过阿拉伯这一中介,东方也借鉴了西方文化的精华。

第四,宗教文化的深刻影响。宗教在东方社会中具有非常重要的地位,世界三大宗教都发源于东方。中古时期基督教成为西方宗教,伊斯兰教和佛教在东方产生深刻影响。加之一些民族宗教,如印度教、道教、祆教、神道教、锡克教等,宗教成为漫长封建社会的重要意识形态。中古东方的三大文化圈的核心,即是各自的宗教文化。且不说伊斯兰教对政教合一的阿拉伯帝国的影响,只看以印度教为主体的印度。印度教虽然没有统一的领导组织,是"没有教会的宗教",但印度教深深影响印度的社会结构和人们的日常行为,"种姓制度"就是印度教加给印度社会的沉重包袱。宗教对印度社会和文化生活的影响,可以说是无处不在。即使强调入世,以"修身、齐家、治国、平天下"为人生目标的东亚文化,算是宗教色彩最为淡漠的文化,但由印度传来的佛教经过一个中国化的过程,儒、佛、道合流,佛教思想成为中国思想史的重要组成部分,并且随着唐代文化东传日本,佛教在日本产生更为深刻的影响。总之,宗教意识作为东方封建社会的重要意识形态,深深渗入东方社会生活和意识形态的各个领域:政治、经济、伦理道德、文化观念、法律制度,当然也渗透进文学艺术领域。

二 三大文化圈的文学发展及其特点

东方文学由古代发展到中古,一些古老文明出现断层,如古埃及和巴比伦文学已难再续。希伯来文学随着民族分散而结束。与三大文化圈相应,由于各个文化圈各自的文化独立性与圈内各民族的文化统一性,中古东方文学的发展也以三大块成鼎立演进之势。

(一)东亚文化圈的文学

东亚文化圈的文学以中国文学为中心,周边的日本、朝鲜和越南文学在中国文学的影响下逐步发展自己的民族文学。中古时期中国文学经历了唐诗、宋词、元曲和明清小说的发展,是文学史上的辉煌时期。相邻的三个国家很长时期以汉字作为文学表达工具,创作汉诗汉文。日本到9世纪初创制了自己的假名文字,越南13世纪初出现字喃文字,朝鲜则到15世纪才有民族文字"训民正音"。有了自己的民族文字,三个国家的文学也逐渐民族化,但中国文化和文学的影响却一直存在,尤其是朝鲜和越南,直到18—19世纪的文学,还有不少创作从中国文学创作中选取题材,中国文学的痕迹非常明显。

中古东亚文学的主要成就表现在诗歌和小说方面。

日本、朝鲜和越南的诗歌都是从模仿、学习、创作汉诗开始的。在各自的民族文字创制之前,都是以汉诗为主流,出现了一批汉诗诗集和诗人,如日本的

《怀风藻》(751)和系列敕撰汉诗集,朝鲜的崔致远(857—?)、李奎报(1169—1241),越南的李万幸(?—1018)、陈仁宗(1258—1308)、邓陈琨(1710—1745)等人的诗作。但各国都在借鉴汉诗的基础上,吸收民间歌谣的长处,发展各自的民族诗歌。

日本民族诗歌的发展路向是:和歌→连歌→俳谐连歌→俳句。最早的和歌集是《万叶集》,这是8世纪中叶文人编定的大型诗集,收4500余首和歌,作者上至帝王下至乞丐。《万叶集》的和歌包括长歌(五、七,五、七音节交替环复、最后以五、七、七结尾)、短歌(五、七、五、七、七,共31个音节构成)和旋头歌(以五、七、七,五、七、七共38个音节构成)。之后纪贯之奉诏编集《古今和歌集》(905),大多收录短歌。1205年编定的《新古今和歌集》则全为短歌。之后,长歌和旋头歌的形式基本消亡,所谓和歌就是短歌。连歌是平安时期贵族文人娱乐游戏的产物,即两人或多人围坐吟咏和歌,一人咏前句五、七、五,另一人咏第二句七、七,反复吟咏。16世纪末出现的俳谐连歌,则努力突破连歌严整的格律,采用通俗的日常口语,表达诙谐轻松的内容。17世纪,松永贞德(1571—1653)及其门人倡导把连歌中的首句(即五、七、五 17个音节)独立出来,成为最短的诗歌样式俳句。松尾芭蕉是俳句的集大成者,其代表作是《芭蕉七部集》。俳句17个音节分三行排列,还要求有暗示或标志季节的"季题"。

朝鲜民族诗歌的演进路线是:乡歌→景几何体→时调→歌辞→杂歌。乡歌是7世纪前后以汉字标记的朝鲜民谣,有四句体、八句体和十句体。因"乡歌"产生于三国时期的新罗,又称"新罗乡歌"。"乡歌"主要抒写人们对生活的各种感受。13世纪初,一群饱读汉诗的翰林学士饮酒赋诗,每人口赋一首,把民间歌谣与汉诗融合,形成一种以三、四调为基本音节,有严格律数,分节排列的新诗体。新诗体很快盛行,因每首有附歌以"景几如何"结尾,因而称之"景几何体"。这种诗体抒写的是高丽末期政局动荡,文人士大夫的忧伤之情。"时调"是14世纪末,在"乡歌"和"景几何体"的基础上产生的更具民族特色的诗歌形式。它分三行排列,音节律数有严格要求,可咏可歌,这种抒情短诗出现后,备受文人喜爱,产生了尹善道(1587—1671)这样的时调大家。15世纪,"训民正音"正式诞生,语言表达获得大发展,诗歌也突破了原有"乡歌"、"景几何体"、"时调"篇幅小、音律格式限制多的要求,产生了以四音节为主,夹以三、四或四、五音节排列,不分节、段,长度不拘,自由灵活,便于广泛叙事和细腻表达思想的"歌辞"。出现了郑彻(1537—1594)、朴仁老(1561—1643)这样杰出的歌辞作者。"歌辞"逐步越出文人圈子,普及于民,尤其是民间歌手、说唱艺人,以四音节为基础演唱了大量作品,由于说唱内容复杂,渐渐突破四音节,出现了二、三调,三、四调,四、三调,五、四调及五、五调相互交错、配合的"杂歌"。杂歌的形成,催化了说唱文学的繁荣。

越南民族诗歌的发展道路是:韩律→六八体→双七六八体。"韩律"为陈朝阮诠(韩诠)所创,他是第一个用字喃文写诗的,他的诗模仿唐诗七律,七言八句要求严格。韩律的出现受到文人重视,阮诠的《飞砂集》、陈光启的《卖炭翁》、阮士固的《国音诗赋》、朱文安的《国音诗集》等是韩律初兴时的重要诗集。15世的诗人在韩律的基础上吸收民歌精华,发挥越语语音多变的功能,创造了以六、八字句相间,每句第六字押韵的新诗体,即"六八体"。越南的古典名著、阮攸的《金元翘传》就是以"六八体"写作的。之后,出于内容表达和艺术追求,有诗人将汉语七言诗与六八体结合起来,前两句为七字句,后两句为六、八字,其中第二句在第五字上押第一句句末的韵。这种"双七六八体"的韵律显得更为错落有致。阮嘉韶(1742—1778)的《宫怨吟曲》就是双七六八体的代表作。

纵观日本、朝鲜、越南三国民族诗歌的发展,日本诗歌在形式上越来越短、容量越来越小,而朝鲜和越南相反,形式上趋向复杂多变,容量越来越大;日本诗始终没有超出抒情范围,而且从《万叶集》中的各种复杂情感发展到俳句的瞬间感受,朝鲜和越南诗歌却有着明显的由抒情向叙事发展的轨迹;日本诗歌的内容由《万叶集》的社会性越来越向自我的方向发展,朝鲜和越南的诗歌始终保持社会性的特点。同样是向汉诗学习和借鉴起步的,但发展情况不一样。可以说,朝鲜和越南的诗歌更接近汉诗,日本在民族化的道路上走得更远、更自由。这不仅仅因为朝鲜和越南紧邻中国,它们一度是中国属地,其深层是各自民族的文化性格起着作用。

中古东亚小说成就最高的是日本。在平安时期产生了富于民族特色的"物语"。"物语"意指叙述故事,实际是小说体裁。物语的开山之作是《竹取物语》,作品以神话般的瑰丽想象描叙月宫仙女化为竹女来到人间及王公贵胄向其求婚的情节,以仙女美丽善良对比世俗社会的庸俗肮脏。物语文学的代表是女作家紫式部创作的《源氏物语》。镰仓时期又产生了以《平家物语》为代表的"军纪物语",主要内容描写武士的战争生活和侠义行为,重点描写平家由盛及衰的过程,塑造了平清盛、源义经等武士形象。镰仓末期,物语文学衰落。江户时代(1603—1867),随着市民阶层的兴起,日本小说再度繁荣,出现描写市民生活、迎合市民口味的"浮世草子"、"读本"、"滑稽本"、"人情本"等小说样式,其中曲亭马琴(1767—1848)的《南总里见八犬传》和十返舍一九(1765—1831)的《东海道徒步旅行记》是优秀之作。江户小说的代表作家是井原西鹤(1642—1693),他的小说题材有两大类:一是"好色"题材,描写市民对肉欲生活的追求,以此否定封建观念,这类作品如《好色一代男》、《好色五人女》等;一是描写市民的经济生活,如何发财致富,金钱下的人生悲剧等,这类作品如《日本永代藏》、《世间胸算用》等。

朝鲜和越南的小说都始自史书。朝鲜的《三国史记》、《三国遗事》和越南的《大越史记》是两国的史书,也是最早的散文文学名著,其中记述了各自民族的神话传说和历史人物传说,成为小说滥觞。随后,两国都经历了传奇短篇小说阶段才出现比较成熟的写实小说。金时习(1435—1493)的《金鳌新话》是朝鲜的第一部传奇小说集,模仿中国明代的《剪灯新话》,搜集整理朝鲜传说故事,收集5篇传奇小说,以浪漫幻想描述人与仙界、冥府的交往,曲折反映当时的社会现实。阮屿(16世纪)的《传奇漫录》是越南最早的传奇小说,包括取材越南民间传说的20篇短篇小说,通过虚构的脂粉灵怪故事和穿插其间的委婉动人诗句,扬善惩恶。17世纪以后,朝鲜小说创作繁荣,出现了以《壬辰录》为代表的历史小说、以许筠(1569—1618)的《洪吉童传》为代表的社会改革小说,以金万重(1637—1692)的《谢氏南征记》为代表的现实主义长篇小说,以南永鲁(1629—1711)的《玉楼梦》为代表的言情小说等,还有以民间传说为基础,经民间艺人加工的说唱脚本体小说,朝鲜三大古典小说:《春香传》、《沈清传》和《兴夫传》。其中《谢氏南征记》和《春香传》可视为朝鲜古典小说的"双璧"。《谢氏南征记》以中国为舞台背景,叙述名门刘延寿夫妇遭小妾乔彩鸾的诬陷离间而导致的家庭变故,家庭与社会联系起来,以"劝善惩恶"为小说主旨,客观上揭露了封建贵族家庭和朝政中的丑恶。小说中的人物形象生动丰满,情节曲折,艺术感染力很强。《春香传》叙述艺妓春香与南原府使之子李梦龙悲欢离合的爱情,歌颂春香坚贞不渝的爱,抨击封建官僚的黑暗统治,表现了强烈的反封建思想,是朝鲜传播最广,备受读者喜爱的古典小说。而17世纪后的越南,小说并没获得大的发展,叙事诗却比较繁荣。

戏剧在中古的日本和越南取得一定成就。日本最早的戏剧是"能"和"狂言"。"能"是在中国唐代散乐和宋元杂剧影响下,融合日本民间歌舞而发展起来,形成于14世纪的融舞蹈、歌唱、音乐、对白为一体的悲剧型歌舞剧。"能"的文学剧本称为"谣曲"。谣曲的代表作是世阿弥(1363—1443)的《熊野》,该剧取材《平家物语》的一个情节:武士平宗盛将能歌善舞的熊野弄到京都作妾,时熊母年老患病,但平宗盛不允熊野回家探母,强要她陪同赏花,命其歌舞助兴。时风雨大作,樱花飘零,熊野触景伤情,吟道:"都中之春固足惜,东国之花且凋零。"终于感动平宗盛,准其回乡探母。剧作以简单剧情,极力烘托悲伤气氛,表现当时日本流行的"幽玄"审美境界。"狂言"是插在"能"剧演出间隙表演的喜剧性短剧,以高度集中的戏剧冲突达到讽刺目的,追求"滑稽"的审美趣味。17世纪初,日本又出现了"歌舞伎"和"净琉璃"两个剧种,近松门左卫门(1653—1724)是江户时代"歌舞伎"和"净琉璃"剧本的代表作家,创作了一百多部剧作,有"日本的莎士比亚"之誉。

越南的古典剧种是嘲剧和叭剧。嘲剧是一种喜剧型歌舞剧,开始流行于民间,陈朝后引入宫中,经宫廷艺人的努力而定型。其内容取材现实,歌舞中夹以丑角的滑稽表演。叭剧是在中国元杂剧影响下融合越南歌舞而形成,有复杂的剧情,舞蹈、歌唱、科白并举,追求庄严、缠绵的艺术风格。

综观东亚文化圈中古文学,可以看到下列特点:第一,日本、朝鲜、越南三国文学都是在中国文化和文学的影响下开始的,而且几乎都是在中国封建社会极盛的唐代开始全面接受中国文化的影响。第二,在模仿引进中国文学方面,朝鲜和越南比之日本更深更广,从文学观念、文学体裁的流变看,朝、越古代文学几乎是中国古代文学的缩影。这种深刻影响不仅表现在汉诗汉文,即使它们的国语文学也如此。但日本文学善于"化用"中国文学与文化,在文学的民族化方面走在朝鲜、越南的前面。第三,中古文学后期,日本市民阶层兴起,文学中追求享乐的倾向明显;朝鲜、越南却屡遭异族侵扰,社会动乱频生,因而爱国主义,关注社会命运的倾向突出。

(二)南亚、东南亚文化圈的文学

南亚、东南亚文化圈的文学是以印度为中心的,印度上古的史诗、佛本生故事等成为中古南亚、东南亚地区大多数国家文学的题材来源。印度自身的中古文学可以分作两大段:12世纪以前的梵语古典文学和以后的地方语文学。

古典梵语文学在笈多王朝兴盛之后,从戒日王朝至12世纪继续繁荣。梵语诗歌、故事、戏剧、小说和文学理论都产生一批重要成果。诗歌方面有继承两大史诗叙事传统的"大诗"(即叙事诗),也有源于《吠陀》抒情风格的"小诗"(即抒情诗)。著名的叙事诗人如婆罗维(约5—6世纪)、摩伽(7世纪)、室利诃奢(12世纪下半叶)等,他们都从两大史诗中选取题材,就史诗中的某一情节铺衍成篇。著名的抒情诗人如伐致呵利(约7世纪)、阿摩卢(7世纪)、摩由罗(7世纪)和胜天(12世纪)。其中伐致呵利的《三百咏》以自然朴素的诗歌语言,从中下层民众的立场抒发了对社会、爱情和隐世的看法,辛辣嘲讽权贵,揭示世态炎凉;赞美青春爱情的甜美,警诫纵欲带来的祸患;奉劝世人寻求精神的解脱。胜天的《牧童歌》抒写作为牧童的黑天与牧女罗陀之间的爱情,在颂神的名义下歌颂尘世男女之爱,把恋人间的各种情感体验表现得深入细腻,曲折动人,对后世"黑天题材"的创作影响很大。古典梵语戏剧在迦梨陀娑之后的重要剧作家有戒日王(7世纪初)、毗舍佉达多(约7、8世纪)、婆吒·那罗延(约8世纪)、王顶(约9、10世纪)等。而薄婆菩提(约7、8世纪)是声誉仅次于迦梨陀娑的梵语剧作家。他学识渊博,文才高超,其剧作语言优美,想象丰富,风格雄健。《后罗摩传》是他的代表作,剧作中心情节是罗摩休妻,以罗摩和悉多的悲欢离合,表现夫妻互相忠诚、互相信任、互相尊重的理想夫妻关系。中古前期的梵语故事有三大故事集:觉主的《大故事诗摄》(8、9世纪)、安主的《大故事花簇》(11世纪)和月天的《故事海》(11世纪),以后者成就最高。在梵语叙事诗和民间故事的基础上,出现了古典梵语小说。其中重要的作品有苏般度的爱情小说《仙赐传》(约6世纪)、波那的传记小说《戒日王传》(7世纪)、檀丁的传奇小说《十王子传》(7世纪下半叶)。《十王子传》继承印度故事的框架结构,在对十王子传奇般经历的叙述中,广泛而生动地展示了古代印度各地、各阶层人物的生活画面,反映了要求统一的愿望,人物形象生动、生活气息浓郁,是世界文学史上最早的长篇小说创作之一。

13世纪以来,印度不断遭受异族入侵,建立起各种异族统治的王朝。统一的梵语逐渐衰落,各地方语言兴起。文学创作也是古典梵语文学衰落,地方语言文学盛行。以印地语、波斯语和乌尔都语文学成就显著。由于入侵者带来了伊斯兰教,与本土的印度教发生冲突和融合,因而中古后期出现一场全国性的旨在复兴传统印度教的"虔诚运动",运动深深影响了文学创作,出现"虔诚派"文学。印地语文学中有"虔诚派"的四大诗人:格比尔(15世纪)、加耶西(1493—1542)、苏尔达斯(15世纪至16世纪中)、杜勒西达斯(1532—1623)。杜勒西达斯的《罗摩功行之湖》享有很高的声誉,后世印度人视之为文学的典范、生活的百科全书、伦理道德的宝库和宗教的经典。实际上它是对史诗《罗摩衍那》的印地语改写,但通过诗人的增删取舍,鲜明地表明了诗人的理想和艺术才能,不仅使《罗摩衍那》在印地语社会得以普及,更是为针对当时的动乱纷争而倡导罗摩王朝,振兴印度教。波斯语大诗人阿密尔·霍斯陆(1253—1325)创作了50多部诗集,其诗作将伊斯兰文化和印度文化彼此交融渗透,独具特色。乌尔都语文学在18世纪获得极大发展,产生了以苏达(1713—1780)、密尔(1722—1810)、达尔德(1721—1785)等为代表的"德里诗派"。

东南亚各国除越南外,都一度受到古代印度文化的影响,其中尤以柬埔寨、缅甸、老挝、泰国所受影响最深。印度古代文学对东南亚中古文学的影响很大,特别是印度两大史诗和《佛本生故事》,是东南亚中古文学题材的重要来源。东南亚最早的书面文学是古爪哇语文学和柬埔寨与缅甸的碑铭文学。10世纪时就有《罗摩衍那》的古爪哇语改写本,11、12世纪作为爪哇宫廷文学主要形式的是"格卡温"诗体,如恩蒲·甘瓦(11世纪)的《阿周那姻缘》、恩蒲·塞达(12世纪)的《婆罗多大战记》,达尔玛查(12世纪)的《爱神遭焚》,其题材出自印度史诗。缅、柬碑铭文学从形式到内容都与佛教活动有关,大多是佛事功德、建寺筑塔、施善活动的记载。中古后期东南亚文学主要有宗教文学、宫廷文学和民间文学三大类。宗教文学以弘扬佛教为宗旨,作者大多为僧侣,内容往往是对佛本生故事的铺陈衍化。如一本《般若本生故事》在南亚地区广为流行,在东南区的佛教国家几乎家喻户晓。宫廷文学以服务封建统治者为目的,出自宫廷作家、诗人之手,内容大多描写国王、太子、王后或公主的经历。宫廷作家中集中了一批有才华的人,一些作家在民族文学史上有着重要地位。如缅甸的吴邦雅(1812—1866)被视为"国宝",他的剧作、叙事诗、讲经小说、情谊书柬、各类诗词都代表当时的最高水平,而且他的创作题材广泛,不乏普通民众的呼声。民间文学在前期的民族神话传说和民歌民谣的基础上发展,经过宫廷文人或民间艺人整理而流行。比之宗教文学和宫廷文学,民间文学最富民族色彩,而且具有反封建的思想意义。著名的民间文学作品有爪哇的"班基故事"系统,泰国的《昆昌与昆平》,马来的《杭·杜亚传》,后两种都被视为各自民族的"民族史诗",对后世文学影响深远。

综观中古南亚、东南亚文化圈的文学,可以看到下列特点:第一,印度上古文学是中古南亚、东南亚文学的重要源头。从印度中古文学看,前期的古典梵语文学叙事诗继承的是史诗的传统,抒情诗承《吠陀》而来,戏剧是对迦梨陀娑的学习,故事是对《五卷书》和《往世书》的发展。后期的"虔诚运动"是以复兴古代印度文化、振兴正统印度教为宗旨,"虔诚派"文学离不开古代印度文学的"母胎"。东南亚文学的起步,就是从对两大史诗和佛教经典的翻译、改写开始的。第二,印度古代文学对中古南亚、东南亚文学的影响是深刻的、内在的。但同时,中古南亚、东南亚文学又渗透、融合了其他民族的文化和文学,呈现出纷繁多姿的局面。印度中古后期文学的波斯文学影响,东南亚的一些国家,如泰国、新加坡的中国文学影响,马来、印尼的伊斯兰文化影响都是明显的事实。更不容忽视的是东南亚民族对印度古代文学的学习和借鉴是经过选择的,如两大史诗对它们的影响,《罗摩衍那》比《摩诃婆罗多》要大得多。这里民族本土文化、早期的民间文学始终在各民族文学的发展中起着作用。第三,宗教文学的主导性地位。印度古典梵语文学曾一度脱离开宗教,出现文学的自觉意识,产生一批诗学、戏剧理论和风格学的著作。但从整体看,中古南亚、东南亚各民族文化的冲突和融合,是以宗教为核心的。这样的文化氛围使得中古南亚、东南亚文学,尤其是后期文学,宗教文学占主导性地位。

(三)西亚、北非文化圈的文学

西亚、北非文化圈的形成以阿拉伯帝国和伊斯兰教的兴起为契机,阿拉伯文学是西亚北非文化圈文学的主力。9世纪初期,阿拉伯人对波斯统治削弱,出现相对独立的王朝,本来具有坚实文化传统的波斯文学获得发展。阿拔斯王朝后,阿拉伯帝国衰落,奥斯曼土耳其帝国兴起,突厥文学一度兴盛。因而,该文化圈的中古文学由阿拉伯文学、波斯文学和土耳其突厥文学三块构成。

诗歌是西亚、北非中古文学的主体。三大块都是诗人辈出,名作纷陈。阿拉伯文学最早的成果是一年一度的欧卡兹集市上赛诗获胜,流传下来悬挂于神庙上的"悬诗"。现存7位诗人的7篇"悬诗",其中的乌姆鲁勒·盖斯(500—540)诗才出众,被称为"众诗人的旗手"。伍麦叶王朝(622—750)有并列诗坛的"三诗雄":艾赫泰勒(640—710)、法拉兹达格(641—732)、哲利尔(653—733),他们以诗阐明政见,作诗参与辩驳,各有所长。阿拔斯王朝相继出现了系列大诗人,如以讽刺诗著名的白沙尔(714—784),有"酒诗魁首"称号的艾布·努瓦斯(762—813),以诗劝世、表达普通民众痛苦和愿望的艾布·阿塔希叶(748—826),擅长颂诗的穆太奈比(915—965),以哲理表达见长的麦阿里(973—1057)。中古阿拉伯最后的一位大诗人是蒲绥里(1212—1296),他以宗教诗闻名,其代表作《斗篷颂》赞颂先知穆罕默德的功德业绩,用语典雅、风格庄重,在伊斯兰世界广为流传。

波斯在10至15世纪的几百年里,出了七大世界著名诗人:波斯"民族诗歌之父"鲁达基(858—941)、民族史诗《列王纪》的作者菲尔多西(934—1020)、四行诗巨擘欧玛尔·海亚姆(1040—1123)、叙事诗大师尼扎米(1140—1202)、哲理诗翘楚萨迪(1184—1292)、抒情诗王哈菲兹(1320—1391)和波斯古典诗歌的集大成者贾米(1414—1492)。其中萨迪诗作中的人道主义思想和人生哲理的阐发,对后世影响深远。哈菲兹的抒情诗以炽烈的情感和丰富的想象,表现对个人自由的不倦追求、对爱情和现世幸福的赞颂、对人世变幻的慨叹。他的诗作受到德国大诗人歌德近乎崇拜的肯定。

土耳其突厥文学中,宗教文学的主要流派"教团文学"和宫廷文学的主要形式"迪万文学",都是以诗歌作为主要的文学形式。托钵僧诗人尤努斯·埃姆莱(? —1320)和宫廷诗人巴基(1526—1600)是奥斯曼帝国时代的代表性诗人,尤其是巴基,被称为"抒情诗之王",他对诗歌形式美的追求与个人生活感受的表达,受到后世的推崇。总之,西亚、北非中古文学的历史,几乎就是诗歌的发展史,诗歌的主题几乎包括了中古文学所有的主题:赞颂诗、矜夸诗、讽刺诗、爱情诗、颂酒诗、悼亡诗、政治诗、宗教诗、哲理诗、教谕诗、劝世诗、修辞诗等。形式上也努力创新,创造了不少具有民族特色的诗歌形式。

诗歌之外的散文体文人创作在中古西亚、北非文学中也取得一定成就。首先是伊斯兰教经典《古兰经》,它是阿拉伯文的第一部散文巨著,以"天启体"记录先知穆罕默德宣谕的各种教法教义,包含不少历史故事和宗教传说,在语言、文风和题材各方面对阿拉伯文学乃至整个伊斯兰国家和地区的文学产生巨大影响。其次是寓言故事集《卡里莱和笛木乃》,故事集是印度《五卷书》的译作,6世纪萨珊王朝时译为巴列维语(波斯古典语言),8世纪中期伊本·穆格法从巴列维语译成阿拉伯语,在译事过程中,大幅度地加以增删改动,实际上包含了译者的创作。该书以质朴优美的语言和生动有趣的寓言形式反映出不同民族的哲理、宗教、价值观念、道德标准,在阿拉伯世界产生广泛影响,并通过十字军骑士带到欧洲,在欧洲文学中留下痕迹。再次是一些文人的散文作品,如阿拉伯"百科全书式作家"贾希兹(775—868)的《吝人传》、麦阿里的《宽恕书》、伊本·白图泰(1313—1374)的《旅途列国奇观录》、波斯昂苏尔·阿玛里(1021—1101)的《卡布斯教诲录》、尼扎米·阿鲁兹依(11世纪)的《文苑精英》等都是传世名作。其中麦阿里的《宽恕书》(1032)是游历天堂地狱的幻想故事,探讨为何有人得到宽恕进天堂,而有人下地狱,借宗教观念表达对现实社会和统治者的不满。该书对但丁的《神曲》创作有直接影响。最后是兴盛于阿拉伯阿拔斯王朝的"玛卡梅"体创作。"玛卡梅"是一种短篇散文故事,每篇故事以市井流浪汉为主人公,叙述他们的行乞、诓骗和计谋,故事篇幅短小,但生动有趣,反映了当时的种种社会风情。赫迈扎尼(960—1000)是"玛卡梅"的创始者,哈里里(1054—1122)是其代表作家。

西亚北非中古文学的另一类型是民间文学。这一时期民间文学成就众多,有阿拉伯的大型故事集《一千零一夜》和长篇民间传奇故事《安塔拉传奇》,波斯的民间故事《义士萨玛克》和《巴赫堤亚尔故事》,土耳其的民族史诗《乌古斯史诗》、《先哲科尔库的故事》和民间系列笑话《纳斯列丁·霍加笑话》。《安塔拉传奇》在阿拉伯民间长期流传,不断补充和丰富,到14世纪定型,长达32卷。主人公即"悬诗"作者之一,但民间艺人赋予他骑士的品格和特征,他不仅诗才横溢,而且武功超群,他横马沙漠,战无不胜,击退进犯之敌,保护民族安全。在这个人物身上体现了阿拉伯游牧民的价值观念和理想色彩。

小说和戏剧是中古西亚、北非文学的缺类。虽然在贾希兹的《吝人传》和"玛卡梅"体创作以及一些民间文学中有小说的因素,甚至可以视为小说雏形,但没有成熟的真正意义上的小说。戏剧文学更为鲜见,后期阿拉伯民间出现一种"影戏",可以算是阿拉伯戏剧的滥觞,但并未获得发展。这与伊兰斯教不提倡戏剧,反对妇女登台演出有关,也与西亚、北非的文学传统和跃马征伐、粗豪急促的民族性格有关。

综观中古西亚北非文学,可以看到下列特点:第一,多民族文化与文学的渗透与融合。阿拉伯伊斯兰文化是多民族汇流的结果,本来处于氏族社会的游牧民族走出阿拉伯半岛,军事上征服文明程度比之先进的西亚、北非地区,建立起阿拉伯帝国,文化上它只能被先进文化同化,因而彼此渗透交流。文学上也是一样,阿拉伯文学中有波斯文学的影响,波斯人由祆教改信伊斯兰教,其阿拉伯文化与文学的渗透是必然的。后起的奥斯曼就更加突出,其"迪万文学"的语言,就是土耳其语、波斯语、阿拉伯语混合而成的奥斯曼语。这种多民族文学的交流与融合,尤其在民间文学中表现明显。《一千零一夜》的民间故事就源于印度、波斯、阿拉伯的巴格达和埃及。《卡里莱和笛木乃》的流传过程也是多民族文化的汇合过程。纳斯列丁的笑话,广泛地流传于西亚、中亚地区,是上述地区民众几百年里的共同创作,中国新疆也流行纳斯列丁·阿凡提的笑话故事。第二,强烈的民族主义倾向。西亚、北非的中古历史,是民族冲突、征服与抗击的历史,因而维护民族利益、弘扬民族传统的民族主义思想盛行。阿拉伯文学中的"舒欧毕主义"最为典型,白沙尔·布尔德、艾布·努瓦斯、伊本·穆格发等阿拉伯著名的诗人作家,都具有波斯人血统,在创作中表现以此为荣,鄙视阿拉伯征服者,达里波斯语的兴起和10至15世纪波斯诗歌的繁荣,有着民族主义的动力。菲尔多西创作《列王纪》,就有弘扬波斯历史文化传统的意义。另一方面,作为征服者和统治者的民族,其宫廷诗人也表现出民族的自豪,宫廷诗人的颂诗中就包含着民族主义观念,歌颂国王与赞颂民族联系在一起。第三,民间文学叙事文学发达,文人创作叙事文学不景气。与另外两个文化圈的文学相比,它们的民间文学大多是民歌民谣,西亚、北非的民间文学却主要是叙事性的故事。相反,西亚、北非的文人创作,虽然有波斯的菲尔多西和尼扎米,但从整体着眼,叙事文学不景气,大都是抒情诗和议论性的哲理诗。即使诗作中夹以叙事,但叙事服从于抒情或哲理的阐述,不是真正的叙事文学。

第二节 迦梨陀娑与《沙恭达罗》

迦梨陀娑是享有世界声誉的古典梵语诗人,也是古代东方的戏剧大师。他的作品在世界广为流传,1956年世界和平理事会把他当作世界十大文化名人之一加以纪念。

一 生平传说与创作

迦梨陀娑是享有最高声誉的古典梵语诗人,但关于他的生平材料流传下来的却很少,他的生活年代也没有记载。据学者的考订,大多认为他生活于公元4—5世纪的某一时期。传说他出身婆罗门,生下6个月就成为孤儿,为一牧人收养。但从他的作品推测,迦梨陀娑受过良好教育,熟练掌握梵语,博学多才,情感丰富。他的故乡大概是在喜马拉雅山南麓的邬阇衍那城,但一生遍历印度各地。他既熟悉宫廷生活,也熟悉民众生活。他热爱大自然、热爱现实生活,热爱一切美好的事物。他崇信印度教的湿婆,属湿婆宗的林加支派。

流传下来又得到公认的迦梨陀娑的作品有7部,抒情诗集《时令之环》,抒情长诗《云使》,叙事长诗《鸠摩罗出世》和《罗怙世系》,剧本《摩罗维加和火友王》、《优哩婆湿》和《沙恭达罗》。其中《云使》和《优哩婆湿》是他仅次于《沙恭达罗》的重要作品。

抒情长诗《云使》以第一人称的口吻,抒写恩爱夫妻离别的相思之情。小神仙药叉因得罪主人财神,被贬谪到南方的罗摩山苦行一年。几个月后雨季来到,一片雨云由南向北飘去,药叉意动神驰,忍住泪水,托雨云带去他对妻子的思念。《前云》部分写药叉给雨云指告行程,描绘路途的名山大川和名城重镇,描绘中融合了主人公内心的焦灼、离别爱妻的愁绪和对美好自然风光的欢欣。《后云》部分写药叉的故乡阿罗迦城和城中情人们自由自在的欢娱,突出抒写想象中妻子独处的孤寂和痛苦,直抒主人公对妻子的缠绵依恋和炽烈思念:

> 我在藤蔓中看出你的腰身,
> 在惊鹿的眼中看出你的秋波
> 在明月中我见到你的面容,
> 孔雀翎中见你头发,
> 河水涟漪中你秀眉挑动,
> 唉,好娇嗔的人啊!
> 还是找不出一处和你相同。
> 我用红垩在岩石上画出你由爱生嗔,
> 又想把我自己画在你脚下匍匐求情,
> 顿时汹涌的泪水模糊了我的眼睛,
> 在画图中残忍的命运也不让你我亲近。

长诗情感丰富、想象优美。以大自然的美,映衬人的形象美,又以人的美映衬爱情的热烈和甜美,进一步反托出与爱妻离别的痛苦。诗作以枯焦的森林、清瘦的河水、憔悴的采花女、盼雨的农妇等一系列意象,强烈地烘托出一种焦灼渴求的情调。焦灼渴求、离愁别绪与深挚情爱渗透交融,产生一种哀婉、缠绵的审美效果。加上诗作中形象精妙的比喻,缜密优雅的抒情,华美艳丽的语言,象征雨云缓缓飘动的韵律节奏,长诗具有撼人心扉的艺术感染力。《云使》是世界抒情诗的杰作之一。《云使》问世以后,印度古代不断有人模仿,如《风使》、《月使》、《杜鹃使》等,成为文学史上称之为"信使诗"的诗体。

《优哩婆湿》是仅次于《沙恭达罗》的剧作。它将一个古老的神话传说加以全新的创造,描写天国歌伎优哩婆湿与人间国王补卢罗婆娑曲折多难的恋爱故事。剧作鲜明生动地塑造了优哩婆湿这个冲破一切罗网,大胆追求青春欢乐和自由幸福的女性形象。国王也是忠于爱情的多情天子,第四幕他林中寻妻,向孔雀、杜鹃、鸳鸯、蜜蜂、大象、山岳、河流、树木、花卉等一一诉说心中忧伤,询问妻子下落,既表现了印度人与自然浑融合一的追求,也表现了国王对优哩婆湿炽热的爱恋。《优哩婆湿》情节感人、结构紧凑、想象丰富优美,具有浓郁的浪漫色彩和抒情气氛,充满诗情画意。

综观迦梨陀娑的创作,有两个特点十分明显:首先,从思想特征看,迦梨陀娑是个好写理想的诗人。根据学者们的研究结论,迦梨陀娑生活在笈多王朝的前半期,这是印度历史上一个政治统一、生产发达、文功武治、相对稳定的历史时期。帝王奖掖艺文,梵语古典文学达到鼎盛阶段。因而迦梨陀娑感受更多的是生活中欢欣的一面。体现在创作中,就是充分肯定人生、歌颂现世生活,主张积极入世,尽情享受自然对人生的赐予,大胆追求自由与幸福,从而赋予他笔下的世界以浓烈的理想色彩。作为一个敏感的诗人,迦梨陀娑也看到了来自自然和社会的对人生幸福的阻力,但他往往将之推到背景上作淡淡的处理。他极力抒写和表现的是美好的理想生活,大量呈现的是美好的自然、美好的人物、美好的情感、美好的生活。即使描写离情别绪以及由此导致的悲伤与痛苦,但他的目的不是写悲伤痛苦,而是为了表现美好情操,或是更好地映衬以后的欢乐。就是《云使》中那种夫妻异地相思的焦灼和哀伤,也是与生活享乐、旖旎风光和对未来佳境的向往结合在一起。其次,从美学风格的角度看,迦梨陀娑的作品是以"艳情味"为主。"味"是印度古典文论的概念,意指读者或观众的审美体验。"艳情味"居于婆罗多的《舞论》中规定的"八味"之首(其他七味是:滑稽味、悲悯味、暴戾味、英勇味、恐怖味和奇异味)。后世的胜财(公元 10 世纪)在《十色》中描述"艳情味":"爱以欢愉为本质。一对青年相互爱悦,有可爱的地点、技艺、时间、服装和享乐等,有甜蜜的形体动作。这种令人愉快的爱构成艳情味。"迦梨陀娑的作品,无论诗作还是剧作,都以爱为中心。尽管恋爱双方有的是帝王与公主、有的是大神与神女、有的是小仙与娇妻、有的是普通青年男女,但诗人的目的不在于表现他们的身份、地位与爱情的关系,而是极力渲染"艳情味",往往是在春光明媚、鸟语花香的绚烂背景下,着力烘托恋爱双方热烈的相思,渴求情人怀抱的焦灼,意外风波带来的痛苦,有情人双双结合的欢愉。这种富于肉欲色彩的爱情,是印度古代人人生三大目的(正法、财富、爱欲)之一。迦梨陀娑的创作在艳情味的基础上交织穿插着悲悯味和滑稽味。

二 《沙恭达罗》

七幕剧《沙恭达罗》是迦梨陀娑的代表作。剧本取材于古代传说,故事最早见于史诗《摩诃婆罗多》的插话《沙恭达罗传》和巴利文的《佛本生故事》的《捡柴女本生》。剧情叙述国王豆扇陀在一次打猎中,遇见美丽无比的净修林姑娘沙恭达罗,两人一见钟情,互相深深地爱慕着。不久后,两人在既无媒妁之言、也无亲属佐证的情况下自由结合。豆扇陀回宫后,沙恭达罗整天惦念着他,以至慢待了一位脾气暴躁的大仙人。仙人诅咒她:爱她的豆扇陀会忘记她,除非见到他送给她的信物才会恢复记忆。果然,当沙恭达罗前往宫中寻夫的时候,豆扇陀怎么也想不起她。豆扇陀赠送的信物——一枚戒指也在途中不幸失落。悲愤的沙恭达罗被天女带往仙山。失落的戒指后来找到,豆扇陀见后,猛然记起事情真相,痛苦不可言状。最后豆扇陀在助阵天帝凯旋时途径仙山,夫妻重逢团圆,他们的儿子就是婆罗多族的祖先。

在史诗《摩诃婆罗多》和《佛本生故事》中没有仙人诅咒和失掉信物的情节,在后出的《莲花往世书》中才有这一内容。迦梨陀娑出于表达主题的需要,采用了《莲花往世书》中的故事。并经过丰富的想象、全新的创造,以满腔的激情、浓郁的诗意,歌颂了作家理想中的纯洁、深挚、坚贞的爱情,通过剧情表达这样一个思想:美好的爱能冲破种种障碍。

剧作的前三幕,诗人以轻快、欢欣的笔调展示沙恭达罗和豆扇陀的爱情。

写沙恭达罗的美貌,写豆扇陀的才能,写双方的相思,写恋情的表露,以树林、河水作背景,以春光、鲜花作映衬,呈现出幅幅美丽明媚的画面。第三幕沙恭达罗和豆扇陀都为爱情的烈焰烤炙,为相思而痛苦。沙恭达罗这个天生丽质的净修女,难抛少女的羞怯,把爱的秘密深藏心底,以致苦思成疾。在河边的林阴下,女伴们一再催问,她才吐露真情,并请求女伴帮助,写下一首情诗托女友转交,写好后她朗诵:

　　　　你的心我猜不透,
　　　　我狠心的人呀!
　　　　日里夜里,
　　　　爱情在剧烈地燃烧我的四肢
　　　　我心里只有你。

　　同样为爱所苦,前来寻找恋人的豆扇陀听到这里欣喜若狂,突然走出来,接着表白:

　　　　爱情只使你发热,
　　　　细腰的美人呀!
　　　　但却在不停地燃烧着我,
　　　　白日里使夜莲凋萎,
　　　　但更厉害的却是使月亮的光彩褪落。

　　就是这种纯洁的爱、深挚的情,使得"爱情的果实成熟了",两颗心贴到了一起。

　　以下三幕的戏剧基调变得沉重了。由于仙人诅咒,豆扇陀失却记忆,给他们的爱情带来了一场意外的风波。这场波折,从剧情方面讲,增加了剧情的曲折性,产生跌宕起伏的效果;也强化了戏剧冲突,形成了明、暗的戏剧冲突。从表达思想方面讲,这场波折体现了诗人,也是印度人的一种人生观念,即"通过了痛苦的欢乐",经历了痛苦的欢乐才是真正的欢乐,苦行是求得幸福的手段。而更重要的是,通过这一波折与最终的团圆,一方面表现了他们对爱情的坚贞;一方面表现了诗人具有理想色彩的愿望:美好的事物一定会胜利。最后一幕两人相见的场面非常感人:

　　　　沙恭达罗:万岁(胜利),万岁(胜利)!(说了一半,声音为泪水所阻,说不下去。)
　　　　国王:亲爱的!虽然"胜利"这个字眼为眼泪所阻没有说全,我却已经得到了胜利;因为你那淡红的樱唇,你那没加修饰的玉容,我又看在眼里。

　　确实,他们经过相爱、追求、结合、波折、思念,现在团圆了。他们"胜利了"!现在的欢乐是痛苦过后的真正的欢乐。

　　《沙恭达罗》描绘了一个美妙温柔的爱情世界,是一篇爱情颂歌。对于剧作中表现和赞美的爱情,可从三个方面理解。第一,这种爱情具有理想色彩。在奴隶社会或封建社会，这种纯洁、深挚、坚贞的爱情，自主、美满、幸福的婚姻，缺乏社会基础，只有在理想世界中才能出现。诗人对男女主人公也赋予了理想色彩，沙恭达罗是诗人理想美的化身，外貌美和心灵美高度统一；豆扇陀也是理想人物，他的才能、品德、多情是古代审美理想中的英雄。第二，这种爱情的基础是郎才女貌。他们一见钟情，豆扇陀爱的是沙恭达罗美丽的形体，沙恭达罗爱的是豆扇陀温良谦让、优雅善言。第三，这种爱情具有强烈的肉欲色彩。迦梨陀娑按照印度古代"艳情"的审美情味来创作《沙恭达罗》，艳情的表现包含着肉欲的爱。剧中豆扇陀对沙恭达罗的赞美强烈地表现了他对沙恭达罗美丽肉体的迷恋。但不能把这种爱情简单地视为低级情欲，其中蕴含着古代印度人，尤其是崇拜湿婆大神的印度教徒的宗教观和人生观。他们主张在肉欲的满足中保持心灵的纯洁和精神的超越，在男女交合中体现人神合一的快乐和神圣。因而，《沙恭达罗》的爱情主题具有超越现实的进步意义，也包含了印度古代文化的深层意蕴。

　　沙恭达罗温柔、美丽、纯真、多情，也有几分坚忍和刚强。她生活在大自然怀抱，出入净修林，种花饲鹿，穿树皮衣，戴荷花镯，完全与大自然融为一体，纤丽妩媚的外表与纯洁质朴的气质完美地结合在她身上。开始她作为一个纯洁无瑕的净修女出现，她不愿忍受清规的束缚，向往人生的幸福，私自爱上前来行猎的豆扇陀，爱得真诚深挚，但又羞于启齿。在女伴催促下好不容易才吐露衷情，但恋人出现在她面前时，她又转身走开，走了几步又借口转回。本来托女友转交情书，女友说出真情她又生气。这种娇嗔腼腆的神态，充分表现了沙恭达罗在爱情面前的纯洁和柔情。沙恭达罗温柔，但并不怯懦，她还有坚强的一面。这种坚强既表现在冲破各种束缚、自主成婚的方面，也表现在宫中被拒后对豆扇陀的指责。她认为对的，便执著追求，不会闷坐闺房、暗自伤感；她认为不对的，便大胆扬弃。她没有一般封建女子的道德观念。从她对爱情的执著追求、进宫寻夫、宫中发怒，以至请求地母的呼唤中，都可以感受到她的坚忍和刚强。当然，沙恭达罗的性格以柔顺为主，即使发怒，也不横蛮失态，不失矜持与庄重。她不会有古希腊美狄亚杀子报复的刚烈行为，也不像一般东方民族现实生活中的弱女子。她体现了东方理想女性的典型特征：纯真善良、温柔敦厚、柔中带刚。德国诗人席勒认为："在古代希腊竟没有一部书能在美妙的温柔方面，或者在美妙的爱情方面与沙恭达罗相比于万一。"①

　　《沙恭达罗》的戏剧情调既不像西方悲剧那样沉重，也不像西方喜剧那样喧闹，而是充满诗情画意、平和气氛和抒情色彩。用一幅幅美妙的画面，缓缓地、温和地把人引进剧情，带到幸福的境界。在这过程中随处可见东方人的智慧，神秘高深的东方文化也伴随剧情得到展现。总之，它不以情节的紧张、多变取胜，也不以诙谐、幽默的台词见长，而是以诗意的美、人情的美为人称道。50年代我国上演《沙恭达罗》，有人评论："这里没有喧嚣，没有浮荡，没有杀伐，没有

―――――――――
① 转引自季羡林：《纪念印度古代伟大的诗人迦梨陀娑》，《人民文学》1956年第6期。

骚动,而是像一股清泉,一声黄鹂,一派仙境,然而又有浓厚的人情味。同时也不是没有曲折,可是那曲折像曲径通幽一样,不是给人以沉重的负担,而是引导人到一个更和乐、更幸福的境界。"①

宁静、优美的大自然描绘在《沙恭达罗》中非常突出。大自然在剧中起到多重作用:作为人物活动背景,烘托戏剧气氛,构成诗情画意,映衬人物性格等。更有其独到之处:赋予大自然以人的品性,理解人的情意,把它当作一个主要角色参与剧情。印度人最为欣赏的第四幕集中体现了这一点。这一幕写沙恭达罗进宫寻夫,告别净修林,整个大自然都为她的离别而伤感。森林寂然,杜鹃哀鸣,野鸭丢下嘴里的莲藕,孔雀不再展翅舞蹈,藤蔓蔦下翠绿的叶子,小鹿牵住行人的衣襟。沙恭达罗和它们一一告别,把藤蔓妹妹托付给女伴,抚慰了从小饲养的小鹿。她流着泪,一步一回头。情和景,人与物,水乳交融。这是印度文化中"宇宙和谐统一"论的自然观支配下的自然描写。

第三节 紫式部与《源氏物语》

紫式部创作的《源氏物语》,被公认为是世界文学史上第一部成熟的长篇小说。女作家天生一颗纤细敏感的心和满腹文才,偏偏却饱尝生活与命运的磨难。正是才华与痛苦体验的深刻遇合,成就了《源氏物语》这部杰作。

一 苦命才女的心灵世界

紫式部(约978—约1014)虽然创作了世界文学史上第一部长篇小说,但由于特定的时代和文化,当时日本社会对女性持有偏见,因而流传下来关于她的生平确切可靠的材料很少。紫式部也不是她的真名实姓,她出生藤原家族,因其父官居式部丞,按当时惯例,称她为"藤式部"。后因她在《源氏物语》中塑造了一个贤惠理想的女性紫姬,受到人们的喜爱,也把藤式部改称为"紫式部"。

紫式部出身于书香门第。曾祖父藤原兼辅是著名的"三十六歌仙"之一,祖父、外祖父,都是敕撰集歌人。父亲藤原为时是著名汉诗诗人和和歌作家,对中国古典文学很有研究,尤其喜好白居易的诗歌,其汉诗深受白诗影响,这种笔墨书砚的家庭环境和文学氛围给紫式部以深厚的文学熏染,潜移默化地影响紫式部对文学的钟爱与审美趣味。

996年夏,紫式部随父去越前地方赴任,观察了解地方风习人情,拓展了这个敏感少女的视野。次年秋天,她独自回京,与山城守藤原宣孝结婚。宣孝已年过48岁,紫式部是他的第四房妻子,其小妾地位自然给她以烦恼和悲苦的体验。好在宣孝性情豪爽磊落,也颇有才气,婚后夫妻以和歌赠答,感情比较融洽。但婚后刚过3年,宣孝病逝,紫式部带着幼女贤子过着凄清抑郁的寡居生活,从此再未嫁人。为倾吐自己的人生体验,也为填补寂寥漫长的虚空岁月,开始文学创作,写出《源氏物语》中的一些章节,以艺术虚构中的美好来补偿、慰藉现实生活的悲苦。

---

① 李长之:《诗情画意的〈沙恭达罗〉》,《戏剧报》1957年第6期。

紫式部的创作在社会上流行,作品中表现出女作家深厚的知识功底和卓越的艺术表现才华。当时宫中大贵族正为争夺朝中实权,努力培养女儿,将其推向皇后宝座,因此寻求"才女"充当未来皇后的家庭教师。紫式部的才华为权贵显赫的藤原道长赏识。1005年紫氏部应召入宫,成为藤原道长的女儿、一条天皇的中宫(妃子)彰子的侍从女官,为彰子讲授白居易诗歌和《日本书纪》。由于她才华出众,备受彰子、道长的欣赏,天皇也称赞她熟悉日本传统文化,精通《日本书纪》。宫中都称她为"日本纪之局"(相当于中国古代称"女翰林",极表赞许之意)。宫中生活给紫式部多方面的影响:一方面在宫中她的知识和才能得以发挥和承认,从中多少实现了部分自我价值,这给她凄苦的生活以安慰。从她的日记和和歌中可以看到她对这段生活的留恋。另一方面,在宫中她亲眼目睹皇妃和各门才女的争妍斗艳,后宫的钩心斗角,整个贵族集团内部的复杂矛盾,上层贵族的腐败堕落等,她敏锐地感受到平安贵族作为一个阶级的可悲,在豪华的宫廷生活中隐藏着气数将尽的兆头。这更强化了她个人生活所形成的哀伤、寂郁的内心感受。在日记中她记录了这种痛苦体验:"每当看到和听到一些喜庆的事、有趣的事,反而深深勾起我平素出家遁世的思想,增加我的郁闷、忧然之情,这真是再苦恼不过的事。还是将一切忘却吧,想也无用,而且徒增罪孽。唯于清晨观看池鸟戏水无忧无虑之状而已。"正是这种见闻和体验,为她的创作提供了丰富的素材。

大约在1013年,紫式部辞去宫中女官而出宫,次年病逝。

紫式部传世的作品除《源氏物语》外,还有《紫式部集》和《紫式部日记》两种。《紫式部集》是一部和歌集,是大约在《源氏物语》大部分完成或全部完成后作者自己辑录的,收集了128首和歌。歌作风格委婉清丽,蕴意深刻。如:

恰似水鸟凫波上,我亦长在浮世中。
愁来以泪送夏日,哀怨多在虫声中。
人世朦胧犹惶惑,仰慕云路月光明。

这样的歌作或妙喻自况、或触景生情,其孤寂抑郁溢于言表。

两卷《紫式部日记》大约写于1010年前后,以叙述宫廷仪典为中心,对多种生活场景和事件作了真实生动的描述,并且都从作者的眼中透视,渗透着作者真切细腻的感受,记叙、议论、抒情有机结合,语言优美典雅,记事状物生动明晰,是平安时代日记文学的代表作。

紫式部一生悲苦,自幼丧母、家道中落、独身寡居、宫中倾轧,这些都使她遍历世态炎凉,饱尝人情冷暖,从而形成或强化了她敏感、哀伤又自尊自强的个性气质。同时她生性颖慧、博学多才,因此她的文学创作是在继承日本文学和中国古典文化精华的基础上,富于独创性的艺术世界。她的艺术世界以自身的心灵忧伤和对时代社会的悲剧性认识为出发点,挖掘人生和生活中的悲剧美,感受纤细绵密,运笔典雅流丽,温婉幽美。

二 《源氏物语》

《源氏物语》大约创作于1001至1014年之间,是世界文学史上最早的长篇小说。全书近百万字,54回(也称章、帖、卷),以平安王朝的宫廷贵族生活为主要题材。按故事情节的发展,分为三大部分。前33回为第一部分,写主人公光源氏的出生、成长,与继母乱伦,与空蝉、葵上、轩狄端、六条纪子、夕颜、紫姬、胧月夜、花散里、末摘花、玉鬘、三公主等众多女性的恋情和婚姻。虽因染指后妃而自请隐居乡间离开京城,但冷泉帝登位,光源氏再度亨通,直达荣华顶峰。第34到41回是第二部分,光源氏的命运由荣耀的顶峰下跌,心灵阴影日愈浓重,新娶夫人与人私通生下私生子,最心爱的紫夫人去世,在连串打击下他心灰意冷,终至出家,抑郁而亡。最后13回为第三部分。第42至第44回是由光源氏的生活向他儿子熏君的生活过渡。后10回又称"宇治十帖",场景由京城的宫廷转向京效的宇治,主要描述熏君与几个女性的恋情纠葛。

《源氏物语》是一部煌煌大作,其情节涉及4代天皇、75年时间,登场人物440余人。小说中心情节围绕源氏父子展开。源氏是作家精心刻画的艺术形象。在塑造这一形象时,紫式部按照她的"善人则突出善的一面"的美学观,从外貌、才智、道德品质等多方面赋予他许多美好的品性。光源氏容貌出众,清秀如玉,光艳照人。他的美貌令众多妇女仰慕不已,甚至觉得见到他的容貌就能延年益寿。他不仅容貌出众,而且天资聪慧、才华横溢,既精通诗书,熟谙中国古典文化,又能歌善舞、擅长诗画。他不仅风流倜傥,还有济世经国之才,他不重权位,体察下情,关心民间疾苦,政治生涯中能审时度势,进退自如,在人情品性上他心地善良,博爱仁慈,多情多义,情操高尚。小说中多人赞颂他"秉性仁慈,德泽普及万民,拯灾济危,善举不可胜举"。他沉迷异性美色,但在交往过程中用情专一,体贴入微。凡与他有过关系的妇女,他都念念不忘,善始善终。显然,在作家构思中,光源氏是平安时代日本贵族中的理想人物,在他身上寄托了作家的人生理想。

紫式部不仅把人生理想寄托于光源氏,还在他身上凝注着作家对生活的悲剧性理解。光源氏身为皇子,决定了他必然卷入宫廷政治的命运,虽然他对权势、官职不太感兴趣,热衷于风流艳遇,但他还是作了宫廷倾轧的牺牲品:被迫隐避偏僻的明石和须磨。后来他政治中兴,权势显赫,成为把握宫中实权的太政大臣。但这并非他向往而努力追求的,他还是无心朝政,不愿在钩心斗角、派系纷争中耗费精力和才情,把"政务移交新内大臣掌管,"自己"政务清闲,无须操心国家大事"。他醉心于与女性交往,把与自己有过关系的女性,全都接来共享荣华富贵,企望在和女性交往的感情中获得人生的意义和心灵的慰藉。然而,无论他青年时期的渔色猎艳,还是中年后对女性的真诚感情,给他带来的都不是幸福与甜美,而是伤感与哀愁。从他追求第一个女人空蝉开始,他每次获得一个女人就多一层悲伤,短暂的欢娱换来的是长久的惆怅。这里有情欲的煎熬、有与女性周旋的烦恼、有暴露隐私的担忧、有乱伦的良心折磨、有因因相报的恐惧、有爱妻寿夭的忧伤等等,追求的结果是无尽的痛苦,一切都显得虚幻缥缈,最终遁世出家。

光源氏渔色猎艳,沉迷于与女性交往,是紫式部对当时贵族行为的真实描写,但无意于对他作道德伦理的谴责。平安朝时代贵族社会没有建立起男女关系稳固的道德观念,男女之间实行的是"访妻婚",即婚后女方住在娘家,等候丈夫上门的婚姻形式。这客观上为男人渔色女性提供了条件,因而当时社会对私通、始乱终弃并不是不可原谅。相反,对于与女性交往过程中光源氏表现出来的多情、温存、情感上的有始有终是加以赞美的。因而,不能以现在的道德标准,将光源氏视为"淫棍"、"色情狂",这不是紫式部的本意。

光源氏形象的刻划,有作家的理想倾向,也有现实主义的描写。紫式部努力塑造出一个贵族中的佼佼者,但又从生活实际和自身体验出发,看不到贵族的光明前景,因而将光源氏笼罩在浓重的悲剧阴影之下。光源氏的悲剧色彩,既有"悲即美"的审美需要,但更是紫式部自己在不自觉的情况下赋予了这一形象的典型意义:即使个人品性如何优秀的贵族,也无力挽救走向衰败的平安贵族社会。

《源氏物语》中还塑造了系列贵族妇女形象。其中有像藤壶、紫姬、三公主这样的上层贵族妇女,也有空蝉、夕颜、末摘花、明石姬这样的中层贵族妇女。在这些妇女形象的刻划中,紫式部直接把自己在一夫多妻制度下的痛苦体验艺术地展现出来。尽管这些贵族妇女身份、处境不同,修养、性格各异,但痛苦哀伤的悲剧命运大体相同:大都不是抑郁而死,就是削发为尼。

《源氏物语》以光源氏父子的生活经历为经,以宫廷男女贵族的爱欲描写为纬,经纬交错,织就了平安宫廷贵族恋情的画卷。在小说中紫式部反复声称:"作者女流之辈,不敢侈谈天下大事",表示专写宫中风花雪月,儿女情长的风流艳事。作品中虽然也涉笔宫廷权势,皇亲和外戚两种势力的较量,但这确实不是紫式部关注的重点。她的主观创作意图是通过贵族男女的恋情,充分表达她的生活体验与感受。日本学者论述道:"虽然紫式部的创作得到当世最上层的庇护,但就她而言,创作只是倾吐难以平复的心灵中的忧伤和孤苦无告的哀愁。"[①]

对于《源氏物语》中体现的"忧伤"和"哀愁"以及这种情感的表达方式,后世学者概之为"物哀"精神。所谓"物哀",大意是指由客观的外在环境所触发而产生的一种凄楚、悲愁、低沉、伤感、缠绵悱恻的感情,具有"多愁善感"、"感物兴叹"的意识。《源氏物语》的根本宗旨,从紫式部的主观意图而言,就是通过宫廷贵族男女的恋情画卷,表达作家心灵中对人生的悲苦体验,从而令人兴叹,使人哀伤,即表现"物哀"精神,让内心情感超越卑污烦恼的俗世,将人欲望升华为审美对象。当然,任何作家的人生体验都是在具体时空中的体验,紫式部的悲苦情感来自对平安朝贵族社会的理解,来自对一夫多妻封建制度的认识。因此,《源氏物语》在客观上揭示了一夫多妻制度下妇女的不幸命运,展示了平安贵族统治的没落。

在艺术表现上,《源氏物语》具有独特的艺术风格和审美价值。首先表现在感物兴叹,情景交融的自然景物描写。紫式部善于以情感化的景物刻划人物、

[①] 市古贞次:《日本文学史概说》,东北师范大学出版社,1987年,第67页。

推进情节或烘托气氛。小说中对月色的描写,月便随人的情感而不同;悼亡时它愁绪绵绵;猎艳时它饱含情趣;烦恼时它忧心忡忡;离别时它依依不舍;凶险时它阴森可怖。它可悲可喜,可愁可悯,完全是景随情生。作家尤其擅长抓住四季景物的变换和时序变迁的特点,糅合进人物的心绪,情随景发,景衬人情。第40回《魔法使》写光源氏因最心爱的紫夫人死去后对一切心灰意冷,打算出家前的情景。春日里。烂漫的春光,含苞欲放的庭花,更烘托出源氏郁结的情怀;夏天的点点流萤,声声蜩鸣,更唤起源氏的无尽哀伤;萧瑟秋风夹带蒙蒙细雨,秋暮的昏暗中眺望展翅凌空的群雁,无不凝聚着源氏的苦闷与忧伤;隆冬岁暮,冬雪覆盖,更是寂寞难当。这里的一景一物都是情感的对象化,都涂抹上阴沉郁闷的色彩。

其次,细腻地把握人物的感受,表现人物心灵纤维的颤动。紫式部以女性特有的细腻和敏感,纤毫毕露地表现外在物象投射于人物心灵之湖所激起的阵阵细碎的涟漪,层层推涌,悠悠荡开。如藤壶皇后与义子源氏乱伦后她那种欲爱不能,欲罢不忍的复杂微妙心理;紫姬在源氏迎娶三公主后,她既显得贤淑宽宏又暗藏泪衫,强压哀怨的痛苦心理。对空蝉的刻划,几乎没有描写她的肖像和动作,主要表现其心理活动。在源氏追逐空蝉的场面中(第2回),作家选用简练而又最能揭示其心境的词汇,细致入微地描写她的心理状态及其微妙变化:"惊慌"、"恍惚"、"懊恼"、"痛苦"、"痛恨"、"冷淡"、"愤激"、"忧心忡忡"、"惶恐",可谓千回百转,柔肠寸断。这不同心理层次瞬间转换的描写,活现出一个具有良好教养和端庄品格的中层贵族妇女,在源氏突然袭击下的各种复杂矛盾心理活动和心绪流变过程。把空蝉既惊又喜,既爱又恨的两极心理活动统一于瞬间描写,充分展示人物矛盾的,甚至混乱的意识流程。

再次,在情节叙述中,交织穿插富于抒情色彩的诗歌,不仅使行文灵活多变,更将人物情感升华,达到散文叙述难以达到的情感高度。据统计,《源氏物语》中有诗歌近800首,一部分化用日本古代和歌;一部分引用汉诗(仅白居易的诗就引用47首),还有一部分是作家的创作。这些诗作往往是人物面临某一特定情景,思古发幽,吟咏而成,与散文描叙水乳交融。诗歌的插入,增强了小说典雅清丽、古香古色、情意缠绵的艺术氛围,产生巨大的艺术感染力。

总之,感物兴叹、情景交融,细致地表现人物复杂的心理世界,诗文并茂等艺术手段的运用,形成了《源氏物语》纤巧细密、温婉幽雅、余情蕴藉、凄清缠绵的艺术风格,这种风格与小说的"物哀"精神相适应,形式内容高度统一。《源氏物语》的物哀精神及其艺术风格成为日本文学传统的重要内容,对后世日本文学产生巨大而深远的影响。

第四节 杜勒西达斯与《罗摩功行之湖》

杜勒西达斯(1532—1623,也译杜尔西达斯、图尔西达斯)是中世纪印度最著名的文学家和印地语诗歌最有代表性的诗人。史诗《罗摩功行之湖》(也译《罗摩功行录》或《罗摩故事海》)是他的代表作,也是中古印地语文学首屈一指的作品,其中体现的印度民间罗摩崇拜以及印度教帕克蒂运动中的若干特点,在思想性、宗教性和文学性上都具备了中古印度教社会的典范特征,深具研究价值。

一 生平与创作

杜勒西达斯是一位伟大的印地语诗人,印度学者纳盖德拉就称:"印地的罗摩诗歌由于杜尔西达斯(即杜勒西达斯)的非凡天才而光芒四射。"[①]今天印度人对三大主神之一的毗湿奴的信仰,主要通过罗摩崇拜,印度教内部罗摩派人数众多,与《罗摩功行之湖》也大有关系。

和许多印度古典作家一样,杜勒西达斯的生平没有多少确切的材料,后人只能通过一些传说来了解,尤其当他被视为复兴印度教的圣徒,其人生就更有许多传说意味。婆罗门的理想生活是历经梵行期、家居期、林栖期和遁世期,杜勒西达斯就是这样。首先,在传说中他被塑造成一位标准的婆罗门,一生几乎完全恪守印度教教法。据说,他出生在印度北部阿拉哈巴德(今北方邦境内)附近的婆罗门家庭,自幼父母双亡,被人收养长大。后来跟随师尊学习梵文和古代经典,熟知毗湿奴的故事,还曾到贝拿勒斯等许多圣地游历。杜勒西达斯有过家室,后来放弃家庭生活出家修行,接触过形形色色的社会人物,他的晚年几乎是在贝拿勒斯度过的。其次,杜勒西达斯被描绘成为蚁垤式的人物,他在罗摩出生的阿逾陀进行写作,最终在贝拿勒斯完成了毕生最重要的著作《罗摩功行之湖》,还在作品中多次暗示他谒见过罗摩与哈奴曼,因此史诗叙述就不仅仅是文学记述而具有了神圣的意味。

《罗摩功行之湖》并非一部偶然出现的作品,而是与那个时代有密切的关联。杜勒西达斯生活的 16、17 世纪之交正是印度历史上德里苏丹国向莫卧儿帝国更迭的时代,印度教受到伊斯兰教的直接冲击。在北印度,许多低等种姓原本不堪忍受种姓内部的不平等待遇,纷纷改信伊斯兰教;南印度是印度教传统势力较为薄弱的地区,本土佛教和耆那教的竞争使得印度教在很多地区岌岌可危。就在本土的佛教、耆那教和外来的伊斯兰教压力之下,印度教内部出现了起自 7 世纪到 17 世纪的漫长改革,史称"帕克蒂运动"。Bhakti 一词是词根 Bhaj 演变而来,主要指对神的热情态度,包含"热爱"、"敬神"和"崇敬"等多重意思。[②] 在汉语里,这个词也被译为"虔诚运动"或"虔信运动"。

帕克蒂的萌芽最早出现在 7 世纪的南印度,那里的印度教相对薄弱,佛教和耆那教占据上风,高等种姓借低等种姓争取拜神权来打击佛教和耆那教,低等种姓也希望藉此改变自己的生存处境,于是可以出现团结对外的情况。形成大规模的宗教和社会运动是 13 世纪的事,帕克蒂开始向北印度蔓延,并在 15—17 世纪达到顶峰。帕克蒂运动的主要内容包括对婆罗门把持的宗教礼仪及社

---

① [印]纳盖德拉:《印度文学的统一性》,王家瑛译,中国社会科学院外国文学研究所编:《东方文学专集》(一),中国社会科学出版社,1979 年,第 167 页。

② John Crimes, *A Concise Dictionary of Indian philosophy*: *Sanskrit Terms Defined in English*, Albany: State University of New York Press, 1996, p. 152.

会秩序的反感,强调在保持种姓社会结构的同时强调个体与神灵之间直接且热忱的精神,这就冲击了婆罗门的权威,使得社会中开始出现平等与友爱的精神,其中包括种姓成员之间以及不同信仰者之间的关系。另外,印度教还仿照佛教,兴建寺庙,发展教众。帕克蒂还包含世俗化的内容,使印度教对社会秩序的控制有所减轻,而在精神领域发挥作用。先后出现了商羯罗和罗摩奴阇这样的思想大师。尤其是商羯罗,可说是印度教历史上划时代的人物。他四处传教、广收弟子、著书立说、与智者辩论。他提出了"有形梵"和"无形梵"的理念,成为帕克蒂运动的理论基础。

有学者认为帕克蒂运动的主要动力是伊斯兰教对印度教的直接冲击以及伊斯兰教中的苏菲主义的启发。但如何解释帕克蒂运动首先出现于南印度,而不是与伊斯兰教矛盾最为突出的北印度?而且,伊斯兰教大面积进入印度也要比南印度的帕克蒂思潮晚得多。所以,其根本动力是印度教在各种压力形势之下自身变革的需要。

帕克蒂运动的多种动力及给社会带来的多样趋势不可避免地反映到文学当中,尤其是印度文学这种宗教蕴涵深厚的品种。各地区语种文学都有不同程度的帕克蒂文学,印地语文学出现了"无形派"和"有形派"两支。"无形派"偏重理性或爱与神明进行沟通,主要代表有格比尔达斯和加耶西。格比尔达斯的作品以短诗为多,主要由弟子记述;加耶西的代表作为长篇叙事诗《莲花公主传》。"有形派"主要强调通过虔诚的态度直接对神明进行膜拜,神明不是抽象形态,而是可以感知、易于为人所亲近的黑天或者罗摩,主要作家是苏尔达斯和杜勒西达斯,他们也分别代表了黑天支和罗摩支。苏尔达斯的诗歌集中在《苏尔诗海》中,地位仅次于《罗摩功行之湖》。罗摩诗歌有两大特色,一是走艳情的路线,一是走通俗故事的路线。前者即以黑天支的牧童颂歌为主要代表,后者则以杜勒西达斯和《罗摩功行之湖》为代表。无论是哪种帕克蒂文学,都显然受惠于两大史诗、往事书等古代经典的滋养,"究其本质,其理论源头主要体现在《薄伽梵歌》、《薄伽梵往事书》和《帕克蒂经》中"。①

杜勒西达斯的作品即以帕克蒂运动为背景,因而弥漫着强烈的宗教意味,尤其是通过个体修行而崇拜罗摩。其主要创作诗歌,今传 12 种,有诗集《谦恭书》、《歌集》、《双行诗集》和史诗《罗摩功行之湖》。从内容上看,这些诗作都是围绕对罗摩、毗湿奴、湿婆和其他印度教大神的赞颂,前三种主要是短诗,为以后创作《罗摩功行之湖》作了充分的准备。

二 《罗摩功行之湖》

《罗摩衍那》对后世文学影响极深,印地语文学中有多种规模不一的大众版本,但保留了史诗的基本体制、内容完整且成就最高的就是《罗摩功行之湖》。这部作品也奠定了杜勒西达斯的文学地位,在今天的印度教家庭可说是家喻户晓,被称为"小罗摩衍那"。那么,这两个主要文本(据说作家还参考了一位无名

---

① 姜景奎:《一论中世纪印度教帕克蒂运动》,《南亚研究》2003 年第 2 期。

氏的《神圣罗摩衍那》）之间是什么关系呢？有人称其为《罗摩衍那》的印地语缩写本，有人认为杜勒西达斯在翻译时进行了一定程度的"自由描绘"①。无论哪种说法，基本上都认定杜勒西达斯扮演了翻译者角色，充其量是他在翻译基础上还做了一些编者工作。这一点的确毋庸置疑，但是这种"翻译"显然不是现代意义上的翻译，译者不是把几乎全部精力放在语言转换上面，而是在保持故事样貌基础上进行观念和信仰上的传输，他把世俗色彩和政治内容非常丰厚的《罗摩衍那》导向了个人虔信神灵的方向，尤其是致力于这种虔诚信仰为广大底层教徒所接受，这也正是帕克蒂运动的真义所在。

《罗摩功行之湖》同《罗摩衍那》一样分为七篇，主干情节仍然是毗湿奴下凡化为罗摩四子，罗摩受奸人挑拨失去王位，与妻子悉多、弟弟罗什曼隐居森林，悉多被罗刹王罗波那掳走，后在猴军尤其是神猴哈奴曼的帮助下，罗摩战胜罗刹，赢回悉多及王位。但这两部书的总字数和文字分配有较大不同，根据《罗摩功行之湖》（金鼎汉译）和《罗摩衍那》（季羡林译）的中译本，参考下表：

	《罗摩衍那》			《罗摩功行之湖》		
	篇 名	行 数	所占比例	篇 名	行 数	所占比例
第一篇	《童年篇》	约 8800	约 9.2%	《童年篇》	6998	约 31.9%
第二篇	《阿逾陀篇》	约 14490	约 15.2%	《都城篇》	5926	约 27.1%
第三篇	《森林篇》	约 9400	约 9.9%	《森林篇》	1258	约 5.7%
第四篇	《猴国篇》	约 9050	约 9.5%	《猴国篇》	696	约 3.2%
第五篇	《美妙篇》	约 11500	约 12.1%	《美妙篇》	1214	约 5.5%
第六篇	《战斗篇》	约 29930	约 31.4%	《岛国篇》	2818	约 12.9%
第七篇	《后篇》	约 12050	约 12.7%	《尾声篇》	2992	约 13.7%
总 计	七 篇	约 95220		七 篇	21902	

《罗摩功行之湖》中译本共 21902 行，约占总数为 95220 行的《罗摩衍那》（根据精校本翻译）的 23%。而且，按照这个比例换算，《罗摩功行之湖》的《森林篇》、《猴国篇》、《美妙篇》、《岛国篇》即便在除以这个比例后仍然大大压缩了；而《童年篇》、《都城篇》和《尾声篇》在除以这个比例后却有所增加，其中《都城篇》在原有压缩比例基础上增加了一倍文字，而《童年篇》在原有压缩比例基础上增加了两倍文字，这两篇就占去了《罗摩功行之湖》的一半。当然，原则上两部作品都是一句一句对译，有时也根据原意重新组合句子，统计时会略有出入，但总体上是可靠的。

---

① Hermann Kulke and Dietmar Rothermund, *A History of India*, London and New York: Routledge, 2004, p. 152.

既然《罗摩功行之湖》只相当于《罗摩衍那》四分之一不到,也就是说作者的改写主要是缩写,同时也增添了部分新内容,可称作是对史诗的创造性加工。他的加工原则包括如下几个方面:

第一,尽可能地集中保留利于塑造罗摩、悉多和罗什曼(季羡林译本为罗什曼那)神圣形象的情节,同时尽可能删减有损他们形象的情节。《童年篇》中称颂罗摩的段落比比皆是,这些文字也正是新增加的内容。作者还注意了许多细节的处理。譬如在《森林篇》中,罗摩被罗刹变成的小鹿引走,悉多听到森林中惨叫,她叫罗什曼去相助兄长,后者表示罗摩法力巨大,毋庸担心。在《罗摩衍那》中,悉多说了不少指责罗什曼的话,如:

> 你哥哥处在这样境地
> 你却不到他那里去;
> 你是希望罗摩死掉,
> 罗什曼那!好把我来娶。
> ……①

到了《罗摩功行之湖》,这个细节干脆被简化为:

> 悉多说出了一些十分难听的话,
> 罗什曼听了很伤心,决定离开她。②

当发现悉多被夺走,《罗摩衍那》中罗摩大声斥责弟弟失职,罗什曼还费力地替自己解释。在《罗摩功行之湖》中,这个情节就以摸脚礼的方式不了了之了。兄弟共娶一妻曾是原始时期的遗俗,《摩诃婆罗多》中班度五子共娶黑公主就是一例,罗摩与悉多一夫一妻的关系体现了历史进步,但史诗仍不免留下了旧的痕迹。可见,"十分难听"是作者为捍卫罗摩夫妻形象故意含糊其辞,对于那些崇奉罗摩的信徒来说,这当然是无关紧要的了。

第二,主要人物的主要活动必须保留,而主要人物的次要活动、某些插话情节和对罗刹等次要人物的描写被大量删除,这就大大压缩了史诗的规模,《罗摩功行之湖》文字上的节余主要是对这部分的删减。于是,哈奴曼渡海前遇到仙人,他想带悉多飞过大海、后者不愿有身体接触而拒绝,悉多让哈奴曼带回珠宝做信物,罗摩兄弟大战罗波那麾下众多罗刹等原本中的主干情节,以及恒河下凡、优摩故事、战神诞生等著名插话,在《罗摩功行之湖》中统统都看不见了。

进行这么大幅度的文字改动,杜勒西达斯显然有他的用意,在思想上反映出以下几点:

首先,《罗摩功行之湖》坚定维护印度教社会和经典传统,延续、传播和发展了印度教的主体精神,通过文学方式呼吁民众以罗摩夫妇为主神,加强了印度

---

① [印]蚁垤:《罗摩衍那》(三),季羡林译,《季羡林文集》(第十九卷),江西教育出版社,1995年,第259页。

② [印]杜勒西达斯:《罗摩功行之湖》,金鼎汉译,人民文学出版社,1988年,第442页。

教的内部凝聚力,使印度教在外部宗教的挤压下和内部呼唤改革、平权的呼声中获得新生。在婆罗门教时期,低等种姓只能屈身于婆罗门至上的严格教规之下,连信仰神的权力也时常被剥夺,因而形成了边缘和动摇的心态。《罗摩功行之湖》这样的大众性文学作品出现,使这些态度暧昧的人们有了重回大神怀抱的机会,印度教化程度加强,夯实了信仰的民间根基,使印度教的触角向底层及边缘社会延伸,并重新夺回了对佛教、耆那教,乃至伊斯兰教的主动权。同时,古代史诗被赋予了新的生命并不断传诵,这证明印度教能通过内部变革的手段适应外部形势,使得印度文化传统赓续向前、经久不息。

其次,《罗摩功行之湖》是中世纪前期帕克蒂思想的集中代表。《罗摩功行之湖》中有这样一个情节,罗摩在森林里遇到萨薄里(《罗摩衍那》中译名为舍薄哩),《罗摩衍那》的《森林篇》中,她本是无关紧要的苦修者。杜勒西达斯却特意将她设计成一个低等种姓的妇女。罗摩见到她仿佛忘掉了刚刚失去爱妻的悲痛,对她细细讲述九种虔诚,包括"常与善人和贤者来往"、"对我的功行无限向往"、"不骄不傲、服侍师尊长者"、"不欺不诈、歌颂我的品德"、"坚信我、并念诵我的咒语"、"性情温和恬淡、节制情欲"、"对世界上的善者如同对我"、"知足常乐、不看别人的过错"和"品性端正、性格纯朴,一切都相信我,既无快乐,也无痛苦"。① 尤其是罗摩说:

> 一个人即使种姓、家族和地位都很高,
> 有钱财,有势力,有宗教,家里一切都好,
> 他的品德十分高尚,他的天资也很聪敏,
> 如果没有虔诚之心,就好像无水的乌云。②

强调对罗摩信仰具有"虔诚之心"充分体现出帕克蒂有形派罗摩支的主要观点,将尊崇和祭祀罗摩作为言行的圭臬;而将种姓、家族和地位的作用弱化,某种程度缓和了不同种姓间的紧张关系。杜勒西达斯在肯定印度教核心要义的同时,能适时适当地提倡种姓宽容、宗教宽容和趋近平等,这是比较大的历史进步。在信仰方式上,通过信仰者个人对神灵的直接崇拜和敬仰达到梵我合一的目的,信仰的途径从繁冗的教仪教规向更多样化和个人化的方向发展,神祇也从抽象的无形状态向着丰富多彩的传说故事中亲近可感的世俗形象靠拢。

再次,我们必须要认识到杜勒西达斯呼吁的宽容与平等的帕克蒂观念只是在印度教内部,范围是有限的,书中所写也多为理想设计。有学者将帕克蒂运动与基督教的新教改革相提并论。尽管《罗摩功行之湖》被称为"恒河流域广大人民的圣经"③,但显然还不具备欧洲宗教改革中《圣经》通过印刷术革新给社会生活尤其是经济生产带来的那种巨大冲击力。从全印度来说,帕克蒂运动只是

---

① [印]杜勒西达斯:《罗摩功行之湖》,金鼎汉译,人民文学出版社,1988年,第449—450页。
② 同上书,第449页。
③ [英]查尔斯·埃利奥特:《印度教与佛教史纲》(第一卷),李荣熙译,商务印书馆,1982年,第37页。

冲击了祭祀万能和婆罗门至上,即便出现宗教融合和改宗事件,也从未撼动种姓制度的根本,种姓制度中严苛的等级制、宗教歧视和压迫妇女等不为现代文明所接受的习俗,不会因为这有限的进步而发生结构转变,非得到印度历史下一阶段由外力作用才能彻底改观。认识到这一点,方可客观把握,而不至阐释过度。

印度文学的一大特点就是具有浓郁的宗教色彩,《罗摩功行之湖》也不例外。杜勒西达斯是诗人,也是宗教改革家和传播者。对他来说,宗教是核心工作,创作不过是宗教行为的实施手段。因而,长诗的艺术形式也是围绕宗教意图而展现的。

在叙事模式方面,《罗摩功行之湖》保留了以叙事者讲述、接受者倾听以及主干故事配合插话情节的叙事模式,这也是印度梵语史诗到《五卷书》、《故事海》等长篇民间故事的经典叙事模式。从叙事者的角度充分表达对罗摩的崇敬,并以虔诚的态度讲述罗摩的故事。这一点在每篇开始部分都显露无遗,尤其是调整幅度最大的《童年篇》。开篇有言:"在下杜勒西达斯心中无比幸福,用优美的语言把罗摩事迹叙述。"[1]事实上,作者用了相当多的篇幅从开篇起就向罗摩诸神致敬,并叙说自己如何得来罗摩的故事。原来湿婆大神把罗摩故事讲给其妻雪山神女,他还对乌鸦普孙迪讲述,普孙迪又讲给大鹏金翅鸟,同时,雅杰瓦格仙人也从普孙迪处得知故事,又说给另一位仙人帕德瓦吉,再由师尊在圣地苏迦罗转述给杜勒西达斯。长诗叙述就是在四组人物的对话中完成,他们随时可能会打断叙述来进行必要的评论,这是全书一贯的叙事特点。通过这四组人物的对话,叙事者或以杜勒西达斯之口,或以大神和仙人之口来称颂罗摩的神力。故事的来源被归于湿婆,这使得故事与古典的神话叙事一脉相承。相比之下,叙事者蚁垤像是一位史诗故事的参与者和见证者,采取的是回顾和旁观的视角;而叙事者杜勒西达斯更像是一位心无旁骛的信徒,采取的是仰视罗摩和俯视其他听众的视角,其俯视的合法性正建立在他是罗摩最直接的仰视者这一身份基础上。

在语言方面,《罗摩功行之湖》堪为印地语文学的典范。随着历史的发展,梵语文学日趋衰落,地方语种文学蜂起,印地语作为北印度使用人群较多的语言,慢慢占据了印度民族语言的主流,这一情况直至今日仍然如此。印地语文学史中一直有各种以史诗为蓝本的作品,但从作品体式上完全仿照史诗的并不多见。像《罗摩功行之湖》这样完整而又富有成就的更是很少。比杜勒西达斯早一些的加耶西也写过长诗《莲花公主传》,规模和成就比不上《罗摩功行之湖》;另一位大诗人苏尔达斯的《苏尔诗海》则主要是短诗。印度史诗的另一个特点是口传性质,通过说唱艺人的表演口耳相传,长篇叙事诗显然较短诗故事性更强,便于表演,也符合印度文学的说唱传统。即便通过文本阅读,也能领略史诗的风采,诗文通俗易懂,富于格律,朗朗上口,又是夹叙夹议,充满哲理。对

---

[1] [印]杜勒西达斯:《罗摩功行之湖》,金鼎汉译,人民文学出版社,1988年,第1页。

于刚刚发展起来的方言语种来说,这无疑是语言艺术领域一次重要且成功的实验,为后人树立了典范。

在人物塑造方面,《罗摩功行之湖》有时显得简洁、明快,不像《罗摩衍那》中铺垫了过多与主题关系较远的情节,冲淡了人物塑造。但为了突出宗教内容,作者大刀阔斧地删减,也使得人物形象的丰富性受到损失,许多能够展现人物多面立体性格的部分被寥寥数笔带过。第六篇中的一个例子是罗波那的儿子梅珂那德被罗摩杀死,罗波那悲痛晕倒,杜勒西达斯不像蚁垤那样着力渲染鸠槃羯叻拿和因陀罗耆(《罗摩衍那》中魔王弟弟和儿子)被杀后罗波那痛不欲生的情境,反倒写道:"全城的所有老百姓也都十分悲哀,无不责备罗波那办事情太不应该。"①这在逻辑上就有些牵强。相比之下,还是《罗摩衍那》中罗波那的形象有血有肉、立体丰满。金鼎汉还以罗波那为例,认为《罗摩功行之湖》"成功地塑造了一系列具有双重性格的人物"②,实际倒是作品处理得不好的地方。

从文学史的角度来说,杜勒西达斯及其《罗摩功行之湖》早已进入经典行列。《罗摩功行之湖》影响绵延至今,在通俗文学、流行音乐、电视剧等大众艺术中都能看到。印度人民为了纪念这位作家,在许多寺庙里悬挂上了他的画像,还于1952年发行了纪念邮票。

第五节 菲尔多西与《列王纪》

菲尔多西是伊朗萨曼王朝和伽色尼王朝时期的著名诗人,被称为波斯古典文学史上"四大柱石"(菲尔多西、莫拉维、萨迪、哈菲兹)之一。国际学术界公认他是"东方的荷马",认为他"复活了伊朗文化与语言",还有人将菲尔多西与荷马、但丁、莎士比亚、歌德并列,并称为"世界五大杰出诗人"。

一 生平与创作

菲尔多西(约940—约1020)原名阿卜尔·卡赛姆·曼苏尔·本·哈桑本·沙赫夫沙赫,出生于伊朗霍拉桑图斯城郊的一个没落的贵族家庭,从小受到良好的教育,通晓阿拉伯语和中古波斯巴列维语,早年他还深入研读过许多波斯古代史籍,熟悉各种民间传说和故事,调查和收集了大量的民间创作,为写作《列王纪》积累了丰富的资料和创作素材。

关于诗人的生平,后世所知不多,虽有不少传说,但大都难以确认。人们只能从其诗歌中知道他65岁时失去了儿子,白发人送黑发人,诗人难抑其悲痛,在史诗中留下了一首挽诗:"我如今已经行年六十有五,不再为积攒钱财徒自辛苦。却有一桩事始终挥之不去,我日思夜想着儿子的早逝。本该我走却是年轻人先走,我像具僵尸承受丧子之苦。"另据《四类英才》所载,菲尔多西有个女儿。

980年左右,菲尔多西开始创作波斯民族史诗《列王纪》。1009年完成第一稿,临终前作了最后一次修改,历时35年。菲尔多西生活在图斯城郊,有机会

---

① [印]杜勒西达斯:《罗摩功行之湖》,金鼎汉译,人民文学出版社,1988年,第583页。
② 同上书,第5页。

与那些传说故事的保存者和学者名流密切交往,他自己也搜集了许多叙述英雄史诗伟业的口头传说故事。伊朗传说故事与史料《帝王志》和曼苏尔编修的散文体《王书》,当年就是在图斯进行编撰的。菲尔多西不是宫廷诗人,生活也还富裕,自然不会为生计去当专业的颂歌诗人。正如诗人所说:"我要写这部著名君王的诗篇,就是要在世界上留下一个纪念。"①

时代的召唤激励着菲尔多西克服困难,完成《列王纪》的创作。菲尔多西生活的时代,阿拉伯人统治波斯已达 300 年,施行民族压迫政策。伊朗人在远离巴格达的东部建立了许多相对独立的地方政权,地方的统治者虽然臣服于阿拉伯哈里发,但他们鼓吹民族精神,宣扬波斯文明的优越性,提倡以波斯民族语言写作,以抵制阿拉伯语的冲击,史称"舒毕欧思潮"。8 世纪中叶至 10 世纪的 100 年间,百年翻译运动出现,进入巴格达宫廷的伊朗人,努力学习阿拉伯语,采用改进的阿拉伯字母书写萨珊时期的巴列维语,创造了新波斯语,他们把大量萨珊时期的巴列维著作译成阿拉伯语,保存了许多萨珊朝古籍,同时萨曼学者又把阿拉伯、印度、古罗马语的译著,译为达里波斯语,这些译著开拓了学术视野,对伊朗文化进行了有益的补充。萨曼王朝建立国家后,实行高度的中央集权制,巩固了萨曼王朝的国家政权,为文人学者创造了安定的创作环境。这些都为菲尔多西提供了有利的社会条件。创作动机和时代要求的紧密结合,使菲尔多西坚定了完成史诗的信念。

《四类英才》中提到菲尔多西的创作目的是为了靠此书得到封赏,筹备女儿的嫁妆,这种说法事实上是难以立足的。筹钱有很多方法,大可不必操心费力写这部史诗。菲尔多西的创作过程是一个痛苦的过程,作者生活的时代是个相对混乱的时代,他的亲朋旧友、恩主与庇护人,以及旧迪赫甘名士,在备受煎熬,不断消亡。菲尔多西在史诗中也多次有迟暮之词:"你对我曾像慈母一样体贴关怀,让我常常感动得流下泪来。可是如今你对我粗暴而冷酷,你给我的只有悲伤和痛苦。你何必让我这样的人生到世上,让我生到世上 又因何把我刺伤。""是曾欢乐过,那是在我盛年。我不能不屈服六十的威力,这个岁数真让我无力抗拒。它有狮子的利爪,蟒的巨口,谁落到它手中就休想逃走。"诗人在艰苦岁月中,为了求得生存而斗争,同时也为了达到既定的写作目标而斗争。总而言之,菲尔多西殚精竭虑在 994 年完成了这部巨著。

《列王纪》从写作到定稿,用了 35 年。在这些年里,伊朗发生了很大变化,国家政权更迭,由萨曼王朝变为伽色尼王朝。当诗人把《列王纪》献给伽色尼苏丹马赫默德时,苏丹并不欣赏,甚至想用战象踩死菲尔多西。有人说马赫默德穷兵黩武,好大喜功,而且是以突厥佣仆的身份武力篡权,这与《列王纪》中体现的封建主义正统王权思想和反突厥倾向正好尖锐对立,国王决定不付酬金。事实上英国历史学家吉朋在《罗马帝国衰亡史》中写道:"伽色尼的马赫默德,是最伟大的突厥王公之一,他在基督诞生后一千年时统治着波斯东部各省……这位

---

① 菲尔多西:《列王纪》,张鸿年、宋丕方译,湖南文艺出版社,2001 年。文中《列王纪》引文均引自该译本,下不再一一注引。

穆斯林英雄,从来没有为严寒的季节、峻峭的高山、宽阔的河流、荒凉的沙漠、众多的敌人及其可怕的战象队形而沮丧过。伽色尼的苏丹已凌驾于亚历山大的远征近伐之上。"①马赫默德周围也聚集了一大批文人,也自诩为波斯文学艺术的保护人,所以比较贤明的君主不会因此而不接受《列王纪》,并拒绝付酬劳的。有人认为苏丹不接受的原因是与作者教派不合,菲尔多西属伊斯兰什叶派,而苏丹属于逊尼派,有些人从中挑拨。但《列王纪》本身没体现教派教义的分歧,作者为了献给国王作了修改,所以这也不是主要原因。还有论者认为,马赫默德不认可《列王纪》最主要的是政治原因,马赫默德调整了对外政策,坚信了穆斯林思想,准备恢复阿拉伯语为伊朗国语,巩固内部政权,以便远征印度的"异教徒"。而菲尔多西在35年的创作过程中,体验了生活的艰辛,在艰辛中走向了人民,体现了较多的民主性和民族性,这与伊朗的专制王权制形成了尖锐的对立。"《王书》中包含这样的思想倾向,同伽色尼国家的宗旨、马赫默德的内外政策的基础,都处于水火不相容的矛盾之中。"②作为一个政治家,马赫默德不可能看不到这一点,所以他决心不接受这部史诗。

尽管菲尔多西开始创作时,可能是为了追求光荣和不朽。随着社会状况的变化,诗人可能想得点酬金来获得老年的生活保障,所以诗人托人把《列王记》献给马赫默德,但是被苏丹拒绝了。所以诗人有此感叹:

> 整条三十五载的人生光阴,
> 为挣得报酬付出几多艰辛。
> 到头来我的辛苦尽付东风,
> 三十五年后依旧两手空空。

但诗人并未绝望和愤怒。如诗人吟道:"面对马赫默德国王的宫殿,我对国王表示最好的祝愿。他的世代和他的智慧的光芒,是阿拉伯异族人头上的太阳。我对他表示最衷心的赞颂,我的话将具有永恒的生命。"他自信的认为:"当这著名的王书已经写完,国内会发出一片赞美之言。只要他有理智、见识和信念,我死后必会把我热情颂赞。我不会死的,我将会永生,我已把语言的种子撒遍域中。"诗人或许有点太过自信,事实是他生活是比较艰难的,死后确实埋在自家的花园里,直到1934年伊朗政府才重修了他的陵墓,但他确实把语言的种子撒在了伊朗人乃至世界人的心中。

传说菲尔多西还写了富有浪漫主义色彩的长诗《优素福与朱莱哈》,这个故事来源于《圣经》和《古兰经》。

二 《列王纪》

在菲尔多西的《列王纪》问世之前,波斯已有5部同名著作,其中有3部是散文体,2部是诗体,作者分别是阿卜·姆耶德·巴尔希、阿卜·阿里·穆罕默德、曼苏尔、玛斯乌德·姆鲁兹依和塔吉基。其中曼苏尔的《王书》从开天辟地

---

① 转引自潘庆舲:《波斯诗圣菲尔多西》,重庆出版社,1990年,第45页。
② 同上书,第48页。

写到萨珊王朝灭亡,资料详尽,列数各朝帝王功过、轶闻典故和民间传说,这是当时图斯的总督阿布·曼苏尔·穆罕默德·伊本·阿卜杜列扎格命令其大臣阿布·曼苏尔·迈玛利组织撰写的。这成为了菲尔多西创作的主要来源。菲尔多西的朋友阿扎德·萨尔夫把自家珍藏的鲁斯塔姆家族故事提供给他,这应该是萨珊王朝时整理故事的成果。鲁斯塔姆的故事加入到《列王纪》中,成为其最光彩夺目的一部分,以至有人认为《列书纪》为"鲁斯塔姆之书"。

《列王纪》一般被分成三部分:

第一部分是神话传说。这部分与琐罗亚斯德教的观念相符合,表现了善恶两种势力的斗争。这一部分写了伊朗传说中的人类起源、文明的萌芽、农耕生活开始、政权出现等内容。波斯的第一个国王是凯尤玛尔斯,圣明贤君是早期的贾姆希德。还写了古伊朗圣王法里东三分帝国的故事,引出了第一个悲剧——伊拉治的悲剧。在这些神话中,佐哈克这个外族之王的故事比较出色,他在恶魔的指引下杀父自立,又化身蛇王压榨人民,最终引起铁匠卡维起义。

第二部分是英雄故事。记述了波斯与敌国土兰交战的历史,塑造了数十个勇士形象,成为《列王纪》中最精彩的部分。在这些故事中以鲁斯塔姆的故事最为突出。史诗叙述了鲁斯塔姆父母结合及其出生征战的故事。其中以鲁斯塔姆与苏赫拉布父子相残的故事最为壮烈,另外还有夏沃什的故事、比让和玛尼日的故事,还写了暴君凯卡乌斯与明君凯霍斯鲁的故事。

第三部分是历史故事。这部分主要描述了阿拉伯人入侵之前萨珊等王朝统治的故事,其中有马资达克起义的内容,叙述有一定的现实性,但也不是历史史实。

《列王纪》以琐罗亚斯德教为出发点,宣传善与恶之间的永恒斗争,宣扬封建主义的正统王权思想,赞扬历代王朝的文治武功,维护君主世袭地位,强调统一的波斯王朝的重要性。理想君主的形象孕育于阿契美尼德王朝时代,他们体现了"波斯民族精神",这种精神的主旨是把整个世界历史看作善与恶、光明与黑暗两种本体的一场战斗。在这场战争中,在反对"阿赫里曼"(即恶的本体)军队的战斗中,国王的作用是"阿胡拉·马兹达"(即善的主体)军队的最高司令。这也决定了国王在社会中的地位及其个人品质:他大权独揽、控制历史,他在体力、外貌、智力和口才方面举世无双,他是立法者和秩序的缔造者。所有的国王不仅是伟大的军事领袖而且是天才的政治家和思想家。他们是战斗中的英雄、繁荣的源泉、城市的建造者,在国家行政结构中是一切有用之物的缔造者,而最重要的是他们是琐罗亚斯德教信仰的有力捍卫者。《列王纪》大量篇幅描述了国王和勇士。明君如霍斯陆、阿努希尔旺等体恤人民,平时是国家的建设者,战时率兵拒敌,立下丰功伟绩。勇士如鲁斯塔姆、图斯、比让等作为国王的辅助者,冲锋陷阵,勇不可当。在这些贤君勇士身上寄托了波斯精神,是诗人的理想所在。而对外来入侵者则大加讨伐,如暴君佐哈克遭到卡维和法里东的反抗。史诗对士兰国王阿夫拉西亚伯也进行了辛辣的讽刺与批判,体现出了强烈的爱国主义倾向。

史诗体现了菲尔多西明显的民主倾向,反对异族入侵和封建割据,严厉谴责暴君苛政,向往国泰民安的盛世,歌颂伊朗人民不屈的民族性格。《列王纪》中,以老百姓为主的故事传说占了全诗接近一半的篇幅。诗人赞扬反抗暴君揭竿而起的铁匠卡维。卡维的反抗是代表善之主神反抗受恶魔指使的佐哈克。卡维之旗是民主的象征:"从那以后不论谁得了江山,头顶戴上了君王的冠冕,便照例把一颗颗珍珠宝石,缀到那普通的铁匠之旗上面。卡维之旗配上绚烂的锦缎,才这样引人注目光彩耀眼。它如同暗夜中呈现的一轮太阳,世人见了心中便充满希望。"在《列王纪》中王权思想与黎民倾向较好的统一起来。

颂扬保卫祖国的勇士是《列王纪》的核心部分。公元7世纪中叶,阿拉伯人灭亡了波斯萨珊王朝,统治伊朗。对阿拉伯和伊朗两大民族这种新的政治格局,一度称雄世界的波斯帝国的遗民很难接受,他们从未停止文武两方面的反抗。就文的反抗来说,他们热衷于推崇古代文明,恢复古代传统,搜集挖掘波斯古代帝王英雄故事,为鼓励文人以巴列维语和达里波斯语写作,把巴列维语著作译为阿拉伯语,以便把文明典籍保存下来。在这种复兴民族文化的浪潮("舒毕欧思潮")推动之下,以描写古代帝王、英雄为内容的《王书》创作成为一种时尚。

勇士是《列王纪》着意刻画的人物形象,也是《列王纪》之所以深受人民喜爱的主要原因之一。菲尔多西塑造了数十个善良、正直、勇敢、豪爽的古代勇士,把他们置于激烈冲突的矛盾斗争之中,由此展示他们的英雄性格。然而,这些胸襟宽阔、品德高尚、武艺高强的勇士,虽能驰骋沙场,孔武剽悍,无敌天下,但最终却都以悲剧性的死亡告终。史诗中最著名的有四大悲剧:国王法里东的长子与次子合谋杀死三弟伊拉治的故事;国王卡乌斯之子夏瓦什被土兰国王阿夫拉西亚伯杀害的故事;鲁斯坦姆在两军阵前亲手杀死自己的未见过面的儿子苏赫拉布;为王位继承问题戈什塔斯帕借鲁斯坦姆之手杀死王子伊斯凡迪亚尔。父子相残,兄弟反目,诗人菲尔多西创造的这四大悲剧告诉人们:王位与权柄始终是统治集团内部的争夺对象,而这种争夺又总是与卑鄙的阴谋和血腥的残杀伴随在一起。

勇士鲁斯坦姆是《列王纪》中勇士故事部分的中心人物。他的整个一生是为国征战,保卫国家的一生。他的英雄本色在各种惊险卓绝的战斗考验中得到展示,他高大形象逐渐丰满,并最终成为千古传颂的民族英雄。鲁斯坦姆性格中的两个突出特点是忠与勇。作为伊朗军中的统帅,他对统治阶级的最高代表国王的忠心是坚定不移的。敌人入侵,他率兵拒敌;国王遇难,他前去解救;王子出征,他随军辅佐。即使国王冤屈了他,他也一如既往,不存二心。忠诚是鲁斯坦姆的灵魂,是他一往无前的思想基础。忠诚与勇敢之外,鲁斯坦姆也有勇士的骄傲与自尊。国王责备他,说他不应在应召拒敌时拖延,他不能忍受,拂袖而去:

> 天神助我成功,赋予我神力,
> 我的力量不靠国王也不靠军旅。
> 战盔是我王冠,拉赫什是我王座,

> 大棒是我权杖,大地是我王国。

王子埃斯凡迪亚尔为早日登基为王,必须完成他父亲交给的任务,把鲁斯坦姆绑来见国王。当他要求鲁斯坦姆同意绑起双手,随他进京,并保证他安全和日后的荣华富贵时,鲁斯坦姆断然拒绝。他不能忍受无故的屈辱。这表现出他那勇士的自尊。

此外,征战宴饮、世俗民风,天文地理、政经文化以及规章制度等也构成了史诗的重要内容。《列王纪》内容极其丰富的,有人认为一部《列王纪》本身是一个充满智慧的百科全书式的巨著。

《列王纪》在艺术方面也取得了很高的成就,《列王纪》把神话传说和针砭现实内容有机地交结起来,使作品具有浪漫主义和现实主义的特色。它结构宏大,气魄雄伟,融神话传说和史实故事为一体,既保存了民间文学的特色,又显示文人创作的艺术技巧。诗中人物形象鲜明,比喻贴切,文笔流畅,在波斯已家喻户晓,一些诗行连老农、村姑都能背诵咏唱。

《列王纪》的另一特色是诗人对他所描写的人与事往往夹叙夹议。有时诗人直抒胸臆,表达他对祖国的热爱和对书中人的评价,有时语重心长地向读者出出忠告,指出他们所应遵循的道德信条或人生哲理,如下面的歌颂祖国的诗句就很有代表性:

> 我们与伊朗休戚相关
> 愿为伊朗而决一死战。
> 保卫国土与子子孙孙,
> 保卫妻子儿女骨肉至亲,
> 人人都愿献出生命,
> 决不把祖国拱手让人。
> 勇士呵,你若光荣地献出生命,
> 强似忍辱苟活,屈身事人。

史诗以源自于东部霍拉桑地区的达理波斯语写成,语言清新活泼,韵律自然流畅,而且由于它来自于民间,所以比巴列维语质朴洗练,明白晓畅。菲尔多西在诗中还大量运用对话体,生动自然。歌颂伊朗民族精神和民族勇士英雄的内容与质朴优美的语言有机地结合在一起,相得益彰。史诗问世后,受到波斯朝野上下的普遍欢迎,确立了达理波斯语的民族通用语的地位。作者自豪地说:"我三十年辛苦不倦,用波斯语拯救了伊朗。只要他有理智、见识和信仰,我死后会把我热情赞扬。我不会死的,我将永生,我已把语言的种子撒播遍域中。"

《列王纪》是与印度史诗和希腊史诗并列的世界文学巨著。

第六节 萨迪与《蔷薇园》

萨迪是13世纪波斯的杰出诗人,1958年作为世界四大文化名人之一,举行世界性的纪念活动。他阅历丰富,博学多识,具有深厚的人道主义思想。《蔷薇园》是萨迪的代表作,集中体现了诗人的思想观念和艺术成就。

一 生平与创作

萨迪(1208—1292)出生于波斯南方古城设拉子,早年父母去世,过着寄人篱下的孤儿生活。大约在20岁左右得到别人资助来到伊斯兰教文化中心巴格达求学。学习期间热衷于诗歌创作,曾将一首颂诗献给最高学府尼扎米耶学院的文学教授沙姆·马德丁。教授赏识萨迪的诗才,推荐他免费进尼扎米耶学院学习。萨迪珍惜学习机会,学习刻苦努力,钻研《古兰经》,广泛涉猎古代哲学、史学和诗学理论,受到阿拉伯和波斯文化的熏陶,能用波斯文和阿拉伯文进行创作,创作了大量表现青春欢乐的优美抒情诗,有"设拉子的黄莺"之称。但不知何故,萨迪没有完成尼扎米耶学院的学习而中途辍学。

大约在将近而立之年时,萨迪不满异族统治,开始他行脚僧的游方生活。萨迪四方云游,以沿途说教和演讲维持生计。他说教演讲的内容包括宣讲宗教先知的生平事迹、社会道德、个人品质、善恶报应、日常生活中的问题等。诗人的足迹踏遍了亚非广大地区。流浪途中他翻山越岭,栉风沐雨,饱经磨难,历尽艰辛。在从大马士革赴耶路撒冷的途中,萨迪遇上西欧东侵的十字军,被当作俘虏带到的黎波里挖筑壕沟,幸遇一商人为他赎身,带他到阿勒颇定居,并将女儿嫁给他。但萨迪的妻子个性蛮悍,常以恶言相加,诗人在《果园》故事128中谈到妻子:"萨迪啊,如若见人受到女人折磨,/可要谨慎不要去枉费唇舌。/你虽然曾把一个女人拥在怀抱,/但你从她那里吃的苦头也为数不少。"萨迪不堪其苦,离开恶妻继续云游生活。

他虽然云游在外,但心系故乡:

> 我遍游了世界的远方,
> 我见识了各种各样的人,
> 从每个角落和粮仓,
> 我吸收了宝贵的滋养。
> 我对祖国纯洁大地的爱情和友谊,
> 使我不能在这里呆长,
> 即使是在罗马和叙利亚,
> 我也经常怀念起远方的故乡。

诗人终于在1257年结束流浪生涯,回到故乡设拉子。

回到故乡后的萨迪,深居简出,埋首创作和著述,把大半生的体验和思索写成诗文,1292年12月在故乡逝世。相传萨迪的作品有22种,但有些已经失传,流传下来的有部分抒情诗、几篇颂诗和他的代表作《果园》、《蔷薇园》。

萨迪的抒情诗感情充沛、想象丰富,抒写酷爱自然的情愫和对美好爱情的向往。他的抒情诗被公认为波斯抒情诗的顶峰,为哈菲兹的创作奠定了坚实基础。萨迪的颂诗庄重典雅,打破了颂诗一味歌功颂德的俗套,增加讽谕与劝诫的内容。

《果园》(1257)是萨迪结束流浪生涯而带给乡亲的赠礼,"序诗"中谈到写作缘起:"我曾在世界四方长久漫游,/与形形色色的人共度春秋。/从任何角落都未空手而返,/从每个禾垛选取谷穗一束。/……可是我此番离开这许多繁茂的果园,/怎可空手还乡去与故人会面?"因而写下了这本"甘言如饴"的诗集。《果园》包括10章160个寓意深刻的故事,并由故事引申出人生哲理和对世事的议论。其内容非常广泛,大至治国安邦的方略和道德修养的规范,小至待人接物的礼节和生活起居的经验。《果园》主要表现人生理想的方面,是萨迪对理想世界向往的产物。这部书中充满着善良、纯洁、理想和赤诚。诗集中人生理想的表现,妙喻警言的运用闪烁着智慧的光芒。

萨迪的诗文以丰富的人生经验折射出广袤世界的人生之相,蕴含着深刻颖悟的哲理色彩。几十年遍历亚非的游历生涯,给诗人以博闻广见;名山大川的秀丽风景,陶冶了诗人的性情;旅途的艰辛,磨炼了诗人的意志;各地的奇闻轶事,开阔了诗人的视野;新兴的各种学说,活跃了诗人的思维,民间文化的养料,催发了诗人的智慧之花。同时,萨迪的诗文表现出他深厚的仁爱胸怀。他的诗文字里行间跳动着一颗滚烫的心灵,同情弱小者、谴责压迫者的人道主义精神是贯穿他整个创作的基本思想。萨迪诗文的人物刻画简明却准确生动;语言清新自然,质朴流畅;笔致轻快幽默,即使是道德说教,也不至枯燥,富于艺术感染力。

二 《蔷薇园》

《蔷薇园》是有文有诗的作品集,共8卷227节,包括180个彼此独立的小故事和100余首格言性小诗。它是萨迪一生经历和智慧的总结。

在《蔷薇园》中,萨迪以无畏的勇气,鲜明地表明反对暴君暴政,鞭挞社会丑恶、同情受苦人民的社会政治思想。在一首诗中诗人自呼其名,抒写为真理奋争的情绪:"萨迪,你的言词无畏惧,/如果早已举起宝剑,/你就胜利奔去,/把一切真理都揭开吧!/把你所知道的都说出来,/滚开吧!那些利欲熏心的虚言假意。"正是这种态度,诗人刻画了一系列暴君,他们横征暴敛,残民以逞(第1卷第6篇);纵情声色,不理朝纲(第1卷第13篇);为活命取食幼童胆汁(第1卷第22篇)。因而诗人诅咒他们:"暴君,暴君,你是人民的灾难,/你应当立即关闭你的市廛,/王权对你有害无益,/你的死胜于你的暴力。"诗人也预言他们的结局:"烈火焚烧木柴,一时不会烧光,/人民痛恨暴君,转眼叫他灭亡。"

诗人不仅谴责暴君暴政,同时忧国忧民,对各种社会丑恶予以猛烈的抨击。僧侣圣徒的虚伪无耻、朝廷宦官的钩心斗角、法官巡警的贪赃枉法、豪绅巨贾的贪婪吝啬等,都在诗人的鞭笞之列。

世间的罪恶,诗人耿耿于怀,现实的不平,诗人义愤填膺。但诗人不知道导致这些罪恶和不平的根源。萨迪对这一问题进行了思索,认为是人们违背了真主,道德相悖,因而世风日下,远离了善而靠近了恶。怎样消除社会罪恶?诗人看到了人民的力量,人民可以通过暴力,惩恶扬善,但诗人劝人们忍让屈从,安于命运的安排。同时告诫统治者要慈悲为怀。这样为民的忍让,为官的慈悲,都崇信真主和正道,罪恶得以铲除,世界得以太平。

《蔷薇园》中的重要内容是对人生的价值和意义的探索。面对混乱矛盾的世界,"人"应该怎么办？作品的后6卷,从青春到老年,从接受教育到交往处世,从日常生活到为人仪礼,都一一论及。写"人"的一生,或用具体事例,或概括为哲理的格言,劝诫人们怎样做,做什么,因此有人把《蔷薇园》称为训诲诗集。

从整体上说,萨迪的人生观是积极向上的。人在世上应有所成就,有所建树:"人在生前如果没有作为,/死后将会感到羞愧。/人若把一生的光阴虚度,/便是抛下黄金未买一物。"但现实中无数的障碍,如金钱、享受、虚荣、恶人的破坏、家庭的拖累等,阻挠着人们的建树。对于这些障碍,诗人都谈到要怎样对待。例如书中讲到一个叙利亚修士,多年在野外修行,很有成就,闻名遐迩。国王请他到城里居住,给他安排好住处,派美丽的丫环、俊俏的小厮侍候。不久后,修士苦修的功果半点不剩。诗人用诗作结:"无论学者、修士、圣徒,/也无论圣明雄辩的人物,/只要他一旦羡慕浮世的荣华,/便是跌在蜜里的苍蝇,永难自拔。"

在萨迪看来,人生的价值不在金钱享受,也不在世禄荣华,重要的是学习和劳动。在《论教育的功效》卷第2篇中,一个哲学家教导儿子:"我的宝贝！你应当努力求学。因为世上的一切东西,无论土地金钱,都是靠不住的。权势不能离开本乡,带着金银上路也不保险,或者被强盗抢走,或者渐渐用光！知识却是取之不尽的源泉,用之不竭的财富,假如有了知识,即使钱财用完也不要紧,因为知识是存在头脑里的财富。"诗人借哲学家之口,阐述了知识是最大的财富。《论知足常乐》卷第15篇写一个关于哈丁台的故事。哈丁台是传说中的阿拉伯人,慷慨好施,声名远播,是当时穆斯林世界里高尚的典范。有人问他:"你在世上见过或听说过比你更高尚的人么？"他回答:"见过！……我看见一个樵夫,正在捡柴,我说道:'你何不到哈丁台家里去吃饭呢？他家里总是宾客满座。'樵夫说:'我靠自己的劳动糊口,不需要哈丁台的酒肉。'我看这人远比我豪迈高尚。"诗人借传说表明劳动高于一切。诗人在一首诗中热烈地赞美勤劳:"富人如果把金钱放在你手中,/你不要对这点恩惠看得太重,/因为圣人曾经这样教诲:/勤劳远比黄金贵重。"

让知识充实内在精神世界,以劳动维持生计。人人学习,掌握知识,明辨是非;人人劳动,自食其力。加上君明民安,社会平和,这就是萨迪理想中的美好世界。

人生哲理的总结和概括也是《蔷薇园》的突出内容。萨迪能从日常琐事中,看到蕴含其间的深刻哲理。从瞎子走路,他看到学习的途径、探索的意义;从蝎子的出生,他悟出情义的重要;从沙漠中的旅行,他体会到"事业常成于坚忍、毁于急躁"的道理。《蔷薇园》从生活中总结出来的不少名言佳句,已成为人们传诵不绝的格言。如:"滴水可以汇成江河,/粒米可以聚成谷仓。""对锋牙利齿的老虎宽容,/就是对善良的羊群的凶狠。""石头虽能撞碎一只金杯,/金杯仍有价值,石头仍然低微。""谁若不肯听取忠告,/便是愿意接受谴责。"

这类格言,道出了生活的真理,浓缩了深广的意义。这是诗人一生观察、思索、学习、实践的结果,是他丰富社会阅历的总结,是他长期生活于民众之中,对人民智慧的概括和升华。

《蔷薇园》是世界艺术宝库中的瑰宝,有其独特的光彩。它首要的特色是广泛的题材和现实的形象。萨迪不同于中古波斯其他诗人,或沿用老题材,刻画神话形象(如菲尔多西、尼扎米),或流连于美色、美酒的世界(如鲁达基、海亚姆),而是将镜头对准现实生活,拍摄下一幅幅逼真酷肖的现实剪影,描绘出一个个活生生的人物形象。从豪华的宫廷到篱墙茅舍,从大清真寺到熙熙攘攘的市集,从茫茫的大海到无边无际的沙漠……无处不是诗人的舞台。至于人物,则有帝王将相、文人仕女、法官巡吏、旅队商贩、艺人工匠、僧侣教师、樵夫渔民、男女奴隶……更有希腊人、埃及人、中国人、印度人、叙利亚人、法兰克人、鞑靼人等,形形色色,难以数计,以此展示五光十色的大千世界。

散文与韵文结合、形象和哲理融合,这也是《蔷薇园》的特色。散文中夹杂诗的形式,是东方古典文学的形式特点,印度的《五卷书》、中国的话本小说、日本的《源氏物语》、阿拉伯的《一千零一夜》都是如此。但《蔷薇园》中散文和韵文结合得十分和谐完美,往往散文叙述故事,诗歌对叙述的内容高度概括,深化意义。而且散文部分的语言凝练简洁,句末往往押韵,很有诗味,故称《蔷薇园》为"诗集";诗歌部分的语言纯朴浅显,明白晓畅,近乎民歌。两者结合自然无碍,天衣无缝。

《蔷薇园》的创作主旨是教诲世人,往往用三段式推理来阐发深义。但都不是空泛议论,而是寓理于事,掘义于形,形象与哲理高度统一。诗人准确地选取生活中的形象说理,读后不能不惊叹诗人敏锐的观察能力和表现才能。

诗人的表现才能是多方面的,时而庄重冷峻,令人肃然起敬;时而热烈激昂,令人心潮难平;时而诙谐幽默,令人捧腹大笑。情感灌注于所描写的人物和事件中,表现出一种诗的艺术感染力。

第七节 《一千零一夜》

《一千零一夜》是阿拉伯古代的民间故事集,被称之为"民间文学的一座丰碑"。它集中体现了古代阿拉伯民族的文化精神,也是阿拉伯人民审美理想的集中展示。

一 阿拉伯—伊斯兰文化与《一千零一夜》

阿拉伯—伊斯兰文化的发源地是阿拉伯半岛。在伊斯兰教创立之前,居住在半岛的阿拉伯人还处于氏族社会阶段,以游牧为主,逐水草而居。公元6、7世纪之交,半岛社会处于剧烈动荡时期,各氏族部落之间的劫掠和复仇战争,加上波斯人入侵也门,一种结束分裂、实现民族统一的愿望产生了。7世纪初麦加商人穆罕默德创立伊斯兰教,旨在清除阿拉伯氏族部落的多神信仰,突破氏族隔阂,为建立统一民族国家奠定思想基础。在穆罕默德的宗教旗帜下,很快统一了阿拉伯半岛,建立起政教合一的国家政体。随后阿拉伯统治者发动了两次大规模的侵略战争,在拜占庭和波斯都已衰竭的条件下,阿拉伯的扩张所向披靡,建立起一个横跨亚、非、欧的封建大帝国。

阿拉伯人在走出半岛,扩张帝国的过程中,融合了被征服民族的先进文化,同时还受到相邻的先进文化影响,他们在吸收希腊、罗马、波斯、印度和中国文化的基础上,和其他民族一起,创建了辉煌而独具特色的阿拉伯—伊斯兰文化。当时各种思想、各种学说、各种宗教传说一起涌入,阿拉伯人从沙漠帐篷住进了圆顶尖塔的高大建筑。历时百年的翻译运动把波斯、印度和希腊的古典学术名著系统地译成阿拉伯文。

阿拉伯—伊斯兰文化的混融性和宗教色彩都在民间故事集《一千零一夜》中得到鲜明生动的反映。

随着阿拉伯经济和社会的发展,在民间,一种满足人们文化娱乐需要的文化活动——说唱故事得到发掘。一些民间艺人收集整理或者创作民间故事,在街头巷尾弹唱演讲。这种说唱故事由于得到国王喜爱而备受朝臣青睐。一些爱好文艺、喜欢故事的哈里发(国王)以重金高位奖掖说唱艺人,从而推动这种文艺活动的发展。《一千零一夜》就是在这样的文化背景下经后人不断收集整理的阿拉伯民间故事集。其中主要故事来源有三个部分:1.源于印度和波斯。相传公元3世纪有译者将古梵文的故事译为《赫柴尔·艾夫萨乃》(意为《一千零一夜》)的古波斯故事集,6世纪时转译为阿拉伯文,这是故事集中最古老的部分。2.源于伊拉克,即以巴格达为中心的阿拔斯王朝时流行的故事,特别是拉施得和麦蒙两位哈里发当政时期的故事。3.源于埃及。随着阿拉伯政治文化中心转移到埃及,故事集在13至16世纪期间又加进了埃及的故事。这一部分主要讲述埃及麦马立克王朝时期的风土人情。

《一千零一夜》经过1000余年的演变和扩充,随阿拉伯帝国和伊斯兰教的发展而演变,在阿拉伯—伊斯兰文化土壤中孕育,既是中古时期东、西方几种先进文化交流、融合的结果,也是阿拉伯地区各族人民共同智慧的结晶。

二 《一千零一夜》的成就

《一千零一夜》的书名来自故事集中的第一个故事:相传古代有一个萨桑国,国王山鲁亚尔发现王后与宫中乐师有私,便将其杀死。此后他每天娶一个女子,翌日将其杀掉再娶。无数美貌姑娘死于国王的淫威。宰相的女儿山鲁佐德为拯救众姐妹,说服家人自愿嫁给国王。晚上她为国王讲述动人的故事,讲到紧张处天则大亮,国王为听完故事留她再活一天。如此接连讲了"一千零一夜",终于感化国王。故事集就是山鲁佐德所讲述的故事。这个虚构的"引子"是出于把众多民间故事汇编为一个整体而安排的。

在这样的框架之下,《一千零一夜》篇篇各自独立的故事展示的是一个个神奇的世界,其内容涉及社会生活的各个方面。

首先,歌颂纯洁坚贞的爱情,谴责荒淫放荡的情欲。爱情婚恋题材的故事在《一千零一夜》中所占比例很大。在文学作品中,婚恋题材往往与妇女地位的思考联在一起。中古伊斯兰世界里,妇女地位低下。尤其是10世纪以后,阿拉伯社会女子的人身自由受到严格限制,出门必须戴面纱,丈夫死后,妻子必须守节。《古兰经》明确规定,男人比女人高一等。但《一千零一夜》中婚恋题材的故事,大都表现了反对封建意识、要求男女平等、追求自由幸福的爱情观念。《巴士拉银匠哈桑的故事》是一篇曲折优美的人神恋爱故事。哈桑和神王之女瑟诺玉幸福地生活在一起,却遭到来自神界和人间的各种阻挠。哈桑为寻找失落的妻子,冒着生命危险越过七道深谷、七座高山、七个大海,闯过了无人经历的飞禽、走兽、妖魔三个危险地带,终于找到爱妻。故事中更突出了瑟诺玉的坚贞。大姐胡达女王为了"家族声誉",反对妹妹门户不当的婚姻,将瑟诺玉严刑拷打,但她忠于对哈桑的爱,始终没有屈服。最终双双回到人世,继续凡尘中的互敬互爱的夫妇生活。这篇动人的故事表现了男女青年婚恋自由的愿望,也曲折地反映了他们为此所作的艰苦斗争。《尔辽温丁·艾彼·沙蒙特的故事》中,身为女奴的亚瑟美娜深爱自己丈夫,矢志不移,当省长的儿子试图占有她时,她拔出腰间的匕首,怒叱淫棍:"你敢碰我,我先杀了你,再自刎而死","为了爱情,我是不怕牺牲性命的。"

《一千零一夜》赞美这种出于真挚的情感而做出的自我牺牲,谴责纯粹出于情欲而施行的各种诡计,尤其对于恃权玩弄女性者的行为大加鞭挞。《女人和她的五个追求者的故事》,讲述一个商人的美貌妻子,为营救仆人而四处奔走,结果法官、总督、宰相和国王都垂涎于她的美色,打她的歪主意。美女设计将他们锁进一个柜子中,让他们出尽了丑。故事以讽刺奚落的笔调,谴责这些淫棍。

其次,虔诚的宗教信仰和宿命意识。阿拉伯帝国是政教合一的国家,伊斯兰教的发生发展史,就是阿拉伯的古代历史。伊斯兰教作为阿拉伯社会的政治、精神支柱,主宰着社会生活的各个方面,其教义当然也深深影响《一千零一夜》中的故事。在故事集中,真主无处无时不在,具有最高的权威和无穷威力。"安拉是惟一的主宰、穆罕默德是他的使者","一切事物都是安拉规定了的","毫无办法,只盼伟大的安拉援助了"这一类敬畏笃信安拉的词句在书中比比皆是。不少故事宣扬冥冥中安拉对人的命运的安排。《隐者的故事》叙述一个厌倦了人世生活而隐居山林的老者,一次在一口井边看到一位商人因喝水而将1000金币丢弃井边,第二个过路人将金币拿走了,第三个过路人正在井边喝水,商人正好转回来,一口咬定他拿走了1000金币,并把第三者一刀杀了。隐者对这不合理的事情大发感慨,安拉却告诉他:商人的父亲欠第二位过路人1000金币,第三位过路人的父亲曾杀死了商人的父亲,现在一切都补偿了。这篇故事是对"因果相报"的图解。像《隐者的故事》所表明的,一切凶吉祸福都取决于真主的安排,这无疑否定了人类行为的积极意义;有的说教游离于情节。这些当然不可取。不过故事的作者往往从自己的善良愿望出发来解释安拉,因而故事集中的伊斯兰教往往与"善"联在一起,安拉是善的维护者,在某种意义上对安拉的赞美就是对善的赞美。故事往往以宗教之名,奉劝人们避恶趋善,行善积德。《铜城的故事或胆瓶的故事》就是一个"宗教教育展览馆"。全篇故事宣扬一点:人生在世不可骄奢淫逸,应该"积蓄点回家的旅费",即多做善事,为总清算的审判作好准备。透过故事的宗教帷幕,似乎可以听到作者的呼喊:生活中的人们,不必为眼前的利益钩心斗角,尔虞我诈,行善吧,想想人生的终极归宿,想想人生的真正意义。

第三,再现当时商业繁荣的情景和商业民族精神。阿拉伯早有经商传统。建立阿拉伯帝国后,辽阔的版图、文化水准较高的民众、便利的交通,更有利于商业的发展和繁荣。在阿拔斯王朝时期,境内有许多闻名遐迩的世界商业贸易中心,亚历山大、巴格达、巴士拉、开罗等是当时国际性的贸易港口。《一千零一夜》中对这些商业城市的繁华作了具体的描绘。如巴格达不仅是阿拉伯帝国的首都、政治文化的中心,也是商贸中心。几英里长的港口经常停泊几百艘各种货轮。各地产品通过水陆交通,源源不断地送往巴格达市场。城中设有各行各业的专门市场。

以商人活动为题材的故事在《一千零一夜》中很多。大多描述他们为了金钱财富远涉重洋,历经艰辛。《辛伯达航海旅行的故事》是这方面的代表作。辛伯达是从事海外贸易的新兴商人和航海家的典型。他先后7次出洋远航,历时27年,每次归来都获得大笔财富。在获取财富的过程中他每次都遭到毁灭性打击,进而他总以顽强的毅力和非凡的智慧,沉着应付,化险为夷。在他身上表现了新兴商人的本质性格:不畏艰险的开拓精神和永不满足的进取精神。这正是阿拉伯帝国蓬勃发展时期的时代风貌的反映。

我们还可以从表现商业活动和航海冒险的故事中,看到阿拉伯这个重视商业、长于行动的民族的一些民族精神:1.他们渴望现世幸福源泉的金钱财富,但并不欣赏积少成多、精打细算、省吃俭用的积聚方式,而津津乐道于意外地失去一切,又意外地获取多于失去的几倍甚至几十倍的"意外之财"。《一千零一夜》中很少吝啬鬼,描写的都是时来运转、大发横财、苦尽甘来的暴发户。2.《一千零一夜》中商人的生活目的似乎由两方面构成,即获取和享受。辛辛苦苦地获取,舒舒服服地享受;享受尽了,再去获取,进而再享受、再获取。故事集中不少故事属于典型的"获取—享受"型故事模式。这种"千金散去还复来"的慷慨和达观正是本质上属于商业民族的阿拉伯民族的气质。

最后,揭示社会黑暗,同情百姓疾苦。作为民间文学作品,《一千零一夜》的不少故事表达的是普通劳动者的思想情感。故事作者对当权人物给民众带来的灾难作了深刻揭露,对饱受欺凌与摧残的劳动者寄以深切的同情。统治者的荒淫无耻、暴政苛捐,衙役官吏的昏庸无能、仗势欺人,平民百姓的痛苦呼告、水深火热,在故事集中得到突出表现。《脚夫和巴格达三个女人的故事》揭露王太子的暴行,《驼背的故事》讲述法官如何草菅人命。《渔夫的故事》中的老渔夫为生计所迫,在"死亡线上奔波",他连下三网,网网皆空。他仰天悲泣,诅咒这不平的世道:"呸,这个世道!/如果长此下去,/让我们老在灾难中叫苦、呻吟,/这就该受到诅咒。"故事呈现的是一幅悲惨的画面:面对的是汹涌的大海,因饥饿而骨瘦如柴的老头,龟裂的双手捧着一副破网,愁惨的脸上深深刻下艰难岁月留下的皱纹,眼角流下混浊的泪水,在那里为生活无着而呼天抢地。

《一千零一夜》是由民间说唱文学发展而来的民间故事集,具有浓厚的民间文学色彩,体现了民间文学的艺术特征。

浪漫的幻想和人情世态真实描绘的融合是故事集最鲜明的特征。阿拉伯的民族生活,决定了阿拉伯人的丰富想象和浪漫的幻想。他们自古以游牧和贸易为生存手段,漂流大海、跋涉沙漠、跨越高山,往来于东西方之间。茫茫草原、浩瀚洋面、旅途历险都激发他们的想象,加上说唱文学强化效果、突出对象的需要,故事中艺术虚构发挥极限作用,创造一个能够产生一切奇迹的神话世界。这种虚构性幻想,有些是将现实作高度夸张;有些是将现实中不可能的事情在故事的世界中实现;有些是在当时看来是想象而现在却已成现实。如有求必应的神灯、能探取任何食物的鞍袋、能够驱使神魔的戒指或手杖等,形成一种神奇的境界。但这种奇思异想和神奇境界往往与真实的人情世态巧妙地融合一起,写实与夸张、理想与幻想、神话与现实相互辉映,神奇而不怪诞,既有阅读的审美愉悦,又能加深对现实的理解。

　　《一千零一夜》的情节结构极富民间文学特色。口耳相传的民间文学,在流传过程中特别注意两点:便于记忆和吸引听众。出于前者的需要,故事集采用故事套故事的结构方式。全书是山鲁佐德的故事,叙述时节外生枝,演绎出数百个篇幅不等的故事。值得注意的是大故事下统摄的小故事之间,往往有一个东西作为结构上的联结点,或内在的,或外在的。如《商人和魔鬼的故事》所属的三个老人的故事就是以每人手里牵着牲口来联结的。因而,《一千零一夜》庞大的结构不是任意安排、杂乱无章的。为了吸引听众,故事的情节往往变幻莫测。如《戛绿梅太子和白都伦公主的故事》开始写这对男女的恋情,两条线索展开。结合后又分离,两人再次相聚的过程安排得波澜起伏。后因两位王后的丑闻,导致父子分别、兄弟失散,两条线索发展为四条线索,丰富多彩,绝处逢生,最后的大团圆结局也出人意料。此外还有诗文夹杂的特点,这是说唱文学的明显痕迹。

　　鲜明的对比手法是《一千零一夜》艺术表现上的突出特点。善仙与恶魔的对比、神话与现实的对照,善与恶的对照,人物之间的对照,场景之间的对比,在故事集中俯拾皆是。这种对比,鲜明地突现了对象的特点,强化了艺术表达效果。

　　《一千零一夜》作为民间文学的一座"壮丽的纪念碑",有其思想和艺术上的巨大成就。但用现代审美标准审视,无疑有它艺术上的稚气和粗糙。其中最突出的一点就是追求故事而忽略"价值生活"的深入挖掘。当代英国作家福斯特在《小说面面观》中论及"故事"和"小说"的关系与区别,认为任何日常生活都包含"时间生活"和"价值生活",故事关注的是"时间生活",始终强调的是"后来怎么样"。而小说注重的是时间生活背后的"价值",充分揭示"价值",从而展示人物和场面生动感人的艺术魅力。以此衡量,《一千零一夜》大多追求外在情节的曲折离奇,而少内在审美"价值"的充分揭示。

第八节　中古东方文学交流

　　中古东方文学经历了一个漫长的发展时期,这一阶段整个东方文学逐渐形成了中国文学文化体系,印度文学文化体系和波斯、阿拉伯、伊斯兰文学文化体系。在东方三大文学文化体系之间,以影响与接受为主要形式的交流活动是频繁的、潜移默化的。与此同时,每一个文学文化体系内部,又相互进行着更绵密的交流,并逐渐形成一个以本民族国家文学文化为基础的外来文学文化为补充的文学文化的混合体,或曰汇合体。其间的复杂性、多样性、渗透性是难以描述的。

汉文化的影响促成了新罗的崛起。为了统一朝鲜半岛,新罗在外交上进一步采取了联合唐王朝的政策。新罗真德女王四年(650年),唐高宗永徽元年,为表示臣服,新罗开始采用唐永徽年号。不仅如此,真德女王还将织在锦缎上的五言律诗《太平颂》赠送给唐高宗李治(628—683),以表示对唐朝的敬意和联合唐朝的意愿:

> 大唐开鸿业,巍巍皇猷昌。
> 止戈戎衣定,修文继百王。
> 统天崇雨施,理物体含章。
> 深仁谐日月,抚运迈时康。
> 幡旗既赫赫,钲鼓何煌煌。
> 外夷违命者,剪覆被天殃。
> 淳风凝幽显,退迩竞呈祥。
> 四时和玉烛,七曜巡万方。
> 维岳降宰辅,维帝任忠良。
> 五三咸一德,昭我皇家唐。

诗的作者未必是真德女王,据推断,可能是当时汉文名叫强首①的大诗人所作。但无论谁是此诗的作者,都表明7世纪的新罗,已有不少人在掌握与运用汉文的能力方面达到了相当高的水平。

735年,新罗统一朝鲜后,不仅在国内加强儒学教育,而且选派越来越多的贵族子弟赴唐朝学习汉文化文学。仅837年,新罗在唐朝的留学生就多达216人。一些卓有成就者还在唐朝为官,其中崔致远(857—?)最著名。他12岁时就渡海入唐求学,18岁时在唐登科,曾任宣州的溧水(今江苏镇江地区)县尉。还和江东诗人罗隐(833—909)为友,并结有诗谊。唐末诗人顾云与之友善,在他归国时,顾云作诗送别:

> 十二乘船渡海来,文章感动中华国。②
> 十八横行战词苑,一箭射破金门策。

---

① 强首(?—692),新罗时儒学大家和权臣。他执掌新罗外交数十年,擅长草拟外交文书。他曾与当时另一名儒学巨子薛聪(他所著《花王戒》是朝鲜文学史上最早的讽刺性寓言作品之一,对后世影响很大)一起执教于国学,讲授九经。

② 在朝鲜学者金台俊(1905—1949)所著《朝鲜汉文学史》中,此句为:"文章撼动中华国。"

这种赞扬充分说明崔致远的诗文曾在中国广为流传,并享有很高声誉。他归国后又作为使节来往于新罗和唐朝之间,并写有许多与唐代文人交往的诗。其诗文集《桂苑笔耕》收入《四库全书》。

新罗高僧金乔觉原为新罗王族,出家后于唐肃宗元年(756)航海来到江南池州府青阳县九子山(后称九华山)修行。端坐山头数十载,于贞元十九年(803)夏圆寂。据说坐于石函中的尸身三年未腐,与佛经《地藏十轮经》中的地藏菩萨瑞相相似。佛教信徒认为他是地藏菩萨化身,因此称之为"金地藏"。金乔觉所写七言诗《送童子下山》感情真挚,笔锋纯熟,一派晚唐诗韵:

　　空门寂寞汝思家,礼别云房下九华。
　　爱向竹林骑竹马,懒于金地聚金沙。
　　添瓶涧底休招月,烹茗瓯中罢弄花。
　　好去不须频下泪,老僧相伴有烟霞。[①]

这首载于《全唐诗》的七律是朝鲜现存最早的七言诗之一,也是中朝两国人民友好往来,两国文化文学相互交流的珍贵记录。

高丽王朝时期,汉文文学仍然处于主导地位。汉诗词创作的突出代表有李奎报(1169—1241)和李齐贤(1288—1367)等。李奎报通晓中国经史子集和佛老典籍,热爱中国文学。仅在《东国李相国集》中就收有汉诗两千余首。李齐贤熟读中国的《史记》、《左传》、《春秋》、《朱子纲目》等汉文著作。在中国居留25年的时间里,他不仅写下大量诗词,而且与元代学者姚燧(1238—1313)、张养浩(1270—1329)等友善,并将赵孟頫(1254—1322)的书法传入高丽。高丽王朝后期,在民间口头国语诗歌和文人书面汉文文学相结合的基础上,形成了一种被称为时调的短歌体裁,其通俗易懂,富有音乐性等特点,不无宋词、元曲的影响。

日本为了能够迅速崛起,已不满足于仅仅通过朝鲜半岛的中介,间接地吸收中国汉文化。于是自7世纪初,4次正式派遣隋使,直接与中国往来。名义上是闻听隋朝"重兴佛教,故遣朝拜",实际上是重在学习中国文化。隋衰唐兴,中国逐渐成为亚洲,乃至东方文明、文化的中心。受中国文化的吸引,日本在630年至834年这二百年间,竟派遣唐使达14次之多,其中3次未能成行。其规模小时有一二百人之多,而大时,可达五百多人。其主要目的是向唐朝学习先进的文化。日本史籍《续日本纪》卷三三中载:"我朝学生播名唐国者,唯大臣及朝衡二人而已。"此处所谓"大臣"系指曾来华求学17年,刻苦攻读,学成归国一直升任至右大臣高位的吉备真备(695—775)。"朝衡"(又名晁衡)即著名留学生阿倍仲麻吕(698—770)的汉文名字。他因钦慕唐文化而终生留居中国,客死他乡。他汉学功底深厚,并颇有诗才,曾与李白、王维等大诗人结下深厚情谊。这些留学生只要回国,即将大量中国典籍携往日本。据统计,至唐代止,日本已有中国典籍1800余部,共18000余卷,大致已摄取了隋唐时宫廷藏书的一半。

日本遣唐使、留学生、学问僧,以及诸文化领域学有专长的人,纷纷潜心学

[①] 《全唐诗》第十二函,第一册,八零九,上海古籍出版社,1986年,第1986页。

习中国文化，使日本自大化革新起全面学习中国文化之风日甚一日，并终于形成日本历史上的"唐风文化"时期。奈良时期成书的日本第一部汉诗集《怀风藻》(约成书于751年)就是朝野上下文人推崇汉文、汉诗的产物。从奈良时代(710—793)到平安时代(794—1192)前期(794—894)，无论是生产技术、官制设置、土地及赋役制度、学制，还是意识形态领域里的诸多方面，都借鉴唐朝的经验，深受唐风的吹熏。《日本书纪》这部旨在对外弘扬日本国威的史书，不仅用汉文写成，引用了《淮南子》、《水经注》、《述异记》等大量中国文献典籍，而且仿效《春秋》、《左传》等中国史书的编年体，叙述了日本神武天皇至持统天皇的史实。可见汉文化文学影响日本之深广。

日本汉诗的始作俑者为弘文天皇(？—672)。他开始吟咏的汉诗为《侍宴》，而后近江朝(667—672)的持统(687—696在位)、文武(697—707在位)天皇的诗作又流传至今。孝谦天皇时(751)第一部汉诗集《怀风藻》问世。共收日本诗人写作的汉诗约120首，大多为五言诗，受中国六朝齐梁体及初唐诗风影响较深，其中有不少"遣唐"内容之作，是中日文学交流的遗产之一。平安朝初年，嵯峨天皇(809—823年在位)于814年敕令编撰了《凌云集》，818年又敕令编撰了《文华秀丽集》，淳和天皇于827也敕令编撰了《经国集》。上述3部史称为"敕撰三集"的汉诗集，书名分别取自《史记》卷117《司马相如传》："飘飘有凌云之气"；《文选序》中"辞采"、"文华"等词意；《文选》卷52魏文帝《典论·论文》中"盖文章经国之大业"等。其艺术表现形式明显有摹仿、借鉴盛唐诗的痕迹。这表明中国古代的五言、七言、绝句、古诗、赋等诗体已在日本流行。唐诗中，白居易的诗因浅显易懂而备受日本文人欢迎，尤其是对日本古典名著《源氏物语》的巨大影响，更为世人所认同。张继的名诗《枫桥夜泊》不仅在日本广为传诵，后世出于对中国文化的仰慕，对苏州寒山寺的憧憬，经多年努力，于1930年在东京西北的青梅市郊，还仿造了日本的寒山寺，成为中日文化文学交流的新的历史见证。

907年唐朝灭亡，中国进入动乱的五代十国时期。960年至1279年的宋王朝，是中国封建社会鼎盛发展的惯性延续，也是中国文化在日本传播的深入时期。正值平安时代(794—1192)中后期和镰仓时代(1193—1333)前半期的日本，也处于古代文化史上的辉煌时期。日本遣隋使，尤其是遣唐使数百年对中国文化的吸收，现在已转入消化融合时期。

这时期的日本文学并未因984年唐文化中断输入而失去以往与汉文化的种种联系。汉诗文仍盛行于正规场所，为登大雅之堂的通行证。大部分贵族继续享受着这种深受中国文化熏陶的高雅氛围。著名的菅原家族祖先虽为普通人，但连续5代都有族人参加遣唐使的队伍，其第五代孙菅原道真(845—903)成为平安时代初期著名的学者、政治家和汉学家。由于家学渊源，他7岁即能写汉诗，所著汉诗文集《菅家文草》(900)和汉诗集《菅家后草》(903)共收汉诗500余首，汉文106篇。其诗明显受到元稹、白居易等人的影响，笔触深入到贫困的庶民世界。11世纪初出现的著名鸿篇巨制《源氏物语》，由于作者紫式部(973？—1014？)自幼修习汉诗文，熟读中国宋代初年以前的各种文史典籍，所以,书中引述了大量的诗文典故。从《诗经》、《论语》、《史记》、《古诗十九首》、《汉书》、《昭明文选》、《列子》、《晋书》,到唐代张鹫的《游仙窟》和白居易、元稹的作品等等,应有尽有。其中白居易的诗文被征引的最多,达近百次。而全书的第一卷《桐壶》,几乎与《长恨歌》的结构完全一致。约成书于1013年,由著名歌学家藤原公任(966—1041)编撰的《和汉朗咏集》两卷,辑录了适合吟唱的和歌218首,汉诗文中的佳句589句。所收作品多取自《昭明文选》、《白氏文集》、《游仙窟》、《菅家文草》、《三代集》等。收汉诗文作者约80人,其中日本作者约50人,中国作者约30人,收和歌作者约80人。书中收录最多的是中国白居易的汉诗和日本纪贯之(872?—945)的和歌。这部作品堪称是中日文学交流的结晶。汉诗文集《本朝文粹》约成书于1037年至1046年之间,是藤原明衡(968—1020)仿效宋真宗大中祥符四年(1011)姚铉(968—1020)编纂的《唐文粹》而成。全书14卷,辑录了自嵯峨天皇至后一条天皇约280年间的汉诗文427篇。其体例虽与《唐文粹》不同,却摹仿了中国的《昭明文选》,分为赋、杂诗、策问、对策、表、奏状、序、愿文、讽诵等39类。代表了平安朝汉诗文的最高成就。由此可见,这一时期,就整体而言,日本文学具有注重表现民族性的倾向,千方百计利用汉字和汉语诗文来创立自己民族的文字和文学,但仍然未能完全摆脱中国文化的影响。

明代,日本学界承前人之余绪,继续深入吸收中国文化的优秀成果。其中主力军仍是以五山禅僧为主的僧侣,"其总数达百十余人"[①]。许多入明僧也沿袭上一代入元僧之风习,大多为了修习禅宗,钻研诗文。不同之处在于,明代除求法僧、游历僧之外,还有一部分是使节僧。前者的代表为绝海中津(1336—1405),后者著名的有桂庵玄树(1427—1508)等。

绝海中津别号蕉坚道人,早年师从梦窗疏石学习禅宗,精于汉文,善作骈文,尤长于诗。其成就代表了后期"五山文学"的最高水平。他与义堂周信并称为"五山文学"之双雄。他1368年入明学习禅宗,滞留11年,代表作汉诗文集《蕉坚稿》备受赞赏。杭州中天竺僧人如兰在该书跋文中高度评价说:"虽我中州之士老于文学者不是过[过是]也,且无日东语言气习,……诚为海东之魁,想无出其右者。[②]"

桂庵玄树自幼喜好汉诗文,一面参禅,一面学习朱熹《四书集注》等宋学典籍。成为著名禅僧后于1467年随遣明使入明。在中国7年中,他游学于苏杭,出入各种禅院书院,求问硕学巨儒,尤其潜心研究朱子之学,禅学、宋学精进。学业有成归国后,受到九州地方豪族的聘请,在当地首倡宋学。终于形成以九州萨摩和肥后为活动中心的萨南学派。这表明以宋学为代表的儒学已经开始走出禅林之圣地,进一步向地方上传播、深入。经他提倡在萨摩刊行的朱熹《大学章句》是日本学界首次公开刊行的宋学之书,对宋学在日本的广泛推广起了推波助澜的作用。

---

① 见《日中文化交流二千年》,北京大学出版社,1982年,第166页。
② 见《汉文化论纲》,北京大学出版社,1993年,第317页。

中国唐朝，对外政策宽松开放，各国派往中国学习、做官的人很多。越南派往唐朝学习入仕者也不少，被誉为名相的姜公辅即其中之一。据《新唐书》卷一五二《姜公辅传》载："姜公辅，爱州日南人。第进士，补校书郎，以制策异等授右拾遗，为翰林学士。……公辅有高材，每进见，敷奏详亮，德宗（780—805）器之。"他写过汉文工力很深的《白云照春海赋》，被誉为"安南千古文宗"。后来他因直言敢谏得罪皇帝，被贬为泉州别驾，在九日山东峰筑室隐居，与也隐居在此的诗人秦系情投意合，吟咏溪山，终老林泉。至今九日山东峰仍名为"姜相峰"。越南诗人廖有方在唐宪宗元和十一年（816年）中进士，后任校书郎。他"为唐诗有大雅之道"，并写有《书胡馆板记》等。他以精深的汉文修养成为唐代文学家柳宗元的好友，"柳宗元有送诗人廖有方序"行世。中国唐代很多名士，如王维、沈佺期、贾岛、张籍、杨巨源等，都留有不少与越南入唐士子唱和的诗篇。这些事实表明，在越南民族文学形成之初，就与中国文学结下了不解之缘。

中国唐代以后，越南脱离藩属中国的关系，建立了独立的封建王朝吴朝，但是一切制度仍仿效中国成法，并规定汉字为越南通用文字，公私文牍悉依中国文体。此后尽管政权屡有更迭，这些规定则无大改变。尤其是开科取士也与中国标准一致，诗用唐诗、赋用古体、诏用汉体、制表也用唐四六体等，使得汉语文学依然春风得意，蔚然成风。

越南《大越史记全书》本纪卷一，《黎纪》中记载了前黎大行丁亥八年（987年），僧人顺法师与宋朝臣李觉联句赋诗的故事。"宋复遣李觉来，至册寺，常遣法师名假为江令迎之。觉其善文谈，时会有两鹅浮水面中，觉吟云：'鹅鹅两鹅鹅，迎面向天涯。'法师名假从容不迫答曰：'白毛铺绿水，红棹摆青波。'李觉益奇之。"越南史家把《唐诗纪事》中关于骆宾王七岁咏鹅的诗句非常灵活而准确地活用在历史史实中，并铺陈成历史故事，表明当时越南士子的汉语文学修养已很高深。

越南陈朝（1226—1400年），文人模拟中国文学作品之风浓郁。他们争相表现自己的汉文修养，如白藤江上百舸争流。其中佼佼者当数莫挺之和阮忠彦。

莫挺之（1280—1350）陈朝英宗时的状元。因聪敏好学，文思过人，对中国文学颇为精通，于1308年出使中国。"及进朝，适外国进扇，元帝命为铭，挺之秉笔立就，其辞曰：'流金砾石，天地为炉。尔于斯时兮，伊国巨儒。北风其凉，雨雪载途，尔于斯时兮，夷齐饿夫！噫！用之则行，舍之则藏，惟我与尔，有如是夫！'元人益嘉叹焉。"[①]莫挺之所题"扇铭"实系中国明朝惠帝（1399—1402）时侍讲学士方孝儒（1357—1402）所做。莫挺之的名作《玉井莲赋》多以中国诗文为据而出典，甚至在比附时对实物的象征寓意也是基本上与中国文学相一致。如，以竹喻君子虚心而有节；以梅寓君子孤傲不群；以莲拟君子芳洁玉立等。《玉井莲赋》的字里行间都可发现宋人周敦颐（1017—1073）《爱莲说》的影子。这两篇作品的立意都是赞扬莲花而贬低其他，爱憎相同，都表示自己是"爱莲之

[①] 《大越史记全书》卷六，参看颜保先生：《越南文学史初稿》。

君子"。两篇作品中的莲、菊、牡丹等的寓意也基本相同。只是《玉井莲赋》虽有言志自况的描写,但多有汉代抒情小赋那种铺扬与渲染。

13世纪末越南人民开始运用自己的文字——字喃记录文学作品。字喃的组成仍以汉字为基础。它利用中国造字法中的形声、会意、假借等方式,组成一种复合体的方块字。组成字喃的汉字,有的用来表音,有的用来表意。如汉字的"年",字喃就写成"䄅",左面的汉字"南"表音,右面的汉字"年"表意。另外也有些是只借用汉字音,而不用其意的"借音字"。如字喃中的"没",读古汉语中的"没"音,却是"一"的意思。

越南陈朝阮诠于陈仁宗绍宝四年(1282年),遵仁宗之命效仿韩愈用字喃撰写《祭鳄鱼文》,因此被赐姓韩。又因其"善为国语诗赋",后人效仿用字喃写成的国音诗,又被称为韩律。韩律的体裁酷似汉文诗,且完全摹仿唐诗的格律进行创作,因而又有"唐律"之称。自14世纪掌权的胡季犛带头使用字喃,并亲自将《尚书》中《无逸》篇译成字喃,将其定为皇族学习的教材以后,字喃作品的出现不绝如缕。最早出现的是以韩律写成的长篇叙事诗《王嫱传》、《林泉奇遇》、《苏公奉使传》等。

越南的《王嫱传》基本上以元杂剧《汉宫秋》为主要蓝本,个别地方撷取了《西京杂记》的情节。《林泉奇遇》又名《白猿孙恪传》。这部叙述由白猿化身为美女的袁氏与书生孙恪之间悲欢离合的名著,是根据中国唐传奇《袁氏传》(《太平广记》为《孙恪》)改写而成。《苏公奉使传》是越南无名氏所写的又一部著名韩律。它以中国汉代苏武出使匈奴,后被软禁19年的故事为蓝本,将其敷演成诗。这部作品不仅受到自汉代以来就在民间广为流传的苏武牧羊故事的影响,而且更明显的是撷取了班固《汉书·苏武传》中的素材。从上述几部无名氏所写的韩律来分析,无论从内容到形式都未能脱离中国文学的影响。

8世纪末,9世纪初,中国人就已经知道印度这两部史诗的名称了。其实,最早可追溯到马鸣菩萨(约1至2世纪)著、鸠摩罗什(344—413)所译的《大庄严经论》,其卷五中就已出现两大史诗之名:"时聚落中多诸婆罗门,有亲近者为聚落主说《罗摩延书》,又《婆罗他书》,说阵战死者,命终升天。"《罗摩延书》即《罗摩衍那》,《婆罗他书》即《摩诃婆罗多》。两大史诗中,《罗摩衍那》通过留在古代汉译佛经中的文字,尤其被世人所认识。在唐玄奘(602—664)翻译的《阿毗达摩大毗婆沙论》第四十六卷中,就对《罗摩衍那》有概括介绍:"如《罗摩衍那书》有一万二千颂,唯明二事;一明逻伐拏(罗波那)将私多(悉多)去,二明逻摩将私多还。"此外,《杂宝藏经》中的《十奢王缘》,讲罗摩如何失妻又得妻,将这两个故事合在一起,即《罗摩衍那》的故事核心。① 重要的是在第二个故事中,已出现一个本领高强、统领千军万马、救助他人于危难之中的猕猴王。这一形象的出现,使许多学者对它与《西游记》中的孙悟空的形象是否有某种联系的问题产生了极大的兴趣。

---

① 季羡林:《〈罗摩衍那〉在中国》,《印度文学研究集刊》第二辑,上海译文出版社,1980年,第3—7页。

南宋(1127—1279)初年,泉州开元寺先后修筑了两座砖塔,后改建为石塔。在南宋绍定元年至嘉熙元年(1228—1237)用石料建成的西塔第四层上,有一个猴行者的浮雕像。它猴面人身,头戴金箍,身穿直裰,足登罗汉鞋,颈项上挂着一圈大佛珠,腰悬药葫芦,右臂曲在胸前,左手握着鬼头大刀,造型逼真、形象生动。泉州学者黄梅雨认为:"……猴行者浮雕,很可能取材于这部著作(《罗摩衍那》)。它的出现,给300多年后的明代作家吴承恩,在创作《西游记》时对孙悟空形象的塑造,是产生过影响的。"①1983年,精通汉文化、研究《西游记》人物形成史的日本北海道大学中文系教授中野美代子,来泉州考察后,"以《福建省和〈西游记〉》为题,提出'孙悟空生在福建'这个惊人论点"②。她认为:"印度古代史诗中哈奴曼的形象随着婆罗门教传入福建沿海一带,形成了许多猿猴精的传说,这些传说和唐三藏西天取经的故事相结合,塑造出了《西游记》故事的雏形。所以说,孙悟空'家乡'在福建。"③继后,中野美代子教授在《泉州开元寺东西塔浮雕考》一文中,再次肯定自己的观点说:"此猕猴头戴金箍,颈挂数珠,腰间悬挂《孔雀口王经》和葫芦,谁都会说这是孙悟空的前身。"④《罗摩衍那》中哈奴曼的形象经过南海传至泉州顺理成章。早在8、9世纪,《罗摩衍那》即已逐渐传入斯里兰卡、缅甸、泰国、老挝、柬埔寨、马来西亚、东南亚地区,作为宋代"东方第一大港"的泉州,和这些地区的海上往来极其频繁。《罗摩衍那》中哈奴曼的故事从这地区直接或间接传入福建是极其便利的。南宋福建大诗人刘克庄(1187—1269)在《释老六言十首》中即有"取经烦猴行者"的诗句。

　　《罗摩衍那》对中国少数民族的影响也很突出。由于地理之便,其影响的路线显得直接。云南一些少数民族,尤其是傣族,主要通过缅甸和泰国接受了《罗摩衍那》。在傣族地区,有多种改写罗摩故事的译本行世。最著名的要数《兰嘎西贺》。它从人物名称、主题思想、故事结构,以及人物形象等,均与梵文原著相差无几。但它并不是完全的等值翻译与编辑,而是对原作进行了民族化的艺术加工。如《罗摩衍那》主要宣扬婆罗门教,而《兰嘎西贺》则主要宣扬佛教,印度地名被天衣无缝地换上了中国地名等等。其中还穿插了不少适合傣族人民审美习惯的民间故事等等。藏译文《罗摩衍那》是这部大史诗最早的外文译本。1439年,藏族学者雄巴·曲旺扎巴(1404—1469)摹仿《罗摩衍那》的内容,创作了一部名为《何伎乐仙女多弦妙言》的诗著。1980年四川人民出版社再版时名为《罗摩衍那颂赞》。

　　《五卷书》最初是印度统治者指令文人将民间口头创作的寓言故事和童话传说,加以改造、增删、编纂起来,用以教育继承人的寓言童话集。逐渐也成为普通平民学习世情的教科书。其成书最早可上溯至公元前1、2世纪,最晚的梵

---

① 黄梅雨:《话说泉州》,福建人民出版社,1989年,第30页。
② 中野美代子:《泉州开元寺奇观》,福建人民出版社,1986年,第31页。
③ 《天津日报》1992年2月20日,扬敏摘自《福建日报》。
④ 中野美代子:《泉州开元寺东西塔浮雕考》,见《中国与日本文化研究》,中国大百科全书出版社,1991年,第280页。

语本也是 12 世纪的产物。于公元 6 世纪就已有了用当时的波斯文,即巴列维文译成的文本。所以《五卷书》最晚也应于 5 世纪编定成书。因为《五卷书》的寓言、童话本质,以及教育训诫意义,从而成为目前世界上流传最广的作品之一。

中国虽然至现代才有《五卷书》的汉文译本,但是《五卷书》中的寓言童话故事却随着中印文化文学交流的潮水,商业的往来,尤其是佛典的传入,而早早地进入中国。《五卷书》第四卷第七个故事写了一头驴蒙虎皮的故事。这一故事在鸠摩罗什(344—413)所译佛经《众经撰杂譬喻经》卷上被总结为:"狮子皮被驴,虽形似狮子,而心是驴。"这则寓言只是将《五卷书》中驴蒙虎皮的故事浓缩其意而成。而唐代大文学家柳宗元(773—819)的著名散文《三戒·黔之驴》,则与《五卷书》中此类主题的故事有关联。这两个故事的相似之处主要有几点:首先,这两则故事中具有教育训诫意义的主人公都是驴。其次,《五卷书》中的"虎"仅仅是无生命之皮,在文中驴、虎、人三者不相矛盾。而《黔之驴》中虎则成为活灵活现的血肉之躯,是文中与驴冲突的一方。最后,这两则故事,都因驴鸣而泄露天机,并使真相大白,是情节发生突转的关键。

《五卷书》第五卷第七个故事,讲述一穷婆罗门将行乞得来而剩的麦片填满一罐,最后梦想破灭的故事。《五卷书》原作中的故事内核,在明代江盈科《雪涛小说·妄心》中也有记述。这两篇记载中的相同之处在于,狂想者均为穷人,所得钱都要经过买牛这一过程,而最终都想置房产娶妻,这是两国宗法制小农经济的产物。二者的不同之处在于,前者主人公为单身汉,后者主人公为有妻者,二人的幻想都败坏在女人身上,并都有殴妻行为,无论是在梦幻中,还是在现实中都如此。反映出中印两国封建社会严重的夫权思想和女人祸水论在作品中的渗透与浸润。鲁迅总结此类现象时指出:"魏晋以来,渐译释典,天竺故事亦流传世意,文人喜其颖异,于有意或无意中用之,遂蜕化为国有。"[①]

《五卷书》最重要的艺术特色,即是大故事套小故事的框架式结构,德国学者称之为"连串插入式"。《五卷书》开篇讲,国王有 3 个愚笨的儿子,为了教育王子,一个婆罗门编成这本书,这是全书的大框架和主干。自此开始引出五卷书中的许多骨干故事,并有许多中短篇故事镶嵌穿插其中,形成一个故事网络。这种结构全书的方式,影响到古代波斯故事集《赫左尔·艾夫萨乃》(意为"一千个故事")、阿拉伯的《一千零一夜》等。唐传奇兴起时的第一部作品《古镜记》(《太平广记》二百三十题作《王度》),也很可能受到影响。这篇小说以一面古镜为干,以人物为线索,由 12 个事件组成一个完整的故事网,中间插入许多小故事,最后以古镜失踪而结束全篇。这种结构的小说在中国较为少见,《古镜记》却很典型。按鲁迅语,该小说"其文甚长,然仅缀古镜诸灵异事,犹有六朝志怪流风。"[②]这和六朝志怪与佛典的翻译和包括《五卷书》在内的天竺故事的流传,有直接关系。根据《古镜记》成书于隋唐之际,以及上述的文化氛围来分析,受

---

① 鲁迅:《中国小说史略》,人民文学出版社,1973 年,第 37 页。
② 同上书,第 55 页。

《五卷书》这种印度传统文学结构方式影响的可能性极大。

《五卷书》艺术上的另一个显著特色,是诗歌和散文相结合的叙述描写手法。全书开篇就有一首诗,每卷开始也是一首诗。在叙述故事中间常常有"人们说得好"、"常言道"、"常言说得好"等一些插入语。紧随其后就是诗歌,有的一首,或若干首。这种叙述方式说明《五卷书》中的寓言童话故事,在其成书前为了便于在民间流传,是一种讲唱式。它具有早期伶工文学那种边叙述、边演唱的特点。这种文学叙述形式对隋唐之际出现的变文,以及后来的小说影响不小。《西游记》即是一例。

在唐代,由于波斯和中国的海上贸易极为发达,波斯人在中国南方沿海素有"南方呼波斯为舶主"。诗人元稹在《和乐天送客游岭南二十韵》一诗自注中云:"南方呼波斯为舶主",这不仅说明来到中国交州、广州的外国商船大多属波斯人所有,也表明中国往来于印度洋的商船也有不少是任用波斯人为船长的。这一时期的许多书籍都把波斯人描绘成带有传奇色彩的异域人物。唐及以前的文言小说《集异记》、《酉阳杂俎》、《宣室志》和《广异记》等书中,都载有波斯等西域胡人识宝的传说。其基本情节雷同,都是写某汉人因某种机缘得一物,被"波斯胡"等识为至宝,高价收买,最后交代宝物的名称和超现实的用途,以便突出"波斯胡"的睿智与慧眼。宋初的《太平广记》中《李勉》、《经寸珠》、《李灌》等篇中就有波斯商人在中国奇遇的传说故事。《太平广记》卷六引《纪闻》和卷三五引《集异记》等文中,还分别载有专门从事贩卖药金和香药的胡商(即波斯商人)的故事。其中的炼丹家,为炼丹术的西传起了推波助澜的作用。

唐代不少文人墨客都曾描绘过擅长歌舞、以波斯人为主的中亚舞姬。诗人李白常常光顾波斯胡店,写有"五陵年少金市东,银鞍白马度春风,落花踏尽游何处,笑入胡姬酒肆中。"的诗句(《少年行二首》之二)。有时他甚至沉溺于"胡姬貌如花,当垆笑春风。笑春风,舞罗衣,君今不醉将安归?"(《前有樽酒记二首》之二)的心境里。白居易在《胡旋女》一诗中赞美了波斯舞姬为天子表演时的优美舞姿;"胡旋女,胡旋女,心应弦,手应鼓,弦鼓一声双袖举,回雪飘遥转蓬舞。左旋右转不知疲,千匝万周无已进。人间物类无可比,奔车轮缓旋风迟。曲终再拜谢天子,天子为之微启齿。"元稹在《西凉会》一诗中还写道:"狮子摇光毛彩竖,胡腾醉舞盘骨柔。"把狮子舞等一些以波斯为主的西域杂技艺术描绘得惟妙惟肖。他在《法曲》一诗中还描写了波斯妇女的服装备受长安等地妇女青睐的时尚:"女为胡妇学胡妆,伎进胡音务胡乐……胡音胡骑与胡妆,五十年来竟纷泊。"

10世纪以后,波斯文学进入高度发展时期,先后涌现出一批震古烁今的大作家,其作品在东西方产生过深远的影响。诗人菲尔多西(941—1020)著名史诗《列王纪》的一些章节曾提及中国皇帝在伊朗和突朗的斗争中,出兵帮助突朗,甚至将伊朗英雄鲁斯塔姆与突朗英雄苏赫拉布战斗难以取胜的原因,也归咎于苏赫拉布穿戴着中国制的坚固头盔和铠甲等。这些描写虽然不符合历史的真实,但从侧面说明早在菲尔多西时代,中国在伊朗人心目中已有了相当重要的位置。

13世纪,波斯文学史上的"四柱"之一,诗人萨迪(1208—1292)的足迹曾遍及中国新疆等地。他的两部叙事诗《蔷薇园》和《果园》,以其优美的文笔和韵律以及适于中国读者接受的哲理,数百年来一直得以在中国传播。《蔷薇园》传入中国已达600余年,一直在中国穆斯林清真寺经堂里被当作经典传授,成为高年级学生的一门必修课。诗中曾有两处涉及中国。一处写一位中国少女拒绝了某昏王的求爱,而愿和一丑黑奴结合。另一处提及另烧制一个瓷碗,需时达40年,很贵重。此外,还在描写中涉及中国绘画、瓷器等。《果园》的波斯文本至今在新疆和田地区的维吾尔族中有大量读者。有的阿訇甚至能背诵通本。14世纪初,在萨迪逝世50余年之后,他的抒情诗已在中国南方广为流传。有"伊斯兰世界的旅行家"美誉的伊本·白图泰(1304—1377)曾由南海到中国。他在1355年底定稿的《游记》中,不仅记录了自己对中国文化的深刻理解,对富有艺术才华的中国人民的热情赞扬,而且还珍贵地记录了他游览杭州时,听到中国歌手演唱的曲调优美的波斯语歌曲。歌词中的两句:"胸中泛起柔情,心潮如波涛汹涌,祈祷时,壁龛中时时浮现你的面影",恰是萨迪一首抒情诗中的一段[①],这表明中国和伊朗两国之间文化、文学的交往在14世纪中期就已经相当广泛了。

14世纪波斯的两位诗人哈珠·克尔曼(1290—1352)和哈菲兹(1320—1389)都在自己的作品里流露出对中国文化的推崇之情。哈珠在长篇叙事诗《霍马与胡马云》中,虚构了伊朗王子霍马因慕念中国公主胡马云而放弃王位,千里迢迢前去中国寻找,历经千辛万苦霍马才和公主结合的故事。其中中国公主胡马云为考验霍马的勇敢戴上面具上阵和他厮杀的描述,和中国北齐兰陵王高长恭上阵御敌戴一假面具的史实性质完全相同。这绝不是偶然的巧合,而一定有更深层的文化交流的背景。哈菲兹在自己的抒情诗里也多次提及中国的麝香和画。虽然这些描写都不够详细,但是他们对中国文化景仰爱慕和积极引进的态度,足以表明波斯作家对中国了解之深,了解之广。

中国唐代初兴,正值阿拉伯地区伊斯兰教传播时期。公元7世纪初,据说伊斯兰教创始人穆罕默德(约570—632)曾鼓励其弟子和信徒到中国寻求学说:"学问,即使远在中国,亦当求得之。"尽管这条"圣训"也可能是出于后世人之手,但是仍然可以知道早在穆罕默德时代,已经有人知道在遥远的东方有个文明古国——中国。此后,不少穆罕默德的信徒东来中国求学,同时也将伊斯兰教的信仰传入中国。

伊本·胡尔达兹比大约在846年(唐会昌六年)完成了《省道记》的写作。书中记载了由大食通往中国的海道。伊本记载过有关中国的一些情况。被称为阿拉伯"希罗多德"(约前484—约前425,古希腊历史学家,被后人尊称为"历史之父")的著名旅行家马斯欧迪(?—956),曾游历过埃及、巴勒斯坦、桑给巴尔、叙利亚、印度,可能也到过中国沿海诸地。他在《黄金草原》一书中,不仅提

---

① 张鸿年:《波斯文学在中国》,见《东方比较文学论文集》,湖南文艺出版社,1987年,第347页。

及黄巢起义,及中国与阿拉伯直接与间接的贸易,而且还记载了一位名叫依宾哈拔儿的著名人物于869年(唐咸通十年)曾到过中国。这些记载说明了阿拉伯人对古代中国的了解,以及海路运输在唐代中期后即已开始的事实。

宋元时期,来往于中国和阿拉伯之间的旅行家很多,除有"伊斯兰世界的旅行家"美誉的伊本·白图泰(1304—1377)以外,比鲁尼(973—1049)曾著有《地理书》,记载了有关中国的情况,因为已佚,只能在其他著作中的引文中觅到。格鲁德齐1050年(北宋皇佑二年)曾著书记载他从吐鲁番经哈密、敦煌、肃州、甘州,抵中国京城长安的经过。阿伯尔肥达(1273—1331)于1321年(元至治元年)撰写的《地理书》,虽然从古书中抄录了许多有关中国的记载,但有集古书中有关中国资料之大成的意义。

与此同时,中国到阿拉伯地区者也大有人在。杨枢(生卒年不详)于元成宗(1295—1307)时曾两度出使西亚。第二次于成宗大德八年(1304)从京师出发,取海路于大德十一年(1307)到达海湾的忽尔谟斯。汪大渊(1311—?)少年有奇志,于1330年(19岁)、1337年(26岁)两次浮海西行,1349年根据亲身经历,写出《岛夷志略》一书,其体例承宋代周去非(生卒年不详)《岭外代答》、赵汝适(生卒年不详)《诸蕃志》之余绪。上述诸书中有关麦加和克尔白庙的记载,不仅反映了宋元时期中国对阿拉伯世界的了解程度,也反映出当时许多人渴望走出国门的迫切心情。

明清时期,中国和阿拉伯文化文学交流的基础,一是与众多穆斯林渴望了解伊斯兰圣地麦加有关,二是因为商贸往来的需要。

明成祖朱棣(1360—1424)为联系海外诸国并取得海外贸易的主动权,于永乐三年(1405)令郑和(1371—1435)与王景弘(?—1434)组织庞大宝船队下西洋,至宣宗宣德八年(1433),在长达29年的时间里,先后七次,途经30多个国家。

郑和本姓马,回族,是瞻思丁六世孙,其先西域人,具有阿拉伯血统,信奉伊斯兰教。元初移居云南昆阳,明军1381年攻入云南后被掳去当太监。因从燕王朱棣起兵有功,被赐姓郑。其祖与其父均曾赴麦加朝圣,自幼养成对伊斯兰圣地麦加的崇仰。他的船队后4次下西洋时,都到过阿拉伯半岛,而麦加是他们必去之地。郑和的随员中,马欢(生卒年不详)、郭崇礼(生卒年不详)懂阿拉伯语。归国后,马欢写有《瀛涯胜览》(1451)、费信(1388—?)写成《星槎胜览》(1436)、巩珍(生卒年不详)写了《西洋番国志》(1434),都以亲身经历描述了麦加、麦地那、吉达、亚丁、佐法尔等阿拉伯地区的情况,成为了解当时这一地区文化的珍贵史料。

第三章

近代东方文学

第一节 近代东方社会文化特点与文学概况

近代东方文学是指亚非地区19世纪中期至20世纪初期半个多世纪的文学。有着悠久历史和灿烂古代文明的东方民族,在这几十年里经受了血与火的考验,宁静甜美的酣梦被西方炮火震醒,封闭一统的社会受到剧烈冲击。在交织着痛苦和抗争、觉醒与困惑的社会现实中,近代东方文学也由各民族文学走向世界文学、由传统古典文学向具有现代意识的新文学演变。近代东方社会的历史,是西方对东方殖民统治的历史,也是东方民族传统文化与西方文化剧烈冲突的历史。东方近代文学就是在东、西方社会与文化的对抗与交融的背景中产生发展的。

一 近代东方社会文化的特点

由于东方自然经济占统治地位和专制统治的残酷,东方各国社会发展非常缓慢。而西方资本主义迅猛发展,经过16—18世纪的原始积累时期和几十年的工业革命,进入自由资本主义时期,为进一步扩大市场,寻求原材料基地和倾销廉价商品,西方殖民主义者进一步深入东方的腹地,到19世纪中期除日本、泰国外,东方其他国家几乎都沦为西方的殖民地或半殖民地。东方民族作为对西方殖民入侵的回应,在近代不断举行各种反殖斗争。西方殖民统治给东方带来灾难的同时,也送来了西方近代文明。东方各国由民族救亡的民族主义情感出发,激发起民族自尊意识,守旧、僵化的封建统治开始瓦解。西方殖民者"充当了历史不自觉的工具",客观上为东方社会的觉醒起到催化作用。尽管在近代东方人民为反帝反殖付出过惨重的代价,但毕竟西方近代文明为东方社会的发展提供了一个新的参照。在这种大历史背景下,我们将东方近代社会、文化的特点粗略概括为三个方面:

第一,传统社会结构性震动。19世纪中叶西方工业革命完成后,对东方实行以硝烟炮火裹挟商品进军的新的殖民侵略,这比原始积累时期的掠夺性侵略来得更为深刻,不仅仅触动社会表面,而是触动了东方社会的经济基础。东方生产方式有着小农业和家庭手工业的牢固结合,既造成经济上的自给自足,又能具有以满足生存为目的的生产灵活性。因而对外在的掠夺具有顽强的抵抗力。千百年来东方社会政治风云变幻,内外统治者来而复去,但自给自足的农业经济和村社结构从未被深刻触动。但自由资本主义的廉价商品入侵却给农业经济基础以摧毁性的打击,促进东方城乡商品经济发展,破坏农业和手工业的牢固结合,陈旧落后的生产关系趋于解体;长期束缚生产力发展的上层建筑也出现裂缝,为东方国家资本主义生产发展创造了某些客观条件和可能。但西方殖民主义者不允许东方国家独立发展资本主义,千方百计扼杀东方民族资本主义的幼芽,促使东方民族经济片面、畸形发展,成为西方农业原料的附庸。除个别国家外,东方国家大都附属于西方资本主义经济体系。

第二,反帝、反殖的民族解放运动普遍展开。西方殖民主义、帝国主义的东进,伴随着对东方民族的政治、军事、经济、文化上的压迫,东方民族作为回应,奋起反抗,开展反帝反殖民族解放斗争。

近代东方的民族解放斗争往往在宗教的旗帜下进行,"圣战"成为民族自卫战争的主要形式,如波斯巴布教徒起义(1848—1852)、印度民族大起义(1857—1859)、中国太平天国革命(1850—1860)、卡迪尔领导的阿尔及利亚15年抗法战争(1832—1847)、狄奥多尔领导的埃塞俄比亚抗英战争(1867—1868)、奥马尔领导的塞内加尔抗法战争(1857—1859)、埃及阿拉比领导的抗英斗争(1879—1882)、苏丹的马赫迪起义(1881—1885)、德属东非人民起义(1889)、埃塞俄比亚抗意卫国战争(1895—1896)等。在这些战争或运动中,领导者或维护正统宗教,或创立新宗教,但都是以宗教为精神武器,号召组织民众反抗异族入侵。20世纪初期的民族解放表现为"亚洲的觉醒",包括印度第二次民族起义(1905—1908)、波斯资产阶级革命(1905—1911)、越南抗法斗争(1905—1911)、朝鲜抗日游击战争(1905—1911)、青年土耳其党人领导的革命(1908—1909)、中国辛亥革命(1911)、印尼反荷斗争(1912—1913)等。组织领导运动的是一批资产阶级先觉者,他们把反帝爱国斗争与新的社会制度探求结合在一起。

第三,启蒙运动的展开与民族文化发展的矛盾困惑。近代东方的一批先进知识分子,以西方文化为参照反观民族传统,用近代理性和人的观念,破除东方封建文化价值系统中的蒙昧,力图确立起人的自我价值和平等、独立意识。这样在东方不少国家和地区,出现了规模不等的启蒙运动。如印度以罗姆·罗易(1772—1833)为代表的"梵社"的改革活动、以般吉姆(1838—1894)为代表的"新毗湿奴运动",日本"明六社"成员的活动和稍后的"自由民权运动",菲律宾的"宣传运动"(1880—1895),朝鲜的开化派改革,埃及20世纪初穆斯塔法·卡米尔(1874—1908)领导的启蒙运动等。近代东方启蒙运动已创办报刊、兴办教育、改革宗教和传统习俗为主要内容。

东方近代启蒙运动是在西方殖民统治和东、西方文化冲突的背景下展开的,既是个人自我意识的呼唤,又是民族意识的觉醒;既是对西方文化的借鉴,又是对民族传统的复兴。因而近代东方文化的发展交织着民族化与世界化、救亡与启蒙的种种矛盾与困惑。在民族历史"愈来愈大的程度上成为世界历史"的近代,东方古老文化和西方近代文明发生剧烈冲撞。在冲撞中东方民族面临着艰难的选择:情感上选择民族传统,理性上选择西方文明。理性地看,以资本主义制度和科学技术为集中体现的西方文明,相对于东方封建制度和落后生产力,它是一种高位文化。但西方对东方的殖民统治,使得东方民族在情感上难以接受来自西方的文明。出于反帝反殖的需要而把民族传统当作武器,抵制西方文化。因而在东方许多国家中,"东西之争"、"新旧之辩"表现得异常激烈。

在东方近代文化发展和建设过程中,回归传统还是走向世界?随着时间的推移,近代化成为不可阻挡的潮流。但现实行为选择中的"救亡和启蒙"却更具紧迫性。是首先争取政治上的民族解放?还是首先唤起民众的近代意识?这既是民族解放道路的选择,也是民族文化建设的大计。这个问题始终困扰着近代的东方民族,也鲜明地体现在近代东方文学中。

二 近代东方文学的主要成果

下面对近代东方主要国家和地区的文学概况作一鸟瞰式描述。

(一)日本和东亚地区的近代文学

日本是东方第一个自觉地、大规模地引进西方文化并走上资本主义道路的国家。明治维新以后,在西方文化的深刻影响下,经过20余年的思想启蒙,1885年坪内逍遥发表的日本近代第一部文学理论著作《小说神髓》,标志着日本近代文学的诞生。此后二叶亭四迷和森鸥外分别创作《浮云》(1887)和《舞姬》(1890),相继为日本近代文学的现实主义和浪漫主义的发展开拓新路,但当时没有形成气候。世纪之交的自然主义文学运动,才真正在文学创作和理论上完成了日本古典文学向新文学的过渡,在文学观念、表现手法、文体样式诸方面摆脱传统文学束缚;同时又从对西方文学的模仿中走向民族化,形成以写身边琐事见长的私小说这一现代日本文学的主体形式。之后直至大正年间,日本文坛相继出现以永井荷风、谷崎润一郎为代表的唯美主义,《白桦》同人武者小路实笃、志贺直哉、有岛武郎的人道主义,以芥川龙之介、菊池宽为首的"新思潮派"。这些文学思潮和流派在学习借鉴西方文学与文化的基础上,扎根日本的现实土壤,表现了日本的近代精神。

代表日本近代文学成就的作家是夏目漱石、岛崎藤村、芥川龙之介和谷崎润一郎。

夏目漱石(1867—1916)是日本近代大文豪,曾留学欧洲,其创作受西方文学影响,但对欧洲现代文明及日本盲目崇拜西方的现象不满。处女作《我是猫》(1905)以幽默滑稽笔致讽刺日本社会。三部曲《三四郎》(1908)、《其后》(1909)、《门》(1910)以知识分子的恋爱为题材,表现理想与现实的冲突。后期三部曲《春分之后》(1912)、《行人》(1912)、《心》(1914)描写婚恋、家庭题材,着重探索现代人的心灵痛苦,剖析自我与社会的冲突。《明与暗》是夏目最后的长篇,在人物内在世界的深入刻画中,展示人物的明、暗两重世界,并艺术地探讨"则天去私"的人生境界。总之,夏目的创作表现了由传统向现代转型过程中的社会混乱、种种矛盾与知识分子的苦闷忧伤,是一部日本近代知识人的"心路历程"。

岛崎藤村(1872—1943)是自然主义文学的代表作家。早期他是以浪漫主义诗人登上文坛。早期诗集《嫩菜集》(1879)、《夏草》(1898)、《落梅集》(1901)等,以清新典雅的语言和流畅的旋律,抒发青春的苦闷和理想的追求,表现青年觉醒和反抗封建束缚的主题,开创了日本近代抒情诗的传统。在自然主义文学运动中,岛崎创作了取材于自身或家庭、亲朋日常生活的《春》(1908)《家》(1910)、《新生》(1919)等自然主义小说。而代表他最高成就的是具有社会倾向的自然主义小说《破戒》(1905)。小说叙述出身贱民的小学教师丑松严守父亲临终告诫,隐瞒自己的出身。但受近代人权观念的冲刷和现实的刺激,他终于向社会挑战:公开自己的贱民身份。这是他自我意识的觉醒和对封建等级制残余的反抗。小说具有深刻的社会内涵。小说采用自然主义常用的自我"告白"方式,抒写"觉醒者的悲哀",体现了日本自然主义特有的纤弱、感伤风格。因而《破戒》既是日本近代文学成熟的标志,又是自然主义的奠基之作。

芥川龙之介(1892—1927)是日本近现代短篇小说巨匠。在短暂的 13 年创作生涯中,他留下 148 篇中短篇小说。芥川主张理智地分析现实,艺术地反映现实,追求作品的深度和表现技巧的完美。他的作品以独特的视角探讨人生和人性的主题,融凝着作者敏锐的感受和深邃的目光。成名作《罗生门》(1915)借古代京都罗生门下弱肉强食的一幕特写,表明为求生而损人利己是人的本能。《鼻子》(1916)通过禅智内供鼻子大小变化引起人们舆论及当事人的内心感受,表现自我的脆弱和自尊的可悲,社会评价对个人心理的扭曲以及个人得不到社会认同的孤独与困惑。芥川的小说总是这样超越对具体事象的评价而深入挖掘蕴含其中的普遍人性,因而贯穿一种彻底的理性精神。这种理性精神又给他带来"看破红尘"式的悲观。这种悲观当然渗透着作者对时代、对社会、对人生的思考。后期代表作《河童》(1927)通过寓言式的情境,全面剖析当时日本社会的文化、经济、法律、人生、政治等,是批判现实的集大成作品。芥川最终怀着"对未来莫名其妙的不安"而自杀。

谷崎润一郎(1886—1965)是日本近现代具有国际声誉的作家之一,被认为是近代东方唯美主义的集大成者。他的创作受到波德莱尔、爱伦·坡、王尔德的深刻影响,追求超道德的官能美,尤其是女性肉体美。成名作《文身》(1910)描写身怀绝技的文身师清吉在美女背上刺上一只大蜘蛛,完成一件艺术杰作后的陶醉与满足。名作《春琴抄》(1933)叙述佐助因倾慕盲目女琴师春琴,甘愿受其虐待,当春琴被毁容时,他也将自己的双眼刺瞎,在心中永留春琴的美貌。代表作是长篇小说《细雪》(1948),小说细腻地描写没落富商四个女儿的日常生活和爱情经历。小说中充分体现了谷崎对日本传统审美理想的追求。《细雪》被誉为"现代《源氏物语》"。

东亚的朝鲜近代文学也是在西方文化冲击下产生发展的,主要表现为 20 世纪初以"新小说"、"翻译政治小说"、"英雄传记"和"唱歌"为标志的启蒙文学,代表作家是李人稙和李海朝。李人稙(1862—1916)早年留学日本,回国后积极投入新文化运动,办报纸、写政论、创作新小说。《鬼之声》(1906)是李人稙轰动一时的作品,小说以言文一致的文体,叙述郡守之恶妻出于嫉妒,设法谋杀善良小妾的情节。小说注重心理描写和人物性格的刻画,确立了新小说的样式。此外,李人稙还创作了《雉岳山》、《银世界》和《血之泪》等作品。李海朝(1869—1927)早年翻译了大量的外国小说,他的新小说代表作是《自由钟》(1908)和《鬓上霜》(1908)。《自由钟》以一群女性在女主人生日宴会上的议论组织材料,涉及尊重女性权利、废除身份制、提倡朝鲜语等问题,被称为"讨论小说"。《鬓上霜》描写封建蓄妾制带来的家庭矛盾。

(二)印度和南亚、东南亚地区的近代文学

印度和南亚、东南亚国家大都沦为西方列强的殖民地,印度更是英国实行东方殖民的据点。因而印度近代启蒙文学的发展步履维艰,一方面西方近代文学中的人性意识、平等观念和反封建色彩以及富于表现力的文学形式与手段,冲击着印度传统文学;另一方面,反对殖民统治的现实政治需要,使印度近代启蒙作家难以摆脱"民族情结",复兴民族传统成为印度近代启蒙文学的基本色调。"复兴"与"借鉴"成为印度近代启蒙文学的矛盾统一。印度近代文学奠基人般吉姆·钱德拉·查特吉(1838—1894)是印度最早接触西方文化和文学的作家,用英文创作了印度近代文学史上的第一部长篇小说《拉吉莫汉之妻》(1846),又在代表作之一《毒树》(1873)中宣扬禁欲主义,把人性欲望视为"毒树",追求印度教传统。代表作《阿难陀寺院》(1882)表达了强烈的民族主义激情,又充满着印度教的宗教狂热。般吉姆之后确立起印度近代现实主义小说地位的作家是萨拉特·钱德拉·查特吉(1876—1938),他的思想也充满矛盾,既批判封建宗法制度和陈规陋习,又维护印度教的正统性和道德规范。代表作《斯里甘特》(1917—1933)是部四卷巨著,以自己青年时期与四位女性相识交往的经历为原型,展示了20世纪初印度社会的广阔画面,也包含着作者的思想矛盾。近代印度戏剧奠基人迪拉本图·米特拉(1830—1873)以剧作《蓝靛园之镜》控诉种植园主和殖民统治者的惨无人道,被称为"印度的《汤姆叔叔的小屋》"。近代印地语文坛领袖帕勒登杜(1850—1885)也是一位剧作家,创作了不少古代题材的剧本,在印度教的传统中寻求理想。代表作《印度惨状》(1876)把印度的现实悲惨对照过去的辉煌,表现强烈的民族情感。在近代印度文学中,泰戈尔(1861—1941)是最深刻、最伟大的作家,他代表了一种科学的文化立场。

东南亚近代文学的代表作家是马来西亚的阿卜杜拉、菲律宾的黎萨尔。阿卜杜拉(1796—1854)被称为"马来新文学之父",其代表作是自传体小说《阿卜杜拉传》,作品突破宫廷文学模式,结合身世的叙述,以写实的笔调描写社会现实,表现了对封建传统的抨击和对西方文明的赞赏。黎萨尔(1861—1896)是菲律宾新文学的创始人,也是民族解放运动的领导者。在长篇小说《社会毒瘤》(1887)和《起义者》(1891)中,生动地描写了西班牙殖民统治下菲律宾民众的苦难,以主人公伊瓦腊的思索与行动,探索民族解放的道路。

(三)埃及和阿拉伯地区的近代文学

埃及近代文学的先声始于19世纪初的"翻译运动",以法国文学为主体的西方文学思潮和新的文学样式被译介进来,刺激了停滞僵化的文坛。埃及近代文学在19世纪后期获得发展,首先表现在诗歌领域。以巴鲁迪(1838—1904)、萨布里(1854—1923)、易卜拉欣(1870—1932)、邵基(1868—1932)、穆特朗(1872—1949)为代表的"复兴派"(也称为"新古典派"或"传统派"),崇尚阿拔斯王朝时期古典诗歌质朴奔放的诗风和现实精神,创作了大量跳动着时代脉搏,传达人民呼声的诗作。其中巴鲁迪是先驱,他的诗作继承了阿拔斯朝及其以前阿拉伯诗歌的古风,使诗歌抒发个人的真情实感,也反映国家、民族的痛苦、愿望和时代精神。邵基有"诗王"之称,他的诗作述史抒情,有着强烈的民族自尊和爱国热情,《尼罗河谷大事记》(1894)是其代表作。萨布里的诗具有浪漫主义色彩,大多以友谊、爱情、生死为主题。易卜拉欣被称为"尼罗河诗人",他的诗作洋溢着强烈的民族主义和爱国主义精神,反映时代风云,描写社会情态和人民疾苦。

埃及近代散文的复兴也是始于19世纪下半叶。西方文学作品的大量翻译引进,报刊的兴起使散文得到发展。主要形式有杂文、演说辞、文艺散文和科学小品等。散文的题材广泛,内容丰富。不同的作家从不同的角度反映当时社会现实的诸多尖锐问题,并积极鼓动人民起来进行改革、斗争。其代表作家有阿布笃、艾敏和曼法鲁蒂等。穆罕默德·阿布笃(1849—1905)在近代散文领域开一代新风,他的杂文密切贴近社会政治生活,随时代脉搏跳动;文字通俗晓畅、生动活泼,又不失严谨、典雅。卡西姆·艾敏(1863—1907)的杂文笔锋犀利,论述鞭辟入里,简洁流畅。尤其是他有关妇女问题的社会性杂文,在当时影响很大。穆斯塔法·曼法鲁蒂(1876—1924)早期主要从事西方文学的翻译,但他以报刊专栏作家著称。他的散文清新典雅、凝练流畅、文字优美。其代表作是《管见录》(1925—1926,三卷),作者以人道主义观念,揭露当时社会的种种黑暗、腐败现象,呼吁平等正义和社会改良。

埃及近代小说的先驱是穆罕默德·穆维利希(1868—1930)。他的代表作《伊萨本·希沙姆叙事录》借用传统的玛卡梅体形式表现现实的社会内容,针砭时弊。标志着埃及近代小说臻于成熟的是海卡尔(1888—1956)的长篇小说《宰娜布》的问世。小说以现实主义手法,描述了当时在封建传统礼教束缚下几个青年男女的爱情悲剧。小说严谨的结构,具有感伤色彩的浪漫主义情调,自然景色、人物性格的描绘比较细腻。这部小说被认为是"为埃及新文学奠定了第一块基石。"穆罕默德·台木尔(1892—1921)的《在火车上》(1917)则是埃及最早出现的新型的短篇小说。小说叙述在火车上,乘客围绕封建传统而展开的一场辩论,批判封建保守势力,肯定主张革新改良的青年一代。

埃及之外的伊斯兰国家近代重要的诗人和作家有:伊朗的巴哈尔、伊拉克的鲁萨菲和黎巴嫩的纪伯伦。巴哈尔(1886—1951)是伊朗"立宪运动"(1905—1911)中最活跃的诗人,被称之为伊朗"诗王"。他的诗作洋溢着爱国热情,充满着反帝、反封建精神,韵律优美。鲁萨菲(1875——1945)是伊拉克"复兴派"的代表诗人,他的诗作题材广泛,具有强烈的现实精神,体现了一个具有使命感的民族知识分子的忧国忧民之情。纪伯伦(1883—1931)是叙利亚—黎巴嫩"旅美派"(又称"叙美派")的代表作家。他的作品以丰富的想象、激越的感情和深沉的哲理著称,既表现出强烈的民族激情,又具有超越民族情感的人类意义。

三　近代东方文学的特征

亚非地区广大,分布辽阔,各自民族有各自的传统,各自民族的近代文学都有各自的特色。但大致相似的历史遭遇和社会进程,使东方近代文学表现出一些共同的鲜明特点。

第一,与东方国家的民族解放运动紧密联系,突出反帝、反殖、反封建的时代主题,具有鲜明的倾向性。

东方近代文学是在东方各民族反帝、反殖、反封建的解放运动中发展的,是民族解放运动的组成部分,又是解放运动的艺术记录。它以现实的描绘,展现民族解放运动的各个方面。揭露帝国主义、殖民统治的罪恶;反对封建专制对人性的束缚;反映人民的疾苦和呼声,维护民族尊严,要求独立和发展;讴歌民族解放运动的胜利,探索民族解放的道路,是近代东方文学的基本内容。除日本特殊外,东方近代作家很少描写身边琐事、儿女情爱,一般是反映一个国家、整个民族命运和现实。即使自传性作品,也能从中看到整个民族的历史,如马来西亚阿卜杜亚的《阿卜杜亚传》、印度萨拉特的《斯里甘特》等都是这样的作品。

从文学思潮角度看,东方近代文学的主潮是民族主义文学思潮。由于东方各民族解放运动的领导力量、斗争方式和民族传统的不同,各国的民族主义文学有不同色彩。但在面临亡国的危机中思考民族的独立和发展是共同的。东方近代民族主义文学思潮有不同倾向:着眼民族传统,更多留恋民族过去的"传统派";着眼于民族发展,更多向往民族未来的"现代派";作为民族主义文学主体的是着眼于民族现实的"民主派",他们主张立足民族传统,改革传统中的落后因素,吸收西方文化的先进成分,努力建设一种新的民族文学。但不管倾向如何,都以争取民族解放和民族发展事业为己任,把文学当作反帝、反殖、反封建的武器,具有鲜明的政治倾向性。

第二,借鉴西方文学,完成古典文学向新文学的过渡。

东方近代文学是在西方文化和文学的冲击与影响下,对传统的封建文学进行变革,由古典文学向反帝反封建的新文学过渡。随着"西学东进",一些留学或旅居西方,深受西方文化、文学熏陶而又具有强烈民族意识的文人,进行文学改良,倡导建立适应时代发展,表现时代精神的民族新文学。19世纪中期东方各国都有过引进、译介西方文学的热潮。西方文学中的民主意识、人道主义精神和反映现实的风格对东方各民族的近代文学产生深刻影响。西方文学的影响,是近代东方文学发展的外在促力,而东方社会反帝反封、呼唤民族意识、改革社会制度的现实需要却是东方近代文学发展的内在动力。因而这一阶段东方文学从整体上讲,属于启蒙文学;在文学观念上,强调文学服务于现实;文学内容上,以揭露封建黑暗,追求民主、自由,或控诉殖民侵略,思考民族出路为主体;其文学目的是对民众进行启蒙思想教育,鼓舞人民为民族独立和民主而奋斗。在文学形式方面,东方各国近代文学都经历了"文学改良"运动,首先是语言上,从与民众口语脱离的古典书面语言中摆脱出来,倡导"言文一致",提倡"白话"或语言的通俗化。其次是文学体裁上,打破格律形式的束缚,以诗歌为主的韵文随着表现内容的复杂而散文化,古老的故事体发展为现代小说,戏剧也将传统民族戏剧与西方的戏剧因素融合而创新。"新诗"、"新小说"、"新剧"

以及随笔、游记、小品文等都逐渐成熟。到20世纪初,东方文学基本上完成了由古典文学向新文学的过渡。

第三,悲愤与躁动的主体艺术风格。

东方近现代社会和文化的转型变革带来了系列矛盾,导致东方作家心态的沉重和复杂、选择的困惑和艰难,表现在创作中体现为悲愤与躁动的主体艺术风格。这一主体艺术风格的形成,有着社会、时代和传统等众多的原因。首先是民族命运的危机感。几千年的光辉历史,百余年的民族压迫,无数次反抗的失败,在东方民族文学性格上打上烙印,使得东方作家既自豪又屈辱。出于对民族命运的焦虑、对国家前途的担忧,东方近现代作家大都怀有民族忧患意识和民族悲剧感。其次是民族救亡的紧张感。正是强烈的民族危机意识,使得身处这一时代的东方作家大都不能躲进艺术的"象牙之塔",而是以创作唤醒民族意识,鼓舞斗志,追求文学的社会功利。因而从整体上看,东方近现代文学缺乏气势恢宏、富于哲理思辨的大气之作。最后是民族文学发展的急躁性。在民族历史"愈来愈大的程度上成为世界历史"的近现代,"走向世界"、"步入世界文学的进程"成为东方各民族文学发展的目标,西方几百年产生发展的各种文学思潮:启蒙主义、浪漫主义、现实主义、自然主义、唯美主义、社会主义现实主义、现代主义等一齐涌入,都在东方各国的文学园地里"亮相",往往是刚绽出"新芽",又被另一思潮取代,每一思潮都没获得充分的发展。

第二节 夏目漱石与《我是猫》

夏目漱石(1867—1916)的创作以巨大的现实主义艺术力量,真实地表现了20世纪日本社会的某些本质方面,尤其是深刻地展示出知识分子的精神世界。《我是猫》是他的第一部长篇小说,以其对现实的尖锐批评和讽刺,在夏目漱石的创作中具有特殊意义。

一 生平与创作

夏目漱石原名夏目金之助,出生于东京小吏家庭。他中学时代喜好汉诗汉文,后因明治维新西学大潮的冲击而转向西学。1888年进第一高等中学本科,学习英语和英国文学,1890年升入东京大学文学院英文科就读。大学毕业后先后在东京高等师范学校、松山中学、熊本第五高等中学任教。1900年公费留学英国,研究文学。两年后归国,担任第一高等中学和东京大学英文科讲师,讲授英语、文学理论和英国文学。1904年底开始小说创作,1905年《我是猫》在《子规》杂志连载,引起强烈反响。此后直到逝世的1916年,他共创作了15部中、长篇小说,1部短篇小说集和大量的随笔小品、汉诗俳句、书信日记,还有两部文学理论著作。

综观夏目漱石12余年的创作生涯,其创作和思想的发展,大体上可以分为三个时期。

前期创作(1904—1906)。作为作家,夏目漱石是大器晚成,他是知识型作家。他是学习了文学,研究了文学,在大学课堂教授了文学,具备了深厚的文学修养之后才创作小说。所以他一开始创作就非常成熟,有系统的文学思想,有独特的艺术个性。这时期的主要作品有《我是猫》(1904—1906)、《哥儿》(又译《少爷》1906)、《草枕》(又译《旅宿》1906)、《二百一十天》(1906)、《疾风》(1907)等中长篇和短篇小说集《漾虚集》(1906,包括《伦敦塔》、《幻影之盾》等7个短篇)。这些作品按其不同倾向可分为两类:一类表现出强烈的社会批评意识,如《我是猫》、《哥儿》、《二百一十天》、《疾风》。《哥儿》通过一个从物理学校毕业后到地方中学教书的青年的遭遇和见闻,揭露抨击教育界的黑暗。《疾风》中塑造了一个愤世嫉俗、以人道反对统治文明的理想形象白井道也;另一类是超脱现实,追求梦幻般的浪漫的美的作品。如《幻影之盾》、《一夜》和《草枕》等。《草枕》中作者沉迷远离人世的美的世界:高山,空谷、美女。夏目漱石早期创作的两种看似矛盾的倾向,统一于他的人道主义理想。正如日本学者分析的:"夏目漱石的理想就是把个人看得最宝贵的一种尊重道义的个人主义。因此,对没有理想,一味追求金钱名誉和地位,日趋堕落的资产阶级社会,和生活其中软弱无力的人,他才爆发出道德的愤怒。这是一场伦理同现实之间的斗争,一场自我同社会的冲突。这种抗争和冲突直接流露出来的时候,他就成了《哥儿》、《疾风》等贯穿主观反抗的作品,当他要逃避这种抗争和冲突的时候,就产生了像《旅宿》、《伦敦塔》那样的浪漫主义小说。"[1]

中期创作(1907—1910)。1907年,夏目漱石辞去教职,进入《朝日新闻》社从事专业创作。3年多时间里,创作了《虞美人草》(1907)、《矿工》(1908)和内容有着内在联系的"恋爱三部曲":《三四郎》(1909)、《从此以后》(1909)、《门》(1910)。这些作品大都转向对知识分子内心道德伦理问题的探索,以男女爱情为基本题材,从爱情角度着重表现自我与社会的冲突、个人道德与世俗伦理的矛盾,在对知识分子苦闷、烦恼的描绘中,仍然显示出作者对现实的批判精神。《从此以后》是这一时期的代表作。小说描写出身富家的青年知识分子代助的生活感受。他早年出于侠义,把自己眷爱的三千代让给了好朋友平冈,但以后发现三千代与平冈结合并不幸福,自己也离不开三千代。他决心为了自己的爱情和幸福,冲破社会和家庭的压力,在追求和奋斗的过程中,他认识到整个社会"连一寸见方的光明之处都看不到,到处是黑暗"。

后期创作(1911—1916)。1910年日本政府制造"大逆事件",显示了天皇政权的专制。这给追求自我个性的夏目漱石以很大的震动。同年又经历了一场九死一生的大病,接着是爱女暴亡,《朝日新闻》社的工作也不太顺心。这些社会的、个人的经历遭遇反映在这一时期的创作中,表现为社会性内容减少,对个人的内在世界进行深入的挖掘,散发出孤独、凄凉的气息。主要作品有:《过了春分时节》(又译为《春分过后》1912)、《行人》(又译为《使者》1912)、《心》(1914)、《道草》(又译为《路边草》1915)和未竟长篇《明暗》(1916)。前3部小说合称"后期三部曲",都采用几个内容相互联系的短篇组合成完整长篇的结构形

---

[1] 西乡信纲:《日本文学史》,佩珊译,人民文学出版社,1978年,第307—308页。

式,通过主人公和其他人物的关系,塑造出沉浸于内心思索、徘徊于利己与利他之间,痛苦、矛盾而无法自拔的知识分子形象。《明暗》虽因作者早逝而未能完成,但从已写出的部分看,结构和人物刻画都非常圆熟,也显示出从家庭走向大世界的新势头。

夏目漱石短短的 12 年创作前后变化明显,但他执着人生、思索现实的主体意识贯穿始终,朴实中见深刻、幽默中含严肃是他一贯的艺术风格。

二 《我是猫》

《我是猫》于 1904 年底开始写作,于 1905、1906 年在《子规》杂志连载。它不仅是夏目漱石的早期代表作,也是日本近代文学史上一部视野开阔、揭示深刻的讽刺小说。

《我是猫》没有一般小说意义上的情节,不是描写一个事件的始末,无所谓开头、发展、高潮、结局的程式,它是通过一只猫的眼睛观察世界的独特角度组织全篇内容的。这只猫为中学教师苦沙弥饲养,它以主人的家及周围邻家为活动范围,耳闻目睹人们的活动,并对之加以颇具猫性的评议论说。经常出入主人家的是一群名为"知识分子"的人,有主人的同学、朋友和学生,其中有美学家迷亭、诗人越智东风和理学士水岛寒月、哲学家八木独仙等,他们常常齐集客厅,高谈阔论、说古道今、吟诗弄文。更多的时候是斥责世事、菲薄人情,时常牢骚满腹,大有生不逢时之叹。这些知识分子的清谈和慨叹是小说的主要内容。小说中具有情节性的描写是苦沙弥和富有的邻居金田家的冲突。一天,苦沙弥家来了一位罕见的女客,她是金田太太。金田夫妇相中了苦沙弥的学生水岛寒月作女婿,太太屈尊前来打听情况,却遭到苦沙弥的冷待,由此惹恼了金田一家,他们使诡计蓄意报复,凭手中的金钱指使家仆嘲骂,收买小人前去恫吓,诱使少年学生三番五次地骚扰。苦沙弥被搅得难以安宁,非常气恼却又不知该如何还击。风波慢慢平息,苦沙弥的生活依旧,猫也甚觉无聊,一次偷喝啤酒之后,掉入水缸淹死了。

作者在《我是猫》的初版序里,曾说作品"是既无情节又无结构,像海参一样无头无尾的文章"。这说明了《我是猫》情节结构的特点:不是纵线展开,以其前呼后应的推进形成严谨完整的封闭式结构,而是横向并列扩张式的结构。只要愿意,不安排猫死掉,还可以继续写下去。

作品的中心人物苦沙弥是一个不满现实而又无力改变现实、并因此而焦躁不安的知识分子形象。一方面,他秉性正直善良,不求荣达,鄙视丧失自我人格、做金钱奴隶的时尚。对金田老爷的权势和淫威有一种本能的厌恶和憎恨;对被金田利用的小人铃木,也表现出极大的义愤。他时常尖刻地嘲讽时弊,并为之怒不可遏。另一方面,他胸襟狭窄,没有明确的生活理想和积极进取精神,混沌度日。对社会的不满也只是满足于一时性起的牢骚,其内心世界是一片空虚,外表却又装得满肚子学问,教了几十年英语,写起文章来却错误百出。在虚张声势的"斗争"背后,是软弱无力,在高谈阔论中显示出迂阔和虚荣。正由于他性格中的这两面,他不知怎样应对环境,不知道怎样行动,所以动辄肝火四溢,焦躁苦闷。苦沙弥有作者的某些自传色彩,也反映了明治时期日本知识分子徘徊苦闷的普遍情绪。

迷亭、寒月、东风是经常出入苦沙弥客厅的知识分子,都具有愤世嫉俗却又软弱无力的共同特点。他们对社会的嬉笑怒骂,于社会的变革,甚至于个人处境的改变都毫无用处。他们齐集一起,只为宣泄心中郁闷,或者显示自己的"聪明",以此确认自我的价值。这是一群可怜、可悲的知识分子。小说也突出他们各自的不同个性:迷亭机敏尖刻、玩世不恭,他对社会丑恶的讽刺入木三分,也常以小聪明玩些恶作剧,哄骗同伙上当,以此取乐;寒月木讷呆滞、平庸轻狂,身为理学士,却把精力花在"吊颈力学"的研究上,从事毫无价值的实验室磨球工作;东风附庸风雅、孤芳自赏,他自称新诗诗人,为自己的诗作自鸣得意,实际上其诗内容浅薄无聊,甚至文句不通。

金田是一个声势显赫的资本家,身兼三个公司董事,财大气粗,主宰人们的命运。小说没有描写他蓬勃腾达的"事业",只是以漫画式粗线条勾勒他的性情品貌,通过人们的议论侧面揭示,以他对苦沙弥的卑劣报复作正面描写。他的本质特性是拼命赚钱,并发挥钱的威力。他"只要能赚钱,什么事情也干得出来","把鼻子、眼睛都盯在钞票上",迷亭称他为"活动钞票",猫也认为他不够人的资格。他倚仗金钱,恣意妄为,苦沙弥没有顺从他的意愿,便以阴险卑鄙的手段,多方逼迫对方就范。在金田身上,作者概括了日本明治年间有钱有势的资产者的一些本质特征,也表达了夏目漱石对资本家的厌恶情绪。

小说通过对以苦沙弥为首的一群知识分子的刻画以及他们与金田的冲突,比较深刻地表现了明治时代后期日本知识分子的空虚和苦闷,尖锐地批判了随着资本主义发展而来的种种社会弊端。

以中日甲午战争(1894—1895)和日俄战争(1904—1905)为契机,日本迅速走上资本主义道路,迈入世界强国之列。但对于日本的普通国民来说,为此付出了很大的代价。统治当局为了向外掠夺和"原始积累",把封建的落后的东西当作"国粹"来扶持、倡导,实行思想的强制统治,明治初年的自由民权运动遭到镇压。20世纪初期的日本知识分子感到精神上的压抑。尤其是富于正义感的知识分子,他们对社会现实强烈不满,但他们憧憬的自由民主已在"天皇统治"、"举国一致"的口号声中烟消云散。因而他们感到苦闷彷徨,对前途迷茫失望,在现实生活中感受到空虚无聊。小说中的苦沙弥、迷亭、寒月、东风等就是这样的一批知识分子。他们经常聚集,嬉笑怒骂现实,哀叹伤感人生。苦沙弥说:"死是痛苦的,然而思不得就更加痛苦,对神经衰弱的国民来说,活着比死去还要痛苦。"小说结尾处写道:"客厅里就像杂耍散场似的,变得冷冷清清。"①透出几分凄凉和哀伤。

《我是猫》对导致知识分子悲观失望的社会现实作了多方面的揭露和嘲讽。首先,对拜金时尚作了激烈的抨击,对倚仗金钱主宰他人命运的资产者给予深

---

① 夏目漱石:《我是猫》,于雷译,译林出版社,1993年,第375页。

刻揭露。小说中概括资产者的特点："缺义理、缺人情、缺廉耻"，作品通过对金田的言行性情的刻画，表现了这些特点。金田以金钱得到铃木、多多良的敬拜，可以随意指使他们。为了金钱，他们不顾良心、正义、友情，金钱决定人们的地位和命运。猫通过大量事实的观察，得出结论："使世间一切事物运动的，确确实实是金钱。"其次，通过日俄战争给人民带来的灾难，嘲讽当局提倡的"国粹"。日俄战争日本获胜，但无数士兵丧命战场，战争费用以各种名义摊派在国民头上；因战争而煽起的狭隘民族感情和思想统治的加强，使得人们从精神到物质都担起沉重的负荷。迷亭的母亲给儿子的信中列出一大串死于战场的同学名单；苦沙弥曾收到要求为"慰藉阵亡之军人慷慨义捐"的来信。小说中嘲笑"大和魂"：

    日本像肺病便得咳嗽，大喊道：大和魂……东乡大将有大和魂，鱼店阿银也有大和魂，骗子、拐子、杀人犯也都有大和魂。

  再次，对压抑自由，控制思想的国家机器也作出批判。明治政权为防范群众的自由思想，以军警加侦探的治安方式加强控制，公民为之惶恐，深受其害。苦沙弥把小偷当警察，"纳头便拜"的情景，在滑稽的背后，可以看到警察制度对民众造成的精神压力。迷亭说，警察"和打野狗一样捕杀天下的公民"。苦沙弥对"窥视人家思想"的侦探非常气愤，说他们"和小偷、强盗是一个族类的东西，奇臭无比"。

  总之，苦沙弥的客厅是观照日本明治社会的窗口，透过这个窗口，"猫"以其双眼看到的当代社会生活的各种场景，经过夏目漱石人道、人性的剪辑，编composing成一部大型的讽刺喜剧。其中心内容是知识分子的精神面貌，但它涉及面之广，社会批判之激烈，在明治文坛是首屈一指的。

  《我是猫》的讽刺艺术很有特色，主要表现在两个方面：

  独特的视点。小说以猫的眼睛作为视点，用猫的口吻叙述，观人所不能观，言人之不能言。这一视点的选择，一方面使得小说运笔灵活，随着猫的足迹走到哪写到那，不受人的活动所限；另一方面让猫对世事进行评说，它以不是事件参与者的旁观态度，无所顾忌，冷静清晰，鞭辟入里。猫的评论，比之苦沙弥等人的议论来得更加深刻有力；同时，小说中的猫不失猫性，有时猫声猫语、稚拙天真，产生一种独特的诙谐情趣。如它第一次看见人脸后的议论："本来应该有毛的那张脸，却是光溜溜的，简直像个开水壶"，"脸的中央还凸得多高，从那窟窿里面不时地喷出烟来"。这类议论令人忍俊不禁，平添几分情味。

  幽默的讽刺。作者继承了日本古典文学中俳谐和狂言的幽默讽刺传统，又学习吸取英国19世纪小说中的幽默讽刺风格，在《我是猫》中从多方面强化幽默讽刺效果。作品通过人物间的插科打诨、油嘴滑舌，调笑中针砭时世，油滑中慨叹人生，以此形成幽默讽刺的意趣；以人名谐音，暗示某种意义，如苦沙弥与"打喷嚏"谐言、迷亭谐"酩酊"、东风谐"豆腐"，联系苦沙弥的慵懒舒怠、迷亭的轻浮玩世、东风的平庸怯懦，自有一种讽刺蕴含其中；人物外貌描写采用夸张手法，也获得强烈的讽刺效果。如对金田夫妇鼻子的描写，夫人的"鼻子大得出奇,好像是硬把别人的鼻子抱来安放在自己的面孔正中似的",又像是"把靖国神社前面的大石灯笼移放在不足二丈见方的小庭园那样……",而金田的"鼻梁很低",而且"整个面庞都很扁平,扁平到使人疑心:他是否在幼小的时候和人打架,被顽皮的孩子抓住颈根,把他的脸使劲往墙上压,被压扁了"。

夏目漱石是日本近代著名的现实主义作家。他的创作表现和描绘了日本明治时代知识分子的思想与生活。代表作《我是猫》以其深刻的批判、讽刺精神为日本现实主义文学的发展开拓出一个新天地。

第三节 泰戈尔与《吉檀迦利》、《艾拉》

罗宾德拉纳特·泰戈尔(1861—1941)是印度近代文学的奠基人之一。他把自己一生的创作实践与印度民族解放斗争紧密联系起来,从而开辟了印度近代进步文学的道路。他成功地运用生动的孟加拉口语写诗,给印度近代诗歌开拓了一个新天地,并创立了印度近代短篇小说的体裁。他一生勤奋写作,从19世纪80年代到逝世,整整写了60个春秋,为后世留下了50多本诗集,12部长篇小说,100多篇短篇小说,20余个剧本。1913年因他的诗集《吉檀迦利》表现了最优秀的"理想主义倾向",技巧完美,"含意深远,清新而美丽自然",成为亚洲第一位诺贝尔文学奖获得者。

一 生平与创作

泰戈尔出生在印度孟加拉省加尔各答市的一个富有的贵族家庭。他的父亲德文德拉那特是罗易之后梵社的领导人,对泰戈尔思想的形成产生了深刻的影响。他共有子女14人,泰戈尔最幼。泰戈尔的哥哥、姐姐在文化上都有一定的成就。这是一个受西方文化影响而又富有民族传统文化教养的家庭,它对泰戈尔走上文学道路起到了重要作用。

泰戈尔从8岁到13岁,先后被送进四所学校学习。但是,小泰戈尔厌恶当时学校刻板的填鸭式教学,在每所学校里只待了不足一年便退学回家。父亲为他请了加尔各答有名的教师到家里来授课,使他从小便受到了良好的教育。1878年秋,泰戈尔遵从父命,到英国留学,先进公立学校,后进入伦敦大学旁听英国文学,并学习西方音乐。一年半以后(1880)被父亲召回。回国后他投身于当时的宗教改革团体梵社的活动之中。1890年至1900年,他被父亲派往东孟加拉的西莱达去管理家产,这时期他与下层人民的接触,使他的文学创作发生了根本的转变,他的创作走向成熟期。1901年泰戈尔回到加尔各答,在圣地尼克坦创办了一所学校(1921年发展成为著名的国际大学)。1902年泰戈尔的妻子病逝,次年9月,他的二女儿又死于疾病,1905年1月他的父亲也去世了。这一系列的不幸事件加深了他对生活的认识和思考,使他的文学创作进一步深沉。

20世纪初,印度人民反英斗争掀起了新高潮。在由孟加拉分割方案引起的1905年民族革命运动中,泰戈尔毅然投身到了民族解放运动的洪流中。他组织群众集会,发表演说,领导反英游行。此时他创作了很多爱国主义歌曲,其中

《我金色的孟加拉》与《人们的意志》后来分别成为孟加拉国和印度的国歌。然而，随着斗争的深入，斗争方式由和平转入暴力的时候，泰戈尔的思想渐渐同群众运动格格不入起来。他于1907年退出这场运动，回到圣地尼克坦，一边办学，一边潜心写作。

1912年欧洲旅行时，泰戈尔随身带去了诗集《吉檀迦利》的英译手稿。爱尔兰著名诗人叶芝读到了这本诗集，推崇备至，并且立即将它推荐给欧洲的文豪们，并取得了他们的赞赏。1913年泰戈尔因《吉檀迦利》获诺贝尔文学奖，引起印度国内文坛的巨大震动。在以后的日子里，泰戈尔出访过欧洲很多国家及美国、日本、中国、印尼、波斯、苏联等国，著名的演讲有《民族主义》(1917)、《人格》(1922)等。当日本侵略中国时，他表示了极大的愤慨。1941年他写下《文明的危机》，谴责帝国主义对人类犯下的罪恶。1941年8月7日，泰戈尔病逝于加尔各答。

泰戈尔的文学生涯大致可以分为四个时期。

第一时期(1878—1890)是他创作上的探索期，出版有25部著作，其中较有名的作品有音乐诗剧《瓦拉米基的辉煌》(1881)、《死神的狩猎》(1882)、《幻觉的游戏》(1888)，抒情诗《暮歌》(1882)和《晨歌》(1883)、《摇篮曲》(1884)、《刚与柔》(1886)，历史小说《王后市场》(1883)、《圣贤王》(1886)等。从这一时期的作品可以看出，泰戈尔一生创作的基调已经形成。诗歌的主题多是寄情山水，歌颂自然，抒发"人类之爱"的感情，宗教气息较浓。小说则遵循现实主义的创作原则，揭露社会矛盾，具有深刻的现实意义。戏剧中显露出象征主义的端倪。

第二时期(1890—1913)是泰戈尔创作的成熟期，在孟加拉文学史上，这个时期也叫泰戈尔时期。23年间共出版79部作品。主要诗集有《心中的向往》(1890)、《金帆船》(1894)、《缤纷集》(1896)、《收获集》(1896)、《故事诗集》(1900)、《刹那间》(1900)、《祭品》(1901)、《回忆》(1903)、《渡口》(1906)和《吉檀迦利》(1912)等。主要长篇小说有《小沙子》(1903)、《沉船》(1906)、《戈拉》(1910)等，四本文学批评集《现代文学》、《民间文学》、《古代文学》和《文学》均出版于1907年，主要戏剧有《王冠》(1908)、《国王》(1910)、《邮局》(1911)等，此外还有自传体的《生活回忆录》(1912)及不少短篇小说。泰戈尔这时期的作品，无论在思想内容还是艺术手法上，较前期作品都有了一个质的飞跃。他在西莱达与下层人们的接触使他的作品变得有血有肉，他个人生活的不幸及民族革命运动的发展又进一步促使他深思生与死、民族与人类的命运等问题。在民族问题上，他反对狭隘的家国思想，梦想和谐的世界秩序，以颂神的笔调来追求超乎一切的抽象之美：圣爱。他这时期的作品已经形成了自己的艺术风格。小说往往充满诗情，因而人们常称之为"诗化"小说。他的诗歌寓有深刻的哲理和浓郁的民族色彩，吸取了印度古典诗歌和孟加拉民歌的精华，具有清新刚健的气息和新颖和谐的节奏。他的戏剧创作也受到古典梵文剧本和孟加拉民间戏剧的影响，保留了抒情的特点。

第三时期(1914—1931)泰戈尔共出版有48部作品。主要诗集有《白鹤》(1916)、《逃避》(1918)、《东方》(1925)等，中篇小说有《四个人》(1916)，长篇小说有《家庭与世界》(1916)、《纠纷》(1929)和《最后的诗篇》(1929)等,主要戏剧有《春》(1916)、《摩克多塔达》(1922)、《红夹竹桃》(1926)等,主要的散文著作有《民族主义》(1917)、《人格》(1922)、《创造的统一性》(1922)、《人的宗教》(1931)等,此外还有《日本行》(1919)、《西方游记》(1929)等作品。这时期的作品多阐述他对人生和世界的探索和思考,诗情相对减弱,而显示出深刻的哲理性和人道主义精神。这是诗人经历了50年坎坷生涯后的反思,也是当时印度以及世界动乱年代的反映。在艺术技巧上,已经达到了炉火纯青的地步,但这一时期作品的现实主义精神同他前期作品相比,明显地削弱了,相反,唯心主义和宗教神秘色彩却加浓了。1921年前后,年轻的诗人以现代派的诗作对泰戈尔在文坛上的权威地位形成冲击,与泰戈尔发生了公开的论战,泰戈尔在论战中的文章后来收集于《文学之路》(1936)批评集中。显然,这场论战对泰戈尔也发生了潜移默化的作用,因此这个时期也可以说是泰戈尔从传统诗人走向现代诗人的过渡期,这种过渡期的变化也较为明显地反映在他的小说创作之中。

第四期(1932—1941)是泰戈尔的晚年创作时期。这时期的主要作品有诗集《终了》(1932)、《再一次》(1932)、《最后的旋律》(1935)、《边沿集》(1938)、《晚灯集》(1938)、《天灯集》(1939)、《新生集》(1940)、《病榻集》(1941)、《生辰集》(1941)等,长篇小说《花圃》(1933)、《四章》(1934)等,此外还有剧作《纸牌王国》(1933),舞剧《不可接触的姑娘》(1938),中篇小说《两姊妹》(1933),短篇小说集《三个伙伴》(1940)及自传体回忆录《我的童年》等。他晚年的思想发生了变化,诗歌从宗教神秘主义重新回到现实社会中来。他客观地、现实地观察社会和人们的生活,竭力用自己的诗歌反映时代的脉搏和人们的心声,展示了人类光明的前途。诗歌的风格也从迷离、晦涩变为率直、朴实。这时期的政治抒情诗充满了对帝国主义的切齿痛恨,表现了他人格中严霜烈日的一面。后期剧作进一步抒情化和舞蹈化,诗歌创作则进一步散文化。

二 《吉檀迦利》

泰戈尔首先是一位伟大的抒情诗人,他在文学史上的地位,主要是由诗歌来奠定的。在他的50多部诗集中,最有代表性、影响最大的诗集是《吉檀迦利》。《吉檀迦利》是泰戈尔在1912年春夏之间,从自己的孟加拉语作品中编选翻译的一部英文散文诗集,它共收入103首诗。在诗集里,泰戈尔探索了20世纪许多文学大师都在思考的人类命题:我是谁?我从哪儿来?我向哪儿去?我怎样才能抵达目的地?在诗集里,泰戈尔以古老东方文化的精义来回答现代人类面临的难题,是东西方文化的一次对话,也是他荣获诺贝尔奖,受到西方众多诗人作家推崇的根本原因。

把握这部作品必须抓住以下几个层面:

1.《吉檀迦利》中的"神"。诗集的题名"吉檀迦利",是孟加拉语"献诗"的意思。那么这些诗歌究竟是献给谁的呢?是献给诗集中若即若离,时隐时现的"神"的。"神"到底是怎样的形象?作者只是直觉到它的存在,领略它的威力,受到它的爱抚,感悟它的启示,就是无缘见到它的容颜。作者在诗中对神用了多种的称谓,有时称说:"你"、"他";有时称为"圣者"、"圣母"、"我的神"、"我的主"、"我的上帝";有时称呼"我的父"、"我的爱人"、"我的诗人"、"我的国王"等等。此神既是"主人"、"诗圣"、"万王之王"、"诸天之王";又是"婴童"、"路人"、"朋友"、"情人"、"兄弟"、"母亲"。此神时而在火中,在水中,在植物中,时而又处于人类社会中。因此,这个神不是一个具体的偶像,而是与万物化成一体的,无所不在、无所不包的,自由的,大快乐大自在的,博爱众生的形象,是一个人格化了的泛神。作者吸收了近代西方的人道主义思想,对印度古代"梵我合一"的泛神论加以改造,否认神是超自然的精神主宰,认为自然本身即神,神潜藏在宇宙万物之中,人和自然无主客体之分。"神"不是抑制个人感情与思想的高不可攀的偶像,而正是最高人格的表现。泰戈尔认为人有两重性:一个是"个人自我",这是肉体的人,只知吃喝、穿戴;一个是"宇宙自我",这是精神的人,摆脱了一切欲望的和肉体的需要,获得了大自在。当一个精神的人与"最高人格"结合的时候,就达到了人神合一这理想的最高境界。也就是说人只要努力追求自身内在价值的全真、至善、尽美,就能从精神上升华,达到最高境界,亦即印度人所说的"圆满"。这里所谓最高境界,即指个人道德的自我完善。

2.《吉檀迦利》的主题思想。那么怎样才能达到理想的最高境界。泰戈尔相信宇宙万物的基本精神是和谐与协调,他把"爱"作为实现人与神相结合、精神的人与最高人格相结合的重要途径。他希望用爱的力量在纷乱的世上实现协调,使喧哗的人间变得宁静,让罪恶转化为和善,这充分体现他自己的泛神论和泛爱论思想。泛神与泛爱相辅相成,泛神打破了"一神论"崇拜,解除了人们精神上的束缚,为更自由地探索自然、社会和人类自身,开辟了广阔的前景。泛爱,鄙弃人世间的仇恨、杀戮和冷漠,追求人与人关系的和谐,人与自然的同一,同样具有进步的意义。当时的世界,人们反封建、反民族压迫,争自由、争民主的呼声日见高涨,置身这一背景,诗人泛爱思想的核心,其实就是人道主义。

首先,诗人从泛爱出发,抒发出民主平等的观点。"你穿着破敝的衣服,在最贫最贱最失所的人群中行走"(第10首),"他是在锄着枯地的农夫那里,在敲石的造路工人那里。他和我们大家永远系在一起"(第11首)。他笔下的"神"与劳动人民同在,既不是高高在上、威严肃穆的权贵;又不是操纵一切、令人畏的主宰,而是和蔼亲切、与劳苦大众平等相处的朋友。人与人之间的等级与隔阂,使人丧失天真与快乐。欲壑难填,别人痛苦,自己也远离了幸福。泰戈尔说:"在万千欢愉的约束里我感到了自由的拥抱。"个人的幸福快乐,应当建立在大众的幸福和自由之上。这一幸福观,超越了人文主义旧有的窠臼,展示了泰戈尔人道主义精神所达到的崭新高度。

其次,诗集中饱含对人生的挚爱之情。诗人说,我的任务是奏乐,为人生奏乐,为人类世界一切美好的东西奏乐。"让一切欢乐的歌调都融合在我最后的歌中","用笑声震撼惊醒一切的生命"(第58首)。现实不幸痛苦,悲哀忧郁,甚至有罪恶的浊流,但诗人不悲观厌世,颓废消沉,仍以乐观的目光注视着未来。"我的一切幻想会燃烧成快乐的光明,我的一切愿望将结成爱的果实"。

第三,爱国主义贯穿始终。诗人在祖国面前,像是依偎在母亲怀抱中的赤子,又像是堕入情网的恋人,更像是肝胆相照的挚友,愿意奉献出自己的一切。在殖民主义、封建主义的双重奴役下,印度一片黑暗,他"不住地凝望着遥远的阴空","心像不宁的风一样悲鸣",他情不自禁地呼喊:"灯火,灯火在哪里呢?"他坚信"清晨一定会到来"。在第35首中,他热情洋溢,畅想着祖国的未来:"在那里,心是无畏的,头也抬得高昂;/在那里,知识是自由的;/在那里,世界还没有被狭小的家园的墙隔成片断;/在那里,话是从真理的深处说出;/在那里,不懈的努力向着'完美'伸臂。"更为难得的是,诗人渴望为实现这美好理想而斗争,并为此感到骄傲与兴奋。时代的脉搏在血液中跳荡,他向神祈求"一把巨剑",用它斩断一切羁绊,"从今天起在这世界上我将没有畏惧地投入战斗"。

3.《吉檀迦利》的艺术特色。《吉檀迦利》是泰戈尔藉以获诺贝尔文学奖的一部诗集,它的成功自然还得益于作者卓越的艺术表现才华。诗集的第一个特色是整部诗集充满了奇思妙想而又变易多端的意象。譬如诗中以多种物象表现神,既是闪于树叶的金光,又是驶过天空的行云;既是吹拂额头的凉风,又是掀起波涛的水面。以两种时空(既物理时空与心理时空)承载神,既往来于过去、现在、未来,又驰骋于超时空之外。诗集另一个特征是它的纯粹性,英国著名诗人叶芝盛赞诗集的极端纯粹。这是这部诗集所以产生强烈的艺术魅力的重要原因。诗集的纯粹性是通过作家笔下普通生活的诗性意象表现出来的。譬如,提灯顶罐的印度女人,田野上汗流浃背的乡民,大路旁敲石造路的工人,大海边喧闹嬉戏的孩子;明媚的阳光,柔和的空气,淡淡的芳香。对这些诗性意象的简洁淡描使人领略到了一种纯正的美。诗集往往与日常生活中很细致的事务譬如草芥叶片、鸟语花露、清泉微澜、雨丝风尘等等连在一起。作者在这些诗化的淡雅性的视觉画面中寄予空灵玄妙的意蕴,使诗篇在纯粹中又富有哲学意味。虽然这种纯粹是极其自然的,不过同时也是许多复杂微妙的情味的整合效应。诗集的再一个特点是笼罩在一种神秘玄虚的象征氛围之中。源于印度民族长期以来崇尚神秘性宗教观念的心理积淀,作者思想中存在着神秘玄虚成分。泰戈尔思想的神秘玄虚因素也正是诗集晦涩莫名的一个缘由,导致他的诗意往往如同艰涩的隐喻、幽眇的箴言、空蒙的象征、莫名的哑谜。这可视为印度文学对感悟神人关系所持有之玄虚感的普遍兴趣的继续延伸。泰戈尔明显地受到西方唯美派与象征派的影响是诗集晦涩难懂的另一个理由。不过,不管怎么说,《吉檀迦利》清澈明澄的另一面却是许多艰涩的作品所难以比拟的。

三 《戈拉》

泰戈尔虽以抒情诗闻名世界文坛,但他的小说则广泛深刻地表现了他对重大社会问题和人类理想境界的探索。在他所写的12部中长篇小说中,一般认为最具代表性的作品是《戈拉》,这部小说也是泰戈尔小说中最具有写实色彩的小说。

戈拉的父母均是爱尔兰人,在1875年的民族起义中,戈拉成了孤儿,被政府职员克里什纳达收留。戈拉长大以后,成为一个印度教复兴主义者、民族主义者。他认为印度教的一切都是好的,他甚至维护印度教中的迷信成分。他好友维纳耶与莱丽塔相爱了,但莱丽塔的父亲帕勒席是梵教成员,戈拉反对维纳耶与梵社来往,因为在戈拉看来,梵社背离了印度教。为了"解救"他的朋友,戈拉也开始造访帕勒席,但出乎他的意料,他竟爱上了帕勒席的养女、坚信梵社教义的苏查丽达。戈拉的思想和情感变得复杂起来。最后他知道了自己身份的秘密,他保守的印度教徒思想一下子毁灭了,因为他原来不是一个印度教徒,他的思想进入了一个新的境界。小说中有大量关于激进派、改革派与正统派就印度教改革而发生的争论。小说中的帕勒席一家所信奉的梵教在当时的特点是提倡大胆吸收西方先进文化,改革传统的印度文化,鼓励印度人民为争取自身的政治权利而抗争。而戈拉、维纳耶所信奉的新印度教则认为梵社的人轻视本国文化,强调要防止崇洋媚外,就必须复兴民族文化,自觉严格遵守印度的一切传统教规。实际上这两派知识分子都表达了渴望独立、自由的爱国主义热情,以及对英国殖民统治的不满,所以泰戈尔借这两个印度"西化派"和"民族派"之争,实际上也就反映了印度近代民族解放运动的焦点问题和基本特征,尤其是对种姓制、歧视妇女和崇古主义这三大印度现代化的传统"障碍"进行了深刻的揭示和探讨。

另一方面,《戈拉》也是泰戈尔的宗教哲学观的反映,在泰戈尔的宗教哲学体系中,人具有两个自我,一个是有限自我,一个是无限自我。有限自我的各种想法基本上是为肉体生存而考虑的问题,他最突出的特点是自私和贪得无厌,使自我成为外在的物质世界的奴仆,陷入束缚之中。无限自我则不断推动人超越自身,突破有限自我的束缚,追求与永恒精神的合一,渴望证悟统一性的自由。因而人生就是不断突破有限自我而走向无限自我,由独特的我走向普遍自我,达到梵我同一的自由境界。

《戈拉》里被肯定的几个青年——戈拉、维纳耶、苏查丽达、莱丽塔,他们的内在世界都经历了这番变化。其中最突出的是主人公戈拉。泰戈尔不仅仅把他当作爱国主义者来刻画,同时还把他当作一个"人",表现他如何突破有限自我的束缚,抛却小我的遮蔽,显露自我内在的无限性、证悟真理、获得自由快乐的过程。小说开始时的戈拉,有限自我的遮蔽至少表现在三个方面:第一,一种"天降大任于斯"的自傲。他从小就是"领袖",习惯于指挥别人。"自傲"有悖于平等对话,在泰戈尔的思想词典中是自我心中的"小我"表现。第二,拒绝、回避异性的恋情。青年男女的纯洁相恋,是人的自然情感的流露,是双方内在神性的彼此呼唤。泰戈尔在许多场合下赞美这种美好的感情。但戈拉以责任感或其他的各种理由,回避、拒绝这种自然的感情,当他与苏查丽达在内心中彼此相恋时,他犹豫彷徨,不敢面对,自我压抑,甚至自欺欺人。第三,盲目受制于传统习惯。戈拉出于爱国,对印度教的一切都加以维护,把教规习俗当作自身的枷锁束缚自己,种姓制、不可接触制、对妇女的歧视都努力遵守,设法寻找理由为其存在加以辩护。

当然,戈拉之所以能在人生中突破小我遮蔽,是因为他身上有着趋向无限的动力因素。仔细分析作品,戈拉的这些因素表现在三个方面:第一,牺牲精神和阔大的胸怀。戈拉为了印度的独立解放,可以牺牲自己的一切,大学毕业后他全身心投入祖国的解放事业,深入农村了解民间疾苦,为同胞的屈辱伸张正义,宁愿坐牢吃苦。这种牺牲精神是一种自我放弃,来源于他超出有限自我的博大胸怀,能舍弃生活的享乐,听从祖国解放事业的召唤,激发起他的热情和意志。第二,执着的信念和坚强的意志。信念是对人生目标的专注,戈拉的爱国热情来源于他内心深处的信念:印度不仅有伟大的过去,也会有光明的未来,尽管现在的印度贫困、落后、愚昧、迷信,但他深信"另外还有一个真实的印度,一个充实而富足的印度"。第三,感觉敏锐,以小见大,有一种整体性思维。戈拉看问题不是就事论事,往往通过现象把握本质,从事物间的普遍联系中看待事物的价值和意义。

这样的潜在素质,成为戈拉不断突破有限自我的基础,只要外在条件形成某种契机,他内在的大我就会呈现,使人格获得提升。作品中人物和事件为戈拉人格的演进提供契机,最突出的有三次。首先是出走加尔各答,沿着大干道的徒步游历。在游历中,他对原来固守的正统印度派的立场和信仰体系产生全面的怀疑。其次,与梵教姑娘苏查丽达感情的萌生。正是这份恋情拓展了他的视域,扫除了他在妇女问题上的阴霾,从苏查丽达身上看到了印度新的力量和希望。最后的契机是他明白出身真相。他原来在血缘上与印度教没有任何联系,他一直背负的传统包袱纯粹是一个虚幻的幻影。前面的两次契机还使他难以从习俗和小我中彻底解脱,甚至陷入更深的疑惑和痛苦。这一次使他彻底解脱了,以赤裸裸的真诚面对真理,从而也完成了从"有限自我"到"无限自我"的蜕变。小说至此结束,但读者可以想象出一个没有个人欲望,致力于印度各教派、各民族团结,为建立一个独立、民主、平等、自由、幸福的印度而努力工作的完美形象。

《戈拉》在艺术表现上也有鲜明的特点:

首先是它的论辩性。这部小说主要通过人物之间的对话和论辩推动故事情节的发展,表现人物性格的特点。在敌对教派之间,在家人、友人、情人之间都充满了机智的论辩。采用哲理性论辩,既表现了印度知识阶层的语言特点,又具有印度民族意识开始觉醒时百家争鸣的时代气氛。但若就艺术表现的生动性和多样性而言却带来了某些不良的影响。

其次是它的抒情性。作者无论是在描绘景物、布置环境时,还是在叙述事件、刻画人物时都怀着满腔的热情,读者仿佛能够从中感觉到他那颗火热的爱国之心在剧烈地跳动;尤其是在戈拉由于知道自己的出生秘密而抛却自己的思想偏见后所发表的大段抒情独白,更是把小说的抒情推上了高潮,颇有激动人心的艺术效果。

第四节 伊克巴尔与《自我的秘密》

穆罕默德·伊克巴尔(1877—1938)是20世纪南亚次大陆最著名的穆斯林诗人之一,也被称为巴基斯坦的精神之父。他用乌尔都语和波斯语进行创作,对同时代以及之后的乌尔都语诗歌、诗人都具有深远的影响。《自我的秘密》是伊克巴尔最有代表性的波斯语作品,全诗充满浓郁的诗情和深刻的哲理。

一　生平与创作

伊克巴尔1877年11月出生于印度旁遮普邦一个名叫锡亚尔科特的小镇(现位于巴基斯坦境内)。伊克巴尔的祖辈原居于克什米尔,是印度教徒,后皈依了伊斯兰教。伊克巴尔的父亲是一位裁缝,他并未受过正规的教育,但虔信伊斯兰教和苏菲主义;母亲在家族中以充满智慧和仁慈而闻名,她总是为穷人和需要帮助的人提供援助。伊克巴尔从小接受乌尔都语和波斯语教育,同时,与当时绝大多数的印度中产阶级一样,他也自幼学习英语。成年之后,伊克巴尔使用英语创作了大量的散文来表达和阐述自己的哲学思想。从4岁开始,年幼的伊克巴尔便定期去清真寺学习阅读阿拉伯语的《古兰经》。5岁,他成为了著名的穆斯林学者赛义德·密尔·哈桑的学生,并跟随其学习数年。哈桑作为一位提倡英属印度的穆斯林应当接受欧洲世俗教育的穆斯林学者,说服了伊克巴尔的父亲于1893年将伊克巴尔送到了锡亚尔科特的苏格兰传教士学院学习,哈桑本人也是这所学院的阿拉伯语教授。1895年,伊克巴尔从该学院毕业,并于同年来到历史名城拉合尔,进入国际学院(即后来的旁遮普大学)学习英语、阿拉伯语和哲学,1897年,他获得了文学学士学位。在攻读硕士学位期间,伊克巴尔受到了著名英国东方学者,当时是国际学院教师的托马斯·沃克·阿诺德的影响。阿诺德引导伊克巴尔了解西方文学和思想,并实际上成为了后者理解东西方思想的一座桥梁。1899年伊克巴尔以全校第一名的优异成绩获得了旁遮普大学的硕士学位。之后,他成为了拉合尔东方学院的一位教员。1903年,伊克巴尔用乌尔都语出版了他的第一本著作《经济学知识》。1905年,在阿诺德的建议和兄长的资助下,伊克巴尔远赴欧洲留学。

伊克巴尔到达欧洲后先是在剑桥大学三一学院学习文学,后转入德国慕尼黑大学攻读博士学位,并于1907年以《波斯形而上学的发展》一文通过答辩获得哲学博士学位。在英国期间,伊克巴尔开始参加政治活动。1906年,全印穆斯林联盟成立,伊克巴尔于1908年当选为穆盟英国分支的执行委员。同年,他回到印度,开始从事律师和大学教授的工作,但他主要的精力集中在写作各种政治、经济、哲学、宗教等方面的学术著作上,同时也不间断地进行诗歌创作。20世纪20年代伊克巴尔正式登上了政治舞台。1926年,他当选为旁遮普邦议会议员,1930年成为全印穆斯林联盟年会主席,并首次提出了在印度西北部建立一个独立的穆斯林国家的主张。1931年和1932年伊克巴尔两次代表穆盟参加了英印圆桌会议。回国后的伊克巴尔一直居住在拉合尔,并于1934年病逝于此,因此他在穆斯林世界也被称为"拉合尔的伊克巴尔"。

伊克巴尔以诗人闻名于世,他通过诗歌来阐述自己的宗教哲学思想。他的诗歌创作包括乌尔都语和波斯语两大部分。在南亚次大陆,伊克巴尔的乌尔都语诗歌有着巨大而深远的影响;在世界范围内,他更以波斯语诗歌而著称。

《驼队的铃声》(1924)是伊克巴尔出版的第一部乌尔都语诗集,其中收集了他此前创作的250多首乌尔都语诗歌,这些诗歌又分别属于3个不同的创作阶段。1905年赴欧之前,伊克巴尔已获得了诗名。他的早期创作受到19世纪后期诗人,尤其是阿尔塔夫·侯赛因·哈利的影响,诗作中洋溢着真诚的爱国主义和泛印度思想,主张印度教与伊斯兰教和睦共处,认为在南亚次大陆应该建立一个文化多元的、印穆结合的社会。《喜马拉雅山》、《印度之歌》、《新庙宇》等都是这一时期的代表作。《印度之歌》(1904)宣扬印度教教徒和穆斯林的联合,并赞美印度的伟大。作为一首为儿童创作的作品,这首诗歌用语简单、直白,朗朗上口,在发表之后被迅速传唱,并成为印度人民反对英国殖民统治的重要爱国歌曲之一。

> 我们的印度斯坦举世无双,
> 我们是它的夜莺,它是我们的花园。
>
> 我们也许贫穷,被分开,被驱逐
> 但我们的心一直在家乡,印度
>
> ……
>
> 宗教并不宣扬敌意
> 我们是印度人,我们追求统一。①

　　1905年至1908年旅欧期间,伊克巴尔的诗歌创作较少,其中大部分是应国内友人之约而写。但这段时期却是他思想上的一个重要转变期。一方面,对当时西方杰出哲学家如尼采、柏格森等人及西方哲学、文化的研究丰富了他的世界观和认识,另一方面,他开始重新思考伊斯兰教,并将之作为了自己思想的核心力量。通过欧洲的生活和对西方文明的了解,伊克巴尔认为西方文明是建立在物质基础之上的,与伊斯兰教的精神和道德格格不入,他转而开始重视伊斯兰文化和穆斯林的历史和文化价值。也是从这个时期开始,伊克巴尔的思想逐渐脱离了早期的印度民族主义,转变为主张所有穆斯林是同一民族。这一思想也是伊克巴尔之后选择波斯语进行诗歌创作的一个重要原因。他认为乌尔都语的适用对象比较狭隘,波斯语才是所有穆斯林通用的语言。《驼队的铃声》的第三部分的诗歌,主要是对穆斯林团结一致、复兴伊斯兰教的呼吁。

　　尽管他更倾向于使用波斯语,但在1930年之后,伊克巴尔又创作了大量的乌尔都语诗歌。他这一时期的作品主要是针对印度的穆斯林群体,希望唤起他们对伊斯兰教的精神价值的领悟和政治意识的觉醒。《杰伯列尔的羽翼》(1935)是伊克巴尔的第2部乌尔都语诗集,也被许多评论家认为是他最好的乌尔都语诗集。这部诗集包括抒情诗、四行诗、短诗和格律诗近200首,充满了强烈的宗教热情、对西方资本主义的猛烈批评和对革命、战斗的支持与激情。

---

① D. J. Matthews, C. Shackle and Shahrukh Husain, *Urdu Literature*, Islamabad, Pakistan: Alhamra Publishing, 2003, p. 143.

> 这是时来运转,还是什么人的奇迹!
> 欧洲的魔术在亚洲已经毫不灵验!
> 我在筑巢时得到了这样一个秘密:
> 对于歌者,他栖息的巢就是雷电!
> 不要忽视你的呼谛,要守护呼谛,
> 或许你自己就是进入某个圣寺的门槛![①]

在叙事诗《东方各民族应该做什么》(1936)中,诗人通过苏菲派诗人鲁米再次向穆斯林传达了伊斯兰教义和伊斯兰政治的意义。同年出版的《格里姆的一击》从政治、宗教、社会、文学和教育的角度再次阐述了诗人的观点,是"一份对当代的宣战书"。[②]《汗志的赠礼》(1938)是伊克巴尔的最后一部诗集,出版于诗人逝世后。这部诗集分为波斯语和乌尔都语两部分。乌尔都语部分主要是对当时的文学活动、社会政治革命的批评以及鼓舞印度穆斯林为建立伊斯兰政权而奋斗。

伊克巴尔的波斯语诗歌占他诗歌创作总数的半数以上。他对波斯的热爱在其诗作中也表现得十分明显。他曾在一首诗中写道:"尽管乌尔都语如糖甜,波斯语的言辞更甜。"《自我的秘密》(1915)与《非我的奥秘》(1918)两部波斯语诗歌是伊克巴尔宗教哲学思想的代表作。"自我"是波斯语和乌尔都语中的"Khudi",音译为"呼谛"。伊克巴尔认为自我是个体对生命的领悟或对个性存在的确认,要获得"自我",个体需要经历不同的精神阶段,诗人鼓励人们去攀登精神的高峰,并获知"自我"。"自我"是针对个体而言,"非我"则是针对民族与社会而言,是民族的自我。个人的人必须要获得"自我",当一旦他获知"自我"之后,就应该立即将自我的所有力量都奉献给民族的需要,个人的人在社会之外无法实现"自我",对伊斯兰教徒来说,"非我"即以伊斯兰教义来规范个人精神。"自我"与"非我"是一对相互影响、相互依存的概念,个体在融于民族之前必须增强"自我",而"自我"的增强又依赖于他的"民族自我"的存留,为了保持"民族自我",穆斯林必须遵守伊斯兰教义和传统。个体在与同民族成员的接触中领悟自身自由的有限性,并理解爱的含义。这两部诗集的思想是伊克巴尔哲学理论体系的核心,也是伊克巴尔给全世界穆斯林的礼物。

1923年出版的《东方信息》是诗人为了回答歌德的《西东合集》而作,伊克巴尔在诗集中向西方世界重申了道德、宗教、精神的重要性。1927年出版的《波斯雅歌》包括《新秘密园》和《臣民书》两首叙事诗和一些抒情诗、短诗,诗人赞美了古代穆斯林的伟绩,并号召当今的穆斯林重建新世界。《贾维德书》(1932)是伊克巴尔另一部重要的波斯语诗集。诗人在这部作品中借鉴但丁《神曲》的构思,依据伊斯兰教传说故事和历史人物,讲述了自己在精神引导人鲁米的带领下,游历天国的情形,并借历史与神话人物表达了自己的政治和宗教见解。在诗集

---

① 伊克巴尔:《伊克巴尔诗选》,王家瑛译,人民文学出版社,1977年,第17页。
② 参见伊克巴尔:《自我的秘密》,刘曙雄译,北京大学出版社,1999年,第11页。

的最后,伊克巴尔表明这部作品是为向其子贾维德·伊克巴尔阐明自己的见解而作,并表示希望能为新一代穆斯林提供指导,期望他们能继承伊斯兰传统,遵循伊斯兰教义而生活。

二 《自我的秘密》

《自我的秘密》出版于 1915 年,是伊克巴尔的第一部波斯语诗集。"自我"(Khudi)在波斯语和乌尔都语中都有自私、自负的意思,同时也具有"自己"、"人格"的意义,但往往带有贬义的倾向。在这部诗集中,伊克巴尔赋予"自我"以全新的含义。他认为自我是普遍存在于一切事物之中的,它不但是一切事物和作为自然人的生命源泉和本质,更是作为社会人的一切活动和行为的动力[1]。《自我的秘密》分为序诗和 18 章,篇幅短小,但内容丰富,分别叙述了自我的本源、自我生命的确立、增强和削弱,对柏拉图主义的批判、诗歌的真谛和伊斯兰文学的改革、培育自我的三个阶段,时间是检验自我的尺度、对民族传统的坚持、遵守伊斯兰教义而生活、对印度穆斯林的忠告以及对真主的祈求。全诗充满了比喻、传说和故事,虽是宗教诗歌也富有想象的色彩,伊克巴尔希望通过这样的方式使诗歌的思想和他对于自我的解释更通俗易懂。

伊克巴尔鼓励全体穆斯林培育自我,改造世界,并由增强个体的自我进而发展为形成集体的自我,为恢复穆斯林的光荣传统、建立一个全新的、统一的穆斯林民族、穆斯林国家而奋斗。重现伊斯兰历史上的辉煌,表达复兴伊斯兰的愿望,对同一的伊斯兰文化的呼唤,是伊克巴尔创作这部诗歌的主要出发点和归宿。他希望通过对伊斯兰传统教义的继承和改造,通过对民族光荣传统的回忆,对教义中消极成分的批判和扬弃,为当时的印度穆斯林们重新建立起一个同一的文化心理基础,确立一种能为不同地域,不同种族、种姓,不同经济阶层的广大穆斯林民众共同接受和认同的独特的民族文化,从而促使统一的穆斯林民族的形成。因此,全诗处处都流露出伊克巴尔对一种同一的伊斯兰民族文化的呼唤,反映了伊克巴尔首先要在文化上建立一个伊斯兰民族的思想。要建立一个文化的伊斯兰民族,必先确立一种伊斯兰民族文化。在重建伊斯兰民族文化传统的努力中,伊克巴尔着重强调的是继承和发扬伊斯兰教传统中的积极因素。这首先表现在伊克巴尔创作《自我的秘密》时对语言的选择上。在表达深奥细微的哲学思想方面,波斯语比乌尔都语具有更强的表现力;更重要的是当时散居在亚洲各地的伊斯兰民族最通用的语言仍然是波斯语[2]。为了能实现最大限度地宣传自己的思想,唤醒广大穆斯林的目的,伊克巴尔选择了波斯语。

伊克巴尔在《自我的秘密》中对伊斯兰教传统文化中的积极因素进行了新的阐释。伊克巴尔强调了对真主的爱,希望将全体穆斯林集合在对真主的爱之下,并指出爱真主是增强自我的手段。对真主的爱是印度伊斯兰教苏非派的一

---

[1] 见伊克巴尔:《自我的秘密》,刘曙雄译,北京大学出版社,1999 年,第 25 页。

[2] 李宗华:《伊克巴尔和他的诗歌浅谈》,见《印度文学集刊》(1),上海译文出版社,1984 年,第 186 页。

个重要思想。而认一论则是伊斯兰教最基本的教理,信仰惟一的安拉,穆罕默德是安拉的使者。对真主的爱不但能使人变得美好,更重要的是,爱真主是每个穆斯林都应该遵守和铭记的。为此,伊克巴尔向真主发出虔诚的祈祷,希望他能让全体穆斯林都重新懂得对真主的爱,都重新团结在真主的名下,在统一的信仰下为民族利益而战:

> 请召唤我们回归,
> 效忠于你,
> 让你的诚信者担当重任

对真主的爱还能使穆斯林得到净化,更加勇敢坚强,增强自我,发展自我的力量。自我的力量由于对真主的爱而获得了加强,能够征服宇宙的表面的和潜在的力量,月亮也会由于它的手指而破裂。在伊克巴尔看来,对真主的爱与自我之间形成一种互相促进的关系,二者互为动因和手段,既有利于形成一种共同的宗教信仰文化,又促进了穆斯林民众的自尊自强。伊克巴尔关于对真主爱的阐释,既有继承伊斯兰传统文化的一面,又有其改革的一面。他致力于填平在传统伊斯兰教中人与神之间的巨大鸿沟。他强调对真主的爱,不是要使自我消失在真主的本体中,而是通过这种爱使自我得到增强和提升,使自我的形象在真主面前不断成长,最终能成为真主在大地上的代理人。这无疑有利于增强穆斯林的自信心,也比传统的教义具有更大的可行性,更适合当时穆斯林民族的需要,从而成为为广大穆斯林所共同接受的观念。

为了进一步唤起穆斯林的民族自豪感,增强民族自信心,伊克巴尔在《自我的秘密》中对伊斯兰教历史上杰出的人物进行了赞颂。他歌颂穆罕默德建立的丰功伟绩;赞美圣人阿里·胡奇维利具有无比的德行和威力;追忆英雄阿里·穆尔达扎的指令使万物井然有序。圣贤布·阿里的一道口谕就令国王不寒而栗,战战兢兢。著名诗人霍斯陆的一曲诗歌就拯救了一个王国。伊克巴尔通过自己的诗歌,追述、再现这些贤哲的事迹,既能在最直接的层次上唤起穆斯林们的民族自豪感,又在更深的层面上强化了民族的集体记忆,巩固和加强了穆斯林中原有共同文化基础。

在《自我的秘密》中,伊克巴尔专门列出一节,以谢赫和婆罗门的故事、恒河与喜马拉雅山的对话来说明民族生命的延续有赖于坚持具有民族特色的传统[1],明确提出了伊斯兰民族的存继与传统文化之间休戚相关的依存关系。他并不囿于传统的圈子之内,而是大胆地指出了变革的必要性,并认为,变革也是源于传统,对传统有着更大的促进作用,可以为传统注入新的活力。要振兴伊斯兰民族,重建民族文化传统,伊克巴尔认识到仅仅是继承和发扬传统文化中的积极因素是不够的。因此,他也对传统文化中的消极因素进行了严厉的反驳和批判。他斥责传统教义中新柏拉图主义的思想,《自我的秘密》第6章专门批判了这一思想,这一章的前言是"一个富于寓意的故事:否定自我是人类受支配

---

[1] 伊克巴尔:《自我的秘密》,刘曙雄译,北京大学出版社,1999年,第157页。

民族的一个发明,从而以这种方式削弱支配民族的意志"①。他将伊斯兰民族比作勇猛的老虎,将柏拉图喻为向老虎灌输享乐思想、老于世故的绵羊,讽刺新柏拉图主义耽于经院派的沉思,对现实生活毫不在意,对人们来说是有害无益的,只能毁损生活。对深受这种思想毒害的伊斯兰民族的现状伊克巴尔痛心疾首。传统伊斯兰教伦理思想总的倾向是世俗的,《古兰经》的主题也不是神秘思考,而是行动②。因此,伊克巴尔在痛斥新柏拉图主义的同时也力图挖掘、恢复伊斯兰教固有的注重现实、肯定自我力量、锐意行动的精神,从文化根源上振奋伊斯兰民族,为他们的民族自尊自强增添永不枯竭的动力源泉,鼓励广大的穆斯林都投身于现实生活中去,去切实改变自身的生活状况,为了个体、为了民族的利益而战斗。

伊克巴尔强调,要想真正战胜这种堕落的遁世思想,只有依靠真主的力量,真主的爱是医治柏拉图理念的良药。

> 爱是治愈理念疾病的柏拉图,
> 它的手术刀医治理念的疯狂。
> 全世界崇尚爱,
> 爱是战胜苏摩那陀理性的迈哈姆德。
> 现代知识的杯子里没有这种陈酿,
> 它的夜晚没有响起"呵,真主!"的颂扬。③

《自我的秘密》也是伊克巴尔在西方世界引起强烈反响的作品,最早将它从波斯语翻译为英语的英国剑桥大学教授尼格尔森在其英译本导言中说:"伊克巴尔是这个时代的人,也是超越这个时代的人,同时他也是一个对这个时代持有异议的人。"

第五节 黎萨尔与《社会毒瘤》、《起义者》

黎萨尔是菲律宾的民族英雄,也是近代东方文学史上的杰出作家,他创作了大量诗作和《社会毒瘤》、《起义者》两部长篇小说。他的创作艺术地记录了黎萨尔选择民族解放道路的思索和困惑,从中可以看到一个东方近代民族英雄选择的艰难。

一 生平与创作

何塞·黎萨尔(1861—1896)出生于菲律宾吕宋岛内湖省卡兰巴镇的一个富裕家庭。他从小体弱多病,但受到比较好的照顾和教育,而且聪颖过人。他3岁跟母亲识字,8岁开始用民族语言写作诗歌和短剧。11岁进当地一所耶稣教会学校读书,16岁进马尼拉的圣托马斯大学学习医学。21岁留学西班牙,就学

---

① 伊克巴尔:《自我的秘密》,刘曙雄译,北京大学出版社,1999年,第101页。
② 李萍:《东方伦理思想简史》,中国人民大学出版社,1998年,第30页。
③ 伊克巴尔:《自我的秘密》,刘曙雄译,北京大学出版社,1999年,第178页。

于马德里大学,3年后以优秀的学业成绩获哲学、文学博士和医学学士学位。以后还游学西方主要国家,博览群书,多才多艺。他通晓英、法、德、俄、西班牙、意大利等西方主要语言和汉、日、阿拉伯、希伯来等东方语言,是一位思想家、文学家、教育家、艺术家、医学家和社会活动家。

以黎萨尔的才干和身份,他可以有美好的前程和幸福的生活。但使他不安的是在西班牙殖民统治下的祖国人民的痛苦。他选择的是一条争取民族解放,充满荆棘甚至死亡的道路。

人生道路的选择,既是自己的一种主动行为,也有多种因素促成。在他的个体经验中,有两件事是很重要的。一是黎萨尔10岁时,他母亲拒绝给西班牙军官喂马,这个军官与他家有过口角,便诬陷她企图谋害军官,黎萨尔非常敬爱的母亲被捕,在监牢里关了整整两年。二是1888年,他故乡卡兰巴镇300多户佃农,也包括像他父亲这样的富户,受到西班牙多明戈教会和军警的迫害,房屋被焚,耕畜农具被没收,全被扫地出门流放外地。至于他在就学期间接受的陈腐学院教育,目睹周围人们遭受的多种迫害,都无不刺激他敏感的心灵。而西方的教育使他接受了自由、民主等现代观念。这些都对他的人生道路的选择产生了影响。

早在中学时期,黎萨尔就积极参加民族解放活动。他组织菲律宾学生联谊会,以抵御西班牙学生的欺凌。1879年写作著名长诗《致菲律宾青年》,以激越的情怀鼓动青年树立民族自豪感。留学欧洲期间,积极投身"宣传运动",成为运动的领袖。

1887年出版长篇小说《社会毒瘤》,表达民族解放、要求西班牙实行改革的愿望。但小说中对殖民统治罪恶的揭露触怒了当局,在菲律宾被查禁。从欧洲回国的作者也遭驱逐,再度流浪欧洲。

在西班牙,黎萨尔和同道创办宣传运动的喉舌《团结报》。以此为阵地,黎萨尔写作系列政论,呼吁菲律宾的改革,要求菲律宾人和西班牙人法律上的平等,谴责殖民统治和教士们的种种暴行。《百年后的菲律宾》、《论菲律宾人的怠懒》、《菲律宾民族的情况》、《菲律宾语言比较语法》等政论和学术论文,都发表于这一时期。在这些文章中论证西班牙入侵前菲律宾的文明,也预言殖民统治的必然没落,以图唤起国民的民族意识。

1891年发表了第二部长篇小说《起义者》,对民族解放和改革作了进一步的探索。

宣传运动在国外因缺乏群众基础而逐渐衰落。1892年黎萨尔返回马尼拉,组建政党"菲律宾联盟",政党宗旨是:(1)把菲律宾群岛统一成为一个紧密的、坚强的、同质的团体;(2)无论在任何困难情况下,必要时,相互照顾;(3)抵御一切暴力和不公正行为;(4)鼓励发展教育、农业和商业;(5)研究和实行改革。①但"菲律宾联盟"成立仅四天,黎萨尔就被当局逮捕,流放棉兰老的达比丹。

---

① 金应熙主编:《菲律宾史》,河南大学出版社,1990年,第355页。

流放期间，黎萨尔在当地创办学校，致力于民族教育和百姓生存环境的改善，在教育、卫生、供水、农技诸方面做出努力。也是在这里，黎萨尔遇上纯朴美丽的爱尔兰姑娘约瑟芬。1896年波尼法西奥准备举行推翻西班牙统治的武装起义，派人与黎萨尔秘密联络，请求他批准起义计划并出面领导起义。但黎萨尔拒绝了，并准备赴古巴从事医疗救护工作。黎萨尔尚在途中，起义爆发，当局以"组织非法团体"、"以写作煽动人民造反"的罪名再次逮捕他，并判处死刑。他创作的绝命诗《我最后的告别》由约瑟芬藏于酒精灯中带出来，诗作中充满着献身民族解放大业的自豪感：

> 别了，亲爱的祖国，阳光抚爱的地域，
> 东方海洋的珍珠，我们失去了的伊甸乐园！
> 我的残生精华，我欣然奉献给你，
> 即使我的生命更为光明，更为幸福，更有朝气，
> 我也不计代价，乐意把它向你奉献。
>
> 在战场上，在鏖战的漩涡，
> 别人还无疑虑奉献了生命；
> 地方没有关系——不管是翠柏、月桂或百合，
> 绞架或旷野，战死或殉难同样磊落，
> 同样都是为保家卫国而献身。
>
> …… ……
> 别了，所有被迫离开我的亲人，
> 我丧失了的家中童年伴侣！
> 感谢吧，我可以摆脱倦人的时日来养神！
> 我也向你告别，使我旅途轻快的可爱友人；
> 一切心爱的人，别了！死亡中自有安息！①

二 《社会毒瘤》、《起义者》

《社会毒瘤》(1887)和《起义者》(1891)两部小说以主人公伊瓦腊两次从西方回到菲律宾的活动与遭遇，主要以菲律宾政治、经济、文化中心的马尼拉及其郊区的圣地亚哥镇为背景，真实地描绘了西班牙殖民政府治理下菲律宾人民的痛苦和灾难；突出地表现了天主教会的修士作为"社会毒瘤"犯下的种种毒行；艺术地展示了黎萨尔对民族解放道路所作的探索。其中往往可以同时发现两种相互抵触的思想倾向和精神情绪，甚至难以确定什么是他的基本思想。小说中存在几个方面的矛盾和困惑：

首先，对待民族灾难态度的矛盾。黎萨尔在两部小说中以真实、生动的描

---

① 黎萨尔:《绝命诗》,转引自李霁野《厓沙路和他的〈绝命诗〉》,《天津师范学院学报》1977年第2期。

叙,揭示了殖民统治下菲律宾人民的深重灾难。小说中描写了茜沙、埃利亚斯、老巴勃罗和塔勒斯四家家破人亡的悲惨经历,其悲惨程度令人发指。黎萨尔花大量笔墨描写这些"苦难的灵魂",其意在于揭示政教合一的殖民统治的罪恶,对处于残酷压迫剥削下的民众寄予深切的同情。然而,在作品中他又通过人物的口,把残酷的殖民统治称之为"必要的恶",是必需的。在分析民众灾难的原因时,他一方面看到是殖民统治的结果,殖民政府的昏庸腐朽,官吏军警的贪赃枉法,教会修士的荒淫无耻等等;但另一方面,他又认为这是菲律宾人咎由自取,是他们的麻木、怯弱、守旧的结果。

其次,对待祖国和人民情感的矛盾。黎萨尔的爱国热情是不可怀疑的,他最后的英勇就义就是集中的体现。两部长篇小说中也不乏爱国主义的议论。作品中对埃利亚斯的塑造,刻画了一个为了祖国和民族的解放事业,不计个人恩怨和私仇,为营救伊瓦腊而英勇献身的爱国主义者形象。从作者对他的英雄豪气、坚忍不拔、机智勇敢的表现中,不难看到作者对他的赞美甚至敬佩之情。然而小说中也不乏对祖国和民众的贬斥和愤懑的表现。作者对当时菲律宾民众仍处于昏睡和麻木之中感到非常痛心。伊瓦腊从欧洲回到菲律宾,力图革除弊端,凭自己的经济实力,兴办教育,四方奔走,努力为民众办点实事和好事。他因此触怒了殖民统治者。最后被诬陷组织叛乱,军警将他逮捕押往马尼拉,周围围观的菲律宾民众一个个"义愤填膺",都认为是他闹事,破坏了他们的安宁。

再次,选择民族解放道路的矛盾。使菲律宾人民从苦难中解脱出来,获得真正的自由和解放,是黎萨尔终生为之奋斗的信念和事业,他的活动、著述和创作都是为达到这一目的。但通过什么途径来达到目的?他显得困惑和矛盾。

在两部小说中,黎萨尔对民族解放道路作了种种探索。至少可以归纳为6种方式:(1)寄希望于西班牙的改革,表现在刚回国的伊瓦腊的愿望之中,但遭到学识渊博、深入了解殖民统治实质的塔席奥老人的辩驳。(2)教育救国,表现在伊瓦腊回国后兴建学校的实际行动和《起义者》中一群大学生争取开办西班牙语学院的活动中,但事实上这两者都归于失败。(3)发展科学技术。主要通过医科大学生巴西里奥不闻不问当时的社会现实,试图以医术来减轻同胞们肉体上的痛苦来表达。他的选择遭到化名为席蒙的伊瓦腊的否定,而且后来在"传单"事件中他以莫须有的罪名被关押起来,不得不卷入现实斗争中,科学救国的幻想破灭。(4)助纣为虐,加速其腐败,促使其新生。但黎萨尔不能接受这种手段,小说安排席蒙最终失败,自杀,以此否定他的这种选择,因为这种方式"助长了社会的腐烂,却没有播下理想。……政府的罪恶的确可以毁灭自己,罪恶使它毁灭,但也戕害了孕育它的社会"。① (5)主动的、有组织的、有节有利的和平改革。(6)以暴力革命推翻殖民统治。如果说在小说中黎萨尔对前四种方式基本上予以否定,对后两种方式如何抉择则常常表现了作者的矛盾。

---

① 黎萨尔:《起义者》,柏群译,人民文学出版社,1997年,第417页。

黎萨尔为什么会显出这样的迷茫和矛盾？

黎萨尔的选择，是文化启蒙和民族救亡双重压力下的选择，导致了选择的矛盾性。黎萨尔看到殖民统治下菲律宾人民的深重灾难，真希望有一场风暴，结束那种残酷的统治；但当看到民众的麻木和愚昧，他又感到首先应该是进行文化的启蒙。他认为必须首先使人民具有一定的文化知识、民族意识、权利观念和高尚的品质，只有这样才能使他们从懦弱、屈从、涣散中站立起来。因而黎萨尔最后选择的是启蒙而拒绝暴力革命，宁愿以死来唤醒民众。他不仅看到"眼前"，更考虑"将来"。在他看来，人的灵魂才是根本，社会制度只是一种外在的形式。只要有了追求自由的人民，就会有自由的民族。

同时，黎萨尔将西方文化和民族本土文化比较，认同了西方文化的时代先进性，从而形成理智和情感的矛盾，导致选择的迷茫。黎萨尔接受西方教育，但并不是民族虚无主义者。当一些西方传教士撰文宣称菲律宾人懒惰，是劣等民族时，他站出来为民族辩护。他还写有系列政论，论述菲律宾古代文明。然而，黎萨尔不是盲目的排外主义者，以他的渊博学识和对历史的真诚态度，他看到西方文化在文明进化的程度上高出于菲律宾的原本文化。西班牙人来到菲律宾之前，菲律宾尚处于原始社会末期，没有统一的国家组织形式，以烧荒耕作的农业为主要经济形式，辅以手工业，崇信精灵，巫术盛行。这当然落后于具有近代科技、发达的商业贸易和追求自由、民主、平等的西方文化。西班牙人到菲律宾是为财富而来，但客观上也带来了先进的西方文化，将原始社会末期的菲律宾推进到资本主义社会。黎萨尔从情感上对西班牙殖民者的残暴剥削和掠夺充满仇恨，对民族文化满怀亲切和热爱；然而在理智上又不得不对西方文化表示欢迎甚至感激。

从根源上说，黎萨尔选择的矛盾，源于文化价值本身的矛盾性。文化是一个众多子系统的综合体，各个文化子系统的价值、功能存在着矛盾和对立的一面。作为政治文化价值取向，要求改变菲律宾人民的现实处境，结束西班牙在菲律宾的殖民统治；而作为精神文化价值取向，要求将西方文化的自由、民主、平等理念普及于民，进一步完善西方模式的各种制度。黎萨尔就是在这两种矛盾的价值取向中进行着艰难的选择。

黎萨尔创作中的思想矛盾，体现了东、西文化冲突背景下东方近代作家选择的艰难。也正是这些矛盾，使黎萨尔的人格显得丰富多彩，使他的创作显出凝重和力度。

从艺术表现的角度看，黎萨尔的小说创作是东方近代文学史上必须大写的一章。在19世纪后期，像他小说那样具有近代小说的品貌和风格，在东方文学中并不多见。注重人物性格的刻画，生活场面的真实描绘，情景与人物心境的高度融合，如实的叙述中夹带着轻微夸张的调侃与讥讽，凝重沉郁的总体风格等特点形成较强的艺术感染力。

当然，由于黎萨尔思想的矛盾，更由于他让小说直接承担起文化启蒙的任务与小说作为独立的审美体裁之间的矛盾，在艺术表现上也可以看到其矛盾之处。主要表现在表达方式上的客观叙述与主观抒情和情节结构上的集中封闭与发散扩张这两个方面。

　　小说作为叙事文体,在 19 世纪的审美理念中,要求尽可能客观,避免叙事主体作者的介入。黎萨尔曾在欧洲研究西方近代文学,他清楚这一审美原则。他在小说中力求客观,努力追求一种客观的效果。比如《起义者》的"胡丽"一章,写美丽的姑娘胡丽因恋人巴西里奥无故被捕入狱,日夜寝食不安,多方设法也无法营救。后来清楚:只有请卡莫拉神甫出面,巴西里奥才能得救。但胡丽很害怕见卡莫拉神甫,他那双贼溜溜的眼睛表明他早就垂涎胡丽的美色。胡丽经过剧烈的内心搏斗,在一位修女的陪伴下走进了修道院,下面的叙述是:

　　　　就在这天晚上,人们神秘地、悄悄议论着当天下午发生的一些事情。一个姑娘从修道院的窗子里跳下来,跌在石头上摔死了。差不多在同一个时候,有一女人从修道院里冲了出来,飞跑到街上疯了似的狂喊大叫。胆小怕事的镇上的人谁也不敢提名道姓,不少做母亲的,因为女儿不管会不会惹祸,说了几句不该说的话,就把她们掐了掐。(第 30 章)

　　这里没有接下来叙述胡丽和修女进修道院后怎样和神甫打交道,神父做出怎样的反应等。而是变换叙述视角,写镇里人们的"议论"。这样就获得了一种客观的效果。似乎其结果并非作者的安排,而是人们看到的"事实"。

　　然而这种客观叙述难以表达黎萨尔启发民众、改革现实的观念,尤其是一些复杂矛盾的思想,因而不得不做出一些主观的议论和抒情。这种议论和抒情有两种形式:一是作品中人物对一些问题的讨论。两部小说中有八章是整章的讨论,讨论涉及菲律宾民族解放诸多方面的问题。这些讨论大多与小说情节进展结合紧密,有助于人物性格的刻画或情节的发展。但也有一些讨论显得冗长、外在。另一种是有时作者情不自禁地中断情节,在作品中抒发主观情感,如《起义者》第十章叙述塔勒斯百户长不堪忍受残酷压迫,杀死了抢夺他土地的修会总管后上山入伙绿林之后的一大段抒情。

　　20 世纪以前的小说情节结构都强调严谨、集中、完整。黎萨尔的两部小说基本上符合这一标准。两部小说都是先安排一个大场面,将主要人物都集拢于一个空间,并让他们各自亮相。然后是一明一暗两条线索,时分时合向前推进,以主人公的命运由高而低跌到最低点而结束,形成一个完整的封闭性结构模式。《社会毒瘤》以蒂亚格家的晚宴,将小说主要人物集中在他的宴席,接下来以玛丽·克拉腊的婚事为明线,伊瓦腊回国后的活动为暗线,矛盾冲突逐渐展开。最后以克拉腊拒绝达马索神甫为她安排的婚姻,宁愿进修道院以及伊瓦腊被捕又越狱结束。《起义者》由钵泰号轮船开往内湖省开始,将主要人物集中在轮船上。然后以一群热血青年争取开设西班牙语学院作为明线,以席蒙秘密组织的三次起义为暗线,交织发展情节。最后以"传单事件"中热血青年被捕和席蒙起义失败自杀结束小说。这样每部小说讲述两个完整的故事。

　　这样的一两个完整故事和一两个人物的命运难以全面展示殖民统治下菲律宾人民的灾难和麻木。为了拓展社会面,扩大思想容量,达到唤醒广大民众的目的,黎萨尔在严谨完整的情节主线之外,又常常插入与主线无关的人物和情节。如茜沙一家、塔勒斯一家、一群修女等的描写都属于这样的内容。使得小说结构严谨中又显灵活,封闭又含散发力。

第六节　纪伯伦与《先知》

纪伯伦是阿拉伯旅美派的代表作家。在东、西文化互为参照的宏阔中,他以文学创作表达对东、西方民族和文化的思考,追求超越东、西方文化的人生境界,西方人称为"东方刮来的一阵强风"①。

一　生平与创作

纪伯伦·哈利勒·纪伯伦(1883—1931)出生于黎巴嫩北部风光秀丽的山村。当时黎巴嫩作为叙利亚的行省并入土耳其奥斯曼的版图,黎巴嫩人不堪异族压迫,纷纷移民美洲。纪伯伦一家在1895年经埃及、法国,定居美国波士顿。两年后他又只身前往祖国学习民族语言文化,直到中学毕业后返回美国,期间探访名胜古迹,游历黎巴嫩各地。以后他再也没有回过黎巴嫩,一直在欧美学习、创作。1908年至1910年底在巴黎学习绘画,游历欧洲历史文化名城,广泛涉猎西方艺术文化。1911年起一直活跃在美国纽约文艺界,成为具有世界影响的作家和诗人。

纪伯伦从1903年开始公开发表作品,先后用阿拉伯语和英语创作小说和散文诗,尤以散文诗的成就瞩目。他的主要作品有小说集《草原新娘》(1906)、《叛逆的灵魂》(1907),中篇小说《折断的翅膀》(1911),散文诗集《泪与笑》(1913)、《疯人》(1918)、《先驱者》(1920)、《暴风集》(1920)、《珍趣篇》(1923)、《先知》(1923)、《沙与沫》(1926)、《人子耶稣》(1928)、《流浪者》(1932)、《先知园》(1933)。

早期两部小说集收集了7个短篇小说。这些作品表现了两类题材:恋爱婚姻与社会批判。《世纪的灰与永恒的火》以丰富浪漫的幻想,在世事沧桑的辽阔时空背景中,歌颂青年男女纯真、永恒的爱。《瓦尔黛·哈妮》刻画了一个冲破传统封建樊篱,勇敢追求真情实爱的叛逆女性,倡导按照自然法则生活,"并从这法则中吸取自由的荣誉和欢乐"。《新婚的床》描述一对恋人双双殉情的悲剧,赞美为爱而死得壮烈。《疯子约翰》叙述在教权和政权压迫下弱小者的悲惨。《玛尔塔·巴妮娅》表现妓女生活的痛苦和哀怨。《墓地的呼声》控诉惨无人道的法律与法官。《叛教者哈利勒》通过青年修道士哈利勒的塑造,集中体现了纪伯伦早期对社会、宗教和人生的思考,鞭挞坐享其成、压迫人民的统治者和虚伪贪婪、对人民施行精神奴役的宗教僧侣,以富于艺术感染力的环境烘托和激情,赞美主人公的自由意志和独立品格。

《折断的翅膀》是纪伯伦小说的代表作。小说具有多重思想,表层情节叙述的是女主人公萨勒玛高尚圣洁的爱与她欲爱不能,屈从强权,最后惨死的悲剧。另一层意义是把萨勒玛的个人悲剧与民族的悲剧命运融合起来,把女主人公当

---

① 伊宏:《纪伯伦散文诗全集·序》,浙江文艺出版社,1993年,第9页。

作"受尽统治者和祭司们折磨的民族"的象征。更深一层的内涵,是在哲理层次上对人生、爱情、幸福、美等进行艺术的思考。

纪伯伦的 10 部散文诗集有不同的风格。《泪与笑》是他早期散文诗作品的汇集,诗集中充满着青春的伤感,以哀叹、倾诉和优美的笔调,探讨美、爱、孤独等人生体验。诗集开头写道:"我不想用人们的欢乐将我心中的忧伤换掉;也不愿让我那发自肺腑、怆然而下的泪水变成欢笑。"集中也有对社会不义的愤懑和人生理想的追求。但总体上是轻歌柔曲。《暴风集》和《珍趣篇》与《泪与笑》大异其趣,以暴风般的气势和力度,表现鲜明的爱国主义和民族主义思想,对封闭落后的民族传统加以深刻的反省;诗人以"掘墓人"自诩,针对阿拉伯世界甚至整个东方民族的现实问题,指陈东方病入膏肓的病症,抨击无处不在的种种"奴性",呼唤"暴风雨"的来临,用风暴武装,以现在战胜过去,以新的压倒旧的,以强大征服软弱"(《致大地》);以极大的热情,迎接"新时代"的到来,号召同胞做"属于明日的自由人"。《疯人》、《先驱者》、《流浪者》主要是一些含意深刻的短小寓言。这三集既有《暴风集》的力度,又透射深邃的哲理,而且以对普遍人性的思考代替了《暴风集》中的民族主义立场,往往以超现实的寓言故事来讽刺人类现实的荒诞:抛下面具、追求真实被视为"疯子",断肢残臂倒是正常,种种人为的框范束缚人生的自由;战争残杀无辜,虚伪戴上真实的王冠,无知以各种面目充斥社会,等等。《沙与沫》是格言体散文诗集,辑录诗人关于人生和艺术的佳言妙句,凝练简约,隽永深刻,闪耀着思想智慧的火花。《人子耶稣》以众人对耶稣的议论,塑造一个富于人性、勇敢乐观的耶稣形象,与基督教中忍让软弱的耶稣不一样。在耶稣形象中寄寓了诗人的人生道德理想。《先知》和《先知园》是纪伯伦构思的"先知"三部曲中的两部,另一部《先知之死》因诗人早逝而未完成。《先知》是纪伯伦创作的纪念碑,代表了他创作的最高成就。《先知园》和《先知》主题一脉相承,都是表达一种生命哲学,但《先知园》侧重于表现人与自然的关系,强调人和自然的同一性依存。四季变换、时光流逝、晨雾阳光、鲜花枯木都透露出生命的信息,人的智慧受启于自然,人的生存依赖于自然。

此外,纪伯伦还创作了长诗《行列》和剧本《国王与牧人》、《大地之神》及大量富于文学色彩的书信。

综观纪伯伦近 30 年的创作,明显可以看到其创作的发展。大体上可以分成前后两个时期,尽管中间的界限不是截然分明,但前后两期的发展变化明显体现在几个方面:第一,在创作形式和语言运用上,前期以小说为主,也写散文诗;后期以散文诗为主,也写过剧作。前期主要用阿拉伯文写作,后期主要用英语写作。第二,在创作内容主旨上,前期着眼于现实问题,表现出暴风雨式的抨击,"破坏"是其中心意念;后期侧重于理想的表现,精心构筑"爱"与"美"的世界,"建设"是其中心意念。第三,在文化思想上,前期立足于阿拉伯民族的立场,批判西方的物质文明,也进行深刻的民族反省,"哀其不幸,怒其不争";后期则试图超越东、西文化,站在"人类一体"的立场思考人类的普遍问题:人的完善、生命的升华、人与自然、精神与物质、生与死,等等。

在艺术表现上,纪伯伦的作品具有清新、隽永、深刻的风格。这种风格首先表现为浓郁的哲理化倾向。纪伯伦的作品不是就事论事,往往是透析事象背后的本质。无论是早期的民族立场和社会批判,还是后期的普遍人性的思索,都不是满足于事实的铺陈,而是最大限度地拓展理性思维空间,在辽阔的精神世界自由驰骋。其次是丰富的想象力和激越的情感。纪伯伦的创作"视通万里",古往今来的事件,远方异域的风光,大到宇宙,小到沙粒,都能成为他作品中的题材。而这些材料经他的情感激活,便能凝成一个个富于鲜活生命的艺术画面。新颖的象征意象、灵活多样不受成规框范的艺术形式和富于音乐性的语言,更增添了其作品的魅力。

二 《先知》

《先知》是纪伯伦的代表作,也是阿拉伯文学乃至东方文学的一座丰碑。

纪伯伦以他的全部心血、热情和智慧来创作《先知》。据他的助手回忆,《先知》的创作前后达20余年。纪伯伦18岁在黎巴嫩求学时就写下了第一稿,但自觉稚嫩而搁置。两年后曾为母亲朗诵其中的片断,受到母亲的赞扬,但母亲告诫他"还没到发表的时候"。10年后,纪伯伦已成为阿拉伯文学界的著名作家,他又以英文进一步创作《先知》。当时他对他的好友努埃曼说:"那本书(指《先知》)现在占据了我的整个的生活,我伴它睡眠、伴它起床、与它同吃喝。……它是我的灵魂直到今天所孕育的优秀胎儿。我将伴随它直到最后,即使我用它的诗行来结束我的生命。"①诗集塑造了一个名叫亚墨斯塔法的东方智者形象。他在西方城市阿法利斯滞留了12年,预备离开城市回归他"出生的岛屿",在与当地居民依依惜别之时,应民众要求而作临别赠言。他从"爱"说起,讲到饮食起居、生老病死、悲欢离合、交往处世、信仰追求、伦常礼仪、情感行为等各个方面,对"关于生和死中间的一切"提出自己的见解。说完后,老人登上故乡前来迎接的船只,扬帆东行。

《先知》的基本主题是人的精神世界的充实和提高,是"生命在宇宙的大生命中寻求扩大"。在诗人看来,人生充满了矛盾和冲突,也显得异常的缤纷多彩,在人身上存在三种特性:兽性、人性和神性。"神性"是人类的未来,"人性"是人类的今天,"兽性"是人类的过去。"神性"是"真我"、"巨人",是生命的升腾,是完美,是至善。因而,"摆脱动物性,发扬人性,走向神性,获得自由——这就是纪伯伦在《先知》中为人类'升腾'规划的神路历程,光明大道"。②

因而,诗人要人们听从"爱"的"召唤",以"美"为"向导",把"理性"与"热情"当成"航行的灵魂的舵与帆";仁慈为怀,带着"仁爱"劳作,"以身布施";彼此相爱,"寻求心灵的加深";不受人为戒律束缚,"在囚室门前敲碎你们的镣铐","勇敢地走向自己的目标";遵循自然的法则,以赤裸的生命"迎接太阳与风",回归自然,"在白杨的凉阴下,享受那田园与原野的宁静与和平"。

《先知》是纪伯伦后期的作品,其思想和创作风格不同于早期。用努埃曼的

---

① [黎巴嫩]努埃曼:《纪伯伦传》,程静芬译,湖南人民出版社,1986年,第185—190页。
② 伊宏:《纪伯伦散文诗全集·序》,浙江文艺出版社,1993年,第28页。

话说,"他已经从对人们和其生活的叛逆一变而成对这种生活奥秘的理解,揭示其美的成分,让美的清泉汩汩流出"①。《先知》中纪伯伦是以平静的心情探索人类应该怎样生活,并展示其社会理想。其中突出对爱与美的探求。纪伯伦通过亚墨斯塔法的口这样表述"爱":

> 爱除自身外无施与,除自身外无接受
> 爱不占有,也不被占有。
> 因为爱在爱中满足了。
> 溶化了你自己,像溪流般对清夜吟唱着歌
> 要知道过度温存的痛苦。
> 让你对爱的了解毁伤了你自己,
> 而且甘愿地喜乐地流血。

这爱的实质,是人与人之间的相互平等和尊重,是一种忘我奉献的精神。爱不只是欢乐和享受,也是一种痛苦。但在爱的痛苦中人性获得净化和提升:

> 他春打你使你赤裸,
> 他筛分你使你脱去皮壳
> 他磨碾你直至洁白,
> 他揉搓你直至柔韧;
> 然后他送你到他的圣火上去,
> 使你成为上帝圣筵上的圣饼。

这种爱,贯穿《先知》全集,成为每个话题的前提。谈到"工作",他说"一切工作都是空虚的,除非是有了爱";"友谊"是"你用爱播种、用感谢收获的田地";"婚姻",就是"彼此相爱,但不要做成爱的系链";在"时光"中,"你们中间谁不感到他的爱的能力是无穷的呢"? 可以说,爱是无限,爱无处不在,爱不仅是一种感情,它是自然和人生的一种属性。

美,也是纪伯伦一生不断思索和追求的价值。美是什么? 人们往往功利性地从满足某种欲望出发,不同的人有不同的理解。这种美,不是美的本质,这只是一种"未曾满足的需要"。《先知》中纪伯伦谈到另一层次的"美":

> 美不是一种需要,只是一种欢乐。
> 它不是干渴的口,也不是伸出的空虚的手,
> 却是火焰的心,陶醉的灵魂。

换言之,美是一种由审美带来的精神愉悦。它无需借助外在审美对象,而是由于人的内心世界的观照而达到的审美境界,"她不是那你能看到的形象,能听到的歌声,却是你虽闭目时也能看到的形象,虽掩耳时也能听见的歌声"。

纪伯伦还特别强调了美与生命的关系。"在生命揭示圣洁的面容的时候的

---

① [黎巴嫩]努埃曼:《纪伯伦传》,程静芬译,湖南人民出版社,1986年,第194页。

美,就是生命。但你就是生命,你也是美,/美是永生揽镜自照,但你就是永生,你也是镜子。"生命是美的,生命的美在于生活本身。当人们全身心投入生活,体味生活的酸甜苦辣,追求自己的人生理想,实现生命的价值,那生活中的一切就都变得美丽。生活的美根本上来源于对生活的爱。实际上,纪伯伦提出了美的又一层次:美与爱的统一。"美是一种你为之倾心的魅力。你见到它时,甘愿为之献身,而不愿向它索取。"爱与美的统一,既是美的最高层次,也是生命的最高境界。这也是纪伯伦探讨的"人生"向"神性"飞升、"超腾"的具体内容。

纪伯伦在《先知》中也不是一味作脱离现实社会的玄想。在经历了前期创作的基础上,他看到了现实中的种种问题和危机,从而提出了"建设"性设想。从《先知》中的"罪与罚"、"法律"、"自由"等篇章中,不难看到诗人对社会的缜密观察,对人生的深刻理解,对社会丑恶现象的无情鞭挞和对弱小者的深切同情。他借先知之口谴责那些"喜欢立法,却也更喜欢犯法"的统治者;揭露"忠诚其表而犯盗窃其中"的伪善者;怒斥"用言语换取他人劳动"的剥削者。

《先知》充满着辩证精神,体现出深刻的哲理意蕴。诗人睿智地看到事物的两面:恶中有善,善恶相依;理性和热情在心中决战,它们又互相依赖,热情需要理性的引导,理性要热情来升腾;"爱虽给你加冠,他也要钉你在十字架上。他虽栽培你,他也刈剪你";欢乐是"失去了面具的悲哀",悲哀也包含着欢乐,"悲哀的创痕在你身上刻得越深,你越能容受更多的欢乐","当你喜乐的时候,深深地内顾你的心中,你就知道只不过是那曾使你悲哀的,又在使你喜乐"。

诗集想象丰富。首先是在体裁上,诗人创造性地打破抒情诗单纯议论抒情的传统,以先知赠言的形式,统摄 26 篇各自内容分散独立的作品,使之形成有机整体,给抒情、议论的散文诗一个叙事的框架。其次,诗人在诗集中的想象不受任何时空的限制,为了表达思想,宇宙、自然、社会、过去、现在、未来都广泛涉笔,既可以探究无限、永生,也可以运笔于人的神经末梢。天马行空,自由驰骋。再次,诗人化抽象为具体,以丰富多彩、贴切生动的喻体表达思想。诗人很少作直抒胸臆的倾泻,而往往是把思想凝聚起来,投影在某个意象鲜明的喻体上。再通过喻体的折射,让读者领会到诗人深刻、精辟的思想。这种新颖、独特的喻体意象,似乎随手拈来,没有人工斧凿、牵强附会的痕迹,而且思想和喻体的结合又紧密自然。如写到"逸乐中的善与不善"的问题,诗人写道:

> 到你的田野和花园里去,
> 你就知道在花中采蜜是蜜蜂的娱乐;
> 但是,将蜜汁送给蜜蜂也是花的娱乐
> 因为对于蜜蜂,花是它生命的泉源,
> 对于花,蜜蜂是它恋爱的使者,
> 对于蜂和花,两下里,
> 娱乐的接受是一种需要与欢乐。

激情与理智的高度融合是《先知》的又一特色。《先知》是一部智者的训诫录,继承了东方智慧文学的传统,是理性思考的产物。诗集中有不少融凝着纪伯伦对人生、世界甚至宇宙的深入探察而富于真知灼见的格言警句。如"工作是眼睛能看见的爱"、"你的欢乐,就是你的去了面具的悲哀"、"再不以自由为标杆、为成就的时候,你们才是自由了"、"懊恨只是心灵的蒙蔽,而不是心灵的惩罚"。但智者的训诫、作者的思想不是枯燥刻板的说教,诗行中渗进诗人激越的情感。诗人以拳拳之心告诫世人,告诫中奔涌着激情,"你"、"你们"这种直呼辞格的运用,更加强化诗人的情真意切。纪伯伦曾说:"诗是神圣的灵魂的体现。是微笑——像春风吹醒心田;是悲叹——催人涕泪涟涟;是幻景——住在心中,供它营养的是灵魂,供它饮用的是感情。"《先知》就是这一理论的实践。

第七节　近代东方文学交流

近代东方文学的发展正处于中国的清朝中期以后,从文学交流的实际情况分析,由于中国封建文化日益衰落,而东方一些民族国家的文化正日益崛起,因此,这一时期的文学交流呈双向互动的趋势,即东方各主要民族国家的文学一方面吸收中国、印度和阿拉伯等强势文学文化,一方面又在努力发展自己的文学文化。

清乾隆(1736—1795)、嘉庆(1796—1820)年间,中朝两国使团往来频繁,促进了学者、学术间的交流。朝鲜学者洪大容(1731—1783)、李德永(1741—1793)、朴趾源(1737—1805)、朴齐家(1750—1805)、柳得恭(1749—?)、金正喜(1786—1856)等人,到清都燕京后,一方面购买书籍,一方面与中国学者交换学术观点,结为密友。回国后,他们著书立说,积极主张学习中国的生产技术,扩大同中国的贸易,以促进朝鲜工商业的发展。由于燕京位于李朝王都汉城之北,史称这些学者为"北学派"。作为"实学家"中的重要派别,他们极大地推动了中朝文化交流的发展。

堪称北学派先驱的洪大容,在燕京期间(1765年12月至1766年2月)多次访问琉璃厂书店,不仅购得多种书籍,而且同清代著名学者严诚(1732—1767)、潘庭筠(1742—?)、陆飞(719—?)等,通过笔谈结交,都有相见恨晚之感。洪大容生前与中国学者交换的书画、尺牍、诗文等,竟有10卷之多。北学派中坚朴齐家曾3次去燕京,写有《北学议》,力主全面学习中国。他与李德懋、李书九(1754—1825)、柳得恭4人合写的诗集《中衍集》曾因清代学者李调元(1734—?)、潘庭筠作序,而得以在燕京流传。诗集回返传到李朝,人称"诗文四家"。其中柳得恭是闻名中国的朝鲜检书官。他在中国不仅结识了"扬州八怪"之一的罗聘(1733—1799),临别时二人有赠诗和答,而且还曾受过让《四库全书》馆总纂官纪晓岚(1724—1805)的礼遇,二人结为忘年交。北学派新秀金正喜24岁时到燕京,会见了清代学界前辈翁方纲(1733—1818)、阮元(1764—1849)等,探讨学问,甚受推重。他回国多年以后,阮元之子阮常生还将阮元著作《皇清经略》(184种,共1400卷)赠送给他。可见他和清代学者的密切联系。在翁方纲和阮元严谨学风的影响下,金正喜以"修己治人之实学"、"实事求是之考据学"为治学之本,为李朝金石学研究作出重大贡献。

李朝提倡宋儒理学,把四书五经,以及程朱、真德秀(1178—1235)等的著作,都翻刻下来,甚至将朱子《小学》作为殉葬品,可见儒学之盛和印刷书籍的普及。这时期还刻印了大量介绍中国医学医药知识的书籍。据史载,李朝成宗(1470—1494)时期,"诸子百家无不锓梓,广布于世","政府与民间对中国人所著重要经、史、子、集以及《三国演义》等,无不大量翻译。"[①]朝鲜李朝由于印书之风大盛,致使16世纪时《三国演义》就已在朝鲜流布,无疑这对18世纪朝鲜"军谈小说"的形成具有很大影响。

李朝时期也是中国的纯文学影响朝鲜文坛最深广的时期。除传统的诗歌、散文等体裁的作品仍在朝鲜文坛大行其道而外,长、中、短篇小说及剧本也大量传入朝鲜,形成中朝文学交流的一大高潮。许多中国古典名著、通俗小说和戏剧传入朝鲜之后,有的被翻译成朝鲜国语作品,有的被增删改写成翻版作品,也有的被肢解后镶嵌在新创作品中,给人以改头换面,又似曾相识的审美情趣。

日本经过1868年明治维新,国势增长,文化有了长足的发展。在此之前,日本主要是向中国学习先进的文化文学,并自愿受其影响。而明治维新前后,日本的价值观开始向西方转变,形成许多现代意识,于是"脱亚入欧"在所难免。中国各界转而重视日本变化,并愈来愈注意向日本学习,文化自不例外。这一复杂而又痛苦的转变与选择,对于历来以天朝大国自诩的中国来说,确实有"无可奈何花落去"之感。直至现当代,中日文化文学正在逐渐完善双向交流的可选择历程。

日本江户时代(1603—1867)初期,商品经济有了很大发展。町人(商人)在有钱有闲的基础上,要求一种与其相适应的审美文化。于是江户时代的文化就具有了代表町人利益的庶民色彩。中国古典通俗小说及其他通俗文学作品,随着往来于中日之间的文人和商贾而进入日本,至17、18世纪已流行甚广。元禄2至5年(1689—1692)刊行了由湖南文山翻译的《三国演义》第一个日本译文。此书深受读者的喜爱,对江户时代的文学,尤其是对小说的结构产生了极大的影响。1705年,通晓汉文的冈岛冠山(1674—1728)将《英烈传》译成日文,题名为《通俗皇明英烈传》。1728年。他逝世前已经翻译了李贽(1527—1602)评的百回本《水浒传》,但译本鲜为人知。直至他去世30年后的1757年,其译本手稿才由他的门生整理,以《通俗忠义水浒传》的书名在京都出版,并产生强烈的反响。许多移植本,如建部绫足(1719—1774)的《本朝水浒传》(1773)、山东京传的《忠臣水浒传》(1779和1801)等,相继出现。而曲亭马琴耗时28年(1814—1842)呕心沥血写成的长篇巨著《南总里见八犬传》,明显参照《水浒传》各种译本写成的。继冈岛冠山之后,1743年,冈田白驹(1692—1767)根据《三言》、《二拍》选译成《小说精言》四卷;1751年又选译成《小说奇言》五卷。1785年,泽田一斋(1701—1782)追随其后,也从《三言》、《二拍》取材,选译成《小说精言》五回。这些摹仿中国小说进行创作或对中国小说进行改编的"翻案"小说,

---

[①] 张秀民:《中国印刷术的发明及其影响》,人民出版社,1958年,第111页。

在江户时代中后期颇为流行。对后世日本文坛影响极为深远。

这期间,与中国古典通俗小说在日本广泛流传同时,日本的文学作品也开始传入中国。1719年,冈岛冠山根据日本有关南北朝(1332—1392)的历史小说《太平记》写成的《太平记演义》,是将日本文学作品翻译成汉文的开山之作。继后出现的译成汉文的日本文学作品有,都贺庭钟(近路行者,1718—1794)于1771年根据日本能剧翻译的《四鸣蝉》;龟田鹏斋(1752—1826)于1815年根据日本歌舞伎《假名手本忠臣藏》翻译成的《海外奇谈》等。[1] 随着日本进入现代社会,其民族文学也在不断丰富、发展,正在逐渐形成对中国文坛产生影响的新趋势。

18世纪上半叶,越南封建统治集团之间的内战已持续近200年而未休,人们处于水深火热之中。邓陈琨(1710—1745)用汉乐府诗写下"千古绝唱"——《征妇吟曲》。这首长诗不仅在写作手法上采撷了汉文乐府的精粹,风格朴实苍劲、情感真挚深沉,而且大量运用了李白、杜甫、王翰、李商隐、王昌龄、白居易等诗人的名句,以及古诗、汉乐府中的诗名。《征妇吟曲》不仅成为越南一部家喻户晓的名著,而且还流传至中国广东、广西等地,当地不少人对它的内容和诗句十分熟悉。

19世纪中叶,越南出现了另一位著名的诗人阮锦审(1819—1870)。其眉间有白毫,因以自号,称为白毫子。他是越南王朝的宗室,自幼受到良好教育,汉文功底深厚。他自9岁开始写诗,曾著有《北行诗集》、《仓山诗钞》,其词集名为《鼓枻词》。清咸丰四年(1854年)三月,越南贡使晋京,途经粤中,携带有白毫子的《仓山诗钞》和《鼓枻词》。当时在粤督幕府中任职的梁萃畲见到这两本诗词集后,异常珍视,将其全部手录下来,存放于箱箧之中,后又赠给自己的得意弟子敬镛公。1934年,这些字字珠玑的上乘之作刊登在上海的《词学季刊》上,以飨读者。白毫子以其独特的风格,甚得中国近现代文人的喜爱。在他的诗词中,中国文学的典故迭出,不少中国古典诗词中的名句被随手拈来,恰如其分地活用在他的创作里,一派大家遣词造句之风。他的诗词虽严格恪守中国诗词的韵律,却毫无牵强附会和呆板的感觉。

大约从15世纪开始,为了打破音韵格律对人们表达新思想内容的束缚,文人学士就相继创造出"六八体诗"和"双七六八体诗"。用这两种诗体写成的作品,故事情节仍然取自中国通俗小说、诗词和戏剧文学等,可以发现它们和中国文学之间难以割舍的血缘关系。

《花笺传》是阮辉似(1743—1790)根据中国明代小说《花笺记》和粤曲中的说唱体小说《花笺记》写成。他初写成此书之后,也题为《花笺记》,后经过其内兄阮善的修改,以及武大问的增饰润色,而成现在的长篇叙事诗规模。郑振铎先生在《中国文学新资料的发现》中指出:"第八才子《花笺记》,此书为粤曲之一种,盖印弹词体之作品而杂以广东方言者。"他在《中国俗文学史》中进一步指

---

[1] 〔法〕克劳婷苏尔梦编:《中国传统小说在亚洲》,颜保等译,国际文化出版公司,1989年,第83页。

出:"广东最流行的是木鱼书,……其中久负盛名的有《花笺记》。"这种俗文学随着广东华侨的移居,在越南广为传播,经过越南作家的移植和艺术再创造,不少名篇成了越南文坛上的佳作。

《金云翘传》又名《断肠新声》或《金云翘新传》,是越南一部家喻户晓、妇孺皆知的名著。其作者阮攸(1765—1820)生于书香门第、簪缨之家,曾两次奉命出使中国,是精通汉文的饱学之士。他可能在 1813—1814 年出使中国期间,见到过明末清初署名清心才人所作的才子书《金云翘传》,并深受启发。于是归国后将中国这部章回小说再创造成用字喃写成的六八体长诗,而仍命名为《金云翘传》。阮攸从韵文体小说的特点出发,对原作中某些累赘冗繁的情节进行了某些必要的删减修改,突出了主题,使人物更加鲜明。因此,越南的《金云翘传》虽然借用了中国同名小说的题材,但绝非是译作,也不是机械地摹仿,而是重新构思和移植再造。它已成为成功地运用越南文学模式、具有越南民族风格、表现越南人民审美理想的一部越南名著。

越南另一部字喃长篇传奇《蓼云仙传》和《金云翘传》相同,也是一部源于中国小说的作品。这部深受越南人民喜爱的名著主要根据清初章回体长篇小说《忠孝节义二度梅》改写而成,并直接受到广东木鱼书《二度梅》和《杏元投崖》的影响。

越南的《玉娇梨新传》和《西厢记》两部作品都是李文馥(1785—1849)所著。其祖先是中国福建人,明朝的遗臣,因不甘仕清而移居越南定居。李文馥曾中举人,并在京为官。1831 年,他受朝廷委派,曾护送过因风暴而进入越南海域的中国人回福建。1833 年曾被派往广东,1834 又被派往中国。1841 年出使中国去燕京途经广州时,曾与当地文士互相吟咏唱和,表现出很高的汉文学修养。他的《玉娇梨新传》是根据中国清朝初年小说《玉娇梨》改写的字喃长篇叙事诗。《西厢记》是李文馥改写王实甫的杂剧《西厢记》而成,其中个别情节也参照了元稹的传奇《莺莺传》。李文馥先后多次到过中国,从南到北,路经广泛,加之他的汉文学造诣很深,把当时已传入欧洲的《玉娇梨》、已传入日本的《西厢记》,移植到越南是不足为奇的。

18、19 世纪,一些无名氏字喃作品也假借中国文学的题材表达自己的爱憎情感。叙述潘必正与陈妙常恋爱故事的《潘陈》完全脱胎于明代高濂的传奇剧《玉簪记》。字喃长诗《二度梅》取材于清初章回体通俗长篇小说《忠孝节义二度梅全传》。《佛婆观音传》又名《观音氏敬》,主要宣扬佛教的忍让、慈悲、博爱等精神和出世思想,这一作品来源于中国民间讲唱文学《龙图宝卷》。字喃长诗《芳华》所描写的女扮男装的坚强女性,和中国弹词《再生缘》中的孟丽君别无二致。

越南字喃文学兴起之时,正是中国文学样式齐备、内容纷呈的元明时期,它们或直接取材于中国文学,或受中国俗文学余波的影响,因而在明显的民族特色之中,也程度不同地表现出中国文学的神髓。字喃文学以独特的民族风格努力打破了汉语文学独霸文坛的局面,但仍未能脱离中国文学的影响,而与中国文学保持亲疏不一的血缘关系。

著名学者、高僧苏曼殊(名玄瑛,1884—1918)曾在《燕子龛随笔》中特别提及印度两大史诗的宏伟及其意义。他指出:"印度《摩诃婆罗多》、《罗摩衍那》两篇,闳丽渊雅,为长篇叙事诗,欧洲治文学者视为鸿宝,犹《伊利亚特》、《奥德赛》二篇之于希腊也。此土向无译述,惟《华严疏钞》中有云《婆罗多书》、《罗摩延书》,是其名称。"(《生活日报》1913年10月1日)《华严疏钞》是佛典名,全称为《大方广佛华严经随疏演义钞》,又称《华严经随疏演义钞》。是唐代僧人澄观(738—839)所著。这表明,早在8世纪末,9世纪初,中国人就已经知道印度这两部史诗的名称了。

众所周知,1923年,胡适先生(1891—1962)在《西游记考证》中提出"《罗摩衍那》中的哈努曼是猴行者的根本"的观点。鲁迅对此持反对意见,在《中国小说的历史的变迁》中指出:"所以我还以为孙悟空是袭取无支祁的。"1930年,陈寅恪先生(1890—1969)在《〈西游记〉玄奘弟子的故事之演变》一文中考证了孙悟空大闹天宫的故事、猪八戒及高老庄招亲故事、沙僧故事等在汉译佛典中的来源。这无异于支持了胡适的观点。以后的学术界对孙悟空到底是"进口货",还是"国产货",始终各执一端,难分轩轾。但毕竟扩大了《罗摩衍那》在中国的影响。

《罗摩衍那》中的故事,经学者研究钩沉,与中国文学还有另外一些关系。唐初传奇中还有一篇《补江总白猿传》,说南梁欧阳纥将军率师南下,行至福建长乐,其妻被白猿精掳去。宋话本、南戏剧本和明代洪楩的同名小说《陈巡检梅岭失妻记》,也记载了一个猿精在梅岭掳人的故事。这些作品与《罗摩衍那》中的故事似乎有某种联系。郑振铎先生(1898—1958)就曾大胆推测:"最早的戏《陈巡检梅岭失妻记》(《永乐大典》作《陈巡检妻遇白猿精》),其情节与印度的大史诗《拉马耶那》(Ramayana,即《罗摩衍那》)很有一部分相类似。"[1]他的判断虽最后未下结论,但意思是很清楚的,即中印这两部作品之间存在着某种联系。

清诗已有近代诗的韵味,其成就虽难与唐诗相比,但一些受佛教思想浸润的僧俗文人,仍然写出不少涉及佛理、佛语的优秀诗作。浙江钱塘(今杭州)人厉鹗(1692—1752),曾客居扬州马曰馆小玲珑山馆数年,遍览宋人诗文。写诗不仅师宗南朝谢灵运,唐代的王维、孟浩然,也取法宋人。因此,诗风清秀、恬淡,善于描写自然景物。经常在一些诗中透出佛理禅意。其名作《灵隐寺月夜》"有修洁自喜之致":

> 夜寒香界白,涧曲寺门通。
> 月在众峰顶,泉流乱叶中。
> 一灯群动息,孤磬四天空。
> 归路畏逢虎,况闻岩下风。

诗中以"夜寒"表示禅寺之清静,而一个"通"字,写尽佛家之曲尽管似"涧曲",却宏博直空的妙境。"月在众峰顶,泉流乱叶中"句,袭用王维"明月松间照,清泉石上流"(《山居秋暝》)中的清寂意境。诗中"一灯"、"孤磬"更强化了

---

[1] 李肖冰等编:《中国戏剧起源》,知识出版社,1990年,第127页。

"息"和"空"中的禅意。最后两句,明写归路畏虎,岩下闻风,暗示灵隐月夜之静,其禅味更浓。因禅宗格外强调静,蕴禅理而成"旷淡"、"静逸"和"味长"之诗风,这正是厉鹗学习前人之为诗在艺术上所追求的意境。

清代另一名诗僧成鹫(生卒年不详),系广东番禺人。中年剃度出家,写诗多露禅心,其著名的《镜》,即是一篇以镜喻禅理的诗:

> 爱尔本无我,虚明识故人。
> 滞形还偶影,顾笑复怜犛。
> 虚宣自生白,太虚谁写真?
> 所磋承弁髦,一见一回新。

诗中以镜子比喻心性不染杂尘,这在佛学理中也是常见的传统手法。镜中本无我,虚明中可识我,这确有禅宗"非空非有,亦空亦有"绝对境界的真谛。最后两句更有顿悟之意,同一个人,同一面镜,何故"一见一回新",这不正是禅宗"明心见性"的现实写照吗?全诗用了3个"虚"字,反复强调镜中影像之"虚",以表现现实世界的虚幻性,颇见禅诗匠心。其他诗中有佛意禅心的作品还有不少。如赵翼(1727—1814)的"江山长不老,名利两空劳。"(《渡江》)、龚自珍(1792—1841)的"先生读书尽三藏,最喜《维摩》卷里多清词。"(《西效落花歌》)、魏源(1794—1856)的"松涛透骨松云寒,万声寂灭念无起。"(《庐山纪游》)、苏曼殊(1884—1918)的"忏尽情禅空色相,琵琶湖畔枕经眠"等。

16世纪以来,由于西方殖民主义的不断东侵,包括中国和阿拉伯地区的许多国家相继遭到程度不同的蹂躏,中国和阿拉伯广大地区传统的文化文学交流逐渐受到阻隔。尽管如此,近现代以来,中国和阿拉伯世界的友好往来,依然取得了不少成就。除中国不少学者克服千难万险去阿拉伯国家,尤其是去麦加朝觐,去埃及求学以外,阿拉伯世界的一些文学作品和许多伊斯兰圣典,也在中国得到翻译。

埃及著名诗人蒲绥里(1212—1296)创作的优秀的颂赞诗篇《斗蓬颂》是世界著名文学作品。早在清光绪十六年(1890)即被云南回族学者马安礼用诗经的体裁译成汉文。阿拉伯文原诗和汉文注释一起刊行于成都,被称为"天方诗经"。

云南大理人马复初(1794—1874)继承了元代以来,云南穆斯林取道缅甸,从孟加拉泛海前往麦加朝觐的传统,于1841年至1848年从云南经思茅出国,取道缅甸、孟加拉、亚丁、也门抵达麦加。归途还参观了伊斯坦布尔和开罗等地。归国后,他以阿拉伯文写成《朝觐途记》一书,详细记录了沿途的所见所闻,此外,他还有30多种有关伊斯兰教义、阿拉伯语文、历法、游记等汉文和阿拉伯译著问世。

第四章
现代东方文学

第一节 现代东方社会文化特点与文学概况

现代东方文学是指 20 世纪两次世界大战期间亚非各国的文学。它主要由民族主义文学和无产阶级文学两大文学思潮构成,而以民族主义文学为主流。它在东方民族古老的文化基础上发展,以东方民族解放斗争的现实生活作肥沃土壤,表达了东方人民的思想、情感和愿望,是东方人民宝贵的精神财富,也是世界文学史上的重要篇章。

一 现代东方社会文化特点

经过近代的启蒙运动和世界大战的洗礼,东方现代社会面临新的世界局势,也进入新的发展阶段。现代东方国家和地区虽然各自的文化传统、社会经济结构、阶级结构各不一样,经济发展水平也极不平衡,但依然大多是帝国主义压迫和奴役的殖民地、半殖民地,依然处于东西社会、文化的剧烈冲突之中。从整体看,现代东方的社会、文化有几点很突出:

第一,反帝反殖的民族解放运动深入开展。与近代东方的民族解放运动相比,现代东方的民族解放运动获得深入展开,主要表现在:(1)近代民族解放运动主要是在部分民族知识分子当中开展,是以思想运动的形式唤起民众的民族意识;现代民族解放运动深入到普遍民众,以武装起义和政治革命的形式展开。(2)近代民族解放运动是以保存民族文化传统,维护民族宗教,争取与殖民国的平等权利为宗旨;现代民族解放运动的目的非常明确:建立独立的民族国家。(3)近代民族解放运动中的东方知识精英有民族主义思想的萌芽;现代民族解放运动中已有各自民族思想领袖提出比较系统的民族主义思想,形成东方现代的民族主义思潮。

现代东方的民族解放运动主要有:朝鲜的三·一抗日民族起义(1919)、缅甸反英民族解放高潮(1918—1922)、印尼抗荷武装起义(1926—1927)、印度两次反英高潮(1919—1921)、埃及华夫脱运动、摩洛哥解放战争、埃塞俄比亚抗意战争、中国抗日战争、越南抗击法、日武装起义(1940—1945)。

现代东方民族解放运动的深入,固然有东方社会发展的原因,但第一次世界大战也是一个重要的因素。第一次世界大战西方列强内部因战争而受到削弱,更重要的是殖民地民众参战,拓展了视野,对殖民者有了新的认识,"欧洲列强的一个集团同另一集团血战到底的惨状不可弥补地损坏了白人主子的威信。

白人不再被认为几乎是天命注定的统治有色人种的人了"①。法国驻印度支那总督在1926年写道:"这场用鲜血覆盖整个欧洲的战争……在距我很遥远的国度里唤起了一种独立的意识……在过去几年中,一切都发生了变化。人们、观念和亚洲本身都在改变。"②

第二,民族主义思潮的涌动。在反帝反殖的民族解放运动中,东方国家出现了一批民族主义的思想家,如中国的孙中山、印度的甘地(1869—1948)、阿富汗的塔尔齐(1865—1933)、土耳其的凯末尔(1881—1938)、阿拉伯的萨提·胡斯里(1882—1968)等,他们的理论和思想,形成东方现代民族主义思潮。"民族主义思潮是20世纪东方国家和地区的主要政治思想倾向,又是盛行的政治信仰、情感、思维方式和伦理价值观,……它在共性上集中表现了政治文化的核心观——国家观上,在共同任务上表现于反帝反殖和发展民族经济方面;同时在内容和形式方面又表现为个性各异、绚丽多彩。"③

东方现代各国的民族主义思想与各自民族的文化传统相结合,扎根于民族的社会现实,成为指导各国民族解放运动和民族国家体系建立的理论基础。

第三,马克思主义的广泛传播与无产阶级政党的诞生。马克思主义自19世纪中期诞生以来,在世界范围迅速传播,在20世纪初已传入东方。随着列宁将马克思主义运用于俄国社会实践,建立起第一个社会主义国家,并在30年代取得巨大成就,东方各国的一些知识分子对马克思主义自觉追求,加上"第三国际"的指导,马克思主义在东方各国广泛传播。在这样的背景下,东方国家的无产阶级政党——共产党陆续成立,如中国共产党(1921)、日本共产党(1922)、朝鲜共产党(1931)、印度共产党(1933)等。这些政党在第三国际领导下,组织各自国家的民众投入反帝、反殖、反封建运动,为推动各国的民族解放和社会进程发挥积极作用。马克思主义的广泛传播,也为东方当代国家的社会主义运动实践奠定了理论基础。

第四,探寻民族发展道路、社会改革和现代化建设的构想。东方的民族主义运动包括政治上的独立、经济上的改革和文化上的整合三个方面。一旦民族独立的政治目标明确,经济和社会的改革也会受到关注。现代东方一些得到殖民国承认独立的国家,率先一步进行现代化建设的探索,如土耳其的凯末尔改革(1923—1938)、阿富汗的阿马努拉改革(1919—1929)、伊朗的礼萨汉改革(1925—1937)、里夫共和国的凯利姆改革(1921—1924)、埃及的柴鲁尔改革(1924)、埃塞俄比亚的塞拉西一世改革(1930—1935)等。他们改革的方式、内容、成效都不一样,但目的都是试图改变民族的落后面貌,世俗化、民族化、现代化是其共同的追求。一些尚在争取独立的民族和地区,也有一些思想领袖在探索未来国家的发展道路。如印度尼赫鲁的"中间道路"、印尼苏加诺的互助合作

---

① [美]斯塔夫里阿诺斯:《全球通史:1500年以后的世界》,上海社会科学院出版社,1992年,第615页。

② 转引自K.M.潘尼卡:《亚洲和西方的统治》,纽约,1953年,第262页。

③ 彭树智:《东方民族主义思潮》,西北大学出版社,1992年,第5页。

"五原则"等民族发展道路的理论,都在独立前已经形成,这样才保证其在印度、印尼独立后辅助社会实践,比较顺利地推进民族国家的现代化进程。

日本在现代东方是个特例。日本明治维新后迅速发展,经过甲午战争(1894—1895)和日俄战争(1904—1905),成为世界强国。现代的日本走上了侵略扩张的道路。

二 现代东方文学的主要成果

现代东方文学在亚非各个地区都有较大的发展,虽然发展不平衡,但从南非到北非,从东亚到西亚的各个国家的文学都取得不同程度的成就。下面就一些主要国家或地区作些介绍。

(一)日本与东亚现代文学

日本现代文学是东方现代文学的一个特殊现象。由于日本自"明治维新"后走上资本主义道路,无产阶级也很快成长,但遭到政府的残酷镇压。30、40年代发动对外侵略战争,战败后经历过一个混乱时期又开始迅速发展。这样的现实土壤使日本现代文学不同于其他东方国家的现代文学。

日本现代文学经历了战前、战中两个时期。战前无产阶级文学是主流。从1921年《播种人》杂志创刊开始,日本无产阶级文学迅速发展,1925年成立"日本普罗文艺联盟",1928年成立"全日本无产阶级艺术联盟",产生了小林多喜二(1903—1933)、德永直(1899—1958)、中野重治(1902—1979)、叶山嘉树(1894—1945)等一些著名作家。1933年小林多喜二被政府杀害,标志无产阶级文学转向低潮。这一时期与无产阶级文学相对的是"新感觉派"和"新兴艺术派"两个资产阶级流派。前者是1924年创办的《文艺时代》的同人形成的流派。他们接受西方现代派文学的影响,反对传统的现实主义,企图进行一场文学革新运动。他们主张不再通过视觉进入知觉、把握客观规律认识世界,而是通过变形的主观来反映客观世界,描写超现实的幻想和心理变态;强调艺术至上,认为现实中没有艺术,没有美,因而在幻想的世界中追求虚幻的美。这一流派的代表是川端康成(1899—1972)和横光利一(1898—1947)。《雪国》(1935—1947)是川端康成的代表作,他的这部作品获得1968年的诺贝尔文学奖。"新兴艺术派"因1930年组织的"新兴艺术派俱乐部"而得名。他们也以现代派手法,集中描写城市生活的奢侈、颓丧面,充满虚无、消极色彩。这一派的代表作家有井伏鳟二(1898—1993)和堀辰雄(1904—1953)等。

战争时期法西斯文学占统治地位。随着军国主义向外扩张,对内也残酷镇压,左翼文学运动被迫停止活动,一批无产阶级作家转向,也有以中野重治、宫本百合子(1899—1951)为代表的一批作家在没有组织力量的情况下坚持抵抗态度。以保田与重郎为首的一批作家组织"日本浪漫派",宣扬国粹主义。后来组织的"日本报国会"则纯是法西斯的文学组织。这一时期值得提到的是一位新起的现实主义作家石川达三(1905—1985),他于1935年发表的《苍氓》,真实地展示了贫苦无告的农民移居他乡的惨况,获首届"芥川奖"。

朝鲜20年代以后有"创造派"、"废墟派"、"白潮派"等组成的纯文学思潮和

"新倾向派"、"卡普"组成的无产阶级文学思潮的对立,在冲突中促进朝鲜现代文学的发展。纯文学思潮受西欧现代主义文学影响,主张文学超阶级、超道德,追求文学形式和艺术美,代表作家是金东仁(1900—1951)。无产阶级文学受原苏联文学影响,强调文学的阶级意识和政治方向,代表作家有崔曙海(1901—1932)、李箕永(1895—1985)、赵明熙(1892—1942)、韩雪野(1900—?)等。其中李箕永的《故乡》(1933)艺术地再现了 30 年代朝鲜反帝反封建的社会现实,是朝鲜现代文学的力作。

(二)印度现代文学

印度现代文学是东方现代文学的典型代表。其发展可分为独立前和独立后两大阶段。

独立前又以 1936 年印度"进步作家协会"的成立为界分为前后两期。前期是现代文学确立阶段,每个语种的现代语文学都奠定了发展的基础;后期是发展繁荣时期,众多的流派,各种思潮同时出现,但以反对英国殖民统治,要求民族独立为这一阶段文学的主体内容。

印度现代文学是在古老的文化遗产的基础上发展的。随着现代社会的变化,新的文化思潮的传入,给印度现代文学带来新的变化。大体上讲,印度现代文学有接受甘地主义影响,在民族文学土壤中生长的民族主义文学;有受弗洛伊德精神分析学说影响,吸收西方现代派表现手法的新文学,出现"实验文学"、"幻想主义"、"超现代派"等流派的现代主义文学;有在马克思主义指导下受到前苏联文学影响的"左翼文学"。主流是民族主义文学,包括民族主义诗歌和进步的现实主义长篇小说,戏剧和散文成就不太突出。

从语种来说,印度现代文学成就较大的有印地语文学、孟加拉语文学、乌尔都语文学和英语文学。普列姆昌德(1880—1936)是印度现代文学的奠基人。他用乌尔都语和印地语创作,创作了 12 部长篇小说和 300 余篇短篇小说。他的小说表达了殖民统治下印度人民的呼声,具有强烈的时代气息。他是印度文学史上继泰戈尔之后的伟大作家。泰戈尔主要表现城市中、上层人物的思想和生活,普列姆昌德主要展现农村下层人民的生活图景,长篇小说《戈丹》(1936)通过普通农民何利一生的悲惨遭遇,描绘了帝、资、封三重压迫下农民的贫困和痛苦。普列姆昌德对农村生活的描绘和他简朴晓畅的艺术风格,为印度现代文学开辟了新的领域。伊斯拉姆(1899—1976)是用孟加拉语创作的印度著名诗人。他以满腔的激情、磅礴的气势,抒写对殖民统治和社会丑恶的仇恨,对美好未来的憧憬。其代表作《叛逆者》(1921)中塑造了一个追求自由解放,充满斗志和勇气的抒情主人公形象。杰辛格尔·普拉萨特(1889—1937)是用印地语创作的著名浪漫主义诗人。在印地语文坛上,他和普列姆昌德并列。他的代表作《迦马耶尼》(1935)取材于古代神话传说,通过隐喻象征手法,曲折地反映现实社会,表达对帝国主义和资本主义的不满和对民族精神的歌颂,探索印度未来的出路。安纳德(1905—2004)在独立前用英语创作了不少小说,《苦力》(1933)、《两叶一芽》(1937)和 40 年代初创作的三部曲(《村庄》、《越过黑水》、

《剑与镰》》等作品，深刻地揭露了殖民统治的罪恶，展示人民的痛苦和他们的觉醒。

(三) 其他地区的现代文学

东南亚地区。东南亚地区具有相同的历史背景，近代都沦为西方殖民属地，二次世界大战几乎都被日本占领，二战后大都独立。反帝反殖是东南亚各国现代文学的基本主题。成绩可观的有越南、缅甸、泰国、印度尼西亚、菲律宾等国的文学。缅甸的德钦哥都迈(1875—1964)、泰国的西巫拉帕(1905—1974)、印尼的阿卜杜尔·慕依斯(1886—1959)是著名作家或诗人。德钦哥都迈是缅甸新文化运动的旗手，以他的爱国主义诗歌，唤醒沉醉的国民，声讨殖民主义，向往民族独立，代表作有《洋大人注》(1914)、《孔雀注》、《德钦注》等。被誉为"泰国文学太空中的王鸟"的西巫拉帕的创作具有强烈的反封建色彩，他的代表作《画中情思》(1937)表现封建传统对人性的摧残，也客观地表明：现代意识在东方社会生长的艰难。西巫拉帕的长篇小说《向前看》(1955—1957)广泛描写了泰国30、40年代的现实生活。阿卜杜尔·慕依斯的著名长篇《错误的教育》通过土著青年汉纳菲与荷兰血统姑娘柯丽的恋爱悲剧，表现东西文化冲突中应有的民族立场，也体现了作家回归民族的急切愿望。

阿拉伯地区。阿拉伯地区现代文学起步早，成就显著。在20、30年代的"笛旺派"诗人反对复兴派的复古倾向，强调诗歌的现代感受和情感的真诚表达，要求表现人类普遍的美感，把握大自然和生命的本质。代表诗人是舒凯里(1886—1958)，该流派因阿卡德、马齐尼合著《笛旺集》而得名。在小说领域，有"埃及现代派"。这里的"现代派"是时间概念，表明该派创作的思想和艺术表现不同于传统文学。主要代表作家是塔哈·侯赛因(1889—1973)、陶菲格·哈基姆(1898—1987)、迈哈穆德·台木尔(1894—1973)。侯赛因被誉为"阿拉伯文学泰斗"，他的创作塑造了埃及文学史上追求知识和真理的知识分子形象，代表作《日子》(1926—1939)是三卷本自传体小说，把个人奋斗与民族复兴有机结合起来，既是个人的心路历程，又有着广阔的社会面，是埃及现代文学的里程碑。哈基姆是埃及最具国际影响的现代作家，他的小说代表作《灵魂归来》(1933)，通过对一个从乡村来到开罗不久的家庭的描写，呼唤民族精神，具有深厚的历史文化内容。哈基姆还是埃及现代戏剧开创者，创作了《洞中人》(1933)、《山鲁佐德》(1934)等富于哲理的现代剧作。台木尔被称为"尼罗河的莫泊桑"，创作了400余篇小说。他的现实主义短篇小说，描绘了一幅幅埃及社会的生活图画，充满着人道主义精神，代表作如《沙良总督的姑妈》、《小耗子》、《纳德日雅》等。

黑非洲地区。黑非洲地区指撒哈拉沙漠以南，包括东非、西非、南部非洲的广大地区，因这里绝大多数是黑色人种，故称"黑非洲"。该地区遭受西方殖民统治时间早，受害深，大都在60年代才获得民族独立。黑非洲的现代文学在反对西方殖民主义残酷统治的斗争中发展，19世纪末基本上结束了口头文学阶段，经过20世纪上半期的觉醒探索过程，40、50年代获得较大发展。30年代塞内加尔的莱奥波尔德·桑戈尔(1906—2001)与同道在巴黎创办《黑人大学生》

杂志,创导"黑人性"运动,发表"黑人性"文学,主张从非洲传统生活中吸取灵感和主题,展示黑人的光荣历史和精神力量,维护"黑皮肤"的尊严,反抗民族压迫和歧视,表达对祖国、家园的挚爱。桑戈尔本人是著名的非洲法语诗人、创作了不少"黑人性"诗歌。桑戈尔在学生时代就开始写诗。一生中共创作有诗集《歌》(1945)、《黑色的祭品》(1948)、《埃塞俄比亚诗集》(1956)、《夜歌集》(1961)、《热带雨季的信札》(1972)和《主要的哀歌》(1979)等,后又编辑出版《黑人和马尔加什法语新诗选》,介绍"黑皮肤"诗人的代表作,同时对"黑人性"进行了理论的阐述,主张从非洲传统生活的源泉中汲取灵感和主题,展示黑人的光荣历史和精神力量。所有这些都为推动黑非洲法语文学乃至整个非洲文学都做出了十分可贵的贡献。

现代黑非洲的著名小说作家是南非的彼得·亚伯拉罕(1919—?)、塞内加尔的桑贝内·乌斯曼(1923—?)、喀麦隆的费南丁·奥约诺(1929—?)。亚伯拉罕的作品重点揭露种族歧视,他的名作《矿工》(1946)是开创南非现实主义的第一部作品,小说描写黑人朱玛在种族歧视下逐渐觉醒,最后领导矿工罢工。他的另一部作品《献给乌多莫的花环》(1953)也塑造了一个民族振兴道路探索者形象,艺术地展示了黑非洲社会守旧与进步、部落主义与现代思想之间的斗争以及民族发展的艰难。奥约诺的《老黑人和奖章》(1956)是一部具有国际影响的非洲小说,通过一个农民从接受殖民者的勋章到事实教育下觉醒的过程,揭露殖民统治的罪恶,表现民族的觉醒。乌斯曼的《塞内加尔的儿子》(1957,又译《祖国,我可爱的人民》)是他的重要作品。这部带有自传性质的小说塑造了一个为祖国的自由富庶不顾一切,献出自己的全部精力以至生命的知识分子形象。

三 东方现代文学的特征

亚非地区广大,分布辽阔,各个民族、各个国家的文学发展状况都有自己的特点。但大致相同的社会景背,使东方现代文学表现出一些共同的鲜明特征。

第一,随着东方各国民族解放运动的深入开展,具有鲜明的战斗性和现实主义色彩。

东方现代文学是在东方各民族深入开展反帝、反殖的民族解放运动中发展的,是东方民族解放运动的一个组成部分。它以对现实的描绘,展现了解放运动的各个发展阶段。比较突出地描写东方人民抗击帝国主义侵略的武武装斗争,成功地塑造了一批为民族独立而斗争的英雄人物。随着反帝反封建新文学运动的展开,出现了一大批在各国产生巨大影响(甚至世界影响)的诗人、作家,如印度的普列姆昌德、巴基斯坦的伊克巴尔(1873—1938)、突尼斯的夏比(1909—1934)、土耳其的萨·阿里(1907—1948)、菲律宾的卡·布罗山(1915—1956)、伊朗的赫达雅特(1903—1951)、缅甸的德钦哥都迈、朝鲜的李箕永等。他们的作品都具有强烈的反帝、反封建的民族民主进步内容,主题鲜明,笔调深沉。在广阔的社会背景中,从各个侧而来表现现实,艺术技巧也不断提高。

第二,出现自觉的文学运动和文学社团。

东方现代文学在近代启蒙文学的基础上向前发展,目的明确,道路显然:即联合本民族的文学力量,建立一种具有鲜明民族特色的新文学。在一些国家展开了积极的有组织的文学运动。如印度成立了"进步作家协会",缅甸掀起"实验文学运动",印尼出现"新作家派",埃及的"现代主义派"(前一时期形成,这一时期兴盛)和苏丹的"曙光派"等都进一步发展。在一些国家出现了有组织的文学社团,有的围绕一、二个同人刊物开展文学活动,探索民族文学发展的道路。在探索中有着比较激烈的斗争,一方面继承自己民族文化中的优秀传统,但要批判旧的封建文化;另一方面借鉴西方文学,但要反对帝国主义文化。作家队伍是民族资产阶级、小资产阶级和早期无产阶级作家。

第三,无产阶级文学获得发展。

由于马克思主义在世界范围的传播,一些东方国家找到了这一科学真理,无产阶级作为重要的政治力量登上历史舞台,无产阶级文学迅速发展,在朝鲜、日本等国家,无产阶级文学一度成为文坛主潮。无产阶级文学的发展,进一步促进了民族主义文学的发展繁荣。这两大文学潮流在反帝反封建,要求独立自主等方面是一致的。但二者在本质上不同,民族主义文学属于批判现实主义文学,是资产阶级民主革命的一部分,其指导思想一般还是资产阶级的人道主义,目的仅在于推翻殖民统治,建立一个独立的君主立宪或资产阶级执政的国家。而无产阶级文学是在马克思主义科学理论指导下的无产阶级斗争的组成部分,它的目的不仅要推翻殖民统治,还要推翻一切剥削制度,建立一个真正自由平等的社会主义制度。

第四,描写农村题材、刻画深受殖民统治和封建势力双重压迫的农民形象。

中世纪长期严酷的封建统治,使东方国家的资本主义因素发展缓慢;近代西方帝国的殖民统治,又严重阻障东方民族资本主义的发展,因而直到现代,东方还主要是以农村经济为主体的社会结构。农民深受殖民主义和封建势力的双重压迫。表现农村生活的现实,反映农民的苦难,自然是现代东方文学的重要方面。在现代东方文学中,出现了一批熟悉农村生活、了解农民、毕生致力于描写农村题材,取得突出成就的作家。如土耳其文学史上第一部全面反映农村生活面貌的小说《纺车停转》的作者埃尔腾、斯里兰卡的杰出作家魏克拉玛辛格(1891—1976,写作了《改变中的村庄》)、缅甸著名作家貌廷(1909—?,著有《鄂巴》)和朝鲜的李箕永、印度的普列姆昌德等,他们往往以史诗般的气势,既刻画闭塞、贫困、痛苦的农村现实图画,也由农村写开去,以被迫破产的农民流落他乡城镇为线索全面展示本民族现代生活的巨幅画卷,把反帝和反封建交织起来;既刻画了深受压迫剥削的农民形象,也歌颂人民的反抗斗争。现代东方文学中不仅有一批这样的农村生活"史诗",还有一大批描写农村的短篇小说,从各个侧面描绘农村生活风貌。东方现代文学中,即使是描写城市题材的作品,也往往与农村有着千丝万缕的联系,或是城乡交织穿插,或是渗透着原始农业文明观念。这与以写城市的奢华颓丧、空虚无聊为主要内容的西方现代文学恰成鲜明对比。

第五,具有深厚的民族传统和广泛的群众基础。

东方具有古老优秀的文化遗产。随着民族意识的觉醒,东方作家学习继承民族文化遗产,弘扬民族传统,深深地影响了东方近现代文学。虽然作为整个东方的"文艺复兴"的口号到 20 世纪 50 年代才提出,但一些国家早就有复兴民族文化传统的运动,如埃及"复兴派"的活动。一些作家有意向古典文学学习,结合现实,从古代作品中选取题材,曲折地反映现实,如印度帕勒登杜的剧作和日本芥川龙之介的短篇小说。为建立具有民族特色的新文学,向传统文学学习,也向民间文学学习,一些作家改编民间故事来反映现实,吸取民间文学的精华。

当然也不可否定,现代东方文学也受到西方文化的影响,但它还是深深根植于民族文化的土壤中。东方现代文学是在西方文学的刺激和影响下产生发展的,从文学观念、创作方法到文学体裁都对西方文学全方位吸纳。但这不是全方位的西方化,东方文学的深厚传统起着巨大作用。日本是东方受西方文学影响最大的国家,其代表作家川端康成说:"我们的文学虽然是随着西方文学的潮流而动,但日本文学的传统却是潜藏着的看不见的河床。"的确如此,东方现代文学的发展过程,就是对西方文化与文学的最初被动接受、进而自觉选择,经过模仿,再到富于民族特色的创造这样一个渐进过程。在这一过程中,民族传统始终起着重要作用。

第六,创作体裁多样齐备、艺术风格朴实豪放。

东方现代文学继承古代文化传统,又向西方学习,经过近代的过渡、艺术技巧不断提高,创作体裁也比较完备。诗歌方面,叙事长诗、抒情诗、散文诗都不乏优秀之作,还有西方文学中不多见的简洁明快、富于号召力的歌谣式短诗。小说是东方现代文学的年轻成员(就整个东方文学而言),以它蓬勃的朝气活跃于东方现代文坛,表现了它的巨大活力和光辉前景。长篇、中篇、短篇都表现出繁荣局面,有一批小说完全可以列入世界名作之林。散文和戏剧的成就次于诗歌和小说,但较之近代还是有较大发展。

一般来说,东方现代文学的艺术风格是朴实的,没有精细的人工雕琢,感性描绘多理性分析少,加上大量运用人民的口头语言,读来浅易通俗、明白朴实。但往往展示广阔的社会面,描写整个民族的命运,又具有宏观境界,显得豪放阔大。

第二节 川端康成与《雪国》

川端康成是日本当代的著名作家。他一生创作颇丰,各类体裁均有脍炙人口的佳作。他将欧美现代主义的创作技巧融入日本民族的审美传统里,开创了一个川端特有的艺术世界。1968 年,他荣获举世瞩目的诺贝尔文学奖。

一 生平与创作

川端康成(1899—1972)出生于日本大阪市。据说川端家族是镰仓幕府第三代执政官北条泰时的后代,"我有北条泰时第 31 代或 32 代孙这样一个不甚可靠的宗谱"(《文学自传》),到川端爷爷那一代,还拥有房屋、山林、田地、庙宇和私人墓山,是村里的大户人家。但川端世家也从这时开始衰落,房地产逐渐所剩无几,没落世家的阴影给年幼的川端带来一丝人生的悲凉,让他体悟到生活的苍白。然而打击更为严重的是亲人的相继去世,川端两岁时,身为医生的父亲患肺结核病故,母亲在照料父亲时感染,一年以后继父亲而去。川端由祖父母精心抚养,但7岁那年,无比疼爱他的祖母突然弃他而去。3年后,姐姐病逝,川端与风烛残年、双目失明的祖父过着惨淡的生活。而16岁时,相依为命的祖父也与世长辞,只留下川端孤零零的一个人在世上。《十六岁日记》记录了与患病的祖父相伴时的感伤。"孤儿的悲哀"渗入到他的创作中,而且过早而频繁地接触死亡也促使他一生都思考着生与死的问题,在他的作品中,死亡与生命如影随形,他常常在死的阴影下探索生的美,生命也因此显得虚无缥缈。祖父死后,川端辗转寄居在几位亲戚家里。在缺少亲情挚爱的环境里,川端寄情于自然,赤脚去看平原的日出;裸体躺在河畔仰望苍穹;中学寄宿时与同学疏远,在窗口边孤独地观赏月亮;甚至爬到树上全神贯注地看书。大自然在他的笔下呈现出无限的美,这种美与人物寂寥的心情交相辉映,形成川端作品独特的感受力。

川端从小爱好文学,自幼阅读了日本优秀的古典名著《竹取物语》、《源氏物语》、《枕草子》以及井原西鹤、近松门左卫门的作品,日本传统的审美情趣给他很大影响。1917年,他考入东京第一高等专科学校英文专业,开始大量阅读陀思妥耶夫斯基、契诃夫、泰戈尔等外国作家以及志贺直哉、德田秋声等日本近现代作家的作品。1920年,他升入东京帝国大学,更加积极地投身于文学事业,与几位好友筹备出版了第六次《新思潮》杂志,发表在第二期的《招魂节一景》(1921)受到老作家菊池宽的赞赏,川端的文学才能开始得到文坛认可。从《招魂节一景》开始,许多作品表现了对处于社会底层少女的同情,阿光、阿留、樱子性格各异,但都无法逃脱被欺诈的命运。《温泉旅馆》(1929)、《浅草红团》(1929)中的女性被人玩弄,尽管怀着一点点可怜的美好愿望,只落得悲惨的下场。但这种同情越往后发展,越是以一种淡淡的、观望的态度表现出来,作者更多的是欣赏她们的姿容所带来的美感。在《雪国》中,艺妓驹子对岛村满腔热情,在艰苦的环境里努力生活,但岛村眼看驹子每况愈下的生活,只是一再宣称:"我并不能为她做什么事。"发展到后期,《睡美人》(1962)完全摒弃了这些流落风尘的女子的生活和灵魂,以"纯粹的肉体"为媒介,塑造极端的、不灭的官能之美,力图探索生命最本初的存在。

大学毕业后,他没有谋求有稳定收入的职业,宁可忍受艰苦的生活,从事专职写作。他与横光利一等几位好友创办新刊物《文艺时代》,在《发刊词》上,他以一个年轻人的热情宣称:"……它是一场破坏既有文坛的运动。""我们的责任是革新文艺,从而从根本上革新人生中的文艺和艺术观念。"由此宣告了日本第一个现代主义文学流派——新感觉派的产生。在《新进作家的新倾向》(1925)一文中,川端阐明了自己的新感觉文学的主张。他着意强调以自我的感觉方式呈现作家所认识的世界,以主观性的表现手法替代传统叙事文学的客观性。他举例说明:如果过去的文学家表现"我的眼睛看见了红蔷薇",新时代的作家应表述为"我的眼睛成了红蔷薇"。《感情装饰》(1926)是他在这一运动中的代表作。虽然新感觉运动在日本文坛和川端创作生涯中持续的时间并不长,但新感觉的表现手法一直潜存于川端的作品中。

1926年,川端以几年前伊豆旅行中的亲身经历为素材创作了脍炙人口的《伊豆的舞女》。男主人公是一个青年学生,在旅行中与一伙萍水相逢的江湖艺人结伴而行,下层民众的淳朴热情温暖着他的心,其中有个天真美丽的小舞女更是牵动着他的情怀。少男少女情窦初开时朦胧的恋情,离别时心照不宣的依恋,使整部作品笼罩着青春纯洁的气息,这种充实、明朗的风格在川端的小说中并不多见,但尽管如此,小说同时也不乏川端特有的哀伤的美感。

当日本逐渐被战争的狂热所席卷,川端的总体倾向是回避,似乎战争与己无关。但日本的惨败以及战后日本现实生活与精神生活的混乱和感伤却给川端不小的冲击,他的一系列作品,如《五角银币》(1946)、《重逢》(1946)、《竹叶舟》(1950)、《日兮月兮》(1952)等表现了战争给一些渺小人物的平凡人生带来的创伤。《东京人》(1954—1955)、《河畔小镇的故事》(1953)再现了美国占领军损害日本人民和日本文化的事实。作家宣称:"以战败为分水岭,我从此仿佛只有脚离现实,遨游于天空了。"的确,川端其后的创作更深地滑向内心世界,感受性更加强烈。《古都》(1962)表现了从小分离的孪生姐妹相逢时的悲欢离合,以及她们含蓄的情感经历。在这篇小说里,作者刻意地挖掘日本自然景物及风俗文化的美感。景物并不仅仅是为了衬托人物,而是将人物的心灵融入到自然风物之中,人的情绪、心境与自然之美、风俗人情之美交相辉映。作者以自己的心触摸着京都的古老文化,他认为,这才是真正的日本。

川端后期有一部分作品充满了强烈的官能色彩,《湖》(1954)、《山音》(1954)、《千羽鹤》(1952)、《睡美人》(1960)、《一只胳膊》(1964),这些作品的共同主题是对女性肉体美的极端追逐,充满着颓废的气息。人物在生命的衰竭中尽力抓住美的幻影,以此抓住生命的力量,表达的是"官能=美=生命"的概念。这种对生的探寻又因随时降临的死亡的阴影而显得格外触目惊心。这些超越伦理的作品表现的是作者对人生的另一种观望,揭开道德、社会对人欲压抑的外壳,展现最深层次欲望的本来面目,实则更多的不是表现人的肉欲,而是基于肉欲的人的精神活动。道德在这里反倒成了促成审美的催化剂,因为如果道德的栏杆不再存在,也就无所谓性的压抑、性的苦闷、性的幻想中所产生的美感,以及从对性的追求中焕发的生命力。

川端一生创作丰富,他擅长表达人物内心深处的感受,《十六岁日记》(1925)、《致父母的信》(1923)、《参加葬礼的名人》(1923)表达的是失去亲人的孤独感受;《篝火》(1924)、《南方之火》、《脆性的器皿》(1924)表达的是失去恋人的苦恼感受;《禽兽》(1923)、《雪国》表达的是人生虚无的感受;《千羽鹤》、《睡美人》等后期作品表达的是对美的极端感受。川端的作品总是笼罩着一层或浓或淡的悲凉氛围,他展示人物的生存状态,映射人物的内心情感,但并不指明他们该何去何从,他们的际遇也好,探索也好,抒发的都是作者自身对世界的情怀。不过,《花的圆舞曲》(1936)、《舞姬》(1951)、《名人》(1954)几部作品表现了对艺术不懈追求的理想状态,主人公虽然在现实中处于弱势,但人物的灵魂与崇高的艺术境界合而为一,表达了艺术高于一切的观点,蕴涵着一种内在的强健力量。川端很少展现人物与社会、与道德的巨大冲突,即使在后期明显违背伦常的作品中,川端也巧妙地让他的主人公避开现实秩序的制约。除了战败对他的冲击外,时代背景在他的作品中总是若有若无。

川端对世界文学和日本文学的贡献还表现在他对艺术表现领域的探索。他致力于东西方文化和文学的融合,将西方文学,尤其是西方现代派文学的表现手法融入东方精神。在新感觉运动时代,川端竭力宣扬表现主义、达达主义等西方现代流派,但即使在那时,日本的艺术传统就已经存在于他的灵魂中;日本式的主观真实、细腻的情感触觉、美与哀的结合、超功利的审美态度,都秉承着民族的文化传统。因此,他后来在《文学自传》中宣称:"我接受西方近代文学的洗礼,自己也做过模仿的尝试。但我的根基是东方人。从15年前开始,我就没有迷失自己的方向。"其后,川端受到乔伊斯的影响,以意识流的手法创作了《针、玻璃和雾》(1930)、《水晶幻想》(1931)。川端还自觉地接受了弗洛伊德的理论,《春天的景色》(1927)用象征和暗示的手法表现情欲和本能冲动;《山音》以梦境揭示内心潜藏的欲望;《母亲的初恋》(1940)、《千羽鹤》表达超越道德、基于血缘延续的爱情;《睡美人》、《一只手臂》具有明显的恋物癖倾向,将性本能上升到美的享受和艺术创造的高度。但川端的根基是日本的传统,随着他创作技巧的日趋成熟,他越来越自觉地认识到将西方文化和文学有机地吸收到日本文化和文学整体之中,而不是生搬硬套。《古都》中女主人公与风物相融的感伤情绪中流淌着平安朝以来的物哀精神以及随四季流转的审美传统,《千羽鹤》中志野瓷的茶具象征了"幽寂"的意境,《睡美人》蕴涵着东方佛教无常美感的气息。而他的代表作《雪国》的创作标志着东西方的完美结合。他以《雪国》、《千羽鹤》、《古都》三部作品获得诺贝尔文学奖,授奖辞中肯定川端作品的核心是"日本人的传统观念及其本质",但又可"发现他在气质上与西欧的近代作家有某些相似性",从而"在架设东方与西方的精神桥梁上做出了贡献"。

除了中长篇小说外,川端还创作了大量的掌小说,即形式精巧的小小说,像《拾遗骨》(1949)、《石榴》(1943)、《处女作作祟》(1927)、《殉情》(1926)、《信》、《不死》等。许多作品都是名篇佳作,题材广泛,笔调精致。此外还有散文随笔、评论杂感等上千篇。《我在美丽的日本》(1968)、《美的存在与发现》、《不灭的美》等一系列文章阐明了川端的美学主张。《临终的眼》(1933)、《文学自传》(1934)传达艺术与人生的关系。

二 《雪国》

《雪国》的成书过程漫长而特殊,从1935年1月开始,以《晚景之镜》、《白色的晨景之镜》、《物语》、《徒劳》、《萱花》、《火枕》、《拍球歌》等短篇的形式在杂志上连载,1937年出版了单行本,但作者后来又补写了《雪中火场》、《银河》两章,并反复修改,直到1948年重新刊出新版本,才形成定稿本。小说倾注了川端的心血,也是他最自信的作品之一。

小说描写来自东京的中年男子岛村在百无聊赖中3次到雪国游历,与当地的两名女子驹子和叶子的情感纠葛。岛村靠祖上遗留的家产过着衣食无忧的闲适生活,第一次来到雪国时,偶然的机会认识了当地舞蹈师傅家的姑娘驹子,驹子年轻美丽,尤其是"洁净得出奇",岛村对她抱有好感,驹子更是热恋岛村,主动委身于他。为了跟驹子相会,岛村第二次来到雪国,途中被同车的叶子玲珑剔透的美所吸引。此时,驹子为生活所迫,同时为给师傅的儿子行男治病而沦为艺妓,众人传言两人定有婚约,但驹子矢口否认,而与岛村的接触日益频繁。驹子在车站送岛村回东京时,正值行男病危,驹子却不愿去见他最后一面。照顾生病的行男、为他送终、在他死后经常上坟的却是叶子,驹子、行男、叶子的关系在小说中并没有明确的呈现出来。岛村第三次来到雪国,与驹子的关系已经成为一种习惯,常常是驹子主动闯进岛村的房间。驹子对岛村的爱恋深厚难以自拔,岛村虽为之感动,但觉得这只是一场"徒劳",同时更加对叶子的纯洁空灵倾心不已。小说结尾,岛村即将离开雪国,驹子也决定"要正经过日子了",就在这时,叶子在一场火灾中丧身。

　　作者刻画最多的人物是驹子,川端本人曾说过,驹子是小说的中心,岛村和叶子陪衬在其两边。驹子流落风尘,处境艰难,但作者并不试图客观地再现驹子作为一名艺妓的现实状况,驹子的形象是通过岛村的眼睛映现出来的。驹子给岛村的最初印象是"洁净",而后的篇幅中川端不惜大量的笔墨来加强这一感觉,在外貌上,驹子肤色洁白娇嫩,嘴唇滋润光泽;在生活习惯上,驹子喜爱干净的生活环境,勤快而细致地打扫房间;在性格方面,她纯真热情,富有献身精神。更为可贵的是驹子对待人生的态度,她有坚定的生活信念,并不停地为此付出,毫不气馁。她坚持记日记;喜爱看小说,而且还作笔记,"杂记本已经有十册之多";刻苦地练习三弦琴,比当地的艺妓都要高明。她爱上了岛村就义无反顾,不求回报。这些都说明她对生活是严肃认真的,处在举步维艰的社会底层,处在时时莺歌燕舞的艺妓生活中,要做到这一点很不容易,由此可见驹子坚强的毅力,努力寻求人生意义的理想。但驹子并非毫无瑕疵,她的许多举止都是非正常的。常常三更半夜从宴席上喝得醉醺醺地闯到岛村的房间;时常像所有的烟花女子一样调笑;自尊心受到伤害后不久"又怪可怜地闹腾起来",似乎忘却了自己的尊严;有时甚至自暴自弃。艺妓生涯不可避免地在驹子身上留下了痕迹,同时也是驹子无力改变命运时无可奈何的麻痹心态。惟其如此,驹子尽力提高自己作为人的价值的行为显得越发可贵。但在岛村看来,这一切都是徒劳的,"一场天真的幻梦"而已,驹子是可贵的,同时也是可怜的,作者在她身上寄托了"异样的哀愁",他通过驹子来诉说他的悲伤情绪。川端对高贵自由的生命状态的向往,对卑贱尘世生活的怜悯,以及爱而不得的忧伤,都通过驹子集中地表达出来。从这个角度来说,驹子更多地代表了作者本人。

　　与驹子的炽热追求相反,岛村的处世态度总是消极保守的,以一个颓丧的虚无论者的形象出现。他的生活方式是无所事事,纸上谈兵地研究从未真正见识过的西洋舞蹈,正如驹子所诘问他的:"有朝一日连对生命也心不在焉了?"驹子给岛村带来了光和热,她给人充实的感觉,但在岛村来说,她的爱恋不但没有引起他相应的情感回应,而且她的直面人生丝毫没有改变他对人生虚无的看法,驹子的真挚在岛村心里激起的只是"碰壁后所发出空虚的回声",而驹子还是一如既往。作者并不是以此来贬低驹子,而是通过岛村清晰地映照驹子的哀怨。

叶子是小说塑造的另一个重要女性,岛村与叶子并无实质性的交往,但他心灵的天平日益向叶子倾斜。"优美得近乎悲戚"的声音是叶子留给岛村和读者最深刻的印象。驹子的性情躁动不安,叶子的性格宁静安稳。驹子的存在实在可感,叶子如幽灵般飘忽不定。驹子是现实人生的代表,稍纵即逝;叶子是绝对精神的象征,圣洁永恒。驹子可以触摸得到,叶子只能感受得到。但在欣赏理想的美和追求幻爱的岛村看来,很难说她俩谁是真实的,谁是虚幻的。然而叶子似乎也很难超越残酷的现实,她曾请求岛村带自己去东京,甚至询问是否可以在他家做女佣就是一个明证。她只能在冰天雪地、火光飞舞中死去,以保持自己的纯净,通过死亡回归永恒,实现在俗世里无法完成的纯洁和完美。死是一种美的姿态,所以在岛村眼里,叶子的死亡是一幅绝美的画面。死亡不是叶子的归宿,而是她生命的延续和升华,所以"岛村总觉得叶子并没有死。她内在的生命在变形,变成另一种东西"。她"由于失去生命而显得自由了"。岛村的心向叶子靠拢是他向理想的生命状态和超凡脱俗的美的无限接近。

《雪国》没有表现重大的社会主题,也不以哪个人物为否定的对象。人物的悲欢离合展现的是对悲哀的美的鉴赏,对无常易逝的人世的理解,对绝对精神境界的寻求。从作者的本意来说,他回避矛盾冲突。但从作品中还是可以看到社会地位的等级差异,有闲阶级不劳而获,精神空虚;下层民众生活艰辛,尤其是地位卑微的妇女找不到正常生活的出路,沦为社会制度的牺牲品,令人同情。

在艺术表现方面,《雪国》达到了炉火纯青的地步。川端素来以作为感受性的作家受人称誉,《雪国》所展现的世界是男主人公岛村所感受到的世界,正是从这一点来说,岛村被看作是作者的代言人。叶子的美在小说开篇就是通过映在苍茫暮色中的车窗玻璃上的一只眼睛体现出来,"玻璃上只映出姑娘的一只眼睛,她反而显得更美了"。这显然是人物的主观感觉,与之相应的是清晨的镜子里所映出的雪景中驹子的乌发红颜,岛村同样感觉到"这是一种无法形容的纯洁的美"。川端善于抓住一般人所轻易放过的细微感触,将之以独特的意象清晰完整地呈现出来,形成一个让人耳目一新的艺术情境。比如小说多处形容驹子的嘴唇像水蛭环节,头发乌亮冰冷像黑色的金属矿,以及灰色的旧毛线发出柔和的光,岛村第二次离开雪国时单调的车轮声在他听来似乎是驹子的袅袅余音,小说结尾银河向岛村心坎上倾泻下来,都是通过主观感受展现外在事物,从而达到心与物的相融。川端的感受性描写尤其与自然景物浑然一体。在《雪国》中,人与人之间的关系,所发生的事件,与自然风物相映衬,最后归结为心境的表达和情绪的咏叹,如此一来,人与自然合而为一,正如川端自己所说:"心与月亮之间,微妙地相互呼应,交织在一起而吟咏出来。"比如在岛村的感觉世界里,"对肌肤的依恋"和"对山峦的憧憬"是同属一个梦境的"相思之情",人与自然被置于同一层面。再如驹子没有老师指导,总是以大自然的峡谷为听众独自练习三弦琴,"久而久之,她的弹拨自然就有力量"。当她在雪后的清晨为岛村弹琴,岛村先是被驹子的气势压倒,既而领悟到这琴声中包含着对他的迷恋,引起的却是他"可悲"的感叹,于是琴声"透过冬日澄澈的晨空,畅通无阻地响彻远方积雪的群山"。琴声中充满了驹子热情的力度,却飘向虚无的远方,没有回应,两个人的情感和心绪都在琴声与自然的交融中突现出来。

《雪国》的结构具有日本传统小说的特色,既有统一的整体,各个部分又相对独立。它不具备西欧长篇小说恢弘的气势和严密的逻辑性,显得自由灵活。统领全篇的不是情节的发展,而是主人公的情感咏叹和精神感悟。在这种结构中,人物的心理活动得以自由地展开,川端进一步利用西方意识流和自由联想的手法,人物的思绪既能在空间和时间上无限展开,其感受又能凝视于细微的某一点。在小说结尾,叶子挺直了身体在火中坠落,这只可能是一瞬间的事情,但川端花大量的笔墨描绘叶子生命流逝的过程,驹子失常的反应,岛村无以名状的痛苦和悲哀。在火光中,岛村的脑海浮现出他初见叶子的情景,以及和驹子共同度过的岁月。这一瞬间被拉长,现实、幻境和回忆交织在一起,生命的过程和归宿同时呈现。在《雪国》中,人物的心时而沉湎在过去,时而飞向未来,倒叙、插叙、想象自由组合。小说以岛村第二次去雪国开始,第一次到雪国与驹子的相识就是通过倒叙的方式表现出来的。

《雪国》弥漫着浓郁的抒情味,每个人物都诉说着既悲且美的情绪。这种从世事人情中体验感伤与悲哀之美的艺术表现,承继的是日本"物哀"和"余情美"的传统。各种意象和象征手法的运用体现了这种审美传统的现代表达。小说写到秋天小虫子的死亡,作者将这种弱小生命痛苦的死写得非常美,虫子临死前无谓的挣扎既暗示了驹子在挣扎中依然沦落的将来,又与叶子临死前的美相呼应。将这种凄惨忧伤的美感淋漓尽致地呈现出来。在艺术表现上,《雪国》最为成功地架设了"东西方之间的精神桥梁"。

第三节 普列姆昌德与《戈丹》

普列姆昌德是印度现代现实主义作家,被公认为印度现代文学的奠基人。他的代表作《戈丹》生动地描绘了印度20世纪30年代的社会现实,集中体现了他的思想和艺术成就。

一 生平与创作

普列姆昌德(1880—1936)原名滕纳伯德·拉耶,出生于印度北方邦贝拿勒斯近郊的拉希姆村。童年时期,普列姆昌德在农村私塾中学习乌尔都语和波斯语。16岁时受父母之命,与一个陌生女子结婚,关系很不好。同一年,父亲去世,一家五口的生活重担由他承担,饱尝了生活之苦。"继母的态度,过早的结婚,祭师们的祭礼,农民和职员的苦难生活,这一切,年仅16岁的普列姆昌德都见到了"。[1] 此后,他一边当家庭教师、小学教员,一边刻苦自学。1902年考入阿拉哈巴德师范学院进修两年,获得教书凭证。在以后的考试中还取得了英语、波斯语和历史学的学位。在师院进修期间,他开始了创作试验阶段,以后几年,在教学之余从事创作,表现出对旧的封建习俗的批判态度,也初步显露了作

---

[1] 刘安武编:《印度现代文学研究》,中国社会科学出版社,1980年,第215页。

为一个现实主义作家的艺术才能。

1908年他调任督学,往返农村城镇,对英国殖民统治下的印度人民的痛苦了解更深,眼界更加开阔。他的创作也进入一个新的发展阶段。1908年出版的短篇小说集《热爱祖国》,因它"富有感人力量的煽动性言论"[①]被当局查禁,烧毁了尚未卖出的700余册小说。这部集子由5篇小说组成,内容正像集子题名表现的一样,揭露殖民统治的罪恶,号召人民为祖国独立而奋争。在《世界的无价之宝》中把为祖国独立而战流下的鲜血誉为"世上的无价之宝"。当局的压迫,并没有使他放下笔,只是换了个名字,此后一直用"普列姆昌德"的笔名发表作品。创作于这一时期的《沙伦塔夫人》也是反帝反殖,号召独立的名篇。创作试验阶段表现出来的反封建思想,在这一时期也进一步发展,反映了封建制度、封建势力、封建礼教给人民带来的巨大灾难,以沉痛的笔调,对社会予以批判。

《服务院》(1918)标志普列姆昌德进入成熟阶段,此后直到他逝世,也是他创作的繁荣时期。《服务院》的出版,震动了整个文坛。这是普列姆昌德第一部直接用印地语创作的长篇小说,也是第一部成熟的印地语小说。此后,普列姆昌德被称为"小说之王"。这部小说广泛描写了城市生活和中产阶级的破产,突出的主题是妇女的悲惨命运。主人公苏曼因陪嫁少而被丈夫遗弃,沦为妓女,被人送往寡妇院也不得容身,和妹妹一起生活也遭歧视。后在别人帮助下办了一个收养孤儿的"服务院",得以安宁。小说在生动曲折的情节描述中,批判了封建的婚姻制度,暴露社会丑恶。对妇女命运的同情,是普列姆昌德创作的一个重要主题,以后还有不少作品表现这一主题。

1921年圣雄甘地到北方演讲,宣传不合作运动,在20万人的大会上号召放弃政府公职。普列姆昌德响应号召,毅然辞掉教师职务(他的督学职务已于1916年辞去,后任中学教师),放弃固定收入。以后专事创作,写出了《仁爱道院》、《舞台》、《妮摩拉》、《贪污》、《圣洁的土地》和《戈丹》等著名长篇和大量短篇。

《仁爱道院》(1922)是普列姆昌德第一部农村题材的长篇小说。农村佃农的悲惨痛苦,王公贵族的奢华生活,中小地主的分化瓦解,贪婪自私的社会风气等都在小说中得到现实的表现。《舞台》(1925)是普列姆昌德最长的一部小说,也是一部具有史诗性质的作品。小说形象地概括了20世纪前20余年印度人民的斗争生活,强烈地表明了反帝反封建的民主思想,画面广阔,人物众多,线索纷繁,是普列姆昌德创作中非常重要的作品。《妮摩拉》(1925—1926)是作者又一部反映妇女命运的中篇小说。《贪污》(1931)对警察与政府官员沆瀣一气,营私舞弊,欺压弱小,草菅人命的行为提出了愤怒的控诉。这里的"贪污"不仅仅指主人公罗玛纳特为满足妻子喜好首饰的嗜好而挪用一笔公款,更大的贪污犯是那些当权者,他们利用手中权势,鱼肉人民,饱肥私囊。《圣洁的土地》(1932)以1930年印度民族解放运动高潮的史实为背景,描绘印度人民反对英国殖民统治的群众运动。这是作者最鲜明最集中地描写殖民者的罪恶和印度

---

① [印]普列姆昌德:《一生的主要经历》,《如意树》,刘安武译,上海译文出版社,1983年,第365页。

人民的愤懑的长篇小说,在他的创作中占有特殊地位,非常明显地受到"甘地主义"的影响。

这时期创作的短篇小说,也从各个角度、侧面,反映20、30年代印度的现实生活,题材广泛,内容丰富,有的反映反帝反殖的民族解放运动,表达爱国主义思想(如《进军》、《游行》、《牢狱》);有的揭露封建统治的罪恶,号召人民从沉睡中觉醒(如《一把小麦》、《冬夜》、《可番布》等);有的描写妇女的悲惨命运,控诉封建社会对妇女的虐待(如《驱逐》、《有女儿的寡妇》、《古苏姆》等);有的描述恋爱生活,赞美纯洁坚贞的爱情,批判扼杀这种美好感情的丑恶势力(如《如意树》、《礼教的祭坛》、《首陀罗姑娘》等);有的展现一个儿童世界,刻画童心的纯朴可爱和社会阴影笼罩下的可悲可怜(如《偷窃》、《打嘎儿》、《开斋节的会礼地》等)。表现形式也是各种各样、多姿多彩,或者平直叙述人物一生中某几个关键生活片断;或者精心刻画一瞬间展现的几个场面;有时由人物转述情节;有时通篇对话。在意趣上的着重点也是各呈异彩,或者着重一种性格的刻画;或者着重一种气氛的渲染;或者讲述一个有趣的故事;或者抒发一种强烈的感情;或者寄寓着一种深刻的哲理。但总的艺术风格是平朴明晰。在普列姆昌德的短篇小说中,时常出现轻松的幽默和委婉的讽刺,这在他的长篇中并不多见。

普列姆昌德的短篇小说创作成就突出,他一生创作的20多部短篇小说集是20世纪前30余年印度社会的一部形象历史。正因为如此,印度评论认为:"如果普列姆昌德除了短篇小说以外什么也没有写,在印度文学他的地位也仍然是确定不移的。"[1]普列姆昌德的优秀短篇完全可以和莫泊桑、契诃夫的上乘之作相比肩。

普列姆昌德辞职后,在辛勤创作的同时,还编辑刊物,先后编辑过《时代》、《荣誉》、《甘美》、《觉醒》、《天鹅》等杂志,以刊物作阵地,团结进步作家,与消极颓废的文人学者进行针锋相对的斗争,培养指导年轻作家的成长,为促进印度现代文学的发展做了大量的工作。尤其是1930年创办的《天鹅》,普列姆昌德为其竭尽全力,使之成为鼓舞印度人民独立斗争的号角,成为印度进步文学的一面光辉旗帜。

普列姆昌德除创作了15部中、长篇小说(包括两部未完稿)和大约300篇短篇小说外,还有一些戏剧、儿童文学和电影文学作品,700余篇散文,包括政论、杂文、文学评论、讲演稿、纪念文字等。这些散文作品中有百余篇是他有关文学理论的论述,体现了他的文学观。普列姆昌德对文学的论述是从他的文学实践出发,阐述他对文学创作活动的深切感受。普列姆昌德文学观的根本是将文学与广阔的社会现实生活紧密联系在一起,生活是文学的基础,"长篇小说的素材不应该来自书本而应该来自生活"。[2]为此,作家对生活的感受应该是敏锐的,他对生活充满热情,为这广阔人世的喜怒哀乐而心有所动,对周围的一切并

---

[1] 刘安武编:《印度现代文学研究》,中国社会科学出版社,1980年,第94页。

[2] [印]普列姆昌德:《长篇小说》,《普列姆昌德论文学》,唐仁虎、刘安武译,漓江出版社,1987年,第50页。

非无动于衷。从这一根本点出发,普列姆昌德对文学的认识是三个方面的矛盾统一。首先,理想主义与现实主义的矛盾统一。文学在客观地展现现实中的丑恶与卑下的同时,它的目标应该对准人身上的人性和美好的感情所隐蔽的地方,它必须表现某种理想,让人们看到人生的希望之灯。这就是普列姆昌德著名的"理想主义的现实主义"的文学观。文学必须遵循理想主义的原则,又不能脱离现实主义。其次,思想性与艺术性的矛盾统一。普列姆昌德一方面认为:"文学的最高理想是为了艺术才创作文学。"另一方面又表示:"为什么有才能的作家不能很好地创作出以思想为主,同时又照顾到人性的矛盾和斗争的作品呢?"[①]他反对为了宣传某一社会、政治和宗教的观点而创作文学,小说不是倡导某种理论的思想著作,但"伦理学与文学的作用范围是相同的",[②]文学同样思考生活中的问题,评论它,并且力图解决它。而这一切是通过生动的情节、优美动人的语言、和谐的讽喻输入人们的心田。再次,娱乐性与功利性的矛盾统一。普列姆昌德认为文学的"主要职能是供人娱乐。但是文学的娱乐作用是指能使我们温柔的圣洁的感情受到鼓舞,能唤醒我们的真诚、公正和无私服务的神性般的精神。"[③]他曾将文学放到"功利的天平上称一称"[④],前期更注重它的娱乐性,后期更注重它的功利性,总的来说是这两者的统一。这些相互对立方面的矛盾统一归结为一点,即文学是美与真的统一体。它表现真实的现实生活,赞美善的,鞭笞恶的,它所做的一切都是为了唤起人们的美感,"文学会使我们的心灵纯洁,这是文学的主要目的。"[⑤]这一切都源自于文学的基础是生活,而且是美好的、催人奋进的生活,即使作品表现了丑恶,那也是为了指向善与美。普列姆昌德没有对文学理论进行过系统的阐述,但他的批评文章从文学的基础、文学的作用与目的、长短篇小说的内容与艺术各个方面表达了他的文学观。

普列姆昌德辉煌的创作实绩和踏实的工作精神,深得进步作家的敬佩。1936年4月,印度进步作家协会成立,他在第一次代表大会上被推选为主席。正当他以更大的精力和信心投身印度进步文学的建设和发展的时候,因过度劳累,几个月后患了重病,留下一部未完成的自传体小说《圣线》,离开了人世。

综观普列姆昌德一生的创作,体现了如下特点:

第一,反映生活的广阔性。普列姆昌德是个深深扎根于现实生活的作家,他的小说有的表现爱国主义、民族主义,与时代思潮和政治运动紧密联系在一起,有的与小家庭的柴米油盐相纠结;有人生的大起大落,也有孩子们的小小悲喜剧;长篇小说跨越广阔的时空背景,众多的短篇小说则撷取生活中的某一个

---

① [印]普列姆昌德:《长篇小说》,《普列姆昌德论文学》,唐仁虎、刘安武译,漓江出版社,1987年,第45—46页。

② 普列姆昌德:《文学与心理学》,《普列姆昌德论文学》,唐仁虎、刘安武译,漓江出版社,1987年,第121页。

③ 普列姆昌德:《短篇小说艺术三》,唐仁虎、刘安武译,漓江出版社,1987年,第155页。

④ 普列姆昌德:《文学的目的》,唐仁虎、刘安武译,漓江出版社,1987年,第138页。

⑤ 同上书,第137页。

侧面。普列姆昌德创作题材的广泛、多样是空前的,这与他生活阅历丰富,注意观察生活,重视文学素材积累是分不开的。

第二,评价生活的倾向性。普列姆昌德不是冷静地超脱于生活之外,"爱"与"恨"构成他作品的基本旋律。他对印度现实的批评,是基于认同传统而呈现出鲜明的时代性。他的小说世界是以印度传统文明为构架,以此营造文化氛围的,《世界上的无价之宝》中赞美寡妇自焚殉夫的古老风俗,《五大神》中则歌颂了印度农村中传统的五人长老会,《两兄弟》谴责兄弟之间为经济利益分家乃至反目,与此相对应的是《大家女》维护传统大家庭的团结和睦。他的许多作品中表现了传统道德观念在生活中的调节作用,可见普列姆昌德对传统文明方式及伦理规范的认同。以此为基点,他的社会政治理想是乌托邦式的宗法制农村村社,《仁爱道院》最典型地体现了这一点,普列姆·辛格尔放弃财产,自食其力,真诚热心地为民服务,以仁爱唤醒麻木的人民,他创办的农场——"仁爱道院",感化了不少误入歧途的人,得到无数人的拥戴,越办越旺。《舞台》颂扬仁爱精神,反对暴力革命,偏颇地追求纯朴恬静而反对工业发展。但同时,一个作家的创作主题总是受时代的制约、规范而形成和发展的。20世纪上半叶,印度独立运动如火如荼,现代化的工业文明冲击着古老的农业生产生活,普列姆昌德的创作也不可能在这样一种历史进程中主张完全回归过去,相反的,反对殖民主义的残暴,冲破宗教、种姓制度对人性的束缚,封建势力对贫苦人民的压迫,同情妇女的卑下地位和悲惨命运,这些批判的旋律贯穿普列姆昌德创作的始终,体现了鲜明的时代倾向,而值得注意的是他对殖民主义和封建势力的反抗是从一个农民的思想出发的。

第三,表现生活的朴实性。普列姆昌德的小说风格以朴实为基调。他的小说结构并不复杂,很少有多重线索的纠结,故事性强,情节生动,人物的对话和动作简练,以质朴无华的语言展现人情世态和社会风俗,生活气息浓郁,符合东方民众的一般阅读心理和情趣。他反对虚华,"正如调料多了食物就会减色……滥用修辞也会损坏文学作品"。[①] 普列姆昌德同时是一位积极干预生活的作家,他将自己的深情倾注在这种质朴的描述中。短篇小说《神庙》描写一个低种姓的女人苏柯娅为给孩子治病意志坚定地到神庙拜求,被当作不洁的人遭到驱赶,孩子死了,她也悲惨地死去。小说开篇赞美母爱的永恒,与苏柯娅死去后的结尾颂扬母爱是真正的信仰和虔诚相呼应,洋溢着一股激情,催人泪下。

普列姆昌德是印度文学史上继泰戈尔之后的伟大作家。泰戈尔的创作主要表现的是城市中、上层人物的思想和愿望,普列姆昌德的创作主要展现的是农村下层人民的生活图景,他是处在印度社会最底层人民的真正代言人。他为印度文学开辟了新领域。普列姆昌德创作的简朴明白、通俗晓畅的艺术风格,也为印度文学打开了一个新的窗口,丰富发展了印度文学。

---

① 普列姆昌德:《短篇小说艺术三》,《普列姆昌德论文学》,唐仁虎、刘安武译,漓江出版社,1987年,第154页。

二 《戈丹》

《戈丹》出版于1936年,是普列姆昌德最后的一部长篇小说,也是他创作的一座高峰。小说着重刻画的是农村,被称为"30年代印度农村生活的史诗"。小说有三分之二以上章节写农村。以现实主义的笔触,非常真实地表现了30年代农村的生活面貌,描绘了一幅幅悲惨的农村生活图景,分析了农民苦难的社会根源。

小说围绕何利一家,这个典型的印度农家的生活遭遇,具体展示了这样的社会现实。小说开始,何利一家虽然日子艰难,但也还全家团圆,家主何利还有着美好的生活愿望和信心。到小说结尾,这一家四散分离,何利活活累死,妻子丹妮娅的"泼劲"和儿子戈巴尔的"锐气"都被生活磨掉,女儿卢巴也步入火坑。小说以现实主义的笔墨,描绘社会把他们一步一步逼向绝路,推向苦难的深渊。

何利一家都是勤劳善良的人们。何利更是一个淳朴厚道的农民,生活经验告诉他胳膊拧不过大腿,万事只有忍受顺从。他只知埋头干活,最高的要求就是设法保住自己独立的小生产者地位。如果说他还有什么"奢望",就是梦想买头母牛拴在家门口,以图吉祥如意(印度习俗,母牛是吉祥的象征),也让孩子能喝上牛奶,强健身体,干活有力。这个"奢望"又何尝不是生活实际的打算?然而这个起码的生活要求却与现实冲突,这个"奢望"成了他们家的灾祸的起因。由这起因开始,发生相关联的连串事件,演成惨剧。其中有几件关键性的事件:首先是赊来的母牛被毒死。毒杀母牛的是何利的弟弟希拉。对于这个情节,已有人指出它欠真实,不典型。① 从整个小说看,这个批评是对的。作者是想说明另一个问题,即贫穷使人变得贪婪、嫉妒,小说中何利也曾想独吞卖竹子的钱,曾想打薄拉的主意。这也是在提出社会问题,即贫困不消除,恶习就存在。不过小说中作者还是作了现实主义的描写,即使希拉不毒死母牛,母牛也会落入高利贷者的手中。母牛死了,给何利一家带来两个结果,一是心灵上的创伤,亲人下毒手,给这个朴实善良的家庭一个沉重的打击;二是经济上的损失,后来赊主把他们家两头耕牛牵走了,无法种地,与人合伙,又受一层剥削。其次是戈巴尔与裘妮娅的恋爱。裘妮娅是母牛赊主的女儿,戈巴尔去赊牛时与她相识、恋爱。她是个年轻寡妇,这样的恋爱不为封建礼法习俗所容。戈巴尔也害怕了,把怀孕的裘妮娅带到家里就逃进城里去了,何利夫妇不忍心把走投无路的裘妮娅赶走,像媳妇一样对待她,这被长老会认为是败坏乡风,有伤风化,要开除何利的教籍,结果是何利把当年收入的全部粮食外加100卢比作罚金交给长老会,把房子也抵押出去才算保住了教籍。再次是连年甘蔗被侵吞。耕牛没了,粮食罚光了,全靠借债借粮,半饥不饱度日,何利一家还是拼命劳作,种出上好的甘蔗,等待收获时能翻个身。但高利贷者和收购甘蔗的糖厂老板合计好,把债款按高息全部扣除,辛劳一年才得到25个卢比,钱刚到手,另一个债主又跟上了,何利把25个卢比默默地塞给他,空手回家——这是辛苦一年的收入。又

---

① 参看冯金辛:《戈丹——一部写几亿人的巨著》,《国外文学》1983年第1期。

一年甘蔗长得喜人,何利计划为大女儿办嫁妆。但收获时,法院有状子,控告何利欠债不还,法院将甘蔗拍卖,嫁女儿还是另借了200卢比。最后是地主老爷要抽回他家的地。一连串的祸事,使地租无法交。地主催交地租,否则收回租地,何利深知农民和土地的关系,无论如何要保住租地。结果是将小女儿变相卖给一位比自己小三岁的财主作填房。地是保住了,但何利夫妇的精神给击垮了。他们只知机械地劳动,成了一架活动的机器。在何利心中活动的唯一念头是当年梦想的买头母牛,为此拼命干活,白天在野外干,晚上在灯下搓绳子。何利倒下了,累死在采石场,丹妮娅把仅存的20个安那交给祭司作"戈丹"谢礼,也"昏倒在地"。

小说中揭示地主老爷、村中头人、高利贷者、资本家、警官法院、宗法礼俗、封建宗教的残酷压迫剥削、严厉束缚桎梏,是他们导演了何利一家的悲剧。小说还通过人物的口,揭露腐败的政治和反动的国家机器。民主选举是玩钱的游戏,"谁有钱,谁就能当选",民主仅是用来欺骗百姓,"实际上是那些大商人大地主的王国,如此而已"。法律也是有钱人的法律,一个高利贷者说:"法院是保护有钱人的,我们一点也不用担心。"警察也只会与有钱人合伙敲诈穷苦人。报纸舆论宣传工具,也只是有钱人手中的玩物。总之,就是这个帝、资、封三位一体的社会结构和社会制度,使贫苦人民没好日子过。何利,是印度千千万万农民的缩影。小说中由城里回到家里的戈巴尔眼中看柏拉里村的农民:"村里没有一个人不是愁眉苦脸的,仿佛他们的躯体内没有灵魂,只有痛苦,他们好像木偶似的跳来跳去;只知道干活、受苦,因为干活受苦是他们命中注定的。他们的一生没有任何希冀,没有任何志向,仿佛他们的生命的源泉已经枯竭,靠着这源泉滋养的一片青青的草木也同时萎谢了。"

在《戈丹》中,普列姆昌德对社会问题的理解是深刻的。把罪恶归结为社会制度,超出他以前的任何作品。而且认识到,要使劳动人民解脱苦难,不是几个富人伸出仁慈的手,开设几个"服务院"、"仁爱道院"就能解决问题的,而是要改变现行制度。正如小说中梅达所说:"要砍倒一棵树,必须用斧头斩它的根,光是揪掉一些树叶是无济于事的。在有钱人里面,偶然也出现这样的人,他们抛却一切,虔心敬神,可是有钱人的统治还是照样巩固,一点不会动摇。"但究竟怎样改变社会制度?《戈丹》中没有提出明确的方案。小说中反映出他已感到了民众的力量,戈巴尔从城里回来,组织村里人演出闹剧嘲讽村里的头人,对方无可奈何。丹妮娅的强硬,也取得几次小小的胜利。但这些力量非常弱小。从整个小说看,还是仁爱的力量强大,尤其是小说中梅达这个形象的塑造更能说明问题。他坚毅勇敢,头脑清醒,观察敏锐,集优秀品德于一身。他通过大量的研究和认真的思索,得出一个结论:"在追逐名利和与世无争这两种倾向之间,还有着为他人服务的一种精神,只有这种精神才能使生命富有意义,才能使生命变得崇高和纯洁。"与其说这是梅达的结论,倒不如说这是普列姆昌德的结论。小说中莱易老爷、康纳、唐卡属于追名逐利一类,像何利只埋头生计,逆来顺受则属于与世无争一类,普列姆昌对前者加以鞭挞,对后者寄予同情,而赞美的是梅达,"他唯一的愿望是帮助别人"。然而,尽管他认识到了"要来一个翻天覆地的变革",但他所做的也只不过是把自己每月1000卢比的收入大部分用来救济寡妇和穷苦大学生。小说也写了梅达仁爱精神的力量,原来一味寻求享乐的玛尔蒂在他感化下成了一个自我牺牲主义者,他们常到贫困的农村去,给农民送去欢乐,送去幸福,农民也像迎接天神般地欢迎他们。这里梅达认识上和行动上的矛盾,也就是普列姆昌德思想上的矛盾。他认识到靠几个人的仁爱不能改变现实,但小说中提出的还是"仁爱"的救世药方。由此我们可以看到甘地主义对普列姆昌德的深刻影响,同时也要看到,《戈丹》中的思想已不同于以前创作中的真正改良主义主张。他在探索,要是活得更长,他也许会写出更为深刻的作品。

《戈丹》的艺术成就也很突出,小说纵横开阖,情景交融,朴实淳厚,生动感人,尤其是小说中的描写,或是深刻的心理分析、或是生动的人物刻画、或是静态的景物描绘、或是动态的场景展现,都是得心应手,利落圆熟。

小说以何利的一生活动为经,以与之相关的其他人物活动为纬,这样纵横发展的情节结构,既主线清晰明了,又能广泛涉笔,容量极大,把农村和城市两条平行的线索巧妙交织,描绘社会现实的各个方面。在情节安排上,《戈丹》显得自然、紧凑。往往在一个新的情节出现之前,早有伏笔、暗示,只要有机会,作者就在展开一个情节的同时,又为另一个情节作铺垫。这样环环相扣,发展情节。

鲜明的人物性格刻画,是《戈丹》艺术成就的突出表现。普列姆昌德"对印地语小说的真正贡献即真实可信的人物性格化"。[①]《戈丹》中的人物,随着各自不同的经济地位和社会地位,表现出不同的性格特点。即使是同一类人物,也描写出他们各自不同的个性。何利有何利的凄楚,薄拉有薄拉的不幸,戈巴尔有戈巴尔痛苦。同是下层妇女,有外表泼辣严厉的丹妮娅,有忍受屈从、忠心不二的西里雅,有追求幸福、不惧礼俗的裘妮娅,也有为过好日子而不顾廉耻的诺哈利。小说中常常通过对同一事件的不同态度,对比地刻画性格,使之更加鲜明。何利的逆来顺受、胆小卑怯,丹妮娅的不甘压迫,胆大勇烈,就常常是在同一事情上表现出来,比照鲜明。也往往在不断变化中从多方面描写人物,使之更加丰满。人物的性格不是静止的,是变化发展的;人物性格也不是扁平单一的,是复杂交错的。好人也有缺点,恶人也有人性活跃的时刻。何利勤劳善良,朴实厚道,但也有时自私、贪财。莱易老爷残酷凶狠,他有时也为自己的作为感到可耻。

《戈丹》运用了大量的比喻。或者用比喻来剖露人物复杂的,难以言说的内心感受,如何利一家借债度日,辛劳一年,眼看着丰收在望的庄稼:"家里的生活像一度停下来的车子,现在又往前开了。本来因为受到阻塞而产生漩涡、泡沫、并且喧嚷奔腾的流水,在阻塞的东西清除以后,又发生了柔和、甜蜜的声音,平静和悠缓地、像一泓油汁似的流去。"或者用比喻增强作品的形象性,使表现的内容更加鲜明、生动。"她的每一个毛孔仿佛都在发出甜蜜的歌声",这比说十

[①] 见《印度现代文学》,外国文学出版社,1981年,第94页。

句"她非常高兴"艺术效果还要强烈。或者通过比喻,把抽象复杂的意义浅显有趣地表达出来。如何利想独吞买竹子的钱,结果上了当,他又不能说出来,小说中比喻:"何利把自己的失败闷在心里,仿佛一个人爬上树去偷芒果,不幸从树上摔下,连忙爬起来掸掸身上的尘土,免得被人看见。"《戈丹》中的比喻都来自实际生活。比喻使《戈丹》增色不少。

总之,《戈丹》以何利一家的悲惨遭遇为中心,广泛描写印度30年代的现实生活,揭露社会罪恶,同情人民痛苦,探索未来出路。尽管小说中表现了作者的思想矛盾,但以它广阔的生活画面,对社会问题的深刻揭露,巨大的批判力量和感人的艺术魅力,成为雄踞印度现代文学史上的一座令人瞩目的高峰。

第四节 陶菲格·哈基姆与《灵魂归来》

陶菲格是埃及现代著名的思想家、文学家。他学识渊博、思想深刻、著述丰硕,尤其以小说和戏剧成就突出。他的长篇小说《灵魂归来》中质朴诚挚的人格情操、远古神话的象征结构和对西方物质文明的否定,体现了东方现代民族主义文学的特点。

一 生平与创作

陶菲格·哈基姆(1898—1987)出生在亚历山大港的一个律师家庭。他1905年上小学,毕业后到开罗上中学。中学期间,陶菲格喜好音乐和戏剧,经常观赏各剧团的演出。中学毕业后,在开罗学习法律,同时尝试文学创作,写作了《新女性》、《讨厌的客人》、《阿里巴巴》等早期剧作。1924年,陶菲格留学法国,继续学习法律。但他却热衷于文学和音乐,四年留学生涯中,大量阅读了希腊戏剧、欧洲小说和西方文化书籍,经常出入于歌剧院和音乐厅,为后来的创作奠定了坚实基础。

陶菲格1928年归国后,担任乡村检察官助理,1934年调任教育部调查主任,1939年出任社会事务部社会指导局局长,1951年任埃及国家图书馆馆长。埃及独立后,历任文学艺术社会科学最高委员会戏剧委员会主任、埃及常驻联合国教科文组织代表以及作家协会主席等职。陶菲格在繁忙的社会工作的同时,积极从事文学创作,以繁荣埃及的文学艺术和文化事业为己任,探讨民族文学、文化的发展道路。他创作了戏剧(包括哲理剧、社会剧、荒诞剧等)、小说以及文论、文艺散文、学术随笔63部。每一部作品都闪烁着智慧的光芒:陶菲格因此获得很多荣誉,曾荣获埃及共和国勋章(1958)、国家文学荣誉奖(1960)、埃及艺术科学院名誉博士学位(1975)、共和国最高荣誉尼罗河勋章(1979),也曾多次获诺贝尔文学奖提名,获地中海国际文化中心颁发的"最佳文学家、思想家"奖。

他的主要作品有哲理剧《洞中人》(1933)、《山鲁佐德》(1934)、《贤明的苏莱曼》(1943),三部著名长篇《灵魂归来》(1933)、《乡村检察官手记》(1937)、《东方来的小鸟》(1941),短篇小说集《魔鬼的承诺》(1938)、《神殿舞姬》(1939)、《智者之驴》(1940)、《陶菲格·哈基姆的小说》(1949)等。此外,他还写了不少杂文集、随笔、评论、诗集、讽刺小品文集。

三部哲理剧都取材于阿拉伯神话故事或圣经、古兰经故事,经过加工和创造,用来表达人生经历的困惑与危机:人与时间的冲突、理性和感性的矛盾以及能力与智慧的失衡。《洞中人》是受《圣经》"七眠子"的故事和《古兰经》"山洞章"的启发,主要依据古兰经故事改编而成,以一群在山洞中幽眠三百多年的人复活后不能适应新环境的情节,表明时间对于人的意义:它不是一种空洞的存在,它包含着人的关系和价值。《山鲁佐德》以《一千零一夜》中被山鲁佐德用故事改变了的国王为主人公,他由残暴而沉溺于肉欲走向了纯理智的极端,追求知识,探究事物的本原,远离生活实际,最终成为一无所获的失败者。《贤明的苏莱曼》通过苏莱曼(即《旧约》中的所罗门)与赛邑伯女王的情感纠葛,表现人类能力与智慧发展失衡导致的失败,说明"不论现在还是一切时代的人类危机,都是力量手段的发展速度快于智慧手段的发展速度"。①

《乡村检察官手记》以一个乡村检察官13天日记的形式,将陶菲格自己担任乡村检察官的见闻加以提炼和典型化,用幽默、讽刺的笔调,记述了遍布埃及农村的贫困、愚昧和压迫等现象,揭露统治者的残暴、行政司法制度的陈旧腐败,意在唤起人们改变现实的愿望和行动。"它是哈基姆作品中最优秀最成熟的杰出作品。由于它而形成了一种创新的文学形式,这种形式包含了作家个人的自我表述、对客观世界的描绘、富于针对性的社会批评、优美的艺术表现、幽默讽刺的手法和轻快的文学风格。"②

《东方来的小鸟》在作者留学法国的经历、感受的基础上加以艺术构思,叙述留法青年穆哈辛的学习、爱情、交往和思考,以一个东方青年纯朴的眼光观察、对比东西方文明,艺术地表现:注重精神的东方文明胜过注重物质的西方文明;东方文明带给人的是心灵的平静、幸福与和乐,而西方文明的功利性、实用性带来的是争斗、贪婪和非人道主义的战争;因而东方不要一味仿效西方,而要维护自己的传统和崇高价值。

陶菲格还创作了大量的短篇小说。他的短篇小说独辟蹊径,依靠寓言故事和象征手法来处理抽象的思维问题,作一些思想上,艺术上的探索,表述作者对生活、艺术的观点和哲学。如《魔鬼的承诺》描写一个青年学者阅读《浮士德》,他读到浮士德厌倦知识、在魔鬼帮助下返老还童的情节时,希望魔鬼帮助他获得知识,他愿意付出青春的代价。但当他如愿得到知识却成为苍老憔悴的老头时,他又感叹:代价过于昂贵。这里探索的是人生与知识的关系。再如《酒馆里的生活》把爱、魔鬼、死亡人格化,他们是同一酒馆的侍者,酒客都喜欢"爱",经常被"魔鬼"诱惑,讨厌"死亡"。这里的"酒馆里的生活",喻示着普遍的人生。

总之,陶菲格是一位爱国的民族作家,也是一位热爱人类的人道主义作家。

---

① [埃及]陶菲格:《贤明的苏莱曼·第二版后记》,转引自李琛:《阿拉伯现代文学与神秘主义》,社会科学文献出版社,2000年,第122页。
② [埃及]艾哈迈德·海卡尔:《埃及小说和戏剧文学》,袁义芬、王文虎译,上海译文出版社,1993年,第205页。

他最关心的,一是国家与民族的前途,二是人类的命运。他非常关心社会,关心政治。他的许多作品都直接或间接表达他对现实的看法,但他习惯使用象征主义、非理性主义的手法,往往使人不能开门见山地领会他的真正意图。他的作品以生动灵活的对话见长,各种思想在对话中得到透彻的分析和提炼;在人物描写方面,具有凝练的特色;在结构上,往往故事情节曲折,悬念迭起,结尾往往出人意料。陶菲格在叙述、描绘和对话里喜欢用一种简明的、发展的、轻快的标准语,有时某些段落甚至升华到诗歌的水平。然而,在必要之处,他并不排斥方言或者外来语。

二 《灵魂归来》

《灵魂归来》描写的是 1919 年埃及民族起义前后,居住在开罗宰奈卜区的一家人及其邻居相互之间的爱恨情感纠葛。这是一个从农村来到城市不久,与农村保持各种深刻联系的家庭。家庭成员包括中学教师哈纳菲,他的兄弟、工程系学生阿卜杜胡,他们俩的妹妹泽努芭,他们的堂兄弟、警察上尉赛利姆,还有正在读高中的侄儿穆哈辛、服侍他们的仆人迈卜鲁克。他们的生活习性还保留着大量的农村特点,五个男人挤在一间屋里睡在紧挨着的五张床上,他们一起吃,一起睡,一起生同一种病,一起治疗,一起痊愈。小说的情节中心是他们一起相爱,都爱着邻居一个退役军医的漂亮女儿苏妮娅。他们为她的美而折服,都以能接近她而自豪,以能为她做点什么而兴奋。为了苏妮娅,他们互相嫉妒,互相提防。但苏妮娅爱的却是住在楼下的青年穆斯塔法,也就是泽努芭暗中眷恋的人。失恋的一家伤心不已,也有过愤激的行为。但他们经过这番爱的"洗礼",终于从对苏妮娅的具体的性爱追求中超脱出来,升华为一种信仰般的爱。随后爆发民族大起义,他们都积极投入,一起被捕,一起坐牢,挤在一间牢房里一排紧挨着的床上。

小说在恋爱、失恋、爱的升华这个表层情节结构的背后,表现的是作家对民族原始精神的呼唤。小说标题"灵魂归来"是小说题旨的高度概括,这里的"灵魂",就是古代埃及农业文明时期的民族精神。

作品中描绘了这样一个场面:热恋苏妮娅的穆哈辛离开喧闹的开罗,来到乡村度假。清晨,晨鸟啼鸣、旭日东升,乡村的一切显得那么宁静、平和而富于生机,蓝天绿野、柔光清溪,使他感受到一种浓郁的生活气息。农民正在收割庄稼,微风送来劳动者的歌声:

太阳已经从地平线上冉冉升起,旭日诞生时的朝霞血红血红的。这是什么样的歌声,什么样的曲调?难道他们像自己的祖先过去在庙宇里那样,用吟唱晨歌来庆祝太阳的诞生吗?抑或他们因收获的喜悦而歌唱?农产品是他们今天的神灵,他们整年为它贡献辛勤的劳作,受冻挨饿的献祭!是的,他们为这位神灵牺牲了自己所能牺牲的一切!……他们每个人抱着自己收割的庄稼,把它们堆在一起,他们饶有兴趣地、深情地注视着庄稼,似乎在对它说:"神灵啊,为了你我们吃苦受累在所不惜"!①

这就是陶菲格追寻的埃及原初文明。这种文明不是后来阿拉伯人带来的农业文明,而是阿拉伯文明之前,在尼罗河谷肥沃土地上生长的、当年建造了金字塔的古埃及原始文明。小说中写道:"埃及当代农民就是古代埃及农民的子孙,他们的祖先在游牧民出现以前就在这块土地上耕种、生息。他们经历了时代的变迁,朝代的兴衰。但由于他们囿于乡村故土,远离城镇文明,那种一般被入侵民族所盘踞的、种族混杂的通衢大都里发生的政治和社会风暴刮不到他们这里,因此,漫长的岁月、突变的风云丝毫没改变他们纯朴的心灵"。

从《灵魂归来》的整个形象体系可以看到,陶菲格追寻的民族原始文明,是一种以爱为核心,包括纯朴、团结、诚挚、坚韧等价值概念的农业文明。生活其间的人们生于斯、长于斯,虽不懂高深的道理,但凭他们的心灵和感觉生存;虽没有富裕的物质,却有充实的内心世界;他们都有坚定执着的信仰,为了自己的信仰和理想,可以吃苦,甚至牺牲。

纯朴是古代埃及农民的性格。他们在尼罗河岸耕作生活,每年6至10月河水上涨,溢出河堤,全面灌溉周围的田地,并带来一层肥沃而湿润的淤泥。尼罗河给他们带来农业生产必需的水和沃土,给他们带来维持生存的粮食。尼罗河抚育了他们,他们没有想过去征服它、改造它,向尼罗河索取更多的好处,而是满足于尼罗河的恩惠与宁静。他们在这块肥沃的土地上日出而作、日入而息,完全和自然融为一体,并进而将这种人和自然的关系推及人与人之间的关系。穆哈辛在乡村充分体验了这种纯朴而富于生机的生活。他亲眼看到一个乳儿和一头小牛争相吸吮母牛的乳头,母牛"既不拒绝小牛,也不拒绝乳儿,仿佛小牛和乳儿都是它的孩子"。陶菲格呼唤的正是这种与自然和谐统一的纯洁无邪。小说中把这种原始人性与现代文明比较,充分肯定前者,对伴随现代文明而来的贪婪、纵欲、自私和个人主义表现出几分迷惘。

团结协作也是古代埃及农民的本性。尼罗河的潮起潮落,既给他们带来沃土和灌溉,也给他们带来洪水泛滥的灾难,狂虐的波涛卷走一切,沃土的覆盖使大地成为一片废墟。灾难后的重建不是单个人的力量能办得到的,必须依靠群体力量,大家团结一致,每个人贡献一份自己的力量,共同度过艰难困苦。哈纳菲一家,不管主人仆人,同住一室,"他们万事与共,吃同样的饭,吃同样的药,他们有着共同的遭遇和命运",最后一同参加起义,一同关在同一间牢房。正是在这一点上,这个身居开罗闹市的家庭,与埃及古老农业文明有着内在的联系。

古代埃及农民的诚挚和坚韧,从金字塔的建造能得到最好的说明。巍峨高大的金字塔,稳固地耸立在大地上,三面直角锥体直指天空,每座由几十万块甚至几百万块、数吨或数十吨的巨石垒成,巨石都从远处开采运来,这需要多大的人力、智慧和对信仰的虔诚。小说中通过法国考古学家的口说:"我深信,建成金字塔的成千上万的人,他们被驱役并非出于无奈,……他们当时吟唱着神灵

---

① 文中《灵魂归来》的引文均引自陈中耀译本,上海译文出版社,1986年。

之歌,成群结队去工作,就像他们的子孙收割庄稼的日子里那样。不错,他们的身躯淌着鲜血,但这却使他们隐隐感到一种乐趣,……这种感情是一种以集体受苦为乐的感情,一种为了一个共同的目的,刚毅地忍受,微笑地经历千难万苦的感情,一种信仰神灵、甘愿牺牲,毫无怨言和呻吟一致受苦的感情,这就是他们的力量所在!"

纯朴、团结、诚挚等都是爱的具体体现。纯朴是以平等友爱的眼光来看待宇宙万物,没有以"我"为主体的支配欲;团结必须以人与人之间的爱为前提;诚挚不仅是人与人之间的伦理准则,更是对信仰的执着和忠诚,其中少不了理想的追求和深深的爱。因而,陶菲格笔下的埃及原始农业文明是以爱为其本质的。这种爱,不是现代文明所追求的外在的、形式的、非本质的爱,而是一种心灵之爱、一种经过痛苦的考验与磨难,内化为人的精神需求和自觉行为,甘愿为之去牺牲的爱。

小说中穆哈辛和叔叔们对苏妮娅的爱是作品的基本情节,情节进展的"恋爱—失恋的痛苦—爱的升华"的结构,正是为了表现出这样的爱。作品中代表陶菲格爱的理想,是穆哈辛的爱。他是一个15岁的中学生,从心灵深处挚爱着苏妮娅。他珍藏着苏妮娅的一块丝手帕,第一次和苏妮娅交谈后,他感到整个生活都充满了爱,在作文时,他以"爱"为题作文。回乡度假前与苏妮娅告别,苏妮娅吻了他,整个假期苏妮娅占据了他的内在世界。假期结束回到开罗,情况发生了变化,苏妮娅爱上了穆斯塔法,全家为此而痛苦,大家都郁郁不乐。穆哈辛也异常痛苦,但他没法从对苏妮娅的爱中摆脱出来,内心中的爱反而更见增长。一次他的心灵实在承受不了爱的重压,终于当着叔伯们的面,兴奋地讲述起他的爱,掏出了珍藏的苏妮娅的丝手帕(而在这之前,叔伯们从来没有想到他对苏妮娅的爱,阿卜杜胡和赛利姆多少次为这块丝手帕互相嘲笑)。全家都为穆哈辛纯洁而深挚的爱所感动。大家都兴奋不已,沉闷的家庭生活活跃起来了。"她的手帕在我们这里"成了大家一致的喊声。"手帕"在这里成了爱的象征。在穆哈辛纯洁之爱的感召下,大家都从爱的具体对象中超越出来,升华为一种精神的信仰般的爱。大家一致决定要穆哈辛去见见苏妮娅:

> 穆哈辛微笑地目睹着眼前发生的一切,对"我们这儿有她的手帕","她对我们说'来吧'"等等词语暗暗高兴。对"我们"这个词代替了"我"这个词尤为感动。他满意地发现自己的私事成为大家所有,他给他们全体带来了希望和快乐!从那时那刻起,他感到自己得对"室民们"的幸福安乐负责;为了他们,他现在敢于做任何事情;他从今以后决不将属于自己的任何事情瞒着他们……

穆哈辛的爱,由个体的爱升华为集体的爱。在这个集体中他找到了自我,他不再孤单,从失恋的痛苦中摆脱出来。他失去了苏妮娅的爱,但他获得了新的爱,一种从小我走向大我,有着更深的内涵的爱。因而他能毅然投身1919年的民族起义。正是这种爱,才使陶菲格笔下的这个20世纪的爱情故事,与远古埃及的农业文明具有了深刻的内在联系。

《灵魂归来》在艺术表现上有一个突出特点：在情节的表层结构下，还有一个更为内在的神话象征结构。

《埃西丝和奥西里斯》是埃及家喻户晓的古代神话。埃西丝和奥西里斯是大地和天空之神的长女长子，既是兄妹，又是夫妻。奥西里斯英武正直，是埃及的保护神，后来成为掌管最后审判的冥府之王。埃西丝美丽温柔，曾以智慧迫使众神之王太阳神说出永生的秘诀。他们来到埃及，以他们的善良和正直赢得民众爱戴，奥西里斯成为埃及国王。在他的治理下，埃及国富民安，欣欣向荣。但他们的弟弟、从沙漠而来的塞特，却是一个阴险凶残的家伙。他在埃及常干坏事，忌妒奥西里斯夫妇在民众中的威望，觊觎王位和埃西丝的美貌。他将奥西里斯骗入木箱中，推入尼罗河顺流而漂。埃西丝经历各种苦难找到了丈夫，以她的法力使其复活。塞特却再次加害奥西里斯，残酷地将其肢解成碎块，抛撒在四面八方。埃西丝已生下儿子荷拉斯，她带着儿子走遍各地，一块一块寻回奥西里斯的碎尸，将其拼合，再次使其复活。荷拉斯长成英武的战士，他战胜了邪恶的塞特，为父母报了仇，恢复了父亲开创的对埃及的正义统治。陶菲格从这个古老神话中开掘出现代意义。

首先，奥西里斯的象征意义。奥西里斯在小说中的象征意义是多重的，他本来是埃及的保护神，土地、水和植物之神，是尼罗河岸农业文明的象征，他的正直、善良体现的是埃及民族精神；他遭到外来之神塞特的残害，他又是现代遭受英国殖民统治的埃及人民的象征；还有论者认为："从小说的字里行间可以明白，作者以奥西里斯象征领袖萨阿德·柴鲁尔，他被放逐，他的努力被瓦解，他卓有成效的活动被消灭，聚集的过程和起义就是使被放逐的人回来，聚集他的努力，恢复像1919年起义时那样的人民精神。"①联系1919年前后柴鲁尔的活动和起义的情况看，此说也有道理。

其次，埃西丝的象征意义。小说中把苏妮娅直接比作埃西丝。从穆哈辛的眼中去看苏妮娅的美：时髦的发式、洁白的脖子、蓬松乌黑的头发、圆圆的脸蛋等，接下来写道：

> 穆哈辛突然想起自己在今年古埃及史教科书上常看到的一幅画……这是一位妇女的画像；她也剪了发，她的头发也乌黑闪亮，她的圆圆脑袋也和黑檀木的月亮一样，这就是埃西丝的头像。

这是从苏妮娅的美和埃西丝的美来强调两者的相同，以苏妮娅暗喻埃西丝。小说更在整体结构上，从苏妮娅在小说形象体系中所起的作用来暗示埃西丝。她把哈纳菲一家（从象征意义来理解，这个涉及各种行业、具有不同性格的家庭，就是埃及人民的象征）的心系在一起，将他们处于分散状态的个人力量，由"爱"的升华而引导他们凝聚在一起，为埃及民族解放事业作有益的集体斗争，从而导致埃及民族的复活，就像埃西丝把奥西里斯被肢解的各部分拼合集

---

① ［埃及］艾哈迈德·海卡尔：《埃及小说和戏剧文学》，袁义芬、王文虎译，上海译文出版社，1993年，第160页。

拢,从而使他苏醒复活一样。

再次,塞特的象征意义。塞特作为从沙漠中来的外国神,在小说中的隐喻义当然十分清楚,指的是西方殖民统治者。与塞特对应的殖民势力在小说中没有展开正面描写,但从神话中塞特的残忍、凶狠、狡诈等特性,作家有意把这个神话作为小说的象征结构,自然清楚陶菲格对殖民统治者所作的价值评价。《灵魂归来》对殖民统治者没有作直接描写,但对他们带来的文化,尤其是西方文化中的物质主义和个人主义及其对埃及产生的不良影响,作品中有充分的表现。哈纳菲一家的每个男子都想单独得到苏妮娅的爱,一度陷入分裂状态。这就是西方个人主义、实用主义对埃及产生的影响。正像神话中塞特把奥西里斯肢解成碎块。好在这不是埃及的本质,很快能从痛苦中超脱,升华为精神之爱,他们重新团结在一起。

最后,荷拉斯的象征意义。在小说中对应神话中的荷拉斯,是指正在和殖民统治者斗争的埃及人民。埃及人民作为有过灿烂文化的埃及子孙,祖国正遭受异族统治,当然要像荷拉斯那样为父报仇,获得民族的独立和新生。小说以1919年民族大起义的壮阔场面结局。殖民当局把华夫脱党领袖柴鲁尔逮捕,流放到马耳他岛,埃及人民表示抗议,"整个开罗天翻地覆地闹腾起来了,店铺、咖啡馆、住家大门紧闭,交通断绝;到处在示威游行,同样的激愤在其他城市和乡村的各个角落迸发!……农民比城里人更强烈地表达出自己的抗议和义愤,他们阻断铁路,不让武装列车行驶,他们烧毁了警察局!"荷拉斯在行动,塞特的邪恶统治即将结束,奥西里斯将仍然持有那颗正义之心而复活。陶菲格在小说中预言:"一个在人类黎明时期创造了金字塔奇迹的民族,有能力再创造其他的奇迹!"

总之,《灵魂归来》在现实与神话的同构中,在现代理性思维与远古神话思维的交织中,使作品获得一种深厚的历史感,也有效地表达了具有现实意义的民族主义主题。小说从埃及古老神话中吸取灵感,借用其神话形象,赋予它象征意义,神话框架作为小说的隐性结构,服务于主题的表达。

第五节 赫达雅特与《哈吉老爷》

萨迪克·赫达雅特是伊朗蜚声国际的小说家、艺术家和语言学家。他以杰出的现实主义小说为伊朗现代文学史增添了光辉,堪称一代宗师。他的代表作《哈吉老爷》以其对现实的敏锐观察、深刻的社会内涵和鲜明的形象刻画而著称。

一 生平与创作

赫达雅特(1903—1951)生于德黑兰的一书香门第之家。祖父是一位诗人,父亲是一位作家。他自幼受到良好教育,熟悉波斯和阿拉伯的古代文化。1925年在德黑兰圣路易中学毕业以后,遵从父亲让他学习理工科学的意愿,作为首批留学生赴比利时高等建筑工程学校学习。一年后,他转赴巴黎求学,研究法国语言文学,受到后期象征主义和超现实主义等西方现代主义文艺思潮的影响,并学会用法文创作小说。因此他不喜欢土木工程,对文学越来越有兴趣,

1930年未毕业即回到伊朗。此后他和家庭渐生不睦,终于断绝了联系,靠微薄的薪金独立生活。

他先后在国家银行、贸易部及建筑公司任职。1936年在音乐学院任过职,还到美术学院任过翻译。其间一边工作,一边创作,并与三位文学同人组成文学小组探讨文学问题。1936年,他应邀去印度,在孟买从事创作并研究中古波斯文学。归国后不久,出于维护正义与民主的崇高意愿,他不避艰难与危险,为营救53位被囚禁的民主革命家而四处奔走。1944年,他应塔吉克大学的邀请访问了苏联。第二次世界大战以后,其创作热情又高涨起来,1946年还参加了伊朗第一届作家代表大会。1950年保卫世界和平大会邀请他出席,但政府不予批准。他在致电大会主席约里奥·居里时说:"帝国主义分子把我国变成一座大牢狱,在这里发表自己的意见和进行正常思维都被认为是犯罪。"1950年12月5日,他为逃避丑恶的现实离开伊朗前往巴黎,想寻找一个良好的生活与创作环境,但是他失望了,以致由于过度悲观而失去生活的勇气。1951年4月9日,在苦闷、绝望心理压抑之下的赫达雅特,万念俱灰,毁掉自己身边的许多手稿,在巴黎一家公寓打开煤气开关,结束了自己的一生。

赫达雅特主要以小说著称,同时也写剧本、散文、童话以及关于语言学、民间文学和文学评论等方面的文章。早在青年时代他就发表过一篇题为《海亚姆的短歌》(1926)的文章。文中从文学与哲学的角度对海亚姆的四行诗进行了独到的分析,尤为赞赏他对自由思想的追求,朴素的唯物主义世界观以及对彼世的否定并高度评价了四行诗的语言和形式。赫达雅特还积极从事民间文学的发掘、搜集、整理与研究工作,并出版过研究文集。此外,他研究过佛教,翻译过数种古代巴列维语古籍,著文评述过波斯语的文字改革问题等,表现出多方面的才华。

赫达雅特创作生涯不长,却为后世留下丰富的文学遗产。其创作活动始于在法国留学期间。第一部短篇小说集《活埋》于1930年回国后不久问世,其中收集了在法国写的4篇小说和回国初期写的4篇小说。此后,他又相继发表了短篇小说集《三滴血》(1930)、《淡影》(1933)以及《野狗》(1942)等。他还发表了中篇小说《阿廖维耶夫人》(1933)、《盲枭》(1936)、《放荡无羁》(1944)和《哈吉老爷》(1945)等。此外,他还写过3部剧本,即《帕尔温·萨珊时代的女儿》(1930)、《马兹亚尔》(1933)、《创世记》,以及民间故事《拜火教堂》(1944)等。这些作品的基本主题表现了作者的爱国热忱和人道主义思想,流露出作者憎恨人剥削人的社会,同情受帝国主义、封建势力双重压迫的人民等强烈的爱憎情感。

1937年至1942年,出版刊物受到严格的检查与限制,赫达雅特自1936年赴印访问归来后,内心深深感受到这种政治重压,在这一期间,他实际上没有发表什么作品。这段空白使他一生的创作自然分成前后两个时期。

前期(1926—1937)作品取材广泛,内容丰富,艺术手法多样,既有现实主义成分,也有现代主义倾向,属赫达雅特探索和初试锋芒时期的创作成果。

在一些现实性较强的作品中,既反映了社会下层人民的痛苦与不幸,又揭露了社会上层人物之间的丑恶嘴脸。短篇小说《一个失去丈夫的女人》不仅描写了一个被丈夫抛弃的妇女那种复杂的心理活动,而且更多地描写了她的悲惨命运和她对幸福生活的向往。《兀鹰》无情地嘲笑了一个商人偶然中风,气犹未绝即被活埋后,他的两个妻子自私和贪婪的卑鄙行径。她们像兀鹰啄死尸一样"到处嗅着猎物",攫取钱财。甚至当商人意外死而复生返回家中时,她们竟然把他说成鬼魂。这篇小说把资产阶级家庭中那种充满铜臭的拜金主义本质暴露无遗。在小说《达沙阔尔》里,作者塑造了一个正直善良的市民形象。达沙阔尔受一临终商人之嘱,为其照料其家的人财物,他尽心尽力,深埋感情,最后被宿敌重伤致死。在他身上体现了下层人民的舍己为人、胸襟坦诚、同情弱者等优秀品质。

但这一时期也有用荒诞、象征等现代主义手法写成的作品,令人深思。小说《黑屋》中的怪人孑然一身,远离社会,将自己禁锢在黑暗之中,像蝙蝠逃避光明一样躲避现实世界。《死胡同》中的小职员孤独寂寞,愁肠百转,生活犹如一潭死水,毫无生气,其人生就像步入死胡同一样没有出路。在印度写成的中篇小说《盲枭》是前期最重要的作品,折射出当时国内黑暗统治在作者心理上投下的一道阴影。小说以意识流的表现手法描绘出一个忧郁者的内心世界。在表现作者"人类存在本身就是荒唐的"悲观主义思想的同时,对复杂的人生作了哲理性的探索。小说运用第一人称,以时空倒错的叙述方法,随意识流动,写了两件表面似乎各自独立,深层实则相互关联的事。前一件事写居于荒郊的"我"在百无聊赖地画着同一题材的画。一天画中的景物活了,"天仙般的美女"在毕恭毕敬地向树下的一位驼背老人奉献睡莲,不曾想驼背老人突然狂笑起来,于是景象全无。它意在说明现实中的"真善美"犹如海市蜃楼,可望而不可即,是追求不到的。另一件事写"我"的妻子是个不贞节的"贱女人","我"在被她折磨得抱病卧床并失去理性后,用剔骨刀捅死了她。它意在表明现实中的"假恶丑"是无法摆脱的。小说表现了作者面对残酷现实的一种绝望心态,他宁肯耗尽生命与激情,也不愿与之同流合污。

后期(1942—1950)作品逐渐摆脱了颓废主义的影响,走上现实主义道路。赫达雅特对半殖民地半封建的伊朗现实社会观察得更加仔细,认识得也更为深刻了。他努力从人们受社会恶德陋习的污染而表现出的千奇百怪的丑态中,汲取素材,写出许多具有现实主义思想倾向的作品。寓言小说《生命之水》写穷鞋匠的三个儿子寻找幸福的故事。长子驼子来到"黄金国",因人都是盲人,他冒充先知,在双目失明后仍贪得无厌地积攒黄金。次子秃子来到"月光国",因国人都是聋哑人,他用计当上国王,压榨人民,腰缠万贯,最后成了聋子。三儿子克服艰难险阻来到"永春国",这里国泰民安,生活幸福,他认识了生活的意义。当他听说"黄金国"和"月光国"的人民过着愚昧痛苦的生活后,决心带着"生命之水"解救他们。经过流血苦战,驼子和秃子被消灭,人民过上幸福生活,三儿子也偕妻儿回到父母身边。在这个寓意深刻,象征性很强的故事里,生命之水虽属想象之物,却表达了作者对真理与正义的渴望。"永春国"人民浴血奋战,打败"黄金国"和"月光国",解救那里的人民,预示了前苏联卫国战争的胜利,表明作者对世界人民必将战胜法西斯充满信心。短篇小说《明天》一方面抨击美国占领军在伊朗的暴行,另一方面从正面描绘了已经觉醒的伊朗工人形象,具有明显的民主倾向。1945年发表的以揭露国内反动势力为内容的中篇小说《哈吉老爷》是他后期创作的高峰。

二　《哈吉老爷》

《哈吉老爷》是最能代表赫达雅特现实主义创作风格的杰作,是伊朗现代文学史著名的艺术瑰宝。小说以鲜明的时代特色和深刻的社会内涵赢得国内外的广大读者,但也使统治者憎恨,1979年2月以前,小说一直被列为禁书。

小说以1941年伊朗礼查汗国王被迫退位前后的社会现实为背景,塑造了堪称伊朗40年代大地主大资产阶级典型的哈吉老爷的形象。在这个主要人物周围聚集了形形色色的剥削者、寄生虫和旧时代的残渣余孽:大地主、奸商、贪官污吏、暴发户、丧失良心的政客、无耻的文人、记者等等。这些群丑构成伊朗上层社会舞台的缩影。小说深刻地揭露了这些人物的种种卑劣行径,指明这些败类腐朽虚弱的反动本质和必然灭亡的历史命运,从而唤起人们团结一致,从根本上铲除这些毒菌及其赖以滋生的腐恶土壤。

小说主人公哈吉老爷既从政,又经商;既为地主,又是资本家。在他身上集中了伊朗统治阶级的一切丑恶品质。他认为人生无非是集虚伪、谎骗、诡诈、阴谋和舞弊之大成为一体,因此他不惜采用假仁假义、阿谀奉承、蛊惑煽动等手段,进行所谓立身扬名的事业。

作为政客,他善于伪装,随机应变,是个变色龙。他原是个彻头彻尾的亲德派分子,表面却像个正人君子,满口仁慈,内心却很残忍。礼查汗国王统治时期,他协助宫廷镇压人民,与国外情报机关相勾结,进行间谍活动,大肆敲诈勒索,捞取政治和经济上的好处。1941年8月苏、美军进驻伊朗,同年9月礼查汗国王被迫退位。在这政治风云突变的历史转折关头,他摇身一变,脱离亲德立场转而投靠英美。尽管他并非自愿,内心也不无痛苦,但还是迅速伪装起来,招摇撞骗。当时,他曾打算南逃,把钱转存美国银行,准备出国。但他很快发现,事态并非发生本质变化,原来那些胆战心惊的同伙,那些投机家、卖国贼、特务和罪犯,现在居然又"重新操纵起一切重大事情"。于是他像鳄鱼一样,伏俯在那里犹豫、观望、伺机而动。他不敢公开反对民主运动,在公开场合,他以冒牌民主派自诩,凡遇机会就立即标榜自己是"伊朗民主之父"、"革命之子"等,还喋喋不休地咒骂礼查汗国王的法西斯专政,以哗众取宠、收买人心。暗地里他却招兵买马,拼凑形形色色的反动势力,千方百计地制造混乱,挑起冲突,以便浑水摸鱼。他政治野心勃勃,不仅把手下走卒推到前台当部长大臣,而且自己也不甘幕后操纵而积极竞选议员,时时觊觎内阁首相的宝座。

作为商人,他利欲熏心,唯利是图,从不安分守己,几乎丧尽天良。为了赚钱,他不怕伤天害理,以种种卑鄙无耻的手段,朝思暮想扩大从奸商父亲那里继承下来的财产。他不仅从庄园、商店、澡堂、出租房屋、针织厂、纺织厂等工商企业中多渠道牟取暴利,而且靠买空卖空、投机倒把、伪造证券、套购物资、走私偷税,甚至倒卖枪支以及为别人买官鬻爵等,大发不义之财。只要有利可图,他可以凭借财势左右法律,把私吞公款、残害部落人民的军官推举为将军,可以把害死人的罪犯保释出狱。马克思在《资本论》中曾经指出:"在资本主义生产方式的历史初期——并且每个资本主义暴发户都必须个别地通过这个历史阶段——致富冲动和贪欲是当作绝对的情欲起统治作用。"哈吉老爷即这样的暴发户。

作为地主、资本家,在资本主义初期发展的伊朗社会环境里,他既是个丧心病狂、贪得无厌的吸血鬼,也是个嗜财如命、吝啬至极的守财奴。在他心目中,人与人之间的关系除去赤裸裸的利害关系,就是冷酷无情的现金交易。金钱主宰着他的灵魂,支配着他的言行。"他认为金钱才是他一生惟一的目的。金钱是能治他全部疾病的灵药,金钱给过他真正的乐趣,甚至也引起过一些恐惧。一提起'金钱'这两个字,一听见金币的叮叮铛铛声或是纸票的沙沙声,老头儿心里马上扑通扑通地跳,浑身都飘飘然起来了。"他发自肺腑地启发教育儿子:"你在这个世界上只要有了钱,光荣呀,信任呀,高尚呀以及名誉呀等等,你也统统都有啦。……总之,有钱的人就有了一切,没有钱的人就一无所有。"基于这些认识,金钱搅得他日夜不得安宁。他时常在睡梦中就已盘算着如何捞取金钱,醒来后更是无时无刻不想到钱。小说里有一处写他在手术后刚刚苏醒时,听说有人送给他一个金的果子盘,就立刻问:"是真金的吗?""给我摸一摸它……分量很重吗?"得到回答后,"一丝满意的微笑掠过哈吉干裂的唇边"。这一细节不仅活画出哈吉老爷的贪欲,也是对地主、资产阶级的金钱拜物教的真实、生动的写照。

极端的吝啬是作为地主、资本家的哈吉老爷的另一性格特征。他拥有巨资,但平时总装出一副穷酸相,生怕暴露实情,造成破费。为了积财,"他从白水里也要榨出油来"!为了守财,"要是一只苍蝇落在他的痰上,他也要一直追到彼得堡去捉它"!为了控制家人吃用,每天由他亲自分发喝茶的糖,连家中做饭用的木柴他也要称斤论两。他检查饭后吃剩下的李子核,为判断买来的李子够不够分量。甚至连家中买不买葱也要及时请示他。他非常嗜好喝酒,在外做客时大喝特喝,毫不客气。可是在家却从不花钱买酒喝,即使是别人送礼给他的酒,他也要小心翼翼地把酒倒入坛子里,像服药似的慢慢饮用。根据伊斯兰教教规,每个虔诚的信徒要把每年收入的十分之一拿出来周济贫民。哈吉老爷为表示自己的虔诚,但又舍不得这点钱,就动用心机想出一个履行义务又不失钱财的两全之策。他把该施舍的这笔钱计算精确,先签成支票,放入盛满椰枣的提桶里,交给阿訇,施舍给贫民。但阿訇一提起枣桶,他就立刻借口孩子们想吃枣而按市价买下,然后再让阿訇用卖枣钱去周济贫民。他自己则销毁支票。这些举动完全暴露出一个吝啬鬼的卑贱灵魂。

作为伊朗 40 年代反动统治阶级的总代表,哈吉老爷性格中的另一特征是粗俗无知与愚蠢。他孤陋寡闻,却自作聪明,根本不懂历史,却偏爱天南地北地胡扯历史上的事件。为了附庸风雅,他经常出席文学集会,每首诗朗诵之后,无论懂不懂,都报以经久不息的掌声,以至于事后手要疼好几天。他到处宣扬要写一篇论各地风俗的专题论文,可是却要别人代他执笔而又不取报酬。他不懂装懂，讲错了小学生课本上生词的含意，致使小儿子在学校受到老师责打。更为可笑的是，他竟然问一个即将赴美的人："您既然打算去美国，那为什么学英语呢？"他对自己如此的无知居然毫无察觉，有时为了沽名钓誉，胡说一通也绝无窘困之色，这是一种厚颜无耻的愚蠢。

此外，哈吉老爷还有一些根深蒂固的癖好。其一是贪吃。作者写道："只要谈到吃，老头脸上顿时眉飞色舞，唾液直往肚里咽，连他的瞳孔也豁然放大了"，"眼睛里燃烧着贪得无厌的饥火"。其二是贪色。他妻妾成群，六个离婚，四个故世，还有七个组成现在的家庭，而且内院后房里还有不少娇妇。即使如此，他只要"瞥见多少能引起他注意的女人……他那双眼睛照样骨碌碌地东溜西窜着"。其三是爱吹牛。他和仆人讲，其父生前曾邀请过20位部长大臣到家做客，他父亲是个奸商，他吹嘘成贵族；他明明没有读过近代诗人卡阿尼的作品，却在文学集会上对之极力赞颂。

哈吉老爷这个艺术典型，集中概括了伊朗封建地主阶级的粗俗、愚昧与野蛮；资产阶级的冷酷、贪婪与吝啬，揭示出伊朗上层统治阶级的丑恶本质及其必然没落腐朽的客观规律。

赫达雅特是一位杰出的讽刺作家和高明的语言大师。在这部作品里，他一反伊朗传统文学语言中堆砌辞藻、晦涩难懂的倾向，别开生面地以自然准确、明快流畅、朴实风趣、讽刺性强的语言，塑造了以哈吉老爷为代表的伊朗上层统治者的形象。这种语言的成功运用，标志着从德胡达，经贾玛尔扎德，到赫达雅特，现代波斯语文学语言已经成熟。此外，这部小说不仅继承了波斯散文的优良传统，而且十分注意学习民间语言，叙述中经常插入一些富有生命力的民间俗语和谚语，增加了语言表现力。赫达雅特的笔触犀利，对事物本质的揭露与讽刺入木三分。他善于选择现实生活中平凡而又富有内涵的事例，运用细节的描写和典型环境的氛围，烘托、渲染与刻画人物性格，"将人生无价值的东西撕破给人看"，深入开掘人物肮脏、鄙陋的内心世界，以及他们赖以生存的社会基础。

这部小说客观叙述描写过多，情节结构也欠清晰。尽管如此，这部小说蕴涵的深邃思想和尖锐的批判性，以及鲜明的语言特色，代表了伊朗现代文学的最高成就，同时在阿拉伯世界也享有盛誉，曾被译成多种文字。

第六节 阿格农与《婚礼华盖》

阿格农是现代希伯来文学最杰出的代表。1966年，他以"深刻而具有特色的叙事艺术，能从犹太人民的生活中汲取主题"获得诺贝尔文学奖。这是继《圣经·旧约》以来，希伯来文学再次走向复兴、走向世界的标志。

一 生平与创作

阿格农（1888—1970）原名撒母耳·约瑟夫·扎兹科斯，出生东欧加利西亚地区的传统犹太小镇布察兹。阿格农早期主要接受犹太传统教育，三到九岁之间曾先后在三个不同的犹太小学里学习圣经和塔穆德，之后的教育主要由父亲完成,他根据自己的兴趣教孩子认识了许多传统作家、作品。但阿格农的早期教育更多地依靠自学。他家里有父亲建立的小型图书馆,布察兹有藏书丰富的犹太老会堂,这都为他自学提供了条件。12岁时他又跟随施穆尔·伊萨克哈·史塔克拉比在老会堂里学习。在父亲所属的哈西德派会堂里,他又学习了哈西德派著作并聆听了哈西德信徒的故事。20世纪初,他开始接触现代希伯来、意第绪文学作品。

出于犹太复国主义的感召,年轻的阿格农决定到希伯来民族复兴的地方以色列地去体验、去生活,1907年到达雅法,在那儿他担任过许多组织的秘书,并当过《时代》的编辑。1908年,他在这份刊物上发表了雅法时期的第一篇小说《弃妇》。1911年,他前往耶路撒冷。在那里他经常拜访老城和新城里的各种宗教团体。

1913年,阿格农离开巴勒斯坦前往柏林去感受西方大都市的文化氛围。在柏林头几年,阿格农为埃利斯贝格做编辑工作,并担任家庭教师来维持生活。"一战"期间,阿格农的行动受到很大约束。阿格农通过吃药、喝咖啡、吸烟、熬夜等方法来伤害身体逃避兵役。结果体验没有通过,但他因此患了肾病住进医院。1918年战争结束,阿格农才在慕尼黑找到工作,之后和以斯帖·马克斯结婚。在安定的家庭生活中从事文学创作。1924年的一场大火结束了阿格农的德国生活。这次火灾毁灭了阿格农的创作手稿以及图书室,这个图书室收藏了他在德国11年来收集的所有稀有书籍。尽管他和家人幸免于难,但火灾强化了阿格农"毁灭与丧失"的意识。随后,他把妻儿送到岳父家避难,几个月后,他独自离开德国,前往耶路撒冷。

耶路撒冷时期是阿格农一生中最后一个时期,从1924年返回以色列到1970年去世,除了四次短暂离开外,他一直定居在这里。在近半个世纪里,巴勒斯坦经历了英国托管、第二次世界大战、以色列建国、中东战争等,但阿格农却越来越沉溺于自己营造的世界里,他简单地生活着、写作着,笔触还恋恋不舍地停留在东欧加利西亚地区和第二阿利亚时期的雅法。

在漫长的创作生涯里,阿格农创作了大量的长、中、短篇小说,生前有两部作品集《阿格农小说选》(1931—1952)、《阿格农作品选》(1953—1962)问世,去世后,出版商又把他未完成的长篇小说《史拉》以及其他一些未出版的小说、书信等整理出版。

阿格农的创作始于布察兹时期,他正式发表的第一篇希伯来语作品是《小英雄》(1904),意第绪语诗歌《约瑟夫·德拉·雷纳》(1903)则是他发表的第一篇作品。1907年到达雅法后,阿格农放弃意第绪语写作,改用希伯来语创作。1908年的《弃妇》不能代表典型的阿格农风格,但这部小说摆脱了哈斯卡拉式的启蒙口吻,代之以犹太社区内部的观察视角。

《但愿斜坡变平原》(1912)体现了典型的阿格农风格,这部作品为阿格农赢来的不仅是巨大的声誉,更让人们看到了一位伟大作家的潜质。小说背景在东欧犹太社区,讲述的是一对住在布察兹的犹太夫妇莫纳什·哈伊姆与科冷黛尔·特察妮悲欢离合的故事。哈伊姆经历了一系列的巧合和苦难,最终回到了家里,但他深爱着的妻子已经嫁人,离家之后再也回不了家的叙述模式使这部小说带上了悲剧色彩。哈伊姆也成为阿格农作品笔下的第一个"离开家再也回不去"的主人公。

《被弃者》(1919)是富于犹太色彩的民间故事,作品的故事背景发生于哈西德派与对立派纷争的早期,情节更曲折,具西方式的悲剧性,是一篇犹太文学与西方文学完美结合的作品。它一方面讲述带有犹太传统色彩的民间故事,另一方面又隐含着主人公无法抗拒的命运。

《她的黄金时代》(1923)是阿格农的代表作品之一,故事刻意模仿《圣经》语言的风格和语调,创造了纯真爱情小说的氛围,使读者很容易联想到《圣经》里的《路得记》。但小说讲述的是一段禁忌之爱,迪尔查爱上了母亲以前的恋人阿卡维亚·马扎儿,最后和他结了婚。在作品中,整个事件都出自一个正在走向成熟的女孩之口。阿格农冷静、客观的叙述风格表现得非常突出。他不允许叙述者理解情节或表述自己看法,而是让她用坦率、单纯的态度报告这些事件。叙述者是简单而单纯的,围绕着这一单纯的叙述者,阿格农熟练地组织着叙述:语气、风格、处境、象征都在他精心控制和组织之下,这种冷静得近似无情的文风成为阿格农叙事的一大特色。

阿格农定居耶路撒冷之后,小说创作步入成熟期。阿格农成熟期的成就主要体现在4部长篇小说里。

《婚礼华盖》(1931)是阿格农的第一部长篇小说,也是他创作的巅峰之作。

《宿客》(1939)的题目来自《旧约》的《耶利米书》。小说以第一人称的视角,描写了一次不成功的返乡,集中探讨了流散地的传统和信仰问题。当"我"回到阔别已久的家乡"施布什"时,昔日的一切已不复存在。战争带来的死亡阴影无处不在,会堂里不时地举行着葬礼,小镇里已经好久没有新生儿了。战争给人们带来了肉体上的痛苦,也摧毁掉了小镇的信仰,除了葬礼,很少有人再进会堂。"我"试图重新把人们聚集到会堂里,恢复他们的宗教生活,自费买来木柴为参加学习律法的人们生火取暖。在取暖的感召下,人们重新回到会堂,开始了久违的宗教生活。但随着冬天结束,天气转暖,人们又投向世俗生活,为生计忙碌,会堂里的人一天天地减少了。"我"终于明白救赎只能在"以色列地",那里才能选择过"妥拉"的生活。"我"回到以色列地与家人团聚。对故乡而言,"我"仅仅只是一个"宿客"。小说的成功之处并不在于谴责犹太信仰在家乡的衰落,而在于对这种"衰落"表现出的复杂的感情。他一方面在作品里设置了"我"这一形象,试图向读者说明,衰落无可避免,救赎只能在圣地,但另一方面通过小说中人物之口,对上帝的公义、以色列地的救赎功能提出质疑。这两种类型人物的设置使得阿格农的态度变得暧昧、模糊,使得小说的意义变得晦涩。

《只在昨日》(1945)为阿格农赢得了声誉。小说聚焦于"第二阿利亚"时期的巴勒斯坦,描写了一个叫"以撒"的先驱者的故事。他出身东欧犹太社区,在复国主义的感召下,前往以色列地为民族复兴献身。但现实的残酷使他逐渐放弃了自己的理想,成为一个粉刷工。在雅法,他喜欢上了好友拉比诺维茨的女朋友索尼娅,这一段经历造成他难以摆脱的负罪感。在小说里,索尼娅与雅法结合在一起,成为世俗的象征。后来以撒在耶路撒冷找到了平静,他遇到了出身狂热犹太教家庭的史弗拉。在耶路撒冷和史弗拉的感召下,他恢复了传统的宗教习惯。史弗拉与耶路撒冷结合在一起,成为神圣的象征。但在以撒与史弗拉结婚前,他被疯狗巴拉克咬伤,患狂犬病死去。小说涉及到以撒的情节时,基本上采用的是现实主义的手法,但在中间部分突然加入了"疯狗巴拉克"的情节。这一情节几乎和以撒情节没有必然联系,二者几乎是平行并置的,直到小说结尾才又重新结合在一起。

《史拉》(1971)是阿格农的最后一部长篇小说,讲述了一个游离于正常家庭生活之外的成年男人的情感遭遇。赫伯斯特是大学讲师,已经结婚并有两个女儿,但他对护士史拉产生了罪恶的情欲。赫伯斯特纠缠于家庭、妻子、史拉之间,彷徨、矛盾、挣扎,正常的家庭生活与偷情的冒险经历交织在一起。在讲述这段复杂的情感经历时,阿格农采用了高超的写作技巧,通过间接描写与直接描写结合的方式,把史拉对赫伯斯特产生的影响淋漓尽致地表达了出来。从小说开始到中间部分,史拉一直是作为一个现实人物出现的,而到了中间部分之后,史拉消失了,她的存在完全是靠赫伯斯特的思绪维系着,这种"不在场的在场"是阿格农小说创作的一个重要技巧。

阿格农的创作以东欧加利西亚、德国、巴勒斯坦为背景,围绕着流散地与圣地两个基本聚焦点,一方面生动再现了东欧犹太社区的兴衰,另一方面又对以色列建国前犹太人在巴勒斯坦地区的生活和斗争进行了生动的刻画和记述,使作品几乎成为了犹太民族的近现代"史诗"。但他的伟大之处在于他的独特视角和理解问题的方法。他对东欧犹太社区的描写更多地来自于童年记忆以及哈西德民间故事,对一战后东欧犹太社区和"第二阿利亚"时期以色列地的描写更多依赖自己的所见、所闻、所感。他摆脱了哈斯卡拉式的启蒙风格,从犹太社区内部展示犹太传统魅力,抨击了世俗化下犹太传统的堕落,再现了带有个体性的"第二阿利亚"历史,以充满"乡愁和梦魇"的情感展现了近现代以来犹太民族的灵魂。他的作品不追求客观真实的东欧犹太历史,也不是狂热的复国主义情绪鼓动下的爱国宣言,它们体现的是一个出身传统犹太社区的犹太人面对纷繁芜杂的20世纪对自己的传统、对自己的现在进行的独特认识和思考。

阿格农的创作融合了西方文学与犹太文学传统,为现代希伯来文学发展找到了一条新的发展道路。阿格农一丝不苟地从事创作,对自己的作品从不感到满足,他总是反复地对已经写成甚至发表过的作品进行修改,再修改,以至于他的许多作品都有多个版本,而这些版本之间的差别也都非常大。他的一丝不苟为自己赢得了很多荣誉,他共获得过两次比阿里克奖(1934、1951)、一次乌希士金奖(1946)、两次以色列国家奖(1954、1958),1966年他获得了诺贝尔文学奖。以色列政府在他住所附近竖起一张告示牌,上面写着:"肃静,阿格农在写作",表达了这个国家对他的敬重和热爱。

二 《婚礼华盖》

《婚礼华盖》是阿格农的顶峰之作,集中体现了阿格农对东欧传统犹太社区充满"乡愁"的眷恋。《婚礼华盖》有三个版本,分别为1920年、1931年和1953年版,其中1920年版分为3部分连载,属于短篇小说,与后两版差别很大。

小说有一个长长的副标题:"布罗迪的哈西德信徒余德尔先生的漫游、他三个谦虚的女儿以及对定居在凯撒陛下国度的以色列的孩子们即我们兄弟们的伟大事迹的记述",这是阿格农模仿某些传统犹太民间故事选集里的做法,副标题概括了小说的情节线索。小说中贫穷而虔诚的哈西德信徒余德尔为了三个待嫁的闺女,在加利西亚四处流浪、乞讨筹措嫁妆。伴随他的行程,阿格农为读者展示了一副绚丽的犹太历史画卷。形形色色的人、许许多多的故事,附着在貌似简单的线索之上,形成了一个统一、虔诚的和谐世界。《婚礼华盖》重现了19世纪早期阿格农出生地东欧加利西亚的现实,但阿格农并不是对加利西亚的历史性重建,而是发挥了无限想象。这一想象中的世界笼罩在"妥拉"的光环之下,虔诚是它的主要特征。小说中的余德尔除了"妥拉",心无旁骛,是虔诚的典型。

余德尔对"妥拉"的态度是纯粹的,没有任何世俗目的。他不仅研习"妥拉",更以"妥拉"为生,获得精神上的快乐,这种快乐超过了金钱、世俗的荣耀。简而言之,余德尔先生具有哈西德信徒所有的美德:穷、忠于上帝和"妥拉"、远离世俗事务。

小说中有一个风趣的比较:一个努力要"为上帝"在尘世"做一把椅子"的人却住在阴冷潮湿的地下室里,甚至连把椅子或一张床都没有;一个向上的灵魂却住在地下室里。阿格农把余德尔的虔诚与带有夸张性的赤贫进行了并置——那些成为上帝椅子的人却没有椅子可坐,这是对哈西德信徒无私虔诚的赤贫进行的漫画式描写,但这也正是余德尔值得尊敬的地方。物质极度匮乏才能凸显出一个真正的纯粹灵魂。在物质与精神的两相对比中,余德尔毫不犹豫地选择了精神,他的唯一物质财产就是叫醒他去崇拜上帝的公鸡。物质和精神的对立又一次被戏剧化了。阿格农在增添故事趣味性的同时强调了余德尔信仰的虔诚性。

在长长的晨祷之后,这位哈西德的活动再次体现出了物质与精神的极端对立。他通过读吗哪的故事压抑自己对食物的自然欲望;他的谦卑是如此彻底,宗教自责是如此犀利,以至于任何的行为和感情都有可能被当成是过度自负的表现,追逐私利的证明。他仅仅只是想想能否从《律法》中找到一个新观点来支持自己吃肉,就引发了自我的谴责,因为他正在把""妥拉"当成一个违抗圣徒们禁令的工具",最终会"因此影响他在天堂的位置"。

如果不是因为要把女儿嫁出去是合乎圣人教诲的律令,如果不是拉比的建议合乎他的虔诚,这位信徒依然会专心致志地研究"妥拉"。阿普塔拉比让余德尔去借衣服和马车,让他到加利西亚东部的乡村小镇里去乞讨,寻求其他虔诚犹太人的帮助,以"完成把女儿领到婚礼华盖下的诫命"。这里首次出现了余德尔"犹豫是否应该上路,因为旅行……会缩短和会众一起学习塔穆德和祈祷的时间",这一句在全书里多次出现,反映了主人公在"妥拉"与世俗事务之间的矛盾,也反映了他自始至终的"妥拉至上主义"。

余德尔的虔诚在游历生活得到扩展和丰富。每到一处,请求施舍固然是重要内容,但对上帝和"妥拉"的爱依然是他主要的关心对象。比如当他听完努塔讲的"努塔的哥哥雅各·参孙的出世及其结局"之后,他开始反省,认为自己离乡背井,没有时间研习"妥拉",不能与会众一起祈祷是错误的,他开始鄙弃甚至决定放弃这次旅行了。但接踵而至的关于婚礼华盖的诫命又让他备感折磨。他想到了上帝,如果见到上帝,他该怎么做,怎么说?上帝不就是要敬畏的吗?"而你却偏偏要追逐你那些想象和虚幻,忘了时间,忘了利用时间的意义。暂且不说晚上,白天不是用作研习《妥拉》又是用作什么的呢?况且,正如有谚语所说的那样:'哪一天晚上听不到读《妥拉》的声音呢?'但是,你是怎样度过夜晚的时光的呢?你只顾吃啊、喝啊、睡啊、玩啊、闲扯啊,只顾追求金钱了。"余德尔想了很多,最后开始拿出拉比的祈祷书,开始忏悔起来,读啊读,直读得泪流满面。"上帝送来一股寒风,把他的泪水都冻住了"。

这种因为游历而耽误了研习"妥拉"的懊恼心态在小说中间部分达到高峰。在小说的第17章,余德尔终于决定把女儿的婚事交给上帝,自己在一家条件很好的客栈里开了一个房间,夜以继日地研习"妥拉"。也正是在客栈的停留让许多人关注到他的存在,并认为他是一个富翁,随之,拉比信中的话实现了,"上帝会为他找一个合适的女婿。"

余德尔的虔诚还表现在对以色列地的眷恋上。在小说第十章,余德尔经过那些仿照以色列地建造的犹太乡村时逗留了很长时间。对以色列地的向往在小说结尾明确地表达出来,这位虔诚的哈西德圣徒最后的归宿是以色列地。他最后前往以色列地,做了许多现世和来世都能得到善报的事情,"在圣灵感应下,他写了许多著作"。

如果说余德尔是在研习"妥拉"的诫命中完成了虔诚形象的塑造,那么其他人物通过热情好客、善待同胞的方式表现了他们的虔诚。富足好客的伊弗雷姆最为典型,他把善待同胞做到了极致。伊弗雷姆属于神圣的阿什肯纳兹家族后裔,这一家族世世代代都保持着圣洁的品行。他们热心助人,一心想着为上帝增添荣耀,从来不吝惜金钱。到了伊弗雷姆,家里就一贫如洗了。但财富是属于上帝的,世人只是保管者,上帝眷顾那些慷慨大方、喜爱"妥拉"甚于一切的人。在伊弗雷姆成年时,他又成了一个富翁。他继承了先辈的光荣传统,在富裕之后意识到人生的目的不是吃喝,满足物质欲望,而应该是弘扬"妥拉"的美名。他"平时绝不喝肉汤,只喝水,并且滴酒不沾;他把酒留在周五晚上敬神以及周六晚上安息日结束典礼上喝,逾越节头两晚他也会喝上四杯酒;在这有限的几次饮酒中,他也不喝烈酒,只喝葡萄酒。他还长时间地斋戒,以削弱亚当偷吃禁果之后就依附于人身的食欲。"尽管他对自己很吝啬,但是他近乎完美地履行着殷勤待客的诫命。伊弗雷姆的屋门总是向穷人敞开,在他为女儿举办的婚宴上,穷人和富人同桌进食。他的妻子也密切地配合着他的善行。只要有乞丐上门,她都会像对待客人那样把他领进屋里,有时她还把无家可归的人请进家里吃饭。伊弗雷姆家总会空着一把椅子,这样穷人来了就能吃得自在、满意。尽管他是一个有洁癖的人,但是有一次他竟能很从容地与一位满身生了痂的人一起吃饭。他的家人四处寻找穷人到家里吃饭,因为如果没有这些客人,伊弗雷姆就会实行斋戒。

除了殷勤待客的犹太人，余德尔还遇到了其他一些圣洁信徒，比如作品提到人类世界36位隐居圣贤之一的老人，他的虔诚程度甚至让余德尔都自愧弗如。他对安息日的理解是如此地纯粹和彻底，他的行为更是让读者见识到什么是真正的虔诚。安息日期间，他没睡过一次觉，通宵达旦地祈祷，除了希伯来语，其他语言一概不说。

与小说描写了一个和谐统一的犹太传统世界相应，在讲述方式上阿格农采用戏仿的手法和戏谑的语调。这种手法和语调给这个世界蒙上了一层喜剧性面纱，使这个世界充满欢声笑语，充满温情。作品的讽刺和戏谑维持在柔和的范围之内，并不改变这个世界的本质。进而言之，在《婚礼华盖》世界里，作品人物并没有感觉那些"荒谬"的行为有多么可笑，这种笑更多地来自读者和作者。读者在笑的同时，也意味着自己所处世界里虔诚与单纯的丧失，他们已经体会不到这些荒谬行为背后隐藏的虔诚与圣洁了。而作者采用这种手法，也在有意识强化这一观念：现代世界已经无法再寻觅古代世界的安宁与和谐。如果再联系阿格农一贯的主张，过去的总是比现在的好，这种看法就找到了思想上的依据。因而就《婚礼华盖》而言，戏仿与戏谑没有改变故事世界的性质，相反它在增强作品喜剧性的同时，把反讽的矛头对准了现代世界。这种戏仿手法和戏谑语调本身就是犹太民间故事创作所固有的，二者造成的温柔讽刺以及随之而生的喜剧效果，更让阿格农的创作具备了犹太传统民间故事的特色。

《婚礼华盖》的结构从表面上看，采用了一种类似流浪汉小说的情节线索，以主人公的游历为线索贯穿全篇，在这条主线上又附着了各种各样的插话、故事。这种结构可以说是对东西方小说原始形式的一种复归，在早期的东西方文学作品《堂吉诃德》、《十日谈》、《一千零一夜》、《五卷书》等都可以看到这种叙事模式。《婚礼华盖》在20世纪重新回归了这一形式，但赋予其更鲜活的生命力。首先，貌似偏离主线的插话、故事大都是以犹太人的生活特别是婚姻、爱情作为主题，主题上的关联使得二者之间形成一个紧密的整体。在扩充作品内容、丰富作品情节的同时，使二者之间形成了一种情节上的张力。其次，《婚礼华盖》的结尾中，余德尔漫游遇到的人物几乎全部都参加了余德尔女儿的婚礼，这又类似于戏剧、联欢会中全体演员出席的舞台谢幕，在赋予作品大团圆结局的同时，又使得作品结构上臻于完美。这是早期小说不具备的。

《婚礼华盖》是阿格农最为知名的作品，自发表之后就引起了众多研究者的兴趣。对中国读者而言，《婚礼华盖》也是最为熟悉的作品。它奠定了阿格农"虔诚故事讲述者"的身份，集中体现了阿格农犹太民间故事创作的最高成就。

第七节 "黑人性"运动与桑戈尔

"黑人性"（Negritude，又译作"黑人传统精神"、"黑人精神"）运动是20世纪30年代初由黑人法语作家桑戈尔、莱昂·达马和艾梅·塞泽尔所倡导，旨在恢复黑人价值，唤起非洲殖民地社会民众对于自己文化个性、文化归属的自尊、自信和认同的文化、文学运动。桑戈尔的诗作体现了"黑人性"文学的思想和艺术特征。

一 "黑人性"运动

"黑人性"运动以美国"黑人文艺复兴"为前导,杜波依斯(1868—1963)、克劳德·麦凯(1890—1948)、兰斯顿·休斯(1902—1967)等人研究黑人历史,发掘、整理黑人文化遗产,弘扬黑人悠久的文化传统,激发和提高黑人的自尊心、自信心和自豪感,他们创作了一批反映黑人状况和愿望,塑造"新黑人"形象的文艺作品。他们对于黑人法语作家提出"黑人性"的概念具有深刻的影响。1921年圭亚那出生的黑人作家勒内·马朗(1887—1960)创作了取材自身经历的作品《巴杜亚拉,真正的黑人小说》,作者指责殖民者对非洲的掠夺,号召为反对黑奴贩子而斗争,小说产生巨大影响。1932年,马提尼克大学生埃蒂安·莱罗、于勒·莫内罗特和勒内·梅尼勒在巴黎创办了《正当防卫》杂志,杂志创刊号的《宣言》从政治、种族和文化三个方面提出了黑人问题,控诉殖民统治者从肉体到精神对黑人的控制和奴役。这些理论和创作都为"黑人性"运动的兴起奠定了基础。

1934年,塞内加尔的莱奥波尔德·塞达·桑戈尔(1906—2001)、圭亚那的莱昂·达马(1912—?)和马提尼克的艾梅·塞泽尔(1913—?)在巴黎创办《黑人大学生》杂志。他们以刊物为阵地,倡导"黑人性"运动。杂志一直坚持到1940年法国沦陷时才停刊,在1934年至1940年的6年间,他们创作了许多"黑人性"内涵和风格的诗文,如达马在1937年出版的诗集《色素》、塞泽尔在1939年发表的长诗《回乡札记》,桑戈尔的第一部诗集《阴影之歌》中的大部分诗歌也是在30年代中后期写下的。正是在《黑人大学生》杂志及其倡导者的影响和努力下,一场具有历史意义的文化、文学运动展开了。

"黑人性"这个概念最初出现是在塞泽尔的长诗《回乡札记》(1939)中。运动领军人物桑戈尔在他的文艺论集《自由一集:黑人性和人道主义》中对这个概念进行了阐释。他认为"黑人性","它代表了一种与白人文明不同但却与之平等的黑人文明概念",具体而言,它是"黑人世界的文化价值的总和,正如这些价值在黑人的作品、制度、生活中表现的那样"。[①] "黑人性"成为20世纪40、50年代非洲民族解放运动的一面精神旗帜,一大批诗人、作家聚集在这面旗帜之下。1947年塞内加尔作家阿辽纳·狄奥普(1910—1980)在达喀尔和巴黎两地创办杂志《非洲存在》,得到非洲等地黑人作家的支持和法国作家加缪、萨特等的赞助,之后他又建立非洲存在出版社,非洲许多著名作家的作品,都由该出版社出版。杂志和出版社成为"黑人性"运动的中心[②]。1948年,桑戈尔编辑的《黑人和马尔加什法语新诗选》出版,标志着黑人性文化运动的高潮。在桑戈尔、莱

[①]《中国大百科全书·外国文学》(I),中国大百科全书出版社,1982年,第438页。
[②]《非洲存在》杂志和出版社曾组织国际性的黑人文艺聚会,1956年在巴黎举行了第一届黑人作家和艺术家代表大会,1959年于罗马召开第二届黑人作家和艺术家代表大会。

昂·达马和艾梅·塞泽尔三位先驱的诗歌之外,塞内加尔作家乌斯曼·索塞(1911—?)的小说、比拉戈·狄奥普(1906—?)整理的民间故事、几内亚作家尼亚奈(1920—)整理的史诗《松迪亚塔》、马里作家塞杜·巴迪昂(1928—?)的剧本、象牙海岸作家达迪耶(1916—?)的作品等,都是具有鲜明特色的"黑人性"典型作品。

"黑人性"文学极力歌颂非洲的历史和传统文化,从传统的生活、风俗、神话和祭仪中汲取灵感和题材,"以年轻的非洲对抗老迈的欧洲,以轻快的抒情对抗沉闷的推理,以高视阔步的自然对抗沉闷压抑的逻辑,"①显示了与欧洲文化的整体对抗。应该说,黑人性运动在30—50年代对于激发黑人内部的民族意识,改变外部对黑非洲的黑人的态度方面起了很大的积极作用,是20世纪非洲大陆为实现复兴与统一的精神旗帜,是非洲人民团结奋斗的情感认同对象。但是,他们出于爱国主义、民族主义情感,捍卫和宣传本民族的文化,而黑人民族文化的核心是经过千百年沉淀的部落文化,因此他们的理想是一种向后看的理想,是面临着国家受侵占、民族被奴役的严酷现实,在深刻的历史反思基础上产生的一种对民族传统文化的认同、回归意识。60年代以后,"黑人性"运动越来越受到黑人理论家和作家的批判,他们认为"黑人性"忽视社会的发展,将人们的目光引向过去,无助于现实和未来,法侬②在《论民族文化》中指出:"依附于传统或复活失去的传统不仅意味着与当前的历史相对抗,而且意味着对抗自己的人民。"③索因卡对"黑人性"运动作出了比较中肯的评价:"这个运动在以后20年间对创作情感的形成起着无可争辩的支配作用,不仅法语殖民地作家和知识分子而且葡语殖民地和英语殖民地的作家和知识分子均如此。……黑人精神文化运动只是一种在一系列条件下产生的历史现象,随着这些条件的消失,随着社会越来越需要更加全面的分析和剧烈的药方才能奏效时,它已经失去了在感情方面的那种支配作用。"④

二 桑戈尔及其诗作

"黑人性"文学的核心人物是列奥波尔德·塞达·桑戈尔(Leopold. Sadar. Senghor,1906—2001)。桑戈尔1906年生于塞内加尔的达喀尔南部若亚尔镇一商人家庭。他最初立志要作教师或牧师,在附近一所天主教会的学校和神学学校上学。20岁时,他感到他一生的事业不是当牧师,乃转至达喀尔一所中学继续求学。1928年桑戈尔获得部分奖学金去巴黎,在巴黎大学完成学业。毕业

---

① [法]弗朗兹·法侬:《论民族文化》,罗刚、刘象愚主编:《后殖民主义文化理论》,中国社会科学出版社,1999年,第280页。
② 弗朗兹·法侬(1925—1961),法属摩洛哥理论家,后殖民主义文化批评的先驱,被尊崇为"第三世界解放运动的精神先知",主要著作有《黑皮肤,白面具》、《地球上不幸的人们》。
③ [法]弗朗兹·法侬:《论民族文化》,罗刚、刘象愚主编:《后殖民主义文化理论》,中国社会科学出版社,1999年,第284页。
④ [尼日利亚]沃利·索因卡:《殖民统治时期的非洲文艺》,A.阿杜.博亨主编:《非洲通史》(第七卷),中国对外翻译出版公司,1991年,第456页。

后在法国从事教职。第二次世界大战期间应征入伍参加法军作战。1940年被俘,在德国集中营关押两年。1945年成为法国立宪会议议员和法国国民议会议员。同时积极参与民族独立的政治活动,组建民族政党,成为塞内加尔民族解放的领袖。1960年塞内加尔独立,桑戈尔出任共和国首任总统,之后四届继任,1980辞去总统职务。在其执政的20年间致力于稳定政局和发展经济,不遗余力地推广民族语,甚至亲自编定字母表、术语和语法。1984年,他为法兰西学院第一位黑人院士。2001年12月29日病逝于法国诺曼底。创作出版诗集《阴影之歌》(1945)、《黑色的祭品》(1948)、《黑人和马尔加什法语新诗选》(1948)、《埃塞尔比亚诗集》(1956)、《夜歌集》(1961)、《热带雨林的信札》(1972)、《主要哀歌》(1979)、《诗歌总集》(1990);还出版有政治、美学和文学理论论集《论非洲社会主义》(1961)、《非洲性的基础:或"黑人性"和"阿拉伯性"》(1967)、《自由一集:黑人性和人道主义》(1971)、《自由二集:民族和社会主义的非洲道路》(1977)、《行动的诗歌》(1980)等。

作为"黑人性"运动的倡导者和积极实践者,桑戈尔将诗歌当作体现"黑人性"精神的媒介。桑戈尔的诗集《阴影之歌》和《黑色的祭品》,把西方文明和非洲风俗作了对比,表现出他对祖国的热爱。他将黑非洲比作美丽的黑肤女人,"赤裸的女人,黑肤的女人,你生命的肤色,你美丽的体态是你的衣着","黑色"的皮肤正是美丽的来源,也正是这"黑肤的女人"给与"我"心灵的滋养,"饱满的果子,醉人的黑葡萄酒,激发我抒情的嘴唇","在你头发的庇护下,我的忧愁消散,在你毗邻的太阳般的眼睛照耀下。"(《黑女人》)在桑戈尔看来,黑色是生命的颜色,是非洲及其传统文化的象征;美丽的黑非洲是一片生机盎然的和谐的大地,那里有"麦苗绿色的轻风"、"舞蹈者赤裸的双脚耕耘过的"和"笼罩在白色蜜酒和黑色牛奶的溪流中"的人行道、"长矛一般的乳房"、"百合与神话面具的假面的芭蕾"、"爱情的芒果"和"达姆鼓的血液",与此相反,作为欧洲文明象征的城市纽约则到处是"蓝色金属的眼睛"、"冰冻的微笑"、"硫磺的光亮"、"青灰的楼身"、"光秃秃的人行道","这是符号和计算的时代",对照之下,作者不由大声宣告,陷入工具理性的死气沉沉的西方文明将通过生机勃勃的黑非洲文明来获得拯救,"纽约!我对纽约说,让黑人的血液流进你的脉管/像生命的油一般清除你钢筋铁骨上的锈迹/赋予你的桥梁以山岗的曲线和藤蔓的弹性。"(《纽约》)。他在《向面具祈祷》一诗中自豪地写道:

  在世界复兴面前,我们答:"到!"
  我们就是酵母——没有它不能发起白面
  因为除了我们,有谁能把鲜活生动的节奏
  带给这个死沉沉的机器和大炮的世界……
  我们跳起舞蹈,我们正踏着坚实的大地恢复元气

桑戈尔非常注重非洲的历史传统,他的戏剧长诗《沙卡》,赞美了19世纪上半叶祖鲁人的著名领袖沙卡统一了分散的部族。他在诗歌中,热情地讴歌黑非洲的山川大地和独具特色的文化传统:

我应该把图腾珍藏在我的血管的深处
它是我的祖先,皮肤上交织着风雨雷电
它是我的护身符,我应该把它深藏

——《图腾》

正是这种祖先传统的延续,蕴藏着强大的生命力,只要非洲各民族紧紧团结在一起,就没有战胜不了的困难,塞内加尔,甚至整个非洲将成为独立、自由、和平的胜境。桑戈尔创作的"塞内加尔共和国国歌"(《弹起琴,敲起鼓》)中有一节:

塞内加尔,你是雄狮的后代,
你在夜间勇猛地奋起,
啊,重现祖先的辉煌荣誉,
黑檀木般庄严,肌肉般强健。
我们是率直的民族,宝剑没有瑕疵。
肩并肩向前进,塞内加尔人民,
对于我,你们比兄弟还要亲,
联合海水和泉水;联合草原和森林,
万岁,非洲母亲!万岁,非洲母亲!

桑戈尔诗歌的主题,根植于他的基本信念:面对殖民文化的同化和种族歧视,要证明黑非洲文化的合法存在,从源头上肯定其独特价值。但它这样做的时候,很明显又陷入了欧洲中心论的二元对立,将黑非洲文明与欧洲文明截然对立起来,不同的只是颠倒了一下位置,因而在反对种族主义的同时又走向了另一极端,即鼓吹黑人血统优越的"反种族主义的种族主义"。桑戈尔自己也认识到了这种偏差,独立后他改变了对西方文明排斥和贬低的态度,提出"文化融合论"的主张。"他的'文化融合论'的基本思路是:在保持非洲文化的鲜明特点,继承非洲文化传统的基础上和前提下,吸收外来文化的有益成分。"[①]这既是作为国家行政首脑建国方略的需要,也表明独立后的"黑人性"运动多了一份理性。在一些作家的创作中也能体现出这种变化。塞拉利昂的英语诗人加斯顿·巴特-威廉姆斯在他的《琴键》中,将黑人和白人比作钢琴上的黑白键,二者共同演奏出和谐的声音:"你的皮肤是骄傲的白色,/我的皮肤是黑色;伸出手来,请与我同行。/音乐响起,洪亮。/我们被融进同一个和音,/汇合成同一首歌。"象牙海岸的达迪耶在《我们手上的纹路》中也表达了相似的愿望:"我们手上的纹路——/黄色的,黑色的与白色的——/这不是疆域的界线",而是"生命的纹路,友谊和美丽的命运之路,心灵与幸福之路"。黑人、白人、黄种人联起手来,就可以"将我们的理想联结成/一个巨大的花冠"。桑戈尔也在诗作《祈祷和平》中写道:"五大洲的人民同她(引者注:指非洲黑人)站在一起,/看,这千千万万个人的潮流中/攒动着我的人民的头颅/请允许他们伸出炽热的双手/结成兄

---

① 李保平:《非洲传统文化与现代化》,北京大学出版社,1997年,第185—186页。

弟般友谊的纽带/紧紧地拥抱大地。"

在艺术表现上桑戈尔的诗歌有几个突出的特点:第一,强烈的节奏感。受到非洲传统歌舞中达姆鼓急促节奏的启示,桑戈尔将诗歌的节奏视为生命力的体现,认为"它是震撼人心的冲击,是通过感觉抓住我们的存在之根的力量"。因而,读桑戈尔的诗,仿佛听到急促的达姆鼓声,强烈的节奏令人热血奔涌。第二,流畅而富于气势的长诗行。在表现形态上,桑戈尔的诗诗行一般比较长,读起来像有韵的散文,但流畅有力,"不能否认丰富深刻的想象描述使他的诗作强而有力,常常具有审美价值的意象与节奏,换言之,它把法语用作创作手段已经达到炉火纯青的地步"。① 第三,超现实主义的手法。桑戈尔受到法国超现实主义的影响,同时又源于非洲民族传统文化。超现实主义借助于象征,将事实与梦幻、过去与现在、生者与死者、抽象与具象杂糅,以此表现宇宙的神秘的统一。桑戈尔诗作中大量现实与幻想交错的描述,充满各种令人难以捉摸的隐喻。在非洲传统中,生和死、幻想与现实没有严格的区别,人们可以与祖先交流,倾听山川草木,各种精灵的声音。桑戈尔认为:非洲黑人现代诗的方法,无论是口头的或是书面的,都是超现实主义。② 第四,论辩性。桑戈尔的诗歌承载着向世界证实黑人文化价值的命题,无形中是一种论辩。当然不是抽象枯燥的议论,而是充满激情和诗意的论辩。

第八节 现代东方文学交流

东方现代文学交流是在东方各主要民族国家的文学得以长足发展的基础上实现的,这些文学在影响与接受的过程中表现出为我所用的原则,因此东方文坛出现了一派五彩缤纷的局面。

朝鲜近现代之交出现的短篇小说《青楼义女传》(1906),现今收藏于高丽大学中央图书馆笔写本《五玉奇谈》中。这部小说是中国明代冯梦龙(1574—1616)所编《警世通言》卷三十二《杜十娘怒沉百宝箱》的翻版与摹写。正如韩国学者对《青楼义女传》一类小说的评价:"韩国翻版小说是以中国小说的情节和架构为基础,套上具有朝鲜色彩的外衣,实质上'内华外朝'的作品。"③

明治维新成功之后,日本走上了"脱亚入欧"的资本主义道路,国势大兴。为仿效日本明治维新,走变法图强之路,1898年,康有为、梁启超等人发动戊戌变法运动。变法的失败进一步激发了有志之士寻找富国强兵途径的热情。这期间,大量的有关日本政治、思想、经济、文化等启蒙主义著作被译介到中国。从晚清著名学者黄遵宪(1848—1905)的巨著《日本国志·邻交志》对中日关系史进行深入研究开始,改良主义者康有为、梁启超,革命民主主义者孙中山、章太炎等,无不重视日本在中外交流中的特殊地位和作用,并身体力行,成为中日

---

① [美]伦纳德.S.克莱因主编:《20世纪非洲文学》,李永彩译,北京语言学院出版社,1991年,第211页。
② [苏]伊·德·尼基福罗娃等著:《现代非洲文学》(上),外国文学出版社,1980年,第252页。
③ 中国古典文学研究会主编:《域外汉文小说论究》,台湾学生书局,1989年,第85页。

文化交流史中重要的参与者与贡献者。

"五四运动"前后,中国不仅通过日本间接地翻译介绍了《共产党宣言》等马克思主义著作,而且相当数量的无产阶级文学作品也从日本译介到中国。中国无产阶级革命前驱李大钊就曾在日本接受了新思想,阅读过河上肇(1879—1946)等人发表的日本早期马克思主义著作。中日文化文学交流为马克思主义在中国的传播疏通了渠道。中国现代文化巨匠鲁迅、郭沫若、茅盾以及田汉(1898—1968)、郁达夫(1898—1945)、成仿吾(1897—1984)、丰子恺(1898—1975)等人的进步思想和辉煌成就,都与他们曾在日本学习并从事创作活动这一重要历史条件分不开。

与此同时,日本由于国内阶级矛盾尖锐,知识界兴起一股复古主义和国粹主义的思潮。不少有识之士企图以复兴"东方文化"弥补日本文化的缺憾。于是形成大量翻译中国哲学、佛学等方面著作的现象。而五四运动以后,中国的觉醒,日本对中国的窥测,也从客观上促使日本进一步了解中国。中国现代文学取得的伟大成就,引起一些知识分子的兴趣。他们成立"中国文学研究会",翻译出版多种中国现代文学译丛,将鲁迅、郭沫若等著名作家的作品几无遗漏地介绍给日本人民。尤其是鲁迅的作品在日本有很大影响。

越南语拉丁化后译介的中国小说。19世纪后期,法国依靠炮舰政策最终占领了越南。强行推广拉丁化越语是法国殖民政策中重要内容。这种文字初时被部分具有民族主义观点的激进知识分子拒绝使用。但后来,这种文字以其易学、易记、易用等优点,得到推广,于是中国文学作品被大量译介过去。掌握新文字的人越来越多,求知欲也愈被激发,而连载的中国翻译小说,对深受中国文化濡染的越南读者来说,产生了更大的吸引力,形成良性循环。渐渐地,译介中国小说形成热潮。截止到1954年,越南语拉丁化以后共翻译介绍了316部中国作品(再版书不计算在内),这个数字只包括已找到原著的译本。毋庸置疑,这个数字比实际译介的作品要少。这只是勾勒出越南语拉丁化以后译介中国小说之风的概貌而已。在316部译本中最早的一部是1905年西贡出版的《岳飞传》。在20世纪初的10年中,中国的演义小说备受越南读者青睐。其中以历史为主线的有:《北宋演义》、《水浒演义》、《三国志演义》、《东汉演义》、《西汉演义》等10余部。以人物为主线的有:《白蛇演义》、《罗通扫北》、《宋慈云演义》、《薛仁贵征东》、《薛丁山征西》等近20部。其他还有《龙图公案》、《大红袍海瑞》等公案小说,民间笑话集《笑林新说》,传奇小说《今古奇观》等。这些翻译小说除《三国志演义》是在河内出版的以外,其余都是在南方西贡出版的。这表明20世纪初中国通俗小说的翻译是从南方开始的。

20世纪20年代,这股用拉丁化越南语翻译中国小说的浪潮逐渐向北推进,河内、海防等地也成为印刷出版中国翻译小说的重要基地。中国古典小说中的许多著名作品,如《聊斋志异》、《西游记》、《后西游》、《绿野仙踪》、《七侠五义》、《荡寇志》等,也先后被译介到越南。此外译介的言情小说主要有《爱舟情海》、《情海风波》、《情史》等,讲史小说有《吴越春秋》、《东周列国》、《元史演义》等,公案小说《包公奇案》等。

30年代以后,为满足读者对抒情小说的需求,中国现代文学史上"鸳鸯蝴蝶派"的作品也在类似中国的半殖民地半封建的越南找到了知音。该派早期代表作家徐枕亚(1889—1937)的作品先后被译介到越南。1930年,翻译家吴文篆翻译了他用四六骈俪加上香艳诗词写成的著名言情小说《玉梨魂》,1932年,翻译家阮光创翻译了他的长篇小说《雪鸿泪史》,1939年,翻译家阮南通翻译了他的小说《余之妾》等。直至第二次世界大战以后,抒情小说的译介才逐渐让位于历久不衰的历史小说和武侠小说。

泰国拉玛六世(1910—1925)期间,随着印刷业和教育事业的发展,报纸和杂志成为中国古典通俗小说广为流播并对泰国文学产生较大影响的媒介体。据泰国有关统计资料表明,拉玛五世末,即20世纪初,全国各种报刊只有59种,而拉玛六世时激增至165种,其中除2种报刊外,其余各报刊都竞相连载中国古典通俗小说,以迎合与日俱增的读者审美阅读的需求,这种趋势在20年代初达到高潮,持续了近10年之久,像《三国演义》这样的畅销书,无论是全译本还是节译本,都屡印不衰。仅1935年至1940年几年的时间里,描写孙刘与曹操斗智的赤壁之战为内容的书就几次重印,竟发行了25万册之多。斯威思古曾对这部书的泰译本所获得的成功做过简短的评论。他说:"这部书(《三国演义》)首先是与新一代中泰优秀分子的政治起义——实际上已控制了全国的起义有联系;其次是无论中国人或泰国人对书中所述军事领袖间的会谈以及征服叛徒的精心谋略都非常欣赏;还说这些人从书中学到的谋略能帮助他们追踪和了解自己的统治者当前的政治。"① 这三点评论恰如其分地说明了《三国》在泰国备受人民欢迎的原因。

20世纪20年代,中国古典通俗小说在泰国的传播达到高峰期,读者需求量很大,翻译小说出现供不应求的现象。于是,1925年至1937年间,许多泰国作家竞相模仿"《三国》文体"创作了一批被泰国文坛称之为"模拟中国古代通俗小说"的作品。这类作品的题材,包括主要角色的名字、主要地名等,都取自中国古典通俗小说或中国史籍。它们无论是表现主题、结构情节,还是塑造人物、运用文体等,从内容到形式都是在模仿中国古典通俗小说的基础上虚构而成的,如《孟丽君》、《钟王后》等。这种风习蔓延到20世纪40至60年代,泰国作家取材于《三国》中的人物或事迹,按所要表现的主题创作了一批作品,如《伶人本三国》、《咖啡馆本三国》等。直至70年代,作家乃卡差还在《国旗报》上连载受《三国》影响的长篇小说《广阔的暹罗国土》,轰动泰国。上述这些作品与中国古典通俗小说之间的各种渊源或源流关系,已引起泰国学者的广泛注意。他们纷纷撰文分析、探讨、比较,有的还写成论著,进行开拓性研究,表现出泰国学者对中国古典通俗小说,甚至对中国古典文学了解与研究的深度。

现当代印度文学对中国文学影响最大者当推泰戈尔。据不完全统计,在他1924年访问中国之前,泰戈尔作品(文章和书)的中译主要有:诗歌54种(有重

---

① 苏尔梦:《中国传统小说在亚洲》,颜保等译,国际文化出版公司,1989年,第33页。

复);剧本14种;小说27种;论著40种。泰戈尔访华以后,虽然这股译介之风有所减弱,但至1984年其作品的中译仍有:诗歌14种(有重复);剧本4种;小说24种;论著12种。中国现代颇受泰戈尔影响的诗人徐志摩(1896—1931),对当时文坛的"泰戈尔热"不无夸张地描述道:"泰戈尔在中国,不仅已得普遍的知名,竟是受普遍的景仰。问他爱念谁的英文诗,十余岁的小学生,就自信不疑的会说泰戈尔。在新诗界中,除了几位最有名神形毕肖泰戈尔的私淑弟子以外,十首作品里至少有八九首是受他直接或间接的影响的。这是可惊的状况,一个外国的诗人,能有这样普及的引力。"①

泰戈尔的作品在20世纪20年代已享誉中国。除《小说月报》、《学灯》、《觉悟》、《文学周报》、《东方杂志》等报纸杂志大量译介了他各种体裁的作品以外,许多出版社还出版了他的作品。如剧本《春之循环》(1921,商务印书馆)、论著《人格》(1921,大同图书馆)、诗集《飞鸟集》(1922,商务印书馆)、论著《生命之实现》(1922,商务印书馆)、《太戈尔短篇小说集》(1923,商务印书馆)、诗集《新月集》(1924,泰东图书局)等。这些作品极大地促进了新文学运动的发展,尤其是在新诗领域影响深远。郭沫若(1892—1978)、冰心(1900—1999)、徐志摩(1896—1931)等著名作家都深受其惠。

当时的文坛,尽管对泰戈尔的哲学和文艺思想的理解有诸家蜂起、百家争鸣之势,但对其作品的艺术性,尤其是诗歌中那种自由、清新、质朴的风格,几乎一致交口称誉。这对正处于开创时期的中国新诗,无异于吹进一股沁人心脾的清馨之风,人们学习、背诵、摹仿,其影响很快在中国诗坛上显露出来。

在中国新诗界,郭沫若是受泰戈尔影响最早、也是较深的一位诗人。1914年,郭沫若在日本留学,风靡日本的泰戈尔的文名也吹进了他的耳廓。他在读到油印的英译泰戈尔诗集《新月集》中的《云和波》、《婴儿的路》、《睡眠的偷儿》等诗篇以后,便被那些诗中纯真净美的意境所深深吸引。当时他"做的诗是崇尚清淡、简括",可称之为"泰戈尔式"。

泰戈尔的剧本《春之循环》曾于1921年由郑振铎(1988—1958)校对后出版。这是一部没有什么戏剧冲突,淡化情节而重在表现一定哲理的戏剧。其中有这样一首诗:"午夜的天空有无数的星辰,/在天空中悬着没有什么意义。/如果他们下降到地上,/也许可以用来做街灯。"这首诗曾启发了郭沫若的想象力,使他写出脍炙人口的诗篇《天上的市街》。

著名女作家谢冰心处于理想与现实的矛盾与困惑之时,正是泰戈尔作品中的哲理使她久旱的心田得到了甘霖。他那种"梵的现实","赞美人生与精神不朽"的境界,"扩大自我以溶于宇宙"的热爱现实人生的思想,无不深深打动她年轻的心房,促使她去积极追求,以期得到"生如夏花之绚烂,死为秋叶之静美"的人生。她在1920年发表的题为《遥寄印度哲人泰戈尔》的散文中,充分表现了自己阅读其作品后的真实感受。冰心早期的诗受泰戈尔《飞鸟集》的影响很深。

---

① 1923年9月10日《小说月报》第十四卷,第九号。

《飞鸟集》中的诗形式自由、短小,犹如日本的俳句一样,注重描写诗人那种敏锐的、刹那间的感受,以及对人生哲理的感悟。冰心觉得这种抒情哲理小诗,恰恰最能表现自己面对动荡的现实人生所生发出的飘忽不定的情怀。于是她巧妙地运用这种小诗的写法,将自己1919年冬以后那些"零碎的思想",精心捕捉住,不时地用三言两语记录下来,先在《晨报》的"新文艺"栏发表,后整理、结集为《繁星》和《春水》,于1923年前后出版。

泰戈尔在访华期间,就一再吁请中国学者到印度去研究和讲学。归国后又在印度大力提倡中国语言文学、中国文化等有关中国的学术研究,并在他创办的国际大学(1921)内设立中国学院。首任院长谭云山(生卒年不详)为中国第一个赴印度从事文化交流的学者,他将毕生精力投入这项伟业之中,虽客死他乡仍终无悔意。前后去印度访问的学者艺术家主要有徐志摩、许地山(1893—1941)、高剑父(1879—1951)、陶行知(1891—1946)、徐悲鸿(1895—1953)等。

20世纪以来,随着中国国门被打开,中伊文学交流得到更大的发展。20年代,博览波斯经书典籍的河北省迁安人李阿衡曾先后由波斯文译出《圣喻译解》和《战克录》两部经典,均由北京牛街清真寺书报社出版。1937至1947年,穆斯林学者王敬斋(1880—1948?)在战乱不止的年代,将萨迪的《蔷薇园》全文译成汉语,题名为《真境花园》。王敬斋自幼学得阿拉伯文和波斯文,是个著述等身的大阿訇,不仅翻译过许多阿拉伯语的典籍,而且写过两部波斯语语法书。1924年,郭沫若翻译了海亚姆的四行诗《鲁拜集》,此举曾受到闻一多先生的高度评价。著名文学史家郑振铎在1927年写成的80万言巨著《文学大纲》中,曾设专章译介了波斯文学中包括菲尔多西在内的28位著名诗人,为推广波斯文学在中国的传播做了贡献。

解放以后,中国先后译介了20余位伊朗(包括波斯)作家的名作。几乎所有的波斯古典名著都有全部或部分的中文译介。中国高等学校还连续两次召开了全国性的伊朗文学研讨会,推动了中国对伊朗文学研究的深入发展。

近年来,伊朗不仅出版了《中国古代记载中的伊朗》等一些文学交流方面的书籍,为中伊两国文学交流拓宽道路,而且从英文翻译了不少中国作品。伊朗的一些书籍中经常提及李白、杜甫等一些中国作家。他们评价李白的诗风和伊朗当代的某些诗颇为相似,他的《静夜思》一诗中的名句"举头望明月,低头思故乡",在伊朗很受欢迎。

1907年,穆斯林学者王浩然(生卒年不详)从亚非各伊斯兰国家考察教育归国,在北京创办回教师范学堂。从此,留学埃及之风大盛。1921年,穆斯林宗教学者王静斋就曾赴埃及开罗爱资哈尔大学深造,学习阿拉伯语文、伊斯兰教义和教律。1931年至1934年,中国前后派遣了4批留学生进入这所著名的伊斯兰最高学府学习,受到埃及人民的热烈欢迎和热情款待,并给予他们公费待遇。中国当代著名阿拉伯学者马坚(1906—1978)、纳忠(1910—2008)等,均出自这些留学生。1935年10月,马松亭(生辛年不详)赴埃及吊唁福阿德国王去世,进一步发展了中国与阿拉伯世界的关系。为了扩大文化交流,他还会见了当时任埃及大学文学院院长的著名作家塔哈·侯赛因(1889—1973)等,成为中阿文学交流的一段佳话。

现代以来,中国和阿拉伯国家的交往,存在着许多意想不到的困难,但是,双方的学者还是尽力为文化文学交流做着力所能及的工作。1900年,周桂笙(生卒年不详)发表译著《新庵谐译》上卷,即《一千零一夜》的节译。此后,有林纾(1852—1924)译本《天方夜谭》问世。周作人(1885—1967)出版的《海上述奇》(1903)和《侠女奴》(1904),分别译述了辛伯达和阿里巴巴两个故事。早期译本中,还有张奚若(即伍光建,1867—1943)根据英文本 *Arabian Nights*(《一千零一夜》)选译出其中的50个故事,以《天方夜谭》之名,由商务印书馆发行。这些译述本,基本上都由英文转译。直至纳训(1911—1989)于30年代末在埃及留学时才根据阿拉伯原文将阿拉伯文学瑰宝《一千零一夜》译出,并于1940年2月至1941年11月由商务印书馆出齐5册。这是1949年之前出版的较全的以《天方夜谭》为名的译本。1982年至1984年间,人民文学出版社出版了纳训的《一千零一夜》全译本共计6卷。可以毫不夸张地说,中国大多数人是通过《一千零一夜》(《天方夜谭》)来认识阿拉伯社会和人民生活的。

30年代初,冰心翻译了黎巴嫩著名作家纪伯伦的散文诗集《先知》(1931)。30年代初,在埃及负笈留学的马坚曾将《论语》译成阿拉伯文,并以阿拉伯文撰写了《中国回教概况》,这本书在埃及的出版使埃及人民从更为深广的文化层面上了解中国人民。马坚还将埃及近代著名思想家、宗教学家、社会活动家穆罕默德·阿布笃的名著《教义学纲要》和《伊斯兰教》两书译成中文,于1934年和1936年先后在上海出版。约在1940年至1942年初,在埃及学习的庞士廉阿訇曾在爱资哈尔大学开设过中国文化讲座。这些讲座的内容经过修改、整理,用流畅的阿拉伯文写成《中国与伊斯兰教》一书,在开罗出版,加深了阿拉伯人民对中国和中国穆斯林的了解。

第五章

当代东方文学

第一节 当代东方社会文化特点与文学概况

当代东方文学是指第二次世界大战后亚非广大地区的文学。第二次世界大战后东方被压迫民族的解放运动取得全面胜利,首先是亚洲许多国家从日本的铁蹄下解放出来,鼓舞了东方民族解放运动的高涨,随后非洲国家相继独立。这是东方民族意识大觉醒的年代,也是在自力更生原则下探索民族发展道路的历史阶段。同时也是新的民族文学获得大发展的时期。

一 当代东方社会文化特点

战后至今的几十年,是东方社会、文化转型变革的几十年。相似的历史遭遇,世界一体化的进程,信息化的高科技时代,使当代东方社会、文化表现出一些共同特点。

第一,殖民体系彻底崩溃。东方民族经过现代的发展,民族资本主义经济有了一定积累,第二次世界大战,列强之间相互内耗,削弱了对殖民地的控制,而且在参战中东方民众得到锻炼。这样在二战后的 20 余年里,东方民族纷纷摆脱帝国主义的殖民统治而独立,世界范围内的殖民体系彻底瓦解。

当代东方民族解放运动首先在亚洲取得胜利。叙利亚和黎巴嫩在战中的 1944 年摆脱法国殖民独立,随后菲律宾、缅甸、印度、巴基斯坦、朝鲜、印尼、印度支那等国家都在 40 年代末 50 年代初独立。六七十年代,非洲地区的民族也陆续摆脱殖民统治,仅 1960 年就有 17 个非洲国家独立,被称为"非洲独立年"。到 80 年代,除个别地区外,世界殖民地几乎全部获得解放,不仅赶走了原殖民主义者,也结束二战后的托管制,改变半自治和自治地位,建立新的主权国家。有西方学者描述:"正如欧洲在 19 世纪最后的 20 年中迅速地获得其大部分殖民地那样,欧洲在第二次世界大战后同样短的时期内又失去了大部分殖民地。1944 年至 1970 年间,总共有 63 个国家赢得了独立。……欧洲人在海外取得那么多非凡的胜利和成就之后,到 20 世纪中叶似乎又退回到 500 年前他们曾以那里向外扩张的小小的欧亚半岛上去了。"①

第二,团结合作,重组世界政治、经济格局。东方新生的独立国家在战后谋求发展的过程中,明确意识到团结合作的重要性,在反帝反殖争取民族独立的斗争

---

① [美]斯塔夫里阿诺斯:《全球通史:1500 后的世界》,上海社会科学院出版社,1992 年,第 812 页。

中,东方国家深深感到:殖民主义、帝国主义是一种强大的国际力量,要巩固民族地位、发展民族经济和文化,必须联合起来,形成一个有组织的国际力量。

东方国家战后的团结合作有不同层次。首先是区域性合作组织。如"阿拉伯国家组织"(1945年创建)、"东南亚国家联盟"(1961年创建)、"非洲统一组织"(1963年创建)、"南亚区域合作联盟"(1985年创建)、"亚太经济合作组织"(1991年创建)等。其次是世界性规模的合作。1955年在印尼的万隆召开"第一次亚非会议",29个东方国家和地区的政府代表团与会,会议讨论了东方新兴独立国家面临的形势和反抗帝国主义的新殖民统治要略,提出了影响深远的和平共处十项原则。随后在美、苏两霸冷战对峙的格局下,东方国家联合欧美的发展中国家,将亚非会议精神弘扬光大为"不结盟运动"(从1961年开始到1996年"不结盟运动"成员国已达132个)进而发展为"七十七国集团"(1964年开始),提出经济发展的"南北对话"和"建立国际经济新秩序"。这些表明,东方国家经过战后几十年的合作与发展,已成为与原殖民国平等对话的重要政治力量。

第三,复杂矛盾的社会现实与民族发展的艰难。东方各国独立后,面临种种复杂的现实矛盾。东方社会是在西方冲击下进入现代历程的,不是按其自身的发展轨迹自然步入现代世界。独立前,在反帝反殖的目标下,东方社会的固有矛盾没有暴露,一旦赶走了殖民统治者,作为主权国家来运作和管理,各种矛盾充分表现出来。加上殖民统治所造成的各种后患和当代国际局势的复杂,使东方国家的社会矛盾加剧。在经济方面,东方国家经济落后,[①]现代化的经济成分和原始经济成分并存,民族资本弱小,缺乏先进的科技手段,在很大程度上依附西方发达国家。政治上,东方专制独裁与民族力量的冲突,民族矛盾、宗教纠纷、政党冲突等都比较严重。东方国家与国家之争的利益冲突,边界纷争也常常导致兵戎相见。文化上,新旧文化冲突、传统与外来文化的矛盾依然存在,普通民众的教育程度不高,国民的整体综合素质有待提高。

尽管如此,东方各国在民族独立后的自豪感和自信心的激励下,克服重重困难,探索着适合各自传统和现实的发展道路,有痛苦、有教训,也有成功、有欢乐,虽然艰难,但确实在向前发展。

第四,后殖民时代的文化整合。东方许多民族国家政治独立后,其思想家、政治家们出于国家和民族发展的考虑提出许多清算殖民统治的文化后果,反对西方文化霸权,以与西方世界平等、对话的方式探索新的民族文化建设的思想和方略。如印度尼赫鲁谋求巩固政治独立,实现"印度人化",改革发展印度传统文化的思想;埃及纳赛尔维护民族独立,实行社会全面改革、寻求阿拉伯世界的团结统一和不结盟思想;印度尼西亚苏加诺的"建国五原则"理论;加纳恩克鲁玛的新殖民主义理论;利比亚卡扎菲的"世界第三理论";南非曼德拉的"种族平等"理论等等,它们都是后殖民主义理论的组成部分。当然,后殖民主义理论思潮有一个发展过程,由不自觉到自觉,由零散到体系化。20世纪80、90年代,

---

① 1944年底联合国发展委员会确定48个最低收入国家(最不发达国家)中亚洲9个,非洲33个。

出现了萨义德、斯皮瓦克、霍米巴巴、阿里夫·德里克、艾贾兹·阿赫默德的理论,是后殖民理论的自觉形态,以此产生了"后殖民主义"、"东方主义"、"文化帝国主义"等一套核心概念。但不能因此而忽略了原殖民地本土理论家的思考和探索。后殖民理论的实质是探索世界殖民体系解体后,原殖民地民族文化的整合与发展。

二 东方当代文学主要成果

(一) 日本与东亚地区的文学

战后初期的日本文学比较混乱,不同的政治倾向、文学主张、艺术流派同时并存。主要有:(1)一些久负盛名的老作家,在战争期间基本上持中立态度,他们很快在文坛复出。如志贺直哉、正宗白鸟、永井荷风、谷崎润一郎、川端康成等,他们创作了一批表现现实生活的作品。(2)以战前的无产阶级作家为中心扩大的民主主义文学,秋田雨雀、德永直、宫本百合子、中野重治等人于1946年底组成"新日本文学会",编辑出版《新日本文学》杂志。他们的目的是反对法西斯文化,建立民主主义文学。这一流派创作的重要收获是宫本百合子的《播州平野》(1906—1947)和德永直的《静静的群山》(1953)等。(3)以坂口安吾、太宰治、石川淳、织田作之助等人为代表的"无赖派"(又称"新戏作派"),他们以颓废、玩世不恭的态度对待现实和人生,表现了战后动乱现实中人们的消极情绪。(4)以舟桥圣一、丹羽文雄、石坂洋次郎、狮子文六等为代表的"风俗小说"。(5)以上林晓、檀一雄、尾崎一雄等人为代表的"私小说"创作。(6)"战后派","战后派"是围绕《近代文学》杂志的一批战后登上文坛的作家,又称"近代文学派",他们主张艺术自由、反对政治对文学的束缚,强调表现自我。他们创作的内容重点在揭露社会的否定面,描写战争的创伤。"战后派"的代表作家有野间宏(1915—1991)、大冈升平(1909—1988)、埴谷雄高(1910—1997)、安部公房(1924—1979)、梅崎春生(1915—1965)、椎名麟三(1911—1973)、武田泰淳(1912—1976)、三岛由纪夫(1925—1970)等30余位战后作家。战后派理论家本多秋五概括其特点:首先,对政治与文学的关系表现出一种敏锐的问题意识;第二,作品内容多表现出一种存在主义倾向;第三,对传统的日本现实主义作了否定之否定式的扬弃;第四,表现视野较以往更加扩大。[①] "战后派"的文学支配着50年代的日本文坛,60年代还有很大影响。

"战后派"之后活跃文坛的一批作家称为"第三批新人",主要包括安冈章太郎(1920—?)、吉行淳之介(1924—1994)、小岛信夫(1915—2006)和远藤周作(1923—1996)等,他们的主要创作在60年代。60、70年代活跃文坛的是"作为人派"和"内向一代"。前者以高桥和巳(1931—1971)、开高键(1930—1998)、小田实(1932—2007)、柴田翔(1935—　)等为代表,他们共同编辑杂志《作为人》,其创作关注社会政治,表现现实社会中人的现实处境。后者的代表作家有古井由吉(1937—?)、后藤明生(1932—1999)、阿部昭(1934—1989)等,他们的创作

---

① 转引自高慧勤、栾文华主编:《东方现代文学史》(上),海峡文艺出版社,1994年,第247页。

回避现实问题,在自我世界中寻求慰藉。此外,60、70年代活跃文坛的还有一批女性作家,如有吉佐和子(1931—1984)、山崎丰子(1924—　),曾野绫子(1931—　)等。80、90年代最有影响的作家是村上春树(1945—　),他的创作表现都市年青一代的自我寻求。

代表当代日本文学成就的作家是井上靖、安部公房、三岛由纪夫和大江健三郎。

井上靖(1907—1991)战前和战中是报社记者,50年代开始创作,写过诗歌和剧本,以小说成就最大。他的小说题材广泛,思想深刻。成名作《斗牛》(1949)以《大阪新晚报》编辑部主任津上热心组织斗牛大会,最终失败的故事,表现现代人的内心孤独。这是贯穿他全部创作的主题。但他笔下人物不是孤独而消沉,而是在孤独中积极寻求人生的意义。富于现实意义的《夜声》(1967)描写一位研究《万叶集》的学者把诗集吟咏的山川之美当作理想,以遭到破坏的现实与过去进行对比,井上受人称道的还有他的历史小说,尤其是取材中国历史进行的系列小说,如《天平之甍》(1957)、《楼兰》(1958)、《苍狼》(1959)、《敦煌》(1959)、《孔子》(1987)等,往往以诗人的丰富想象力,把史实与虚构故事有机结合,渗透着对历史事件和人物的理性把握。"井上靖的文学功绩,主要在于他在现实主义的基础上,继承日本文学的优秀传统,赋予作品以强烈的民族气质,而且博采现代多流派的手法。他的小说既重视叙事,又注重心理分析,既有浓厚的时代色彩,又有诗的质素,选择了抒情与叙事相结合的新世界,形成独特的艺术风格。"①

安部公房(1924—1993)是当代日本具有国际影响的作家。他的创作艺术上受到卡夫卡的影响,思想上与西方存在主义一脉相承。处女作《终点的道标》(1948)描写主人公离开故乡,流浪满洲,误入匪窝,在这样的情节框架中隐喻人的生存境遇。《墙》(1951)的主人公卡尔玛忘却了自己的名字,而要接受审判,他无法接受这一事实,自后变成了一堵墙。这是对现实使人异化为非人的艺术表现。代表作《砂女》(1962)写一男子在沙丘采集昆虫标本却误入沙穴,为逃离沙村,他不断与沙子作斗争。小说中主人公与沙子的搏斗,隐寓着生存于混乱现实中的人,必须在孤独中做出某种努力,才能寻找到自我的存在。《燃烧的地图》(1967)写都市某男子突然失踪,受其妻委托去寻找男子的侦探也迷失在没有地图的都市里。小说意在揭示:现代社会发展的模式化,以牺牲人的自我和个性为代价。安部公房的作品源于现实又超越现实,以变形和隐喻表现人的存在危机,富于抽象性和创造性。

三岛由纪夫(1925—1970)战后走上文坛,成名作是《假面告白》(1948),小说用男性同性恋题材探讨性意识在人的存在中的意义。随后创作的《爱的饥渴》(1950)如《禁色》(1951—1953)进一步深化了"男性魅力"的主题。1951年,三岛由纪夫出访欧美,对希腊古典文化异常崇拜,向往古希腊富于生命力的男性肉体美

---

① 叶谓渠:《20世纪日本学史》,青岛出版社,1998年,第338页。

和清澄的知性,进而影响他的创作内容和风格。之后创作的《仲夏之死》(1952)、《潮骚》(1954)和《金阁寺》(1956)、《午后曳航》(1963)等几部作品都具有唯美色彩。这些作品的主人公为了"美"而不顾一切,直至死亡,展示人直面宿命的孤独之美和直面死亡之美。《金阁寺》是三岛的代表作之一。小说以1950年一寺僧纵火焚烧国宝金阁寺的文件为素材,表达战后日本人对日本传统既爱又恨的普遍社会心态,同时凝铸了三岛独特的美学观和人生理念,艺术地表现了美与人生、艺术与人生的悲剧性关系。60年代,三岛由对男性的力之美进而发展到尚武,向军国主义发展,在短篇小说《忧国》(1961)、《十月菊》(1961)、《英灵之声》(1966)和评论《太阳与铁》(1965—1968)、《文化防卫论》(1969)等作品中表现了明显的军国主义倾向。三岛最后的杰作是4卷的《丰饶之海》(1965—1970),这是集三岛文学、美学之大成的作品。三岛自己曾说:"我将《丰饶之海》构思成四部曲,第一部《春雪》是王朝式的恋爱小说,即写所谓柔弱纤细的小说或和魂;第二部《奔马》是激越的行动小说,即写所谓的威武刚强或荒魂;第三部《晓寺》是具有异国情调色彩的心理小说,即写所谓奇魂;第四部(题未定)取材于时间流逝的某一点上的事象的跟踪追迹小说,导向所谓幸魂。"①总之,三岛由纪夫努力将日本传统文学的纤细感性之美与希腊古典文学的力度与知性加以融合,形成自己独特的审美世界,富于才情,风格多样。虽然他的军国主义倾向使他剖腹自杀(1970),但他的文学探索精神与成就是被公认的。

大江健三郎(1935—　)大学阶段开始文学创作,以"学生作家"的身份登文坛,1957年以中篇小说《饲育》获得芥川文学奖。他受存在主义"介人文学"理论和梅勒小说"性+暴力"模式的影响,早期创作了一批"性+政治"的小说,如《我们的性世界》(1959)、《性的人》(1963)等。在这些作品中,大江把性作为政治的暗喻,作为表现人的存在状态的表征,通过反社会的性行为,向人的荒诞存在挑战。1963年有两件事对大江健三郎的思想形成与文学创作产生了极大的影响:即长子大江光出生;去广岛参加原子弹爆炸的调查,走访了许多幸存者和受害者。长子大江光的痴呆与弱智的生存状况和广岛与长崎遭受原子弹爆炸之害所标志的人类脆弱的生存状态都与"死"相联系。大江从存在主义哲学层面来看待这两件事,并上升到人类生存处境的高度加以思考,创作了《个人的体验》、《残疾儿童》、《广岛札记》、《核时代的森林隐遁者》、《洪水涌上我的灵魂》等一系列作品,由个人的经历和感受转化为人道主义的人类关怀。代表作《万延元年的足球队》(1967)通过主人公鹰四、蜜三郎、菜采子在陷入虚无彷徨、精神危机之际,从东京的"中心文化"中回到四国故乡森林山村的"边缘文化"去寻根的过程,从社会表层到人类心灵深层剖析了当今世界的荒诞和人类的生存困境,试图为人类找出一条超越"心灵地狱"的途径。在社会层面上,作品以当代日本社会政治、经济、文化、生活方式等各方面矛盾重重的现实为背景,全面而真实地反映了日本民族,特别是二战后成长起来的年轻一代的生存危机和精神探索。

---

① 〔日〕三岛由纪夫:《三岛由纪夫作品集·太阳与铁》,中国文联出版公司,2000年,第329页。

在哲学层面上,作品从融东方的自然神论和西方的存在主义为一炉的理性思维的高度,生动而形象地"呼唤"人类的新生与新生活,追求荒诞世界中的和谐、人性、人道与爱。在心理层面上,作品通过主人公内心世界的生存体验,以及他们为达到新生而历经的"边缘寻根—自我复审—超越地狱"三阶段,象征现代人类生存与新生的艰难曲折的心灵历程。整部长篇小说把历史与当代、城市与乡村、神话与现实、东方与西方、中心与边缘、行动与思索、心灵与社会、政治与乱伦、暴力与足球、严肃与荒诞、英雄与懦夫等等融为一体,构思博大精深,思想丰富复杂,具有超越时空的不朽的精神价值。

1945年朝鲜解放,南北对峙。朝鲜坚持社会主义现实主义创作方法,创作了一批描写解放战争和工农业建设的作品。韩国50年代有"战后派",60年代有"新感觉派"。金承钰(1940—)是"新感觉派"的代表作家,他的创作基调抑郁灰暗,《汉城:1960年冬》(1965)是他的代表作。

(二)印度与南亚、东南亚地区文学

印度当代文学首先是一批独立以前已取得成就的老作家显示出坚实的实绩。这些作家如印第语作家耶谢巴尔(1903—1976)、介南德·古马尔(1905—1988)、孟加拉语作家达拉辛格儿·班纳吉(1898—1971),英语作家R.K.纳拉扬(1907—?)、安纳德(1905—2004)、拉贾·拉沃(1909—?)等。他们在50、60年代创作了一批具有现实主义精神的作品。

独立前后走上文坛,60、70年代活跃文坛的作家形成两大文学思潮:现代主义和现实主义。印度当代的现代主义文学包括"新诗派"、"新小说派"和"非诗派"、"非小说派"等流派。"新诗派"是独立前以阿格叶耶(1911—1987)为代表的"试验诗派"的发展,代表诗人是卡纳尔语诗人高卡克(1909—?)、阿萨姆语诗人普甘(1933—)、印地语诗人达马维尔·巴拉蒂(1926—)、奥里萨语诗人若德劳伊(1916—?)等。"新小说派"的代表作家是格姆莱什瓦尔(1932—)、拉金德尔、亚德沃(1929—)、莫汉·拉盖什(1925—1972)和尼尔默尔·沃尔马(1929—)等。他们的创作标榜为"新",是用来区别印度的传统文学,运用西方现代主义的象征、隐喻、意识流等方法,表现新的时代问题和情感体验。70、80年代,一批更年轻的作家诗人活跃文坛,标榜"非诗派"和"非小说派",代表性作家、诗人是夏格迪·查特吉(1933—)、拉杰格默尔·乔杜里(1929—1967)、杜米尔(1936—1975)、杰杜尔瓦迪(1933—)等人,他们把现代主义的反传统和性欲描写推到极端,着力表现病态性爱和孤独、焦虑、绝望的意识。

印度当代现实主义文学的成就主要表现在"边区文学"和"社会现实小说"。"边区文学"从50年代获得发展,以乡村为背景,运用方言土语,展示传统文明在当代社会的命运和前景,意在弘扬本土文明,抵制西方文明的侵袭。代表作家作品有印地语作家雷努(1921—1977)的《肮脏的边区》(1954)、古吉特拉语作家伯代尔(1913—1988)的《男人拥有的世界》(1947)、马提拉语作家本德赛(1913—?)的《车轮》(1962)、卡纳达语作家古尔迦尔尼(1910—1984)的《乡村史诗》(1957)、奥里萨语作家莫汉蒂(1914—?)的《肥沃的土地》(1964)等。"社会现实小说"的作家有着强烈的社会责任感,表现现实问题,但不是以政治说教道德训诫为目的,以饱含情感的艺术形象感染读者。这类小说重要的有乌尔都语作家克里山·钱达尔(1914—1977)的《当田野醒来的时候》(1952)、奥里萨作家苏楞德拉·莫汉蒂(1922—)的《黑暗的地平线》(1964)、泰米尔语作家阿基兰(1922—1988)的《画中女》(1968)、卡纳达语作家阿南塔穆尔迪(1932—)的《葬礼》(1965)、印地语作家莫亨·拉格希(1925—1972)的《关闭的暗室》(1961)等。

20世纪80年代以来,印度文学出现回归乡村、回归传统的趋势,从总体上看,六七十年代势头健旺的现代主义文学逐渐衰退。

代表当代印度文学成就的作家是耶谢巴尔、阿格叶耶、阿基兰和钱达尔等人。

耶谢巴尔(1903—1976)用印地语创作。独立前他曾组织抗英地下武装组织,曾几次被捕入狱。独立前创作的《大哥同志》(1941)、《叛国者》(1943)、《党员同志》(1946)等中、长篇小说中塑造了由个人反抗而觉悟,组织群众斗争的工人、共产党员形象,在印度文学史上具有特殊意义。1960年发表的《虚假的事实》以广阔的背景,展现了第二次世界大战到50年代末印度社会的现实生活,表现了保守和进步、封建等级制度和民主自由思想之间的矛盾冲突,以艺术形象和艺术画面探讨国家和民族的未来发展道路。

阿格叶耶(1911—1987)是印度当代现代主义文学的代表作家。他从小热爱文学,青年时期因参加反殖民族运动而被捕(1930—1934),出狱后从事文学创作和编辑报刊,二战中参加盟军。印度独立后专职文学创作和编辑文学刊物。他是"实验诗派"和"新诗派"的领袖人物,一生创作了17部诗集,3部长篇小说,10部短篇小说集和9部散文、文艺评论文集。他的诗作借鉴西方现代主义的艺术表现手法,以象征和梦幻的方式抒发瞬间的真情实感,探索生命存在的价值。他的代表性诗集是《庭院的门槛》(1961)和《摆渡几回》(1967)。他的小说创作开创了印地语心理小说的传统,"往往采用回忆倒叙、自由联想、梦幻暗示等手段,揭示人物的复杂精神世界;他还采用象征艺术手法,赋予事物以象征寓言和心理意义"。①

阿基兰(1922—1988)是印度当代泰米尔语的代表作家,一生创作了18部中、长篇小说,200余篇短篇小说和一些剧本、散文作品。主要作品有中篇小说《女人》(1945)、《金花》(1963),长篇现实主义小说《新的洪流》(1964)、《美人灯》(1957—1958)、《画中女》(1968),历史小说《万卡之子》(1963)、《丹凤眼》(1968)。《女人》是阿基兰的成名作,小说在20世纪初民族解放运动的背景中描写男女主人公的情感波折与斗争生活,表现印度知识分子民族意识觉醒,歌颂反帝反殖的爱国热情。代表作《画中女》通过两对青年男女的爱情纠葛,表现独立后印度社会风貌和人们伦理道德观念的深刻变化,歌颂为艺术献身的事业心,鞭挞唯利是图的丑恶灵魂,也揭示了印度传统文明与西方文明的冲突,蕴含着作家对新的民族化建设的深沉思考。他的短篇小说题材广泛,从不同侧面真

---

① 高慧勤、栾文华主编:《东方现代文学史》,海峡文艺出版社,1994年,第996页。

实地表现了当代印度社会的众多方面,艺术上选材精当,结构严谨,善用比喻和拟人手法,生动引人。

钱达尔(1914—1977)是印度当代乌尔都语文学的代表作家。他一生创作丰硕,计有中、长篇小说30部、短篇小说400余篇,电影剧本30余种。独立前,钱达尔是"进步文学运动"的中坚,小说创作具有浪漫主义色彩,中篇小说《失败》(1945)是早期的代表作。独立后以现实主义的描写,表现当代印度中下层民众严峻现实生活,以人道主义的立场,揭露批判现实中的伪善丑恶,歌颂正义善良、勇敢等高尚情操和品性。中篇小说《当田野醒来的时候》(1952)是后期的代表作。《失败》以两对青年男女的爱情悲剧为情节主线,但它不只是停留于爱情悲剧的描写,而是在爱情悲剧的展示中,渗透着对民族传统的反思,以现代的人性意识烛照民族文化的不同层面,体现出深厚的思想内涵。《当田野醒来的时候》反映的是印度独立后农民的土地问题,经过土地改革,农民却得不到土地。小说的主体是农民暴动的青年领袖拉奥被处死前一晚的回忆;农民面临的经济困境;他与一位部落女子的情爱;农民暴动的情景;政府处死他的原因等。小说结尾富于象征意义:拉奥穿上全村农妇连夜为他赶制的红衬衫,胸前绣有镰刀、锤子和麦穗,迎着冉冉升起的旭日,毅然走上刑场。民众的自发行为和旭日的象征,预示着农民对自身处境的觉醒。钱达尔数量可观的短篇小说也是紧扣时代精神,揭示时代问题,敏锐的观察、丰富的想象和诗情画意构成他短篇小说的基本品格,他因此获得乌尔都语"短篇小说之王的美誉"。[①]

南亚、东南亚地区文学的重要作家还有斯里兰卡的魏克拉玛辛诃、泰国的克立·巴莫、缅甸的吴登佩敏和印尼的普拉姆迪亚。马丁·魏克拉玛辛诃(1891—1976)是斯里兰卡最杰出的作家,他创作了十几部长篇小说、150多篇短篇小说、4个剧本、1部诗集和27种文学文化论著。其代表作"三部曲"(《家乡巨变》1944、《时代终结》1949、《争斗时代》1957)以一家四代人的经历和变化,形象生动地展现斯里兰卡社会的深刻变化。克立·巴莫(1911—1995)曾任泰国的政府部长、总理之职,也是著名作家。他学识渊博,经历丰富。他的代表作《四朝代》(1953)描写一个贵族之家的兴衰,交织穿插宫廷的变化,描述曼谷王朝五世至八世(1868—1946)几十年间的社会转型变革,情节跌宕起伏,人物形象生动感人。吴登佩敏(1914—1978)是缅甸当代著名作家,他从30年代开始创作。成名作是《摩登和尚》(1937),小说暴露佛门黑暗,揭露表面道貌岸然、实则男盗女娼的尼姑和尚,具有反封建反愚昧的意义。其代表作《旭日冉冉》(1958)描写大学生丁吞在反帝反殖的民族解放运动中不断成长的情节主线,同时展现1938至1942年缅甸独立运动的广阔画面,小说规模宏大,塑造了从政坛领袖到失业工人的各阶层人物形象,叙述生动,富于民族特色。普拉姆迪亚·阿南达·杜尔(1925—2006)是印尼独立后最重要的作家,创作于50年代的《追捕》、《游击队之家》表现了印尼人民的反帝斗争生活。其代表作是"布鲁

[①] 季羡林主编:《东方文学史》,吉林教育出版社,1995年,第1300页。

岛四部曲":《人世间》、《万国之子》、《足迹》、《玻璃屋》,小说以恢宏的规模,艺术地表现了印度尼西亚民族觉醒的过程。

(三)埃及和西亚、北非地区的文学

第二次世界大战后,西亚、北非阿拉伯各国文学发展很快,50年代阿拉伯作家联盟的成立,更促进了各国文学的发展。二战前后,社会主义现实主义与西方现代主义文学的大量引进,使埃及当代文学出现了流派纷呈的局面,在诗歌、小说、戏剧中结出了硕果。1947年从伊拉克开始的"新诗运动",冲破传统律诗的束缚,在诗歌界进行了一场革命,确立了自由体诗在阿拉伯的主导地位。埃及"新诗运动"的主将是萨拉哈·阿卜杜·苏布尔(1931—1981)、艾哈迈德·阿卜杜·穆阿退·希贾兹(1935—)。苏布尔有"现代苏菲诗人"之称,他的诗作长于以新鲜的意象描写其感觉的流变。希贾兹的诗作表现出强烈的叛逆意识,长于以鲜明的意向引人联想。

当代埃及小说多元发展,首先出现了新浪漫主义小说。当代埃及最著名的浪漫主义小说家是穆罕默德·阿卜杜·哈里姆·阿卜杜拉(1913—1970)、尤素福·西巴伊(1917—1978)和伊赫桑·阿卜杜·库杜斯(1919—1990)。他们作品的共同特点是多以浪漫、传奇的爱情编织故事,语言优美流畅,故事生动感人。阿卜杜拉多通过爱情故事褒贬人们的社会道德和价值观念,赞美善良、纯真的青年男女在坎坷中自强自爱、奋斗不息的精神。尤素福·西巴伊和阿卜杜·库杜斯曾长期从事新闻工作,对重大政治和社会问题感觉敏锐,剖析也较深刻,他们常以爱情故事与政治时事作为自己作品的经纬,折射出时代重大的政治问题。

随后写实小说走向成熟,成为当代阿拉伯文学的主流。现实主义文学呈现出多种形态:批判现实主义、心理现实主义、社会主义现实主义等等。一批青年作家认为作家应对民族、社会和历史负有使命感,主张用现实主义方法反映现实。其中最著名的现实主义作家有阿卜杜·拉赫曼·谢尔卡维、尤素福·伊德里斯、阿卜杜·拉赫曼·哈米西等。

谢尔卡维(1920—1987)40年代以一位叛逆诗人的面目登上文坛。但他的主要成就是现实主义小说和诗剧。他的主要作品有短篇小说集《战斗的土地》(1954)、《小小的梦》(1957),长篇小说《土地》(1954)、《坦荡的心灵》(1956)、《后街》(1960)、《农民》(1968)、《背景》等,诗剧《贾米拉的悲剧》(1962)、《小伙子莫赫兰》(1966)、《我的故乡阿克》(1969)、《壮士侯赛因》(1971)等。其代表作是描写埃及农村生活的《土地》,小说揭示农民与封建地主、反动政府以及革命后篡权的政治投机家和阴谋家的斗争;歌颂了广大农民群众团结一致的力量,被认为是一部社会主义现实主义划时代的力作。

伊德里斯(1927—1991)被认为是当代埃及和阿拉伯文坛的一流作家。其代表作是中篇小说《罪孽》(1959)。小说深刻地反映了革命前农村最底层的悲惨生活,形象地揭示了当时社会制度的黑暗和罪恶,农村中残酷的阶级压迫。伊德里斯还创作了大量的短篇小说。他的短篇小说题材广泛,内涵丰富,往往通过城乡的一些凡人小事,反映对民族乃至人类都有普遍意义的重大问题,观察敏锐、表达准确、在现实主义的基础上吸收现代主义的表现手法,因而他被称为"埃及的契诃夫"。

埃及学界把60年代崛起的作家称为"60年代一辈"。其代表作家世杰马勒·黑托尼(1945—)、穆罕默德·尤素福·格伊德(1949—)、阿卜杜·哈基姆·高西姆(1936—1991)、苏努欧拉·易卜拉欣(1937—)等。他们以强烈的忧患意识反映新时期国家、民族存在的种种问题,或借古喻今,或具有浓郁的乡土气息。在创作手法上,他们进行了认真严肃的探索,大胆地向西方现代主义借鉴,并加以创新,试图创造出一种阿拉伯民族小说的新模式。70、80年代,阿拉伯各国除埃及、黎巴嫩、叙利亚、伊拉克等文学主流国家外,北非马格里布以及海湾国家的文学随着社会的进步而崛起,在阿拉伯各个地区都出现了文学事业兴旺的可喜局面。

当代埃及小说的集大成者是纳吉布·马哈福兹(1911—2006),他的创作以现实主义为主,也借鉴西方现代主义的表现手法,其代表作"三部曲"(《宫间街》、《思宫街》、《甘露街》,1952—1957)以一个家族的变迁展示埃及人在东西文化冲突、融合中的思考、矛盾与追求,是表现埃及20世纪上半叶社会现实的史诗性作品。

埃及之外西亚、北非阿拉伯国家的当代重要作家有:苏丹的塔伊卜·萨利赫(1921—2009)、叙利亚的汉奈·米纳(1924—)、阿尔及利亚的阿卜杜·哈米德·本·海杜卡(1925—)等。萨利赫的代表作是《移居北方的时期》(1966),小说描述留学西方的苏丹本土青年穆斯塔法·赛义德的经历及其精神苦闷,最后自杀。小说深刻地揭示了东、西方两种文化在主人公身上的矛盾与冲突,鞭挞了西方殖民主义及其文明的罪恶,表达了作家强烈的民族主义情感。米纳的成名作是《蓝灯》(1954),作品以法国殖民统治下的拉塔基亚港为背景,再现二战中叙利亚民众的苦难及其要求民族独立的英勇斗争。70、80年代,他创作了以大海和海员生活为题材的两套"三部曲":《锚》(1973)、《残留的影像》(1974)、《沼泽》(1876);《水手的故事》(1981)、《主桅》(1982)、《遥远的港口》(1983)。他的"海员系列"表现出阳刚之美和情操之美,思想深刻,米纳因此被称为"阿拉伯的海明威"。本·海杜卡已出版包括诗歌、戏剧、小说、儿童文学的20多部作品,主要作品有:长篇小说《南风》(1971)、《昔日之终结》(1975)、《揭露》(1980)、《杰姬娅与达尔维什》(1983),短篇小说集《七只火炬》、《作家》、《无头雕像》等。他的代表作《南风》通过老大娘拉赫玛和女中学生纳菲莎回乡度假的遭遇,表现阿尔及利亚独立后,农村变革时期新旧势力之间的尖锐斗争。

(四)黑非洲地区文学

黑非洲文学在反对西方殖民者的残酷压迫剥削的斗争中得到开展,经过一个觉醒探索的过程,到40、50年代出现繁荣的趋势。60年代以来,非洲国家陆续获得独立,民族独立的激情,推动着黑非洲文学的发展。黑非洲法语文学一部分作家继续创作反对新老殖民主义的小说,大部分作家尤其是青年作家都力图表现非洲国家独立后出现的各种社会问题。塞内加尔著名老作家桑贝内·

乌斯曼在60、70年代发表了一系列小说,如描写50年代末非洲国家进行公民投票的情景的《热风》(1963),揭示非洲城市道德堕落的《汇票》(1965),揭露传统生活方式的贫穷落后与单调乏味的《韦伊—西奥扎纳》(1966),批判暴发户和一夫多妻制等不良习俗的《哈拉》(1973),无情揭露政客高高在上玩弄权术的《帝国最后一人》(1981)等。乌斯曼的作品反映了非洲社会现实,实践他"为活人和劳动者服务"的文学理念。喀麦隆作家梅杜·姆沃莫(1945—)的小说《阿非利加巴阿村》(1968),对现代非洲城市生活中的腐败现象做了尖锐的批判。象牙海岸作家夏尔·诺康(1936—)的叙事诗体小说《暴风》(1966),成功地塑造了一个与独裁者冲突的具有强大精神力量和魄力的革命知识分子形象。马里作家扬博·乌奥洛冈(1940—)的小说《暴力的责任》(1968),描绘了虚构的非洲五国近1000年来持续受到的剥削和暴行。几内亚的阿辽纳·方图雷的小说《回归线》(1972),描述了一次政变,表达了作者消除政治混乱的愿望。

当代黑非洲的英语文学在尼日利亚和加纳取得突出成就。尼日利亚小说家钦·阿契贝(1930—)的"尼日利亚四部曲"(《瓦解》、《动荡》、《神箭》、《人民公仆》)以史诗般的笔触展现黑非洲社会历史的巨大变迁,客观地描述了在西方文化冲击下,黑非洲软弱无力的抵抗和迅速瓦解的过程。非洲第一位诺贝尔文学奖得主、尼日利亚的沃莱·索因卡(1934—)50年代走上文坛,已创作了20多部剧本,2部长篇小说和几部诗集。但代表他成就的是剧作,1986年诺贝尔文学奖授奖时的评语是"他以广阔的文化视野创作了富于诗意的关于人生的戏剧",他被称为"英语非洲现代戏剧之父"。他的剧作把非洲传统与西方现代戏剧手法有机融合起来,在雄浑质朴的传统文化氛围中隐含着强烈的现代意识。他的代表作《森林之舞》(1960)通过"民族聚合"的场面,表现历史与现实的循环轮回,既有非洲民族发展的思考,又有超越时空的前进与未来的哲理性探讨。加纳小说家艾伊·克威·阿尔马(1939—)在独立后开始创作的西非青年一代作家中最负盛名。他的第一部长篇小说《美好的人尚未诞生》(1968),描写独立后加纳一个小公务员的苦闷,出版后引起国内外文艺界的广泛议论。他的才华获得一致的肯定,而他对独立后新社会阴暗面的无情揭露却遭到不少非洲作家的批评。他接着又写了长篇小说《碎片》(1970)、《为什么我们这样有福气》(1972)、《两千个季节》(1973)、《医生》(1978)等。他的作品简练而富于诗意,往往有着情节之外的深刻含义。

在南非,一些欧裔白人作家的创作取得令人瞩目的成就。其代表是诺贝尔文学奖的获得者纳丁·戈迪默(1923—)和约翰·马克斯韦尔·库切(1940—)。

戈迪默站在人道主义的立场上,通过她的文学创作谴责统治者的罪恶,反对种族隔离和压迫,强烈表达南非人民要求自由、幸福与和平的愿望。50年代以来,戈迪默发表了10部长篇小说和200多篇短篇小说。她的作品以种族隔离政策下的南非白人和黑人社会为背景,全面、真实地描绘了南非的政治格局和动荡的社会以及南非人民觉醒后的抗议运动。《陌生人的世界》(1956)和《已故的资产阶级世界》(1966)是戈迪默50、60年代的代表作。前者采用《格列佛游记》的方式,以一个非南非社会成员的眼光来观察南非社会的情况,通过深入了解，他发现约翰内斯堡郊区的白人"世界"富有、奢侈和自私，但又与世界隔绝，一片孤独。约翰内斯堡的黑人"棚户区"贫穷、简陋，黑人生活艰难、痛苦不堪。这"黑"、"白"两个居住区就是互不了解的"陌生世界"。由于小说强烈的揭露性和巨大的真实力量，小说很快被南非当局禁止发行。《已故的资产阶级世界》以沙佩维尔惨案为背景，生动地描写了南非种族统治对人性的摧残。70、80年代，戈迪默的创作视野更加开阔，小说背景不再限于南非，而是整个非洲，甚至越出非洲，在当代反对种族歧视的世界潮流中审视南非现实，从而深化主题；并在揭露南非的黑暗现实的同时，进一步思考南非的将来和前途。其代表性作品有《朱莱的人们》(1981)和《大自然的运动》(1987)。前者以未来主义手法，预言在南非全面爆发战争的情况下，白人只有依靠黑人才能生存。白人斯梅尔一家在武装暴动中得到黑佣人朱利的帮助，逃到朱利家乡的一间原始棚屋内躲藏。随着时间的推移，斯梅尔一家越来越离不开朱利的帮助。后者以一位出生在南非，但从小离开了南非，在非洲和欧美多国生活过的白人女性为主人公，通过她的经历，描绘了南非将来的发展模式。

库切因"在探究软弱与失败之中，捕捉到人性的神圣火花"和"精致的结构、意义深长的对话，以及精彩绝伦的分析"，荣获2003年诺贝尔文学奖。

三 当代东方文学的基本特征

当代东方文学在特定的社会文化条件下发展，虽然不同民族、不同地区有各自不同的特色，但从整体看，有其共同的一些特征。

第一，整体的、自觉的东方民族文学运动形成。随着战后世界两大阵营对立的政治格局形成，新生的东方民族国家意识到与西方资本主义世界的矛盾。因而形成一个包括广大亚非地区在内的自觉的文学运动，其标志是1956年新德里亚洲作家会议和1958年亚非作家会议的召开。会上提出了"东方文艺复兴"的口号。这样，具有东方整体意识，以复兴民族文化为己任、面向广大民众的文学潮流形成。这促使东方文学更加繁荣和发展。作家队伍迅速扩大，创作的艺术技巧日臻完善，构成了以反帝反殖反封建主义为主要内容，具有鲜明的民族特色的文学潮流，改变了现代世界文学的结构，引起整个世界的注目。1962年在开罗召开的第二次亚非作家会议《总决议》中写道："亚非作家必须以全力来消除一切毒害人民思想和斗志的殖民主义文学。只有打倒一切统治势力和一切外部或内部的压迫，例如法西斯主义和军国主义，以及击败所有文化上的帝国主义，才能铺平道路，使亚非民族文化充分繁荣，提高到世界水平。"在赶超"世界水平"的急切愿望和民族独立后的自豪兴奋作用下，当代东方文学具有激越的民族情感，满怀乐观和斗志，基调明快，但也有概念化、公式化的倾向。当代优秀的东方作家不再只停留在对殖民侵略者罪行的控诉，对民族灾难的哀叹，而是真实地描绘民族解放斗争的烽火和斗争的胜利，情绪乐观，富于时代色彩和战斗性。也有些作家的创作反映了独立后新的社会问题，以深邃的笔调，描写封建残余和资本主义发展带来的新的社会矛盾。

第二，社会主义现实主义文学思潮一度盛行。从总体看，当代东方文学是以现实主义为主体,但现实主义是在世界文学背景中的现实主义,呈现出不同的色彩,既有传统的现实主义,又有与西方现代主义密切相关的现实主义,还有受到苏联文学影响的社会主义现实主义。在二战后很长一段时期里,两大阵营冷战、东西世界二元对峙的局势下,刚摆脱西方殖民统治的东方新兴国家在选择民族发展道路时,不少国家选择社会主义发展模式。在20世纪50、60年代,亚、非形成社会主义实践的热潮。如印度尼赫鲁的社会主义,印尼苏加诺的社会主义,缅甸纲领党的社会主义,叙利亚阿拉伯复兴社会党的社会主义,戛纳恩克努马的社会主义,塞内加尔桑戈尔的社会主义,埃及纳塞尔的社会主义,阿尔及利亚本·贝拉的社会主义,利比亚卡扎菲的社会主义,朝鲜劳动党的社会主义,越南共产党的社会主义等,虽然具有各自不同的民族传统和政治背景,但一定程度的生产资料国有化、保护普通劳动者的权益等方面是共同的。在这样的社会现实背景下,东方50、60年代的文坛,社会主义现实主义文学形成一定规模,一度成为许多东方国家文学的主潮,产生了一批很有影响的作家。如印度的玛尼克·班纳吉(1897—1971)、戈巴尔·哈尔达(1902—?),土耳其的纳奇姆·希克梅特(1905—1963),缅甸的敏新(1929—1986)、杰尼(1926—1974),泰国的社尼·绍瓦蓬(1918—)、奥·乌达恭(1924—),埃及的谢尔卡维(1920—1987)、伊德里斯(1927—1991)、努阿曼·阿述尔(1918—1987),叙利亚的汉奈·米纳(1924—)等,他们的创作具有明确的阶级意识和社会使命感,描写普通劳动者的生活经历和情感世界。

随着世界局势的变化,20世纪60、70年代东方各国的社会主义实践进入低潮。除中国、朝鲜、越南等社会主义国家外,东方绝大多数国家的形势和政体发生了变化。社会主义现实主义作为文学思潮处于颓势。但社会主义现实主义文学在许多方面都对东方当代文学产生了深刻的影响。

第三,"后殖民文学"的主潮地位。当代东方文学多元发展,但"后殖民文学"是主潮。对于"后殖民文学",西方有学者论述:"它倒并不是仅仅指帝国'之后才来到'的文学,而是指对于殖民关系作批判性的考察的文学。它是以这样或那样的方式抵制殖民主义视角的文字。非殖民化过程不仅是政权的变更,也是一种象征的改制,对各种主宰意义的重铸。后殖民文学正是这一改制重铸过程中的一部分。"① 东方后殖民文学,简言之,就是亚非地区对"殖民关系作批判性考察的文学,"是亚非地区摆脱西方殖民统治后,东方作家以历史主体地位的身份,审视殖民关系,在民族文化建设的层面,确立起真正的民族自我。后殖民文学的"后",当然不仅是一个时间的概念,更因为殖民统治崩溃,东方国家独立,文学所面临的问题有了本质性的变化,对殖民关系的理解,对西方列强的认识有了根本的不同。

当代东方后殖民文学主要关注点是民族文化的建设。独立前东方国家的文学主旨是救亡,是要求国家独立和民族解放,是一种"反殖民主义文学";独立

---

① [英]艾·博埃默:《殖民与后殖民文学》,盛宁译,牛津大学出版社,1998年,第3页。

后东方国家反殖民统治的政治愿望已经实现,面临的是西方文化霸权背景下的民族文化建设和发展。如何把民族传统的精华与当代人类优秀文化整合,以保障作为独立自主的民族国家独立于世界,这是东方后殖民文学的创作宗旨,也是贯穿整个当代东方文学最基本的主题。前述的"东方自觉的民族文学运动",其创作成果就是"后殖民文学"。

第四,在民族传统基础上自觉借鉴西方现代主义文学,拓展文学表现领域和审美范式。摆脱西方殖民统治,东方当代作家对西方文明对抗化、政治化的情绪逐渐淡漠,可以真正从文学和审美的角度看待西方20世纪的现代主义文学。尤其是70年代以来,经过独立后民族激情洗礼的阶段,东方文坛逐渐以冷静的眼光审视世界文学的演变,信息、通讯、交通的高度发达,地球空间距离大大缩小,东西方文化交流频繁,东方作家直接面对世界文学潮流。这样,学习、借鉴西方现代主义文学的自觉程度大大提高。当代东方各国和地区,都产生了各自的现代主义文学作家。如日本的安部公房、开高健,印度的拉金德尔·亚德沃、莫汉·拉盖什、尼尔默尔·沃尔马,印尼的伊万·希马杜邦(1928—)、布杜·威查雅(1944—),叙利亚的穆塔阿·塞夫迪(1929—),埃及的爱德华·赫拉特(1926—)等。他们的创作视野更加开阔,站在人类的高度思考世界性的普遍问题,在现代东方作家模仿借鉴西方现代主义文学的基础上进一步发展,发展成为虽不是东方文学主流,但却颇有影响的东方现代主义文学。如东亚战后派、韩国60年代的"新感觉派"、印度的"新小说派"等。

对西方现代主义文学的借鉴,不仅表现在上述比较典型的东方现代主义作家的创作当中,即使是被视为现实主义、浪漫主义或后殖民文学的作家创作中,往往有意无意、自觉不自觉地受到西方现代主义文学的影响,从而形成各种文学思潮和倾向彼此渗透、相互融合的局面。这在当代荣获诺贝尔文学奖的作家创作中表现明显。他们把西方现代主义和东方民族文化传统有机融合,借鉴某些西方现代主义的手法,扩大文学的表现能力,开拓新的文学路子,是东方文学走向世界的有益探索。川端康成、马哈福兹、索因卡、大江健三郎、库切都是这方面的范例。

第二节 大江健三郎与《万延元年的足球队》

大江健三郎是继川端康成之后第二位获得诺贝尔文学奖的日本当代作家,他是一位具有政治良心的作家,他从自身经历出发,进而思考当代人类的生存境地,将美与现实社会生活融为一体。他的代表作《万延元年的足球队》描述了城市与乡村,东方文明与西方文明的冲突,过去、现实和神化相互交织,探索人类如何走出精神的困境。

一 生平与创作

大江健三郎(1935—)出生于日本四国爱媛县喜多郡大濑村(今内子町大濑),父亲大江好太郎,兄妹七人,兄弟间排行第三。大濑村坐落在森林峡谷之间,这里的自然环境、民间习俗,都影响了大江健三郎后来的创作。大江在战争年代修完小学，1947年4月入大濑中学。5月，战后日本新宪法公布、实施，新制中学把原来的修身课改为新宪法学习，这对大江健三郎的思想形成产生了重要影响。1951年大江从爱媛县县立内子高中转学至立松山东高中。编辑学生文艺杂志《掌上》。1954年4月考入东京大学文科，1955年9月在东京大学教养学部（基础教育部）学生杂志《学园》上发表作品《火山》，后获银杏并木奖。同时大量阅读加缪、萨特、福克纳、梅勒、索尔·贝索、安部公房等人的作品。

1956年4月大江转入东京大学法文专业，受著名教授、法国文学研究专家渡边一夫的影响开始阅读萨特的法文原作，创作剧本《死人无口》、《野兽之声》，开始以学生作家的身份步入文坛。可以说，大江的文学道路，起步于萨特存在主义对他的影响，1959年大学毕业时毕业论文的题目就是《论萨特小说里的形象》，而且大江1961年访问欧洲时还特意拜见了心仪已久的萨特先生。大江自己也说："作为学习法国文学的学生，我主攻萨特，萨特给了我思考文学的社会功能性的方法，也将我驱赶进各种各样的困惑的蚁穴。"（《文学是什么？》）萨特小说的代表作《恶心》就直接影响了他最初的小说创作，1957年5月发表小说《奇妙的工作》，8月发表小说《死者的奢华》，这两部作品的内容非常相近，前者描写20岁的大学生"我"来到附属医学院打工，协助一个屠夫宰杀医院为实验所养的150条狗的事；后者写的是文学部大学生"我"应募来到医学部临时打工，负责搬运长期保存在地下室的解剖用尸体。这两个"我"的打工最后都几乎等于白干了，杀狗的杀到一半，因为警察的干涉而中止，非但没得到分文报酬，还被狗咬伤了腿；搬尸体的由于管理员的失误，还要连夜加班，把搬错地方的尸体重新都搬到车上去。这两部作品因其特殊的题材和新颖的立意，一发表便引起日本文坛的广泛关注，虽然不乏争议，但毕竟已显露出作者"异常的才能"（川端康成语），得到了名家的首肯。《奇妙的工作》获得了《东京大学新闻》当年五月节奖，被著名文艺评论家平野谦称为"具有现代意义的艺术作品"，《死者的奢华》则成为日本文学界最重要的"芥川文学奖"的候选作品。作为一名学生作家，一时间声名鹊起，甚至被称为"川端康成第二"。翌年1月中篇小说《饲育》发表于《文学界》，获日本最高荣誉的纯文学奖——第39届"芥川文学奖"，以此开始确立他作为新生代作家的地位，并成为这一派作家的一面有代表性的旗帜。同年又发表了《少年感化院》、《人羊》以及首部长篇小说《拔芽打仔》。总的看来，大江早期的作品呈现出一种典型的存在主义氛围，人的劳作犹如西绪福斯的苦工而毫无意义。这也就是所谓的"徒劳—墙壁"意识，反映了大江对战后的强权统治和美军占领日本的社会现状（犹如"墙壁"）的不满。不过这些小说的底色虽然灰暗但时有亮色，气氛沉闷但时而荡有滑稽，人物的悲哀是缕缕的，迷惘是淡淡的。人物是在徘徊中思索着、寻觅着的。这可能与他创作伊始就同时吸收了萨特的"自由选择"论有很大关系。

1959年，大江健三郎东大法文系毕业后踏上了专业作家之路，同年发表《我们的时代》、《我们的性世界》等作品，开始从性意识的角度观察人生、构筑文学世界。据说大江之所以特别重视"性"，是因为受到美国作家诺曼·梅勒所说"留给20世纪后半叶文学冒险家的未开垦的处女地只有性的领域了"的启示和刺激。虽然这些作品受到攻击性、否定性的批评,可作者本人却置之不顾,而且还声称要"以'性'作为自己最主要的方法。"(《〈我们的时代〉和我自己》)发表于1963年的中篇《性的人》可以看作是这种思想的继续和发展。

大江健三郎于1960年2月与著名电影导演伊丹万作的女儿伊丹缘结婚。新婚不久,即于5月份访问中国,并与日本文学代表团的其他成员一起在上海获得毛泽东的接见。此时正值日本全国开展反对日美安全条约的大规模民众运动。他日益关心政治,并加入了左翼的新日本文学会,然而翌年旋即宣布退会。因为创作了以日本社会党委员长浅沼稻次郎遭右翼青年刺杀事件为题材的《政治少年之死》等作品而遭到右派势力威胁,同时又受到左翼批判,这使得他又一次陷入文学及精神方面的危机之中。接着发表了几部长篇小说,如《青年的污名》(1959—1960)、《迟到的青年》(1960—1962)、《日常生活的冒险》(1964)等。

1963年,是大江思想和创作发生转折的一年,这主要有两件事对他产生了影响:一是这年6月,他的长子光出世,光患有先天头盖骨异常;二是这年8月,他参加了广岛原子弹爆炸后情况的调查,亲眼目睹了原子弹对人类造成的惨状。残疾儿的出生是他个人的不幸,核武器的威胁是人类的不幸,他把两者作为有机联系的综合体来进行"具有普遍意义的人性"的双重思考并采取"战斗的人道主义"的行动。比如以最大的爱心和耐心将濒临死亡的幼小生命培养成一个很有造诣的作曲家;他又以最大的热情和毅力投入全人类最关心的反对核试验运动。

围绕残疾儿问题,大江在1964年先后发表了短篇《空中怪物》和长篇《个人的体验》。有趣的是,这两部小说却形成了鲜明的对照。两部作品中的主人公面对同一境遇——妻子所产婴儿是残疾儿——时,《个人的体验》里的鸟首先做出了逃避现实的选择,想借医生的手除掉婴儿,然后和妻子离婚,和情人一起去非洲旅行;后来通过激烈的内心的矛盾冲突,鸟毅然改变了主意,决定把婴儿从小儿科医院接出来,送回大学医院接受手术治疗,终于选择了"正视现实,不欺瞒自己"的勇于与命运抗争的存在主义者的生活方式,用自己的行为证明了自己的存在。与此相反,在《空中怪物》中,音乐家D为了免遭这一从天而降的灾难,和医生商量后轻率地做出了只给婴儿喂点砂糖水,使其自然死亡的选择,即选择了一条与命运妥协、逃避现实的非存在主义者的生活方式,结果自己忍受不了精神上的折磨也自杀身亡。从两人的不同命运结局揭示出一个深刻的哲理启示:"人的幸福不在于自由,而在于对责任的承担。"就作者而言,如果说在尚未完成这两部作品之前,他是处在进退维谷的困境之中,那么"这两部作品问世后,我感到在这个问题上,自己体验到了一种自救,至少,我可以相信,我不会因进退维谷再返回精神病的状态了。"《个人的体验》获得新潮社文学奖。这部小说的问世,令大江健三郎的创作跃上了一个新的高峰。

苦难也是一种财富,儿子光的出生,使大江的创作主题发生了变化,光的存在也成了他创作的精神之源。1964年以后,大江继续写了一系列小说和随笔,从《万延元年的足球队》(1967)、随笔《核时代的想象力》(1970)、《冲绳核记》

(1969—1970),对话录《遭受原子弹爆炸后的人类》(1971)和长篇小说《洪水涌上我的灵魂》(1973,获"野间文艺奖")、《新人啊,醒来吧》(1983,获"大佛次郎奖")等到"最后的小说"挂笔作《燃烧的绿树》(1993),紧紧围绕残疾人这一题材,大江一直致力于通过"个人的体验"和"描绘现代人类的苦恼与困惑",从而达到拯世自救,或者警世醒世的目的。诚如一位评论家所说:"还没有哪个作家像大江那样以大胆暴露自己的缺陷、弱点来表现现代。"他是"直面现实的勇士"。的确,大江通过有关残疾儿系列的作品向世人证明:在今天的世界上,还没有哪位作家能像他那样写出那么多深刻反映残疾人问题的感人肺腑的杰作。

大江健三郎与石原慎太郎、开高健同被誉为日本"战后文学旗手",他的作品被译为法文、英文、荷兰文等在世界各地传播,1989年他获欧洲共同体设立的"罗帕利奖",1993年获意大利的"蒙特罗奖",直至1994年荣登诺贝尔文学奖的宝座,成为继泰戈尔、川端康成之后获此殊荣的第三位亚洲作家。本来大江健三郎的作品在日本读者中是以"艰深晦涩,难以解读"而著称,在获奖后却一时洛阳纸贵,他那50种共一万余册在仓库中睡大觉的作品,顷刻销售一空。

大江健三郎是位极具有政治良心和极富有人格魅力的作家。他崇尚民主主义,反对天皇制,反对强权,痛斥右翼分子所作的国家主义宣传。大江先后于1960年、1984年及2000年共三次访问中国,在日本侵华战争的问题上,他主张日本要负"战争责任",并提出"现在政府中的这些人与我同龄,我在现在的保守政权身上,看不到一点对中国的带人性的责任。所以我觉得,让更多的人作为个人感到对中国的责任,是最要紧的"。在大江看来,人文主义是最具有人性的。他自己有一个存在智力障碍但却倾心于音乐的孩子,在孩子的音乐创作中,他听到了"阴暗灵魂的哭喊声"。大江在淡泊的生活中充满了对弱者的同情心,1975年他曾为争取韩国优秀诗人金芝河的政治自由而参加过绝食斗争。他很欣赏日本系列电影《寅次郎的故事》,寅次郎是一个幽默风趣的小人物形象,是平民性的典型。1994年10月16日《朝日新闻》登载了大江健三郎《在"大江光的音乐"演奏会上的演讲》,他说之所以拒绝日本政府的文化勋章,是因为"那勋章对我来说,会像寅次郎穿上礼服一样不般配",这恰如其分地表明了他的平民情趣和立场。

在授予大江健三郎诺贝尔文学奖的颁奖词中,有这样一句话:"人生的悖谬,无可逃脱的责任,人的尊严等这些大江从萨特著述中获得的哲学要素贯穿作品的始终,形成大江文学的一个特征。"此话可谓一语中的,大江在自己的作品中很高超地表现了人们对环境及未来的不安情绪。大江是这样结束《我在暧昧的日本》的演讲的:"我还在考虑,作为一个置身于世界边缘的人,如何从自己的意愿出发展望世界,并对全体人类的医治与和解作出高尚的和人文主义的贡献。"可见,大江健三郎从他的边缘情结出发,更加关切人类未来的命运,从而闪烁出更加耀眼的光芒。

二 《万延元年的足球队》

《万延元年的足球队》是大江健三郎发表于1967年的长篇小说,1月至7月在《群像》杂志上连载,9月由讲谈社出版单行本,同年获第三届谷崎润一郎奖。作者在这部作品中,以诗的力量,以日本四国岛的森林山村为背景,写出了都市与乡村、东方与西方的矛盾,构成了一幅当今人类在困境中惶惑不安的图画,表现了作家对人类命运的深切关注和对人生问题的积极思考,较全面地体现了大江的创作倾向,有代表大江健三郎创作的高峰之说。

《万延元年的足球队》主要情节线索是讲根所家的两个儿子根所密三郎与根所鹰四,由于双双受了心灵的挫折与创伤,返回他们在四国的故乡以寻求精神的复苏与内心的安宁,并找回失去的自我的故事。主人公密三郎曾是一个大学讲师,后与人合作搞翻译。他与作者相似,有一个患先天性脑残疾的儿子,妻子怕再生白痴儿不愿与他同房,并整日酗酒,唯一的友人又赤裸着身体怪异地死去,为此他十分消沉;弟弟鹰四曾是反安保运动的学生领袖,运动失败后,到美国漂泊、浪游。为了寻找自我、寻找心灵的归宿,这对陷入彷徨无路的精神危机中的兄弟,决定回四国的故乡森林山村。百年前,他们的曾祖父是村庄的庄主,而曾叔祖父是万延元年(1860)领导农民暴动的领袖,两人是冤家。鹰四想通过重构自己叔祖父——万延元年农民起义领袖的神话,回乡后组织了足球队,利用村民们对操纵村庄经济命脉的"老板"的不满,发动暴动,抢超级市场。暴动虽然成功,但却传来鹰四强奸少女未遂而将其杀死的消息。晚上,鹰四向密三郎坦白了自己曾强奸白痴妹妹,并使其怀孕自杀的秘密后,开枪自杀。密三郎由鹰四的死,意识到人应顽强地超越心灵的地狱,于是开始了新生活。作品把现实与历史重叠在一起,创造了一个扑朔迷离的新神话。作品中所写的人物和事件并不是现实中所有,它主要来自虚构。正如作者所说,这部作品百分之八十是虚构的。其中矛盾冲突的设置与冲突意义的赋予完全出自作者的构思。它来自于作者本人对生活的观察、认识与思考,所以说对于现代作品首先的素质不是在现实中寻找有其事的东西,而是融现实人生的内在意义与虚构的神话于一体。

作为西方存在主义大师萨特的崇拜者,大江不可避免地在其创作主题中表现出存在主义的特点,但大江对萨特的存在主义有一个接受和消化、融合的过程,从而形成了他自己在文学上的最基本的风格,即独特的"东方存在主义"。其特点主要体现在与西方存在主义相对应的三个命题上:首先,在表现人与社会的关系上,作者认为"世界是荒谬的,人生是痛苦的",但通过人类自身的积极努力,追求人类生存的本质意义,是可以超越生存困境的。如密三郎在作品的开头时处于一种苦闷惶惑之中:儿子的残疾、陷入危机的夫妻关系、友人的死……,但在经历了失落的痛苦之后,密三郎最终还是走出了"内在的地狱"。其次,针对萨特存在主义的"自由选择",大江认为人生需要自我做主、自由选择,但要正视现实,积极向上。作品中,密三郎在经历了"理想国"的幻梦破灭之后,从鹰四身上悟出了奋争的积极意义,从而否定了苟且偷生的人生,开始一种新生活的选择。再次,在看待人与人关系的问题上,萨特提出"他人即地狱",而大江则认为人的存在是与自然、社会相和谐的,存在与客观现实是可以统一的,"他人并非地狱"。东方儒家文化追求人与自我身心、与他人、与社会、与自然的普遍和谐,这种普遍的和谐是事物在发展过程中通过自我调节而达到的。密三郎性格的发展与变化正说明了这一点。正是由于大江对人类生存际遇及前景的忧患意识,才使他能经过不懈的探索,把东方的文化底蕴与西方存在主义巧妙地结合在一起,为人类重建精神家园提供了可能的哲学理论依据。因而,把个人的不幸与时代的不幸相结合,是《万延元年的足球队》的出发点,而通过与不幸的抗争来实现人的再生是《万延元年的足球队》独特的主题。

大江健三郎不仅尊崇西方存在主义大师萨特,而且对整个西方文学有很深的造诣。他善于在植根于日本民族文学的基础上,巧妙地把东西方文学融为一体,形成了具有自己独特风格的作品,具体表现在:

第一,作品中善于把虚构(神话)与现实相交织,表现其深刻的思想。大江曾在《我在暧昧的日本》的演讲中,对其小说中的虚构与现实的来源作了解释:一是来自于瑞典女作家拉格洛夫的《尼尔斯骑鹅旅行记》,一是来源于美国作家马克·吐温的《哈克贝利·芬历险记》;他认为前者使他进入了"能听得懂鸟类语言"的空灵的境界,而后者使他认识到"大自然中的真实世界以及生活于其中的方式"。因此大江有意识地把西方文学的精髓与东方古老文化的传统有机地融合了起来,在作品中既注重把现实引入小说,又致力于非现实的虚构,这种虚构并非作家的凭空想象,而是日本文学传统中的想象力(玄虚)和日本神话的象征性(幽玄)与西方文学中的神话与幻想的融合,形成了自己的文学特征。大江是位熟谙日本古典文学传统的作家,他在作品中借玄虚和幽玄来表现自己对政治的关注及对人类生存状况的忧患。在小说中,作者将背景置于虚构的森林、山村,这带有神秘色彩而又具现实性的森林、山村,是作为主人公的归宿而设置的。密三郎夫妇与鹰四因对生活感到厌倦、惶惑、孤独,于是决定去寻找一块心灵的"绿洲",在这块"绿洲"里,他们寻根访祖,想从祖先那里得到一贴灵丹妙药,来医治自己的"绝症"。作者通过一幅幅离奇怪状图画的镶拼,组成人类关注的主题,即人类怎样从不自由走向自由。正如大江所说:"我的文学特征在于虚构渲染现实,不是藉现实进而令虚构成为真实。二者泾渭分明,却又随意叠加,我只是想基于自己的想象力,描写相去甚远的两类事物,并将这种小说家的心境传导予读者。"

第二,巧妙地把东西方文学的表现方法融合在一起。首先,从作品的环境来看,森林里既有现代化的超级市场,也有跳诵经舞祭祀"亡灵"等古老奇异怪诞的风俗,这种描写很容易让我们联想到马尔克斯的《百年孤独》:一边是土著居民原始、闭塞的生活,一边是欧洲殖民者高度的现代文明。大江正是通过森林山村这个特殊的生活环境中鲜为人知的生活细节,采取出人意料的荒诞手法,来表现在这种"确定"了的环境中的人的"自由选择",具有魔幻现实主义的特色。其次,在表现人物的内心体验时,大江既继承了日本"私小说"竭力捕捉人物心理的每一层细微波折的传统,又从弗洛伊德的精神分析法和西方现代心理学的角度来观照作品中人物的心理世界,从而把握现实的真实。如小说开头的一段就是密三郎的自由联想:他抱着狗,孤独地坐在地洞里,思考着生活的际遇;儿子的残疾、陷入危机的夫妻关系、友人的死……在小说的中间,作者写道鹰四曾赤身裸体在新雪覆盖的白色大地上奔跑翻滚,密三郎见状,感觉到"赤身裸体奔跑的鹰四是曾祖父的弟弟,也是我的弟弟,一百年来所有的瞬间都层层重合成这一瞬间"。这里的时空交错,表现了鹰四通过想象把自己与曾祖父的弟弟重合为一体,试图重构百年前的英雄神话,即以一种历史英雄主义的方式去实现他生命的本质意义。另外,从对鹰四的人格分裂的描写中,我们还可以联想到俄国作家陀思妥耶夫斯基作品中的"双重人格"。大江在植根于本民族文学传统的基础上,不仅汲取西方作家的创作技巧,并且把西方现代派的创作技巧作为武器,摒弃日本文学习以为常的追求肤浅的外在冲突的传统写法,探索以新的手法去挖掘、表现人的存在价值以及这些人在不幸的生活环境中的精神世界。虽然在大江的作品中,也存在着由大量的隐喻、引语、时空交错等造成的难读、难解等现象。然而这正是大江吸收西方优秀文化并与日本传统文化巧妙结合的一种必然结果,也许正因为这一点,大江健三郎才会走上诺贝尔文学奖的领奖台。

第三节 耶谢巴尔与《虚假的事实》

耶谢巴尔是印度"当代最有造诣的印地语小说巨匠之一"①。他一生创作了14部中长篇小说、200余篇短篇小说和大量的政论、时评、回忆性散文,以他对文学的贡献获印度国内的多种文学大奖。他的小说创作以现实主义的描绘和风格,展现印度独立前后几十年人们的生存环境及其抗争,渗透着明显的阶级意识和深厚的人道主义情怀,对祖国和民族的前途与命运寄予极大的关注。创作于印度独立后的长篇小说《虚假的事实》是耶谢巴尔的代表作,集中体现了他的创作特点。

一 生平与创作

耶谢巴尔(1903—1976)出生在印度北方邦费洛杰,家境清寒,靠母亲做教师的微薄收入维持家计。耶谢巴尔童年上过私塾,十多岁时到拉合尔上中学。中学期间,积极参加民族解放运动,1921年中学毕业,他成为激进的政治青年。他不愿接受殖民政府的奖学金,不上官办大学,到私立的民办学院学习。

大学时期,耶谢巴尔与革命志士辛哈等共同组织地下革命团体社会主义青年印度协会,从事反英地下武装活动。大学毕业后,他以教员身份为掩护,组织参与暴力斗争。辛哈1931年牺牲后,他成为印度社会主义共和军的领导人。英国殖民当局悬赏通缉,他于1932年被捕,判刑14年。他在狱中努力学习理论,积极从事文学创作。他在30年代末和40年代初出版的作品不少是在狱中的创作。1938年举行了地方选举,国大党成立了地方政府,他因此被提前释放。但是,英国殖民当局禁止他回到旁遮普邦和拉合尔。他在北方邦首府勒克瑙创办《起义》杂志,组建"起义"出版社,还筹办了《起义》杂志的乌尔都语版。他亲

---

① [印]萨·瓦差衍:《印地语文学》,黄宝生等译编《印度现代文学》,外国文学出版社,1981年,第92页。

自写稿和编辑,利用《起义》这个阵地宣传爱国主义和民族主义思想。

1940年,他主办的杂志和出版社被殖民当局查封,他再次被捕入狱,直到第二次世界大战结束,耶谢巴尔才被释放出狱。出狱后,他继续从事反殖活动,同时积极创作。1947年印度独立后,他除了从事一些进步文化活动外,最主要是定居于勒克瑙进行文学创作。五六十年代,他多次出国访问,到过世界许多国家和地区。1976年耶谢巴尔病逝。

耶谢巴尔的文学创作,大体上经历了三个阶段。

第一阶段(独立前的创作)。这一阶段里,耶谢巴尔发表了中、长篇小说4部,短篇小说集6部,政论杂文集4部。这一阶段是耶谢巴尔创作的早期,艺术上还不太圆熟,但与自己参加的民族解放实践活动紧密相连,富于激情,具有浓郁的政治色彩和阶级意识。

《大哥同志》(1941)是他的第一部长篇小说。小说主人公赫利希受到俄国革命和印度共产党的影响,在斗争的实践中由个人反抗逐渐深入工人群众,领导他们进行群众性的斗争,原先试图体靠少数知识青年推翻殖民统治的"大哥"也觉悟了,决定放弃个人反抗的道路。小说用不少篇幅描写了工人群众的悲惨处境,批判了资本家对工人的压迫和残酷剥削。《大哥同志》也可以说是耶谢巴尔对自己过去一个时期走过的道路的艺术总结。《叛国者》(1943)在第二次世界大战的复杂背景中,刻画了一个具有全局眼光、支持盟国反法西斯的共产党员形象康纳。他被当时只顾反抗英国殖民统治的国大党指责为"叛国",其实这才是真正的爱国者。小说揭穿了国大党鼠目寸光的政策,对甘地主义也提出了批评。中篇小说《党员同志》(1946)以印度独立前孟买的水兵起义为背景,描写女青年共产党员吉达对一个花花公子的争取和转变。反映了当时的政治斗争形势以及人民群众的普遍觉醒。历史小说《蒂沃亚》(1945)主要描写妇女受压迫和束缚的从属地位。女主人公蒂沃亚饱尝辛酸,被情人抛弃,在怀孕的情况下落入人贩子之手,她走投无路,自杀未成,不得已卖身为娼。小说生动地再现了古代印度的社会面貌,是作者优秀的代表作之一。

耶谢巴尔这一时期的短篇小说题材广泛,不仅包括了反帝的内容,阶级矛盾的主题,而且涉及到了各种各样的社会问题。有反映英帝国主义屠杀印度独立志士的《莫萨尔莱》;有反映封建王公摧残民间妇女的《山区异景》;有描写天真无邪的少女被迫成为妓女的《命运的折磨》;有反对封建宗教对人性的束缚的《赐教》;有揭露了资产阶级上层的虚伪的《狗尾巴》;有反映穷人为生活所迫不能像有钱人家一样志哀的《悲哀的权利》;又表现贫富巨大差异的《面饼的代价》等。

《甘地主义剖析》(1942)和《流动俱乐部》(1943)等几部政论和杂文集更加直接的表达耶谢巴尔的社会、政治思想:分析甘地主义的历史作用和局限;指出等级社会的不合理;反对复古主义思潮;批判了非暴力原则;倡言改变妇女地位;谴责种姓制度和宗教有神论等,富于论辩性和说服力。

第二阶段(印度独立到50年代末)。这一阶段里,耶谢巴尔发表了2部长篇小说、6部短篇小说集、3部政论杂文集和3卷回忆录。印度独立后,民族获得解放,但社会问题不少,社会制度、阶级结构基本上原封未动,耶谢巴尔为之奋斗的理想社会没有出现。因而耶谢巴尔这一阶段的创作主要以现实主义的创作风格，表现独立后的社会问题，批判旧观念，追求社会的民主和平等。

长篇小说《人的面貌》(1949)通过一个年青寡妇的经历，反映了社会的各种弊端，但是她多次与人同居和结婚，揭露了所谓爱情和婚姻在当时社会里只不过是金钱交易和买卖关系。另一部长篇是历史小说《阿米达》(1955)。

六部短篇小说集是：《圣战》(1950)、《继承人》(1951)、《画题》(1951)、《你为什么说我长得美》(1954)、《乌德利的母亲》(1955)、《啊！女神》(1958)。这些短篇小说的题材涉及社会生活的众多方面。如《施舍毯子》描写一个资本家不择手段地牟取暴利，然而却要装出一副慈悲为怀的面孔。他从赚来的钱中买几条毯子施舍给穷人用来沽名钓誉。《黑市价格》描写奸商丧尽天良，抬高物价进行投机，把穷人害得只有死路一条。《一支香烟》反映了妇女的悲惨境遇，可以随便被公婆、丈夫、族人、官府遗弃或处置。《啊，天哪，这些孩子》写不同宗教之间的仇恨情绪是如何毒化了儿童的心灵。

政论杂文集有《无所不谈》(1950)、《罗摩王朝的故事》(1950)、《耳闻目睹》(1951)等。三卷回忆录《回顾》(1951—1955)生动地记载了从耶谢巴尔早年参加政治斗争到第一次被捕后的狱中生活。它不仅记载了这20年左右时间所发生的政治的和社会的重大事件以及在他思想上的反响，而且细致地描绘了他个人的斗争经历和私人生活。

第三阶段(六七十年代)。耶谢巴尔这一阶段主要创作了3部短篇小说集：《说真话的错误》(1963)、《骡子与人》(1965)、《饥饿的三天》(1968)；6部长篇小说：《虚假的事实》(1960)、《仙女的诅咒》(1967)、《为何陷入困境》(1968)、《面临绞索》(1969)、《十二小时》(1972)、《我你他的故事》(1975)。这些作品艺术上更为成熟，往往在传统与现代、民族文化与外来文化的多冲矛盾中描写人物的命运；在历史与虚构的宏阔的背景中探索民族发展、繁荣的道路；依然以现实主义的描绘，力图把握社会和时代的本质；用人道情怀揭露现实问题，深切同情弱小者。《虚假的事实》和《我你他的故事》代表了他这一阶段的创作成就。

《虚假的事实》描述了印度独立前后15年的各种重大社会、历史事件，在社会激烈动荡、文化转型变革的复杂背景中，探讨国家经济建设和民族文化发展的未来道路。

《我你他的故事》是作者的最后一部长篇小说，也是一部优秀的作品。《我你他的故事》写城市中下层知识分子的生活和斗争，描写了新老两代人中进步与保守、旧的传统和民主意识之间的冲突，以及知识青年为争取实现个人自由、理想以及婚姻自由而进行的斗争。小说的女主人公乌霞争取婚姻自由，和自己心爱的人结了婚，但丈夫不幸亡故，留下了孩子。为了孩子的前途和处境以及其他种种考虑，她放弃了本来应该再度获得的爱情和家庭的幸福生活，拒绝了热恋着她而她也爱着的人的爱情，她的思想还未能彻底解放，旧的传统观念仍然束缚着她。乌霞在经历了各种各样的挫折之后，在懊丧的气氛中表示要为自己的孩子做出牺牲，故事到此结束。故事结局既令人失望而又令人同情，然而却是真实的。生活在文化转型中的人们，往往充满着矛盾和痛苦。小说通过老一代和新一代的矛盾和冲突,刻画了具有各种思想意识的人物形象。

耶谢巴尔被公认是继承了普列姆昌德现实主义传统的最重要的作家。他的创作紧密联系社会实际,表现社会现实问题;贯穿他创作始终的基本思想是强烈的爱国主义精神和深厚的人道主义关怀;作品中刻画的主要是普通的工人、农民、职员形象,尤其是刻画了一批思想进步、主张民族团结、具有历史使命感和责任感、富有自我牺牲精神的先进人物形象;艺术上历史真实性与文学虚构性有机结合,也是耶谢巴尔创作的突出特征。

二 《虚假的事实》

《虚假的事实》以中学教师拉姆卢帕亚和新印度出版社老板吉尔塔里拉尔两个家庭为中心。他们原来居住在拉合尔,印巴分治迁徙到德里和贾朗达尔,以两家成员在印巴分治前后的经历为基本情节线索,描绘宏阔的社会场面,其内容纷繁丰富:政治、经济、社会、宗教、教育、新闻、出版、法律、人性、爱情、友谊、道德、妇女命运、人生经验等等,可以说无所不包,其场面大到中央政府决策、全民普选,小到商贩街头的叫卖、孩子童稚的游戏;既有教派冲突杀人纵火的残酷场景,也有情人幽会卿卿我我的轻松画面。小说仿佛是一部庞大博杂的时代交响乐,各种音响、各种曲调融汇其中,统一于整体结构。而贯穿小说始终的主旋律是:好不容易获得政治独立的印度应该怎么办?在传统文化和西方文化,国内民族、宗教矛盾冲突的多重缠绕中,怎样确立起真正的民族自我?重要的是"国家的未来"①。

小说以一种报道式的文体风格再现印巴分治、教族冲突的灾难。疯狂的杀戮、无尽的暴力与苦难,11200万人迁移家园、100万人死于非命,10万妇女被掳掠强暴。这是印度历史上的大灾难,也是印度政治独立的代价。小说中既有整体场面的概述,也有具体人物遭遇的生动描写。但作者不是以再现这场灾难为目的,而是以艺术画面探索分析:印度的独立为什么要付出这样的代价,以及这种代价给独立后的印度以什么样的启示。这里有殖民统治者分治政策的责任,也有印度传统中的狭隘教族意识、落后的等级观念,人性中的自私自利和认识局限的遮蔽等多种因素的综合作用。

在耶谢巴尔看来,灾难已经发生,它是印度人民心灵中常在滴血的伤疤,随着时间的推移,它成为人们痛苦的记忆。但更重要的不是沉浸于灾难的回忆和哀伤当中,而是正视现实,吸取教训,振作起来,投入祖国未来的建设。耶谢巴尔甚至看到这场灾难客观上产生了冲击传统陋习和观念,促进社会变革的意义。动荡中的财富重新分配,原来趾高气扬的富人没有了傲气,大家似乎更平等了(如伯父拉姆杰瓦亚)。小说中写道:"分治带来了极大的毁坏,然而那些把社会束缚得紧紧的陈习陋俗也就这样地被摧毁了,正如囚禁在某个监狱里的人在地震中虽然受了伤,但是监狱围墙的倒塌却使他们获得了自由。很多人死

---

① "国家的未来"是小说下卷的副标题。

了,很多人因这种伤害而无法复元,可是看来现在旁遮普人更勇敢地站起来了①。"这种"破旧立新"的"革命"思想也许包含着耶谢巴尔政治观念的偏颇,但他的确由此看到了印度社会的进步和独立后的前途与希望。

从1757年普拉西战役英国东印度公司控制孟加拉开始,英国对印度实行殖民统治。200年里,印度古老的传统文化与西方先进的工业文明剧烈冲撞。在两种文化的冲突与融合、对抗与妥协的过程中,形成了殖民统治下印度文化的杂糅;既非印度传统的、也非西方现代文明的,出现一些文化"怪胎"。如畸形的政治意识,个体意识膨胀带来的投机钻营等。这些文化"怪胎"成为分治暴乱的潜在动因,也在独立后的民族发展中成为阻力。这种杂糅的殖民文化无论在殖民统治时期还是独立后,都使得一些民族知识分子感受到一种文化断裂和破碎所造成的内在痛苦。从吉尔塔里拉尔因女儿甘娜格的婚姻而产生的压抑和苦闷,布里独立前后的变化、性格中的矛盾(如诚实、妇女观等)都能清晰地看到这种"痛苦"。因而,耶谢巴尔以艺术画面表明:政治上独立的印度,应对这些文化"怪胎"加以剖析、清理,重新结构,整合成一种有利于印度进步繁荣的新的统一的文化。

民族独立了,新的国家也宣告成立了,过去为民族独立而奋斗的精英成了新政权的主宰者。他们过去的业绩换来了今天的权势。但他们是否真正代表了人民的利益?过去作为被压迫者的反抗斗争意志和高尚品格能否转化为今天作为领导者服务民众的献身精神?小说中耶谢巴尔表达了他的疑虑。从印巴分治导致暴乱过程中国大党和穆斯林联盟领导人的作为看,耶谢巴尔对他们失望多于希望。多年的奋斗有了结果,他们似乎都在忙于胜利果实的分享和抢夺。至于把这胜利果实作为种子,播撒在印度大地上,以辛勤的耕耘换来整个印度的满园春色和果实飘香,让印度的普通民众都品尝胜利果实的甘甜,——他们似乎无暇顾及。他们急切地希望当年的付出得到补偿,独立的胜利似乎只是他们的胜利。这一点在旁遮普邦政府部长苏德这一形象的刻画中得到鲜明的表现。从纳罗德姆舅父村里的立法会议议员到政府总理都在耶谢巴尔的嘲讽揶揄之中。政府机关里逢迎拍马、虚伪欺诈、贪污贿赂。民众感到独立后和独立前没有什么变化,甚至感到更糟。"人们觉得,外国统治时期的敲诈勒索、物价飞涨和家庭生活的问题,在国大党统治的七、八个月里显得更加突出。在外国统治时期,人们出于恐惧而默默无声地忍受着一切。而现在,人们不准备再那样忍受下去了。人们说话了。他们开始气愤地说:……英国统治时期比现在要强。"②

当然,亚谢巴尔并不赞成英国殖民统治,而是在《虚假的事实》中寻求"民族自我"。这个"民族自我",不是传统的民族自我,不是殖民统治下杂糅的民族自我,也不是创作当时的印度社会现实的自我,而是耶谢巴尔理想中的"民族自我"。综合分析小说中的形象体系及其价值体现,这个新的民族自我包括的品

---

① [印]耶谢巴尔:《虚假的事实》下册,金鼎汉、沈家驹译,上海译文出版社,2000年,第673页。
② [印]耶谢巴尔:《虚假的事实》下册,金鼎汉、沈家驹译,上海译文出版社,2000年,第386页。

性与内涵似乎是：苦难后的觉醒、团结、平等、理性、奉献、自力更生、民众本位。

这些品性在女主人公达拉身上得到集中的表现。达拉成为耶谢巴尔艺术构思中新的"民族自我"的化身。她的经历好像是印度民族的"寓言"或缩微：对于传统婚姻的忍辱负重，分治暴乱中的残酷遭遇，在德里任职于政府部门的她表现出勤勉、温雅、自主、宽容、正直、清廉、仁慈。在对这位当代"吉祥天女"的描绘中，寄寓着耶谢巴尔的社会理想。小说中的另一个人物布兰也寄托着作者的理想。布兰博士留学英国，敏锐博学，被认为是经济"天才"；他视野开阔、洞观世界风云，把握时代脉搏；能从现象透视本质，无论是作为中央政府的经济顾问起草全国经济计划，还是家庭婚姻关系的处理，他都是理智而谦逊，清醒又不露锋芒。他的理性、睿智无疑是达拉所代表的"民族自我"的补充。他们最终的结合，也可以理解为新的"民族自我"的完善。

从这两个表达民族理想的形象的刻画，可以看到耶谢巴尔寻求新的"民族自我"，是把印度传统文化的精华与人类优秀文化加以整合的一种努力，虽然以艺术形象表达的"能指"意义有些模糊，但毕竟做出了可贵的探索。

《虚假的事实》在创作构思上有几点很突出：

其一，在历史的框架中虚构情节。作品在印巴分治这一历史事件中描绘虚构人物的遭遇和命运，展开各种现实问题的分析与讨论。这种民族历史事件的框架容易唤起民族成员的集体意识，获得大众的认同。具体情节的虚构可以摆脱历史事实的束缚，把作家主体的理想愿望、思想观念加以强调或者突出。

其二，民族知识分子的聚会。民族知识分子是民族的精英，他们的见识和智慧是民族建设和发展的宝贵财富。作家的观念或困惑，往往通过他们的口来表述。《虚假的事实》中不论在拉合尔还是在德里，都有几个不同的知识分子群体，他们经常聚在一起对现实中的问题展开争论、探讨。这使作品具有强烈的政论色彩，这也是耶谢巴尔创作现实关怀的表现。虽然有时有损小说的艺术魅力，但对引导大众的思想，促进现实变革具有积极作用。

其三，本土风习的描写。在描写重大历史事件和社会政治问题的同时，小说还注重渗透普通民众日常生活的本土风习的描写。合十触脚的日常礼节，念经斋戒的宗教习俗，哭丧祭奠的丧葬风习，婚嫁迎娶的风情场景等等，作品中都有大量的描写。还有一些极具民族风情的生活细节，如新婚姑娘染姜黄和桃金娘，用七支辣椒敲头以禳灾等。这些本土习俗风情的描写，一方面加强作品的生活气息，产生真实的艺术感受；另一方面也给本民族的读者以文化的亲近感，有着弘扬民族文化的意图。

其四，坚信前程美好的结尾。东方后殖民文学的作家在民族独立的前提下探索民族的前景，虽然有着内在的焦灼，但对新的民族自我确立有着坚定的信念。他们的创作还往往自觉承担起振兴民族信心的责任。《虚假的事实》的结局，布兰和达拉不仅挫败了苏德和布里陷害他们的阴谋，专横自负的苏德还在大选中败北。作者在这里显示了民众的力量："人民并不是死气沉沉的，人民也不是永远默不作声的。国家的未来并不掌握在领袖们和部长们的手里，而是掌握在全国人民的手里。"①

第四节 奈保尔与《印度三部曲》

维·苏·奈保尔(1932—)是2001年诺贝尔文学奖获得者,以其跨文化的独特视野,现实性极强的题材及独特的文体风格赢得了广泛的关注,与拉什迪、石黑一雄并称为"英国移民文学三雄"。

一 生平与创作

1932年8月17日,奈保尔出生于特立尼达查瓜拉斯镇的一个印度移民家庭。这个家庭从奈保尔祖父时代就从印度北方邦来到特立尼达,虽然远离故土,但他们保持了印度教徒的信仰、风俗习惯,在生活方式上延续了古老的传统。

奈保尔在特立尼达生活了18年,接受了印度教的熏陶及殖民地的中学教育,逐步形成了自己逃离殖民地故乡的梦想。1950年,奈保尔以优异成绩赢得政府奖学金,进入牛津大学学习。并在大学时期逐步确立以文为生的人生道路。

奈保尔的文学理想与其父亲有直接的关系。奈保尔的家庭在种姓上虽属于高等婆罗门,但家境并不富裕。其父亲西帕萨德·奈保尔靠做各种短工养家糊口。奈保尔兄弟姊妹较多(7兄妹),父亲的生活压力很大。但即使在最困窘的日子里,父亲也没有放弃自己的文学梦想,笔耕不辍,而且经常鼓励奈保尔进行文学创作。父亲对儿子成为一个伟大作家的期望在父子之间的信件中表现得淋漓尽致。奈保尔在大学期间,参加了学校里的文学刊物的编辑、写作,还参加电台的朗诵,开始崭露文学方面的才华。

1954年大学毕业后,奈保尔没有回到特立尼达,而是选择去伦敦生活。他曾任英国广播公司"加勒比之声"节目编辑,伦敦《新政治家》杂志的评论员。1955年与大学同窗,英国姑娘帕特丽莎·安·黑尔结婚,从此定居英国。

奈保尔在大学时期就开始了自己的创作道路,1951年,奈保尔的短篇小说《这就是家》在"加勒比之声"播出,这可算作其创作公开发表的起点。大学毕业之后,奈保尔在伦敦的一个地下室里开始写作他的大部头作品。五六十年代出版的主要作品有:《神秘的按摩师》(1957)、《米格尔大街》(1959)、《毕斯瓦斯先生的房子》(1961)。这些作品以虚构的小说为主,以西印度群岛特立尼达的殖民地社会为背景,描写了特立尼达的社会生活和殖民地底层人民的奋斗、困惑和无奈。

1961年,奈保尔得到特立尼达政府的资助,开始在加勒比海地区的前西班牙殖民地旅行,从此开始了他的游记写作,这是他后半生写作主要运用的文体。从60年代到70年代,奈保尔旅行了很多地方,除了加勒比海地区之外,他还到过印度、南美、非洲、伊朗、美国、巴基斯坦和马来西亚。基于自己的旅行经历和深刻的思索,奈保尔写作了大量的游记作品,如《中间通道:对五个社会的印象》(1962)、《印度:受伤的文明》(1977)。这一时期的小说代表作是《模仿者》

---

① [印]耶谢巴尔:《虚假的事实》下册,金鼎汉、沈家驹译,上海译文出版社,2000年,第792页。

(1967)、《河湾》(1979)。与早期创作相比,奈保尔在这一时期更加关注第三世界获得独立的国家存在的种种现实问题,如经济困顿、政治腐败、种族冲突及文化上的迷惘。从风格上来说,辛辣的讽刺与犀利的笔锋日益成为其显著特征。

后期创作的小说主要有《半生》(2001)、《魔种》(2004)等。

在获得诺贝尔文学奖之前,奈保尔已经得到了诸多奖项,如布克奖、毛姆小说奖、艾略特奖、莱思纪念奖等。鉴于奈保尔对英语文学的重要贡献,英国女王伊丽莎白二世于1990年授予他爵士头衔。2001年,奈保尔因"将深具洞察力的叙述和不受世俗侵蚀的探索融为一体,迫使我们去发现被压抑历史的真实存在"获得诺贝尔文学奖。

奈保尔的创作具有突出的特点,主要有以下两个方面:一是题材上具有突出的自传性,他的许多作品在题材内容上都融合了族群历史或个人经历。《抵达之谜》、《河湾》、《半生》都有较强的自传性。如果对照《奈保尔家书》,我们可以在很多作品中印证其生活与创作的统一。二是文体上的独创性。奈保尔的创作在文体风格上的特点是其自由跨越性,他打破了传统文体在虚构与非虚构之间的文体界限,自由运用各种文体,纪实、小说、游记、回忆录,往往交织在一起,叙事、抒情与议论自然地呈现,很难用传统的文体来归类。

奈保尔在思想上非常关注后殖民社会的现实,作为置身于西方世界的第三世界知识分子,他对于后殖民社会的历史、文化、民族、宗教等问题都进行了深刻的思考。

二 "印度三部曲"

在奈保尔的世界中,印度是一个特殊的存在,因为文化上的血缘关系,他无法逃避对印度的关注。他在很多作品中都写到了印度,或者以印度为背景,或者直接评论印度的社会现实。印度,是奈保尔的精神之根,然而,现实的印度又让他失望和痛苦。奈保尔直接描写印度社会并产生巨大影响的就是"印度三部曲"。

奈保尔的"印度三部曲"包括三部作品:《幽暗国度:记忆与现实交错的印度之旅》(1964)、《印度:受伤的文明》(1977)、《印度:百万叛变的今天》(1990),这三部作品主要记录了他三次印度之旅的观察、思考和感受,作品是纪实性质的,我们在其中可以发现奈保尔描绘的印度形象以及作家鲜明的情感态度。

奈保尔在"印度三部曲",特别是前两部中,描写了充斥着肮脏、混乱、贫穷的印度,同时表现了作家激愤的态度。比如他写道:"我已经看过印度的乡村:狭窄残破的巷弄;流淌着绿色黏液的排水沟;一间挨着一间、狭小湫隘的泥巴屋子;乱糟糟堆挤在一起的垃圾、食物、牲畜和人;肚腩圆鼓鼓、沾满黑苍蝇、身上佩戴着幸运符躺在地上打滚的小娃儿。"[①]"东方世界正式展现在我眼前:脏乱、盲动、喧嚣、突如其来的不安全感——你突然发觉,四海之内皆兄弟,你的行李随时都会被人摸走。"[②]"来到街上,你所期待的那个东方世界豁然展现在你眼

---

① [英]奈保尔:《幽暗国度:记忆与现实的交错之旅》,李永平译,三联书店,2003年,第37页。
② 同上书,第4页。

前;面黄肌瘦的儿童、脏乱、疾病、向观光客讨取小费的一声声哀唤、沿街叫卖的小贩、四处兜售不知什么票券的黄牛、一抬头就可以瞥见的伊斯兰教寺院尖塔。"① 这是奈保尔在"印度三部曲"中多次写到的印度。奈保尔在这个国家看到的景象中负面的东西占主要地位,包括穿着邋遢的印度人、混乱的缺乏秩序的场面、顽固的传统陋习、令人难以理解的宗教信仰……

作家毫不掩饰他的震惊、愤怒、疏离、鄙夷和失落。难怪"印度学者对奈保尔颇有微词,认为奈保尔一直在'抹黑'印度的形象"②。奈保尔以一种局外人的视角、西方文化的立场,观看并批评着印度的现实。作家对印度的现实持一种难以忍受又难以割舍的态度,他割舍不下的是祖先曾经生活过的有精神之根意义的抽象的印度,却容忍不了印度现实的苦难,作家的理智和情感处于交锋状态,因此我们在他的笔下看到的印度是作家以激愤关注的印度,是他以一个印度移民的情感背景,以西方文化的价值背景这样特殊的双重视角关注的印度。

奈保尔"印度三部曲"中的人物可以分为两类,一类是他在游历中遇到的普通的印度人,一类是一些印度历史文学中的重要人物,如甘地、作家 R. K. 纳拉扬,还有其他的政治家和作家。作家以写实的笔触塑造了这些人物,但大多在展现作家对于印度的失望和不满,是表达奈保尔理解的印度的符号。

普通的印度人共同构成了印度民众的群像。他们有办事拖沓的官员,严格遵守种姓制度的迂腐可笑又可怜的蓝纳士、总在找机会敲诈钱财的亚齐兹、半路开溜的马夫、崇尚外国货却又在公公面前服服帖帖的马辛德拉太太、疯狂的信徒、农村里依然剥削农民的地主帕特尔、为古代世界制造工具的技术工人……奈保尔突出描写了印度人的落后和愚昧。他们被古老的种姓制度及宗教习俗所禁锢,在贫穷混乱的泥沼中不能自拔,在面对现实问题时只会寄希望于神和星象家,他们似乎生活在封闭的黑暗之地。而在与外界打交道时,印度人又流露出奸诈、狡猾、无耻的一面。他认为印度人在印度教的吞噬下都成为迷失自我的人,残缺的人,有着荒诞行为的人。

对甘地等重要人物的描写表现的是奈保尔对印度政治及宗教文化的批判。奈保尔认为在面对现实的苦难时,他们都选择了隐遁,以清寂无为的宗教方式来回应现实的挑战。被人们称为圣雄的甘地,在奈保尔笔下成为一个复杂的处于虔诚与欺骗微妙边缘的人,他认为甘地的行为是一种宗教仪式的表演,一种象征,失去了实质的意义。而且他还认为,甘地的精神为印度独立后的混乱埋下了祸根。他甚至一厢情愿地设想甘地应该发展出一种新的与这种宗教的态度不同的思想,彻底改变印度的种姓制度,彻底地"唤醒个人,让人在一种更广义的认同中自立,建立起关于人类之卓越的新概念"。③ 奈保尔试图用西方的思想来评判甚至规范印度。

奈保尔对印度教的认识聚焦于其否定性的一面,他认为印度教给印度人带

---

① [英]奈保尔:《幽暗国度:记忆与现实的交错之旅》,李永平译,三联书店,2003 年,第 5 页。
② 空草:《奈保尔与纳拉扬》,《外国文学评论》2004 年第 2 期。
③ [英]奈保尔:《印度:受伤的文明》,宋念申译,三联书店,2003 年,第 212 页。

来的是精神的束缚和自我的压抑,使印度人失去了自我,失去了创造力,"印度教对大众并不够好,它暴露在我们面前的是千年的挫败和停顿。它没有带来人与人之间的契约,没有带来国家的观念。它奴役了四分之一的人口,经常留下的是整个的碎裂和脆弱。它退隐的哲学在智识方面消灭了人,使他们不具备回应挑战的能力。"①这样的观点等于完全否定了大多数印度人的信仰,否定了他们的生活方式,充满激愤的言语之中也充满了简单的粗暴。

奈保尔成长于一个印度教家庭,他对印度教徒的生活习俗、信仰和宗教情感应该是不陌生的,但来到印度,他还是感觉到了奇异与不解。印度人的信仰习俗、虔诚的宗教情感、对种姓制度的自觉维护,都使他感到不可理解。他写到速记员蓝纳士如何不愿打字,认为与自己的种姓不符,最后在失去工作的危险中向上司妥协。在种姓传统和生存现实之间,他只有选择后者,这也表现了作家对种姓制度的嘲笑;《进香》一段中写到信徒们的缺乏理性,疯狂地去朝拜林伽,透露出了作者对他们的不理解;在宗教节日里,街头乩童们自虐式的血腥行为,以及疯狂的追随者,字里行间充溢的是作家的蔑视和愤怒。特别是对印度人的卫生习惯,作家感到难以忍受,文字间的刻薄更是十分鲜明。"每个开放的空间都是茅坑;就在这样一个地方,我们面前猛然出现了一番地狱般的景象。"②而在看到地主帕特尔家有厕所之后,不免惊叹起来,认为"这简直是奢侈"。奈保尔处处拿西方的惯例来衡量印度,他像是来到了一个完全陌生的地方,观看着奇特的景象,无法理解、无法认同,更无法融入。

在特立尼达印度教移民家庭长大的奈保尔,虽然从小熟悉印度教的习俗、宗教仪式,但他所受的教育已经远离了印度的精神。"奈保尔早年接受英语教育,后来又接受了欧洲文化价值关于自由、平等、科学、个人主义和理性主义的思想立场,这些都使他对印度文化传统产生深刻的怀疑。"③因此,在这样的文化疏离中,奈保尔无法进入印度的精神和思想。对此,奈保尔也认识到了:"一百年的时间足以洗净我许多印度式的宗教态度。不具备这样的态度,对印度的悲苦几乎就无法承受——过去如此,现在也如此。"④没有了印度式的思维方式和世界观,奈保尔只能运用西方的价值观来评价印度的生活。对于自己的西方文化立场,奈保尔有着清醒的认识。"公共卫生牵涉到种姓阶级制度;种姓阶级制度造成印度人的麻木不仁、欠缺效率和勇于内斗;勇于内斗使印度积弱不振;积弱不振导致列强入侵,印度沦为殖民地。这就是甘地看到的印度,而这个印度在土生土长的印度人眼中,是不存在的。若想看到这样的印度,你必须具备西方人那种直接、单纯的眼光。"⑤奈保尔以西方人的眼光,看到的是印度落后的一

---

① [英]奈保尔:《印度:受伤的文明》,宋念申译,三联书店,2003年,第57页。
② 同上书,第76页。
③ 梅小云:《文化无根——以V.S.奈保尔为个案的移民文化研究》,陕西人民出版社,2003年,第137页。
④ [英]奈保尔:《印度:受伤的文明》,宋念申译,三联书店,2003年,第15页。
⑤ 同上书,第84页。

面,也是物质现实表象的一面。奈保尔看到:"在这样的社会中,人人都是一座孤岛,人人只为自己的功能负责,而功能是每个人和上帝之间的私人契约。"①从西方文化的立场来观察印度,奈保尔不由自主地用西方文明的标准来衡量印度社会,自然发现很多在他看来不文明的难以忍受的现实,传统和现在都以堕落的面貌出现,只是让他感到愤怒、失落,他记录的印度也详尽地记录了他这样的心情。虽然在第三部《印度:百万叛变的今天》中奈保尔对印度的态度有所改变,但终归没有脱掉愚昧和混乱的第三世界形象,没有出现一个母国的形象。

奈保尔对印度人的自我和自由的认识非常明显地体现了他的西方文化立场和思维方式。他认为印度人在宗教信仰中失去了自我,也失去了创造力。"一个人如果从婴儿时期起就习惯于群体安全,习惯于一种生活被细致规范化了的安全,他怎么能成为一个个体,一个有着自我的人?"②他根据西方思想的自我和自由的观念,不由自主地要求自我和世界的清晰界限,自我和对象之间的清晰界限。事实上,印度人对自我和自由的认识和西方是完全不同的。奈保尔认为印度人没有自我,这个观点在西方并不稀奇。早在19世纪,黑格尔就指出了印度精神中的这个特征:"在梦寐状态中这种分离(个人的存在和那个总体之间)是不存在的。'精神'不再为了自己存在以别于外界存在,因此,外界和个人的分离,在精神的普遍性——它的本质——之前便消失了。"③用这种自我和外界的二元论的思想来分析印度,确实会得出这样的结论,不同的尺度肯定会得出不同的结论。但印度的精神、印度的自我有自己的尺度。印度人并不认为自我独立于外界是一种自由,相反,自我和外界的和谐统一,梵和我,大我和小我的统一,才是人生最完满的境界,因此他们并不追求自我的独立,不追求强烈的自我意识。这是他们的尺度,他们的法则。因此,奈保尔对印度人的批评就好似批评圆形不方,方形不圆一样。还因此认为印度文化没有希望,整个印度教在崩溃,这是他西方文化立场的反映。

在面对印度人时,奈保尔在两相比较中感觉到了自己的高贵与宽容,在寻根之地他没有找到自己的根,但对自己的西方文化背景有了更深的认识。"生平第一次,我意识到自己是一个高尚的、具有完整人格的人,不容人侵犯。"④奈保尔是个失去民族文化根基的"世界意义"的作家,但又摆脱不了西方文化的立场和视角的约束,复杂的文化身份使其处于文化焦虑和矛盾之中,这也是许多后殖民作家普遍存在的问题。

在艺术上,"印度三部曲"也很鲜明地体现了奈保尔风格。文字简洁、明晰,且硬朗犀利,以新闻特写式的文字描写了印度人和印度社会,具有突出的讽刺风格;文体上跨越了虚构与非虚构的界限,对现实的勾勒与对历史的个人评价相融合,客观的记录与主观的情感抒发相融合,具有强烈的批判性。

---

① [英]奈保尔:《印度:受伤的文明》,宋念申译,三联书店,2003年,第91页。
② 同上书,第131页。
③ [德]黑格尔:《历史哲学》,王造时译,上海世纪出版集团、上海书店出版社,2001年,第139页。
④ [英]奈保尔:《幽暗国度:记忆与现实的交错之旅》,李永平译,三联书店,2003年,第8页。

第五节　普拉姆迪亚与《人世间》

普拉姆迪亚是印度尼西亚独立后最杰出和最有代表性的作家。他以优秀的小说闻名东南亚。有些评论家认为他是"在(印度尼西亚)一代人或许只能出现一个的作家",并拟提名他为诺贝尔文学奖的候选人。

一　生平与创作

普拉姆迪亚·阿南达·杜尔(1925—2006)生于印度尼西亚中爪哇的小市镇布洛拉。父亲是一位具有激进民族主义思想的教师,曾因不愿与荷兰殖民者合作,而放弃官办学校高薪教职,出任利立民族学校的校长。但学校屡遭荷兰当局的非难与破坏,其父也消沉、潦倒而死。母亲是个虔诚的伊斯兰教徒,在贫困的家境中哺养9个孩子。普拉姆迪亚自幼受到民族意识的默化以及艰苦生活的磨练,这对日后的创作颇有影响。

1942年,日本帝国主义占领印度尼西亚时,他刚从泗水无线电专科学校毕业,为帮助病重的母亲养活弟妹,只得出外谋生,备尝艰辛,亲身体验到下层人民的苦难。后来,他在日本新闻机构同盟社当打字员,并开始对文艺产生兴趣。1945年8月17日,印度尼西亚宣布独立,他积极投身于八月革命的热潮之中,任新闻军官,开始了创作生涯。

1947年,他任印度尼西亚自由之声出版社编辑。不久即被荷兰殖民军逮捕入狱,直至1949年才获释。1950年他任图书编译局现代文学部编辑。1952年他自己创办出版语言、文学、文化等方面书籍的"使者图书社"。1953年应荷兰文化合作协会的邀请赴荷兰参观考察,但荷兰的社会状况令他大失所望。1956年应中国作协邀请参加鲁迅逝世20周年的纪念活动,印象极深。1959年被选为人民文化协会中央理事会理事、文化协会副理事长及《东兴报》文艺副刊主编。1965年"九三〇事件"后被捕至1979年才获释,过了14年的禁锢生活。

普拉姆迪亚是个已有40多年创作历史的多产作家。他的作品程度不同地反映了印度尼西亚宣布独立前和独立以来的重大事变,渗透着强烈的民族情感和浓厚的人道主义精神,具有反帝、反殖的性质。他的作品尤其表现了对被压迫、被奴役、受侮辱、受损害的下层人民的深切同情,还有些作品突破了旧人性论的局限,表现为人民服务的思想内容。他的创作活动一般可分为三个时期。

前期(1945—1949)又称为八月革命时期。这时期,"八月革命"的风暴席卷了印度尼西亚,各阶层人民为迅速发展的形势欢欣鼓舞,反帝的革命情绪非常高涨。他创作的《勿加泗河畔》、《往何处去?》主要表现了八月革命时期主人公的战斗经历和高尚情操。在革命屡屡受挫,民族资产阶级向帝国主义妥协,八月革命宣告失败之后,他在狱中创作了小说《追捕》、《被摧残的人们》、《游击队之家》、《革命随笔》、《黎明》、《布洛拉的故事》等,内容都以他生长过程中所见所闻的人或事为题材。其中既有对以往童年家庭不幸遭遇的回忆,也有对家乡贫苦人民苦难生活的追述,表现出对荷兰殖民统治的强烈不满。但更多的是描写八月革命的战火,包括自己的战斗经历、狱中生活,以及战乱中各种人物的不幸与遭遇。

前期的代表作是《游击队之家》(1950)。这部长篇小说以荷兰发动的第二次殖民战争为背景,描写游击队员萨阿曼的家庭在1949年初的三天三夜中遭到破灭的故事。萨阿曼被捕后,妹妹为营救他,受骗被奸污;母亲因想念他在前线牺牲的弟弟,发疯而死。具有人道主义思想的主人公萨阿曼,被捕前为民族利益不但杀死过许多敌人,而且也杀死了当荷兰雇佣兵的父亲,精神很痛苦。被捕后,愿以死求得解脱。小说从一个侧面说明印度尼西亚普通人的家庭,在抗击外敌、争取民族独立的战争中所做出的重大牺牲。同时也表现出作者思想中民族主义和人道主义的矛盾,但从总的倾向看,作者还是把民族独立置于人道主义之上的。

中期(1950—1956)是他思想苦闷、彷徨的时期。八月革命失败后,印度尼西亚名为独立,实为半殖民地国家。统治阶级贪污腐化,下层人民困苦不堪,黑暗的社会现实使刚刚出狱的普拉姆迪亚非常失望。小说《一片漆黑》、《不是夜市》主要描写为民族独立而做出身残、破产等重大牺牲的普通战士和人民,在"独立"后的印度尼西亚处境依然悲惨,表达了作者彷徨和忧虑的情绪。《雅加达的故事》、《雅加达的搏斗》、《镶金牙的美人米达》等小说,主要描写女佣、妓女、小贩等社会底层小人物的悲惨生活,有的带有自然主义倾向,表现了作者对社会不平的愤怒与抗议。

1954年发表的《贪污》是这个时期的代表作。这部中篇小说以一个贪污官员的自述,描绘了在当时污浊的社会风气影响下,意志薄弱的主人公陷入贪污泥淖的犯罪过程。主人公巴基尔原先廉洁奉公,但结果不但生活困难,而且被人瞧不起;当他因贪污大发横财后,却受人尊敬,出入上层社会。作品以他的官场沉浮,无情地揭穿了体面的达官贵人,实际是贪赃枉法的罪犯的本质特征。小说运用细腻、逼真的心理描写刻画人物,尤为成功。

后期(1957年以后)是他思想发生了重大变化,踏上用文学为绝大多数人去斗争的道路的时期。1957年,他在《红星报》上发表《吊桥与总统方案》一文,总结自己以往创作道路上的经验教训,阐明对现实的看法和对前途的信心。他肯定工人和农民的巨大作用,结束了悲观、彷徨的精神状态,用现实主义的方法直接描写工农,努力反映人民的生活和斗争。《南万丹发生的故事》已超越暴露文学的局限性,正面描写贫苦农民反抗恶霸地主的斗争,赞扬了农民的胜利。《铁锤大叔》以满腔的热情描写了1926年印度尼西亚民族大起义。主人公铁锤大叔虽然是个一无所有的修鞋工,但他有强烈的民族意识和顽强的斗争精神,在同荷兰殖民军的战斗中英勇牺牲,表现出普通工人的优秀品质。这种讴歌明显地体现了作者新的文学观点。

二 《人世间》

1965年,印度尼西亚发生"九三〇事件"后,普拉姆迪亚被拘捕,并押在布鲁岛等地14年。他不但没有消沉,没有泯灭艺术才华,反而在极其艰难的情况下,完成了11部鸿篇巨制,《人世间》即其中之一。

《人世间》是被命名为布鲁岛小说四部曲的第一部,其余三部是《万国之子》、《足迹》、《玻璃屋》。这"四部曲"故事连贯,又各成一体,以鲜明生动的人物形象,波澜壮阔的场景,再现了印度尼西亚民族在1898年—1918年这段重大历史转折时期,不甘忍受荷兰殖民主义者的欺压与掠夺,迅速觉醒斗争的历史画卷。1980年,"四部曲"前两部《人世间》、《万国之子》相继出版,轰动了印度尼西亚文化界,也引起世界文坛的瞩目。

《人世间》以一对印度尼西亚青年的爱情故事为主线,展示了19世纪末印度尼西亚社会的各种矛盾,反映了印度尼西亚上层人民所受的殖民主义压迫。小说主人公明克是个印度尼西亚土著青年学生,他偶然到一白人侍妾温托索罗姨娘家做客,遇到她美丽无双的混血女儿安娜丽丝,两人情投意合。温托索罗姨娘想尽办法支持他们自由恋爱。为了纯真的爱情,明克蔑视上层社会的各种偏见与诽谤,顶住家庭的压力,安娜丽丝一往情深,坚持自己的选择,甘当土著民的妻子。明克高中毕业后,两人按照伊斯兰教习俗结了婚。但是好景不长,安娜丽丝在荷兰的同父异母哥哥上诉要求继承财产,并援引白人法律不承认她与温托索罗姨娘的母女关系以及她与明克的夫妻关系。白人法庭的无理判决引起武装骚乱。最后,在军警的弹压下,安娜丽丝被只身遣往荷兰。这个悲剧故事,深刻揭示出在荷兰殖民统治下,印度尼西亚民族的无权状态,以及他们不甘压迫所进行的反抗。

《人世间》的舞台中心是温托索罗姨娘家的"逸乐农场"。这个农场具有典型意义和象征意义,它实际上就是当时印度尼西亚殖民地社会的一个缩影。在这个小小的天地里,以农场主白人梅莱玛和他的白种儿子毛里茨为一方,代表着拥有殖民特权的统治者;以梅莱玛的侍妾温托索罗姨娘和明克为另一方,代表着受欺侮而又无权的人民;而混血儿的罗伯特和安娜丽丝是分化的中间阶层,他们虽属白人社会,但处处要低于纯白人一等,罗伯特倾向于白人父亲,也走向堕落的深渊,安娜丽丝则把自己的命运和土著民的母亲及恋人明克紧密联系在一起。他们之间围绕着爱情、婚姻、产业等展开的矛盾,看似家庭冲突,实质是剧烈的民族压迫与反抗,在一定意义上可以说是当时印度尼西亚殖民地社会基本矛盾的具体反映。

女主人公温托索罗姨娘是作者着力刻画的主要人物,她不仅有突出的个性,而且具有强烈的反封建、反殖民主义压迫的斗争精神,是印度尼西亚妇女从沉睡中觉醒的象征。她14岁时,被贪权爱势的父亲卖给糖厂经理、荷兰人梅莱玛当侍妾,成了白人的家奴,随时准备满足主人的任何欲望。因为不是正式婚姻,她所生的子女在土著民中也被看不起。在金字塔形的印度尼西亚殖民地社会里,土著妇女处于最底层,而姨娘和主人间"有着奴隶般的从属关系",地位比奴婢还低,比妓女更贱,是命运最惨的一类女性。从像牲畜一样被卖掉之日起,她幼小的心灵里就感到个人尊严受到极大损伤,拒不再见生身父母。为了摆脱受奴役的地位,她努力学习文化,学习荷兰语,学习饲养奶牛,学习经营管理农场,幻想通过提高自己的价值赎回失去的个人尊严。她把主人每年付给她的薪金,作为资金在农场里入股,日夜操劳,苦心经营,终于成为远近知名的"逸乐农场"的管理者。但是在殖民地社会中,一个土著姨娘想自立于社会的任何努力都是徒劳的。她连连受到打击:她为自己的混血子女办理法律手续,但法律不承认她有作为生身母亲的权利;梅莱玛纵欲死后,白人法庭将遗产的绝大部分判给了远在荷兰的梅莱玛的婚生子毛里茨;她终年辛劳到最后却两手空空,明明是自己的亲生女儿,却将被带到远隔重洋的荷兰,由别人监护。面对荷兰殖民者给她造成的一系列悲剧,温托索罗姨娘在白人法庭上义正词严地提出血泪般的抗议和控诉:"是谁使我沦为别人娇妇的?是谁逼迫土著妇女给欧洲人作姨娘的?是你们,是你们这些被尊为老爷的欧洲人!"她虽曾立誓不让自己的悲剧在女儿身上重演,也决心为"女儿的尊严而奋斗",并且运用所有合法的方式进行顽强的反抗,但是在殖民地社会里,这种个人的反抗力量是微不足道的。一个具有欧洲文化知识、并能独立经营管理大农场的妇女尚且不能掌握自己的命运,不能保护自己的女儿,那些在殖民统治和封建压迫下的土著妇女的痛苦就更不堪设想了。

小说的男主人公明克是以西方教育方式培养出来的印度尼西亚早期新知识分子的典型。他出生于封建贵族,只因是土著民就受到白人社会的鄙视。他的名字就是上小学时白人教师骂他"毛猴"的英语谐音。他靠着父亲的贵族地位才得以成为荷兰高级中学唯一的土著学生,但却时常受到同学们的捉弄与欺侮。他聪明能干,学习优秀,有坚定的民族自信心,不甘心受到不平等的待遇,力图以自己的努力和奋斗向白人社会表明自己存在的价值和意义。他接受西方科学文化以后,逐渐觉醒,成为第一代从印度尼西亚封建贵族中分化出来的具有民族意识的知识分子。他为捍卫、保护自己的妻子免遭劫夺,随同温托索罗姨娘一起斗争,是印度尼西亚知识界中最先觉悟的先驱者。他从自身遭遇到的殖民压迫与欺侮的痛苦经历中总结教训,开始以新的眼光,设身处地地去体察民族的苦难,寻求全民族的出路。在白人法庭上,他惊讶欧洲老师——他的"启蒙者"竟然会提出许多"令人作呕,无耻下流"的问题。他勇敢地发表文章抨击白人法庭不人道的审判,迫使学校撤销开除他的决定。在毕业典礼上,他大胆而豪地宣布自己的婚礼,蔑视社会的偏见与攻击。当他妻子安娜丽丝被无理遣返荷兰时,他义愤填膺,进行了最后的反抗。但是在殖民统治下,他只能是尽其"责任"进行反抗,以表明自己的所谓权利,"一直到无法反抗为止"。正如小说的结尾处温托索罗姨娘对他说的:"我们已经作了反抗,孩子,我的孩子!我们已经尽了最大的努力,作了最体面的反抗!"明克和温托索罗姨娘为捍卫自身权益的反抗虽然由于力量单薄而失败了,但是他们已经觉悟到:"土著民一辈子遭受像我们一样的苦难,犹如河底和山峦的石头,任人斧凿,无声无息。倘若大家都像我们一样起来呐喊,就会轰轰烈烈,也许会闹个天翻地覆。"因此他们决不会停止反抗,而且必将与整个民族的反抗汇合在一起,去争取全民族的解放。

小说的第三个主要人物是安娜丽丝,她天真、美丽、心地善良、勤劳能干,但有时表现出性格脆弱。她是混血儿,虽然法律上承认她的欧洲人血统,但她同情母亲温托索罗姨娘,愿意做个土著民,长大后要做个土著民的妻子。面对逆境,她表现软弱,反映了长期处于殖民剥削和封建压迫之下的土著妇女的一般性格。

除上述三个人物外,作者还成功地塑造了许多各阶层的人物。在这部小说里,作者不是将人物简单地划为好人和坏人两大类,更不是将白人统统归入殖民者之列,而是把握住殖民地社会的复杂性:民族矛盾与阶级矛盾相交织,白人民主派与白人统治者相对抗,封建传统观念与西方资本主义思想相斗争等等,赋予各种人物以千差万别的性格特征,使他们具有各自的典型性和象征性,因而使小说所反映的印度尼西亚民族的觉醒和斗争具有19世纪末的时代特征。这表明了作者创作思想的成熟。

《人世间》采用第一人称的写法,小说主人公明克不是以局外人或旁观者的身份客观描述他耳闻目睹的事实,而是以当事人和抒情主人公的身份倾诉自己的亲身经历及其真实感受,喜怒哀乐情真意切。这种写法不仅使故事娓娓动听,而且使读者觉得格外亲切,感人至深。

另外,《人世间》是作者的后期作品,在艺术手法上突破了作者早期形成的传统风格。除保持了原来描写细腻入微、善于刻画人物内心世界的矛盾等优点外,在情节结构和语言上都有新的创新。以往作者在展开故事时,结构和情节安排得比较松散,有时不尽合理,而在《人世间》中已有根本改变。小说的构思精巧,结构完整紧凑。《人世间》等"四部曲"既浑然一体,又独立成章。情节处理得巧妙得当,笔锋突转屡成悬念,使整个故事跌宕起伏,错落有致。作者为达到更好地教育青年一代的目的,大胆采用易于领会的当代流行的通俗化语言,寓哲理于流畅、舒缓的描写之中,寄情深远。

第六节 艾特玛托夫与《断头台》

钦吉兹·托列库洛维奇·艾特玛托夫(1928—2008)是苏联时代享誉世界的吉尔吉斯民族作家,苏联解体后为吉尔吉斯斯坦作家。1983年,他被遴选为设在巴黎的欧洲科学、艺术、文学院院士。据联合国教科文组织1997年的统计数字,艾特玛托夫的作品已被译成127种文字,在130多家外国出版社出版发行。

一 生平和创作

艾特玛托夫出生于吉尔吉斯塔拉斯山区舍克尔村的一个农牧民家庭。父亲是吉尔吉斯第一代共产党员,曾任州委书记,1937年遭到清洗和镇压。母亲携带四个孩子迁回故乡,艾特马托夫是在母亲和外婆的共同呵护下长大的。

童年时期,艾特玛托夫喜欢听祖母讲神话和传说,这培养了他对文学的兴趣,也对他日后的创作产生了巨大影响。艾特玛托夫从小入俄罗斯学校读书,在两种语言环境中成长。1942年,由于战争,艾特马托夫被迫辍学,年仅14岁的他被指定担任区苏维埃的秘书,后来当了区财政局的税收经办人,亲身体验了战争的艰难和残酷,这段经历为他日后的创作积累了丰富的素材。

卫国战争结束后,艾特马托夫进入兽医专科学校和农学院学习。1952年他开始发表作品。1953年从农学院毕业后,在畜牧研究所实验站工作。1956年进莫斯科高尔基文学院高级进修班学习,毕业后专事文学创作。并担任《吉尔吉斯文学》杂志编辑,莫斯科《真理报》驻吉尔吉斯特派记者。编辑和记者的工作开阔了他的视野,使他更深入地了解生活,这为他的创作提供了很大的帮助。

艾特玛托夫来自民间,是在吉尔吉斯民间口头文学的熏陶下长大的,又受俄罗斯古典文学和西方现代文学的影响,因而在艺术上别具一格。他用吉尔吉斯语和俄语两种文字写作。其创作可分为三个阶段:

第一阶段(50—60年代初)。50年代中期,随着解冻文学思潮的出现,关心人、爱护人、重视人的价值,成为社会重要的道德标准。艾特玛托夫就是在这个时期登上文坛的,他的创作一开始就充满了道德感和人文关怀。作品以描写吉尔吉斯鲜明的民族风情和优美的山村景色、浪漫的抒情和细腻的心理分析见长。正如西蒙诺夫所说,"随着艾特玛托夫登上文坛,一股新的气息———一种完全独特的、严峻而又柔和、非常高昂而又深深扎根于现实的浪漫主义气息——注入了我国文学创作"。

最初,他在地方刊物上发表一些短篇小说:《报童玖伊达》(1952)、《阿什姆》(1953)、《修筑拦河坝的人》(1954)、《白雨》(1954)、《夜灌》(1955)、《在巴达姆塔尔河上》(1956)等。在这些作品中,作者选取的主人公都是农庄的普通劳动者:铁匠、修筑拦河坝的人、水利员、机械师、水文观测员等。他们之中有蛮勇暴躁的小伙子,有德高望重的老者,有意志坚强、勤劳勇敢的青年,也有善良淳朴、热情爽朗的姑娘。艾特玛托夫用饱蘸激情的笔,描写了他们平凡的日常生活和对幸福、人生等问题的朴素理解,反映了吉尔吉斯山村的生活和新人新事,洋溢着清新的生活气息。作者称它们为"模仿性习作"。

1957年,艾特玛托夫发表了第一部中篇小说《面对面》,描写一位吉尔吉斯妇女在丈夫从前线开小差回来后复杂的内心斗争和与丈夫的最后决裂。1958年中篇小说《查密莉雅》的发表,使作者一举成名。哈萨克老作家阿乌埃佐夫在《文学报》上撰文《祝鹏程万里!》,指出小说"偏重于心理描写,朴素、自然、精湛"。法国作家阿拉贡赞誉《查密莉雅》是"一部描写爱情的空前杰作",并把它译成法文,这使艾特玛托夫开始获得世界声誉。小说写反法西斯侵略的卫国战争期间,已婚少妇查密莉雅大胆冲破宗法观念的束缚,同一无所有的残废军人丹尼亚尔真诚相爱、自由结合的故事。作者突出女主人公那自由奔放的草原精神和对理想生活的追求,将这个爱情故事写得充满了诗情画意,表现出他在人物心理刻画和自然风景描写方面的深厚功力。

1959年,艾特玛托夫加入苏联共产党。

60年代,艾特玛托夫发表了中篇小说《我的包着红头巾的小白杨》(1961)、《骆驼眼》(1962)、《第一位老师》(1962)、《母亲——大地》(1963)和短篇小说《红苹果》(1964)等。前三个中篇和《查密莉雅》一起结成小说集《群山和草原的故事》,荣获1963年的列宁文学奖。这一时期的作品描写普通人在平凡岗位上的工作,体现了人生的真正价值。如《母亲——大地》中的主人公托尔戈娜伊在艰苦的卫国战争期间,默默忍受着家破人亡的痛苦,勇敢地挑起了战时生产队长的重任,成为一位支撑大地的伟大的母亲。作家赞扬了这些普通劳动者崇高的精神境界和对美好事物的追求,同时对愚昧落后和自私自利等思想行为进行了谴责。

第二阶段(60年代中期—70年代)。这时期艾特玛托夫的创作力图涉及全社会、全民族的重大历史课题和当代问题,对矛盾的揭示越来越深刻。艺术探索也出现新倾向,加强了主题思想的哲理性和寓意性,加强了典型环境和细节的描写,开始把写实手法与假定性手法相交融。

1966年,艾特玛托夫发表了中篇小说《永别了,古利萨雷!》。作者把主人公塔纳巴伊置于时代的中心,描写了他平淡无奇而又十分典型的人生经历:一个贫穷的小羊倌参加革命,入团入党,清算富农,参加卫国战争,战后牧马放羊,一生辛勤操劳,无私奉献。这样一个热爱生活和劳动,正直无私的牧民,老来却被冤屈开除出党,由一个"天不怕地不怕"的犟骡子"变成了"缩手缩脚"的人。骏马古利萨雷的形象带有深刻寓意,它的一生可说是塔纳巴伊一生的缩影,它同样有过黄金时代和辛酸的经历,性格方面也与塔纳巴伊有相近之处,当它体弱力衰,瘦弱不堪时,就被官员弃之不顾,由老主人收留,倒闭途中。作者通过主人公坎坷的一生,对苏联的历史进行了深刻的反思,揭示了吉尔吉斯现代社会生活的矛盾,塔纳巴伊同区委官僚主义领导的冲突触及了社会的弊端,使小说具有深刻的社会意义,也表现了作者目光的敏锐和艺术的胆识。该作品获1968年苏联国家文学奖。

70年代,艾特马托夫发表了中篇小说《白轮船》(1970)、《早来的鹤》(1975)、《花狗崖》(1977)等作品。《白轮船》的副标题是"仿童话"。小说描写西伯利亚偏远地区的一个护林所三户居民的生活情景,围绕着如何对待大自然的问题,反映了人与自然、人与人之间的冲突和斗争。小说通过一个七岁孩童的想象,编织成完整的现代神话。小男孩像莫蒙爷爷一样,把长角母鹿视为圣物,他不能容忍奥罗兹库尔掠夺自然并硬逼着莫蒙枪杀长角鹿的恶劣行为,最后以死来抗议现实中如此残忍的恶。他"宁愿变成一条鱼",游到他梦幻、理想的世界里去。小男孩虽死犹生,他的抗议使善的精神得以永生。作品以现实的人物和故事做基础,植入神话传说和童话、梦幻,通过各色人物的精神道德面貌折射社会的种种弊端,描写人性的善恶斗争。根据小说改编的电影剧本《白轮船》获1977年苏联国家文学奖。

《花狗崖》大量运用想象、梦幻、神话等多种艺术手法,描写了四个尼福赫人的传奇经历。作品嵌入了野鸭鲁弗尔和鱼女两个神话,它们与现实紧密结合,表现了共同的主题:爱与生命。三个尼福赫人以自己的牺牲保全了孩子的生命,是出于爱和延续生命的需要。作品淡化时代背景、淡化情节,将人物神化,加强了主题思想的哲理性和寓意性。

1978年,艾特玛托夫被授予苏联社会主义劳动英雄称号。

第三阶段(80年代——21世纪初)。这时期艾特玛托夫的创作更加关注全球性、全人类课题,更加广泛地运用种种假定性手法,显示出传统手法与现代主义手法融合的趋势。作品"仍旧依赖于那些传奇、神话和传说",与此同时,在"写作实践中运用幻想情节",目的是"以反常的夸张形式使对地球上的人具有潜在危险的局势更加尖锐化","再一次提醒劳动的人注意他对我们地球命运的责任……"。

1980年，艾特玛托夫发表了第一部长篇小说《一日长于百年》（又译《风雪小站》），1986年发表了长篇小说《断头台》（又译《死刑台》）。

《一日长于百年》除现实线索和神话线索外，又加入了宇宙线索。小说的背景是哈萨克荒漠里的一个小交汇站，有两条情节线索：一条叙述铁路工人叶吉盖为好友卡赞加普送葬，从早晨到晚上行路一天的情形和途中所作的回忆和随想。主人公的思绪穿越了时代的风雨，复活了许许多多的人和事，重现了历史的烟云，反映了主人公一生几十年的坎坷经历和他周围人的命运。另一条是关于曼库特的古代神话传说和外星人世界的宇宙线索，与现实线索互相呼应。现实线索通过叶吉盖的回忆和思索表现了他丰富的内心世界和高尚的道德情操，以及对美好生活的追求。曼库特的故事和科幻情节将现在、过去和将来，现实和幻想巧妙地结合起来，表现了在宇宙万物之中，人是最重要和最宝贵的思想。作者成功地塑造了叶吉盖这个普通铁路工人的形象，称他是"那些被称为支撑大地的人们中的一员"。作家还通过这部小说提醒人们记住自己对地球的命运所负的责任，因此被称为"警世小说"，1983年获苏联国家奖。

1984年，艾特玛托夫被授予民族友谊勋章，1986年当选为作家协会理事会常务书记。1988—1990年出任《外国文学》杂志主编，1990年3月被任命为苏联总统委员会委员，同年10月出任前苏联驻卢森堡大使（至1994年）。前苏联解体后，艾特玛托夫选择了吉尔吉斯共和国为他的国籍，当选为吉尔吉斯作家协会名誉主席。1993年底吉尔吉斯总统任命他为吉尔吉斯驻比利时大使，兼驻欧洲共同体和北约的代表。1993年，奥地利授予他欧洲文学方面的国家奖金。

这时期艾特玛托夫还发表了长篇小说《雪地圣母》(1988)、中篇小说《成吉思汗的白云》(1990)和《卡桑德拉印记》(1995)，以及最后一部长篇小说《崩塌的山岳》(2006)。这些作品延续了《断头台》以来星球思维、人类人道主义和救赎意识，并强化了自《白轮船》以来动物与人的对照和依存关系。艾特玛托夫一直努力寻求人类的一种共同精神，寻求一种人类人道主义的博大思想。《雪地圣母》写画家索科洛戈尔斯基经历了第二次世界大战的痛苦和磨难之后，一心要创作一幅关于战争的画，创作一幅新的圣母图。要让画面上的圣母肩披军大衣，怀抱婴儿，再配以现代战争形象的背景以取代传统的天神标志物。作者以此强调全人类的人道主义理想的重要意义。《卡桑德拉印记》假托希腊神话中善卜凶事的卡桑德拉的名字，描绘出现代文明的阴暗一面。作家站在全球的高度，审视人类自古以来的善恶交锋，对宗教、对人与宗教的关系、对善恶问题进行了严肃的思考和大胆的探索。《崩塌的山岳》引用"永恒的新娘"的民间传说和雪豹从成年走向衰老的故事，凸现现实人生中善与恶的斗争。作家对当今经济全球化引发的社会贫富差异和商业文化庸俗地入侵人们精神领域的现实，表现了强烈的关注和深重的思虑，并扩展为人类对自然和生存环境遭遇侵凌的忧虑。

2008年6月10日，艾特玛托夫在德国纽伦堡病逝。6月14日，吉尔吉斯斯坦为他举行国葬。总统巴基耶夫在总统令中赞誉他是吉尔吉斯斯坦的人民作家，伟大的作家和思想家，他让世界了解了吉尔吉斯斯坦、吉尔吉斯斯坦人民及其文化和风俗。

二 《断头台》

艾特玛托夫的长篇小说《断头台》,是一部基于现实生活又具有深邃哲理的作品。这部小说尖锐地触及了前苏联的现实问题,同时也更强烈地表达了作者对人生与人类命运的忧患。

关于书名《断头台》,作者解释:断头台不只是行刑的台架,即刑台。人在自己的生命历程中,不管怎样总是处在断头台面前。有时他登上这座断头台,自然肉体还活着,有时他并没有登上。在这种情况下,书名断头台被赋予某种意义,走向断头台意味着在人生的道路上去经受十字架的痛苦。

小说描写了一对草原狼的悲剧,也描写了阿夫季的悲剧和鲍斯顿的悲剧。

母狼阿克巴拉和它的公狼塔什柴纳尔的三只小狼在人们围猎羚羊的行动中丧命,后来它们的五只小狼又在人们为开采稀有金属矿藏放火烧毁芦苇荡时被烧死或淹死,最后两只草原狼躲进了深山峡谷,一窝小狼又被酒鬼巴扎尔拜偷去换酒喝。公狼死后,母狼阿克巴拉由于背走了鲍斯顿的小儿子被打死。阿夫季是神学校的学生,因坚持宗教革新思想被学校开除,他决心将自己的一生献给拯救人的灵魂的事业。他混入贩毒团伙,想说服他们改恶从善,结果被推下飞驰的火车。被人救起后在医院与英加一见钟情,打算回莫斯科把混入贩毒团伙的见闻写成通讯发表后再和英加结婚,不料报纸不肯发表。阿夫季穷困潦倒,偶然被拉入围猎羚羊的队伍。他极力劝说和制止这种惨绝人寰的行为,结果被毒打而死。鲍斯顿是一个勤劳致富的牧民,先进工作者。他有思想,有追求,敢于坚持真理。最后为了解救儿子开枪打死母狼阿克巴拉,同时也打死了自己的儿子。他持枪结果了罪魁祸首巴扎尔拜,然后投案自首。

小说的核心人物是青年阿夫季和牧人鲍斯顿,作者在这两个人物身上寄托了人类的理想。

阿夫季是教堂助祭的儿子,神学校的学生,一个探索者形象。他是"革新派教徒",因思考现代人与上帝的关系等异端邪说被校方开除。他决心将自己的一生献给拯救人的灵魂的事业,在《共青团州报》任编外记者期间,他冒着生命危险,混进到中亚采集和私运大麻的贩毒团伙,参加了采集野生大麻的全过程。面对社会上的吸毒、贩毒现象,阿夫季认为他有责任使那些贩毒者们悔悟,他的使命就是教人善良,铲除罪恶。虽然他不能制止贩毒者们的犯罪行为,反而被他们打个半死推下火车,但他并没有改变自己的信念。面对莫云库梅荒原上对羚羊的大围猎,他愤怒地要求坎达洛夫们立即停止这场屠杀,向上帝忏悔,洗清罪孽。结果被打得遍体鳞伤,奄奄一息,最后被绑成十字形吊死在盐木树上。

在作品中,阿夫季的命运和耶稣是一样的。他们一心要拯救世界,为了自己心中的教义宁愿舍弃生命,试图通过宗教完成一条通向人的道路。这就是阿夫季悲剧的启示意义。他弘扬的是人的精神,一种渴求达到自我完善的精神,寻求的是一条通向永恒的人性的道路——互相理解、信任和爱。

如果说阿夫季的形象有不少理想化的成分,那么鲍斯顿的形象则显得更加真实感人,接近现实。安宁斯基称他是"一位可以开天辟地的牧人"。鲍斯顿可以看作是劳动者形象的总结,他的身上集中体现了普通劳动者的一切美德:善良仁义、勤劳朴实、坚持真理。鲍斯顿有思想,有追求,具有强烈的责任感和使命意识。面对牧场的无序管理和上缴计划的不断加码,牧民们为了从别人手里抢到更好的牧场经常打架斗殴等现状,他敢于和那些政治经济学家、国营农场党支部书记争论。他热爱劳动,热爱生活,他所做的一切,不光是为自己,也是为大家,认为这才是生活的意义。按照艾特玛托夫的说法,鲍斯顿这样的人总是给自己提出一些问题,总是在思考问题,并努力去解决它。他想通过同恶势力作斗争来实现善和正义的理想,他是阿夫季所梦想的人生价值和完美人性的体现。这一形象显示了苏联普通劳动者的劳动、生活、理想与追求。

然而,鲍斯顿的结局是悲惨的。他为了救一岁的小儿子,在绝望中开枪射击,结果把母狼和儿子一起打死了。他惩罚了恶人巴扎尔拜,然后去自首。鲍斯顿的悲剧首先应该归罪于社会,厄运的根源是人与自然界的冲突,而造成莫云库梅荒原对羚羊的大屠杀和开采矿藏对狼等动物的损害的,是当地领导的决策。其次是人性的毁灭,作为偷猎者的巴扎尔拜,他的贪欲直接造成了母狼的报复和人与狼的冲突。鲍斯顿的悲剧可以说是偶然中的必然,因为人类与自然是一个整体,人必然要为自己的错误付出代价。

小说中还塑造了一对草原狼的形象。在这里,狼是作为被损害的形象出现的,它们一次次逃亡,它们的后代一次次惨遭杀害,最后阿克巴拉和塔什柴纳尔也没能逃脱被枪杀的命运。作者把狼看成忠诚、宽容、正义的象征,成为评价人的善恶、美丑的尺度,而贩毒者和围猎者显得比狼更凶残,更像野兽。动物世界的出现凝聚着作者对当今生态学问题和人道主义问题的深刻思考,两只狼的报复象征着惩罚的力量,鲍斯顿儿子的死象征着人类受到的最残酷的惩罚,因为孩子象征着人类的未来。

《断头台》尖锐地触及了苏联社会的许多重要问题,强烈地表达了作者对人生与人类命运的思考和深沉的忧患意识。作品不仅揭露了苏联基层体制僵化和官僚主义的问题,对自然资源无节制掠夺和破坏生态平衡的问题,以及铲除社会罪恶等问题,而且第一次公开提出苏联当局讳莫如深的吸毒、贩毒问题。这些问题是当今人类和苏联社会的痛点。小说站在人类未来的高度,进一步探讨了善与恶、精神与物质、理智与暴力、人与自然等全球性问题,呼吁消除人间的罪恶,表现出呼唤人性、拯救人类的思想。

《断头台》取得了很大的艺术成就。

首先,小说将现实主义的描写与神话象征等假定性手法相结合,在写实的框架中引入神话、传说、圣经故事,虚实结合,将现实生活描写升华为哲理思考,加强了主题思想的哲理性和寓意性。作品运用了犹太民族的基督神话,主要取其丰富的道义和启迪内容。在这里,上帝是否存在或对教规遵从与否并不重要,重要的是对上帝的认识,对耶稣的崇高精神和爱的理念的认识。作家通过改造过的耶稣的艺术形象,呼吁人们以高尚的道德标准生活,接受精神意义而不是宗教意义上的"上帝"。主人公阿夫季(取自《圣经·旧约》中的希伯来先知俄巴底亚)既是一个现实生活中的人,又是一个神的化身,一个现代基督。他的传道经历、受难方式都与耶稣极为相似。作者让阿夫季在昏迷中与耶稣神奇相遇,将历史与现实、古老与现代的瞬间艺术地重叠起来,试图在时空的交汇中通过阿夫季这一象征人物,通过宗教完成一条通向人的道路。

其次,多线索、超时空的结构。小说设置了三条线索:阿夫季的殉难历程、鲍斯顿的现实悲剧和草原狼的不幸遭遇,它们既独立发展,又相互交织,以一对狼的命运贯穿全书。小说的第一部由母狼阿克巴拉和阿夫季的两组回忆组成,展示的时间有过去、现在和将来,空间有自然界、人世间和天界。在不同的时间层面和空间维度中,表现了人与动物、人与人、人与社会之间的尖锐冲突,交织着政治、道德、宗教、哲学等多种矛盾和斗争。第二部描写阿夫季与贩毒团伙、与围猎凶手的两场生死攸关的决斗,超越时间和空间的限制让已经过去了一千九百五十年的耶稣与现实生活中的阿夫季相会,为阿夫季的现代耶稣形象和传道精神寻求初始原型和"不朽的典范",让阿夫季在历史和现实的坐标上,在无限的思维空间中,洞察历史的底蕴,把握现实的本质。第三部描写现实生活中人与狼的一场生死战和人与人的思想大战,最终由对立走向共同的结局——死刑台。

再次,成功地塑造了人和动物的形象,将狼与人同置一个水平面上,以狼的经历连接阿夫季的精神探索历程和鲍斯顿的生活追求,以狼的悲剧命运观照阿夫季和鲍斯顿的悲剧命运,以狼对生存的维护映衬阿夫季对人性的呼唤和鲍斯顿对理想的诉求。作家通过人和狼的形象表达他对人道主义理想的追求,现实生活中的牧民、先进工作者鲍斯顿,代表牧民群众表达了要求改革经济和政治体制的强烈愿望。精神探索的典型阿夫季,作为一个传教士,舍身拯救人们的灵魂。草原狼不是凶狠、害人的动物,而是忠诚、善良、勇敢的象征。通过野兽的"人性"反观人的人性丧失。

第七节 帕慕克与《我的名字叫红》

奥尔罕·帕慕克是土耳其当代作家,他擅长以娴熟的通俗小说手法表现现代世界的复杂内涵,激发读者的阅读兴趣。因其作品"在追求他故乡忧郁的灵魂时发现了文明之间的冲突和交错的新象征"而获得2006年的诺贝尔文学奖。

一 生平与创作

费里特·奥尔罕·帕慕克(1952—)出生于伊斯坦布尔一个富裕的商人家庭,少年时期就读于美国人开办的罗伯特英语学院,1967年进入伊斯坦布尔科技大学学习工程建筑,三年后主动离开科技大学,申请到伊斯坦布尔大学新闻学院学习。毕业后继续硕士学位学业。

22岁之前,帕慕克将自己大部分的精力都投入到绘画中,希望自己将来能成为一名出色的画家,初恋的女友成为帕慕克画中的模特。遭到女友的父亲奚落后,兴趣转向文学。1982年帕慕克与出生于俄罗斯家庭的姑娘阿依琳·特里根结婚,同年处女作《塞夫得特州长和他的儿子们》出版并获奖。

1985至1988年,帕慕克携妻赴美访学。这次出国对帕慕克影响深远,尽管帕慕克一直生活于伊斯兰世界的土耳其,但他从小一直接受西式教育,学会了流利的英语,学习了乔叟、莎士比亚、弥尔顿、柯尔律治等西方经典作家的作品,了解美国的教育体制和西方文化。但到了美国,他才真正感受到了两种不同文化的冲击,去美国之前帕慕克是个激进的西化主义者,但到了西方,他才发现即使自幼受西方教育的自己依然水土不服,于是他回头审视自己的民族文化,追寻自己的文化身份。

在美期间,帕慕克在美国爱荷华大学国际写作课程班学习创作,对托马斯·曼、普鲁斯特、萨特、博尔赫斯、卡尔维诺、艾柯、伍尔夫、福克纳、亨利·詹姆斯、后殖民理论家爱德华·萨义德等人的作品和思想非常熟悉。这些文化、文学积累,使他成为当代土耳其作家中的佼佼者、最前卫的作家。

帕慕克是后现代主义作家,他从没有想过要走现实主义创作的道路。帕慕克曾说,"在我年轻的时候,我就喜欢上了福克纳、伍尔芙和普鲁斯特——我从来没有追求过斯坦贝克和高尔基的社会现实主义模式。"帕慕克也因此而与卡尔维诺、博尔赫斯、艾柯等后现代主义文学大师一样著称于世。迄今为止帕慕克共创作10部作品:《塞夫德特先生和他的儿子们》(也译作《杰夫代特先生》)、《寂静的房子》、《白色城堡》、《黑书》、《新人生》、《我的名字叫红》、《雪》、《伊斯坦布尔——一座城市的记忆》、《纯真博物馆》及杂文集《别样的色彩》。

《塞夫德特先生和他的儿子们》(1982)是帕慕克的处女作,获得凯末尔小说奖。小说讲述了20世纪初的奥斯曼帝国末期,伊斯坦布尔的一个有理想的木材商塞夫德特先生,经过不懈的奋斗,终于成为富甲一方的大亨,组建了他梦寐以求的家庭。但是,他的儿孙们却对人生的意义产生了困惑,这种困惑来自于传统和现代的冲突。他们用各自的理解和生活追寻不同的道路。小说通过人物的经历反映了奥斯曼帝国末期到土耳其共和国建立50年后发生在土耳其的各种社会变化和这种变化所带来的冲突、阵痛和后果。

《寂静的房子》(1983)获得马德里小说奖和欧洲发现奖。小说讲述了20世纪初,祖父塞拉哈亭·达尔文奥鲁被政敌赶出伊斯坦布尔,携妻子法蒂玛定居于天堂堡垒。塞拉哈亭一生都在创作一部"可以唤醒东方"的百科全书,可到死也没能完成。多年后,只有他的私生子,侏儒雷吉普作为仆人与法蒂玛一起生活在古旧而寂静的老宅。和以往每个夏天一样,孙子法鲁克、麦廷和孙女倪尔君从伊斯坦布尔来看望法蒂玛,他们谈论同样陈旧而空洞的话题,而后各回各屋,各行其是。可是,短短几天里,这寂静的房子内外,充满了喧嚣与骚动:每一个人都要适应变化巨大的环境,面对自己摆脱不掉的回忆;每个人都有自己的理想和迷惘,爱情和仇恨;他们有的失落了信仰,有的找到了不同的信仰,有的为自己所谓的信仰付出了沉重的代价。混乱的社会背景下,一座老宅无法保持它的安详。

《白色城堡》(1985)给帕慕克带来全球性声誉。小说中的"我"是一个威尼斯青年,因一次倒霉透顶的航行,被土耳其人俘虏到了伊斯坦布尔,沦为卑贱的奴隶。在那里,他与另一个名叫霍加、酷爱科学和发明创造的占星师"我"相遇。霍加和他长得几乎一模一样,其相似的程度,如同一个人望着镜子中的自己。书中充满了象征意味:霍加和威尼斯人分别象征着东方和西方;他们的相似,象征着东西方本为一体;他们的相互折磨,象征着文明冲突;他们的相互怜惜,以及出色地联手对付了席卷土耳其本土的一场瘟疫等,则象征着两种文明的调和与互融,并寄予着帕慕克的期望;小说最后,在"白色城堡"的身影底下,霍加选择了逃离,奔向他的想象城市威尼斯,威尼斯人则作为替身,留下来继续霍加的生活,其寓意更令人深思。小说获得了1990年美国外国小说独立奖。

《黑书》(1990)是帕慕克最满意的作品。小说结构简单,叙述年轻律师卡利普发现美丽的妻子如梦离开了他。如梦的异母兄弟、有名的报纸专栏作家耶拉同时不见了。猜忌的丈夫在寒冷的冬天,整整一星期穿梭在伊斯坦布尔的大街小巷找寻两人的踪迹。在寻找的过程中,卡利普通过耶拉几十年间每天发表的专栏文章,看到了他重新创造的伊斯坦布尔,一个比实际存在更真实的想象的城市。每天早晨卡利普细心阅读耶拉的文章,希望能找到妻子和耶拉失踪的蛛丝马迹。他企图以古代相术的方法,解释魔术的文字和字母在城市和居民的脸上所印的记号。帕慕克在《黑书》中引用古代泛神论的学说在土耳其引起很热烈的评论。

《新人生》(1995)是帕慕克最畅销的作品之一。故事发生在20世纪70年代和80年代之间,地点主要在土耳其的安纳托利亚的高原。作品讲述大学生"我"(22岁的工科学生奥斯曼)某天发现了一本能够改变一生的书,而这本书恰恰是让"我"魂牵梦绕的女生嘉娜呈现在"我"面前的。于是我们一起踏上了寻找新人生之旅。我们换乘了一辆又一辆巴士,一路上看到到处是西化得支离破碎的现代文明和消失殆尽的伊斯兰传统。路上交通事故频发,我们处在半梦半醒之间。嘉娜的前男友穆罕穆德就是在寻找新人生的过程中被"暗杀"的。他的父亲,名人"妙医师"雇用了一个又一个的密探跟踪他的生活和行踪,想要探清事实的真相。结果,穆罕穆德并没有死,而是换用了"我"的名字奥斯曼,变成了另一个"我"。因为气愤,"我"杀死了他,而自己也在此后的出行当中,遭遇车祸身亡。嘉娜也远嫁德国。

《雪》(2002)是一部政治小说。小说伊始,流亡法兰克福12年的卡,为母亲的葬礼回到伊斯坦布尔,他以归国记者身份采访土耳其北部边陲小城卡尔斯的政治状况。卡尔斯发生了几起因学校强迫除去头巾引发的几位年轻女子自杀的事件。同时他和昔日的恋人依佩珂重逢,而她的妹妹卡迪菲是个"头巾斗士"。大雪把卡尔斯城封闭了,在这个与世隔绝的地方矛盾进一步交织激化。卡无法弄清真相,纷乱之中只想和依佩珂离开这里,结果伊斯兰激进派领袖被出卖,卡被怀疑,他只能郁郁离开,四年后他被暗杀于法兰克福街头。

《伊斯坦布尔——一座城市的记忆》是帕慕克于2003年写出的一部自传体回忆录。作品从帕慕克的孩提时代开始,向人们讲述了帕慕克一家的家族历史和作家的创作历程。同时揭示了伊斯坦布尔这座千年古都的兴衰荣辱以及城市独特的文化底蕴。

《纯真博物馆》(2008)是帕慕克获得诺贝尔文学奖后出版的首部小说。作品叙述伊斯坦布尔的富家少爷凯末尔邂逅清纯美少女芙颂,两人如胶似漆,但凯末尔已有未婚妻,他在未婚妻和芙颂之间挣扎,最终打算如期举行婚礼,芙颂突然消失。凯末尔才意识到自己真爱的是芙颂,于是他取消婚礼,疯狂寻找芙颂,终于在第339天找到了芙颂。此时的芙颂已为人妻,嫁给了青梅竹马的邻居、怀揣电影梦的编剧费利敦。费利敦希望凯末尔掏钱拍电影,将芙颂捧红成明星。在道义与内心欲望之间挣扎的凯末尔开始收集芙颂爱过、用过的一切物件。8年之后芙颂终于离婚,凯末尔终于有了机会,就在所有人都在等待着二人幸福的结合时,芙颂突然遇车祸身亡。凯末尔剩下的只有回忆,他创建了一座"纯真博物馆",摆放着有关他和芙颂的爱情故事的所有物件,凯末尔的余生为建造这座博物馆而耗尽。

二 《我的名字叫红》

《我的名字叫红》(1998)是帕慕克获得诺贝尔文学奖的代表作,也是他用6年时间完成的经典之作。小说情节发生在16世纪的奥斯曼帝国,1591年,苏丹的细密画师高雅被人谋杀,尸体被抛入一口深井。画师生前接受了苏丹的一项秘密委托,与其他三位最优秀的细密画家——橄榄、蝴蝶、鹳鸟,在"姨父"(即谢库瑞的父亲,黑的姨父,其他人也称他姨父)领导下分工合作,用法兰克透视法精心绘制一本旷世之作。三位画家并不十分了解绘画的意图和目的,但觉察出了不同寻常,于是互相猜忌,高雅的死显然与其他几位画家有关。

黑是一位阔别故乡12年的青年,为了完成苏丹的秘密任务,黑被姨父召回。当年黑疯狂的爱着自己的表妹谢库瑞,这时谢库瑞早已结婚生子,但丈夫上战场后音讯全无,谢库瑞于是搬回父亲家中。黑的来访打破了谢库瑞一家原本平静的生活。紧接着,谢库瑞的父亲也在家中惨遭杀害。所有牵涉其中的画师都人人自危,除了自己,他们不相信任何人。仍然疯狂爱着谢库瑞的黑情急之下与她闪电结婚,担负起了保护这家孤儿寡母的重任。颇有心计的新娘拒绝与新丈夫圆房,提出要把杀父仇人绳之以法才真正开始新生活。

苏丹要求宫廷绘画大师奥斯曼和黑在三天内查出结果。奥斯曼大师认为线索就藏在书中未完成的图画中。大师与黑把能搜集到的秘密绘制的图画都拿来一一比较,并进入苏丹的宝库,查看库里收集的各种画册与国外的绘画赠品,最终找到了真凶——橄榄。黑和橄榄在打斗被刺伤,橄榄却在逃亡中死于一场误杀。黑血肉模糊地回到家,与谢库瑞共同生活。

《我的名字叫红》情节曲折,宫廷谋杀、侦探揭秘、男女爱情,融为一体,其叙述方式亦别具一格,采用了多角色多角度的第一人称叙事。第一人称叙述能大量体现人物的内心世界,并带来身临其境般的感观体验。读者仿佛附着在他身上,和他用同一双眼睛观看四周,与他靠同一双耳朵倾听声音。帕慕克曾解释说:"让不同的人和物以第一人称的方式说话非常有趣……我不断地发掘各种声音,包括一位16世纪宫廷细密画师的声音、一位苦苦寻找失踪丈夫的女人的声音、一个杀手的可怕声音、一个死人在去往天堂的路上发出的声音等,甚至一些颜色都粉墨登场。我想这些独特的声音可以组成一曲丰富的乐曲,展现几百年前伊斯坦布尔日常生活的原貌。"①

作品 59 章,其中有 20 个角色分别来讲述故事,没有一个角色连续出场,59 章里进行了 58 次的视角转换。每一个角色出场时,带着他的叙述特点,向读者展示了他的视角范围内的一面,展示了一个"透视区域"。"每一个视点人物与其他相关人物及事件之间形成了一个有机的整体。不同的'透视区域'相结合,构成一个广阔的视域。"②读者可以洞察不同人物的心理活动,这是其它叙事方法做不到的。单独角色的第一人称也仅能表达一个个体的心理活动。"像在生活中一样,我们并不知道他人心中发生的一切"③。所以要想描写多个人物的心理活动,而又令人信服是不容易做到的,这正是全知全能的第三人称叙事遭到批判的一个原因。帕慕克的聪明之处就是他最大限度地利用了这两种叙事的优点,而且做到了形式与内容的完美结合。

通过这样的叙事手法使读者了解到帕慕克笔下每一个人物的内心世界,我们看到作为改革派代表的"姨父"锐意改革之下所承受的压力以及他的信心,我们同时也可以倾听顽固派代表奥斯曼大师固执坚守传统之外内心的虚弱,同时死去的高雅、凶手橄榄,还有蝴蝶、鹳鸟由于多角色多角度第一人称叙事的便利,每个人的内心都活灵活现地展现在读者面前。

伊斯坦布尔可以说是帕慕克大部分小说的"主人公",因为地跨欧亚两大洲的伊斯坦布尔可以说是东西方文化的一个最佳连接点,帕慕克说"伊斯坦布尔的命运就是我的命运,我依附于这个城市,只因她造就了今天的我"。④ 从奥斯曼帝国到土耳其共和国,土耳其之父凯末尔实行的是西化政策,而土耳其的知识精英们却整日忧心忡忡,他们本应当构筑朝西方看齐的乌托邦才是,但实际上"他们的目的是同时从两种传统中获取灵感——被新闻工作者粗略地称作'东方与西方'的两种伟大文化。他们可以拥抱城市的忧伤以分享社群精神,同时透过西方人的眼光观看伊斯坦布尔,以求表达这种群体忧伤,这种'呼愁',显出这座城市的诗情。违反社会和国家的旨意,当人们要求'西方'时他们'东方',当人们期待'东方'时他们'西方'——这些举止或许出自本能,但他们打开了一个空间,给予他们梦寐以求的自我保护孤独"。⑤ 帕慕克也是这样的土耳其精英中的一员。

《我的名字叫红》讲述了一个东西方文化碰撞、交流、融合的故事。姨父是小说中的革新派,他受到法兰克绘画透视法即欧洲画法的震撼,想身体力行,将此技法融入传统的细密画创作中,因为在姨父看来,细密画本身就代表了一种

---

① Angel Gurria－Quintana,"An Interview with Orhan Pamuk,"*Pairs Review: The Art of Fiction* No.187.
② 申丹等:《英美小说叙事理论研究》,北京大学出版社,2005 年,第 122 页。
③ [美]马丁·华莱士:《当代叙事学》,伍晓明译,北京大学出版社,2005 年版,第 131 页。
④ [土]奥尔罕·帕慕克,《伊斯坦布尔:一座城市的记忆》,何佩桦译,上海人民出版社,2007 年第 1 版,封面。
⑤ [土]奥尔罕·帕慕克,《伊斯坦布尔:一座城市的记忆》,何佩桦译,上海人民出版社,2007 年第 1 版,第 109—110 页。

融合精神,被奥斯曼大师等顽固派认为一成不变的细密画其实跟所有事物一样也是一个不断发展变化的产物,比如创作细密画重要的红色颜料,按照小说中的说法就是蒙古人从中国大师那里学来的,如果不是这样,伊斯坦布尔肯定不会有这种颜色,那细密画的风貌也会因之不同。另一方面,顽固的奥斯曼大师一再强调维护传统的纯洁性,但同时我们又吃惊地发现他所强调的绘画艺术中的所谓"本原"或"本质"往往是外来的,比如小说中发现凶手的一个重要的绘画"本原"就是裂鼻马,而这种画法并非细密画师独创,而是根源于中亚蒙古人的剪开马鼻的习惯,虽然剪开马鼻的蒙古人已离开波斯和阿拉伯,但裂鼻马却作为一个标准被保存了下来。这里帕慕克强调了传统本身并非一成不变的,继承传统并非意味着故步自封、不思进取。

而事情的另一方面,对于像土耳其这样在近代落后的东方国家来说,学习西方并不意味着斩断与传统的一切联系,而是要在学习西方的同时构建(或重建)一种本土文化传统与自信,就像陈寅恪在谈到中国"西学东渐"时所说的那样"其真能于思想上自成系统,有所创获者,必须一方面吸收输入外来之学说,一方面不忘本来民族之地位。此二种相反相适相成之态度,乃道教之真精神,新儒家之旧途径,而两千年吾民族与他民族思想接触史之所昭示者也。"①《红》中的姨父应该就是这样一个高瞻远瞩的改革家,他试图创立一种将法兰克画派与细密画相结合的绘画形式,于是招募了黑、橄榄、高雅、蝴蝶、鹳鸟几位细密画艺术家共同创作,而他则如一位改革派的领导者统筹负责,试想如若不是被橄榄杀害,也许姨父已经探索到了一条法兰克画派与细密画或者说东西文化相结合的新途径。可惜就像近代大部分东方国家的改良主义一样,最终随着姨父的被害以失败告终,《红》的结尾这样写道:"一百多年来,吸取了波斯地区传来的灵感滋养,在伊斯坦布尔绽放的绘画艺术,就这样如一朵灿烂的红玫瑰般凋萎了。"而细密画家们"也没有因此而愤怒或鼓噪,反倒像认命屈服于疾病的老人,带着卑微的哀伤和顺从,慢慢地接受了眼前的情势。"②

也正因为如此,帕慕克在东西方两种文化的夹缝中生存,所以他看取伊斯坦布尔或土耳其的方式是"呼愁"的,这也是近代土耳其深处其中的夹缝,从凯末尔以来,一个多世纪里,土耳其一直致力于向西方学习,争取加入欧盟,土耳其人自认为已经西化到找不到自己的身份了,可欧洲人呢,仍然觉得他们太土耳其化,这个近代最为自我撕裂的民族依然在探索着、寻求着,帕慕克也用他的笔真实地记录、描摹了这一过程中的种种创伤和耻辱,在帕慕克看来,这是小说家的责任,"我今天努力所做的,就是把这些耻辱看成低语的秘密,就像我首先在陀思妥耶夫斯基的小说中所倾听到的那样。正是在分享这些秘密的耻辱之中我们带来自己的解放:这就是小说的艺术给我的指教。"③

---

① 陈寅恪:《冯友兰〈中国哲学史〉下册审查报告》,刘桂生、张步洲编《陈寅恪学术文化随笔》,中国青年出版社,1996年,第17页。
② [土]奥尔罕·帕慕克:《我的名字叫红》,沈志兴译,上海人民出版社,2006年,第498—499页
③ [土]帕慕克、陈众议等:《帕慕克在十字路口》,上海三联书店,2009年第1版,第9页。

第八节 马哈福兹与"三部曲"

马哈福兹是当代阿拉伯文学的伟大作家,他不断进行艺术探索,为阿拉伯文学,也为世界文学留下了丰富的遗产。1988年因为他创造了"一种适应全人类的阿拉伯叙事体艺术"荣获诺贝尔文学奖,成为第一位获此殊荣的阿拉伯作家。

一 生平与创作

纳吉布·马哈福兹(1911—2006)出生在开罗的贾马利亚区,在富于宗教和传统文化氛围的家庭中成长,性格内向,中学时代就爱好文学。1929年开始写作短篇小说,1934年毕业于开罗大学哲学系,1936年放弃当哲学教授的理想,选择了文学艺术作为他的终生事业。他长期在政府部门任职,从宗教基金部职员擢升到文化部文学顾问。1971年退休,进入《金字塔报》编委会,是国家文学艺术最高理事会小说组成员。1970年获国家文学荣誉奖,1988年荣获诺贝尔文学奖,诺贝尔评审委员会在颁奖词中这样评价他:"纳吉布·马哈福兹作为阿拉伯散文的一代宗师的地位无可争议。由于他在所属的文化领域的耕耘,中长篇小说和短篇小说的艺术技巧均已达到国际优秀标准。这是他融会贯通阿拉伯古典文学传统、欧洲文学的灵感和个人艺术才能的结果。"

马哈福兹辛勤笔耕了半个世纪,是阿拉伯公认的杰出小说家,被誉为阿拉伯小说史上的一座"金字塔"。迄今他已写了33部中长篇小说和10本短篇小说集,总发行量在百万册以上。他的名字在阿拉伯世界妇孺皆知、家喻户晓。从总体上看,马哈福兹的创作可分为三个阶段:历史小说阶段、现实主义小说阶段和现代主义哲理小说阶段。

历史小说阶段。30年代末,马哈福兹开始以"小说的形式写古埃及史",从而开始了他创作的第一阶段。这个时期的埃及社会有两个显著特点,一是处于英国和土耳其人的双重统治下,社会极端黑暗;另一个是埃及民族主义和爱国主义运动如火如荼。"像古代埃及人一样收复失地",是举国上下全民族的首要任务。于是,马哈福兹的历史小说《命运的嘲弄》(1939年)、《拉杜比丝》(1943年)、《底比斯之战》(1944年)应运而生。他在这些小说中借古喻今,试图用现代民族意识阐释历史事件,展现先民的光辉业绩,激发民族的爱国热情。

马哈福兹的历史小说结构紧凑、悬念迭起、结尾出人意料,虽有历史事件为依托,但是更多显示了小说家的艺术才华,它们以丰富的艺术想象突出了雄伟、壮丽的历史场面和人物性格,使作品富有色彩浓烈的浪漫风格。马哈福兹曾计划写许多历史题材小说,但后来只创作了三部,就感到这种题材的局限,并且他觉得通过这三部,就已经写尽了自己想要表达的主题。于是,随着时代的推移,为了更有力地发挥文学对社会变革的参与、促进作用,他决定由历史小说转向直接反映现实、批判现实的写实主义小说的创作。

现实主义小说阶段。从40年代中期到50年代初期,马哈福兹主要创作现实主义小说。在此期间写作的社会风俗小说有:《新开罗》(1945)、《赫利利市场》(1946)、《梅达格胡同》(1947)、《海市蜃楼》(1948)、《始与末》(1949)。这一部分小说主要写三四十年代开罗小资产阶层的生活,抨击了封建王朝的黑暗统治,表达了人们追求理想社会的愿望,赞美了年轻一代献身社会变革的精神,其社会意义及揭露力量都相当强。每部小说都贯穿一条冲突十分尖锐的情节线索,作家利用这个情节,通过一个街区、一个家庭或一个人的悲惨遭遇,表现当时整整一代人的社会悲剧,并进行了十分深刻的概括,作家因此蜚声文坛。但上述作品流露出消极、悲观情绪。《新开罗》叙述一个穷苦的大学毕业生马哈诸布不惜接受屈辱的条件与部长的情妇结婚,换取秘书职位,后来丑闻暴露,最终还是未能挤进上流社会,反而落得身败名裂的下场。《梅达格胡同》则通过英军占领下的一条胡同的一些善良、纯朴的居民的美好生活如何遭到破坏,控诉了西方强权及其所谓的文明带给埃及人民的种种灾难;穷苦的女主人公哈米黛受骗卖身,成了英军士兵的玩物。她的未婚夫赚钱归来要救她出火坑,结果却被英军打死。《始与末》也是一部悲剧:小说以失去了父亲的兄妹四人与他们的寡母一家人在贫困中挣扎,渴望爬上更高的社会阶层开始,以弟弟得知自己上军校当军官全靠姐姐卖身所得的真相后,姐弟两人蒙羞、含恨自杀告终。《赫利利市场》中的阿基夫则是个典型的弱者。他为了养家,辍学工作并牺牲了初恋。他默默爱着的邻女被兄弟捷足先登。他百般照顾的兄弟患肺病死去;他工作了8年仍是八等文官。生活虽对他吝啬无情,可他仍企盼转机。这朦胧的希冀支持他顽强地活下去。他的逆来顺受除个性的原因外,与他看透充满欺诈和不公的世道,又无力反抗有关,作者深入细致地挖掘了人物心理的多重矛盾和变化,人物的塑造十分成功。

马哈福兹这一时期的创作主要是探索中小资产阶级知识分子的命运和思想变化的轨迹,同时也再现了中小资产阶级生活的状态。他说:"我是一个中产阶级的作家。"他关心本阶级的生存状态和命运,对本阶级也"持以批判的态度"。关于这一主题的艺术探索,在1952年完成的巨型小说"三部曲"达到了高峰,作了完美的总结。这时期的小说创作是以现实主义为基调,改变了早期追求传奇效果的浪漫主义倾向,注重人物性格的刻画,揭示人物心理的变化,对细节、情节的运用要忠实于现实,符合现实生活的真实性,因而形成了凝重、客观的写实风格。在艺术构思上,不断扩大作品的容量,从单一情节的描述到多重情节的交织、演变,从单一人物为主人公到多种人物群为对象的刻画,从数年的生活场景到数十年人间沧桑的变化,逐渐形成全景式的叙述格局。

马哈福兹是一位在艺术上不拘泥于某一艺术信条和风格的作家,他善于吸收、融化各种文学派别的风格,艺术视野开阔。虽然这一时期创作的是现实主义倾向的社会小说,但也利用自然主义的表现手法,意识流的心理分析手法以及隐喻、暗示、象征等艺术方法,呈现出多元化的艺术风格融合的倾向。

现代主义哲理小说阶段。1952年埃及人民推翻了封建王朝的统治,给千百万人带来巨大的希望。当时马哈福兹手头还有7部小说的题材,但革命后他认为这些小说从创作目的看已经没必要了,自此停笔6年。现实的发展往往没有人们所希望的那样好,真正的社会主义和真正的民主并没有实现。马哈福兹又开始了新的思考。一个背负着民族、人类命运前途的作家,出于他良心的敦促,他又重新拿起了笔。并且这一次他要采用新的表现手法,来创作新的历史环境下的新小说。1959年一部"令人感到惊讶"的作品终于诞生了,这就是《我们街区的孩子们》。这是一部世间少有的奇书。作者的探索范围从阿拉伯世界扩展到整个人类,乃至延伸到整个宇宙。在这部书中,"亚当、夏娃、摩西、耶稣、穆罕默德,以及其他先知、使者,还有近代学者,都稍为改头换面地出现了。"被称之为一部"人类的精神史"、"人类的奋斗史"。《我们街区的孩子们》标志着他的创作又进入了一个新的阶段。

60年代,马哈福兹进一步进行新的尝试,吸收、运用现代派的手法,重视人物心态的描摹。作品有:《小偷与狗》(1961)、《鹌鹑与秋天》(1962)、《路》(1964)、《乞丐》(1965)、《尼罗河上的絮语》(1966)、《米拉玛拉》(1967)等。其中特别是《尼罗河上的絮语》,作家试图揭露想要逃避埃及当时现实的小资产阶级知识分子世界观中的矛盾。70年代后,作品中象征、寓意的意味更浓厚,融现代主义和现实主义为一体,进一步发掘民族遗产,探索具有民族特点的小说形式。主要作品有:《雨中情》(1973)、《卡尔纳克咖啡馆》(1974)、《我们区里的故事》(1975)、《夜之心》(1975)、《尊敬的阁下》(1975)、《平民史诗》(1977)、《爱的年代》(1980)、《续天方夜谭》(1982)、《还剩一小时》(1982)、《伊本·法杜玛游记》(1984)、《生活于真理之中的人》(1985)等。其中《平民史诗》被视为作家这一阶段的代表作。整部小说由十个各自独立而又互相关联的故事组成,串连各个故事的主线是平民争取自由、平等、理想的幸福生活。第一代人阿舒尔是正直无私、助弱抑强的义士,但在平民们实现他们的美好理想之前,阿舒尔就神秘失踪了。以后的多少代人,有的沉沦,有的惨死,有的被害,都不能实现平民建立一个理想世界的愿望。直至第十三代人拉比阿时,因为他善于教育、发动、团结平民,最终才通过奋斗,使平民们过上幸福生活。小说告诉人们一个真理:要取得幸福生活必须依靠自己的力量与行动,而不依赖于任何人。这部小说在思想上体现了作家追求自由、平等、博爱的理想世界的境界。同时,小说在艺术上也别具一格,一开始就以阿舒尔的失踪给读者留下悬念,使小说蒙上一层神秘的传奇色彩。在展开各个故事的过程中,马哈福兹用明快流畅的语言、构思精巧的情节、现代派的意识流、内心独白等手法赋予小说浓重的艺术感染力。上述特点充分证明了这位作家高超的艺术才华与创作的多样性、丰富性。

除了上述的中长篇小说,马哈福兹写作的主要短篇小说集还有:《黑猫酒馆》、《伞下》、《无始无终的故事》、《蜜月》、《罪》、《金字塔高地上的爱》、《我见到了睡眠者所见》等。

综观马哈福兹的作品,可以看到他善于揭露、抨击封建社会、资本主义社会的腐朽没落,同情劳动人民,反对奴役与压迫。主人公多为中等阶层的小资产阶级。作品中反映了作者对理想世界的执着追求,后期常用象征手法,小说结构严谨,语言明快流畅,擅长描写环境和人物心理活动。马哈福兹立足于本民族文学传统,又积极吸收西方文学营养,他对民族叙事文学的不断探索、开拓和创新,是对埃及和阿拉伯现当代文学的重大贡献。他开创了埃及现当代小说的"马哈福兹时代",成为一代文学宗师。埃及评论家将他与狄更斯、巴尔扎克、托尔斯泰相提并论。法国东方学者雅克·热米写出长文盛赞他,德国的东方学者马尔丁推崇他为"埃及的歌德"。

马哈福兹1994年因在拉什迪《撒旦诗篇》问题上持温和立场而受到宗教狂热分子的袭击,之后一直着隐居生活。于2006年去世。

二 《宫间街》三部曲

《宫间街》三部曲是马哈福兹在爆发"七月革命"的1952年完成的长篇巨著,是他创作第二时期的压轴之作,是作者引以为荣的代表作之一,被公认为阿拉伯长篇小说发展的里程碑。小说发表之初,以《宫间街》为名。1956年正式出版时,分为《宫间街》、《思宫街》、《甘露街》三部曲,翌年便获得国家文学奖。

三部曲是阿拉伯文学史上一部延续描写几代人的巨著,它描述了自1917年至1952年革命之前,一个埃及商人家庭三代人的不同生活和命运,从中反映出广阔的埃及生活画面和埃及现代史的风云变幻。小说出版后,受到了广大读者的热烈欢迎,被译成多种文字,并被改编为电影,搬上了银幕。在阿拉伯乃至世界文坛中均产生了深远的影响。它被认为是一部极为真实的历史画卷,一部难得的人情风俗史。马哈福兹被授予诺贝尔文学奖,主要也是三部曲取得的成就。

《宫间街》的主人公阿·杰瓦德是个商人。妻子艾米娜每夜等他回来,侍奉他睡下。他们有三个儿子和两个女儿。大儿子亚欣为前妻所生,碌碌无为,沉迷酒色。二儿子法赫米是投身1919年反英斗争的热血青年。小儿子凯马勒年幼,与英国兵交上朋友。法赫米中弹身亡,而亚欣得子。《思宫街》描写父亲悼念儿子,停止作乐5年。两个女儿先后嫁到贵族邵凯特家。大女儿争得独立持家的权利,看不惯妹妹洋式的生活,常闹得家庭不和。凯马勒中学毕业后,不听父训,私自投考师范,想教书育人。他爱上贵族小姐,但美梦难成。父亲与亚欣争夺女琴手,险些因心脏病丧命。《甘露街》描写二女儿丧夫失子,带女儿回到娘家。杰瓦德子孙满堂。孙子里德旺借贵族巴萨阿里的势力当上部长秘书。外孙蒙依姆进了法学院,成为狂热的兄弟会成员。艾哈迈德信仰马克思主义,大学毕业后在杂志社任职。生病的杰瓦德在一次空袭中离开人世。艾哈迈德爱上了工人之女苏珊,与之成婚。他与蒙依姆都因异端罪入狱。瘫痪在床的祖母命在旦夕。她的儿孙准备后事时又迎来一个小生命的降临。

第一代主人公阿·杰瓦德代表守旧的一代。他是开罗中产阶级中的一名富商,是一个唯我独尊的暴君式的家长,是全家人的意志的绝对主宰。在他的控制下,任何人都没有个人的身心自由和独自的个人意识。他对待妻子像对待仆人一样。妻子没有任何人身自由,任由他随意谩骂、训斥:"我是男人,令出必随……对你来说唯有服从。"对待子女,杰瓦德又将父亲的权力无限制扩大。他的子女们已经习惯于放弃自己的思想,服从于父亲的意志,不管他是对的还是错的。例如,次子法赫米在解放运动的感召下,积极投身于爱国斗争,他公然违抗了父亲的命令,参加学生运动。但事后,他又感到非常内疚,力图取得父亲的谅解,最终屈服于父权政治的威慑之下。在婚姻问题上,儿女们无权选择自己的恋爱对象,一切都只能由父亲决定。阿·杰瓦德表面上是个虔诚的伊斯兰信徒,背地里却出入花街柳巷,沉溺于声色享乐;不过他虽然满脑子的封建道德观念,但在反帝爱国斗争中表露出起码的爱国心;他虽在家中任意妄为,但在社会上乐善好施、广结人缘。这个双重人格的主人公正是埃及革命前这一阶层人物的典型代表,具有普遍的社会意义。

第二代主要人物是凯马勒。他是作者精心刻画的"浮士德"式的精神斗士,是作家"思想的代言人"。他向往至诚的友情、憧憬纯洁的爱情、眷念温厚的亲情,永不倦怠的追求知识、真理。在他身上处处散发出人性的光辉及对人类生存现状的现实关怀精神。作者通过这一形象寄予了一种超越民族、国家界限的人类之爱及内心深处对人性的呼唤。年幼的凯马勒便不同寻常,他与驻扎在宫间街镇压群众游行的英国士兵朱伦成为好友。有一次,他与英国士兵一起唱歌跳舞,全家人都为他的安全担忧,而他们"就像一家人团聚的晚会那样,人人心中充满了愉快和欢乐,歌声在一片鼓掌声中结束了"。作家在此隐含的思想倾向不言而喻,即希望不同民族、国家的人"像一家人"一样不分彼此、和平共处。步入青年的凯马勒成为了一名教师,他博览群书,追求科学,探索真理,这逐步使他陷入传统与革新、宗教与科学、现实与理想的矛盾深渊,出现了精神上的困惑和迷惘。此时阶级差异又粉碎了他的爱情美梦,"无所归属"的感受深深渗透了他的身心。凯马勒的思想矛盾实质就是如何以穆斯林的身份接受现代思潮的洗礼。他的心路历程也是作家自我精神探索经历的写照。

第三代人的代表人物是阿·杰瓦德的外孙艾哈迈德。他是三部曲中一个比较成熟的新人形象。他有明确的反帝反封建的目标,"希望能看到世界上所有的专制独裁的暴君一个个完蛋"。他否定宗教,相信科学,信仰马克思主义。虽然他出生于中产阶级家庭,但他同情劳苦大众,追求建立在男女平等基础上的爱情,并与工人出身的苏珊结婚。显然,这一形象代表了作者马哈福兹的理想和希望,和他对人生痛苦探索之后所期待的未来和追求的目标。

马哈福兹的"三部曲"是一种"家族小说"。作家自己曾指出,他写三部曲的目的是"为了分析与评论旧社会"。马哈福兹的三部曲很容易使人联想起我国现代作家巴金的《家》、《春》、《秋》三部曲。两者确有异曲同工之妙。

"三部曲"用家庭内部三代人的变化,描写封建传统势力的衰落和崩溃,民主力量的增长和发展,也再现了爱国运动的成长。第一代人只有朦胧的爱国思想;第二代人有明确的爱国意识,并且付诸行动,可又抱着幻想的浪漫色彩;第三代人把救国与政治改革、社会革命结合起来,艾哈迈德为建立一个新的社会制度而奋斗。

"三部曲"是近百万言的长篇小说,但布局完整,结构独特精湛。三代人生活的场景构成它的轴心。每一部侧重写一代,每一代又有一个重点,主次分明,详略有致。时间在这部小说中起着至关重要的作用,是小说有机整体的灵魂。在时间的流逝中,人物的外形变化,地位及观念的转变,乃至房间的布置,都让人感到时代脉搏的跳动。三部曲各以重点描写的一代人的居住地来命名,每部的结尾都有人死去和出生。社会内部的深刻变化便体现在这生与死、新与旧的交替之中。全书结尾处两个外孙的被捕,预示着埃及的前途未卜。

其次,善于多角度地塑造人物性格,揭示人物内在复杂的人性底蕴。杰瓦德、凯马勒是性格矛盾的人物。法赫米也是如此,他严肃、热情,为国捐躯,可在关键时刻常常产生心理的羁绊,思想反复、犹豫,行动迟疑,内省精神强。作家还用对比的艺术手段强化人物性格的特点,杰瓦德的专横与艾米娜的温顺,法赫米的纯洁、高尚与亚欣的放荡、堕落,凯马勒的迟疑、徘徊与艾哈迈德的坚定、果断,蒙依姆的宗教狂热与艾哈迈德明确的政治信念等等,从而绘画出性格各异,色彩缤纷的人物群像。

小说还采用了现代小说的心理描写手法,开拓了人物内心世界,深化了人物性格。独白、对白交织的心理活动和心理分析的描写,潜意识、前意识的再现,都披露了人物复杂的内心世界和深刻的思想冲突。有时以第一人称描叙,有时又以第三人称表述,时而在情节中插入,时而又用整个章节完整地记叙,灵活多变的心理描写的手段,大大增强了作品的表现力,充实了作品的内涵。

"三部曲"没有直接描写埃及现代史上革命斗争的宏大画面,也没有编排悬念众多、勾人臆想的传奇性情节,只是写了日常生活,但它却融汇了当代的政治、文化、宗教、思潮和风俗为一体,具有高度的时代性和深刻的思想性,成为马哈福兹的不朽之作。

第九节 索因卡与《路》

沃尔·索因卡是当代尼日利亚最负盛名的剧作家、诗人、小说家、评论家和翻译家。他娴熟地运用英语创作了一系列戏剧杰作,以其丰富的文化视野及诗意般的联想影响了当代非洲世界,并获得1986年度诺贝尔文学奖,成为非洲第一位享有此殊荣的作家。

一 生平与创作

索因卡1934年7月生于尼日利亚西部阿比奥库塔城附近的农村。父母是土著的约鲁巴族人,都信奉基督教,父亲是当地英国圣公会教会小学的校长,母亲是有社会地位的商业妇女。他就生长于这样一个富于西方文化氛围的家庭里。古城阿比奥库塔盛行由传统祭祀仪礼演化而来的民间歌舞表演,在家乡度过童年和少年时代的索因卡深受这种传统文化的熏陶,幼时就对戏剧演出萌生了浓厚的兴趣。这样的生活经历孕育了他日后那种独特的熔西方戏剧艺术和非洲传统艺术于一炉的戏剧风格。

1952年,他18岁时前往尼日利亚中心城市伊巴丹求学。在伊巴丹大学学习期间,曾在颇有影响的《黑俄耳甫斯》杂志上发表了一些热情的诗歌,从此开始文学生涯。1954年,他争取到奖学金,赴英国利兹大学研读英国语言文学,曾求教于当时著名文学评论家G. W. 奈特。当时利兹大学的学生戏剧活动丰富多彩,经常演出欧洲古典名剧和现代剧目,有时也演出一些自编自导的习作。如此浓郁的戏剧氛围与他早年戏剧的兴趣产生了沟通与共鸣,使之在初入文学研究领域时,最先踏入戏剧艺术的高雅殿堂。此后,他潜心研读各种有关西方不同流派戏剧艺术的书和西方各种文艺思潮的作品。不久,当他以优异成绩于

1957年毕业于利兹大学后,很快就进入伦敦皇家宫廷剧院,开始了戏剧实践。他先后担任过校对员、剧本编审、编剧等职。50、60年代,伦敦皇家宫廷剧院是英国戏剧活动的中心,许多剧坛泰斗都是从这里起步并崭露头角的,如约翰·奥斯本(1929—)、阿诺德·威斯克(1932—)、塞缪尔·贝克特(1906—1989)等。皇家剧院的工作使他有机会广泛接触英美及欧洲各国的现代戏剧,提高了戏剧修养,拓宽了戏剧艺术的视野,并得以留心观摩许多名剧的编导过程和舞台美术设计的情况,使他有机会直接参与具体的演出和编导实践。

1959年,索因卡进行了自己作品的首次专场演出,剧目是处女作《新发明》。这出独幕剧以极其荒诞的情节,讽刺了南非白人政权的种族主义政策。南非偶然遭到一枚误射的美国导弹的袭击,因此黑人都失去了体内的黑色素,肤色全白。南非当权者惊恐不安,勒令科学家火速研究出鉴别人们种族身份的有效办法,以便重新将黑、白不同种族的人隔离开来。内容亦庄亦谐,令人啼笑皆非。50年代末,他于英国工作期间创作的剧本还有《沼泽地居民》(1958),《雄狮与宝石》(1959)等。前者描写尼日利亚独立前沿海沼泽地一带的农村生活。由于殖民统治,城市畸形发展,农业经济受到严重冲击。农村青年一批批逃离故土,流入城市谋生,结果农村更加凋敝,农民身受数重盘剥,还要同自然灾害进行无望的斗争。青年农民在面对天灾人祸,无以为生之际,只好离开沼泽地的故乡,向金钱主宰下的罪恶之窟——使人性殆尽、骨肉相残的城市走去,剧本流露出一种悲观色彩。后者的女主人公希迪是村中最漂亮的姑娘,在众多的追求者中间,她宁肯选择精于世故的老村长,也不肯答应满嘴时髦名词的青年教师。它借此入木三分地讽刺了殖民主义奴化教育下的知识分子崇洋媚外的现象。

1960年,他从伦敦回到阔别多年、现已获得独立的祖国尼日利亚。他不辞辛苦地深入各地采风,在搜集整理民间艺术传统的基础上,致力于将西方戏剧艺术同约鲁巴等西非土著民族的音乐、舞蹈、戏剧结合起来,力图创造出一种既有20世纪时代精神、又不失尼日利亚乡土气息与民族风格的新型戏剧。《森林之舞》即是这种探索的最初尝试。这个剧本是他为了庆祝1960年10月1日尼日利亚民族独立日而创作的,并在独立庆典活动期间由他亲自创办的伊巴丹大学剧团公演,获得很大成功,引起热烈反响。这个两幕剧剧情围绕人类为庆祝民族团聚而举行的宴会(象征尼日利亚民族独立大会)展开。人们为了欢庆民族大团结的喜庆日子,请求森林之王准许他们死去的祖先作为"民族杰出的象征"来参加盛会,不料想与会者竟是些不受欢迎的人。作者企图告诉人们,历史并不伟大,也没有过什么黄金时代,只有正视现实,面向未来,才能找到真正的出路。剧本体现了作者对于民族命运的深刻思考。

60年代,他的创作步入高潮,进入成熟阶段,艺术手法趋于隐晦,讽刺与寓意相结合,表现人类进步中的困惑。讽刺喜剧《热罗兄弟的考验》(1960)写一个江湖骗子利用社会各种人的不同心理,引人上当的故事。《强种》(1963)批评非洲社会迄今依然存在的不人道的蛮风陋习。《孔其的收获》(1965)抨击独立后的寡头专政现象,表现出作者对现状的不满和对未来的焦虑,以及由此产生的一种孤独失落感。《路》(1965)则是一部寓意性极强的剧目,是他的代表作之一。评论家认为它以"诡秘称奇"。这一时期的其他剧作还有《灯火管制之前》(1965)、《枝繁叶茂的柴木》(1965)等。

60年代后期,尼日利亚发生内战,索因卡痛感战争造成的生灵涂炭,而将人道主义精神置于个人安危之上,积极奔走于交战双方的营垒之间,一再呼吁休战停火,结果却遭到逮捕,被军事独裁政府关押了近两年。1969年获释后,他前往邻国加纳和欧洲。著名讽刺剧《疯子和专家》(1970)反映了在非常严峻的时代主人公丧失人性和掠夺成性的主题,在美国上演后产生了世界性影响。闹剧《热罗的变形》(1973)作为《热罗兄弟的考验》一剧的续篇,仍然写了江湖骗子主人公的那种机智与狡诈。《欧里庇得斯的酒神的情侣》(1973)则隐含了以当代尼日利亚事件为模式的各种场面,表现了作者鲜明的爱憎情感。《死神和国王的马夫》(1975)探讨自我牺牲的意义,弘扬立足于理想的精神。《旺尧西歌剧》(1977)是在英国约翰·盖依(1685—1732)的名剧《乞丐的歌剧》(1728)和德国布莱希特(1898—1956)的《三分钱歌剧》(1928)的基础上写成的,主要通过对广阔的社会风貌的描写,表现伦理道德及现实意义等问题

1976年,他结束6年的流亡生活,重新返回祖国。曾在伊巴丹大学、拉各斯大学、伊费大学执教或从事戏剧研究,后又任伊费大学比较文学教授。他还担任过非洲作家协会秘书长。他还受聘为英国剑桥大学、谢费尔德大学和美国耶鲁大学、康奈尔大学的客座教授。1985年,他被任命为联合国教科文组织所属的戏剧学院院长。1986年,又被全美文学艺术院选聘为院士,同年摘取诺贝尔文学奖的桂冠。为表彰他的文学业绩,尼日利亚政府授予他民族勋章,以及"联邦共和国司令"这一国家的最高荣誉称号。

索因卡是个具有多方面艺术才华的作家,其文学活动涉及了诸多体裁和各种题材。除戏剧创作为他赢得举世瞩目的声誉外,其小说、诗歌和评论也很有影响。

他的小说同其戏剧一样,往往采用象征、寓意的手法,反映现实世界和作家的理想。第一部长篇小说《解释者》(1965,中译名《痴心与浊水》)主要描写一群知识分子、工程师、新闻记者、艺术家、教师、律师等,面对尼日利亚的社会现实,在选择历史传统与现代文化两种生存方式时所表现出的困惑心境,同时也揭露了现实中的不合理现象。第二部长篇小说《暗无天日的年月》(1973)以60年代尼日利亚内战为背景,以金钱权势的罪恶和平民百姓的遭遇相对照,表达了作家的社会观点和理想。另两部自传小说是:《那个死人:狱中纪实》(1972)主要回忆了他在狱中的生活及其在狱中所形成的一些新的思想认识;《阿凯的童年》(1981)则再现了作家早年的生活,因其成熟、优秀的散文叙事技巧而被《纽约时报书评·副刊》评为1982年12部最佳图书之一。

他的诗歌创作也颇引人注目。早在50年代初于伊巴丹大学读书时,他就曾在杂志上发表过热情的诗歌。1967年,又写出诗作《伊但纳及其他》,以表现自己在现实冲击之下的复杂情感和对某些事物的抒情式反思。《狱中纪诗》(1969)是他被拘押狱中写在草纸上出版后深受读者欢迎的诗集,主要描写他失去自由后的遭遇与种种感受,表达了他对自由与光明的渴望之情。1972年,他在此基础上又增添了若干首诗,以《地穴之梭》为名重新结集出版。长诗《阿比

比曼大神》(1976)是为欢呼莫桑比克对白人统治的罗得西亚宣战而写的颂辞。这些诗意象丰富,饱含哲理,具有一种崇高的道义上的使命感。

他的文学论著《神话、文学与非洲世界》(1975)较为全面地反映了他自己对文学与戏剧的独特认识与文艺观点。

索因卡以惊人的文学成就实践了自己的信念。他认为,非洲艺术家的作用在于"记录他所在社会的经验与道德风尚,充当他所处时代的先见的代言人"。① 因此,他成功地让非洲以外的人们,用非洲人的眼光看待非洲人和非洲的事件。

二 《路》

两幕话剧《路》是一部寓意深刻的剧本,创作于1965年,一向被推为索因卡最有代表性的剧作之一,并是他荣获诺贝尔文学奖的主要作品。它表现了作家对国家前途与民族命运的一种深刻的思索,以及因为结论悲观所产生的一种内心的焦虑。

剧情主要描写一个发生在"车祸商店"周围的荒诞故事。教堂的晨钟惊醒了昏睡中的客车售票员沙姆逊、司机科托奴、萨鲁比和一个名叫穆拉诺的仆人,他们像往常一样开始一天的谋生活动。车祸商店的老板是个被称为"教授"的神秘长者。他曾当过主日学校教师、祈祷仪式的主持人等,现在经营车毁人亡的汽车配件和伪造的驾驶执照。无票可售的沙姆逊和无驾驶执照的萨鲁比以恶作剧的方式搞乱"车祸商店"的秩序,使得从车祸现场归来的"教授"误以为别人的处所而离去。不久镇长来这里秘密雇用以"东京油子"为首的流氓为他的党派效力,而"东京油子"也立即用刚从镇长手中得到的海洛因贿赂警察。

"教授"在这里继续从事寻找《圣经》的工作。在科托奴的询问下,"教授"讲述了仆人穆拉诺的往事。原来他是个被肇事车辆撞伤后弃之不管的人,"教授"发现后将他救助,并照料他恢复健康。穆拉诺虽然肢体伤残,但在"教授"心目中却是个道德高尚的圣徒和永恒真理的卫士,也是可以帮助他自己寻找和发掘《圣经》的助手和桥梁。科托奴不顾"教授"劝说,不愿再开车,原因在于对车祸的恐惧。原来早年其父死于车祸,其好友、一个缅甸中士也在车祸中丧生,而前些天又亲眼目睹了一起惨痛的交通事故,自己也险些翻下桥头。此外,他心里还隐藏着一桩心事,即司机节那天,他驾车遇到一个戴面具的车祸遇难者,为了避免嫌疑,只好将其藏在卡车挡板下,逃之夭夭。当警察搜查时,遇难者不知去向,只留下一个奥贡神的假面具。后来警察"爱找碴的乔"在调查汽车节汽车肇事一案时,在"车祸商店"发现了受害者所戴的假面具,众人又将它藏起来。仆人穆拉诺看出被藏在"教授"座椅下的假面具,竟拿起来若有所思地端详,"教授"告诉大家,穆拉诺这个呆子身上附有了神灵。

假面舞会又跳起来,"教授"依然用他对《圣经》及其教义的理解进行说教。舞会的参加者着魔似的越跳越疯,越舞越狂。与会的"东京油子"看到手下的流氓也加入跳舞者的行列,便大声喝止,而"教授"则鼓励人们尽情地跳,于是发生

---

① [美国]克莱因:《20世纪非洲文学》,李永彩译,北京语言学院出版社,1991年,第182页。

冲突。扭打之中,得到萨鲁比帮助的"东京油子"用匕首刺中"教授",但他本人也被头戴奥贡神假面的人摔倒在地。"教授"在弥留之际向众人说了如下一番话:像路一样呼吸吧,变成路吧!你们成天做梦,平躺在背信弃义和欺骗榨取上,别人信任你们时,你们就把头抬得高高的,打击信任你们的乘客,把他们全部吞掉,或是把他们打死在路上。你们之间为死亡铺开一条宽阔的床单,它的长度和它经历的岁月,犹如太阳光一样,直至变成许多张脸,所有死者投射成一条黑影为止,像路一样呼吸吧,但愿能像大路一样……

最后,"教授"在挽歌中死去,四周一片黑暗。

创作《路》剧的直接动因是作者有感于尼日利亚公路上频繁发生的交通事故,但是剧中却渗透着作者对许多现实问题的哲理性思考。因此《路》剧深刻而富有象征意义。无论是剧情的衍变赓续,人物的对话独白,还是动作的语言启示,都表露出作家从人性、人道主义立场出发,对社会所进行的尖锐有力的批评。剧中虽不乏作者对现实的深思,却很少探讨时事性问题,对社会生活内含实质的分析多于再现生活,对于国家与民族问题的关注又多于希望与想象,因此,《路》剧表现出一种警世意义,一种对于未来难以名状的时代穿透力。

《路》剧上演时,尼日利亚已经独立5年。祖国独立之初,索因卡急切回国,渴望投身祖国的建设事业,但是很快他就从企盼百废俱兴、弃旧图新的狂热中冷静下来,并清醒地发现刚独立的民族国家并未能走上健康发展的道路。国家没有出现欣欣向荣的可喜景象,反而暴露出各种深刻的社会危机。执政者营私舞弊、肆意妄为,政党和部落之间纷争不断,连连发生冲突。广大人民贫困潦倒,怨声载道。独立不久的国家重新面临分崩离析的危险,处处散发着恶浊的腐败气息。因此,《路》剧中所展示的不再是独立初期创作的《森林之舞》中象征着民族独立、团结与蓬勃向上的狂欢歌舞,而代之以破烂的卡车、崎岖的道路、不断的车祸等客观物象。

《路》剧幕布拉开,出现在观众视野中的即是"车身歪斜,轮子短缺","车身后部朝向观众的四轮卡车",一派破败不堪的景象。继后,卡车又以其丰富的象征意义不断出现在剧中。有的部件残缺、车身破损,有的用不配套的零件拼凑而成,有的则是旧车重新涂上漆等等。这些开起来嘎嘎作响的破车常被用来"运穷光蛋","运麻风病人",以及运送许多乌七八糟的东西。它们行驶在高低不平、曲折狭窄的道路上,不仅"散发着腐烂食品和各种垃圾的臭味",而且前途未卜,恰如其分地表现出尼日利亚广大人民不知去向何方的一种愚钝与困惑。作为主要象征物的"路"更是不堪入目。它自己不仅崎岖险恶,洞穴遍地,桥梁糟朽,无法承受车载,而且在如此破败的"路"上还寄生着流浪汉、毒品贩、巡警宪兵等,正犹如是尼日利亚社会的真实写照,这样的载体根本无法顺利安全地行驶车辆,因此车祸不断,使人心有余悸,也无法使人达到目的地,前景不乐观。而那些驾车的司机,常常置车毁人亡于不顾,毫无责任心。他们不是无法胜任工作,就是贪杯醉酒,更有甚者是没有执照的司机,或是惊魂未定的车祸肇事者。这些毫无责任感、草菅人命的司机正是当时尼日利亚执政者的象征,他们胡乱驾驶着满载的汽车,行驶在如此糟糕的"路"上,前途不堪设想。

《路》剧中表现出的探索精神,主要体现在对生存与死亡意义的理解上。剧中的怪老头"教授"经常实地勘察车祸现场,欲从血肉模糊的尸体和支离破碎的残车上寻找人生真谛的"启示"。为探求死亡的奥秘,他有时甚至丧尽天良地故意挪动路标,有意制造车祸。司机科托奴的父亲,一方面在路上与女人做爱,赋予了他以生命,另一方面又死于车祸,想使他离开路这一死亡的陷阱。而科托奴无论是主动求生存,还是被动逃离死亡,都不得不挣扎在一种绝望的困境之中。另外,剧中约鲁巴族信仰的奥贡神不时出现,他手执利斧开辟了连接神界与人世的通道,沟通了生存与死亡的两极,实际上是"路"的主宰。剧的最后,作者以"教授"作为自己理想的代言人,说出了路作为生死循环的象征意义,表现了作者面对现实所产生的一种绝望心理。当人们在现实中无所依存又生死不明的时候,当他们既不想成为政客的牺牲品,又不想让神主宰自己的时候,尽管"路"通向未知境界,但还是变成路,"把生死命运掌握在自己手里"。这是作者悲观情绪的反映,也是他思想矛盾的反映。

索因卡的戏剧艺术既深深地植根于民族生活和文化艺术传统的土壤,又受到西方生活和文化艺术的影响,他曾说过:"虽然我受过西方教育,但是我把自己扎根于非洲人民,注重反映他们的现实,特别是他们蒙受的苦难和对未来的理想。但是我也接受西方文学、东方文学对我的影响,只要是有益的我都接受。"因此,《路》剧反映了传统的非洲戏剧艺术与现代欧洲戏剧艺术的双重熏陶,是西非约鲁巴部族的文化基因与西方现代戏剧的艺术技巧有机融合的结晶。这两种异质的艺术形成一种独具特色的戏剧风格而得到世界剧坛的认同。

首先,《路》剧不似一般剧作那样统一完整。它缺乏贯穿始终的情节线索,既没有重要的戏剧矛盾和冲突,也没有高潮和余波。它不注重表现和塑造常规式、程式化的人物,而以一种深沉的哲理性思辨为前提,对历史和现实进行反思。因全剧袭用西方现代派的表现手法,打破了写实戏剧因果逻辑的结构,并杂糅了非洲当地文化艺术中诸如图腾与舞蹈等延续性意象,因此,剧情显得扑朔、迷离、朦胧、神秘,颇有些荒诞不经的色彩。

其次,《路》剧打破了传统的戏剧时空关系,将人物内在的意识流程的心理时间同外在事物进展的物理时间相互融合,将不变的客观世界的时空同可变的主观感觉时空交叉表现,从而形成了戏剧时空的高度凝聚。《路》剧的情节只表现一个上午发生在一间名为"车祸商店"的小棚屋里的事,然而在如此有限的时空条件下,作者却从容地表现了许多戏剧角色对漫长生活经历的多方位、多层次的追忆。

另外,《路》剧以相对独立的情节单元结构全剧。剧中人"教授"、"东京油子"、沙姆逊、科托奴、穆拉诺以及早已离世的缅甸中士等,都以各自所关联的事件构成相对独立的情节单元,在分属他们各自的微小时空区域里,有的追忆以往的经历,有的求索人生的真谛,有的以隐喻性事物揭示具体的现实内容,表现出人物意念流程的一种延伸,增加了戏剧的内涵与容量。

第十节 戈迪默与《七月的人民》

纳丁·戈迪默,南非白人女作家、政论家和社会活动家。生活在种族隔离及后种族隔离这样一个特殊的年代,戈迪默以自己的笔作武器,真实地记录了历史的进程,探索了种族隔离制度下人与人之间变形的关系及特定历史语境下私人生活、个体欲望、存在困惑与权力问题的复杂纠葛。她的作品充满批判精神,蕴含丰富,艺术技巧娴熟。1991年,诺贝尔文学奖将该奖项授予戈迪默,评选委员会的颁奖理由是:"她的文学作品由于提供了对这一历史进程的深刻洞察力,帮助了这一进程的发展。"

一 生平与创作

戈迪默(1923—)于1923年11月20日出生于南非约翰内斯堡附近的矿区小镇斯普林斯。她的父母都是犹太移民。父亲13岁时从立陶宛移居南非,母亲则来自英国。由于父亲是珠宝商,家境比较富裕,童年时期的戈迪默接受了比较好的教育。她学过钢琴,也学过芭蕾,但她更喜欢读书,早期的阅读对未来的作家产生了深刻的影响。戈迪默在当地一家为白人开设的修女学校度过中学时代,23岁时,她进入约翰内斯堡的威特沃斯兰特大学学习了一年。

1949年,戈迪默的第一部短篇小说集《面对面》问世。1952年,出版了另一部短篇小说集《毒蛇的温柔声音》,开始引起欧美文艺界的关注。在戈迪默1953年出版的第一部长篇小说《说谎的日子》里,首次表达了作者对种族隔离制度的严肃审视与批判。《说谎的日子》得到文艺界的普遍认可,标志着戈迪默的创作走向成熟,戈迪默从此走上专业作家之路。

毫无疑问,戈迪默是一位现实主义作家。真实,是戈迪默的艺术追求,她曾经说过:"我曾说过我所写或所说的任何事实都不会比我的虚构小说真实。"[①]但她对现实主义的理解在长达50多年的创作历程中,不断地在发生变化。

80年代之前,戈迪默试图通过写作直接嵌入世界和历史,这一时期的大多数作品中的中心形象是南非的历史和现实,与政治的关联直接而密切。她反对种族歧视,同情被压迫的黑人的遭遇,谴责实行种族隔离政策的政府,赞美那些为实现种族平等而斗争的白人和黑人英雄。对于早期创作的这种倾向,戈迪默认为:"在南非,社会就是政治的环境,也就是说,人们可以这样说:政治就是南非的形象",[②]"如果你忠实地书写南非的生活,种族隔离就在严厉批评自身"。[③]

这个阶段戈迪默创作的长篇小说主要有《陌生人的世界》(1956)、《恋爱时节》(1963)、《已故的资产阶级世界》(1966)、《尊贵的客人》(1971)、《自然资源保

[①] [南非]戈迪默著,傅浩译:《受奖演说:写作与存在》,见戈迪默著,莫雅平译:《我儿子的故事》,译林出版社,1993年,第268—269页。

[②] Stephen Clingman, *The Novels of Nadine Gordimer: History from the Inside*, London: Bloomsbury, 1993, p. 10.

[③] Ibid, p. 12.

护论者》(1974)、《伯格的女儿》(1979)等。

《陌生人的世界》通过一个英国人的眼光来观察种族隔离时期的南非社会，并通过他的眼睛描摹出了两个具有天壤之别的世界：一个是奢华、富有、自私、与世隔绝的白人世界，一个是贫穷、简陋、不幸的黑人棚户区。两个世界界限分明，形成互不了解的"陌生人的世界"。由于小说巨大的真实性，在南非遭禁达十年之久；《已故的资产阶级世界》通过聪明、正直、敏锐又带点神经质的人白人麦克斯的自杀揭示出：南非的种族隔离制度不仅构成对人性的摧残，而且把人与人之间的关系扭曲，把好人逼入绝境；《尊贵的客人》关注的是新独立的非洲国家赞比亚的政治斗争。这部作品"结构严谨，简洁含蓄，文体高雅"，成功地表达了一个新独立的非洲国家各种纷繁复杂的事件，探讨了权力的腐蚀性问题；《自然资源保护论者》一方面表达了南非白人特权和白人政权的不合时宜这一严肃主题，另一方面显示了戈迪默高超的叙述技巧，该作品具有复杂的叙事结构和象征体系，在艺术上颇见功力，荣获当年的布克奖；《伯格的女儿》是这个时期的作品中，成就最为突出的一部。戈迪默在继续展现种族隔离时代充满暴力的、混乱的社会现实的同时，探讨了特定时代公共生活与私人生活、黑人意识与白人意识等各个层面的冲突。在艺术上，这部面向现实的史诗式长篇小说借鉴了现代主义的艺术方法，它没有过多描绘惊心动魄的斗争场面，而是将主要情节放在女主人公的内心世界的展开。作品中存在着多个平等的叙述声音，形成复调结构和客观性特征。

80年代，是南非大变革的前夜。臭名昭著的南非种族隔离制度越来越引起全世界的关注和抵制，南非国内的反种族歧视斗争也愈演愈烈。在这样风起云涌的时代氛围之下，敏锐的戈迪默开始超前地思考新政权建立后可能会出现的社会问题，反映在创作中，这时期的主要作品都表达了戈迪默对未来的某种忧虑，显示出"预言现实主义"的艺术倾向。

《七月的人民》(1981)将背景放置于南非全面内战后新旧政权交替的想象的时空，呈现权力更替后有可能出现的种种混乱和迷惘，虽是想象的未来，但却扎根于现实问题的思考。

《大自然的运动》(1987)也是这时期的重要收获。主人公是一位叫海丽拉的白人女性。在她的第一个丈夫——一位南非国民大会领导人被暗杀后，她又嫁给了黑人总统罗埃尔将军，并成功地帮助丈夫从事政治斗争。在新的南非共和国的开国大典中，海丽拉作为贵宾，与她的丈夫——非洲统一组织主席罗埃尔总统并肩而立，接受黑人群众的欢呼。"她是白人妇女，但今天穿着非洲礼服"。这样的结尾强调了南非白人抛弃欧洲文化，对非洲本土文化的认同。小说把罗埃尔将军描绘成一个社会主义者，在他的国家里实行混合经济，油田、矿产和银行收归国有，土地重新分配，人民生活普遍富裕，国家政权稳固。这实际上是戈迪默为未来的南非政治发展勾勒出的一幅蓝图。在叙述上，作品采用了流浪汉小说的叙述模式，同时又是一部将个人史与民族史交织在一起的史诗式作品。

进入20世纪90年代之后，戈迪默的创作更趋复杂化，在传统现实主义创作手法的基础之上，她更多地借鉴西方现代主义的表现技巧，更加追求对心灵世界的挖掘和艺术形式的革新。创作主题大多具有多层次性和人性的普遍性，甚至表现出与以往表现的激进政治化生活进行对话的意图。

《我儿子的故事》(1990)是这时期长篇小说方面的重要收获。小说情节围绕主人公索尼的家庭悲剧展开。在戈迪默一贯坚持的反种族歧视这一政治化主题之外，《我儿子的故事》更多地表现政治生活对私人生活的复杂影响，黑人、白人革命者的反种族歧视斗争与爱情、婚姻、家庭关系、女性成长等主题交相渗透，蕴含丰富。在艺术上，《我儿子的故事》融汇了现实主义和现代主义的艺术品格。在叙述上，戈迪默交替使用了以男孩威尔为视角的第一人称限知叙述和第三人称全知叙述，两种叙述视角既各自独立，又相互补充，使得《我儿子的故事》这部小说的真实感和可信度大大加强。戈迪默还吸收了意识流文学的表现手法，注重心理描写，广泛运用联想，叙述具有跳跃性、模糊性的特点。

《无人伴随我》(1994)主要围绕女主人公维拉·斯塔克——一位资深的白人律师展开。作品通过她的社会活动和她与家人、朋友的关系，一方面展示了南非历史转型时期这一特定地域、特定时间纷繁复杂、充满偶然性的社会生活和种族隔离历史对人与人之间关系的破坏所导致的信仰危机，另一方面又对人的自我进行了颇具哲学意味的探讨。在戈迪默看来，人是复杂的，有许多不同的自我的版本，这些版本只会因处境的变化而改变，但永远不会消失。每个人的自我都是独立的，"每个人的结局都是朝着自我的独自行走"，无人伴随。

晚年的戈迪默在思索存在的状态与意义时，明显受到了存在主义哲学的影响。这种影响在她2005年发表的长篇小说《新生》中表现得更为明显。在这部小说中，种族、肤色及其相关社会问题已经基本消失，作者思考的主要是当代社会具有全人类意义的生存问题。

戈迪默是个勤奋的作家，在长达六十多年的创作生涯中，她给世界文学留下了一大笔宝贵的精神财富，尽管给她带来国际声誉的是长篇小说，但是她在短篇小说方面也颇有建树，她的短篇小说文笔老到，技巧精湛，主题深厚。主要短篇小说集有《面对面》(1949)、《毒蛇的温柔声音》(1952)、《六英尺土地》(1956)、《星期五的足迹》(1961)、《不宜发表》(1965)、《利文斯通的伙伴们》(1976)、《小说选》(1979)、《士兵的拥抱》(1980)、《跳跃和其他故事》(1991)、《贝多芬是1/16黑人》(2007)等。另外，戈迪默还写有大量的评论文章，主要收入《黑人阐释者》(1973)、《基本姿态：创作、政治及地域》(1988)、《写作与存在》(1995)等集子。

戈迪默的大半生，除了去欧美一些国家游历、讲学之外，自始至终生活在南非。她将问题重重的南非视作自己永远无法摆脱的故乡，她愿意生活在转型期的南非历史之中，做一个内部的观察者和书写者，通过文学形象去解释自己国家历史的意义。作为一个有着强烈社会责任感的知识分子，她不仅在作品中表现出强烈的政治热情和人文关怀，而且在生活中积极干预社会生活，显示了可贵的勇气。对人的解放的关怀构成她创作的核心动力，正是因为她这种博大的胸怀，人们尊称她为"南非的良心"和"南非文学之母"。

二 《七月的人民》

《七月的人民》是戈迪默在1981创作的一部长篇小说,是她获得诺贝尔文学奖的决定性作品之一。

戈迪默将小说的背景放置于全面内战爆发后南非新旧政权交替的真空时期。作品以葛兰西《狱中笔记》中的一段话作为开篇引语:"旧的正在死亡而新的还未能诞生;在这个空位期,产生了大量病态的征兆。"《七月的人民》就通过身份逆转后的白人斯迈尔斯夫妇一家的遭遇去剖析长期的种族隔离制度对变革后的未来的南非产生的影响。

斯迈尔斯先生原本是一个白人建筑师,拥有美丽的妻子、三个可爱的孩子、可观的收入和舒适的居所,这是一个典型的中产阶级家庭。但在内战爆发后,白人四处奔逃,斯迈尔斯一家也不得不由黑人男仆"七月"带领着逃亡到七月的家乡——一个黑人部落。斯迈尔斯夫妇很快发现,在七月的家乡,他们不仅失去了原来舒适生活所需要的一切物质条件,而且生存也变得没有保障,完全依赖于七月的照顾和恩惠,他们变成了"七月的人民"。而先前的仆人则渐渐表现出了主人的姿态。对此身份巨变,丈夫巴姆由试图保住白人的优越地位转为无奈地承认黑人才是这块土地的真正主人。而妻子莫琳则在意识到身份的大逆转后,选择了逃离。

小说的故事虽然发生在想象的时空,但却是深深地立足于现实。20世纪70、80年代南非的种族隔离制度越发臭名昭著,种种不满的情绪像地下的岩浆一样喷薄欲出,黑人运动此起彼伏,各种刑事案件层出不穷,这些都成为社会转型时期的病态征兆,一场大的变革即将到来成为社会各个阶层的普遍预感。

小说首先指出了混乱的来源,矛头直指种族隔离时代白人中心主义。在种族隔离时代,黑人饱受白人政府的歧视:他们必须居住在偏远地区或隔离区,他们进入城市,大多也只能得到七月那样的为白人服务的工作。斯迈尔斯夫妇属于比较开明的白人,他们同情黑人的境遇,反对种族歧视,他们善待七月,尽量让他生活舒适,工作顺心。巴姆更是拒绝七月对自己的"主人"的称呼,愿意让他称自己为"先生",表明他更愿意视自己与七月的关系为经济关系,而非主仆关系。但是即便开明如斯迈尔斯夫妇,实际上也与种族隔离体制摆脱不了干系,他们早已因无意识地享受这个政策带给白人的福利被牵连其中。在莫琳的回忆中,出现了一张她和她的黑人朋友、家中的奴仆——莉迪亚的合影:

> 照片被登在了一本供咖啡桌上摆设用的、关于这个国家及其政策的书《生活》上。白人女学生和头顶着她的书籍的黑人妇女在一起,真是一张反映白人统治者的态度和生活方式的绝妙照片。

这个照片是一个象征性的意象,透过表面的平等的面纱,折射出了种族隔离时期作为群体的白人和作为群体的黑人之间不平等关系的实质。"为什么莉迪亚拿着她的书箱?"的问题直指社会混乱的根源——白人中心主义。

其次,《七月的人民》从多个层面对白人中心主义进行了解构。第一,空间的转换。逃亡后的斯迈尔斯一家面临着的首要问题是生活空间的巨大变化,原来他们住的是干净、整洁、宽敞的房子,而现在,他们一家被迫挤在七月的妈妈和妻子让出来的一间铁皮屋里,缺乏基本的生活物资。逼仄的空间迫使他们不得不放弃他们熟悉的文明生活习惯,甚至夫妻双方也因私人空间的缺乏而丧失了激情。通过这些变化,戈迪默不无犀利地指出:白人文明的优越感、和谐的夫妻关系从很大程度上有赖于对空间的控制;第二,物权的转移。内战爆发后,大多数白人在黑人武装力量冲击下,丢下几乎所有财产,匆忙出逃,本身就是一次物权的大移交。在七月的村庄,这种物权的转移更以具体可感的形式表现出来。汽车、枪支都是种族隔离时期白人优越生活和支配地位的标志性物象,这些物权的转移直指黑白双方政治权力的转换。支撑这种转换的心理基础,正如七月对他的妈妈所说:"他们什么也做不了啦。再也不能对咱们怎么样了。"第三,语言的较量。语言是文化的载体,同时蕴含着政治关系,是文化斗争的无声舞台。在《七月的人民》中,语言的较量主要在莫琳和七月间展开。在种族隔离时代,为白人政权服务的黑人使用的语言是英语,但是,他们的英语"是从厨房、工厂和矿上学来的。它的基础是命令和应答,而不是思想和感情的交流"。莫琳与七月的几次交锋暗含着语言权力的转换。七月不再无条件接受来自白人的指令,而是开始"选择了他想知道的和不知道的"。后来干脆一再拒绝莫琳的要求,当莫琳要求七月一定要帮他们找回丢失的猎枪时,七月表现出的是愤怒:"我?我非得知道是谁偷了你们的东西吗?总是这样。你们给我添了那么多乱。……你们带来的麻烦我再也不想要了。"原来温顺恭敬的仆人开始进行反抗,愤怒之中七月甚至开始使用自己的语言跟莫琳说起话来,莫琳虽然不懂,但:

> 她却明白了,明白了一切?他曾不得不是一个好仆人,她是怎么给他遮遮掩掩,只是为了使他符合她的理想,但是就他自己而言——能干、忠实、为她争面子——却没有任何意义;他作为一个人的价值体现在别处另一些人身上。

从有选择地接受指令,到使用英语拒绝指令,到使用自己的语言表达自己的情绪,七月终于摆脱了来自语言层面的白人中心主义文化压迫,寻回了黑人的主体性自我。

空间的转换、物权的转移、语言的较量都是身份巨变的具体表征。通过这些变化,戈迪默消解了白人中心主义这一种族隔离时代的中心意识,戈迪默所设想的这些乱象在后种族隔离时代的南非大多变成了现实,作家的思考超越了时代。然而在消解白人中心主义的同时,敏锐的戈迪默也捕捉到了一种新的文化压迫——黑人中心主义。斯迈尔斯一家逐渐沦为七月的臣民的过程正是变革后整个白人处境的一个缩影。如果说白人中心主义是一种罪恶,那么黑人中心主义也同样是一种罪恶,因为其中蕴含着一种新的不平等。

然而,尽管变革后的未来依然面临许多严峻的社会问题,戈迪默仍然坚信南非必须前行,进行变革,因为,变化就意味着希望。戈迪默把后种族隔离时代多民族和谐相处的希望寄托在斯迈尔斯的三个孩子身上。作为新的一代,他们身上较少成见和历史的重负,很快就适应了现实,适应了黑人们的文化,和黑人孩子们和睦相处,维克多学会用黑人的礼节接受礼物,吉娜和她的黑人伙伴无话不谈,甚至开始使用黑人的土语进行交流。

在艺术上,《七月的人民》继承了现实主义的表现手法。小说虽然是对未来的想象,却深深扎根于现实,是在对现实深刻把握的基础上对未来的预期。故事在一个清晰有序的空间中展开,充满日常生活场景的细致勾勒,环境描写详尽而具有抒情性。但与此同时,戈迪默热衷于小说形式的革新,有意将现代主义的表现方法吸收进来。她的大多数长篇小说都以实验的姿态废除了人物对话时的引号,而改用破折号,且大多没有引述句,以一般间接引语和自由间接引语的形式出现,这种形式打破了人们的阅读习惯,使得叙述具有一定的模糊性。戈迪默的创作始终注重人物心理世界的真实。外部世界的变化主要映现于人物内心世界的感受、思考之中。莫琳对身份巨变由最初的抗拒,到努力适应,到无奈地接受,到最终的逃离;七月对新身份由最初的不适应,到模糊的认识,到有意识地对抗这些心理的细微变化始终与情节进展交织在一起,大量内心独白的使用则扩大了小说的心理空间,显示了戈迪默卓越的心理分析才能。

与政权交替这个未定时代的特征相符合,小说留给读者的是一个开放性的结尾。莫琳再也难以忍受现实的困境,抛下丈夫和孩子们,不顾一切地奔向那架偶然降落在七月的村落、不明来源的飞机。等待莫琳的命运会是什么,作者并没有给出答案。莫琳奔向飞机这个动作既是一种逃离,又是一种逃向。逃离的是身份颠覆之后白人的生存困境,逃向的是具有无限多种可能的未来。关于这个未来,戈迪默有着很多的忧虑与迷惘,她无法也不能给出一个清晰的图景。

第十一节　库切与《耻》

库切是南非当代著名作家。他善于以隐喻象征的方式,表现当代人的生存境遇,探索当代人类灵魂非常凄凉的状况,2003 年,库切因"在探究软弱与失败之中,捕捉到人性的神圣火花"和"精致的结构、意义深长的对话,以及精彩绝伦的分析",荣获诺贝尔文学奖。《耻》是他的获奖作品之一。

一　生平与创作

约翰·马克斯韦尔·库切(1940—　)出生于南非开普敦一个荷兰裔移民后代家庭。身为农场主的父亲曾供职政府,因与种族主义当局政见分歧而离职,举家迁往省城。1960 年,20 岁的库切获得开普敦大学英语学士学位,次年又获得数学学士学位。1963 年取得了数学和英语的硕士学位。而后,他移居英国伦敦,作为一个计算机程序员为美国国际商用机械公司(IBM)工作,同时在业余时间在大英图书馆研究英国作家福特·马多克斯·福特的著作,从事诗歌创作,思考人生的意义。

1965 年,库切离英赴美求学,1969 年获得克萨斯大学语言学博士学位。在美国,他积极参加了反对越南战争和南非种族隔离制度的斗争,曾被美国当局看作是一个"问题分子"。毕业后在纽约州立大学做教授,但当时由于未能获得绿卡,他被迫回到南非。1971 年起在开普敦大学英文系任教。

1972年,回到南非不久,他开始写作。他的第一部长篇小说《幽暗之地》于1974年,出版,显露了他的创作才华和潜力。之后一发不可收,他总是不紧不慢,每隔几年就创作一部作品。《内陆深处》(1977)、《等待野蛮人》(1980)、《迈克尔·K的生平和时代》(1983)、《敌手》(1986)、《冷铁时代》(1990)、《分裂的土地》(1992)、《彼得堡的大师》(1994)、《少年:乡村生活场景之一》(1997)、《耻》(1999)、《青春:乡村生活场景之二》(2001)、《伊丽莎白·科斯特洛:八堂课》(2003)等长篇小说陆续问世。

库切的小说一直受到文坛的关注和肯定,频频赢得大奖。《幽暗之地》获南非默夫洛—波洛墨奖,《内陆深处》获南非最高荣誉CAN奖,《等待野蛮人》摘取费柏纪念奖、布莱克纪念奖等荣誉,为库切赢得了国际性名声,英国企鹅出版社将此书选入"二十世纪经典"系列。《迈克尔·K的生活和时代》出版当年就赢得英语文学界最高荣誉——英国布克奖,并入选当年《纽约时报书评》编辑推荐书目。《耻》1999年再度获布克奖,使库切成为唯一两次获该奖项的作家。1994年出版的《彼得堡的大师》获得爱尔兰时报国际小说奖。他是英语文学中获奖最多的作家之一,除了以上提到的奖项,还获得过法国费米那奖、普利策奖、1987年以色列最高文学奖"耶路撒冷奖"、2000年英联邦作家奖等。

除小说外,他还著有《白色写作》(1988)、《加倍的观点》(1992)、《冒犯:论审查制度》(1996)、《动物生命》(1998)、《陌生海岸》(2001)等随笔和散文集。

他是一位以教师为职业的业余作家。获取博士学位后,他回开普敦大学执教英语,前后20余载。其间,他曾担任美国纽约州立大学教授、哈佛大学客座教授。2001年库切辞去开普敦大学英语系主任一职,移居澳大利亚担任英语教授,经常在美国一些有名的大学做访问学者,还是美国芝加哥大学"社会思想委员会"成员,并在该校执教。

库切的创作成就在他的几部代表性作品中有集中的体现。

《等待野蛮人》是作家赢得国际声誉的作品。小说以一个虚构帝国的一段虚构历史,寓言式地提出一个"文明扩张"的问题。作家通过帝国的一位老年地方行政官员对一个蛮族女子的无名怜惜,以及他目睹帝国官员对野蛮人的残暴践踏,深刻地提出了良心的、人性的控诉。在"文明"与"野蛮"的冲突中,在文明扩张的过程中,"文明"的价值怎么衡量?对灵魂的关照,对生命的关怀,应该是起码的尺度。作品通过主人公的经历和思考,表述的是"文明人"的自省。

《迈克尔·K的生活和时代》是一部具有写实风格的作品。小说主人公迈克尔在南非内战期间,用手推车载着病中的母亲步行到故乡避难;母亲死于途中,他抱着骨灰继续前进。故乡却已成一片废墟,他孤零零地混迹于充满了残暴军队的混乱世界。他被关入监狱,无法忍受监禁生活而越狱逃跑。他决心去寻找一种具有人的尊严的生活。小说继承了卡夫卡和贝克特的文学传统,描写一个小人物逃离现实的故事。但在局势动荡、战争频仍的时代,小人物只能被命运摆弄,生活在无言的痛苦之中。

《彼得堡的大师》是对陀思妥耶夫斯基的生活和小说世界的演绎。库切虚构陀思妥耶夫斯基1869年来到彼得堡调查继子巴维尔死因的情节,并且与当时俄国的历史事件联系起来,以此揭示陀思妥耶夫斯基及其创作中复杂矛盾的内在世界。在一种互文关系中,库切与他敬仰的前辈大师展开平等对话,共同思考人的命题与现实中的人文关怀。作家通过对陀思妥耶夫斯基的生活,陀思妥耶夫斯基作品中的人物、某些场景的剪接调整,形成多层次的互文,具有丰富的寓意。

《青春:乡村生活场景之二》是一部自传小说。以第三人称叙述的方式,主要记录了作家流浪到英国后的心情感受,表现了一个胸怀文学梦想的青年诗人的苦闷、彷徨和不甘失败的遗志,证实一个乡下的文学青年在大都会实现其野心的艰难。一段春梦无痕的人生就让他写得楚楚动人。库切把年轻时的自己作为他者来观照,再度审视青春的彷徨之途。作品几乎没有外在的动作冲突,读来却丝毫没有枯燥之感,除了简洁隽永的文笔,这里还有一种深邃而平易的东西,很理性却很容易诉诸感觉。

《伊丽莎白·科斯特洛:八堂课》是一部具有文本试验性质的小说。小说的主体是八篇演讲,演讲者是世界闻名的女作家伊丽莎白·科斯特洛,因为她的名声,她被动地出席各种研讨会和颁奖典礼,在不同场合讲演,其内容涉及到文学、动物保护、民族文化、理性、邪恶、爱欲、神学等,还穿插着演讲者(小说主人公)对过去的回忆,演讲前后的细节以及她与周围人物关系的来龙去脉。小说中思想观念的交锋、简洁生动的叙述、学术研究的严谨、自我心灵的解剖等等熔为一炉。

综观库切的创作,可以看到几个突出的特点:

第一,直面现实,描述种族隔离制度造成的悲惨后果。作为一个南非人,他经历了愈演愈烈的种族隔离,这对库切造成了不可估量的影响。他目睹众多缘于种族制度的罪恶,对这种罪恶的描写,贯穿他整个创作。更重要的是,在某种程度上同情黑人的库切受的是白人教育,英语是他的母语,和非洲当地黑人之间有着难以打破的隔膜,这种双重身份带给他尴尬。因而,他在对族隔离制度造成的悲惨后果的描述中,结合着深刻的"自我反省"和人道主义情怀。

第二,"反英雄"人物形象。库切绝大多数作品描写的都不是引领时代潮流的英雄人物,而恰恰是一些"反英雄"、"非英雄",是一些社会主流之外的边缘人物。他关心的是他们的命运。而且有力量使读者也不得不关心他们的命运,并且能使读者从对这些人个人命运的关切中感受到了历史潮流的涌动,使读者对历史与个人命运的关系产生深入的联想。而且往往表现他们在逆境中获得精神的拯救。作品主人公往往遭受了沉重的打击,被剥夺了外在的尊严,但他们总是能从失败中获得力量。

第三,人类生存境遇的思考与隐喻的运用。库切在创作中透彻地剖析了人类当代的社会环境,他用自己智慧的光芒和慈悲心,描绘了死亡和暴力给这个世界带来的凄凉与冷漠,探索当代人类灵魂的凄凉状况。但在艺术表现上,他往往有意识地淡化时空背景,从而获得超越具体时空的隐喻效果。正因如此,有人将他同卡夫卡连在了一起,称他为卡夫卡的继承者。但与卡夫卡不同的是,他运用的都是些极似真实的隐喻,而非卡夫卡那种变形、荒诞的隐喻。

第四，简洁、精致的表现风格。库切的创作深受法国"新小说"精简、纯净、拼贴的技法影响，故事流畅可读，构思精巧，对话隽永，分析透彻。他的长篇小说篇幅都不大，一般在20万字以内。库切小说的语言表面平实，实质犀利；简洁、细腻，但又准确、尖锐；冷峻中不乏温润，雄辩中又有嘲讽，字里行间留有许多耐人寻味的空白。有人认为：库切本质上是个诗人，节奏感强，富有诗意，虽然说他写的是散文体，但有一种韵味的存在。

二 《耻》

《耻》是库切的代表作，比较集中地体现了库切的创作特点。小说情节简单，上半部写52岁的南非白人教授卢里在开普敦城里的生活，他和一位有丈夫和两个儿子的"妓女"索拉娅来往，每周四下午在一起呆上90分钟，但他偶然发现了她的另一种体面的生活，便离开了她。此后他仍然充满欲望而缺乏激情，引诱了自己的一个年仅20岁的女学生，并在对方被动麻木状态下与之发生性关系。但是这件事被她的男朋友和她的父母发现了，于是引起一场轩然大波，一时之间，他在大学里斯文扫地。他失去了教授的职位。有人向他暗示：只要他能够当众作一番辞恳情切的忏悔，很快就能恢复教职。但是他拒绝这样做，因而失掉教职。小说的下半部写卢里离开开普敦，到女儿居住的一个很偏僻的农场，找到自己的女儿露茜（他和露茜的母亲早已经离婚，女儿是一个人生活在农村），不久以后的一天夜晚，三个流浪的黑人袭击了他女儿的小屋，把他痛打一顿，强奸了他的女儿，抢夺了他们的东西。卢里为女儿感到羞耻，希望女儿能够正视自己面临的危险，多次劝女儿离开农村回城去，或者移民欧洲。但是女儿想得更多的则是怎么把这件事情忘到脑后，想办法在农场里继续生活下去，并且将遭强暴而怀孕的胎儿保留。她接受了黑人邻居佩特鲁斯的提婚，以自己的农庄做嫁妆，做他的第三房妻子，换取佩特鲁斯的保护。在她看来，生活在这种危险之中，是如今白人想继续呆在这片土地上所必须付出的代价。在乡村，卢里还认识了一个矮胖的小女人贝芙·肖（她的职业是给动物看病），他和她一起将无法救治的狗杀死，有时还提着死狗到焚化炉里去焚烧。出于生理需要，两个人还在"毛毯的包裹"里发生了性关系。卢里离开了女儿和农场，回到了开普敦。在开普敦他企图重新开始写作一部他很早就计划写的关于好色的拜伦的著作，他还试图向他过去的那个女学生和她的父亲道歉。但是后者希望他能够信教，向上帝悔过。而他对此毫无兴趣，并且也丧失了研究拜伦的心情。最后只得重新返回农村，认同女儿的态度和做法，在贝芙·肖的动物保护站帮忙，整日忙于照拂一些动物，忙于给老死的狗安排体面的火葬。并且从中发现了某种"从未见过的美"。他认可了自己的命运，不再进行任何形式的怀疑与抗争。

小说的主人公是卢里父、女俩人。戴维·卢里是一个经历过"过去"的人。他的专业是英语文学，酷爱华兹华斯。书中一直贯穿着一个细节：他想写一出关于拜伦的歌剧。他的两次婚姻均告失败。事业上，他也十分失意，最近刚被降为传媒学院副教授。他觉得《传媒手册》上有关语言的定义十分荒谬："人类社会之所以创造出语言，是为了我们彼此能交流思想、感情和意愿。"他认为，言辞源于歌唱,而歌唱则源于用声响来填充人类空虚心灵的需要。望着自己即将消逝的英俊容貌,想起生活的失意和事业的挫折,卢里竟在异常的痛苦和空虚中引诱起自己的女学生。他的不正当行为很快暴露。由于拒绝公开悔改,他被校方解聘。无奈之中,他来到了女儿露西的农场,当起了农场工人和动物保护者。他是一个人生失败者的形象,也是一个怀抱着殖民者的文明遗产,在后殖民现实中处处碰壁的寓意化的形象。

露茜却是"遗忘"过去、反叛传统、追求独立个性的人。她出自破碎家庭,自幼跟母亲在荷兰生活,对父亲本来就没有很深刻的感情纽带。露茜回南非后,很自然地走上了反叛道路。她在一个普遍信教的社会里公开自己的同性恋;她离开父亲居住的城市下乡务农,回归自然;她在同伴都离开后孤身坚持;她在一个种族隔离制被废除不久的国家,与黑人佩特鲁斯平等合股经营农庄;她对保守的白人农场主极度蔑视,听见他们称黑人为"小子"就要愤怒斥责。这些是露茜反叛而成的独特自我。露茜虽然和卢里难以沟通,却继承了卢里不肯认错的倔强脾气。遭到黑人强暴后,她留下来嫁给佩特鲁斯,虽然会被黑人当作下贱的白母狗,但"白母狗"是一个露茜在心理上已经抛弃的身份。如果露茜接受卢里的建议,卖掉农场回城或回荷兰,她今后交往的人,或许会认为她的遭遇是自讨苦吃,甚至是活该。这似乎是露茜最害怕的前景,她在给卢里的一封信里说:"如果我现在就离开农场,我就是吃了败仗,就会一辈子品尝这失败的滋味。"这是露茜独特自我的失败,否定了露茜之为露茜的心理依据。她既是一个追求独立自我的生命个体,又象征着后殖民社会里殖民者后裔为弥合父辈与土著的矛盾、重建新的社会所作的努力。

《耻》是一部内涵和寓意非常丰富的作品,可以从几个方面理解:

首先,从作品的表层叙述,可以看到南非种族隔离制被废除后的社会现实。小说的标题"耻"充满了对于南非现实的深刻"隐喻":《耻》中之耻,有大学教授每周定时召妓以解决性需求之耻,有大学教授诱奸女学生进而丢掉教职之耻,有教授女儿"自甘堕落"地在偏僻农场里当农民之耻,有白人女子遭黑人强奸之耻,有昔日农场的白人女主人如今却要接受昔日黑人帮工的保护并做他的第3个老婆之耻。父亲之"耻"是因为自己的行为不检所致,女儿之"耻"又是为何呢?在小说中,父亲不明白女儿为何心甘情愿地忍受"耻辱",女儿明白地告诉他,自己这样做是为白人曾经施加于黑人的不人道统治赎罪。透过字里行间,显然还有一种耻,那就是作者一直不愿直接写及但在他的所有作品中都得到了象征性表达的南非的国家之耻——种族隔离制度。书中之"耻",不仅仅是一个家庭的个人之"耻",同时更是南非白人的民族之"耻"。这也意味着,尽管《耻》只字未提种族隔离这个词,但它同库切前几部直接描写种族隔离的作品一样,仍然关注的是南非的种族隔离现实及后果。事实上,库切在他这些代表性的作品中,都真实地再现与反思了南非的种族隔离现实及后果。

小说中的许多问题正是南非社会现状的真实写照,土改引起的土地所有权变更、居高不下的犯罪率、公民缺乏警力保护、新旧社会观念的碰撞与融合、国家的重建与种族的和解,以及社会变革时期的磨难与阵痛等等。当殖民主义和种族主义在南非造成难以抹去的历史痕迹后,《耻》中表现的舍得抛弃、创造新生以及白人心灵中隐隐的赎罪感,似乎为社会的重组与重建提供了一种方式。

小说出版后,有人认为这部小说丑化了黑人,丑化了黑人政权下的南非社会,是一部向新制度泼脏水的小说。因而,甚至一些过去赞赏库切的人也认为库切是在政治上向右转。其实这部小说恰恰体现了库切小说艺术创作上一贯的本色和风格。在他的世界里,只有真诚和良知。库切之所以能够敢于在不同的时代里反潮流,就是因为他用真诚和良知的眼睛去看世界,并且如实地写出自己所看到的东西,这也就使他看到了某些近视的政治家看不到的东西。这部作品的分量和价值恰恰在于它对于南非社会当前日常生活的栩栩如生的如实描写和这种描写给人们带来的反思。有评论者认为,这部小说通过书中人物的遭遇,以隐喻的手法展示了新南非的政治、经济和社会问题,凸显了人们社会价值观的变异与扭曲,进而深刻揭示了南非白人心灵深处最大的恐惧感。

其次,《耻》又具有超越南非社会现实的普遍意义,是一个后殖民世界中人类种族关系的寓言。殖民统治结束后,其危害却仍在继续。小说中没有直接描述昔日的殖民统治,但从黑人对眼下白人后代(被黑人视为殖民者)的仇恨中便可知道,当年黑人曾遭受白人殖民者何等残酷的蹂躏。三个黑人强奸露茜,既非为满足生理欲望,也非出于露茜个人的原因,而仅仅因为露茜是白人。黑人要向白人殖民者报仇,他们的仇恨发泄在了身为白人的露茜身上,而他们三人当中有一个还是小孩,强奸过程是对黑人孩子如何对白人发泄仇恨的一种言传身教。如此自幼在心里埋下对白人仇恨的种子的孩子长大了会如何对待白人,是可想而知的!露茜如此的命运则表明,白人殖民统治在南非的受害者不仅仅是黑人,还有他们自己的后代。

小说中露茜被黑人强暴后,她选择"耻辱"地继续生活在乡村,表现的是库切对后殖民时代种族关系的一种认识:发生在她身上的一切只是一种异乎寻常的赔偿形式,这笔债务是她作为一名白人不得不偿还的,因为她与数十年压迫黑人的种族隔离制度之间有着一种被动的同谋关系,她要直面过去的罪恶,寻找新的生活模式和新的希望。

在《耻》的后三分之二,"狗"是一个中心意象。露茜在农场里设有一个寄狗所,让外出的家庭付费寄养看家狗,这是她生活来源的一部分。小镇上贝芙·肖开办了一个"动物保护站",主要工作就是处理被抛弃的狗。小说中"狗"的命运以及围绕狗所展开的人的活动,形成后殖民时代人类种族关系的隐喻。在南非,只有白人才养狗,因为狗闻到黑人气息就要叫唤,黑人对狗很讨厌。为什么弃狗处理工作会那么忙,有那么多狗要处死?库切不愿点明,但是原因不难想见:政权转到黑人手里之后,大量白人离开了南非。小说结尾,卢里为什么又回到贝芙·肖的动物保护站帮忙处理弃狗?工作是那样专注:轻轻地呼唤着狗,温柔地抚摸它的脊背,让狗放松下来,在爱怜中送它上路。他是在处理西方文明留在殖民地的孑遗。

最后,《耻》还有一种超越时代与社会的抽象哲理意义,即传达出作者无奈的人生观。作为一本有着多重象征的小说,说它是对南非现实的解剖也好,是后殖民时代人类种族关系的隐喻也好，但最终看来，这本小说还是传达出了作者无奈的人生观——人与动物的生存或许并无太大区别，当面对某种强大的势力和习俗时，个人的抗争是无效和无用的，只有屈服才是保住生命的唯一道路；生活中并无诗意和浪漫可言，那些只是覆盖在欲望之恶上面的假象，现实是无法理解的，别人是无法依赖和信任的，人与人之间缺乏、不愿、难以相互交流和理解，而是互相设防、互相封闭。卢里教授与前妻因无法相互交流和理解而离婚；他和一度似乎令他心满意足的妓女索拉娅之间只有性，而无思想情感上的理解、交流；他诱奸了学生梅拉妮后一度曾想认真对待她，但她男友的出现、梅拉妮对他的控告，他受到的审判使之不可能；他想与女儿沟通与理解的种种努力都归于失败；他女儿所生活的社会里充满了新的复杂的种族状况，他想与之和睦相处的努力因三个黑人强奸了他女儿而中止，他的所有信念都因此而动摇。一个人能够选择的道路就是尽可能地在耻辱和肮脏中活下去——哪怕最后像小说里的那条狗一样，在无人救助时死去。

正是在这样的意义上，瑞典文学院在"诺贝尔文学奖授奖词"中评述这部作品："在小说《耻》中，库切让我们领略了一个名誉扫地的大学教师的挣扎。当南非白人至上的传统崩溃后，这名教师在全新的环境中苦苦维护自己和女儿的尊严。这部小说探究了他所有作品的中心议题：人能否逃避历史？"[①]

在艺术表现上，《耻》很有特色。小说采用了"并非全知全能的第三人称"这一特殊视角，其特点是，表面上看，小说是第三人称，而就其本质来看，却像是第一人称，小说几乎全部是卢里教授一个人的心理在活动，他的抗拒，他的陌生，他的忍耐，他的屈辱和绝望。这让读者在读小说时，总感觉有些地方是模糊的，未知的，这也就开拓了故事的空间，增强了故事的象征效果。

库切的小说十分凝练、高度浓缩，篇幅一般都不超过三百页，《耻辱》也不例外。整部小说的语言表面平实，实质犀利，字里行间留有许多耐人寻味的空白。在作者描绘那些被人丢弃的动物时，读者显然又能感到一种令人心碎的抒情性。一切都是隐含的，一切都需读者慢慢体会。作者并没有描写露西受到的攻击，但读者却清楚地知道发生了什么。小说中也没有一个字涉及南非种族主义问题，但只要读完这部小说，谁都能强烈地感觉到这一问题的存在。因此，小说所要揭示的不仅是个人的耻辱，更是整个国家、整个民族的耻辱。

小说的对话也富于特色，不管是教授卢里和他引诱的女学生梅拉妮的对白，还是他和女儿露茜关于被轮奸事件的真相的追索，都写得气氛紧张，扣人心弦。

第十二节　当代东方文学交流

第二次世界大战以后，东方各国文学交流进入一个新的历史发展阶段，表现出蓬勃向前的势头，人们普遍认识到人类生活在一个需要交流的共同的空间

[①] 瑞典文学院：《2003年诺贝尔文学奖授奖词》，见库切：《等待野蛮人》，文敏译，浙江文艺出版社，2004年，第216页。

里,相互了解与沟通成为生命之必须,因此,当代东方文学交流已成为人类历史发展的必然。

20世纪上半叶,同亚洲其他地区和国家一样,蒙古国诞生了新文学。在蒙古新文学的发生发展过程中,俄罗斯文学和十月革命后的苏联文学发挥了重要作用。与此同时,大量的中国古典文学作品也被蒙古译成自己的文字,成为新文学的一部分。其中《水浒传》就被多次译成蒙文,广为流传,为蒙古人民所喜闻乐见。20世纪50年代前后,蒙古国和中国的学者相继出版了一些为大中学生编写的文学读本。其中策·达木丁苏伦编撰的《蒙古古代文学精选百篇》(1959)颇具代表性。其中收入的100篇作品已成为蒙古文学经典。半个多世纪以来,这个选本不仅被两国文学史家和文学评论家所充分研讨,而且作为名著已列入中蒙两国相关地区的高校教材,并在这些地区多次再版。其中包括19世纪的汉文译作《水浒传》第4卷第22回(第78篇),琶杰演唱的《水浒传》第22回(第79篇)等篇目。

1957年,由策·达木丁苏伦和曾德主持编写的《蒙古文学概要》第一卷出版,20余年才出齐,其中收入了"《西游记》蒙文译本节选"、"《水浒传》"、"汉文作品在蒙古地区的口头传播"等章节(第三卷),可见中国古典文学对蒙古国文学的影响相当深远,至当代仍不曾减弱。

蒙文《西游记》在蒙古影响广泛而且深远。1976年,由辽宁人民出版社出版的三卷本蒙文《西游记》是根据阿日那蒙译《西游记》时一个抄本刊行的(1791年成书,1972年被发现),发行了25000套仍不能满足读者需求。1980年由蒙古人民出版社出版了由学者仁嘎瓦、阿拉坦巴根等翻译的四卷本蒙文《西游记》。其底本为1955年由人民文学出版社出版的《西游记》,没有回后批语。1996年,蒙古国学者胡布思古乐(女)将蒙古国国立师范大学图书馆收藏的一部附带43则回后批语和一篇"后记"的蒙文《西游记》抄本转写成蒙古国通用的斯拉夫蒙古文,分作两册出版。这对蒙古国读者和蒙文《西游记》研究者产生了极大吸引力。

现当代蒙古文学与中国的关系是从翻译文学开始的。自20世纪50年代初开始,中国文坛开始译介蒙古作家的作品。主要有策·达木丁苏伦(1908—1986)、达·纳楚克道尔基(1906—1937)、仁钦(1905—1977)、达·僧格(1916—1959)、洛岱丹巴(1917—1978)、达西登德布(1912—1997)、策登扎布(1913—1992)、乔·敖伊道布(1917—1963)、德·策伯格米德(1915—1991)、巴·索特那木、策·盖达布(1929—1979)、达·塔尔瓦(1923—1993)、焦吉、巴·巴嘎苏蒂、敦·纳姆达克(1911—1984)等作家的作品先后被译出、重译或译介。

达·纳楚克道尔基是蒙古现代文学奠基人,生前曾被授予"人民作家"的光荣称号。他虽英年早逝,但是著译颇丰。代表诗作有《我的祖国》、《四季》;小说有《旧时代的儿子》、《喇嘛的眼泪》、《白月与黑泪》;歌剧有《三座山》、《大小姐》等。他还曾将普希金、莫泊桑的作品译成蒙古文。1964年,蒙古政府设立"达·纳楚克道尔基文学奖",以表彰他在创作上的巨大成就。1955年,伊·霍尔登和陶·漠南根据内蒙古人民出版社出版的蒙古诗集和《内蒙古日报》等译出《我的祖国》(蒙古人民共和国诗集),由新文艺出版社出版。主要包括达·纳楚克道尔基的长诗《我的祖国》和其他作家的诗作共 6 首。此译诗集一年印刷了两次，发行近万册，深受读者欢迎。1957 年，诺敏根据蒙古国家出版社 1955 年版译出了达·纳楚克道尔基的四幕现代歌剧《三座山》，由新文艺出版社出版。1959 年，安柯钦夫又根据内蒙古人民出版社 1955 年翻印的蒙古版《三座山》，并参考新蒙古版《纳楚克道尔基选集》译出《三座山》，由中国戏剧出版社出版。

达木丁苏伦是蒙古著名学者、诗人、小说家、文艺评论家和翻译家，蒙古现代文学奠基人之一。曾任蒙古科学院院士、蒙古作家协会主席团主席、蒙古科学院语言文学研究所所长。1986 年被授予人民作家称号，曾三次获国家奖。曾先后两次留学苏联，攻读文艺理论和研究蒙古古典文学，有许多学术著作问世。1928 年以《故事四则》开始创作生涯，最后成为蒙古现代文学奠基人之一。他不仅是作品被译介到中国最多的蒙古作家，也是文学史、文学理论著作被译介到中国最多的学者，是对中国文坛影响最大的蒙古作家。

1953 年，上海的文化生活出版社出版了丰子恺、丰一吟等根据苏联作家出版社 1949 年俄译本转译的《蒙古短篇小说集》，封面署名"达姆定苏连著"。这部达木丁苏伦的短篇小说收入了他早期创作的《在荒僻的游牧地上》、《没耳朵》、《白石》、《索丽雅》、《草原的花》、《幸福山的马》、《失去的牡马》、《黄金色的小山羊》、《聪明的小羊》9 篇短篇小说。这一版本的短篇小说 1959 年被上海文艺出版社和 1975 年被新文艺出版社先后再版。三版共印了 2 万多册，可见读者的需求和阅读热情。

1961 年，作家出版社出版了张玉元根据乌兰巴托蒙古国家出版社 1956 年版译出的《达木丁苏伦诗文集》，丁师灏撰写了译本前言。这本诗文集收入了达木丁苏伦 1929 年至 1955 年间的重要作品，显示了作者在这一时间段内创作上的主要成就。共分为"诗歌"和"小说散文"两大部分。诗歌部分共收辑了 32 首诗，小说与散文部分共收辑作品 16 篇。

不仅蒙古现代作家作品已通过翻译进入中国读者的阅读视野，而且蒙古文学史的知识在中国读者中也得到了较好的传播。由于 20 世纪 80 年代后出版的有关东方文学史的著作和教科书中都要讲述蒙古现代文学的内容，所以，以纳楚克道尔基和达木丁苏伦为代表的蒙古现代作家在大学生读者中并不陌生，但要使更多的蒙古现当代作家作品在中国产生更大的影响，还有待于中蒙两国政治、经济、文化的发展和进一步加强交流。

20 世纪中期，尤其是第二次世界大战以后由于朝鲜半岛分裂为两部分，因此，中朝之间的文化文学交流形式也发生了变化。这段时间内，中国和朝鲜民主主义人民共和国在政治、经济、文化、文学等方面的交流有了新的发展，两国之间在文化、文学、艺术方面始终进行着积极交往与合作。韩国汉学家积极从事汉学研究，自 50 年代至 90 年代，先后翻译了《红楼梦》、《三国志》、《水浒传》、《西游记》、《金瓶梅》、《聊斋志异》、《儒林外史》等中国古典名著。1988 年，第三届"中国域外汉籍国际学术会议"在韩国召开，进一步促进了韩国对中国文化、文学的研究。

1972 年，中日两国实现邦交正常化以后，俳句作为中日文学交流的一个重要方面起到了很大作用。1980年5月,日本俳人协会访华团前来访问。团长为著名俳人大野林火,副团长是著名俳句研究家、俳人井本农一等,团员21人皆为当代俳坛一流俳人。在北京和上海举行的欢迎会上,我国著名诗人赵朴初、林林、毕朔望和杜宣以8首"汉俳"酬赠日本诗友,自此以后,汉俳逐渐兴起,不少著名诗人和日本文学研究家都在报刊上发表过佳作。其中有袁水拍、公木、邹荻帆、袁鹰、林林、李芒、钟敬文、陈大远、徐放等。香港诗人晓帆的汉俳集《迷蒙的港湾》也由香港文学报社于1991年出版,不乏隽永之作。

汉俳与日本俳句既有联系,又有区别。汉俳只按照形式上五、七、五音节写显然是不够的,还必须兼顾俳句的其他特点。因为汉语是单音,日语是复音,因此,中国的17个音远比日本的17个音所容纳的意象与内涵要多。把3行诗的汉俳译为俳句,一首俳句是概括不了那么多内涵的。因此日本俳人井上纯郎先生坦率地指出:"汉俳富于诗情,使人感到比日本俳句音调朗朗上口;然而,总的看来,说明过剩,省略不足,难免有冗长之感。"①俳句要有"季语"(即与四季有关的题材),如果每首汉俳都要出现"季语",也不是容易的事情,越是写社会性生活的题材,越是难以使用"季语"。此外,日本俳句虽然不像汉语存在着平仄、押韵的问题,但也需要琅琅上口的音乐性,因此大多汉俳押韵、或押相近的韵,即使不押韵,因使用了季语,也有俳句似的异国情调。

在日本俳句影响下创作的汉俳,使中日两国诗歌界同人之间的关系更为密切。赵朴初在"赠日本俳人协会诸友"的俳句里写道:"绿荫今再来,山花枝接海花开,和风起汉俳。"句中不仅写出中日俳人的友谊,而且说明了汉俳是由"和风"而起的事实。1982年春,赵朴初在京都清水寺拜访一百零八岁高龄的大西良庆长老时,两人促膝畅谈中日友好,赵朴初有感而作汉俳五首,在日本友人中广为传颂。其中之一写道:"山茶特地红,三年不见见犹龙,华藏喜重逢。"汉俳以山茶花起兴,颇有汉诗味道,后用孔子语:"老子其犹龙乎"为典,借喻大西长老的健康长寿,最后以语出佛典的清净胜地"华藏世界"作结,比喻在清水寺与长老相逢时的喜悦心情。林林也有"欢迎日本俳人"的汉俳问世:"嘤嘤求友声,一苇可航赋两京,同抒千载情。"开始即以《诗·小雅·伐木》:"嘤其鸣矣,求其友声"来比喻中日两国诗人同气相求的心声。表达了作者对日本友人的热忱欢迎,以及两国同人可共同赋诗,以抒发千载情谊的兴奋。1981年春,林林和袁鹰应日本俳人协会邀请赴日。在京都平安神宫观赏樱花时,俳人协会会长大野林火以樱花为题,请宾主各写汉俳或俳句。林林为樱花之美所迷醉,当即写下"花色满天春,但愿剪得一片云,裁作锦衣裙"的汉俳。大野林火还曾为这首汉俳在报刊上作了详细的介绍和翻译,在日本俳界引起很大反响。

早在20世纪40年代,鲁迅在越南就已不是陌生的域外作家了。著名汉学家、文学评论家邓台梅(1902—1984)于1944年就出版过论述与评介鲁迅其人及其作品的著作《鲁迅》。同年,他在河内出版社出版的另一部论著《现代中国

---

① 《现代俳句》1993年9月,转载于1995年于天津师大召开的中日比较文学国际研讨会论文,李芒:《俳句和汉俳》。

文学中的杂文》一书中,对中国现代文学中的杂文,尤其是鲁迅笔锋如刀、切中时弊的杂文,给予了中肯而重点的评介。邓台梅对鲁迅及其作品的研究为后继者开辟了道路。

1956年,潘魁翻译的《鲁迅杂文选集》由文艺出版社出版,将越南杂文研究的水平推向一个新高度。译者本着"自己可以读懂,并能把握原作的含义,且可为越南读者消化理解的文章"方可入选的原则,从鲁迅的13本杂文集中,精心选取了39篇介绍给越南读者,希望鲁迅杂文那种嬉笑怒骂、释愤抒情的犀利文风,能够对当时刚刚从半殖民地半封建社会脱胎出来的越南社会产生一种"警醒"作用。1957年,潘魁翻译的《鲁迅小说选集》第二集在作家出版社出版,为深入鲁迅小说的研究层次奠下了新的基石。

60年代至80年代,为越南文坛提供研究鲁迅及其作品资料与"武器"的,是著名的鲁迅作品的翻译家、研究者章政。他先后翻译出版了鲁迅的《故事新编》(文化出版社,1960)、《彷徨》和《呐喊》(文化出版社,1961)、《鲁迅杂文选集》(文化出版社,1963)、《鲁迅小说选》(文化出版社,1972)、《阿Q正传》(文化出版社,1982)、《鲁迅作品选》(文化出版社,1989)等。尤其是他根据中文版何凝编选的《鲁迅杂感选集》(青光书局,1933)、开明书店三卷本《鲁迅选集》(1951)以及中国青年出版社出版的四卷本《鲁迅选集》(1956)编译成的三卷本《鲁迅杂文选集》,蔚为大观,功力不凡。译者从《坟》、《热风》、《华盖集》、《华盖集续编》、《而已集》、《三闲集》、《二心集》、《南腔北调集》、《伪自由书》、《准风月谈》、《花边文学》、《且介亭杂文》、《且介亭杂文二集》及《且介亭杂文末编》中,以能够针砭越南当时社会弊端和适应读者审美水平为标准,有的放矢地选取了224篇杂文辑纳其中,犹如披沙拣金。此外,第一卷中还选用了回忆性散文集《朝花夕拾》,第二卷中选用了散文诗集《野草》。越南文坛对鲁迅作品的研究,正进一步深入。

第二次世界大战之后,泰国文艺理论家社尼·绍瓦蓬(1918—?)等还提出"艺术为人生"的进步口号。在这种大趋势中,泰国进步作家相继翻译了中国现代著名作家鲁迅、茅盾、老舍、巴金、郭沫若、赵树理、曹禺等人的作品,如《阿Q正传》、《狂人日记》、《祝福》、《故乡》、《伤逝》、《药》、《春蚕》、《林家铺子》、《白杨礼赞》、《骆驼祥子》、《月牙儿》、《柳家大院》、《家》、《春》、《秋》、《雾》、《雨》、《电》、《奔流》和《李家庄的变迁》等。这些具有强烈反封建意识,呼唤民众觉醒的新文学作品在泰国广大读者中产生了巨大的影响。《骆驼祥子》(1947—1948)被评为"是一本表现北京穷人的生活,象征心灵洁净与变化的社会斗争之小说"。林语堂等作家的作品也有译作问世。此外,一些通晓英文的译者开始翻译评介中国作品的英译本或西方作者所著的有关中国题材的作品。如赛珍珠(1892—1973)的书在泰国读者中就颇有市场,这反映出泰国人民渴望了解中国的心理。号称中国通的索·古拉玛洛赫(1908—1978)有不少小说取材于中国,或以中国为背景,如《北京——难忘的城市》(1940)、《中国自由军》(1950)等。在前一部作品里,他"自供胡适是他的老师,对胡适十分景仰"。1972年再版此书时,书前附有一篇《促使我写北京的动力》的文章,说明其创作意图是为了"重新唤起人们对耶稣、孔子、孟子思想的信仰"。

1974年6月,泰国法政大学学生组织举办了"红色中国展览会",其中有毛泽东哲学著作和其他政治理论著作。此后,大量反映中国国内战争和社会主义改造的进步作品,包括诗歌、散文、小说等,被译成泰文与读者见面。1983年10月11日,黄元在泰国《中原日报》上发表了《读丁玲的〈我的生平与创作〉》一文,步其后尘,金兆于同年11月2日的《中原日报》又发表了《丁玲的代表作》一文。二人对丁玲这位一贯主张进步的女作家的生平与重要作品,进行了恰如其分的肯定与评价。戛拉楚也曾在泰国最受欢迎、最有影响的杂志《沙炎呐评论》周刊(1980年9月21日)上发表了具有重要社会反响的《中国名作家巴金》一文。其内容尽管主要以译介为主,还不能称为是带有理论色彩的专论,但毕竟是在新形势下对其人其作品的评论,具有一定的代表性。1981年4月,泰国加杜加出版社出版了道良勒迪全面论述巴金及其作品的专著《巴金——旧中国社会革命的火种》。

20世纪40年代后期、50年代初期,缅甸著名作家达贡达亚(1919—?)、曼丁(1917—?)、德钦妙丹(1921—?)等,先后翻译发表了鲁迅、蒋光慈、赵树理、刘白羽、秦兆阳等中国作家的短篇作品。最早专集出版的缅译中国文学作品有:节译本《骆驼祥子》(1947)、改写自剧本《白毛女》的小说(1950)。此后,中国现代作家作品译本的出版一发不可收。主要有:《新儿女英雄传》(1953)、《阿Q正传》(1953)、《火光在前》(1956,刘白羽著)、《日出》(1962)、《跟随毛主席长征》(1964)、《暴风骤雨》(1965)、《山乡巨变》(1965)、《子夜》、《屈原》(1966)、《创业史》、《鲁迅小说选》(1974)等。此外还有鲁迅的《故乡》、赵树理的《传家宝》等。

缅籍华裔作家貌廷(1910—?)不满足于仅仅翻译介绍中国文学作品,他还对中国文学进行了较为深入的研究。1972年,他在编译的《世界小说选》中,精心选入了一些中国著名的小说,反映出他的审美观。1973年,他耗费了不少精力撰写的论述东、西方文学的专著《世界文学简编》出版。书中专门用了半卷(约合中文六、七万字)的篇幅,系统地评述了中国文学的发展史,重点论述了各个时期著名的作家及其代表作。貌廷的著名小说《鄂巴》和鲁迅的《阿Q正传》相对照,从主人公的形象、人物的关系、故事的结尾等,都有明显的雷同。因此有些华侨作家在把《鄂巴》译成中文时,将书名译为《阿八正传》。

中国解放前夕的1948年,印度政府派遣梵汉兼通的师觉月教授来华,担任设在北京大学的为期两年的印度历史和文学讲座的首席教授。这不仅为正在北京大学学习的印度学生提供了便利条件,而且也使他本人在汉学研究上取得很大成果。他的《印度与中国:千年文化关系》最著名,其中论述了佛教文学在中国、印度艺术和科学在中国的问题。

1954年,中印之间签定了潘查希提条约,此后中国和印度学者在文化方面的正常交流连续不断,进一步推动了印度的中国学研究,包括语言、文学、历史、经济、政治和国际关系学领域。设在德里的印度国际问题学院是研究中国文学文化的重要机构。创建人拉古维拉(Raghrira)是著名汉学家,他不仅于1938年完成了《罗摩衍那在中国》一书,而且还对中国的诗歌和绘画有精深的研究,并有论著。其子罗凯什·钱德拉博士子承父业,也在汉学研究领域取得丰硕成果,是享誉全印度的汉学家。

20世纪后半叶,印度的中国学研究后继有人,目前开设中文课程的高等学校就有10所,除国际大学以外,尼赫鲁大学、德里大学实力最强,拥有一批有实力的汉学专家。此外,印度当代学者对中国文学的各种问题进行评论研究,表现出广泛的兴趣。他们除直接接触汉文书籍外,还从英文翻译一些著名中国文论。Sri A. N. 泰戈尔,即伟大诗人泰戈尔的侄孙,开始研究"五四"运动以后中国的不同文学流派。在1981年,尼赫鲁大学组织鲁迅诞辰一百周年纪念活动时,更多学者表现出研究中国文学的热情。当时全印学者和专家教授包括一些中文系学生,共撰写了三、四十篇有关鲁迅及其文学的论文。1987年4月,应印度前总理拉吉夫·甘地的邀请,魏凤江以民间大使的身份重访印度,所到之处受到热烈欢迎,表现了中印两国人民渴望旧谊新交的迫切心情。

20世纪90年代左右,尼赫鲁大学一位女教授维姆拉·夏兰开始对茅盾进行研究,并用印地语撰写了论文。为了能将中印文学关系的课题做得更深更大,目前,中国和印度还出现了联合培养后继学者的现象。如印度女青年学者莉都·巴玛曾在北京学习了两年中文,再回印度取得尼赫鲁大学的硕士学位。1994年,她又到中国攻读博士学位。她对中印古代神话的研究颇有深度,她的成功表现出中印双方共同培养印度学者的良好发展前景。

中国首次翻译普列姆昌德的作品是短篇小说《顺从》。1953年上海潮锋出版社出版了由俄文转译的《印度短篇小说集》,其中收录了普氏的这篇小说。后来人民文学出版社出版的《普列姆昌德短篇小说选》(1984年版)中将标题照原文改译为《辞职》。之后,对普列姆昌德及其创作的译介,在中国有过两次高潮:50年代中后期和80年代。

50年代对普列姆昌德的译介,《译文》成为主要阵地。1955年第四期《译文》刊出普列姆昌德的两个短篇《一把小麦》和《村井》;《译文》1955年第10期在"世界文艺动态"栏目中以动态报道的方式刊出短文《印度进步文学先驱普列姆昌德诞生七十五周年》;《译文》1956年第10期又刊出普列姆昌的两个短篇《讨债》、《文明的奥秘》。尔后,普列姆昌德的短篇小说结集翻译出版。首先是1956年上海少年儿童出版社出版的《变心的人》(正秋译),其次是1957年人民文学出版社出版的《普列姆昌德短篇小说集》(袁丁译),再次是1958年作为人民文学出版社"文学小丛书"第一辑中的一册所推出的《一把小麦》(懿敏译)。其中以《普列姆昌德短篇小说集》篇幅最大,影响最广,它收录了20篇作品。1958年和1959年人民文学出版社先后出版普列姆昌德的长篇小说《戈丹》(严绍端译)和《妮摩拉》(索纳译)。

80年代中国对普列姆昌德的译介出现第二个高潮。比之50年代,80年代的普列姆昌德译介有几点很明显:第一,普列姆昌德优秀的短篇小说几乎全部译成汉语出版。第二,组织国内印地语学界的集体力量,译介普列姆昌德的长篇小说。普氏计有12部长篇小说。大多译成汉语。第三,不仅译介普列姆昌德的文学作品,还译介他的文学理论著作。1987年漓江出版社出版了《普列姆昌德论文学》(唐仁虎、刘安武译),书中选译了27篇文学论文,其中有对印度作家作品的评论,有创作经验的总结,有文学基本理论问题的阐发等。第四,介绍印度国内对普列姆昌德的评价,为中国读者理解普列姆昌德提供借鉴。1980年普列姆昌德诞辰一百周年,印度各大中城市从1979年7月至1980年7月一年里举行各种纪念活动。《国外文学》对活动作了简要的报道,突出介绍了1980年3月在新德里举行的为期三天的纪念大会。

普列姆昌德的创作对中国作家的影响,主要表现在对50年代登上文坛的乡土作家的影响。其中最突出的是浩然和刘绍棠。浩然曾经写道:"我喜欢印度普列姆昌德的作品……长篇《戈丹》描写农村生活的部分也因其高湛的艺术性和真实感使我折服,爱不释手。"浩然1959年创作的短篇小说《往事》与《戈丹》如出一辙。刘绍棠也说过"印度文学,我崇敬泰戈尔,但更愿与普列姆昌德接近"。

"鲁拜"即绝句,这种四行诗是一种传统的波斯诗歌形式,20世纪初美国诗人菲兹杰拉德(1809—1883)的英译"鲁拜"传入中国。胡适1919年以新诗的形式译了两首,成为域外诗歌最早被译成中文的新诗。1924年,郭沫若将菲兹杰拉德的英译第四版译成汉语出版。他在序言中称:"读者可在这些诗里面,看出我国的李白的面目来。"从此,"鲁拜"的原作者波斯诗人欧马尔·海亚姆(1048—1122)一直受到中国译者的关注。至2002年,他的"鲁拜"汉译本已多达20余部。近年来直接从波斯文译为汉语的多达6种。据作家王蒙说,他在新疆"干校"劳动时,就曾接触过乌兹别克文的鲁拜手抄本;因乌兹别克文与维吾尔文相近,所以他能阅读。80年代,赛福鼎还用维吾尔文创作过10首鲁拜,可见鲁拜在中国的强大生命力和影响力。

1958年,波斯诗人萨迪(1208—1292)创作散文故事集《蔷薇园》700周年,中国人民出版社就出版了水建馥译自英译本的《蔷薇园》。中国文学界召开专门会议纪念他。著名文学史家郑振铎在纪念会上发言指出:"萨迪是一个伟大的人道主义思想的传布者。他深刻而现实地反映了他那个时代(即13世纪)的波斯和东方穆斯林世界的人民生活与时代精神。"

1958年,人民出版社出版了宋兆麟译的《鲁米诗选》,潘庆舲译的《鲁达基诗选》、《波斯短篇小说集》。1962年,该社又出版了潘庆舲译的《赫达亚特小说集》。1964年,上海文艺出版社出版了潘庆舲译自俄文的《列王纪》中的故事《鲁斯塔姆和苏赫拉布》。1983年,中国文联出版公司出版了张鸿年所译波斯诗人内扎米(1149—1209)的爱情叙事诗《蕾莉与马杰农》。

1993年,北京大学出版社出版了张鸿年的学术专著《波斯文学史》。这是中国学者首次出版系统探讨波斯文学发展变化的著作,对中国外国文学研究领域颇有影响。1994年,海峡文艺出版社出版了高慧琴、栾文华主编的《东方现代文学》一书,其中元文祺执笔的现代文学部分,较为详细地论述了伊朗19世纪初至20世纪60年代文学发展的历程。1997年,中国社会科学出版社出版了元文祺撰写的《二元神论——古波斯宗教神话研究》,对波斯古代的宗教进行了较为系统的研究与梳理。

2002年,湖南文艺出版社以很大的魄力出版了大型丛书《波斯经典文库》,其中收入6位波斯诗人的7种著作,共18册。这套丛书出版恰逢中国江泽民主席访问伊朗。访问期间,江主席与伊朗总统哈塔米一起在两套丛书上签名留念,商定双方各保存一套,作为中伊友谊永世长存的纪念。

2004年,中国年轻的伊朗学者穆宏燕在北京大学出版社出版了伊朗现代文学研究的学术专著《凤凰再生——伊朗现代新诗研究》。这部书的出现标志着中国学术界对伊朗现当代文学的研究,已由过去的学习欣赏阶段发展为学术专题研究阶段。中伊两国人民的文学文化交流正在走向健康发展的轨迹。

土耳其现当代作家与中国文学也有着很深的因缘关系。希克梅特是土耳其20世纪最伟大的诗人,因其国际主义思想和创作,使其在世界文坛占有一席之地。1921年,年轻的诗人希克梅特为了寻求真理到前苏联莫斯科东方大学学习,与中国著名诗人萧三是同学。1951年11月17日,世界和平理事会书记处、国际和平奖评判委员会及捷克保卫和平委员会,在布拉格卡洛林拿大礼堂举行授予希克梅特"国际和平奖"的隆重典礼。萧三在典礼上作了关于希克梅特的介绍。他热情洋溢地说:"请允许我代表全体在场的人士,并且用全世界成亿万爱和平的普通男女的名义,特别用抗美援朝的中国人民志愿军的名义,向这位杰出的英勇的和平战士,我们的亲爱的朋友,兄弟——纳齐姆·希克梅特致热烈的敬意。"他接着从在莫斯科东方劳动者大学认识年轻热情的希克梅特开始,讲到希克梅特如何从一个民族诗人成长为一个国际诗人。"他也写中国的革命,也写印度的斗争,也写阿比西尼亚(注:埃塞俄比亚)的战争(他对我说,他写的关于中国的革命战士的诗特别多。因为他经常记得在东方劳动者大学里的中国的同学们。有一首诗中他写道:'我的心一半在土耳其,一半在中国')。"萧三在讲演中还告诉人们一件事:"纳齐姆·希克梅特写过一篇长诗——'哲孔达与萧'。这是在他和我们都分别回国以后写的。他在一个外国报纸上读到,萧某为中国革命牺牲了,被蒋介石刽子手砍去了头……这篇诗感动了全土耳其的青年,许多人读了流泪……当我们久别而在柏林世界青年与学生联欢节大会上重逢的时候,我们是那么的高兴,近乎合唱地念了一句:'还是那颗心,还是那颗头颅。'当我告诉他,在莫斯科和他同学的那些中国同志们百分之九十以上都为中国人民解放的事业而牺牲了时,彼此心里都充满了哀悼和崇敬之感。"①

作为一个国际主义战士,希克梅特关心中国革命和中国人民的诗作不少。长期的监禁严重地损害了希克梅特的身体,医生对他说他的心脏受到了影响。"我的心脏?"他说:"它仅仅只有一半在土耳其,在牢里。另一半在中国,同那正下黄河的军队在一起。"尽管这些诗句成为土耳其反动统治者指控他"不是爱国者"的证据,但是诗人一如既往地关注中国人民的民族解放斗争。20世纪20年代末,当希克梅特听到帝国主义的走狗屠杀中国革命志士仁人的消息后,悲愤地写下长诗《蒙娜丽莎和萧》(1929)和《贝纳尔齐为什么要自杀》(1932),通过对中国和印度人的刻画,以隐喻的手法表示,在和土耳其有同样遭遇的一些殖民地和半殖民地国家,也和土耳其一样有进行社会主义革命的必要。他愿意将他的

---

① 萧三:《希克梅特诗集》,人民文学出版社,1952年,第207—214页。

诗献给那些握着武器为和平而战的人们。"鲜红的血/我的血/同黄河混合在一起奔流/我的心在中国/在那为正义的国度而战的/士兵队伍中间跳动。"①

1952年,希克梅特曾与著名智利诗人聂鲁达一起来中国,代表世界和平理事会授予宋庆龄和平奖金,并写下有关中国的7首短诗。在《新的长城》一诗中,诗人写道:"我看见了新中国的长城/那砖石就是千千万万团结的人民/它的大门为朋友而开/敌人还没有爬上台阶/就被斩断了头颈。"②希克梅特与中国和中国人民的友谊是建筑在国际主义基础之上的,是牢不可破的。

在中国和土耳其文化文学因缘的梳理中,2006年获得诺贝尔文学奖的土耳其作家奥尔罕·帕慕克是不可回避的作家。他获奖的理由是"在追求他故乡忧郁的灵魂时发现了文明之间的冲突和交错的新象征"。有的译为"冲突和杂糅"或"冲突和融合",无论如何这种译介表现出帕慕克作品中那种对东西方文明或文化之间、伊斯兰传统与西方现代化之间矛盾的探究,那种身处混杂化生活中的种种追求与体验。帕慕克应中国社会科学院国际合作局和外国文学研究所的联合邀请于2008年5月21日上午飞抵中国北京后,开始了为期11天的首次中国之行,期间他进行了各种学术交流和参观访问活动。21日下午,"奥尔罕·帕慕克访华新闻发布会"在外国文学研究所举行。50余家媒体的记者与会。帕慕克从容回答了记者的各种问题,会场气氛十分热烈。22日上午,他在中国社会科学院作题为"我们究竟是谁"的主题讲演,在讲演中,他一再对汶川大地震的受难者表达自己的哀思。因为他是1999年土耳其大地震的亲历者,所以对汶川大地震表现出异常关心。他在来中国前得知四川大地震的消息后,曾与他的名著《我的名字叫红》的中文出版方"世纪文景"联系并主动发邮件询问地震详情,表示他同样沉重的心情。帕慕克还根据"汶川大地震"的形势对来中国后的活动进行了调整。将在北京和上海举行的两场新书签售会变为签名义卖活动,所得款项用于赈灾。在相关人员的努力与协助下,帕慕克的签名义卖善款全部转交光华科技基金会,主要用于资助灾区学生。在中国访问期间,帕慕克达得到了他某些精神追求的满足。他曾就读于伊斯坦布尔大学建筑系,对东方古典建筑和绘画格外感兴趣。对中国这样一个始终保持着东方古典建筑韵味和东方绘画艺术精神的国度,十分想往,他曾在采访中表示:"来中国是为了享受视觉盛宴。"因此,他被安排以特殊身份参观故宫,观看了"中国历代绘画艺术珍品展",还参观了孔庙等。在颐和园长廊里,他沉浸在中国绘画的海洋里而流连忘返。他还费时参观游览了著名的琉璃厂,选购了中国古典绘画图册等71种,以及20余轴仿古中国画。总价值达到人民币25000余元,并表示归国后写这方面的小说,可见,帕慕克已经将他的时间、金钱、情感及未来的创作交付给了中国古典绘画。这种兴趣和他在其名作《我的名字叫红》里对中国绘画和波斯细密画之间的关系指涉不深有关。据学者研究发现,"帕慕克对中国经蒙古传入波斯、又传入奥斯曼的绘画传统一直深为关注,而帕慕克这次

---

① 希克梅特:《我的心不在这里——心脏病》,选自《希克梅特诗集》,陈微明等译,人民文学出版社,1952年。

② 季羡林主编:《东方文学史》下册,吉林教育出版社,1995年,第138页。

应邀访问我国,应该是在作一次追根溯源之旅,专注于在中国古典绘画中追寻奥斯曼绘画的源头。"①

帕慕克的作品在中国大陆的翻译始于他获诺贝尔文学奖之前。其第一本书《我的名字叫红》于 2006 年 8 月由北京世纪文景公司引进,上海人民出版社出版(二者同属上海世纪出版集团),问世仅一个月就已发行了 3 万册,后又多次加印,有望突破 10 万册。陆续出版的小说是《白色城堡》(上海人民出版社,2006 年 12 月),此后《雪》、《新人生》、《黑书》和《伊斯坦布尔》等也陆续出版。译者是解放军洛阳外国语学院土耳其语副教授沈志兴。因其喜欢金庸的小说,所以他坦陈自己的译本风格受到金庸的影响。他还考虑到中文读者的阅读习惯,将土耳其语这种黏着语,即词的语法意义主要由加在词根上的词缀来表示的语言所形成的长句,译为简洁明了的短句,有散文诗般的节奏感。同年 9 月底出版方为推介帕慕克的小说《我的名字叫红》而在上海召开了一次有作家和评论家参加的作品研讨会,与会者的观点和反映截然不同,但正是这些争议,才使得这本书具有更大的艺术魅力。

中华人民共和国成立以后,中国和阿拉伯地区的文化交流顺利发展。1955 年 4 月举行的亚非会议更进一步促进了双方的相互了解和友好往来,也为深层次的文化文学交流提供了广阔的前景。

著名阿拉伯宗教学家、历史学博士费萨尔·萨米尔是伊拉克巴格达大学教授。他曾任伊拉克宣传部长(1955),生前专门研究中国和阿拉伯关系史,著有《远东的伊斯兰教》一书。书中详细论述了伊斯兰教传入中国的时间和途径,以及在中国传播等问题,颇有史料价值和理论研究的意义。

自改革开放以来,中国和阿拉伯的文化交流更为紧密。中国学者曾两次参加了突尼斯全国翻译、研究、文献整理学会的会议。并在大会上针对中国和阿拉伯文化文学交流的许多具体问题,发表了自己的观点。中国学者还曾两次赴埃及参加了塔哈·侯赛因文学讨论会,受到与会学者的广泛重视,反映出中国学者对阿拉伯文化、文学研究的高度重视,促进了中国和阿拉伯文化文学交流的发展。

阿拉伯学者穆罕默德·艾布贾拉曾深刻指出:"历史上任何一个古老的文明都为人类的进步做出了卓越的贡献;中国的四大发明至今仍为世界称颂,阿拉伯人的天文学和数学仍在每一寸土地上放射着光彩……今天,北京迎接了大批阿拉伯宾客,总统、国王、教授、留学生和宗教界人士……而阿拉伯各国的首都也同样欢迎着中国朋友;最高级政府代表团、留学生、医生和科学技术工作者。如果研究人员能用有价值的研究加强这些联系,丰富我们的头脑,那该有多好啊!我们殷切地等待着读到他们的大作,用盛开的鲜花装扮友谊的桥梁。"②

---

① 穆宏燕:《奥尔罕·帕慕克访华综述》,《外国文学动态》2008 年第 4 期。
② 《阿拉伯世界》1985 年第 1 期,第 151 页。

后　记

　　"东方文学"作为"外国文学"的一部分，在大学课堂上，往往附属于"西方文学"，没有受到应有的重视。这与打破"西方中心"、多元文化平等对话的时代要求不太相称。本书的写作就是顺应这种发展趋势的一种努力。

　　本书撰稿章节分工如下：

　　孟昭毅：第一章第三、五节；第二章第六节；第三章第六节；第四章第五、六节；第五章第五、六、八节。

　　黎跃进：绪论；第一章第一、二、四节；第二章第一、二、三、四、五节；第三章第一、三、四、五节；第四章第一、二、四节；第五章第一、二、七节。

　　周　密：第五章第三、四节。

　　刘　舸：第三章第二节。

　　曾　真：第四章第三节。

　　全书由我们共同商定编写章节纲目、审稿定稿。

　　书稿在撰写过程中，参考了学界同人的一些研究成果，大多在注释中注明，附录中也有反映。在此向他们表示衷心的感谢！

　　另外，借此书面世的机会，我们还要感谢北京大学出版社外语编辑部张冰主任、袁玉敏编辑等为此书出版所付出的辛勤劳动。

　　最后，再次感谢帮助、鞭策我们前进的广大师友。

孟昭毅　黎跃进
2005年3月6日

修订版后记

《简明东方文学史》2005年出版以来,已经印行多次,被教育部确定为普通高等教育"十一五"国家级规划教材。几年过去了,东方文学学科在学界同仁的努力下,也在不断发展。根据学科发展和教学的需要,我们对教材进行了修订。

此次修订立足于教学实际,坚持几条原则:(1)简明扼要、线索清晰、总结规律;(2)突出重点,点面结合;(3)强化文化分析与艺术分析;(4)拓展视野,关注东方文学的横向交流;(5)反映最新动态,吸取新的研究成果。

修订中对原版中一些观点做了修改,增补了一些新的材料,还增加了11节新内容。新增专节是上古部分的"《亡灵书》"和"《阿维斯塔》";中古部分的"杜勒西达斯与《罗摩功行录》"、"菲尔多西与《列王纪》";近代部分的"伊克巴尔与《自我的秘密》";现代部分的"阿格农与《华盖婚礼》"、"黑人性文学与桑戈尔";当代部分的"奈保尔和《印度三部曲》"、"艾特玛托夫与《断头台》"、"帕慕克与《我的名字叫红》"、"戈迪默与《七月的人民》"。

修订版各章节执笔人如下:

孟昭毅(天津师范大学文学院):第一章第五、七节;第二章第八节;第三章第七节;第四章第五、八节;第五章第五、九、十二节。

黎跃进(天津师范大学文学院):绪论;第一章第一、二、三、四、六节;第二章第一、二、三、六、七节;第三章第一、二、五、六节;第四章第一、三、四、七节;第五章第一、三、十一节。

王鸿博(北方工业大学素质教育研究所):第二章第四节。

张爱民(山东枣庄学院中文系):第二章第五节。

刘　舸(湖南大学中国语言文学学院):第三章第三节。

曾　琼(天津外国语大学比较文学研究所):第三章第四节。

曾　真(长沙理工大学文法学院):第四章第二节。

许相全(河南师范大学文学院):第四章第六节。

周　密(广州工业大学通识教育中心):第五章第二、八节。

王春景(河北师范大学文学院):第五章第四节。

史锦秀(河北师范大学文学院):第五章第六节。

仇　红(中国海洋大学文学与新闻传播学院):第五章第七节。

高文惠(山东德州学院中文系):第五章第十节。

感谢支持、帮助我们的各位同仁和朋友!也期望大家在阅读、使用教材过程中,发现问题并及时反馈给我们,有机会再印时,我们努力使之更加完善。

孟昭毅　黎跃进
2012 年 5 月 12 日